Reader's Digest
Auswahlbücher

Die Kurzfassungen in diesem Buch erscheinen
mit Genehmigung der Autoren und Verleger

593 (190)
Printed in Germany
ISBN 3 87070 468 3

Reader's Digest Auswahlbücher

Verlag Das Beste
Stuttgart · Zürich · Wien

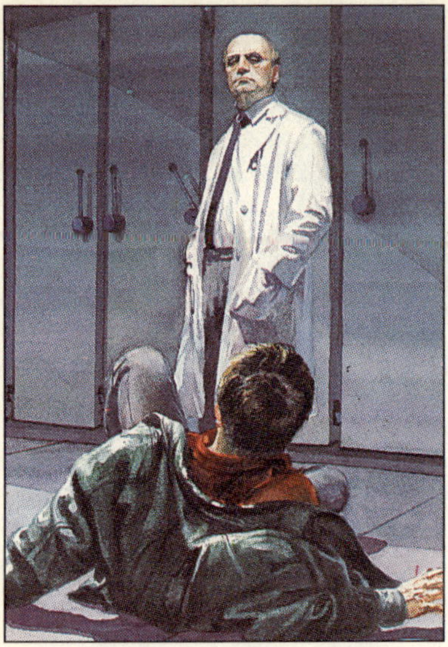

Ken McClure — *Seite 7*

Der Schwarze Tod

Als aus dem Städtischen Krankenhaus von Skelmore zwei Leichen verschwinden, vermutet Dr. Saracen, daß der Leiter der Klinik etwas vertuschen will. Mit Hilfe der Krankenschwester Jill als einziger Verbündeter kommt er der erschreckenden Wahrheit auf die Spur: Der kleinen Stadt steht eine alles vernichtende Katastrophe bevor, wenn nicht rasch gehandelt wird.

Robert F. Leslie — *Seite 161*

Auf der Fährte der Silberwölfin

Náhani, die silberweiße Timberwölfin, ist in Gefahr: Weil ihr Rudel nicht nur Fallen ausgeraubt, sondern auch Menschen angegriffen haben soll, ist auf sie eine Kopfprämie ausgesetzt worden. Nur einer glaubt den Gerüchten nicht: der Indianer Gregory Tah-Kloma. Er bricht auf in die Wildnis Britisch-Kolumbiens, um die Wölfin vor ihren Verfolgern zu schützen.

Ins Deutsche übertragen von Hilde Linnert

Der Schwarze Tod

EINE KURZFASSUNG DES BUCHES VON KEN MCCLURE

Dr. James Saracen ist bei seinen Kollegen im Städtischen Krankenhaus von Skelmore sehr beliebt – bei seinen Vorgesetzten allerdings weniger, weil er dafür bekannt ist, unbequeme Fragen zu stellen. Und ebendies tut er auch wieder, als zwei Leichen verschwinden und daraufhin weitere sonderbare Dinge in dem Krankenhaus geschehen. Die Antworten, die er bekommt, verstärken seinen Verdacht, daß etwas nicht stimmt. Aber was? Seine Nachforschungen führen ihn weit zurück in die Vergangenheit des kleinen Ortes und zu einem Schatz aus dem Mittelalter, bei dem er die schreckliche Antwort auf seine Fragen findet.

1

James Saracen stieg die Treppen zu seiner Wohnung hinauf; in der einen Hand hatte er ein Brot und in der anderen eine Packung Milch. Im dritten Stock wühlte er in seiner Hosentasche nach den Schlüsseln und sperrte dann die Tür zu seiner Wohnung auf. Es war Samstag, acht Uhr abends, und er hatte sich vorgenommen, sich ein besonderes Vergnügen zu gönnen: Er würde sich ausziehen, sich ins Bett legen und schlafen, bis er von selbst aufwachte.

„O nein . . ., das darf doch nicht wahr sein!" jammerte er zwei Stunden später, als er durch den Piepser in seiner Jackentasche geweckt wurde.

Er mußte erst den Arm aus den Laken herauswühlen, hob dann das Telefon vom Nachttisch und wählte die Nummer des Krankenhauses.

„Städtisches Krankenhaus Skelmore", meldete sich eine Stimme.

„Hier ist Saracen. Sie haben mich über den Piepser verständigt."

Während ihn die Telefonistin mit der Unfallstation verband, kratzte er sich verschlafen am Kopf.

Er erkannte die Stimme des diensthabenden Arztes. „James? Ich weiß, daß es Ihre erste freie Nacht seit ewig langer Zeit ist und daß Sie gerade eine Achtzehnstundenschicht hinter sich haben . . . Aber es hat auf der Umgehungsstraße einen Unfall gegeben. Da muß jemand hinausfahren."

„Warum tun Sie es nicht?"

„Weil ich der einzige diensthabende Arzt bin."

„Was? Wo steckt Garden? Er sollte doch heute Nachtdienst machen."

„Sie wissen ja, wie das so geht. Unserem Chef ist eine gesellschaftliche Verpflichtung dazwischengekommen, und er hat sich verkrümelt. Vorher hat er mir noch erklärt: ‚Ich bin sicher, daß Sie Herr der Lage sein werden.'"

„Ich komme. Ich fahre mit dem Medic Alpha hinaus."

ALS SARACEN in den regennassen Hof des Städtischen Krankenhauses einbog, stand der Medic Alpha schon vor der Unfallstation. Das Fahrzeug war eine Neuerwerbung des Krankenhauses und sozusagen eine Klinik auf Rädern. Man hatte es für Situationen entworfen, bei denen eine sofortige Behandlung über Leben und Tod entschied.

Der Fahrer saß bereits hinter dem Lenkrad und wartete. Saracen hielt neben ihm, rief dem Pförtner zu, er solle seinen Wagen für ihn parken, und kletterte hinten in den Krankenwagen.

„Sind Sie ausgeschlafen?“ fragte Jill Rawlings ironisch; sie war die begleitende Krankenschwester und überprüfte gerade das Inventar des Fahrzeugs.

Saracen antwortete nicht, sondern zog sich den weißen Kittel an, den sie ihm hinhielt, während der Wagen beschleunigte und die Sirene ihnen freie Bahn verschaffte.

„Wissen wir Näheres über den Unfall?“ fragte er.

„Ein Sattelschlepper und zwei Pkw.“

Saracen verzog das Gesicht. „Richtung?“

„Frontal, dann ist der nächste von hinten aufgefahren.“

Saracen pfiff leise. „Morphiuminjektionen?“

„Alles bereit.“

Der Regen peitschte gegen die Windschutzscheibe, als der Medic Alpha die schützenden Häuser der Stadt hinter sich ließ und auf den unbebauten Abschnitt der Umgehungsstraße einbog, auf dem sich der Unfall ereignet hatte. Zwei Feuerwehrwagen hatten ihre Scheinwerfer bereits in Stellung gebracht, und drei Polizeiwagen blockierten die Fahrbahn.

Die Blaulichter blinkten. Saracen stieg aus und senkte den Kopf wegen des Regens. Der Brandmeister führte ihn in den Windschatten der Polizeiwagen, um ihm zu berichten, mußte aber trotzdem schreien, um die Motoren zu übertönen.

„Der erste Wagen hat sich mit der Motorhaube unter den Sattelschlepper geschoben; die beiden Leute auf den Vordersitzen waren sofort tot. Auf dem Rücksitz befindet sich ein Kind . . . “

„Und der zweite Wagen?“

„Der Fahrer ist tot. Die Beifahrerin, ich nehme an, seine Frau, ist eingeklemmt. Meine Leute versuchen gerade, sie zu befreien.“

„Ist sie bei Bewußtsein?“

„Nein.“

„Schwester Rawlings wird sich um die Frau kümmern. Ich werde versuchen, zu dem Kind vorzudringen!“ Obwohl Saracen schrie, mußte er sich die Hände wie einen Schalltrichter vor den Mund halten.

Der Brandmeister nickte, um zu zeigen, daß er verstanden hatte, und bedeutete Saracen, ihm zu folgen. Sie stiegen vorsichtig über Kabel und Schläuche, um zur Vorderseite des Lasters zu gelangen, die jetzt zu einem riesigen Maul verformt war, das den Ford Escort halb verschlungen hatte. „Von der linken Seite kommen Sie am besten hinein!“ brüllte der Brandmeister.

Saracen legte sich auf den kalten, nassen Asphalt, schob sich unter die vordere Stoßstange des Lastwagens, streckte die Hand nach hinten aus und ergriff die starke Stablampe, die ihm ein Feuerwehrmann reichte; erst dann kroch er tiefer darunter und suchte nach einem Spalt in der Seite des Wagens, durch den er in das Wrack gelangen konnte. Schließlich schaffte er es, den Arm durch die hintere Tür des Escort zu schieben; er tastete über den Rücksitz, bis er auf etwas stieß. Es war eine kalte, schlaffe Hand. Er suchte den Puls, spürte aber nichts.

Saracen zerrte am Handgelenk des Kindes, bis der kleine Körper auf seinen Unterarm fiel, dann zog er sich ein bißchen zurück und tastete nach dem Kopf. Er berührte gelocktes Haar, und seine Hand glitt tiefer und suchte den Puls der Halsschlagader. Noch immer nichts. Er hielt die Stablampe so, daß der Lichtstrahl durch die Öffnung fiel. Jetzt sah er, daß es sich um ein kleines Mädchen handelte. Ihre Augen waren starr, sie war tot.

Saracen schob sich wieder heraus.

„Wie steht es um Ihre Patientin?“ fragte er Jill Rawlings, die sich um die eingeklemmte Frau gekümmert hatte.

„Die Männer bekommen sie nicht frei. Sehen Sie es sich selbst an.“

Schwester Jill trat zurück, und Saracen kniete nieder und schaute in den zusammengestauchten Fußraum des Wagens, der von hinten in den Escort hineingefahren war. Er erkannte, worin das Problem bestand: Ein Fuß der Frau war zwischen einer Motorverstrebung und der Schutzwand zum Motorraum zerquetscht worden. „Ich werde amputieren müssen“, stellte er fest.

„Das habe ich mir gedacht“, antwortete Jill. „Ich habe die Instrumente vorbereitet.“

„Welche Medikamente haben Sie ihr verabreicht?"

Jill berichtete, und er nickte. „Fragen Sie bitte die Feuerwehrleute, ob sie ein Schutzdach gegen den Regen errichten können."

Während sich Jill auf die Suche nach dem Brandmeister machte, untersuchte Saracen den Fuß der Frau im Licht einer stärkeren Taschenlampe. Dabei schätzte er seine Patientin ab. Sie war Anfang Dreißig und hatte sich offenbar bis zu diesem Unfall bei guter Gesundheit befunden. Als sie in das Auto einstieg, war ihre Welt vermutlich in Ordnung gewesen; wenn sie aufwachte, würde sie erfahren, daß sie Witwe war und einen Fuß verloren hatte. Saracen erhob sich und machte Platz, als zwei Feuerwehrleute ein behelfsmäßiges Schutzdach aus einer Plane errichteten. Sobald es fertig war, trat er darunter. „Sind Sie soweit?" fragte er Jill, und diese nickte.

„Alles bereit", erklärte sie, und sie machten sich an die Arbeit.

Schwester Jill erriet Saracens Wünsche, bevor er sie äußerte. Tupfer, Druckverband, Heftpflaster. Die Minuten vergingen, dann seufzte Saracen: „In Ordnung. Sie wird durchkommen." Er erhob sich mühsam und rieb sich die Beine, um den Kreislauf anzuregen, dann trat er zur Seite, damit die Sanitäter die Frau vorsichtig zum Medic Alpha tragen konnten.

„Wie steht es um den Lastwagenfahrer?" fragte Saracen den Leiter des Polizeiteams, während er sich die Hände reinigte.

„Unbedeutende Platzwunden und Quetschungen. Der erste Krankenwagen hat ihn ins Krankenhaus gebracht, damit sie ihn untersuchen."

„Damit wäre eigentlich alles erledigt", stellte Saracen fest. „Den Rest überlasse ich Ihnen." Er drehte sich um und ging mit Jill zum Krankenwagen zurück.

ALS DER Medic Alpha im Städtischen Krankenhaus Skelmore eintraf, hatte der Regen noch immer nicht nachgelassen; der Sanitäter, der mit dem Rollbett zu einer der Türen fuhr, versank bis zu den Knöcheln in einer tiefen Pfütze. Als Saracen den Raum betrat, traute er seinen Augen nicht. Die Unfallstation sah aus wie der Bettlerhof im Paris des achtzehnten Jahrhunderts. Behandlungsraum und Wartezimmer waren überfüllt. Ein halbes Dutzend Polizisten sprachen mit den Leuten und kritzelten ihre Notizbücher voll.

„Was ist hier los?“ fragte er Alan Tremaine, den Arzt, der ihn ins Krankenhaus bestellt hatte.

„Zweierlei. Es ist Samstagabend, und ‚City‘ trug ein Heimspiel gegen ‚United‘ aus. Es kam zu einem Tumult.“

„Sie werden Hilfe brauchen. Ich bleibe hier!“

„Ich wollte Sie nicht darum bitten, wirklich nicht“, widersprach Tremaine.

Saracen zog sich bereits seinen weißen Kittel an.

Schwester Moira erblickte Saracen. „Sie bringen es einfach nicht fertig, nicht zu helfen, was?“

„So ungefähr, Schwester. Wer ist der nächste?“

Saracen begann, sich durch die Auswirkungen eines gewalttätigen Samstags durchzuarbeiten. Die Müdigkeit hinderte ihn daran, sich mit den Patienten zu unterhalten; er stellte nur die notwendigsten Fragen und arbeitete dann schweigend. Die Antworten nahm er gleichgültig zur Kenntnis, denn er war so erschöpft, daß ihn die sinnlosen Gründe für die Verletzungen, die er behandelte – sie stammten von Flaschen und Biergläsern, Schlagringen und Brotmessern –, gleichgültig ließen. Zwanzig Minuten nach drei Uhr morgens hinkte der letzte Patient zur Tür hinaus. Saracen sank auf einen der Stahlrohrstühle in der Aufnahme, kippte ihn nach hinten und lehnte den Kopf an die Wand.

Alan Tremaine setzte sich zu ihm und las laut von dem Notizblock in seiner Hand ab: „Dreiundvierzig Patienten, vierzehn davon hier aufgenommen, vier dem Kreiskrankenhaus untergejubelt, der Rest in häusliche Pflege entlassen.“

„Tee?“ fragte Schwester Moira.

„Ja, bitte.“

Tremaine legte den Notizblock weg, streckte sich und verschränkte die Hände hinter dem Kopf. „Nur noch zwei Monate in der Unfallstation“, seufzte er. „Seit wann sind Sie hier, Dr. Saracen?“

„Seit sechs Jahren.“

Tremaine stieß die Luft laut aus, dann erklärte er: „Ich kann Ihnen gar nicht sagen, wie froh ich darüber bin, daß Sie mir heute nacht geholfen haben.“

„Nicht der Rede wert.“

„Man sollte wegen Garden etwas unternehmen“, fuhr Tremaine fort. „Ich habe große Lust, mich bei der Aufsichtsbehörde zu beschweren.“

„Das werden Sie bleibenlassen!“ erklärte Saracen so entschieden, daß Tremaine ihn verblüfft ansah. „Sie werden den Mund halten, Ihre Ausbildung hier abschließen und das Krankenhaus mit einem guten Zeugnis verlassen! Verstanden?“

„Wenn Sie meinen. Aber es ist so ungerecht!“

„Vergeuden Sie Ihre Zeit nicht damit, Gerechtigkeit zu suchen. Lassen Sie sich nichts zuschulden kommen, und denken Sie an Ihre Karriere.“ Saracen stand auf und verschwand durch die Schwingtür.

Schwester Moira kam mit dem Tee zurück, sah sich um und fragte: „Ist Dr. Saracen nach Hause gegangen?“

Tremaine nickte, griff nach der Tasse, die sie ihm hinhielt, und erkundigte sich beinahe geistesabwesend: „Wie kommt es, daß Saracen nur ein einfacher Krankenhausarzt ist? Er ist doch mindestens fünfunddreißig. Und weil wir schon dabei sind – warum arbeitet er noch immer in der Unfallstation?“

„Ich habe keine Ahnung, wovon Sie sprechen, Dr. Tremaine“, antwortete Schwester Moira so kalt, daß Tremaine begriff, daß er das Thema wechseln sollte.

SARACEN stellte den Kragen gegen den Wind auf und ging zum Pförtner, der aus dem Wächterhäuschen herauskam, als er ihn erblickte.

„Wo haben Sie meinen Wagen gelassen?“ erkundigte sich der Arzt.

„Hinten bei den Mülltonnen.“ Der Mann gab ihm die Schlüssel und kehrte in das Häuschen zurück. Saracen machte kehrt und ging vorsichtig den Hügel zur Rückseite des Gebäudes hinunter, um nicht auf den nassen Pflastersteinen auszugleiten. Es hatte aufgehört zu regnen.

An der Vorderseite des Krankenhauses befanden sich jede Menge Neonröhren und Hinweisschilder, die Rückseite war jedoch schwach beleuchtet, weil dort nur die Leichenhalle und eine kleine Kapelle standen.

An einer der beiden Türen der Leichenhalle war eine Mitteilung befestigt, die sich Saracen ansah. Sie lautete:

LEICHENHALLE WEGEN DEFEKTS DES KÜHLSYSTEMS GESCHLOSSEN.
Auskünfte über Verlegung der Leichen unter Nummer 27 11.

Saracens Neugierde war befriedigt, und er ging um die großen Mülltonnen herum, die die Abfälle des Krankenhauses enthielten. Der Pförtner hatte den Wagen in eine kleine Lücke hinter den Mülleimern bugsiert, denn das Parken innerhalb des Krankenhausbereichs stellte stets ein Problem dar. Um zur Tür an der Fahrerseite zu gelangen, mußte Saracen sich zwischen dem Wagen und einer nassen Steinmauer durchzwängen. Als er in der Dunkelheit nach dem Schloß tastete, ließ er die Schlüssel fallen. Mühsam und leise fluchend bückte er sich.

Er suchte noch immer nach den Schlüsseln, als er ein leises Zischen wahrnahm, das von der anderen Seite der Mülltonnen kam. Er richtete sich auf.

Das Geräusch wurde lauter, und jetzt konnte er es zuordnen: Autoreifen auf nassem Pflaster. Ein Fahrzeug kam vom Tor langsam im Leerlauf den Hügel herunter. Saracen wartete darauf, daß die Scheinwerfer den Hof erhellten, aber nichts dergleichen geschah. Statt dessen erblickte er undeutlich den dunklen Umriß eines unbeleuchteten Lieferwagens, der vorsichtig um die Ecke bog und vor der Leichenhalle hielt.

Im Licht der einzigen Birne über der Tür zur Leichenhalle erkannte Saracen, daß drei Männer aus dem Wagen stiegen, und sah verblüfft zu, wie sie eine Art Schutzkleidung überstreiften.

Die Männer, die mit ihren Schutzanzügen, Gesichtsmasken und Stulpenhandschuhen wie Astronauten aussahen, gingen zur Tür der Leichenhalle. Sie blieben kurz stehen, um aufzusperren, dann verschwanden sie im Gebäude.

Saracen fragte sich, ob er sich alles einbildete. Vielleicht war das Ganze eine Vision, an der seine Übermüdung schuld war. Doch er beobachtete dic Tür weiter, und einige Minuten später kamen zwei der drei Männer mit einer langen Kiste heraus, die anscheinend in eine Plastikfolie gehüllt war. Sie luden die Kiste in den Lieferwagen und warteten auf den dritten Mann, der sich noch im Gebäude befand. Durch die offene Tür sah Saracen, daß es in der dunklen Leichenhalle hell wurde, als hätte man Kerzen darin angezündet. Der dritte Mann kam heraus und schloß die Tür hinter sich.

Saracen verließ sein Versteck und ging zum Wagen. „Was ist hier los?“ fragte er.

Drei dunkle Visiere wandten sich ihm zu, aber niemand sprach. Saracen bekam es plötzlich mit der Angst zu tun.

„;Ihr bleibt, wo ihr seid!“ befahl er. Er drehte sich um, setzte sich in Richtung Tor in Bewegung und erhielt noch im gleichen Augenblick einen Schlag auf den Kopf. Die Bewußtlosigkeit hüllte ihn ein wie schwarzer Nebel.

2

ALS SARACEN zu sich kam und die Augen aufschlug, war es helllichter Tag. Er wollte sich bewegen, doch der Schmerz in seinem Kopf wurde dabei so heftig, daß ihn eine Welle von Übelkeit erfaßte. Er blieb einen Augenblick ruhig liegen und versuchte, seine Gedanken zu ordnen. Er erinnerte sich an den Zwischenfall bei der Leichenhalle und nahm an, daß man ihn von hinten niedergeschlagen hatte. Aber wo befand er sich jetzt?

Er tastete um sich und stellte fest, daß er auf etwas Hartem lag. Es war metallisch, kalt und glatt – vielleicht rostfreier Stahl?

Seine Finger gerieten in längs verlaufende, schmale, in gleichmäßigen Abständen angeordnete Schlitze. Wie war doch das Wort dafür? Saracen merkte, daß es ihm schwerfiel, einen klaren Gedanken zu fassen. In dem Raum herrschte ein Übelkeit erregender, süßlicher Geruch vor. War er mit Chloroform betäubt worden? Nein, es war nicht Chloroform und auch nicht Äther. Es war eine andere Chemikalie, die er normalerweise bestimmt erkannt hätte; im Augenblick war er aber nicht fähig, klar zu denken.

Er versuchte, den Kopf zu bewegen, doch das bereitete ihm Mühe, weil sein Hinterkopf in einer Art Vertiefung lag. Die Vertiefung war nicht aus Metall, denn sie fühlte sich durch die Haare hindurch warm an und war auch ein wenig weicher, aber nicht viel. Jetzt hatte er es – es war Holz!

Plötzlich begriff Saracen, wo er sich befand, und setzte sich mit einem Ruck auf. Der heftige Schmerz in seinem Schädel erinnerte ihn daran, daß dies ein Fehler war; einen Augenblick lang sah er nichts, und dann wurde ihm wieder übel. In seinem Gehirn wechselten Angst und Schmerz ab, bis er endlich deutlich sehen konnte. Eine lange Reihe von Skalpellen auf einem Rolltischchen bestätigte seine schlimmsten Befürchtungen: Er lag auf dem Obduktionstisch.

Er brauchte eine volle Minute, bis er sich dazu entschließen konnte, die Beine vom Tisch hinunterzuschieben. Er begann mit dem linken Bein, das er über die Kante baumeln ließ, während er das rechte vorsichtig hinterherschob. Dann hielt er den Atem an und versuchte aufzustehen. Der Versuch endete schlimm. Die Beine gaben unter ihm nach, er fiel zu Boden und verlor wieder das Bewußtsein.

Als er zum zweitenmal zu sich kam, fror er bis ins Mark und zitterte unbeherrscht, aber diesmal konnte er klarer denken. Er mußte zum Telefon gelangen. Er versuchte gar nicht erst aufzustehen, sondern schleppte sich über den Boden und bemühte sich, soweit wie möglich in der Horizontalen zu bleiben, damit die Blutzufuhr zum Gehirn nicht schwächer wurde. Er erreichte die gegenüberliegende Wand, und auf dem Schreibtisch vor ihm stand einladend das Telefon des Pathologen. Das gab ihm die Kraft für die entscheidende Anstrengung: Er griff hinauf, hob den Hörer ab und wählte den Empfang. „Hier spricht Saracen – ich bin im Obduktionsraum – schicken Sie jemanden."

DIE STIMMEN im Tunnel hörten plötzlich auf widerzuhallen und wurden verständlich. „Sie befinden sich also wieder bei uns?"

Saracen öffnete die Augen und erkannte Martin Saithe, den Chefarzt des Städtischen Krankenhauses. Neben ihm stand Alan Tremaine. Dann schwamm das Gesicht von Schwester Vera in Saracens Gesichtskreis; sie teilte ihm mit, daß er sich in der direkt oberhalb der Unfallstation gelegenen Abteilung vier befinde.

Sobald Saracen wieder sprechen konnte, berichtete er von dem Zwischenfall bei der Leichenhalle und daß er von hinten niedergeschlagen worden war. Zu seiner Verblüffung war niemand besonders überrascht. Saithe nickte. „Ja, zu diesem Schluß sind wir ebenfalls gelangt. Sie hatten gestern nacht das Pech, Eindringlinge zu stören."

„Eindringlinge?" wiederholte Saracen.

„Diebe", erläuterte Saithe. „Dr. Garden hat mir mitgeteilt, daß der neue Kompressor, der in das Kühlsystem der Leichenhalle eingebaut werden sollte, gestern nacht gestohlen wurde. Ein schäbiges Verbrechen." Saithe verzog das Gesicht schmerzlich, um anzudeuten, wie sensibel er auf alles Vulgäre und Widerliche reagierte. Doch er war sichtlich unruhig und offenbar bestrebt, dieses Gespräch möglichst rasch zu beenden. Er blickte auf die Uhr. „Der

Tatbestand ist ja klar. Sie haben eine unangenehme Platzwunde am Kopf, aber es handelt sich um nichts wirklich Ernstes. Ich werde Dr. Garden sagen, daß er die nächsten zwei Tage die Stellung ohne Sie halten muß, aber dann werden Sie bestimmt wieder frisch und munter wie ein Fisch im Wasser sein."

Bei der Vorstellung, daß Garden die Stellung halten sollte, zog Tremaine die Augenbrauen hoch und sah Saracen vielsagend an. Zum Glück war Saracen nicht nach Lächeln zumute.

„Sie sehen scheußlich aus", stellte Tremaine fest, sobald er und Saracen allein waren.

„Ich fühle mich auch scheußlich", gab Saracen zu.

„Die Beule an Ihrem Kopf ist nicht so schlimm", begann Tremaine vorsichtig, „und das Röntgen hat gezeigt, daß sonst alles in Ordnung ist. Es wundert mich, daß Sie sich trotzdem so elend fühlen."

„Es steckt mehr dahinter als nur eine Beule am Kopf."

„Was soll das heißen?"

„Ich weiß es nicht genau, aber ich halte es für möglich, daß man mich vergiftet hat. Als ich zu mir kam, war etwas in meiner Lunge, das mich daran hinderte, klar zu denken."

„Allen Ernstes?"

„Meine Lunge fühlte sich an, als hätte ich ein widerlich süßliches Gas eingeatmet. Gehörten Sie zu den Leuten, die auf meinen Anruf hin in den Obduktionsraum hinunterkamen?"

„Ja."

„Ist Ihnen kein starker Geruch aufgefallen?"

„Es hat nach Formaldehyd gerochen", gab Tremaine zu, „aber das ist in einem Obduktionsraum zu erwarten."

„Formaldehyd", wiederholte Saracen langsam. „Das könnte es gewesen sein, aber dann hätte ich eine beträchtliche Menge davon einatmen müssen. Ihnen ist nicht zufällig eine zerbrochene Flasche aufgefallen?"

„Nein, aber ich habe mich auch nicht um solche Einzelheiten gekümmert. Wir hatten es alle viel zu eilig, Sie aus dem Raum hinauszuschaffen. Wenn Sie wollen, sehe ich nach."

„Ich wäre Ihnen sehr dankbar. Ich fühle mich halb tot."

Tremaine erhob sich lächelnd. „Wenn Sie etwas brauchen, rufen Sie mich einfach."

Saracen nickte.

Am späten Nachmittag ging es ihm schon wesentlich besser; um so viel besser, daß er um halb fünf seine Entlassungspapiere selbst unterschrieb und Schwester Elly versicherte, er sei vollkommen in Ordnung. Die Tatsache, daß er sich so rasch erholt hatte, bestärkte ihn in der Annahme, daß er eine leichte Vergiftung erlitten hatte. Sobald sein Körper diese Substanz ausgeschieden hatte, fühlte er sich sofort wesentlich besser.

Er mußte zur Rückseite des Krankenhauses gehen, um seinen Wagen zu holen, der noch immer an der gleichen Stelle stand wie am vergangenen Abend. Er versuchte unterwegs, sich daran zu erinnern, was er mit seinen Wagenschlüsseln angestellt hatte. Als er zur Tür der Leichenhalle gelangte, blieb er einen Augenblick stehen und überzeugte sich befriedigt davon, daß jetzt alles wieder normal aussah. Doch plötzlich drang ein so kräftiger Geruch von Ammoniak durch die Tür hindurch, daß er zurückwich. „Was zum Teufel ist da los?" murmelte er.

Der Geruch verflog aber so schnell, daß Saracen sich fragte, ob es ihn tatsächlich gegeben hatte. Er trat wieder näher zur Tür und schnüffelte. Nichts. Wahrscheinlich war es Einbildung gewesen, ein Streich seiner Geruchsnerven, die durch die Ereignisse der vergangenen Nacht noch gereizt waren.

Er zuckte die Achseln und drehte sich um. Inzwischen hatte er sich daran erinnert, daß die Schlüssel in der Dunkelheit neben den Wagen gefallen waren, und suchte sie dort. Bei Tag war es nicht schwierig, sie zu finden, und schon fünfzehn Minuten später konnte er sich in seiner Wohnung einen doppelten Whisky einschenken.

Er schaltete die Stereoanlage ein, legte eine Vivaldi-Platte auf und setzte sich hin, um das Lokalblatt zu lesen. Seit drei Wochen drehten sich die Schlagzeilen um die Tatsache, daß es der Stadt Skelmore gelungen war, den japanischen Firmenriesen Otsuji Electronics in die Stadt zu locken. Der endgültige Vertrag war zwar noch nicht unterschrieben, aber alles wies darauf hin, daß das Geschäft so gut wie besiegelt war. Der Artikel an diesem Tag enthielt nichts Neues, doch Saracen fand die euphorische Wiederholung entschuldbar, denn eine Niederlassung von Otsuji würde für das ganze Gebiet neuen Aufschwung bedeuten.

Saracen wohnte seit etlichen Jahren in Skelmore, und in dieser Zeit hatte die Stadt ihre industrielle Existenzgrundlage verloren. Man hatte die Stahlfabrik geschlossen, die Eisengießerei war an einen anderen Standort verlegt und das örtliche Kohlenbergwerk nach einem erbitterten Streik stillgelegt worden. Die wirtschaftliche Depression hatte wie ein riesiger Schatten das gesamte Gebiet verdunkelt, was man in den Straßen deutlich merkte: Überall waren Geschäfte mit Brettern vernagelt, und an jedem zweiten Haus hing das Schild ZU VERKAUFEN.

Doch dann traf die Nachricht ein, daß Otsuji fünfhundert Arbeitsplätze schaffen wollte – und das war noch nicht alles, denn es würde weitere Jobs bei kleineren Firmen geben, die als Zulieferer von Otsuji fungieren sollten. Die Baufirmen des Gebiets hatten bereits Aufträge zu verzeichnen, und auf jedem freien Stück Land wurden Häuser errichtet. Dieser Optimismus betraf nicht nur den Wirtschaftssektor. Im Gemeinderat mußten neue Abteilungen mit großartig klingenden Namen eingerichtet werden, um die Anfragen nach Geschäftsbeziehungen zu bearbeiten. Sogar von einem Modernisierungsprogramm für das Krankenhaus war die Rede.

Saracen überlegte sich gerade, wie er die unerwartete Freizeit nützen sollte, als das Telefon klingelte. Es war Nigel Garden.

„Hallo, James! Ich war soeben in der Abteilung vier, um Sie zu besuchen, und mußte feststellen, daß Sie ausgeflogen sind. Wie geht es Ihnen? Alles in Ordnung?"

„Mir geht es schon wesentlich besser, danke."

„Eine wirklich scheußliche Geschichte, aber wenn Sie sich selbst entlassen haben, kann es wohl nicht so schlimm sein, was?" Garden rang sich ein Lachen ab, um zu zeigen, daß er mit seinen Ärzten fühlte.

Saracen ahnte, was kommen würde, und er behielt recht.

„Sie werden sich wahrscheinlich bald wieder in die Tretmühle begeben?" fragte Garden mit bemühter Munterkeit.

„Es wird nicht allzu lange dauern", stimmte Saracen unbeeindruckt zu. „Noch ein paar Tage."

„Natürlich dürfen Sie erst zurückkommen, wenn Sie wieder vollkommen in Ordnung sind. Ich werde dafür sorgen, daß Sie krank gemeldet werden."

„Ich melde mich nicht krank – mir stehen einige freie Tage zu."

„Aber natürlich, mein Bester. Es ist nur – Sie wissen ja, wie es in der Unfallstation zugeht. Ihre Abwesenheit wird für uns alle eine Belastung darstellen."

„Nur ein paar Tage."

„Also gut, schonen Sie sich, und falls Sie sich morgen früh besser fühlen . . ."

Saracen legte auf, aber noch bevor er sich wieder seiner Zeitung widmen konnte, klingelte schon wieder das Telefon. Diesmal war es Alan Tremaine.

„Ich habe bei den Sektionstischen nachgesehen, aber keine zerbrochene Formaldehydflasche gefunden. Komischerweise hatte ich den Eindruck, daß der Raum nach Ammoniak riecht."

„Tatsächlich?" Saracens Puls ging plötzlich schneller. Es war also doch keine Einbildung gewesen.

„Mich würde interessieren, woher Ammoniakgeruch in diesem Raum kommen soll", fuhr Tremaine fort.

Saracen pflichtete ihm bei, aber irgendwo in seinem Unterbewußtsein regte sich eine vage Erinnerung. Es gab etwas, das ihm nicht einfallen wollte, einen Zusammenhang zwischen Formaldehyd und Ammoniak. Wenn er sich nur erinnern könnte . . .

„Genießen Sie jedenfalls Ihren Urlaub. Sie haben ihn verdient", schloß Tremaine.

Saracen legte auf und sah nachdenklich aus dem Fenster. Sein Erlebnis bei der Leichenhalle hatte auf jeden Fall etwas Rätselhaftes an sich, und die Geschichte von den nächtlichen Dieben war keine ausreichende Erklärung dafür. Abgesehen von den seltsamen chemischen Gerüchen hatte der Mann, der die Tür öffnete, einen Schlüssel besessen, ein Hinweis darauf, daß jemand aus dem Haus beteiligt war, vielleicht jemand vom Wartungsteam oder jemand, der mit der Kühlanlagenfirma in Verbindung stand.

Saracen schenkte sich noch einen Drink ein und genoß die Vorstellung, daß er an diesem Abend nicht mehr aus dem Haus mußte. Guter Whisky gehörte zu den wenigen luxuriösen Dingen, die er sich gönnte. Er trank ihn aus einem Kristallglas; er hatte bei einem Wettbewerb während des Studiums ohne große Mühe eine Garnitur mit sechs solchen Gläsern als Auszeichnung gewonnen. Bedächtig folgte er mit dem Fingernagel den in das Glas geätzten Linien und dachte daran, wie anders sein Leben damals gewesen war. Es schien hundert Jahre zurückzuliegen. Er war unbekümmert und fröhlich gewesen und hatte es nicht erwarten können, die ganze Welt zu erobern; statt dessen hatte er versucht, die medizinische Gelehrtenwelt zu erobern, und war gescheitert.

Während seiner Ausbildungszeit an einem Krankenhaus hatte er es darauf angelegt, seinen Chef, den großen Sir John MacBryde, mit seiner Lernfähigkeit und seinem Arbeitseifer zu beeindrucken. Dieser Eifer hatte ihn veranlaßt, sich ein wenig zu genau mit den Krankengeschichten von MacBrydes Patienten zu befassen. MacBryde hatte der medizinischen Zeitschrift *The Lancet* eine Abhandlung eingesandt, und Saracen hatte herausgefunden, daß er Daten gefälscht hatte, um den von ihm aufgestellten „MacBryde-Effekt" noch besser zur Geltung bringen zu können. Saracen hatte die Missetat mit der Selbstgerechtigkeit der Jugend öffentlich angeprangert. Damit war MacBrydes Ruf zunichte gewesen, und er hatte sich als gebrochener Mann ins Privatleben zurückgezogen.

Obwohl die medizinische Gelehrtenwelt nach außen hin Saracens Eingreifen laut lobte, hatte sie ihm nie vergeben. Eine Laufbahn nach der anderen hatte sich ihm verschlossen, und alle seine Ansuchen um Forschungsstipendien und -aufträge waren höflich abgelehnt worden.

Er bereute sehr bald bitter, daß er MacBrydes Fehlverhalten aufgedeckt hatte. Doch er bedauerte es nicht wegen der Folgen für seine Person, sondern weil die Folgen für MacBryde in keinem Verhältnis zu seinem Vergehen standen. Alles Gute, das der Mann geleistet hatte, war wie ausgelöscht und vergessen. Er lebte im Gedächtnis seiner Mitbürger nur als Betrüger fort, und diese Tatsache würde Saracen ein Leben lang belasten. Der Zwischenfall hatte auch Saracens Ehe zerstört; mit einem Verlierer verheiratet zu sein paßte nicht in Marions Pläne.

Saracen hatte sich bei der ersten Begegnung in Marion verliebt. Sie war schön, bezaubernd und lebhaft und besaß die Selbstsicherheit, die für die Tochter eines Berufsdiplomaten selbstverständlich ist. Sie hatte Saracen von Anfang an das Gefühl gegeben, daß er in dieser Gesellschaft am richtigen Platz war; als der einzige Sohn eines Versicherungsvertreters wäre er sich sonst immer als Außenseiter vorgekommen.

Als Marion seinen Heiratsantrag annahm, war er außer sich vor Freude gewesen, denn sie eroberte das Herz jeden Mannes, der sie kennenlernte, und hatte zahlreiche Verehrer; aus demselben Grund wurde sie von unzähligen Frauen gehaßt. Saracen bestand die Abschlußprüfung an der Universität als Jahrgangsbester; einen Tag später heirateten sie. Er hatte das Gefühl gehabt, daß er mit

Marion an seiner Seite jedes Ziel erreichen konnte, das er sich setzte.

Als er dann plötzlich nehmen mußte, was er kriegen konnte – es waren ausnahmslos untergeordnete Stellen in unbeliebten Spezialgebieten –, änderte sich die Lage. Marion begann die Tatsache auszunutzen, daß Legionen von Verehrern bereit waren, mit ihr auszugehen, während ihr Mann zu jeder Tages- und Nachtzeit Dienst hatte. Saracen war traurig, aber nie zornig gewesen. Er hatte versucht, einen schönen Schmetterling in einem Netz gefangenzuhalten, und das verstieß gegen die Gesetze der Natur.

Der Verlust von Marion und die Gewissensbisse wegen MacBryde veränderten Saracen; er wurde zum Einzelgänger. Jetzt trieben ihn weder beruflicher noch gesellschaftlicher Ehrgeiz an oder behinderten ihn, und er fand in der Ausübung seines Berufes um seiner selbst willen Befriedigung.

Allmählich erkannten sowohl Kollegen als auch Patienten diese Tatsache, und nach und nach achtete man ihn wegen seines Pflichtgefühls und seiner Aufrichtigkeit. Alle Mitarbeiter der Unfallstation wußten, daß Dr. Saracen ein wesentlich besserer Arzt war als Nigel Garden, der Leiter der Abteilung, und sie hatten diese Meinung mehr als einmal in Saracens Hörweite geäußert. Doch er wollte nichts davon wissen. Er hatte noch nie in der Öffentlichkeit etwas gegen Garden gesagt, und der Mitarbeiterstab achtete ihn deswegen noch mehr.

3

WÄHREND Saracen am Montag morgen zum Fenster hinaussah, dachte er darüber nach, was er mit seiner Freizeit anfangen sollte. Er spielte mit dem Gedanken, ins Krankenhaus zu fahren und sich in der Leichenhalle umzusehen, aber es wäre eine Schande, einen kostbaren freien Tag so zu vergeuden. Am besten wäre es wohl, wenn er sich etwas ganz anderes einfallen ließe.

Er überlegte einen Augenblick und entschloß sich dann für Seeluft. Die brauchte er. Ein ordentlicher langer Spaziergang am Strand würde die letzten Giftreste aus seiner Lunge vertreiben. Er würde nach Gerham-on-Sea fahren und im „Ship Inn“ zu Mittag essen.

Zu den wenigen Pluspunkten der Arbeit im Städtischen Krankenhaus Skelmore gehörte die Tatsache, daß Gerham-on-Sea in der Nähe lag. Saracen fand, daß die Stadt alles besaß, was zu einem Badeort gehört: einen langen Pier mit einem Pavillon am Ende, eine Rettungsbootstation und jede Menge Pensionen mit den üblichen Namen wie „Seeblick", „Bellavista" oder „Seeschwalbe".

Es war ein kalter, windiger Apriltag, und der Ort war beinahe ausgestorben. Er lag noch im Winterschlaf; erst in zwei Monaten würden die Straßen wieder vor Menschen wimmeln, die Jalousien hochgehen, die Fensterläden offenstehen und Körbe mit buntem Strandspielzeug die Gehsteige verstellen.

Als Saracen den Schutz der engen Straßen mit dem Kopfsteinpflaster verließ und die Promenade überquerte, um die Treppe zum Strand hinunterzusteigen, stellte er den Kragen seiner Jacke auf. Der nach Salz und Seetang riechende kalte Wind fegte über den Strand, aber der Himmel war blau, und der Sonnenschein ließ die ans Ufer prallenden Wellen glitzern. Saracen überquerte den weichen Sand und ging auf dem festen, nassen Streifen weiter, den die Ebbe geschaffen hatte; gelegentlich blieb er stehen und warf Steine ins Wasser.

Schließlich verließ er das Ufer und stieg die sogenannte Jakobsleiter hoch, einen gewundenen Pfad, der durch die Klippen hinaufführte. Oben blieb er stehen, um wieder zu Atem zu kommen, und blickte auf das Meer hinaus. Plötzlich fiel ihm auf, daß in dem viktorianischen Aussichtspavillon hinter ihm ein Mann saß. Er wandte sich ihm zu und sagte höflich guten Morgen.

Der Mann blickte auf und bewegte die Lippen, ohne zu sprechen. Er war offensichtlich wohlhabend, denn sein Anzug war maßgeschneidert, und er war sonnengebräunt, als wäre er erst kürzlich von einer Reise zurückgekehrt. Doch besonders fiel Saracen der zutiefst verzweifelte Gesichtsausdruck des Fremden auf. Er schlenderte langsam weiter und überlegte, ob er etwas unternehmen sollte. Schließlich war die Tatsache ausschlaggebend, daß der Mann in der Nähe des Steilhangs saß. Saracen machte kehrt und ging zum Pavillon zurück; dabei nahm er unauffällig seine Armbanduhr ab und steckte sie in die Tasche.

„Entschuldigen Sie bitte, könnten Sie mir sagen, wie spät es ist?" begann er.

Der Mann blickte auf seine Armbanduhr. „Halb eins."

„Danke." Saracen suchte verzweifelt nach einer Bemerkung, mit der er das Gespräch fortsetzen konnte. „Ich könnte wetten, daß Sie Ihre Bräune nicht in England erworben haben", meinte er schließlich lächelnd.

Der Mann sah auf; es dauerte sehr lange, bis er sich zu einer Antwort entschloß. „Ich habe zwanzig Jahre in Afrika gelebt."

„Tatsächlich? Das ist aber interessant." Saracen benutzte die Bemerkung des Mannes als Vorwand, um sich zu setzen. „Sie machen also hier Urlaub?"

„Meine Frau Myra und ich sind hierher zurückgekommen, um uns zur Ruhe zu setzen."

„Sie haben sich einen hübschen Ort dafür ausgesucht."

Der Mann antwortete nicht.

Saracen entschloß sich zum entscheidenden Schritt. „Etwas beunruhigt Sie", sagte er leise. „Ich weiß, daß es mich nichts angeht, aber ich bin Arzt. Kann ich Ihnen irgendwie helfen?"

Bei dem Wort „Arzt" hatte der Mann aufgeblickt und stieß jetzt hervor: „Arzt? Ärzte sind eine Pest!"

Saracen war über diesen Ausbruch froh, denn er hatte bei dem Fremden wenigstens eine Reaktion ausgelöst. „Das tut mir leid. Haben Sie schlechte Erfahrungen mit Ärzten gemacht?"

„Schlechte Erfahrungen? Um Himmels willen, Myra ist tot!" Er schlug die Hände vors Gesicht und begann, leise zu schluchzen.

Saracen legte ihm wortlos die Hand auf die Schulter, und der Fremde hatte sich einige Augenblicke später wieder gefaßt. „Entschuldigen Sie", sagte er. „Ich bin zu weit gegangen."

„Sie haben keinen Grund, sich zu entschuldigen. Ich werde im Ship Inn zu Mittag essen. Wollen Sie mir Gesellschaft leisten?"

Nach kurzem Zögern erklärte sich der Fremde dazu bereit. Er erhob sich und streckte die Hand aus. „Mein Name ist Timothy Archer."

„James Saracen."

Die beiden Männer gingen miteinander den gewundenen Pfad hinunter und unterhielten sich über das Wetter, bis sie das Gasthaus am Fuß der Klippen erreichten. Über der Tür, die so niedrig war, daß beide die Köpfe einziehen mußten, war das Modell eines Dreimasters angebracht. Erst in der warmen, ruhigen Luft des Schankraums spürten sie, daß ihre Haut vom scharfen Wind brannte.

Sie bestellten Drinks an der Bar und trugen sie von dort zu

einem Tisch, von dem aus sie den Blick auf das Meer hatten. Saracen wartete, bis Archer einen kräftigen Zug aus seinem Glas gemacht hatte, dann fragte er ihn, ob er über seine Probleme sprechen wolle.

„Ich wüßte gar nicht, wo ich beginnen soll."

„Ich habe es nicht eilig."

Archer stürzte den Rest seines Drinks hinunter, bestellte sich noch ein Glas und begann zu reden. „Myra und ich verkauften vor zwanzig Jahren unseren hiesigen Besitz und zogen nach Rhodesien – heute heißt es Simbabwe. Für uns war es ein großer Schritt. Wir waren in Skelmore aufgewachsen und wollten mehr vom Leben haben, als vierzig Jahre in der gleichen Tretmühle zuzubringen. Afrika war für uns ein großes Abenteuer, aber wir hatten Erfolg. Wir erreichten alles, was wir uns vorgenommen hatten; zwar bekamen wir keine Kinder, doch das störte uns nicht allzusehr. Wir hatten einander, und das genügte uns. Dann gestand ich Myra letztes Jahr eines Abends, daß ich immer noch Sehnsucht nach der alten Heimat hatte. Es war kaum zu glauben, aber ich sehnte mich tatsächlich nach Skelmore. Und da stellte sich heraus, daß es Myra genauso ging."

Archer lächelte bei der Erinnerung und trank einen Schluck, bevor er fortfuhr: „Wir lachten beide darüber, und dann schlug mir Myra vor zurückzufahren. Wir wurden allmählich alt. Wir konnten die Farm verkaufen, ein kleines Haus in Skelmore erstehen und uns zur Ruhe setzen. Wir schrieben an einen Grundstücksmakler und erkundigten uns nach Häusern in dieser Gegend. Zu unserer Verblüffung teilte er uns in seinem Antwortschreiben mit, daß in der ganzen Stadt neue Häuser und Wohnungen entstünden, weil eine japanische Gesellschaft hier eine Fabrik errichten wolle."

Saracen nickte.

„Er schickte uns einige Broschüren, und wir entschlossen uns für eine der Wohnungen in der Anlage Palmer's Green. Myra fuhr zwei Wochen vor mir hinüber, um die Wohnung einzurichten, während ich unten alles unter Dach und Fach brachte." Archer machte eine Pause, als müsse er sich sammeln. „Als ich vergangenen Dienstag hier eintraf, erzählte mir ein Nachbar, daß Myra ins Krankenhaus gebracht worden war."

„In welches?" fragte Saracen.

„Der Nachbar meinte, daß es das Städtische Krankenhaus Skelmore war, aber als ich dorthin fuhr, erklärte man mir, daß sie nicht da sei und daß man sie wahrscheinlich ins Kreiskrankenhaus gebracht habe. Ich fuhr sofort dorthin, aber auch da war Myra nicht. Ich wußte nicht, was ich tun sollte.“

„Das kann ich mir vorstellen. Und was haben Sie schließlich unternommen?“

„Ich kehrte ins Städtische Krankenhaus zurück und erzählte, was die Leute im Kreiskrankenhaus gesagt hatten. Schließlich entschuldigte man sich für das Durcheinander, wie man es nannte, und gab zu, daß Myra hier eingeliefert worden war. Kurz danach ist sie gestorben.“ Archer preßte die verschränkten Hände zusammen und starrte mit leerem Blick vor sich hin.

„Woran ist Ihre Frau gestorben, Mr. Archer?“

„Angeblich erlitt sie einen Herzanfall. Ich kann es nicht verstehen. Sie war immer kerngesund.“

„So etwas kann vorkommen.“

„Aber alle, mit denen ich sprach, waren so mitleidslos. Man erlaubte mir nicht einmal, sie zu sehen.“

Saracen war verblüfft, aber ihm war klar, daß Archer nahe daran war zusammenzubrechen. „Hat man Ihnen gesagt, warum es nicht möglich sei?“

„Sie behaupteten, daß man eine Obduktion an ihr vorgenommen habe und daß es sich nicht ‚gehöre‘, mir die Leiche in diesem Zustand zu zeigen. Das Krankenhaus hatte nichts von einem Ehemann oder Verwandten gewußt und eine Einäscherung vorgesehen.“ Archer flüsterte nur noch. „Das konnte ich gerade noch verhindern. Einer der Gründe, warum wir uns für die Rückkehr entschlossen hatten, war, daß wir beide auf dem Friedhof von St. Clement begraben werden wollten. In dieser Kirche waren wir getraut worden. Es gelang mir, Myra gestern dort beisetzen zu lassen.“

Saracen war noch immer verwirrt. Wenn die Frau an einem Herzanfall gestorben war, hätte sich die Autopsie auf den Brustkorb beschränken müssen. Der Schnitt konnte leicht verdeckt und die Leiche in der Kapelle neben dem Leichenschauhaus aufgebahrt werden. Warum hatte man Archer so abweisend behandelt?

„Mit wem haben Sie im Städtischen Krankenhaus gesprochen?“ erkundigte er sich.

„Wenn ich mich richtig erinnere, mit einem Dr. Gorden."

„Garden", stellte Saracen richtig.

„Ja, das stimmt. Sie kennen ihn?"

„Ich arbeite dort in Dr. Gardens Abteilung."

„Ach so ..." Plötzlich fiel Archer ein, daß Saracen seine Frau vielleicht im Krankenhaus gesehen haben könnte. „Sie wurde am Montag, dem Zwölften, eingeliefert", fügte er hinzu.

„Das war leider mein freier Tag", antwortete Saracen.

Archer blickte enttäuscht drein. „Es klingt wahrscheinlich kindisch", fuhr er dann zögernd fort, „aber ich hätte gern mit jemandem gesprochen, der ihr in der Zeit nach ihrer Rückkehr begegnet ist. Dreiundzwanzig Jahre verheiratet, und dann stehe ich in einem Büro und bekomme ein Plastiksäckchen mit einigen ihrer Sachen ..." Er schlug die Hände vors Gesicht.

Saracen beurteilte die Situation als Arzt. Archer war nicht der Mensch, der sich mit abgedroschenen Redewendungen wie „die Zeit heilt alle Wunden" und so weiter trösten ließ. Deshalb kam er direkt zur Sache und erklärte: „Sie brauchen Hilfe, Mr. Archer."

„Sie meinen Pillen", sagte Archer verächtlich.

„Ja, Pillen", bestätigte Saracen. „Es hat keinen Sinn, daß Sie sich quälen. Sie brauchen eine Atempause, um dann Ihr Leben neu ordnen zu können. Medikamente können dabei helfen."

„Sie haben wahrscheinlich recht", gab Archer zu.

„Haben Sie hier in England einen Arzt aufgesucht?"

Archer schüttelte den Kopf, und Saracen erklärte ihm, was er jetzt tun müsse. Dann schrieb er seine private Telefonnummer und die des Krankenhauses auf und sagte: „Wenn es Ihnen nicht gutgeht oder wenn Sie einfach mit jemandem sprechen wollen, rufen Sie mich an."

Archer nahm den Bierdeckel entgegen, auf den Saracen die Telefonnummer geschrieben hatte, und steckte ihn in die Tasche.

„Ich weiß nicht, wie ich Ihnen danken soll, Doktor. Ich hatte bereits ernsthaft daran gedacht –"

„Ich weiß, woran Sie gedacht haben", unterbrach ihn Saracen.

„Dann erlauben Sie mir zumindest, Sie zum Mittagessen einzuladen", bat Archer.

Saracen protestierte, ließ sich dann aber doch überreden und folgte Archer ins Restaurant.

SARACEN versuchte, wenigstens den Rest des Tages zu retten, indem er einen Spaziergang am Hafen unternahm, mußte aber dabei unaufhörlich an Archer denken. Er konnte kaum glauben, daß Nigel Garden den Ehemann einer verstorbenen Patientin so abweisend behandelt hatte, denn eine seiner guten Eigenschaften war, daß er sich Fremden gegenüber besonders zuvorkommend verhielt, wie es oft bei oberflächlichen Naturen der Fall ist. Vielleicht hatte Archer in seinem Kummer übertrieben.

Als Saracen nach Hause zurückgekehrt war, beschloß er, am nächsten Tag wieder den Dienst anzutreten, und rief Garden an, um es ihm mitzuteilen. Sein Vorgesetzter war begeistert und fragte sofort, ob Saracen vielleicht auch seinen Dienst übernehmen könne, weil er an einer ganztägigen Sitzung des Komitees für Skelmores wirtschaftlichen Aufschwung teilnehmen sollte. Saracen biß sich auf die Lippen, sagte dann aber zu; die Arbeit in diesem Komitee gehörte allmählich zu Gardens Lieblingsausreden, wenn er sich vor dem Dienst drücken wollte.

Offensichtlich war in Garden der Ehrgeiz erwacht. Sein Alter und seine Stellung in der Stadt prädestinierten ihn dazu, in die Politik zu gehen. Den dafür ebenfalls erforderlichen finanziellen Hintergrund lieferte in Gardens Fall sein Schwiegervater Matthew Glendale, ein vermögender Bauunternehmer. Diese Verbindung war Garden teuer zu stehen gekommen, denn Mildred Glendale, Gardens Frau, war das unangenehmste weibliche Wesen, das Saracen jemals kennengelernt hatte.

ALS SARACEN zur Tür hereinkam, lächelte ihn Chenhui Tang, die diensthabende Ärztin, an, griff sich an den Kopf und fragte mit starkem Akzent: „Ist Ihr Kopf jetzt in Ordnung?"

„Mir geht es großartig", erwiderte Saracen ebenfalls lächelnd. Bei einem Gespräch mit Dr. Tang wurde unweigerlich viel gelächelt, denn damit füllte sie die Lücken aus, wenn ihr ein Wort nicht einfiel. „Haben wir heute viel zu tun?"

„Ja, ja, sehr viel." Dr. Tang nickte und lächelte strahlend.

Saracen mochte Dr. Tang und hielt sie für eine gute Ärztin. Er hätte sie gern näher kennengelernt, aber die Verständigungsschwierigkeiten bildeten ein beinahe unüberwindliches Hindernis. Er hatte sie einmal in ihrem mit Lehrbüchern der englischen Sprache vollgestopften Dienstzimmer besucht. Damals hatte er gefunden, daß diese Bücher das Symbol für eine vernichtende Niederlage waren.

Alan Tremaine, der Nachtdienst gemacht hatte, meldete sich offiziell ab und übergab Saracen einen Bericht über die Ereignisse der Nacht. Als die Tür hinter ihm ins Schloß fiel, kam Dr. Tang besorgt zu Saracen und bat: „Kommen Sie."

„Ich komme", sagte er lächelnd und folgte ihr zum Behandlungsraum. Er hatte beschlossen, Nigel Garden nicht nach dem Fall Myra Archer zu fragen, damit sein Interesse nicht als unausgesprochene Kritik ausgelegt wurde. Er hatte jedoch vor, bei passender Gelegenheit die Eintragungen über Myra Archer im Aufnahmebuch nachzuschlagen.

Am Nachmittag trat eine kurze Flaute ein, und Saracen nutzte die günstige Gelegenheit. Er blätterte im Aufnahmebuch bis zum Zwölften zurück und suchte die betreffende Eintragung. Sie lautete: „Einsatz des Medic Alpha; Myra Archer, Apartment 2, Palmer's-Green-Wohnanlage. Bei Eintreffen tot. Keine Verwandten bekannt. Medizinischer Begleiter Dr. Chenhui Tang." Eine Obduktion war nicht erwähnt.

Saracen klappte das Aufnahmebuch zu und stellte es ins Regal zurück. Dann setzte er sich neben Dr. Tang, die lächelnd von einem Lehrbuch der englischen Sprache aufblickte.

„Erinnern Sie sich an eine Mrs. Myra Archer, Dr. Tang?" fragte Saracen. Er erwartete, daß sie den Namen lächelnd wiederholen und dann nachdenken würde. Statt dessen verschwand ihr Lächeln sofort. Ihr Blick war von Angst erfüllt, und sie wurde so nervös und aufgeregt, daß ihr das Buch aus der Hand fiel. Saracen hob es auf und reichte es ihr.

„Nein, keine Myra Archer." Dr. Tang sah immer mehr wie ein erschrockenes Mäuschen aus.

„Aber . . ." Saracen hielt inne. „Das macht nichts", sagte er lächelnd. „Es war sicher ein Irrtum. Vergessen Sie es, es war nicht wichtig."

Dr. Tang stand auf und entschuldigte sich, und als sie den Raum verließ, sah ihr Saracen nachdenklich nach.

„Was war denn da los?" murmelte er vor sich hin. Er hatte plötzlich den Eindruck, daß Archer recht gehabt hatte. Das Verhalten der Krankenhausangestellten war im Fall seiner Frau tatsächlich merkwürdig gewesen. Die Frage war nur, warum? Er ging im Geist alles durch, was er darüber wußte. Laut Timothy Archer war es nicht ganz klar gewesen, in welches Krankenhaus seine Frau eingeliefert worden war, und wenn Dr. Tang damit zu tun hatte, lag ein Mißverständnis durchaus im Bereich des Möglichen. Ging es darum? Hatte die Kommunikation nicht geklappt, als Myra Archer aufgenommen werden sollte – hatte diese Verzögerung zu ihrem Tod geführt?

Wenn diese Vermutung zutraf, war offensichtlich etwas vertuscht worden, und daran mußte Nigel Garden beteiligt gewesen sein, denn er hatte mit Archer gesprochen. Saracen überlief es kalt. Das war genau die Situation, in die er nicht geraten wollte. Nicht zum zweitenmal in seinem Leben.

Als der Andrang auf der Unfallstation wieder zunahm, verhielt er sich Dr. Tang gegenüber so, als wäre alles in Ordnung; er hatte vor, erst mal zu schweigen, bis er sich eine eigene Meinung gebildet hatte. Wenn er feststellte, daß ein Kunstfehler an Myra Archers Tod schuld war, würde er den Fall an die Öffentlichkeit bringen. Wenn er jedoch zu der Überzeugung gelangte, daß sie auf jeden Fall gestorben wäre, würde er die Sache auf sich beruhen lassen.

Die Frage war jetzt, wie er unauffällig Nachforschungen anstellen konnte. Weil Myra Archer bei der Einlieferung bereits tot gewesen war, hatte man keine Akte über sie angelegt. Blieben nur der Obduktionsbefund und das Fahrtenbuch des Medic Alpha. Wenn es zu einer ungewöhnlichen Verzögerung gekommen war, würde dies im Fahrtenbuch verzeichnet sein.

Nigel Garden erschien um 18.30 Uhr und erklärte, er schaue nur herein, um sich zu vergewissern, daß alles klappe. Saracen versicherte ihm, daß alles in Ordnung sei, und lächelte ironisch, als Garden verkündete, er müsse sofort wieder weg. „Abendessen bei den Schwiegereltern, Sie wissen ja, wie das so ist.“

Kurz nachdem Garden gegangen war, trafen Tremaine und Prahesh Singh ein, um die Nachtschicht zu übernehmen. Saracen ging seinen Bericht mit Tremaine durch und bemühte sich Dr. Tang zuliebe, entspannt und fröhlich zu wirken, denn sie beobachtete ihn so schuldbewußt, daß er sich Sorgen machte. Als er sicher war, daß sie das Krankenhaus verlassen hatte, ging er den Hügel hinunter zur Garage der Ambulanzwagen, um einen Angehörigen des Teams des Medic Alpha ausfindig zu machen.

Er betrat das Dienstzimmer, sah sich nach einem bekannten

Gesicht um und entdeckte Leonard Wright vom Medic-Alpha-Team. „Könnte ich kurz mit Ihnen sprechen?" fragte er.

„Was kann ich für Sie tun?"

„Wenn es möglich ist, möchte ich ins Medic-Alpha-Fahrtenbuch Einsicht nehmen."

Saracen hatte den Eindruck, daß Wrights Lächeln für einen Augenblick verschwand, aber es war nur eine Sekunde, und er konnte sich auch geirrt haben.

„Worin besteht das Problem?"

„Es ist gar kein Problem. Ich brauche nur eine Information über den Zeitpunkt des Auffahrunfalls neulich auf der Umgehungsstraße."

Wright sah ihn noch einen Augenblick an, dann sagte er: „Ich hole es."

Saracens Herz klopfte wie wild. Lügen war Schwerarbeit, wenn man nicht daran gewöhnt war.

Wright kehrte mit dem Fahrtenbuch zurück, und Saracen dankte ihm unbefangen, wie er hoffte. Der Fahrer schlug das Buch an der Stelle auf, an der der Unfall auf der Umgehungsstraße eingetragen war.

„Ich muß mir nur ein paar Notizen machen", behauptete Saracen, um Zeit zu gewinnen. Er suchte in seinen Taschen. „Zu dumm. Ich habe keinen Kugelschreiber bei mir. Könnten Sie . . ."

Wright runzelte ärgerlich die Stirn, sagte aber, daß er einen holen würde, und verließ den Raum.

Saracen blätterte zurück und fand die gesuchten Eintragungen: „Ausfahrt zu Apartment 2, Palmer's Green. Patientin Myra Archer, schwere Blausucht, Verdacht auf Herzstillstand, medizinischer Begleiter Dr. Tang. Anruf kam von Nachbarin, Mrs. M. LeGrice. Anruf 21.34 Uhr. Eintreffen in Palmer's Green 21.47 Uhr. Eintreffen im Städtischen Krankenhaus Skelmore 22.04 Uhr.

Ein seltsames Gemisch aus Ernüchterung und Erleichterung erfüllte Saracen. Der Einsatz des Medic Alpha war ordnungsgemäß verlaufen, es hatte keine Verzögerung und kein Durcheinander gegeben. Warum hatte sich dann Chenhui Tang so merkwürdig verhalten, als er Myra Archer erwähnte?

Der Fahrer, der diese Eintragung gemacht hatte, war Leonard Wright gewesen, der jetzt mit einem Kugelschreiber wiederkam. Saracen blätterte zurück und spürte dabei, daß sich die Seite, die er gerade gelesen hatte, lockerte. Ihm wurde blitzartig klar, was geschehen war. Er hatte nicht die Original-, sondern eine Ersatzseite gesehen, die hastig hineingeklebt worden war!

Saracen nahm den Kugelschreiber entgegen, notierte sich einige Einzelheiten des Unfalls auf der Umgehungsstraße und gab Buch und Kugelschreiber zurück. „Vielen Dank."

„Nicht der Rede wert", wehrte Wright ab.

ALS SARACEN nach Hause kam, griff er gleich zur Whiskyflasche und genehmigte sich einen Doppelten. Worauf hatte er sich da eingelassen? Die Geschichte entwickelte sich zu einer Lawine; zuerst hatte sie nach einer Vertuschung ausgesehen, aber jetzt stellte sich heraus, daß Unterlagen gefälscht worden waren. Dann fiel ihm ein, daß eine Krankenschwester von der Unfallstation dabeigewesen sein mußte, als der Medic Alpha zu Myra Archer fuhr. Vielleicht konnte er Schwester Jill überreden, unauffällig Nachforschungen anzustellen und soviel wie möglich herauszufinden. Er rief das Schwesternheim an und verlangte Jill Rawlings. Während er wartete, hörte er andere Stimmen, die im Korridor des Heims widerhallten.

„Hallo", meldete sich Jill endlich.

„Hallo, Jill, hier ist James Saracen. Haben Sie heute abend dienstfrei?"

Sie nahm Saracens Einladung auf einen Drink an, und sie machten aus, daß sie einander um acht Uhr im „Blauen Engel" treffen würden.

Als sie dort eintrafen, herrschte Hochbetrieb. Sie wurden von einem Mädchen bedient, das unaufhörlich schniefte, als hätte es einen bösen Schnupfen, und sich im Zeitlupentempo bewegte und sprach.

„Heute abend wird es hier wenigstens keine Betrunkenen geben." Jill lächelte, während sie mit ihren Gläsern die Bar verließen und einen Tisch suchten.

„Ich muß Sie um einen Gefallen bitten", begann Saracen, sobald sie sich gesetzt hatten.

„Aber, aber, doch nicht schon beim ersten Rendezvous", neckte ihn Jill.

Als Saracen ihr erklärte, was er von ihr wollte, wurde sie ernst. „Ist etwas schiefgelaufen?"

„Genau das möchte ich herausbekommen", erwiderte Saracen. „Aber unauffällig."

„Ich werde sehen, was ich tun kann."

„Ich habe allerdings noch eine Bitte – darf ich Sie zum Abendessen einladen?"

„Ja, gern!"

Sie fuhren zu einem italienischen Restaurant in der Nähe. Anschließend brachte Saracen Jill zurück ins Schwesternheim; sie bedankte sich für das Abendessen und versprach, mit ihm in Verbindung zu bleiben.

4

SARACEN sah Jill am Freitag morgen wieder, als sie gleichzeitig Dienst hatten. Er blickte sie fragend an, als sie den überfüllten Behandlungsraum betrat, und sie nickte zögernd. Saracen fragte sie lautlos, nur durch Bewegen der Lippen „Mittagessen?", und sie nickte wieder.

Sie aßen in der Kantine für die Angestellten des Krankenhauses, einem riesigen, von Stimmengewirr erfüllten Raum, der Saracen an die Aula einer Schule erinnerte.

„Sie haben mit der Schwester gesprochen?" fragte er.

Jill nickte. „Es war Mary Travers, mit der ich befreundet bin. Sie sagte, daß die Patientin unter schwerer Zyanose litt, als sie eintraf, daß sie sogar beinahe dunkelblau war. Während der Fahrt zum Städtischen Krankenhaus kam es zu einer Diskussion darüber, ob man sie nicht ins Kreiskrankenhaus bringen sollte."

„Warum?"

„Das weiß Mary nicht. Dr. Tang sagte ihnen, sie sollten alle im Wagen bleiben, während sie mit Dr. Garden sprach. Als Dr. Tang zurückkam, erklärte sie, daß die Patientin ins Kreiskrankenhaus gebracht werden müsse, und da sie selbst mitfahren würde, müsse Mary nicht mitkommen. Marys Dienstzeit war längst zu Ende, deshalb war sie sehr froh darüber."

„Also soweit es Schwester Mary betrifft, wurde die Patientin ins Kreiskrankenhaus gebracht?"

„Ja."

„Haben Sie sie gefragt, um welche Zeit das war?"

„Daran konnte sich Mary nicht erinnern. Sie hat vorgeschlagen, daß Sie im Fahrtenbuch des Krankenwagens nachsehen."

„Das habe ich bereits getan."

„Und?"

Saracen hatte vorgehabt, Jill so wenig wie möglich in die Geschichte hineinzuziehen, aber das wurde immer schwieriger. Er konnte nicht anders, er mußte mit jemandem darüber sprechen, deshalb beschloß er, ihr zu vertrauen. „Laut der Aufzeichnung war Myra Archer bereits tot, als sie im Städtischen Krankenhaus eintraf. Eine Überführung ins Kreiskrankenhaus wird nicht erwähnt."

„Aber warum?" fragte Jill erstaunt.

„Ja, warum?" wiederholte Saracen.

Jill wollte wissen, wieso Saracen überhaupt mißtrauisch geworden war, und er erzählte ihr von seinem zufälligen Zusammentreffen mit Timothy Archer. „Der arme Mann", meinte Jill. „Aber warum sollte sich Garden an der Vertuschung beteiligen? Das Durcheinander hat doch eindeutig Dr. Tang verursacht."

„Genau das verstehe ich auch nicht", stimmte Saracen zu. „Ich kann mir wirklich nicht vorstellen, daß Garden seine Karriere aufs Spiel setzt, um eine rangniedrigere Ärztin zu decken."

„Oder um überhaupt jemanden zu decken", fügte Jill hinzu.

„Dann muß er irgendwie daran beteiligt sein."

„Kompliziert", meinte Jill. „Was werden Sie jetzt unternehmen?"

Saracen zuckte die Achseln.

„Haben Sie mit Dr. Tang darüber gesprochen?"

„Ich habe es versucht, aber als ich Myra Archers Namen erwähnte, bekam sie Angst und entwischte mir."

„Was ist eigentlich geschehen, als der Krankenwagen beim Kreiskrankenhaus ankam?" wollte Jill wissen.

„Soweit ich es beurteilen kann, ist er nie dort angelangt. Timothy Archer hat mir erzählt, daß er ins Kreiskrankenhaus geschickt wurde, als er sich nach seiner Frau erkundigte, aber dort hatte die Aufnahme nie von ihr gehört und schickte ihn zum Städtischen Krankenhaus zurück. Erst da gab Garden zu, daß sie in die Unfallstation aufgenommen worden und an einem Herzanfall gestorben war."

„Vielleicht wurde der Krankenwagen auf der Fahrt ins Kreiskrankenhaus zurückgepfiffen?"

„Vielleicht ist Myra Archer auf dem Weg dorthin gestorben", setzte Saracen den Gedankengang laut fort.

„Wenn dem so ist, verstehe ich nicht, warum ein solches Theater darum gemacht wurde", meinte Jill. „Wenn die Patientin so krank war, daß sie unterwegs starb, dann wäre sie auf jeden Fall gestorben."

„Und warum dann die ganze Vertuschung?"

„Das ist wirklich merkwürdig", meinte Jill.

Saracen gab es auf, sich den Kopf zu zerbrechen, und lächelte Jill an. „Ich bin Ihnen dankbar, daß Sie sich erkundigt haben!"

„Es ist wirklich nicht der Rede wert!"

„Ich habe noch eine Frage. Alan Tremaine hat mich für morgen zu einem Abendessen mit ihm und seiner Schwester eingeladen; offensichtlich bleibt sie eine Zeitlang hier. Er hat vorgeschlagen, daß ich jemanden mitbringe. Würden Sie mich begleiten?"

„Sehr gern", antwortete Jill.

ALS SARACEN am nächsten Abend in die schmale Straße einbog, die zum Schwesternheim führte, regnete es. Jill stand unter dem großen Vordach des Hauses. Saracen beugte sich zur Seite und öffnete ihr die Tür.

„Ich habe Sie schon vom Fenster aus gesehen", erklärte sie und schwang ihre langen Beine ins Auto.

Saracen pfiff anerkennend.

Jill lächelte. „Ich habe mir sicherheitshalber Mühe gegeben. Man kann nie wissen, wie die Konkurrenz aussieht."

„Ich kenne sie nicht", gestand Saracen. „Womöglich ist sie ein achtzig Kilo schwerer Trampel."

„Bei meinem Glück sieht sie aus wie ein Mannequin von Dior. Und ich sehe aus wie die Unschuld vom Lande."

„Sie sehen großartig aus", widersprach Saracen zutiefst überzeugt.

Jills Voraussage erwies sich als wesentlich richtiger als Saracens Vorstellung. Claire Tremaine war keineswegs ein Trampel, sondern eine schlanke, selbstsichere, elegante Frau Mitte Zwanzig, die genauso humorvoll und unterhaltsam war, wie ihr Äußeres versprach.

„Warum sind Sie eigentlich nach Skelmore gekommen, Claire?" erkundigte sich Saracen.

„Es ist mein erster Arbeitsplatz. Ich habe in Oxford Archäologie studiert, und mein Doktorvater leitet die Suche nach dem Standort der Skelmoris-Abtei."

„Woher kommt das Interesse für die Skelmoris-Abtei?" wollte Saracen wissen. „Bis jetzt hat sich noch niemand die Mühe gemacht, sie zu suchen."

„Das stimmte bis vor kurzem", gab Claire zu, „und kam daher, daß niemand eine Ahnung hatte, wo sie gestanden haben könnte. Dann sah vor einigen Monaten ein Bibliothekar in Oxford einige alte Bücher durch, die jemand der Universität vermacht hatte, und fand eine alte Landkarte."

„Genau wie in der *Schatzinsel*", meinte Tremaine.

„Das Buch enthielt einen Plan der Skelmoris-Abtei und Informationen über das umliegende Gebiet. In sechshundert Jahren hat sich natürlich sehr viel verändert, aber wir glauben, daß wir eine echte Chance haben, den Standort zu ermitteln."

„Jetzt erinnere ich mich, daß ich in der Lokalzeitung etwas darüber gelesen habe", bemerkte Saracen. „Angeblich war die Abtei durch einen Brand zerstört worden."

„Der Brand ist gut dokumentiert", bestätigte Claire.

„Und die Legende?" fragte Saracen lächelnd.

„Legenden sind Legenden", meinte Claire ebenfalls lächelnd.

„Der Fluch stört Sie also nicht?"

„Was für ein Fluch?" fragte Jill.

„Laut der Legende hatte man der Abtei einen heiligen Kelch zur sicheren Verwahrung anvertraut", erklärte Claire. „Es handelte sich dabei um eines der zahlreichen Gefäße, von denen man behauptete, daß es das Gefäß sei, aus dem Christus beim Abendmahl trank. Jeder, der versuchte, den Skelmoris-Kelch zu stehlen, lud Gottes Zorn auf sich und mußte mit seinem Leben dafür büßen. Angeblich erging es einer Reihe von Leuten so."

„Unheimlich", fand Jill.

„Nachdem der erste Abt und die Mönche gestorben waren, entsandte die Kirche wiederum Mönche in die Abtei. Obwohl diese nicht die Absicht hatten, den Kelch zu entwenden, starben sie unter rätselhaften Umständen. Schließlich gab die Kirche auf und ließ die Abtei niederbrennen."

„Eine scheußliche Geschichte", meinte Jill erschauernd. „Wenn es nach mir ginge, würde ich die Finger davon lassen."

„Ich soll bei Tag graben und abends an meiner Dissertation schreiben", erklärte Claire.

„Klingt nach einem erfüllten Leben", bemerkte Saracen.

„Wahrscheinlich nimmt man an, daß es in der hintersten Provinz so gut wie keine Unterhaltung gibt. Deshalb bin ich als der nicht eingeladene Gast meines kleinen Bruders hier gelandet."

„Du bist hiermit herzlich eingeladen." Tremaine beugte sich vor und küßte seine Schwester auf die Wange.

„Wenn mein Bruder nur so wäre wie Sie", seufzte Jill. „Jedesmal, wenn wir zusammen sind, verhalten wir uns wie Hund und Katze."

Die kleine Gesellschaft löste sich gegen Mitternacht auf, weil Saracen und Jill am nächsten Morgen Dienst hatten; bevor Jill sich verabschiedete, forderte sie Claire auf, sie anzurufen, wenn sie einmal keine Lust zum Schreiben habe. Sie könnten dann gemeinsam ausgehen und plaudern.

Auf der Heimfahrt fragte Saracen: „Haben Sie sich gut unterhalten?"

„Es war ein netter Abend."

„Wie gefällt Ihnen Claire?"

„Ich hasse sie", antwortete Jill so entwaffnend aufrichtig, daß Saracen lachen mußte. „Sie sieht gut aus, tritt sicher auf, ist selbstbewußt und vollkommen ungezwungen. Genügt das, um Minderwertigkeitskomplexe zu bekommen?"

„Sie haben keinen Grund, sich deswegen Sorgen zu machen. Sie waren ihr vollkommen gewachsen."

„Das ist sehr freundlich von Ihnen, aber ich bin mir wie eine Landpomeranze vorgekommen. Ich hatte das Gefühl, daß ich mir erst noch das Stroh aus den Haaren kämmen müßte."

Als Saracen vor dem Schwesternheim hielt, öffnete Jill die Wagentür und sagte: „Danke, James."

„Wofür?"

„Daß Sie keinen Annäherungsversuch unternommen haben."

„Ich kann nicht behaupten, daß ich nicht auf die Idee gekommen wäre."

„Gut. Ich wäre beleidigt, wenn es anders wäre. Und warum haben Sie es trotzdem nicht versucht?"

„Weil wir uns noch nicht gut genug kennen."

Diese Antwort gefiel Jill offensichtlich.

SARACEN warf einen Blick auf den Wecker und stellte fest, daß es vier Uhr früh war. Drei Stunden Schlaf waren sehr wenig vor einem langen Tag, an dem er Dienst hatte, aber dieser Gedanke machte es nur noch schlimmer. Er wußte, daß er nicht wieder einschlafen konnte, und schuld daran waren Myra Archer und sein Gewissen.

Er griff nach der Lampe. Jetzt hinderte ihn nur noch die Raumtemperatur daran aufzustehen. Die Wohnung besaß keine Zentralheizung und war zu dieser frühen Morgenstunde eiskalt.

Er stellte die Gasheizung an, hockte sich davor und versuchte, soviel Wärme wie möglich in seinem Körper zu speichern, bevor er in die Küche ging und den elektrischen Kocher einschaltete.

Als er endlich im Wohnzimmer vor einer Tasse Kaffee saß, fiel sein Blick auf seine Lehrbücher, die in den Regalen über dem Kamin standen. Die Titel der Bücher über Pathologie erinnerten ihn daran, wie er auf dem Seziertisch aufgewacht war, an die Kälte, die Stille, den süßlichen, Übelkeit erregenden Geruch und die Verbindung zwischen Formaldehyd und Ammoniak, die ihm noch immer nicht eingefallen war. Er zog einen dicken Band heraus und schlug bei Formaldehyd nach.

Er fand nur Informationen, die er bereits kannte. Formaldehyd ist ein stechend riechendes, farbloses Gas. Seine wäßrige Lösung, Formalin genannt, wird allgemein zur Konservierung von totem Gewebe verwendet.

Saracen klappte das Buch zu und stellte es wieder an seinen Platz. Dann lehnte er sich zurück und überflog die übrigen Titel auf dem Regal. Sein Blick blieb auf Cruikshanks *Medical Microbiology* haften, und er richtete sich ruckartig auf. Das war es! Es gab noch eine Verwendung von Formaldehyd. Es wurde zum Abtöten von Bakterien benutzt. Es war ein starkes Desinfektionsmittel! Er blätterte rasch zu dem entsprechenden Abschnitt und fand, was er suchte. Paraformaldehydtabletten, die zum Beispiel in einen Luftbefeuchter gelegt werden, strömen ein Gas aus, das ganze Räume desinfizieren kann. Sobald das geschehen ist, neutralisiert man das Gas, indem man in Ammoniak getauchte Lappen in den Raum wirft! Er hatte den Zusammenhang gefunden. Er hatte viele Stunden lang bewußtlos in einem Raum gelegen, der an einen Raum grenzte, der mit Formaldehydgas desinfiziert worden war.

Dieses Rätsel hatte er also gelöst, aber jetzt stand er vor viel schwierigeren Fragen. Erstens: Warum war es notwendig gewesen, die gesamte Leichenhalle zu desinfizieren? Zweitens: Warum die Lügen über nächtliche Diebe? Drittens: Konnte Myra Archers Tod irgendwie damit zusammenhängen? Saracens Phantasie lief auf Hochtouren. Wie war Myra Archer gestorben?

Es gab im Städtischen Krankenhaus keinen festangestellten Pathologen. Obduktionen wurden im Kreiskrankenhaus von zwei Pathologen durchgeführt, die abwechselnd Dienst machten. Mit einem von ihnen konnte man reden, der andere war ein paranoider Alkoholiker, der seine nachlassenden Fähigkeiten hinter zunehmender Wichtigtuerei verbarg. Dieser würde Fragen von einem Arzt in Saracens untergeordneter Position sehr ungnädig aufnehmen. Außerdem würde er beinahe sicher Garden davon berichten.

Saracen rief Dave Moss, seinen gleichaltrigen Kollegen im Kreiskrankenhaus, an und fragte ihn, welcher Pathologe gerade Dienst hatte.

„Bleiben Sie dran, ich sehe nach.“ Er kam nach wenigen Minuten zurück: „Peter Clyde. Worin besteht das Problem?“

„Es gibt kein Problem. Ich möchte nur etwas überprüfen. Ist er jetzt in seinem Büro?“

„Das weiß ich nicht. Er hat die Durchwahl vier-drei-eins, aber ich nehme an, daß das auch in Ihrem Telefonverzeichnis steht.“

Saracen begriff, daß Moss verärgert war, und sagte: „Entschuldigen Sie, aber ich mußte sicher sein, daß Wylie heute dienstfrei hat. Die Angelegenheit, um die es geht, ist heikel.“

„Ich verstehe. Ich hoffe immer noch, daß Wylie demnächst in Pension gehen wird und wir dann nicht mehr so tun müssen, als wäre er gar nicht betrunken.“

„Seine Patienten sind wenigstens schon tot“, witzelte Saracen.

Sie stellten wie üblich fest, daß sie sich gelegentlich zu einem Drink zusammensetzen müßten, und dann legte Saracen auf. Er hob aber sofort wieder ab und wählte die vier-drei-eins. Peter Clyde meldete sich. Nach den üblichen Höflichkeitsfloskeln kam Saracen zur Sache und erkundigte sich nach dem Obduktionsbefund von Myra Archer.

„Der Name sagt mir nichts“, antwortete Clyde. „Bleiben Sie einen Augenblick dran.“

Saracen hörte Papier rascheln, dann meldete sich Clyde wieder.

„Keiner von meinen Kunden. In den letzten vier Wochen hatte ich eine einzige Obduktion vom Städtischen, und das war am Achten."

„Verdammt", fluchte Saracen leise. „Das bedeutet wahrscheinlich, daß Cyril Wylie sie gemacht hat."

„Er ist morgen hier. Sie können ihn anrufen."

Saracen murmelte etwas Unverständliches, und Clyde begriff. „Gibt es ein Problem?" erkundigte er sich.

„Es ist etwas Unangenehmes. Ich möchte Dr. Wylie lieber nicht danach fragen."

„Ich verstehe", meinte Clyde nachdenklich; er nahm offensichtlich an, daß Saracens Zögern mit Wylies Trunksucht zusammenhing. „Einen Augenblick", sagte er.

Er kehrte sehr bald zurück. „Leider habe ich keine gute Nachricht. Ich hatte gehofft, daß Wylie seinen Karteikasten nicht verschlossen hat, aber so viel Glück haben wir nicht. Sie müssen sich doch morgen mit ihm in Verbindung setzen."

Saracen vergaß Myra Archer vollkommen, als ein dreizehnjähriges Mädchen namens Matilda Mileham eingeliefert wurde, das mit seinem Rad in einen Verkehrsunfall verwickelt worden war. Beide Beine waren durch den Zusammenprall mit dem Auto schwer in Mitleidenschaft gezogen worden.

„Haben Sie den Operationssaal verständigt, Schwester?" fragte Saracen.

„Ja, Doktor."

„Zustimmungserklärungen?"

„Da gibt es ein Problem. Die Eltern wollen einer Bluttransfusion nicht zustimmen. Religiöse Gründe. Sie sind Zeugen Jehovas."

„Wo befinden sie sich jetzt?"

„Im kleinen Wartezimmer."

„Führen Sie sie bitte in mein Büro. Ich werde mit ihnen sprechen."

Saracen holte tief Luft, bevor er den Raum betrat, in dem ein älteres Ehepaar einander umschlungen hielt. Die Frau schluchzte leise in ihr Taschentuch. Saracen erklärte, wer er war, und kam sofort zur Sache. „Ich möchte Ihnen gegenüber vollkommen offen sein. Wenn Ihre Tochter nicht bald eine Bluttransfusion bekommt, wird sie sterben. Verstehen Sie mich?"

Der Mann nickte stumm. Die Frau schluchzte weiter.

„Wollen Sie mir bitte die Erlaubnis dazu erteilen?“

Die Frau schluchzte noch heftiger. Der Mann streichelte ihre Schulter und antwortete: „Leider verbietet es unser Glaube, Herr Doktor. Wir können Ihnen die Erlaubnis nicht erteilen.“

In Saracen stieg Wut hoch, und er wartete, bis er sich wieder in der Hand hatte. Er setzte gerade zum Sprechen an, als das Paar zu ihm aufblickte, und an die Stelle seines Zorns trat Niedergeschlagenheit. Statt der Selbstgefälligkeit, die er erwartet hatte, lagen in ihren Gesichtern nur Kummer und Qual.

„Ich werde jetzt darum ansuchen, daß das Gericht für die Dauer der Behandlung die Vormundschaft über Ihr Kind übernimmt. Haben Sie dazu irgendwelche Fragen?“

Das Paar schwieg, aber als Saracen die Tür erreichte, fragte die Frau: „Wie lang wird das dauern, Herr Doktor?“

„Eine Stunde, vielleicht zwei.“

„Wird sie . . .“ Die Frau verstummte, als ihr klar wurde, daß sie diese Frage nicht stellen durfte.

Saracen verließ den Raum mit dem Eindruck, daß die beiden nur zu froh darüber waren, daß ihnen jemand die Verantwortung abnahm. Er betrat Nigel Gardens Büro, um die Anweisungen, wie man eine gerichtliche Vormundschaft erwirkt, herauszusuchen.

Er wählte die Telefonnummer, die auf dem Informationsblatt angegeben war. Es war besetzt, und Saracen fluchte leise. Als er beim dritten Versuch noch immer das Besetztzeichen hörte, schlug er wütend mit der Faust auf den Tisch, so daß aus dem silbernen Tintenfaß Tinte auf die Tischplatte spritzte. Er suchte rasch in den Schreibtischschubladen nach Löschpapier und fand auch welches. Darunter lag ein offener Brief, und Saracens Blick fiel auf den unterstrichenen Namen im oberen Teil: Myra Archer.

Als er endlich die Behörde erreicht und das Verfahren in Gang gesetzt hatte, beugte er sich erneut über die Schublade, holte den Brief heraus, beschwichtigte sein schlechtes Gewissen und las ihn. Der Brief kam von der Fluggesellschaft British Airways und bezog sich auf einen Brief Nigel Gardens; er hatte darum ersucht, daß die Passagiere und die Mannschaft des Flugzeugs, das Myra Archer nach Großbritannien gebracht hatte, kontaktiert und seiner Empfehlung gemäß behandelt wurden. Das Schreiben bestätigte, daß dies geschehen war.

„Warum, zum Teufel?“ fragte Saracen laut und starrte den Brief an. Wenn die Frau an einem Herzanfall gestorben war, was sollte dann der Unsinn, daß sich Passagiere und Besatzung einer Behandlung unterziehen mußten? Er begann, die Schublade nach einer Kopie von Gardens erstem Brief an die British Airways zu durchwühlen.

Nach einigen Minuten hatte er gefunden, was er suchte. Der Brief setzte die Luftfahrtgesellschaft davon in Kenntnis, daß ein Passagier auf ihrem Flug BA 3114 nach London-Heathrow, eine gewisse Mrs. Myra Archer, an einer Salmonelleninfektion gelitten hatte. Als Vorsichtsmaßnahme empfahl man für alle Passagiere eine vorbeugende Behandlung mit Antibiotika, weil es möglich war, daß das im Flugzeug servierte Essen an der Infektion schuld war.

„Lebensmittelvergiftung?“ fragte Saracen wieder laut. Myra Archer hatte eine Lebensmittelvergiftung gehabt? Er schüttelte verwirrt den Kopf, hatte aber keine Zeit, weiter darüber nachzudenken, weil Dr. Tang hereinkam und besorgt sagte: „Doktor Saracen, ich brauche Ihre Hilfe. Kommen Sie, bitte!“

Saracen folgte ihr in das Zimmer, in dem die Dreizehnjährige lag.

„Ich bin nicht zufrieden“, erklärte Dr. Tang.

Saracen untersuchte das Mädchen, überflog die Anzeigen auf den Geräten und schloß sich Dr. Tangs Ansicht an. „Wir können nicht länger warten, wir müssen die Transfusion sofort vornehmen. Sind die Blutkonserven von der Blutbank gekommen?“

Schwester Moira nickte und fragte: „Was ist mit dem Papierkram?“

„Wir können nicht warten.“

„Wenn Sie es sagen.“ Schwester Moira sprach die Worte überdeutlich aus und forderte Saracen damit auf, offiziell die Verantwortung zu übernehmen.

„Ich sage es!“ erklärte er.

Saracen schob in die Armvene des Mädchens eine Kanüle, schloß sie an die Flasche mit der Blutkonserve an und ging ins Dienstzimmer, um Tee zu trinken. Jill Rawlings war bereits da. Sie saß auf der Ecke des Schreibtisches und hielt Tasse und Untertasse in den Händen.

„Wie ich höre, haben Sie der Zeugin Jehovas Blut gegeben“, sagte sie.

„Mir blieb nichts anderes übrig.“

„Die Behörden werden vielleicht anderer Meinung sein.“

„Die Behörden kann der Teufel holen!“

„Mein Held!“ entgegnete Jill lächelnd.

Saracen überhörte die Bemerkung und fragte: „Hat Mary Travers erwähnt, daß Myra Archer eine Salmonelleninfektion hatte?“

„Ja, jetzt erinnere ich mich daran. Einige Tage nach dem Fall Archer erhielten sie und die Besatzung des Wagens vorsichtshalber Antibiotika. Als Sie mich damals fragten, hielt ich es nicht für wichtig.“

Saracen runzelte die Stirn. „Mich stören dabei einige Kleinigkeiten. Woher wußte man zum Beispiel, daß die Frau eine Salmonelleninfektion hatte, wenn sie wegen eines akuten Herzanfalls eingeliefert wurde?“

„Vielleicht hat man es bei der Obduktion entdeckt.“

„Im Fall dieser Frau hat der Pathologe kaum nach einer Salmonelleninfektion Ausschau gehalten“, widersprach Saracen.

„Worauf wollen Sie hinaus?“

Saracen zuckte seufzend die Achseln. „Um ganz ehrlich zu sein: Ich weiß es selbst nicht genau. Würden Sie Mary Travers fragen, an welchem Tag sie die Antibiotika bekam?“

SARACEN saß in der Badewanne, als das Telefon läutete. Sein erster Gedanke war, daß Nigel Garden wieder einmal versuchte, seinen Dienst jemand anderem aufzuhalsen; er war sehr erleichtert, als er Jill Rawlings' Stimme hörte.

„Ich habe mit Mary Travers gesprochen. Die Antibiotikabehandlung begann am Dreizehnten. Wollten Sie das wissen?“

„Ja, danke, Sie sind ein Engel!“

In Saracens Schläfen begann das Blut zu pochen. Myra Archer war am Zwölften gestorben; die Obduktion war frühestens am Dreizehnten vorgenommen worden. Für die Feststellung, daß die Patientin eine Salmonelleninfektion gehabt hatte, wäre ein Laborbefund erforderlich gewesen, der nicht vor dem Fünfzehnten oder Sechzehnten hätte eintreffen können. Wenn Garden am Dreizehnten mit der Behandlung von Mary Travers und den übrigen begonnen hatte, so war dies also nicht aufgrund der Obduktionsresultate geschehen. Er mußte schon vorher etwas gewußt haben.

Das Badewasser war mittlerweile kalt geworden. Saracen trocknete sich ab und schlüpfte in einen Bademantel. Dann setzte er sich hin und dachte darüber nach, wie Tang und Garden zu einer Diagnose gelangt sein könnten. Aus allen Berichten ging hervor, daß Myra Archer bewußtlos gewesen war, als der Krankenwagen sie abholte. Sie konnte ihnen also nichts gesagt haben, und trotzdem hatten sie gewußt, daß sie an einer schweren Infektion litt. Es ergab keinen Sinn. Er mußte eine Kopie des Obduktionsbefundes auftreiben, dann konnte er vielleicht, von der Todesursache ausgehend, den Fall zurückverfolgen und herausfinden, wieso sie es gewußt hatten. Ganz gleich, was Wylie sagte, er brauchte den Bericht.

Saracen lehnte sich gerade zurück und blickte zur Decke, als erwarte er von dort eine Erleuchtung, als das Telefon klingelte. Es war Dave Moss.

„Ihre Dr. Tang hat mich gerade angerufen. Sie war ziemlich durcheinander; leider habe ich nur jedes vierte oder fünfte Wort verstanden. Sie wollte anscheinend, daß ich einen oder zwei Patienten übernehme; sie sagte immer wieder ‚zwei', dann wurde die Verbindung unterbrochen."

„Ich verstehe." In Saracen stieg der Zorn hoch. „Und Sie rufen mich an, um herauszufinden, warum man einer Ärztin, die so unverständlich Englisch spricht, die Verantwortung für die Unfallstation übertragen hat."

„So ungefähr."

„Das möchte ich ebenfalls wissen", meinte Saracen, der bereits anfing, sich anzuziehen. „Geben Sie mir fünfzehn Minuten. Ich rufe Sie wieder an."

Er war wütend. Wie konnte Garden so unverantwortlich handeln? Während er zu seinem Wagen hinunterlief, bemühte er sich, seinen Zorn unter Kontrolle zu bekommen, damit er sich nicht auf seine Fahrweise auswirkte.

Saracen hielt mit kreischenden Bremsen auf dem Parkplatz. Als er Augenblicke später zur Tür der Unfallstation hineinstürzte, sah ihn Schwester Laura erstaunt an. „Ich habe nicht gewußt, daß Dr. Garden Sie angerufen hat", sagte sie.

„Hat er auch nicht", antwortete Saracen.

„Als ich Sie sah, nahm ich an, daß er Sie als Ersatz für Dr. Tang kommen ließ . . ."

Jetzt war Saracen verblüfft. „Wieso? Was ist mit Dr. Tang los?"

„Sie hat eine Art Nervenzusammenbruch erlitten und ist in Abteilung acht eingeliefert worden."

Als Saracen begriff, daß er die Situation vollkommen mißverstanden hatte, wurde er ruhiger und kam sich ziemlich lächerlich vor. „Was meinen Sie mit Nervenzusammenbruch?"

„Ich habe noch nie so etwas erlebt. Sie schrie und tobte, und als Dr. Garden sie beruhigen wollte, wurde sie ihm gegenüber sogar tätlich."

„Aber warum? Was hat sie so aus der Fassung gebracht?"

„Das ist ja das Komische daran: Wir wissen es nicht. Gegen acht Uhr wurde ein Patient eingeliefert, der bereits tot war. Dr. Tang sollte seinen Tod bescheinigen. Als sie zurückkam, rannte sie in das Büro von Dr. Garden und begann zu toben und zu schreien."

„Haben Sie etwas von dem, was sie sagte, verstanden?"

„Nicht viel, ihr Akzent ist so stark. Es klang wie: ‚Sechs Tage, mehr als sechs Tage', aber das könnte ich nicht beschwören."

„Und was geschah dann?"

„Sie stürzte aus Dr. Gardens Büro heraus und fing an zu telefonieren. Dr. Garden versuchte, vernünftig mit ihr zu reden, aber schließlich mußte er Pfleger holen, die sie festhielten, während er ihr eine Beruhigungsspritze verpaßte. Er meinte, daß Dr. Tang in letzter Zeit unter großem Druck gestanden habe und nervlich erschöpft sei. Sie würde wahrscheinlich in zwei Tagen wieder vollkommen in Ordnung sein, deshalb bat er uns, den Zwischenfall Außenstehenden gegenüber nicht zu erwähnen."

Saracen nickte und erklärte, daß er jetzt zu Dr. Tang gehen werde.

Wie immer herrschte gegen neun Uhr abends außerhalb der Unfallstation in den Korridoren des Städtischen Krankenhauses Ruhe. Die letzten Besucher waren gegangen, und die Nachtschicht hatte den Dienst angetreten.

Saracen öffnete eine der beiden Glastüren zur Station acht und trat ein. Er steckte den Kopf zur Tür des Dienstzimmers hinein und fragte die Schwester, wo er Dr. Tang finden könne.

„Sie liegt im hinteren Seitenflügel. Dr. Garden befindet sich noch bei ihr."

Saracen begab sich in den Seitenflügel. Er fand das Zimmer sofort, trat ein und schloß die Tür hinter sich. Nigel Garden saß neben Dr. Tang, die anscheinend schlief. Als Saracen eintrat, blickte Garden auf und schien zu erschrecken, faßte sich aber schnell wieder. „Ich hatte nicht erwartet, Sie hier zu sehen", sagte er mit erzwungenem Lächeln.

„Ich bin angerufen worden", erklärte Saracen.

„Tatsächlich? Von wem?"

Gardens Direktheit störte Saracen, aber er beantwortete die Frage. „Von Dave Moss im Kreiskrankenhaus."

„Ach so. Und was hat er Ihnen erzählt?"

„Er hatte den Eindruck, daß man Dr. Tang allein gelassen und ihr die Verantwortung für die Unfallstation übertragen hatte", antwortete Saracen, ohne Garden aus den Augen zu lassen.

Garden hielt dem Blick stand. „Das war keineswegs der Fall", erklärte er ruhig und leise. Er behielt sein seltsames Lächeln bei, als wäre es in Stein gemeißelt.

„Wie geht es ihr?" erkundigte sich Saracen.

„Derzeit ist sie ausgeschaltet. Sie muß sich nur richtig ausschlafen, dann wird sie sich besser fühlen."

„Was ist eigentlich geschehen?"

„Ein plötzlicher emotionaler Ausbruch, bei dem sie vollkommen die Beherrschung verlor. Sie ist der Arbeit nicht gewachsen. Ich hätte die Krankenhausleitung schon vor Monaten darauf hinweisen sollen, aber sie tat mir leid, und ich wollte ihr eine Chance geben." Garden senkte scheinbar schuldbewußt den Blick.

„Schwester Laura hat erwähnt, daß Dr. Tang vor dem Anfall mit einem Todesfall zu tun hatte."

„Einem Routinefall. Als der Mann eingeliefert wurde, war er bereits tot."

„Ich verstehe. Es ist also vollkommen rätselhaft, wieso es zu Dr. Tangs Zusammenbruch kam."

„Vollkommen."

„Wenn ich schon hier bin, kann ich, wenn es Ihnen recht ist, Dr. Tangs Schicht gemeinsam mit Ihnen übernehmen."

„Das kommt nicht in Frage, mein Bester." Garden sprach so leise, daß es beinahe drohend klang. „Sie gehen schön brav nach Hause."

Saracen kostete es Mühe, seine Verblüffung nicht zu zeigen. „In Ordnung", gab er schließlich nach und verabschiedete sich.

5

SARACEN kehrte auf die Unfallstation zurück, rief Dave Moss an und erklärte ihm, was vorgefallen war.

„Das ist hart", meinte Moss. „Ich hätte allerdings manchmal auch Lust zu schreien. Übrigens, haben Sie von Peter Clyde die Auskunft erhalten, die Sie brauchen?"

„Nein, diese Obduktion hat offenbar Cyril Wylie vorgenommen."

„Hätte Clyde nicht in Wylies Aufzeichnungen nachsehen können?"

„Er hat es versucht. Der Aktenschrank war aber verschlossen."

Moss gab ein undefinierbares Geräusch von sich. „Das sieht Cyril ähnlich. Er ist ein paranoider alter Trottel. Ich kann Ihnen nichts versprechen, aber Wylie macht morgen eine Obduktion für uns. Geben Sie mir den Namen der Patientin, und ich werde versuchen, in Cyrils Büro zu schlüpfen, während er beschäftigt ist."

„Dafür wäre ich Ihnen wirklich dankbar. Die Patientin hieß Myra Archer. Sie starb am Abend des Zwölften."

„Soll ich auf etwas Bestimmtes achten?"

„Als Todesursache wurde Herzstillstand angegeben, und sie litt angeblich auch an einer Salmonelleninfektion. Ich möchte wissen, ob die Obduktion diese Angaben bestätigt hat oder ob mehr dahintersteckt."

„Ich rufe Sie morgen an."

Saracen bedankte sich und legte auf.

„Werden Sie heute Nachtdienst machen, Dr. Saracen?" erkundigte sich Schwester Laura. Saracen beobachtete belustigt ihr verblüfftes Gesicht, als er ihr mitteilte, daß Dr. Garden in der Unfallstation Nachtdienst tun würde.

„Und wegen des Todesfalles, den Dr. Tang bescheinigen sollte, Schwester . . ."

„Da gibt es nicht viel zu erzählen. Bei dem Patienten handelte es sich um einen gewissen Leonard Cohen, einen vierundsechzig Jahre alten Pensionär, der allein lebte. Er war seit mehreren Stunden tot."

„Ich nehme an, daß sich die Leiche in der Leichenhalle befindet."

„Ja, oder eigentlich nein, das heißt, ich bin nicht sicher . . . Dr. Garden hat erwähnt, daß das Kühlsystem wieder nicht funktioniert. Er wollte sich mit einem Bestattungsinstitut in Verbindung setzen, damit es die Leiche übernimmt. Sie müssen mit dem Pförtner sprechen."

Saracen fand den Pförtner vor der Röntgenstation beim Reinigen von Rollstühlen und erkundigte sich nach dem Toten.

„Die Leute vom Bestattungsinstitut haben ihn vor etwa dreißig Minuten abgeholt, Doktor. Ist es wichtig?"

„Eigentlich nicht. Wissen Sie zufällig, welche Firma beauftragt wurde?"

„Maurice Dolman & Sons aus der Ventnor Lane."

„Danke. Was ist denn mit der Kühlung los?"

„Dr. Garden hat gesagt, daß der Kompressor Gas verliert und daß die Temperatur steigt."

Saracen nickte und wandte sich ab. Sein Gehirn arbeitete auf Hochtouren, so daß er seine Umgebung kaum wahrnahm, während er durch den Korridor ging. Garden, Tang, ein toter Patient. Was zum Teufel war los? Er wollte das Gebäude bereits verlassen, als sein Blick auf das Kästchen fiel, in dem der Schlüssel zur Leichenhalle hing. Er zögerte einen Augenblick, gab dann seiner Neugier nach, nahm den Schlüssel vom Haken und verließ das Gebäude.

Es hatte zu regnen begonnen, doch das machte Saracen nichts aus; er war froh, daß er unbemerkt ins Freie gelangt war. Er eilte den Hügel zur Leichenhalle hinunter, sperrte auf und trat ein.

In dem Raum herrschte Stille. Er schaltete das Licht ein und ging zum Thermometer. Die Temperatur war hoch, wie es bei einem Versagen des Kompressors zu erwarten war. Saracen zog den schweren Metallriegel vor einer der Leichenkammern zurück und öffnete die Tür. Die Kammer war leer. Er zog geistesabwesend einen der drei Einsätze heraus, schob ihn dann wieder zurück, schloß die Kammer und ging zur nächsten. Sie war ebenfalls leer, genau wie die dritte, aber in der vierten lagen zwei Leichen.

Saracen starrte die beiden Körper an und suchte eine Erklärung dafür, warum sie sich noch hier befanden, wenn der Kompressor tatsächlich ausgefallen war. Er zog die Einsätze nacheinander heraus und las die Namensschildchen. Anne Hartmann. Maud Finnegan. Die Leichentücher waren noch kalt, fühlten sich jedoch wegen der steigenden Temperatur feucht an.

Er fand das Eintragungsbuch der Leichenhalle und stellte fest, daß nur zwei Tote aufgeführt waren – Hartmann und Finnegan. Obwohl die Kühlanlage tatsächlich nicht funktionierte, sah es so aus, als hätte Garden die Störung nur erfunden, damit man die Leiche von Leonard Cohen möglichst rasch wegschaffen konnte.

Saracen untersuchte das Gehäuse, in dem sich der Motor befand, entdeckte einen kleinen durch drei Schrauben gesicherten Deckel, holte aus einer Lade einen Schraubenzieher und löste die Schrauben. Weil er keinen Hinweis auf einen Kurzschluß oder eine schadhafte Leitung fand, begann er, die Anlage systematisch zu überprüfen. Er folgte dem Hauptkabel zum Motor und dann allen Leitungen zu Nebenanschlüssen und Schaltern, ohne eine Störung zu entdecken, bis er zum Schaltbrett kam. Es hatte ein Loch. Saracen sah genauer hin und stellte fest, daß in dem Loch ursprünglich eine Sicherung gesteckt hatte. War das vielleicht der einzige Grund für den Ausfall? Er suchte wieder in der Werkzeuglade und fand eine Ersatzsicherung und die dazugehörige Fassung. Es fiel ihm jedoch schwer, sie einzusetzen, weil das Schaltbrett hinter der Verdrahtung für den Motor lag. Er versuchte es zuerst mit der rechten Hand, erreichte jedoch das Loch nicht, daher legte er sich auf den Boden und griff mit der linken Hand hinein. Er war beinahe dort, nur noch einige Zentimeter . . . Er veränderte seine Lage und drückte die Wange an die Verkleidung, um seine Reichweite zu vergrößern, als er auf dem Fußboden etwas Schwarzes sah. Es war die Spitze eines Schuhs. Jemand stand hinter ihm.

Er fuhr herum und erblickte Nigel Garden, der zu ihm hinunterstarrte. „Was treiben Sie hier eigentlich?" fragte der.

„Ich habe versucht, die Kühlanlage instand zu setzen", antwortete Saracen nicht sehr überzeugend.

„Für solche Arbeiten gibt es bei uns Mechaniker", stellte Garden abweisend fest.

Saracen kam sich albern vor und wurde daraufhin aggressiv. „Jemand hat die Sicherung entfernt", erklärte er.

„Das war ich", sagte Garden ruhig. „Der Kompressor verlor Gas. Ich wollte verhindern, daß jemand die Anlage wieder einschaltet und sie damit endgültig ruiniert."

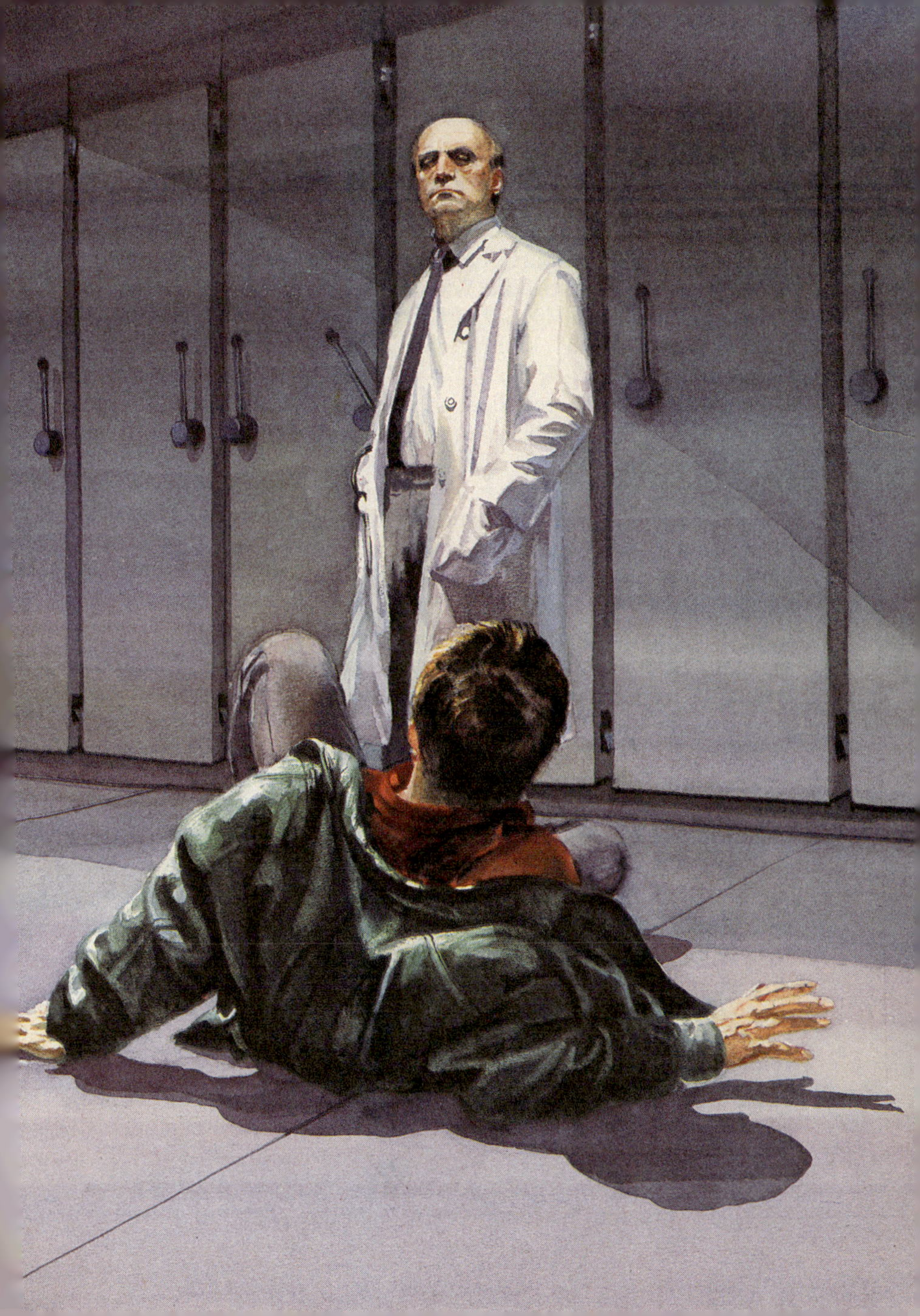

„Ich verstehe." Saracen hatte immer mehr das Gefühl, daß er sich lächerlich machte. „Vielleicht können Sie mir auch erklären, warum eine Leiche weggebracht wurde und die anderen beiden hier zurückgeblieben sind?"

Garden starrte Saracen an und fragte dann langsam: „Wie bitte?"

„Ich habe gefragt, warum nur eine Leiche fortgebracht wurde."

„Wäre es denkbar, daß im Wagen des Leichenbestatters nur zwei Leichen Platz haben? Daß drei Leichen zwei Fahrten bedeuten?"

„Es wäre möglich", stimmte Saracen zu, der sich jetzt wie ein Idiot vorkam.

Garden sah ihn angewidert an. „Ich wünsche Ihnen eine gute Nacht. Schließen Sie ab, bevor Sie gehen!"

ALS SARACEN endlich darüber hinweggekommen war, daß Garden ihn in der Leichenhalle ertappt hatte, fiel ihm auf, daß er trotzdem recht haben könnte. Es war ohne weiteres möglich, daß die herausgeschraubte Sicherung das einzige war, was der Kühlanlage fehlte. Gardens prompte Antwort konnte auch eine Lüge, ein Vorwand für die überstürzte Entfernung von Cohens Leichnam gewesen sein. Aber warum? Im Gegensatz zu Myra Archer war Cohen eindeutig tot gewesen, als er im Städtischen Krankenhaus eintraf, also konnte keine Rede davon sein, daß jemand einen Fehler begangen hatte. Wovor fürchtete sich Garden? Saracen wurde klar, daß es einen zweiten Obduktionsbefund gab, den er sich ansehen mußte.

Dann hatte er eine Idee. Wenn er am nächsten Morgen zeitiger aufstand, konnte er sich mit dem Beerdigungsinstitut in Verbindung setzen und den Leuten mitteilen, daß er sich Cohens Leichnam ansehen wolle. Das war besser, als auf das Obduktionsergebnis zu warten. Garden sollte zum Teufel gehen, und die Folgen waren ihm ebenfalls gleichgültig. Er mußte herausbekommen, was hier gespielt wurde.

Er rief die Leichenbestattung am nächsten Morgen um neun Uhr an und vereinbarte einen Termin für seinen Besuch.

Zwanzig Minuten später betrat er das Gebäude. Am Empfang befand sich niemand, deshalb schlug er auf die Messingglocke, die auf dem Tisch stand.

Irgendwo im Hintergrund bewegte sich etwas. Schritte näherten sich langsam, bis endlich ein kleiner Mann in schwarzem

Jackett und gestreifter Hose erschien. „Kann ich Ihnen behilflich sein, Sir?“ fragte er mit sorgsam einstudiertem Mitgefühl.

„Ich bin Dr. Saracen. Ich habe vorhin angerufen.“

„Ach ja. Bitte folgen Sie mir!“

Saracen folgte dem Mann, der vermutlich Maurice Dolman war, durch einen schmalen Korridor einige Stufen in den Keller hinunter. Es roch durchdringend nach Chemikalien, und in den Räumen erhellten Leuchtstoffröhren auch noch den letzten Winkel mit kaltem, schattenlosem Licht. Endlich gelangten sie in einen Raum mit dem Schild LEICHENSCHAURAUM.

Saracen trat zurück, während der Mann einen Kühlschrank öffnete, in dem sechs Leichen Platz hatten; zur Zeit waren nur vier Kammern besetzt. Saracen las über die Schulter des Mannes hinweg die Namen: Carlisle, Hartman, Finnegan und Cohen. Garden hatte also auch die anderen beiden Leichen hierherbringen lassen.

Die Untersuchung nahm nicht viel Zeit in Anspruch, und als Saracen fertig war, mußte er sich der Tatsache stellen, daß sie nichts Neues erbracht hatte. Es handelte sich um die Leiche eines sechzigjährigen Mannes, die keine Anomalien oder besondere Kennzeichen aufwies. Wenn Dr. Tang ihn nicht persönlich gekannt hatte, war es beinahe unerklärlich, daß sie so aus der Fassung geraten war. Als Saracen ins Krankenhaus zurückkehrte, überfiel ihn Alan Tremaine mit Fragen.

„Sie sind also nicht weitergekommen“, stellte er fest, als Saracen mit seinem Bericht zu Ende war.

Saracen nickte und erkundigte sich nach Dr. Tangs Zustand.

„Sie ist nicht mehr bei uns. Sie ist in die psychiatrische Abteilung in Morley Grange überstellt worden.“

„Wer hat das veranlaßt?“ erkundigte sich Saracen erstaunt.

„Vermutlich Garden. Das nehme ich jedenfalls an. Warum?“

Saracen antwortete nicht sofort. Er mußte sich eingestehen, daß er in bezug auf Garden allmählich Verfolgungswahn bekam. War es wirklich so seltsam, daß Dr. Tang nach Morley Grange gebracht worden war? Warum kam es ihm so verdächtig vor? „Ach, schon gut. Sie ist dort bestimmt am besten aufgehoben.“

Tremaine war über die Antwort sichtlich erstaunt, aber dann fiel ihm etwas ein. „Dave Moss hat angerufen. Er möchte, daß Sie ihn zurückrufen.“

Saracen rief das Kreiskrankenhaus an und mußte warten, bis die Telefonistin Moss über den Piepser erreicht hatte.

„Sie werden es nicht glauben", begann Moss, „aber es hat nie eine Obduktion von Myra Archer gegeben."

„Das verstehe ich nicht. Jemand muß eine Autopsie vorgenommen haben. Sie war tot, als sie eintraf, und sie hatte keinen Hausarzt, der den Totenschein unterschreiben konnte."

„Ich habe Wylies Akten von A bis Z durchgekämmt. Über Myra Archer liegt nichts vor."

„Vielleicht hat jemand die Akte verschwinden lassen", meinte Saracen.

„Ich habe angenommen, daß Sie das sagen würden, und habe Wylies Zeitplan vom Zwölften bis zum Fünfzehnten durchgesehen. Er war voll beschäftigt, aber Myra Archer stand nicht auf der Liste. An ihr ist keine Obduktion vorgenommen worden, James."

Saracen konnte es nicht glauben. „Wer hat dann den Totenschein unterschrieben?"

„Das würde ich auch gern wissen", sagte Moss.

„Ich bleibe mit Ihnen in Verbindung." Saracen legte den Hörer langsam auf und blieb in Gedanken versunken.

In diesem Augenblick kam Schwester Moira auf ihn zu und sagte: „Wenn Sie einen Augenblick Zeit haben, Doktor, würde ich gern mit Ihnen sprechen."

Saracen folgte ihr in ihr Büro, und sie schloß die Tür. „Es handelt sich um das Mädchen von den Zeugen Jehovas, das Sie behandelt haben. Sie hat Hepatitis bekommen und ist ins Kreiskrankenhaus überstellt worden."

Saracen verdrehte die Augen. „Das hat mir gerade noch gefehlt. Daran muß die Bluttransfusion schuld sein. Wie geht es ihr?"

„Sie hält sich recht gut, aber angesichts der Umstände ist es möglich, daß die Eltern aus der Komplikation falsche Schlüsse ziehen. Falls sie es tun, könnte der Fall vor Gericht kommen. Ich weiß nicht, inwieweit Ihnen das nützt, aber ich stehe voll zu Ihnen. Sie haben das Richtige getan!"

SARACEN saß allein in der Kantine des Krankenhauses und überlegte, ob er die vor ihm stehende Masse essen oder seinen Wagen damit abdichten sollte, als Jill Rawlings hereinkam und sich zu ihm setzte.

Saracen fuhr sich mit der Hand über die Stirn und brachte ein Lächeln zustande.

„Probleme?“ fragte sie.

„Jede Menge!“

„Meine Freundin Mary ist auf eine Woche nach Hause gefahren, und ich wohne solange in ihrer Wohnung. Kommen Sie doch am Abend vorbei. Bringen Sie eine Flasche Wein mit, und ich verspreche Ihnen eine richtige Mahlzeit.“

„Das klingt gut“, sagte Saracen lächelnd.

Jill gab ihm Marys Adresse, und sie einigten sich auf acht Uhr.

Um vier Uhr nachmittags rief Saracen das Kreiskrankenhaus an und erkundigte sich bei Moss nach dem Zustand des Mädchens mit der Hepatitis.

„Im Augenblick geht es ihr gut. Wieso interessieren Sie sich für sie, James?“

Saracen erklärte es ihm.

„Sie wollen sich wohl unbedingt beruflich ins Jenseits befördern, was?“

„Was hätten Sie an meiner Stelle getan?“

„Hoffentlich dasselbe.“

„Glauben Sie, daß sie durchkommt?“

„Wenn keine Komplikationen eintreten, ist sie bald wieder draußen, und wenn die Eltern mich fragen sollten, wieso sie Hepatitis bekommen hat, werde ich ihnen erklären, daß die Wege des Herrn unergründlich sind.“

„Danke. Ich stehe in Ihrer Schuld.“

Als Saracen um sieben Uhr die Unfallstation verließ, war seine Stimmung keineswegs rosig. Nachdem er gebadet und sich umgezogen hatte, fühlte er sich besser und bemühte sich bewußt, alle Gedanken an das Krankenhaus zu verdrängen, bevor er sich zu Jill auf den Weg machte.

„DIE SACHE mit Myra Archer belastet Sie wahrscheinlich“, sagte Jill, nachdem sie Drinks eingeschenkt und sich zu ihm aufs Sofa gesetzt hatte.

Saracen nickte.

„Möchten Sie darüber sprechen? Sie wissen ja – geteiltes Leid ist halbes Leid!“

Saracen erzählte ihr die ganze Geschichte.

„Sie sind davon überzeugt, daß Myra Archers und Leonard Cohens Tod miteinander in Verbindung stehen?"

„Absolut. Ich wurde ganz bestimmt von den Männern niedergeschlagen, die Myra Archers Leiche nachts wegschaffen sollten und die ich dabei störte."

„Haben die beiden Patienten etwas Gemeinsames?"

„Soweit ich es überblicken kann, nein. Eine Frau um die Fünfzig, die die letzten zwanzig Jahre in Afrika gelebt hat. Es ist schwer, eine Verbindung herzustellen, aber ich glaube, daß Garden etwas vertuschen will, das im Zusammenhang mit ihrem Tod steht."

„Das ist bei Myra Archer möglich", meinte Jill skeptisch, „aber nicht bei Cohen. Sie haben selbst gesagt, daß er einige Stunden vor seiner Einlieferung gestorben ist. Was sollte Garden da vertuschen wollen?"

„Das weiß ich nicht", gestand Saracen. „Aber ich möchte mir die Totenscheine ansehen, vor allem den von Myra Archer."

„Und wie wollen Sie den in die Finger bekommen?"

„Durch Timothy Archer."

„Durch ihren Mann? Wird er dadurch nicht wieder aus der Fassung geraten?"

„Das wäre möglich. Ich will ihn aufsuchen, vorsichtig sondieren, wie es ihm geht, und dann langsam auf das Wesentliche zu sprechen kommen."

„Ich hätte einen anderen Vorschlag."

„Raus damit!"

„Ich schlage vor, daß wir für heute abend das Ganze vergessen. Das Essen ist gleich fertig. Hoffentlich sind Sie hungrig."

„Wie ein Wolf!"

Während des Abendessens lachten sie viel. Der Wein war gut und die Mahlzeit köstlich. Saracen hatte sich schon lange nicht mehr so wohl gefühlt, und er sagte es Jill.

„Das freut mich", antwortete sie.

Als sie fertig waren, bot er an, ihr beim Geschirrspülen zu helfen, aber sie bestand darauf, das Geschirr in der Küche stehenzulassen und statt dessen Kaffee zu trinken. Saracen gab gern nach, sank mit einem zufriedenen Seufzer aufs Sofa und erklärte: „So gut habe ich seit Jahren nicht mehr gegessen."

„Was essen Sie denn für gewöhnlich, James?"

„Konserven, Tiefkühlkost, Sie wissen ja."

„Ich weiß; schnell und einfach. Wenn man allein lebt, hat man keine große Lust zu kochen."

„Haben Sie immer allein gelebt?" fragte Saracen.

„Ich war einmal verheiratet."

„Das habe ich nicht gewußt."

„Warum auch? Wir haben uns vor fünf Jahren scheiden lassen."

„Das tut mir leid", meinte Saracen.

„Vergessen Sie's. Nach der Scheidung fühlte ich mich wie neu geboren. Rückblickend nehme ich an, daß unsere Ehe von Anfang an zum Scheitern verurteilt war; ich verstehe nicht mehr, warum Jeff mich überhaupt geheiratet hat. Er stammte aus einer sogenannten ‚guten Familie'; sein Vater war Anwalt und machte mit dem Kummer anderer Leute ein Vermögen. Mein Vater arbeitete in einer Stahlgießerei. Jeffs Mutter machte keinen Hehl daraus, daß ich für ihren Sohn nicht gut genug war, aber wenn man zwanzig Jahre alt und verliebt ist, spielt so etwas keine Rolle. Erst später wird einem verschiedenes klar. Jeff entpuppte sich als genauso jämmerlicher kleiner Snob wie seine Eltern."

„Mir ging es beinahe genauso. Die Familie meiner Frau fand immer, daß ich ihrer Tochter nicht wert war."

„Muß mit dem medizinischen Beruf zusammenhängen", meinte Jill.

„Daran muß es wohl liegen", stimmte Saracen zu.

„Möchten Sie noch einen Drink?"

„Nein, für heute reicht es."

„Möchten Sie sonst etwas?"

Saracen sah sie an. „Ich möchte dich küssen."

„Ich habe nichts dagegen einzuwenden, Herr Doktor."

Saracen beugte sich vor und küßte sie sanft auf den Mund. Er streichelte ihr mit dem Finger leicht über die Wange, und sie zog sich ein wenig zurück. „Ist alles in Ordnung?" flüsterte er.

Jill nickte. „Du mußt entschuldigen, es ist so lange her."

„Vielleicht sollte ich nicht . . .?"

„O doch, James, du solltest ganz bestimmt." Sie umfaßte seinen Kopf und zog ihn an sich.

Saracen spürte, wie ein Verlangen in ihm aufstieg, das er schon Ewigkeiten nicht mehr verspürt hatte. „Ich bin verrückt nach dir", murmelte er.

„Auch dagegen habe ich nichts einzuwenden, Herr Doktor",

flüsterte sie. Saracen hob sie von der Couch hoch und musterte die beiden in Frage kommenden Türen. Jill lächelte und deutete träge mit dem Daumen über die Schulter. „Die dort."

6

SPÄTNACHTS, als Saracen wieder in seiner Wohnung war, klingelte das Telefon. „Es wäre gut, wenn Sie herkämen", sagte Tremaine.

„Was ist passiert?"

„Dr. Tang. Sie ist in Morley Grange aus dem Fenster gestürzt. Ein Krankenwagen hat sie hierhergebracht."

„Wie zum Teufel . . .?"

„Über die Einzelheiten bin ich nicht informiert. Ich fand nur, daß Sie es erfahren müssen. Sie liegt auf der Intensivstation."

Zehn Minuten später traf Saracen im Krankenhaus ein.

Auf der Intensivstation befanden sich drei Patienten.

Dr. Tang, deren Kopf dick verbunden war, schien zu schlafen. Sie sah wie ein kleines Mädchen aus, so zart war ihr Körper und so glatt ihre Haut; nur eine Abschürfung über ihrem linken Backenknochen störte den Gesamteindruck. Die diensthabende Schwester stellte sich neben Saracen. „Schwere Schädelbrüche", flüsterte sie.

„Sind die Röntgenaufnahmen hier?" fragte Saracen.

„Im Büro." Er folgte der Schwester, die ihm im Büro einen großen Umschlag reichte. Er nahm die Aufnahmen heraus und betrachtete sie. „Du meine Güte, das sieht ja scheußlich aus", sagte er, während er die Bruchlinien an Dr. Tangs Schädel betrachtete.

„Es ist ein Wunder, daß sie noch am Leben ist", meinte die Schwester.

Saracen steckte die Aufnahmen wieder in den Umschlag zurück. „Falls sie irgendwann zu sich kommen sollte, Schwester, möchte ich sofort verständigt werden."

„Selbstverständlich, Doktor. Ich werde es auch der Schwester sagen, die mich ablöst."

Zu Hause setzte sich Saracen müde in einen Sessel vor den Kamin, legte die Füße auf einen Stuhl, stieß einen tiefen Seufzer aus und massierte dann seine Lider. So konnte es nicht weitergehen. Als er vom Krankenhaus nach Hause fuhr, war ihm eine weitere beunruhigende Tatsache bewußt geworden. Er hatte sich an seinen Besuch in dem Beerdigungsinstitut erinnert, und dabei war ihm plötzlich etwas eingefallen. Leonard Cohens Name wies darauf hin, daß er Jude war, aber die Leiche, die man Saracen gezeigt hatte, war die eines nicht beschnittenen Mannes gewesen. Er wußte, daß er es nicht beweisen konnte, war aber plötzlich davon überzeugt, daß Cohens Leiche vertauscht worden war.

Er beschloß, sich Garden offen zu stellen, und dachte gerade über die beste Vorgehensweise nach, als ihm das Schicksal zuvorkam und das Telefon klingelte. Es war Garden.

„Ich habe soeben von Dr. Tangs Sturz erfahren. Tremaine hat mir erzählt, daß Sie sie besucht haben. Wie geht es ihr?"

„Mehrfacher Schädelbruch. Es sieht böse aus."

„Was hat sie denn versucht zu tun?" murmelte Garden.

„Vielleicht zu fliehen?" griff Saracen frontal an.

Es blieb sehr lange still, dann sagte Garden ruhig: „Würden Sie diese Bemerkung näher erklären?"

Saracen holte tief Luft. „Sie haben doch veranlaßt, daß Dr. Tang nach Morley Grange überführt wurde, um sie zum Schweigen zu bringen."

„Haben . . ., haben Sie den Verstand verloren, Saracen?" stotterte Garden. „Weshalb denn zum Schweigen zu bringen?"

„Das weiß ich nicht, aber es hat mit dem Tod von Myra Archer und Leonard Cohen zu tun. Was ist den beiden zugestoßen? Was haben Sie vor?"

„Sie müssen verrückt sein, Saracen. Vollkommen verrückt!"

„Wir werden die Entscheidung darüber der Polizei überlassen", erwiderte Saracen.

Gardens Ton veränderte sich, wurde versöhnlich. „Ich weiß nicht, was Sie so beunruhigt, aber ich bin sicher, daß es eine vollkommen rationale Erklärung dafür gibt. Sprechen wir doch morgen früh darüber."

Saracen überlegte kurz, dann stimmte er zu. „In Ordnung, aber wenn mich Ihre Erklärung nicht zufriedenstellt, gehe ich zur Polizei."

„Morgen früh", wiederholte Garden besänftigend.

Als Saracen auflegte, lagen ihm Angst und düstere Vorahnungen wie ein Stein im Magen.

ALS SARACEN am nächsten Tag um acht Uhr seinen Dienst antrat, erzählte er Tremaine, was er getan hatte.

„Soll ich in Reichweite bleiben?" fragte Tremaine.

„Nein, halten Sie sich vorläufig im Hintergrund."

Garden sollte um neun Uhr eintreffen, war aber um halb zehn noch nicht da. Um zehn Uhr klingelte das Telefon; die Sekretärin des Chefarztes war am Apparat. „Dr. Saithe möchte Sie in fünfzehn Minuten sprechen, Dr. Saracen."

„Ich kann nicht fort, bevor Dr. Garden den Dienst angetreten hat."

„Dr. Garden hat gesagt, daß jemand für ihn einspringen wird."

„Ist Dr. Garden jetzt bei Ihnen?"

„Dr. Garden befindet sich im Augenblick bei Dr. Saithe", erwiderte die Sekretärin.

Saracen legte auf. Garden hatte Saithe aufgesucht? Was ging da vor? Der Stein in seinem Magen wurde schwerer.

ER WAR darauf gefaßt gewesen, zwei Männern gegenüberzutreten, aber in Saithes Zimmer befanden sich drei Personen.

„Sie kennen Mr. Matthew Grimshaw, den Leiter der Gesundheitsbehörde, wahrscheinlich noch nicht", stellte Dr. Saithe vor.

Grimshaw, ein kleiner, untersetzter Mann, dessen Nacken und Stirn kaum zu entdecken waren, streckte Saracen nicht die Hand hin, sondern nickte nur kurz. Saracen nickte ebenfalls, und Saithe forderte ihn mit einer Handbewegung auf, Platz zu nehmen.

Sobald Saracen saß, nahm Saithe seine Brille ab und legte sie vor sich auf den Tisch. „Man hat uns mitgeteilt, Dr. Saracen, daß Sie eine Bluttransfusion für eine gewisse Matilda Mileham angeordnet haben, bevor Sie die gesetzlich vorgeschriebene Bewilligung erhalten hatten."

Saracen war verblüfft, denn darauf war er nicht gefaßt gewesen. „Das Mädchen war eine Zeugin Jehovas. Ihre Eltern hatten die Zustimmung verweigert."

„Sie kennen doch unsere Vorgehensweise in solchen Fällen?" fragte Saithe.

„Natürlich. Ich habe einen Antrag auf gerichtliche Vormundschaft gestellt."

„Aber Sie haben nicht gewartet, bis dem Antrag stattgegeben wurde."

„Das konnte ich nicht. Das Kind wäre inzwischen gestorben."

„Ihrer Meinung nach!" Garden ergriff zum erstenmal das Wort, und zwar aggressiv.

„Ja, meiner Meinung nach", stellte sich Saracen der Herausforderung. „Schließlich war ich derjenige, der zu dieser Zeit anwesend war."

„Das Kind hat anschließend infolge der Transfusion Hepatitis bekommen", stellte Saithe fest. „Ihr voreiliges Handeln hat die Klinikleitung der Gefahr ausgesetzt, vor Gericht zitiert zu werden."

Saracen konnte sich nicht mehr beherrschen. „Voreiliges Handeln! Wenn das Mädchen die Bluttransfusion nicht bekommen hätte, wäre es gestorben. Diese Debatte ist lächerlich!"

„Prozesse sind nicht lächerlich, Doktor, sondern etwas sehr Ernstes", stellte Saithe fest.

„Es gibt im ganzen Land keinen Gerichtshof, der mich verurteilen würde, weil ich die erforderlichen Maßnahmen ergriffen habe, um einem Kind das Leben zu retten."

„Die Frage ist, ob diese Maßnahmen notwendig waren. Oder waren sie vielleicht die Entscheidung eines eigensinnigen Arztes, der sich nicht um die Behörden schert?"

Saracen explodierte. „Natürlich war die Transfusion notwendig! Das Mädchen war dem Tod nahe!"

„Dr. Garden ist anderer Ansicht."

„Dr. Garden war nicht anwesend", erwiderte Saracen kalt.

„Ich bin davon überzeugt, daß Dr. Garden Zugang zu allen relevanten Informationen und Aufzeichnungen hatte. Ich – wir", Saithe wandte sich Grimshaw zu, „vertrauen seinem Urteil." Saithe setzte die Brille wieder auf und sah Saracen direkt an. „Durch Ihre unverantwortliche Handlungsweise haben Sie dieses Krankenhaus und seine verantwortlichen Leiter in eine peinliche und möglicherweise gefährliche Lage gebracht. Sie werden daher bis zum Abschluß der Untersuchungen vom Dienst suspendiert."

Saracen verschlug es einen Augenblick lang die Sprache, dann riß er sich zusammen und wandte sich Garden zu. „Ich verstehe. Zuerst hindern Sie Dr. Tang am Reden, indem Sie sie mit Beruhigungsmitteln vollpumpen, und jetzt räumen Sie mich mit dieser Farce von einer Verhandlung aus dem Weg. Aber Sie werden damit nicht durchkommen! Ich werde nicht aufhören, Fragen wegen Myra Archer und Leonard Cohen zu stellen –"

Saithe unterbrach Saracen. „Dr. Garden hat uns von Ihren empörenden Behauptungen berichtet. Was genau wollen Sie damit ausdrücken, Doktor?"

Saracen zwang sich zur Ruhe. „Ich will damit ausdrücken, daß es im Zusammenhang mit dem Tod der beiden Patienten, die in die Unfallstation eingeliefert wurden, zu schwerwiegenden Unregelmäßigkeiten gekommen ist."

„Um was für ‚Unregelmäßigkeiten' handelt es sich denn?" fragte Saithe ätzend.

„Bei dem ersten Fall, einer Frau namens Myra Archer, steht im Aufnahmebuch, daß sie tot war, als sie im Städtischen Krankenhaus eingeliefert wurde. Das stimmt nicht. Ich weiß mit Sicherheit, daß sie noch am Leben war, als der Rettungswagen sie hierherbrachte."

Saithe sah Garden an, der nachsichtige Verzweiflung mimte und erwiderte: „Die Erklärung ist ganz einfach. Mrs. Archer war noch am Leben, als der Rettungswagen zum erstenmal mit ihr eintraf, war es aber nicht mehr, als sie aufgenommen wurde." Saithe runzelte die Stirn, und Garden fuhr fort: „Dr. Tang, die ärztliche Begleiterin, kam zu mir und sagte mir, daß sie den Verdacht habe, die Patientin leide an einer Salmonelleninfektion."

„Wie konnte Dr. Tang das diagnostizieren?" fragte Saracen.

„Durch ihr erstes Gespräch mit der Patientin", erwiderte Garden.

„Aber sie war doch bewußtlos, als der Medic Alpha mit ihr eintraf", protestierte Saracen.

„Dr. Tang behauptet das Gegenteil, und sie war diejenige, die sich an Ort und Stelle befand", widersprach Garden entschieden.

„Und was ist dann geschehen?" fragte Saithe.

„Die Patientin starb kurz nachdem der Wagen das Krankenhaus verlassen hatte. Dr. Tang fragte mich über Funk, was sie tun solle, und ich sagte ihr, sie solle zurückkommen. Als Mrs. Archer wieder bei uns eintraf, war sie tot, und es wurde so in das Aufnahmebuch eingetragen."

„Warum haben Sie sie zurückbringen lassen?" wollte Saithe wissen.

Garden lächelte verschwörerisch. „Sie wissen bestimmt genausogut wie ich, Martin, daß das Kreiskrankenhaus findet, daß wir ihnen zu viele Patienten schicken. Ich hielt es für vernünftiger, den

Medic Alpha zurückzuholen und den Papierkram selbst zu erledigen."

Saracen verdrehte verzweifelt die Augen. Gardens Erklärung klang nicht nur plausibel, sondern er hörte sich allmählich wie ein Heiliger an.

Saithe brummte zustimmend. „Gibt es noch weitere ‚Unregelmäßigkeiten'?" fragte er Saracen angewidert.

„Jede Menge", erwiderte dieser scharf. „Als Myra Archers Ehemann in der Unfallstation eintraf, teilte man ihm mit, daß seine Frau ins Kreiskrankenhaus gebracht worden war."

„Ein bedauerliches Mißverständnis", meinte Garden.

„Dann verweigerte man ihm die Erlaubnis, die Leiche seiner Frau noch einmal zu sehen."

„Angesichts der Obduktion hielt ich es für klüger, die Erlaubnis nicht zu erteilen", erklärte Garden.

Saracen spielte jetzt sein As aus. „Was für eine Obduktion? Wo ist der Befund darüber?"

Garden schüttelte den Kopf, wechselte einen verzweifelten Blick mit Saithe und stand dann auf. Saracen wurde unsicher. Er hatte seine Trumpfkarte ausgespielt, und Garden hatte mit keiner Wimper gezuckt. Garden ließ sich Zeit, bevor er Saracen den Gnadenstoß versetzte. Er griff nach seinem Aktenköfferchen, entnahm ihm ein Dokument und schob es Saracen über den Tisch.

Saracen schwante Böses, als er die Überschrift: „Ergebnisse der Obduktion an Myra Louise Archer" las. Er blätterte weiter und suchte die Unterschrift des Pathologen: Cyril Wylie. Als Todesursache war Herzinfarkt angegeben. Als Komplikation war Salmonellenenteritis angeführt. Saracen sah Garden an.

„Wie hätte ich sonst den Totenschein unterschreiben können?" fragte Garden beinahe drohend. „Dr. Tangs Verdacht traf zu – zum Glück. Aufgrund ihrer Diagnose ersuchten wir die British Airways, alle Passagiere des Flugs von Simbabwe nach London zu kontaktieren und ihnen eine entsprechende Behandlung anzubieten."

„Sie nehmen also an, daß die Ansteckung im Flugzeug erfolgt ist?" fragte Grimshaw.

„Diese Möglichkeit besteht immerhin", erwiderte Garden.

„Wo befindet sich Leonard Cohens Leiche?" fragte Saracen.

„Wie bitte?" antwortete Garden.

„Sie haben mich sehr wohl verstanden. Ich habe gefragt, wo sich Leonard Cohens Leichnam befindet."

„Sie wissen genau, daß Mr. Cohens Leiche in ein hiesiges Bestattungsinstitut gebracht wurde, als unsere Kühlanlage versagte. Sie sind gestern selbst dorthin gefahren, um die Leiche zu untersuchen, obwohl ich mir keinen plausiblen Grund dafür vorstellen kann."

Dolman hatte sich also mit Garden in Verbindung gesetzt. „Ich bin gestern dorthin gefahren und habe eine Leiche untersucht", bestätigte Saracen, „aber es war nicht Leonard Cohens Leiche."

„Was soll das heißen, daß es nicht Leonard Cohens Leiche war?" fuhr ihn Garden an.

Saracen erzählte von seiner Beobachtung, und zum ersten Mal zeichnete sich auf Gardens Gesicht Angst ab.

„Ich bin sicher, daß es eine vollkommen plausible Erklärung dafür gibt. Vielleicht hat Ihnen der Angestellte die falsche Leiche gezeigt."

„Er hat mir die einzige männliche Leiche gezeigt, die sie hatten."

„Um welche Zeit waren Sie dort?" fragte Garden.

Saracen hatte den Eindruck, daß Garden Zeit gewinnen wollte, sagte ihm aber trotzdem, wann er hingekommen war.

Garden atmete gespielt erleichtert auf. „Das ist die Erklärung. Um diese Zeit war Cohens Leiche bei der Obduktion."

„Und Sie haben den Bericht darüber?"

„Selbstverständlich." Garden holte ein weiteres Dokument heraus.

Saracen mußte Garden wider Willen bewundern. Der Mann hatte bestimmt eine schlaflose Nacht hinter sich, in der er sich seine Verteidigung gegen jeden möglichen Angriff zurechtgelegt hatte. Saracen reichte ihm den Bericht zurück und sagte: „Ich möchte trotzdem die Leiche sehen."

„Das geht wirklich zu weit, Dr. Saracen", protestierte Saithe.

Garden fügte mit entschuldigendem Lächeln hinzu: „Und leider ist es eine akademische Frage. Da Leonard Cohen keine Verwandtschaft besaß, wurde seine Leiche heute vormittag eingeäschert."

In diesem Augenblick wußte Saracen, daß er verloren hatte. Saithe erhob sich und sagte: „Ich möchte Sie daran erinnern, Doktor, daß Sie bis auf weiteres vom Dienst suspendiert sind."

Als Saracen in seiner Wohnung ankam, war er nicht nur zornig, sondern fühlte sich auch hilflos. Wenn es ihm nicht gelang, den Spieß gegen Garden umzudrehen, war er nicht in eine geringfügige Auseinandersetzung mit den Behörden verstrickt, sondern am Ende seiner medizinischen Laufbahn angelangt. Er rief Moss im Kreiskrankenhaus an und erzählte ihm, was geschehen war. „Sie haben doch gesagt, daß an Myra Archer ganz bestimmt keine Obduktion vorgenommen wurde“, meinte er vorwurfsvoll.

„Das stimmt. Es hat keine gegeben.“

„Garden besitzt einen von Cyril Wylie unterzeichneten Autopsiebericht. Er hat mich gerade damit ans Kreuz genagelt.“

„Tatsächlich?“ fragte Moss ruhig. „Von welchem Tag stammt er?“

„Vom Dreizehnten.“

„Ich habe Wylies Arbeitsplan vom Zwölften bis zum Fünfzehnten durchgesehen. Myra Archer erscheint nicht darauf. Es gibt keine Aufzeichnung über eine Autopsie, die er an diesem Morgen durchgeführt hat.“

„Ich glaube, daß das zweimal geschehen ist.“

„Was meinen Sie damit?“

„Garden hat mir den Befund einer Obduktion an Leonard Cohen gezeigt, die Wylie angeblich gestern vorgenommen hat. Ich glaube nicht, daß er es getan hat.“

„Das kann ich überprüfen“, sagte Moss. „Ich rufe Sie heute nachmittag an.“

Damit legte er auf. Saracens berufliches Überleben hing jetzt von Moss ab; dieser mußte beweisen können, daß die Obduktionen an Myra Archer und Leonard Cohen nie stattgefunden hatten. Aber was würde das bedeuten? Daß die Berichte gefälscht waren? Warum sollte Cyril Wylie so etwas tun? Schlimmstenfalls, dachte Saracen, werde ich ihn selbst fragen.

Moss rief um halb vier wieder an. „Es tut mir leid, daß es so lang gedauert hat. Ich mußte warten, bis sich mir eine Gelegenheit bot. Es ist so, wie Sie vermutet haben. Es gibt keine Aufzeichnung darüber, daß Wylie an diesem Vormittag eine Autopsie an Cohen vorgenommen hat. Er hat zwar eine Obduktion durchgeführt, aber an einer dreiundachtzig Jahre alten Frau namens Isabella Leith.“

Saracen war zutiefst erleichtert. „Ich weiß nicht, wie ich Ihnen danken soll."

„Und noch etwas . . .", begann Moss.

In seiner Stimme lag Unsicherheit. „Ja?" fragte Saracen.

„Es gibt eigentlich nichts mehr, was ich für Sie tun kann. Wäre es Ihnen möglich, mich von nun an nicht mehr in die Angelegenheit hineinzuziehen?"

„Natürlich, dafür habe ich volles Verständnis." Saracen bedankte sich noch einmal. Sobald er aufgelegt hatte, lächelte er sarkastisch. Vollkommene Freunde gab es nur im Film und auf der Bühne; im wirklichen Leben waren Freunde auch nur Menschen.

Er brauchte nur einen Augenblick, um sich zu beruhigen, rief dann das Kreiskrankenhaus an und verlangte Dr. Wylie.

„Ja, was ist los?" meldete sich Wylie.

„Ich würde gern kurz mit Ihnen sprechen, Dr. Wylie."

„Wer sind Sie?"

„James Saracen. Ich bin oder war eigentlich Nigel Gardens Stellvertreter im Städtischen Krankenhaus Skelmore."

„Garden haben Sie gesagt?" Wylies Ton hatte sich verändert, obwohl Saracen nicht erkennen konnte, ob der Grund Überraschung oder etwas anderes war. „Worüber möchten Sie mit mir sprechen?"

„Über Myra Archer und Leonard Cohen", antwortete Saracen ohne Umschweife.

Nach einer Pause fragte Wylie leise: „Was soll das heißen?" Diesmal fiel es Saracen nicht schwer, die Nuance in Wylies Stimme zu deuten. Er hatte Angst, und Saracens Selbstsicherheit kehrte zurück. Wylie würde Gardens schwaches Glied in der Kette sein.

„Ich möchte wissen, warum Sie Autopsieberichte für diese beiden Patienten unterschrieben haben, obwohl Sie an ihnen keine Autopsie durchgeführt haben."

Wylie schluckte krampfhaft. „Das ist absurd."

„Der Meinung bin ich ebenfalls", meinte Saracen. „Das Unangenehme daran ist vor allem, daß es wahr ist."

„Sie haben gesagt, daß Sie Gardens Stellvertreter sind?" stammelte Wylie.

Saracen konnte beinahe den Schweiß auf der Stirn des Pathologen sehen. „Garden wird Sie nicht herausreißen", sagte er. „Ich bin über die Rolle, die Garden dabei gespielt hat, genau informiert. Er steckt bis zum Hals drin. Ich wollte nur Ihre Darstellung hören, bevor ich zur Polizei gehe."

Diese Ankündigung erzielte die gewünschte Wirkung: Wylie geriet in Panik. „Die Polizei? Die Polizei zu rufen ist in diesem Fall vollkommen unnötig. Hören Sie, wir können doch darüber sprechen. Geben Sie mir wenigstens Gelegenheit, alles zu erklären."

„Fangen Sie ruhig an."

„Nein, nicht am Telefon. Ich bleibe heute abend in der Pathologie. Kommen Sie gegen neun Uhr vorbei, dann erzähle ich Ihnen alles, was Sie wissen wollen."

Saracen traute seinen Ohren nicht. Das Lügengebäude des unausstehlichen, prahlerischen Wylie war zusammengefallen wie ein Kartenhaus.

JILL rief um halb fünf an. „Ich habe gerade erfahren, was Saithe und Garden ausgeheckt haben. Du mußt dich scheußlich fühlen."

„Sagen wir, nicht gerade gut." Saracen versuchte zu lachen.

Jill hörte die Resignation in seiner Stimme. „Sie können es dir unmöglich anhängen, James. Jeder weiß, daß das Mädchen sonst gestorben wäre. Dr. Tang weiß es, Schwester Moira weiß es. Sie können dir nichts anhaben."

Saracen konnte Jills Überzeugung nicht teilen. Dr. Tang war nicht in der Lage, ihn zu unterstützen, und Schwester Moiras Meinung würde in einer medizinischen Diskussion bedeutungslos sein. Deshalb antwortete er nur: „Wir werden sehen."

„Möchtest du heute abend vorbeikommen? Ich wohne noch immer bei meiner Freundin."

„Das wäre schön, danke. Ich muß zuerst zu Wylie ins pathologische Labor, aber das sollte um halb zehn erledigt sein. Wenn es dir recht ist, komme ich gegen zehn Uhr vorbei."

„Natürlich ist es mir recht."

Saracen hatte kaum aufgelegt, als das Telefon wieder klingelte. Es war Schwester Rose von der Intensivstation. „Sie wollten wissen, wie es Dr. Tang geht? Ich muß Ihnen leider mitteilen, daß sie vor zehn Minuten gestorben ist."

„Ich verstehe." Saracen war wie betäubt. „Hat sie vor ihrem Tod das Bewußtsein wiedererlangt?"

„Nur kurz."

„Hat sie etwas gesagt?"

„Das meiste war chinesisch, aber es waren ein paar englische Brocken dazwischen. Die Pflegerin hat sie notiert." Papier raschelte, und dann las Schwester Rose vor: „Sechs Tage, mehr als sechs Tage, zu lang, nicht Myra Archer."

„Ist das alles?"

„Ja."

„Danke, Schwester."

Saracen dachte über Dr. Tangs letzte Worte nach, konnte aber nicht herausfinden, was sie bedeuteten. Er erinnerte sich jedoch daran, daß Schwester Laura von einem ähnlichen Ausspruch Dr. Tangs berichtet hatte, als sie während ihres „Nervenzusammenbruchs" über Garden hergefallen war. Vielleicht würde er es nach dem Besuch bei Wylie verstehen.

7

ALS SARACEN seine Wohnung kurz nach acht Uhr abends verließ, hatte es angefangen zu regnen. Zuerst nieselte es nur, aber als er das Kreiskrankenhaus erreichte, goß es in Strömen, und die Straßen waren menschenleer.

Er fuhr durch das Tor und bog nach links zum pathologischen Institut ab, das sich in einiger Entfernung vom Hauptgebäude befand. Im Hof stand ein einziger Wagen, ein dunkelblauer Rover, von dem Saracen annahm, daß er Wylie gehörte. Er parkte in der Nähe der Hintertür, damit er nicht allzu weit durch den Regen laufen mußte.

Warme Luft und der Geruch von Formaldehyd empfingen ihn, als er das Gebäude betrat, und weckten sofort Erinnerungen an den Zwischenfall in der Leichenhalle im Städtischen Krankenhaus. Saracen war schon früher im pathologischen Institut gewesen, aber immer nur bei Tageslicht. Abends wirkte es unangenehm und unheimlich.

Alle Lichter waren eingeschaltet, aber kein Mensch war zu sehen. Er stieß die Tür zu Wylies Büro auf.

Wylie blickte auf und grinste, als er Saracen erkannte. „Kommen Sie herein, und schließen Sie die Tür hinter sich", sagte er. „Ich will nicht, daß dieser widerliche Geruch auch hier hereinkommt."

Saracen schloß die Tür und setzte sich Wylie gegenüber. „Ich hätte angenommen, daß Sie sich inzwischen an den Geruch gewöhnt haben."

Wylie lachte bitter. „Vierunddreißig Jahre ertrage ich ihn nun, aber ich hasse ihn noch immer." Er sprach ein wenig undeutlich. „Können Sie sich eigentlich vorstellen, Doktor, wie es ist, wenn man dreißig Jahre seines Lebens damit verbringt, Leichen aufzuschneiden?"

Saracen stellte es sich lieber nicht vor, aber diese Äußerung verriet ihm sehr viel über Wylie. Sie erklärte seine Trunksucht und auch sein verbittertes, schroffes Wesen. Dieser Mann hatte sein Leben lang einen Beruf ausgeübt, den er verabscheute. Dreißig Jahre Widerwille und Ekel mußten sich so auswirken.

„Warum haben Sie es dann getan?" fragte er verständnislos.

Wylie lachte bitter. „Warum? Warum? Spielt es jetzt noch eine Rolle? Wie viele von uns haben sich schon ihren Beruf ausgesucht?"

Er brach in heiseres Gelächter aus, und Saracen wußte nicht, ob Wylie nur betrunken oder auch geistig verwirrt war. Beides beunruhigte ihn, und er wollte zur Sache kommen. „Ich bin hier, um mit Ihnen über etwas anderes zu sprechen, Doktor!"

Wylies Gesichtsausdruck wurde wieder höhnisch. „Aber natürlich. Sie sind hierhergekommen, um zu erfahren, warum ich zwei Befunde unterschrieben habe, ohne mich vorher als Metzger zu betätigen."

„Sie haben sie nicht einmal gesehen, nicht wahr?"

Wylie war plötzlich sehr ruhig. „Ich hatte keine Wahl. Garden erklärte mir, daß er mich wegen grober Verstöße gegen den ärztlichen Ehrenkodex anzeigen würde, wenn ich nicht tun würde, was er wollte. Diese Schande! Meine Frau, meine Tochter – sie hat sich gerade verlobt. Sie müssen doch verstehen, er hätte mich ruiniert. Das konnte ich natürlich nicht zulassen, ebensowenig, wie ich zulassen kann, daß Sie . . ."

Was er meinte, war mehr als deutlich, und Saracens Adrenalinspiegel stieg. Er hatte erwartet, daß Wylie die Beherrschung verlieren, toben und Drohungen ausstoßen würde, aber er wirkte sehr ruhig, sehr selbstsicher und sehr gefährlich.

Wylie griff in eine Schublade und zog etwas heraus. „Wissen Sie, was das ist?"

Als Saracen die Pistole sah, sog er die Luft scharf ein, aber seine

Bestürzung verwandelte sich beinahe sofort in Verwirrung, als er die winzige Mündung bemerkte. „Eine Luftdruckpistole!“ rief er halb erleichtert, halb spöttisch.

Wylie zuckte mit keiner Wimper, stand auf und drückte ab. Der harte, metallische Knall zerriß die Stille.

Saracen spürte einen scharfen Schmerz im Schenkel, blickte hinunter und sah, daß ein Pfeil aus seiner Hose ragte. „Was zum Teufel wollen Sie mit dem Ding erreichen?“

Er wollte auf Wylie zugehen, blieb aber stehen, weil sein Bein gefühllos war und er beinahe das Gleichgewicht verloren hätte. Er wurde von Panik erfaßt, denn er begriff, daß der Pfeil präpariert war. „Was? Was haben Sie . . .“

Wylie beobachtete ihn kühl. „Der Pfeil war mit einem Muskelrelaxans gefüllt, Doktor, einem Geschenk unserer Veterinärfreunde. Sie verwenden es, um große Tiere ruhigzustellen. In einer Minute werden Sie vollkommen gelähmt sein.“

Saracens empfindungslose Gliedmaßen versagten ihm allmählich den Dienst, und er sank zu Boden. Er konnte noch immer klar denken, aber sein Körper reagierte nicht auf die Signale, die sein Gehirn aussandte. Sein Atem ging keuchend und gequält.

Wylie rollte ihn auf den Rücken und blickte auf ihn hinunter. „Sie fragen sich bestimmt, was jetzt mit Ihnen geschehen wird.“

Saracen versuchte krampfhaft zu sprechen, aber er konnte nur den Unterkiefer bewegen.

„Sie werden Selbstmord verüben, weil Ihre Suspendierung bei Ihnen eine tiefe Depression ausgelöst hat“, erklärte Wylie sachlich. Seine Augen waren blutunterlaufen und feucht vor Zorn. „Ich habe nicht über dreißig Jahre in diesem Schlachthaus geschuftet, damit ein Dahergelaufener wie Sie meine Existenz vernichtet. Wir werden mit Ihrem Wagen eine nette kleine Überlandfahrt unternehmen und eine ruhige Stelle finden. Dort werde ich mittels eines Schlauchs den Auspuff mit dem Wageninneren verbinden und den Motor starten. Einfach, aber elegant. Ein alltäglicher Routineselbstmord, mit dem sich die Polizei kaum befassen wird.“

Wylie ergriff Saracens Knöchel, schleifte ihn über den glatten Boden zur Tür, schaltete das Licht aus und schleppte ihn in den Korridor hinaus. Saracens Kopf rollte hilflos zur Seite, so daß seine Wange durch die Reibung aufgeschürft wurde.

An der Hintertür blieb Wylie stehen und durchsuchte Saracens

Taschen nach den Wagenschlüsseln. Er fand sie und fluchte dann, als er die roten Striemen auf Saracens Gesicht bemerkte. Er faßte ihn am Kinn und drehte den Kopf auf die andere Seite, um ihn genauer zu untersuchen. „Mist“, murmelte er. „Ich muß besser aufpassen!“

Er öffnete die Hintertür, und der kalte Wind trieb Saracen den Regen ins Gesicht, während Wylie ihn halb zum Wagen zog, halb trug. Dort schob ihn Wylie auf den Rücksitz, brachte ihn in eine halbwegs sitzende Stellung und kehrte dann noch einmal ins Labor zurück. Als er wiederkam, verstaute er mühsam einen langen Plastikschlauch im Kofferraum.

Der Wagen fuhr an, und Saracen versuchte wieder verzweifelt, seine Muskeln zu bewegen. Das Atmen fiel ihm jetzt leichter, und er nahm deshalb an, daß die Wirkung des Giftes schon nachließ.

Fünfzehn Minuten später holperte der Wagen von der Straße hinunter und offenbar auf einem Feldweg weiter. Irgendwann hielten sie an, und einige Augenblicke lang herrschte Stille; schließlich stieg Wylie aus und holte den Plastikschlauch heraus. Der Wagen schaukelte leicht, als er den Schlauch über das Auspuffrohr schob.

Dann öffnete er die hintere Tür und zerrte Saracen in die kalte, nasse Nacht hinaus.

„Na also“, sagte er befriedigt, als er Saracen geschickt durch die Vordertür auf den Fahrersitz gehievt hatte. Er legte Saracens Arme auf das Lenkrad und ließ seinen Kopf vorsichtig auf sie sinken. Sobald er fand, daß die Stellung natürlich aussah, schob er den Plastikschlauch, den er durch das Ausstellfenster in das Wageninnere geführt hatte, noch einmal zurecht und ging zur Beifahrertür. Von dort aus griff er über Saracen hinweg und startete den Motor. „Leben Sie wohl, Dr. Saracen“, flüsterte er. Der Motor sprang an und summte dann gleichmäßig weiter.

Die Beifahrertür wurde zugeschlagen, und Saracen sah, wie Wylie eine Flasche aus der Tasche zog und ansetzte. Er nahm einen kräftigen Schluck und ging dann in die Nacht davon.

Saracen preßte verzweifelt die Augen zusammen, denn seine Glieder gehorchten ihm noch immer nicht; in einigen Minuten würde er tot sein. Wenn er nur den Motor abstellen könnte! Wenn er einen Gang einlegen könnte, so daß der Wagen sich in

Bewegung setzte und den Motor abwürgte, sobald er auf ein Hindernis stieß. Aber wie sollte er das bewerkstelligen? Es gab eine einzige Möglichkeit: Er mußte auf den Schalthebel fallen. Er schob den Unterkiefer an die Speiche des Lenkrads und drückte dadurch den Kopf auf den gefühllosen linken Arm. Es gelang ihm, den Arm vom Lenkrad zu schieben, so daß er nur Zentimeter vom Schalthebel entfernt baumelte. Dann schob er das Kinn am Rand des Lenkrads entlang und geriet beinahe in Hochstimmung, als ihm klar wurde, daß er im nächsten Augenblick fallen würde.

Der Sturz wurde schmerzhaft unterbrochen, weil sein Kopf auf die Kante des Armaturenbretts aufschlug. Er starrte jetzt paradoxerweise den Schalthebel an, mit dem er nicht in Berührung gekommen war. Die Verzweiflung drohte ihn zu überwältigen, doch dann wurde ihm ein neues Gefühl bewußt. Er wurde allmählich benommen, und Schmerz und Sorgen schwanden. Er empfand einen Hauch von Wärme und fühlte sich beinahe wohl . . . Saracen erkannte die Symptome einer Kohlenmonoxydvergiftung und geriet in Panik. Die Todesangst lockerte seine Nackenmuskeln ein wenig, so daß er den Kopf leicht drehen und versuchen konnte, vom Armaturenbrett hinunterzugleiten. Doch dann gab er diesen Versuch auf, weil ihm klar wurde, daß der Knopf, der sich direkt unter seinem Mund befand, der Choke war.

Der Choke! Warum hatte er nicht schon früher daran gedacht? Wenn es ihm gelang, den Choke zu ziehen, würde er den Vergaser absaufen lassen, so daß der Motor stehenblieb!

Saracen ließ den Unterkiefer hinunterklappen und schob den Mund um den Knopf, bis er ihn fest zwischen den Zähnen hielt. Dann umklammerte er ihn und schob den Kopf vom Armaturenbrett weg. Er war am Rand der Bewußtlosigkeit, als er es endlich schaffte und seitlich auf den Beifahrersitz kippte. Er nahm nur noch undeutlich wahr, daß der Motor zu stottern begann.

SARACEN kam unter höllischen Schmerzen zu sich. Ein Krampf zog seine Wadenmuskeln zusammen; er beherrschte seine Muskeln noch nicht wieder soweit, daß er die Beine abwinkeln konnte. Noch schlimmer war, daß er die Arme nicht gebrauchen und sich nicht aus der verkrümmten Seitenlage auf dem Beifahrersitz aufrichten konnte. Aber er war am Leben und würde am Leben bleiben.

Der Schweiß trat ihm auf die Stirn, als sich ein Wadenmuskel wieder verkrampfte, und er biß sich vergeblich auf die Lippen, um seine Aufmerksamkeit von dem Schmerz in seinem Bein abzulenken. Doch er gewann jetzt rasch die Kontrolle über seine Muskeln wieder und konnte zuerst den linken und bald darauf den rechten Arm bewegen. Er stemmte sich in den Fahrersitz hoch, öffnete unbeholfen die Wagentür und atmete die kalte Nachtluft in tiefen Zügen ein. Dann sah er auf die Uhr: Es war zehn. Er massierte seine Beine, so gut es mit seinen kraftlosen Händen möglich war, und stieg dann aus dem Wagen.

Die Innenbeleuchtung des Wagens hatte sich eingeschaltet, als er die Tür öffnete, und er sah in dem schwachen Licht den Plastikschlauch, der vom Auspuff zum Ausstellfenster führte. Der Anblick versetzte ihn in solche Wut, daß er, obwohl er noch nicht sehr standfest war, dem Schlauch einen Tritt versetzte und ihn damit vom Auspuff riß.

Infolge der Anstrengung schmerzte seine Brust. Er setzte sich auf den Fahrersitz und wartete, bis er wieder Luft bekam. Dann fiel ihm Wylie ein, und der Zorn löste einen Hustenanfall aus. Er fragte sich, wie Wylie in die Stadt zurückkommen würde. Er hatte bestimmt nicht gewagt, mit dem Bus zu fahren, damit er nicht in dieser Gegend gesehen wurde. Und dabei fiel ihm ein – um welche Gegend handelte es sich eigentlich? Er hatte keine Ahnung, wo er sich befand.

Er rief sich den Augenblick ins Gedächtnis, als sie die Straße verlassen hatten und auf dem Feldweg weitergerumpelt waren: Sie waren nach links abgebogen. Wenn er über den Feldweg zur Straße zurückfuhr und nach rechts einbog, mußte er in die Stadt gelangen. Vielleicht stieß er unterwegs sogar auf Wylie.

Saracen startete den Motor, wendete und fuhr dann vorsichtig über den holprigen Feldweg zurück. Minuten später befand sich der Wagen auf glattem Asphalt und beschleunigte. Kurz darauf kam Saracen an einem Wegweiser vorbei, der ihm verriet, daß er fünfzehn Kilometer von Skelmore entfernt und dorthin unterwegs war. Er wollte Wylie unbedingt einholen und hielt während der Fahrt unablässig nach einem Fußgänger Ausschau. Doch als er um eine Kurve bog, stieß er auf eine Warntafel der Polizei: LANGSAM, UNFALL!

Als er den Unfallort erreichte, fuhr er bereits im Schrittempo.

Ein Polizist mit reflektierendem Mantel bedeutete ihm mit einer Taschenlampe anzuhalten. Saracen stoppte neben ihm, und der Polizist streckte den Kopf zum Fenster herein. „Es hat hier einen Unfall gegeben."

Saracens Pflichtbewußtsein erwachte. „Ich bin Arzt. Kann ich helfen?" fragte er.

Der Polizist sah ihn erstaunt an, und Saracen wurde bewußt, daß er wahrscheinlich fürchterlich aussah. Seine Haare waren triefnaß, sein Gesicht war schmutzig, und die aufgeschürfte Wange war sicherlich mit getrocknetem Blut bedeckt.

„Dem armen Teufel, den es erwischt hat, kann niemand mehr helfen, aber vielleicht könnten Sie sich den Fahrer ansehen. Es handelt sich um einen älteren Herrn, der etwas aufgeregt ist."

Saracen stieg aus, und der Polizist musterte ihn jetzt genauer. „Sie haben wohl auch einen kleinen Unfall gehabt?"

„Reifenpanne. Ich mußte in diesem verdammten Regen Reifen wechseln, dabei ist der Wagenheber abgerutscht, und ich bin mit dem Gesicht gegen den Wagen gefallen."

„So ist es immer." Der Polizist lachte. „An einem sonnigen Nachmittag hat man nie eine Reifenpanne."

Saracen sah die Leiche am Straßenrand liegen. Neben ihr standen zwei Polizisten, die auf den Rettungswagen warteten. Saracen ging hin und schlug die Plane zurück.

Es war Wylie. Er lag leblos, mit weit geöffneten Augen auf dem Asphalt. „Mein Gott", flüsterte Saracen.

„Kann ich daraus schließen, daß Sie diesen Mann kennen?" fragte einer der Polizisten.

„Ja", bestätigte Saracen. „Es handelt sich um Dr. Cyril Wylie, Facharzt für Pathologie im Kreiskrankenhaus." Saracen schlug die Decke wieder über die Leiche und richtete sich auf.

„Sie wissen nicht zufällig, was Dr. Wylie in einer solchen Nacht zu Fuß hier draußen zu suchen hatte?" fragte der Polizist, der Saracen angehalten hatte.

„Vielleicht hatte er eine Panne."

„Sie meinen eine Reifenpanne?"

Der Unterton in der Stimme des Polizisten war ein Hinweis darauf, daß er in bezug auf Saracens Geschichte skeptisch war. „Möglicherweise", antwortete er.

„Der Fahrer des Wagens, der ihn überfahren hat, sagte aus, daß

Dr. Wylie vor ihm hin und her schwankte, als wäre er betrunken gewesen oder hätte eine Rauferei oder etwas Ähnliches hinter sich gehabt."

Das war es also, dachte Saracen. Der Oberdetektiv war zu dem Schluß gekommen, daß Saracen und Wylie einander in die Haare geraten waren. „Es ist allgemein bekannt, daß Dr. Wylie Alkoholiker war", antwortete er kühl.

„Ich verstehe. Die Obduktion wird darüber Aufschluß geben."

Saracen nahm sich des verzweifelten Fahrers an, bis der Rettungswagen eintraf, und fuhr dann nach Skelmore weiter. Erst jetzt wurde ihm klar, was Wylies Tod für ihn bedeutete. Er hatte keine Möglichkeit mehr, eine Verbindung zwischen Garden und den Todesfällen herzustellen. Er konnte nicht mehr beweisen, daß die Obduktionsberichte von Myra Archer und Leonard Cohen gefälscht waren. Er befand sich wieder am Anfang.

Saracen sah auf die Uhr; es war Viertel vor elf. Jill würde sich den Kopf darüber zerbrechen, wo er blieb.

„ICH HABE schon geglaubt, daß du es dir anders überlegt hast", sagte sie, als sie die Tür vorsichtig öffnete. „Du meine Güte, was ist mit dir geschehen?"

„Das ist eine lange Geschichte. Kann ich mich zuerst mal waschen?"

Jill führte ihn ins Badezimmer und behandelte Saracens aufgeschürfte Wange; dann erzählte er ihr, was sich ereignet hatte, und ihre Augen wurden immer größer. „Das ist unglaublich!" rief sie, als er fertig war.

„Aber wahr."

„Wenn Wylie tot ist, dann heißt das –"

Saracen unterbrach sie. „Daß ich keine Beweise mehr gegen Garden habe."

„Und wie steht es mit Cohens Leiche?"

„Garden hat mir gesagt, daß sie heute vormittag eingeäschert wurde."

„Glaubst du ihm?"

Saracen gab zu, daß er an Gardens Behauptung nicht gezweifelt hatte.

„Vielleicht hat er es nur gesagt, damit du aufhörst, Cohens Leiche zu suchen."

„Das ist natürlich möglich."

„Wie könntest du es herausbekommen?"

Saracen überlegte kurz. „Ich könnte morgen im Krematorium die Unterlagen durchsehen. Ich habe ohnehin nichts zu tun." Er strich Jill dankbar übers Haar.

„Mußt du schon gehen?" fragte sie.

„Nein", antwortete Saracen lächelnd.

8

SARACEN brauchte nicht lang, um herauszufinden, daß Leonard Cohens Leiche tatsächlich am Tag zuvor im Städtischen Krematorium eingeäschert worden war.

„Ich frage es nur ungern immer wieder", sagte Jill, als er in ihre Wohnung zurückkehrte und es ihr erzählte. „Aber was wirst du jetzt tun?"

„Ganz einfach. Wenn ich Leonard Cohens Leiche nicht mehr zu sehen bekommen kann, muß ich mit Myra Archers Leiche vorliebnehmen."

„Die ist doch sicherlich lange vor Cohen eingeäschert worden."

Saracen schüttelte den Kopf. „Nein; Garden wollte sie gerade einäschern lassen, als ihr Mann auftauchte und darauf bestand, daß sie ein richtiges Begräbnis bekam. Soweit ich es beurteilen kann, liegt der Schlüssel zu dieser Geschichte zwei Meter unter der Erde im Friedhof St. Clement."

„Es muß eine einfachere Möglichkeit geben, Garden bloßzustellen", widersprach Jill.

„Falls es sie gibt, fällt sie mir nicht ein."

„Du wirst nie die Bewilligung zur Exhumierung bekommen."

„Es gibt andere Möglichkeiten."

„Das kannst du nicht ernst meinen." Jill war entsetzt.

„Ich kann es, und ich tue es!"

Jill war einen Augenblick lang sprachlos, dann schüttelte sie den Kopf. „Du kannst es nicht! Es wäre zu grauenhaft."

„Du mußt es von meinem Standpunkt aus sehen. Wenn ich Garden nichts nachweisen kann, kommt er ungestraft davon, und ich werde nie wieder als Arzt arbeiten. Ich muß beweisen, daß an Myra Archer niemals eine Obduktion durchgeführt wurde. Ich muß!"

Jill konnte sich mit der Vorstellung noch immer nicht anfreunden. „Ich ... glaube nicht, daß ich dir dabei helfen kann."

„Natürlich nicht", beruhigte sie Saracen. „Das muß ich allein tun."

SARACEN aß mit Jill zu Mittag und brachte sie um zwei Uhr zu ihrem Dienstantritt ins Krankenhaus. Dann fuhr er zur Kirche St. Clement und parkte den Wagen in einer gepflasterten Straße an ihrer Rückseite. Er betrat den Friedhof durch ein kleines Pförtchen, das etwa fünfzig Meter vom Haupteingang der Kirche entfernt war und zu beiden Seiten durch Wacholdersträucher verdeckt wurde.

Saracen ging langsam durch den Friedhof, bis er vor einem kleinen Fichtengehölz auf Myra Archers Grab stieß. Auf einem provisorischen Grabstein stand nur: MYRA ARCHER. Vor dem Grabstein stand ein Glas mit Frühlingsblumen.

Saracen sah sich um, um sich zu orientieren und festzustellen, wie er nachts das Grab am besten erreichen konnte. Er beschloß, wieder an der gleichen Stelle zu parken. Von dort konnte er über die Mauer klettern und im Schutz der Bäume zum Grab gelangen, ohne durch den Friedhof gehen zu müssen. Hinter den Bäumen stand ein kleiner Holzschuppen. Saracen vergewisserte sich, daß niemand in der Nähe war, ging zum Schuppen und sah hinein; er enthielt drei Spaten, eine Plane und Teile von Holzverschalungen. Es war der Geräteschuppen des Totengräbers. Wenigstens würde er keine Schaufel mitbringen müssen.

Im Lauf des Nachmittags und des Abends zweifelte er immer wieder daran, daß er seinen Vorsatz tatsächlich ausführen würde. Es war eine Erleichterung, als es endlich finster wurde und das Warten ein Ende hatte.

Wie er vermutet hatte, war die Gasse hinter dem Friedhof einsam und verlassen. Er parkte den Wagen vor einigen alten, baufälligen Garagen und kletterte über die bemooste Friedhofsmauer. Auf der anderen Seite hockte er sich hin, atmete den feuchten Geruch der Büsche ein und lauschte. Alles war still. Er schlich zum Schuppen des Totengräbers und entnahm ihm, was er brauchte: zwei Holzblöcke, eine Plane und einen Spaten. Dann schloß er den Schuppen wieder und breitete die Plane auf dem Boden aus. Er hatte noch eine Taschenlampe, einen Schraubenzieher und einen

Autoreifen mitgebracht. Weil er nicht alles auf einmal tragen konnte, legte er die Gegenstände auf die Plane und zog sie wie einen Schlitten hinter sich her.

Nach dem heftigen Regen war die Erde aufgeweicht, und sobald Saracen die Rasenschicht entfernt hatte, fiel ihm das Graben leicht. Die ausgehobene Erde häufte er auf die Plane. Nach zwanzig Minuten stieß der Spaten auf Holz. Er hatte den Sarg erreicht.

Das Schuldbewußtsein und die Zweifel, die er am Nachmittag gehabt hatte, kehrten wieder, und Saracen trat kalter Schweiß auf die Stirn. Es ist Grabschändung! schrie sein Gewissen. Hör mit diesem Wahnsinn auf! Aber jetzt konnte er nicht mehr zurück. Er räumte die Erde vom Sargdeckel weg und nahm sich die Schrauben vor. Als er die letzte mit zitternden Fingern gelöst hatte, hielt er inne und wappnete sich gegen den Anblick von Myra Archers Leiche.

Doch als er den Deckel hochhob, erstarrte er. Der Sarg enthielt nur vier Sandsäcke, sonst nichts. Saracen blickte fassungslos auf die schmutzigen Jutesäcke hinunter. War ihm Garden womöglich zuvorgekommen? Nein, das war lächerlich! Es war mehr als wahrscheinlich, daß sich Myra Archers Leichnam nie in dem Sarg befunden hatte. Würde ein leeres Grab genügen, um Garden festzunageln? Es würde jedenfalls genügen, um alle möglichen offiziellen Untersuchungen in Gang zu setzen.

Saracen war klar, daß er für seinen Fund einen Zeugen brauchte. Er ließ alles so, wie es war, kletterte wieder über die Mauer und lief zu einer Telefonzelle an der Hauptstraße. Es schien eine Ewigkeit zu dauern, bis Jill sich meldete. „Ist es vorbei?" fragte sie.

„Nein, ich brauche dich. Der Sarg ist leer. Ich brauche einen Zeugen."

„Hast du gerade ‚leer' gesagt?"

„Ja. Wir haben nicht viel Zeit. Kannst du sofort herkommen?"

„Claire Tremaine ist gerade hier. Sie hat mich überraschend besucht."

Saracen fluchte leise.

„Wir können beide kommen. Sie weiß über die Vorgänge im Krankenhaus Bescheid, ihr Bruder hat ihr alles erzählt."

Saracen überlegte kurz, aber ihm blieb ohnehin keine andere Wahl. „Also gut. Kommt, so rasch ihr könnt!"

Zehn Minuten später waren die beiden da. Claire, die am Steuer saß, parkte ihr Auto neben Saracens Wagen. Jill wirkte nervös, aber Claire war ruhig und beherrscht wie immer. Sie liefen zu ihm hin, er half ihnen über die Mauer und führte sie zum offenen Grab.

Jill nickte nur, als Saracen mit der Taschenlampe in den Sarg leuchtete. Claire grinste. „Das ist ziemlich eindeutig."

„Ich wollte nur, daß ihr es seht", erklärte Saracen. „Jetzt könnt ihr wieder wegfahren."

Zu seiner Überraschung widersprach Jill. „Wir warten auf dich. Können wir dir irgendwie helfen?"

Claire schloß sich ihr an. „Eine gute Idee. Ich liebe unheimliche Situationen. Das Ganze kommt mir wie ein Ritual der Schwarzen Magie vor." Sie unterstrich ihre Behauptung, indem sie zu Jills Bestürzung und Saracens Ärger am Rand des Grabes einige Tanzschritte machte.

Saracen stieg in die Grube, schloß den Sargdeckel, kletterte dann hinaus und begann, die Erde auf den Sarg zu schaufeln.

„Sollten Sie nicht die Polizei anrufen oder etwas in der Richtung tun?" fragte Claire.

„Ich will zuerst mit Garden sprechen, damit erspare ich mir viel Zeit bei den Behörden", erklärte Saracen. „Sobald Garden klar ist, daß zwei Zeugen Myra Archers leeres Grab gesehen haben, wird er begreifen, daß er verloren hat, und freiwillig gestehen."

„Wie du meinst." Jill war keineswegs überzeugt. „Wenn du ihn zu sehr in die Enge treibst, könnte er gefährlich werden."

„Das hängt wahrscheinlich davon ab, wie schrecklich sein Geheimnis ist", meinte Claire.

Saracen hatte nicht ernsthaft angenommen, daß ihm von Garden Gefahr drohte, aber er sah ein, daß Jill und Claire nicht ganz unrecht hatten. Wenn eine Enthüllung des Geheimnisses gravierende Folgen hatte, konnte man nicht vorhersehen, wie weit Garden gehen würde, um nichts ans Tageslicht dringen zu lassen. Saracen beendete seine makabre Arbeit so schnell wie möglich, und sie verließen den Friedhof.

AM NÄCHSTEN Morgen rief Saracen um 9.30 Uhr die Unfallstation an und erfuhr, daß Garden erst um 14 Uhr zum Dienst kommen würde. Saracen legte auf und überlegte, ob er bis zum Nachmittag warten oder Garden zu Hause aufsuchen und die Sache endgültig bereinigen sollte. Er beschloß, nicht zu warten.

Nigel Garden und seine Frau lebten im exklusiven Croft-Valley-Bezirk von Skelmore, den die weniger begüterten Einwohner Bonbonstadt nannten. Trotz der tatkräftigen Bemühungen ihres Vaters Matthew Glendale war es Mildred Garden nicht geglückt, von Skelmores oberen Zehntausend akzeptiert zu werden. Mildreds Vater meinte verbittert, daß daran die Vorurteile gegen ein Mädchen aus einer anständigen Arbeiterfamilie schuld seien, während Mildred es auf ihre angeborene Schüchternheit schob. In Wirklichkeit verfügte Mildred über das sehr ausgeprägte Talent, sich unabhängig von Nationalität, Religionszugehörigkeit und Gesellschaftsschicht jeden Menschen zum Feind zu machen. Ganz Skelmore haßte sie – vom Jungen, der morgens die Milch brachte, bis zum Bürgermeister.

Saracen schlug den Weg zur Haustür ein und wollte gerade klingeln, als er Mildreds Stimme hörte. Sie klang zornig, aber Saracen fand, daß das beinahe immer der Fall war. Zornig, jammernd und empört. Die Stimme kam aus dem Garten an der Rückseite des Hauses, deshalb öffnete Saracen das kleine Holztürchen, durch das man in den Garten gelangte.

„Ich wollte sie hier haben!“ kreischte Mildred gerade.

Saracen sah jetzt, daß sich ihr Zorn gegen den Gärtner richtete. „Aber es ist vernünftiger, sie dort drüben zu pflanzen, Mrs. Garden“, widersprach der betagte Mann.

„Ich will sie aber hier haben“, beharrte Mildred eigensinnig.

„Ja, gnädige Frau“, erwiderte der Gärtner.

„Entschuldigen Sie bitte“, mischte sich Saracen ein.

Mildred fuhr herum. „Ach, Sie sind es“, stellte sie angewidert fest. „Was wollen Sie?“

„Ich möchte mit Ihrem Mann sprechen.“

„Das geht nicht. Er ist beschäftigt.“

„Ich will trotzdem mit ihm sprechen.“

„Sind Sie schwer von Begriff? Ich habe Ihnen gesagt, daß er beschäftigt ist.“

„Sagen Sie ihm, daß es um Sandsäcke geht. Tote Sandsäcke. Er wird mich empfangen.“

Mildred Garden sah Saracen an, als hätte er den Verstand verloren, ging aber doch ins Haus und ließ ihn mit dem Gärtner allein. Der alte Mann blinzelte Saracen zu und flüsterte: „Früher bin ich öfter mit ihrem Mann auf einen Drink in den Pub gegangen. Sie

hat sich zu einer richtigen Xanthippe entwickelt!“ Damit wandte er sich wieder seiner Arbeit zu.

Mildred kehrte in Begleitung ihres Mannes zurück. „Es ist besser, wenn Sie hereinkommen“, forderte dieser Saracen auf und ging ihm in sein Arbeitszimmer im Erdgeschoß voraus.

Dort setzte sich Garden an den Schreibtisch und bot Saracen ebenfalls Platz an. Saracen bemerkte befriedigt, daß sein Chef sehr nervös wirkte und die Gegenstände auf seinem Schreibtisch umständlich zurechtrückte, als wollte er den entscheidenden Augenblick hinauszögern. Saracen wartete geduldig, bis Garden aufblickte, und fragte dann: „Was haben Sie eigentlich mit Myra Archers Leichnam getan?“

Garden sank in sich zusammen und sah plötzlich um Jahre gealtert aus. „Was wissen Sie?“ krächzte er.

„Ich weiß, daß sie nicht in dem Sarg auf dem St.-Clement-Friedhof liegt.“

Garden schloß kurz die Augen und seufzte dann resigniert. „Ich mußte sie einäschern lassen. Sie ist an der Pest gestorben.“

Saracen starrte ihn ungläubig an. „Haben Sie Pest gesagt?“

Garden nickte. „Als der Medic Alpha sie in die Aufnahme brachte, erkannte Dr. Tang die Symptome. Sie hatte in China Tote gesehen, die an der Pest gestorben waren. Nachdem die Frau im Rettungswagen gestorben war, überredete ich Dr. Tang dazu, niemandem etwas davon zu sagen.“

„Warum wollten Sie es vertuschen?“

„Begreifen Sie denn nicht? Der Schwarze Tod geht in der Stadt um! Wie lange wird Ihrer Meinung nach Skelmore als sich entwickelnde Stadt attraktiv bleiben, wenn sich herumspricht, daß hier demnächst die Pest ausbricht?“

„Wir leben doch nicht mehr im Mittelalter“, protestierte Saracen.

„Bei manchen Krankheiten geraten die Menschen noch immer in Panik.“

„Die Aufregung würde sich auch wieder legen.“

„Wissen Sie, wie es sich auf das Geschäftsleben auswirkt, wenn eine solche Epidemie ausbricht? Wenn Wohnsiedlungen leer stehen und die Bank nach wie vor die Raten für die Kredite verlangt?“

„Sie meinen damit, daß Ihr Schwiegervater pleite gehen

würde?" Saracen war entschlossen, Gardens angebliche Selbstlosigkeit bloßzustellen.

„Das wäre ein Aspekt . . . Aber es würde nicht nur ihn treffen. Unzählige kleine Firmen würden ruiniert werden. Jede Andeutung von – auch nur vorübergehenden – Schwierigkeiten auf dem Arbeitsmarkt würde die Japaner sofort vertreiben."

„Aber einen Pestfall zu vertuschen –", begann Saracen.

„Es ist nicht so schlimm, wie Sie annehmen. Mrs. Archer hat sich die Krankheit offensichtlich in Afrika geholt. Sie ist ein Einzelfall, das ist alles, und sie hat hierzulande kaum Kontakte gehabt. Für die Stadt stand zuviel auf dem Spiel, deshalb habe ich die Behörden nicht verständigt. Ich nahm an, daß wir es geheimhalten könnten und daß das Problem damit gelöst wäre."

„Wie verhält es sich mit den Kontakten, die sie tatsächlich gehabt hat?"

„Ich habe eine Salmonelleninfektion erfunden, damit das Krankenhauspersonal und ihre Mitreisenden die entsprechenden Antibiotika erhielten. Das Risiko war für jeden minimal."

„Das hoffen Sie", wandte Saracen ein. „Sie hätten ordnungsgemäß vorgehen müssen."

„Ich habe schon einige Male gesagt, daß zuviel auf dem Spiel stand."

„Und Leonard Cohen?" fragte Saracen.

„Die ganze Geschichte schien vorbei zu sein, und dann wurde Cohen eingeliefert. Er starb ebenfalls an der Pest."

Saracen verdrehte wortlos die Augen.

„Es war nur ein Versehen", wandte Garden ein. „Cohen wohnte im selben Block wie Mrs. Archer. Wir wußten nicht, daß sie einander kannten; der Hausmeister erzählte uns, daß sie mit niemandem in Verbindung gestanden hatte."

„Sie wollten also auch diesen Todesfall vertuschen, und Dr. Tang war anderer Ansicht."

„Mehr oder weniger. Als sie Cohens Leiche sah, verlor sie den Kopf. Ich versuchte, sie davon zu überzeugen, daß uns nur eine einzige Person durch die Maschen geschlüpft war und daß noch immer nicht die Gefahr einer Epidemie bestand, aber sie wollte nichts davon hören und spielte verrückt."

„Und jetzt ist sie tot."

„Glauben Sie nicht, daß mir das nicht nahegeht, aber ihr Tod war ein Unfall, nur ein Unfall. Wenn die dumme Gans nicht die Nerven verloren hätte, wäre sie heute noch am Leben."

Saracen unterdrückte mit Gewalt das Bedürfnis, Garden zu verprügeln. „Sie steckten auch hinter dem Zwischenfall bei der Leichenhalle, bei dem ich niedergeschlagen wurde."

Garden nickte. „Sie sind gewissermaßen über Dolmans Männer gestolpert, die Myra Archers Leiche fortschafften."

„Und dann die Leichenhalle mit Formaldehyd desinfizierten?"

„Ja. Und jetzt werden Sie wahrscheinlich die Polizei anrufen."

Saracen hatte keine Gelegenheit, darauf zu antworten, denn Mildred, die offenbar an der Tür gelauscht hatte, stürzte mit einer doppelläufigen Schrotflinte ins Zimmer.

„Bitte leg die Flinte weg, Mildred", bat Garden. „Damit erreichst du nichts."

Mildred kümmerte sich nicht um ihren Mann, sondern ging auf Saracen zu, der sich nicht rührte – Mildreds Gesichtsausdruck besagte deutlich, daß jede falsche Bewegung eine Katastrophe auslösen würde. Sie blieb erst stehen, als der Flintenlauf nur noch Zentimeter von Saracens Gesicht entfernt war. „Wenn Sie glauben, daß Sie alles zerstören können, wofür wir gearbeitet haben, dann irren Sie sich gewaltig."

„Bitte, Mildred", wiederholte Garden. „Du bist überreizt, Liebes. Bitte, leg die Flinte weg!"

Saracen sprach noch immer nicht, weil er hoffte, daß es Garden gelingen würde, seine Frau zu beruhigen. Er hielt Mildred nicht für fähig, einen Menschen kaltblütig zu ermorden, aber ein Schuß konnte sich auch zufällig lösen.

„Ich werde nicht zulassen, Nigel, daß er alles zerstört, was Daddy für uns getan hat. Er ist ein Unruhestifter. Du hast keinen Fehler begangen. Alles, was du getan hast, geschah im Interesse der Stadt."

Saracen bemerkte verblüfft, daß Gardens Hand über die Tischplatte zu den Knöpfen der Gegensprechanlage glitt. Wen wollte er alarmieren? Dann hüstelte Garden, und Saracen begriff, daß er damit das Geräusch beim Einschalten eines Tonbandgeräts übertönt hatte. Warum wollte er diese Szene aufzeichnen?

„Ich danke dir für deine Loyalität, Mildred, aber ich habe nicht richtig gehandelt, mein Liebes, und muß die Folgen auf mich nehmen. Bitte leg die Flinte weg. Das ist doch nicht das Ende der Welt.

Ich weiß, ich hätte Cyril Wylie nicht decken sollen, aber ich tat es meinem alten Freund zuliebe, und jetzt muß ich dafür geradestehen."

Saracen runzelte die Stirn. Was sollte der Unsinn? Garden hatte Wylie nicht gedeckt, sondern erpreßt. Sogar Mildred war offensichtlich verwirrt.

Garden sprach weiter. „Wenn ich aus dem Gefängnis herauskomme, werden wir beide immer noch einander haben, Liebes, also leg bitte die Flinte weg!"

„Gefängnis!" quäkte Mildred.

„Aber nicht für lange, Liebes", tröstete sie ihr Mann. „Ich werde vermutlich meine ärztliche Zulassung verlieren, aber . . ."

„Die Zulassung verlieren!" wiederholte Mildred.

Saracen begriff plötzlich, worauf Garden aus war. Er wollte Mildred dazu bringen, daß sie schoß. Er tat, als wollte er es ihr ausreden, reizte sie aber die ganze Zeit mit der Schilderung einer trostlosen Zukunft. Wenn die Flinte losging, konnte er mit dem Band beweisen, daß Mildred die Mörderin war und daß er sein möglichstes getan hatte, um sie daran zu hindern. Der Unsinn, daß er Wylie gedeckt hatte, würde seine, Gardens, Mitschuld auf übertriebene Loyalität vermindern. Am Ende dieser Affäre würde Gardens Weste blütenweiß sein.

„Sie Schuft!" Saracen konnte sich nicht mehr beherrschen. Er wandte sich Mildred zu. „Verstehen Sie denn nicht, was er erreichen will? Ihr geliebter Gatte trägt die Schuld daran, wenn in dieser Stadt eine Pestepidemie ausbricht. Er ist für den Tod von Dr. Chenhui Tang verantwortlich und hat einen Pathologen dazu erpreßt, Unterlagen zu fälschen."

„Sie lügen!" kreischte Mildred.

„Es ist die Wahrheit", widersprach Saracen.

„Nigel ist ein Gentleman! Daddy hat gesagt, daß er eines Tages Parlamentsmitglied sein wird."

„Parlamentsmitglieder sind nicht mit Frauen verheiratet, die jemanden erschießen, Mrs. Garden", sagte Saracen. „Legen Sie die Flinte weg, bevor jemand verletzt wird."

Mildred umklammerte die Flinte noch fester. „Nein! Sie werden uns nicht alles wegnehmen!" schrie sie Saracen an.

Ihm wurde klar, daß sie im nächsten Augenblick schießen würde, und er warf sich seitlich auf den Boden.

Im Zimmer trat lähmende Stille ein, die nur von Mildreds Keuchen unterbrochen wurde, während sie sich vergeblich bemühte, die Waffe abzufeuern. Saracen war im Begriff, nach der Flinte zu greifen, doch in diesem Augenblick schwenkte Mildred sie zur Seite und starrte auf die Abzugshähne; sie merkte dabei nicht, daß der Doppellauf auf ihren Mann hinter dem Schreibtisch gerichtet war.

Garden wollte wieder etwas sagen, aber Mildred hatte inzwischen herausgefunden, worauf sie drücken mußte, schoß und traf ihren Mann in die Brust. Die Wucht des Aufpralls der Geschosse riß Garden aus dem Stuhl und schleuderte ihn gegen die Wand, bevor er zu Boden glitt.

9

Es war 16.30 Uhr, als die Polizei endlich mit Saracens Verhör fertig war. Gardens Name und die Tatsache, daß er Matthew Glendales Schwiegersohn war, hatten dafür gesorgt, daß nur höhere Polizeibeamte anwesend waren.

Während der endlosen Fragerei erkannte Saracen allmählich, daß die Polizei Gardens Tod als Unfall darstellen wollte, als tragische Folge eines häuslichen Zwischenfalls. Mildred hatte bereits zugegeben, daß sie die Waffe abgefeuert hatte. Saracen, der immer ärgerlicher wurde, hielt entschlossen an der Wahrheit fest. Mildred Garden hatte versucht, *ihn* zu erschießen, hatte aber statt dessen ihren Mann getötet. Sie hatte Saracen daran hindern wollen, Garden anzuzeigen, weil seine Vorgehensweise bei zwei Todesfällen im Städtischen Krankenhaus gegen die Vorschriften verstoßen hatte. Außerdem störte es Saracen, daß sich niemand Notizen machte. „Ich habe geglaubt, daß ich hier eine Aussage mache", protestierte er.

„Alles zu seiner Zeit", erwiderte der Kommissar. „Habe ich richtig verstanden, daß Sie augenblicklich vom Dienst im Städtischen Krankenhaus suspendiert sind?"

„Ist das relevant?" fuhr ihn Saracen an.

„Es könnte sich als relevant erweisen. Ich nehme an, daß Dr. Garden Ihre Suspendierung persönlich veranlaßt hat?"

„Das stimmt, aber das hat nichts mit . . ."

„Natürlich, Sir!"

Der Beamte lehnte sich müde und verdrossen zurück und musterte Saracen. „Ich fasse Ihre Aussage zusammen, um zu sehen, ob ich alles richtig mitbekommen habe. Diese Frau – diese Myra Archer – wurde nicht auf dem Friedhof von St. Clement begraben. Sie wurde eingeäschert, weil sie sich in Afrika mit der Pest infiziert hatte und nach ihrem Eintreffen in England starb. Sie steckte einen ihrer Nachbarn an, der ebenfalls starb und ebenfalls eingeäschert wurde. Sie behaupten, daß Dr. Garden die Wahrheit über diese Todesfälle vertuschte, um die Öffentlichkeit nicht zu beunruhigen und die wirtschaftliche Entwicklung des Gebiets nicht zu gefährden?"

„Es geht nicht nur um die Vertuschung", erklärte Saracen. „Er hätte die Gesundheitsbehörde verständigen müssen, damit sie den Ausgangspunkt der Erkrankung und alle Kontaktpersonen aufspürte und isolierte."

„Es ist doch nachgewiesen, daß Mrs. Archer die Krankheit aus Afrika eingeschleppt hat. In Wirklichkeit regen Sie sich nur darüber auf, daß Dr. Garden sich vor dem Papierkrieg gedrückt hat."

„Das stimmt nicht", widersprach Saracen zornig. „Wir sprechen von der Pest! Vom Schwarzen Tod! Nicht von Grippe! In einem solchen Fall verläßt man sich auf überhaupt nichts und geht nicht das geringste Risiko ein!"

Den Blicken, die die Polizeibeamten wechselten, entnahm Saracen, daß er zum lästigen Panikmacher abgestempelt werden sollte. Er überlegte einen Augenblick, ob er ihnen von Wylies Rolle und von dem Mordversuch erzählen sollte, gelangte aber zu der Erkenntnis, daß es sinnlos war, und begann, sich Vorwürfe zu machen. Es wäre besser gewesen, wenn er sich nie eingemischt hätte.

Aber eines mußte er noch tun. Er mußte Timothy Archer aufsuchen, ihm erklären, woran seine Frau gestorben und warum sie nicht dort begraben worden war, wo das Ehepaar es vorgesehen hatte.

ALS SARACEN seinen Wagen auf dem Parkplatz bei der Wohnanlage Palmer's Green abstellte, fiel ihm auf, daß tiefe Stille herrschte, obwohl es erst halb acht abends war.

Er klopfte an Archers Wohnungstür, die beinahe sofort geöffnet wurde.

„Kommen Sie herein, Doktor, ich freue mich, Sie zu sehen!" begrüßte ihn Archer.

Seine Bräune war verblaßt, und er war ungekämmt. Auf einem kleinen Tisch standen neben einem Lehnstuhl eine halbvolle Whiskyflasche und daneben ein halbvolles Glas.

„Möchten Sie auch einen Schluck?" Archer deutete auf die Flasche. Saracen nahm dankend an, und sein Gastgeber schenkte ihm großzügig ein. „Eis?"

„Nur ein wenig Wasser."

Archer ging in die Küche, um Wasser zu holen, und Saracen musterte inzwischen seine Umgebung. Die Wohnung war offensichtlich sündhaft teuer gewesen, aber sie wirkte unpersönlich, beinahe wie eine Suite in einem Hotel; nirgends sah man Ziergegenstände, Bücher oder Fotografien. Durch die einen Spaltbreit offene Tür erblickte er einen halbvollen Koffer, der auf dem Boden stand. Für Archer war anscheinend die Zeit stehengeblieben.

„Ich komme wegen Ihrer Frau", begann Saracen vorsichtig, als Archer zurückkam und ihn aufforderte, Platz zu nehmen. „Es gibt einiges, das Sie erfahren sollten."

Als Saracen mit seinem Bericht zu Ende war, beugte sich Archer vor und stützte den Kopf in die Hände.

„Es tut mir leid", flüsterte Saracen.

Archer schüttelte den Kopf. „Pest? Meine Frau ist an der Pest gestorben? Die Krankheit ist doch seit Jahrhunderten ausgerottet."

„Das gilt für Großbritannien, aber in einigen Teilen der Welt, darunter Afrika, existiert sie noch."

„Ich bin jedenfalls nicht daran erkrankt."

„Das stimmt. Ist Ihre Frau direkt hierhergeflogen?"

„Nein, sie hat in der letzten Woche einige Freunde in Afrika an verschiedenen Orten besucht und sich von ihnen verabschiedet."

„Dabei muß sie irgendwo mit einem Kranken in Berührung gekommen sein."

Archer erschauerte und rieb sich die Arme. „Hier ist es wirklich kalt", stellte er fest und erhob sich. Er beschäftigte sich eine Zeitlang mit dem Schalter für die Heizung, beschwerte sich aber gleichzeitig darüber, daß es ohnehin keinen Sinn habe, weil es in der Wohnung immer kalt bleibe.

Saracen lächelte mitfühlend. Er war erleichtert, weil er seine Aufgabe erfüllt und Archer es ruhig aufgenommen hatte. „Haben Sie schon Pläne für die Zukunft?" fragte er.

„Ich werde eine Kreuzfahrt unternehmen, in der Sonne liegen, neue Orte, neue Gesichter kennenlernen, versuchen, einen neuen Anfang zu finden."

„Das ist eine gute Idee!" Saracen erhob sich.

Archer hielt ihm die Hand hin. „Danke, daß Sie sich die Mühe gemacht haben, es mir zu erzählen."

ALS SARACEN nach Hause kam, parkten vor seiner Wohnung zwei Autos. Das eine war ein Polizeiauto, das andere Saithes Wagen. In dem Moment, als Saracen das Gebäude betrat, kamen seine unerwünschten Besucher gerade die Treppe herunter.

„Da sind Sie ja, Dr. Saracen!" begrüßte ihn Martin Saithe, der Chefarzt des Städtischen Krankenhauses.

Die betonte Freundlichkeit in Saithes Anrede verblüffte Saracen. „Das ist Polizeioberrat Carradyce. Wir möchten uns gern mit Ihnen unterhalten."

„Natürlich", erwiderte Saracen. Er ging ihnen voraus und führte sie in die Wohnung; er war schon neugierig, was sie von ihm wollten.

Carradyce und Saithe nahmen Saracen gegenüber Platz, und der Polizeioberrat begann: „Es geht um diese scheußliche Geschichte mit Dr. Garden, Sir."

„Ich habe der Polizei alles erzählt, was ich weiß, Herr Polizeioberrat."

„Eine Tragödie, eine schreckliche Tragödie", warf Saithe ein, als spräche er für eine Rolle im Theater vor.

„Sie haben uns sehr geholfen, Sir." Carradyce rutschte nervös herum. „Wir alle wollen doch sicherlich die Auswirkungen dieser tragischen Affäre so weit wie möglich begrenzen. Sind Sie nicht auch dieser Meinung?"

„So weit wie möglich begrenzen?" wiederholte Saracen.

„Mrs. Garden war fürchterlich aufgeregt, Dr. Saracen, und ich will gar nicht daran denken, was jetzt noch alles auf die arme Frau zukommt", mischte sich Saithe ein. „Sie hat alles verloren, einfach alles."

Darum geht es also, dachte Saracen. Matthew Glendale hatte eingegriffen, um seiner Tochter aus der Patsche zu helfen.

„Die Flinte ist zufällig losgegangen", rief ihm Carradyce ins Gedächtnis.

Saithe beugte sich vor. „Der Polizeioberrat will darauf hinweisen, daß –“

Saracen hatte genug von dem Spiel. „Ich weiß, worauf der Polizeioberrat hinauswill. Sie möchten, daß Nigel Gardens Tod als tragischer Unfall dargestellt wird. Sie möchten, daß die Pesttoten nicht erwähnt werden und daß Mrs. Garden nicht beschuldigt wird, sie habe mich töten wollen. Richtig?“

„Mehr oder weniger“, erwiderte Saithe leicht verlegen. Der Polizeioberrat sah noch verlegener aus.

„Mißverstehen Sie uns nicht, Dr. Saracen. Wir wissen, daß Mrs. Gardens Handlungsweise unverzeihlich ist, aber –“

„Matthew Glendale kann keinen Skandal brauchen“, unterbrach ihn Saracen.

„Skelmore kann keinen Skandal brauchen, Dr. Saracen“, stellte Saithe richtig.

Saracen stand auf, wandte seinen Gästen den Rücken zu und ging zum Fenster. Er gab es nicht gern zu, aber Saithe hatte in vielerlei Hinsicht recht. Ein Skandal würde niemandem etwas nützen. Es wäre am besten, wenn die Affäre so rasch wie möglich in Vergessenheit geriete. „Also gut, ich stimme Ihnen zu“, erklärte er.

Saithe und Carradyce waren sichtlich erleichtert. „Wir müssen uns natürlich wegen Ihrer unglückseligen Suspendierung entschuldigen, Dr. Saracen.“ Saithe lächelte. „Ich bin sicher, daß ich im Sinne aller Mitarbeiter vom Städtischen Krankenhaus spreche, wenn ich sage, daß wir Sie gar nicht schnell genug wiederhaben können. Ich bin sogar davon überzeugt, daß bei der Ernennung des neuen Leiters der Unfallstation keine langen Überlegungen erforderlich sein werden.“

Saracen fühlte sich sehr unbehaglich, beinahe schmutzig – als hätte er sich gerade kaufen lassen.

„Soll das heißen, daß sie ungeschoren davonkommt?“ fragte Jill ungläubig, als Saracen berichtete, was sich alles ereignet hatte.

„Es ist die vernünftigste Lösung“, meinte Saracen. „Je schneller wir zum Normalzustand zurückkehren, desto besser.“

Jill wirkte keineswegs überzeugt. Saracen fuhr ihr mit den Fingern durchs Haar, und sie hielt seine Hand fest. „Es kommt mir einfach nicht richtig vor“, sagte sie.

„Das wichtigste ist, daß es vorbei ist“, erklärte Saracen.

„Du hast wahrscheinlich recht“, gab Jill zu, aber aus ihrer Stimme war deutlich Zweifel herauszuhören. „Und was ist mit deiner Suspendierung?“

„Die ist aufgehoben. Ich trete morgen meinen Dienst wieder an.“

Jill lächelte zum erstenmal. „Das ist mal eine gute Nachricht!“

„Wollen wir feiern und morgen abend ausgehen? Wie wäre es mit dem ‚Station‘?“

Jill bekam große Augen. „In den teuren Kasten willst du gehen? Da muß ich mich aber rausputzen!“

„Das kannst du tun, wenn du willst. Ich bestelle einen Tisch.“ Saracen ging zum Telefon, doch bevor er es erreicht hatte, klingelte es. Es war Dave Moss vom Kreiskrankenhaus.

„Ich weiß, daß meine Bedenken lächerlich klingen, aber ich muß mit jemandem darüber sprechen.“

„Raus damit!“

„Heute abend ist ein Patient vier Stunden nach seiner Einlieferung an Lungenentzündung gestorben.“

„Sie wissen, daß alte Leute oft nicht genügend Widerstandskraft besitzen“, meinte Saracen tröstend.

„Er war nicht alt. Es war ein kräftiger, dreißig Jahre alter Mann. Ich habe ihm sofort nach der Aufnahme Penicillin verabreicht und erwartet, daß er heute abend aus dem Gröbsten heraus wäre, aber es ging mit ihm rapide bergab. Die Zyanose war sehenswert. Bei seinem Tod war die Haut beinahe schwarz. Ich weiß, daß es sich verrückt anhört, aber ich glaube, daß er an Lungenpest gestorben ist!“

Saracen überlief es eiskalt. Es war also noch nicht vorbei. Die Pest ging noch immer in Skelmore um.

„Sind Sie noch da?“

„Ja. – Hat Ihr Patient in der Anlage Palmer's Green gewohnt?“

„Einen Augenblick.“ Saracen hörte das Rascheln von Papier.

„Nein. Warum fragen Sie?“

„Wo hat er gewohnt?“ wollte Saracen wissen.

„In der Maddox Road. Aber wieso?“

Saracen fluchte leise. Die Maddox Road lag von Palmer's Green aus gesehen am anderen Ende der Stadt.

„Was brummen Sie da?“ fragte Moss.

„Myra Archer und Cohen sind an der Pest gestorben. Garden vertuschte es, weil er glaubte, daß es sich um Einzelfälle handelte und daß es dabei bleiben würde. Beide wohnten in Palmer's Green.

Wenn Sie jetzt einen Pesttoten vom anderen Ende von Skelmore haben, stecken wir wirklich in Schwierigkeiten."

Moss war so verblüfft, daß er stotterte. „Wie . . ., wie soll die . . . Pest nach Skelmore gekommen sein?"

„Myra Archer kam aus Afrika. Sie hat sie wahrscheinlich eingeschleppt."

„Und Garden hat es vertuscht?"

„Er hat geglaubt, daß Presseberichte über die Pest den Entwicklungsplan für Skelmore zunichte machen würden. Er nahm an, daß die Japaner sich zurückziehen würden und sein Schwiegervater dadurch mit seinen Bauinvestitionen pleite gehen würde."

„Der gute alte Nigel. Er hat immer zuerst an sich gedacht."

„Haben Sie Labortests veranlaßt?"

„Ich habe auf die übliche Weise Proben hingeschickt und als vorläufige Diagnose schwere Lungenentzündung angegeben."

„Vielleicht sollten Sie das Labor warnen."

„Das werde ich tun. Ich werde dafür sorgen, daß das Krankenhauspersonal die entsprechenden Antibiotika bekommt. Haben Sie eine Ahnung, was in solchen Fällen verabreicht wird?"

„Soviel ich weiß, Streptomycin und Tetracyclin, aber wir sollten es lieber überprüfen. Ich weiß nur mit Bestimmtheit, daß Penicillin wirkungslos ist."

„Das würde erklären, warum mein Patient nicht darauf angesprochen hat."

„Sie konnten es nicht wissen. Jeder von uns hätte in diesem Fall nach Penicillin gegriffen."

„Danke. Ich werde die Gesundheitsbehörde unterrichten und die Familie so rasch wie möglich verständigen", erklärte Moss.

„Ich werde die maßgeblichen Stellen im Städtischen Krankenhaus informieren und Sie dann wieder anrufen." Saracen legte auf, hob dann wieder ab und rief Saithe an.

„Und Moss ist seiner Sache sicher?" fragte Saithe, als Saracen mit seinen Ausführungen am Ende war.

„Er hat die Ergebnisse der Laboruntersuchung noch nicht, aber es hört sich ganz so an, als handle es sich tatsächlich um Pest."

„Verdammt", murmelte Saithe. „Aber wir müssen darauf achten, daß wir keine unnötige Panik auslösen. Wir sollten einen Krisenstab einberufen, der die weitere Entwicklung überwacht."

Saracen verdrehte die Augen. „Wenn Sie meinen."

„Also wer sollte dem Krisenstab angehören . . .“, murmelte Saithe vor sich hin, als wäre Saracen nicht mehr am Apparat.

„Ein Sachverständiger für Pest“, schlug Saracen vor.

„Wie bitte? Was haben Sie gesagt, Saracen?“

„Ich habe vorgeschlagen, einen Sachverständigen für Pesterkrankungen zu suchen. Bis auf das wenige, das wir vor Jahren in unseren Lehrbüchern gelesen haben, weiß keiner von uns etwas darüber.“

„Damit haben Sie recht“, gab Saithe zu.

Er rief zwei Stunden später wieder an und berichtete, daß ein Krisenstab zusammengestellt worden sei und daß er Saracen auffordern solle, sich daran zu beteiligen. Die anderen Mitglieder waren Saithe, der Beamte vom Gesundheitsdienst für das Kreiskrankenhaus – er hieß Braithwaite –, Polizeioberrat Carradyce, Dave Moss, der medizinische Oberrat im Kreiskrankenhaus, John Laird, Sekretärinnen des Städtischen und des Kreiskrankenhauses und zwei Oberschwestern beider Krankenhäuser. Außerdem würde vom Forschungsinstitut der Regierung in Porton Down jemand namens MacQuillan nach Skelmore kommen. Er sollte am nächsten Tag um 20.15 Uhr eintreffen. Die erste Sitzung des Krisenstabes war für 21 Uhr vorgesehen.

ZEHN Minuten vor neun verließ Saracen die Unfallstation und begab sich in den großen Hörsaal, in dem die Zusammenkunft stattfand.

Als er zum Eingang des Gebäudes kam, stieg Moss gerade aus seinem Wagen. Saracen hielt ihm die Tür auf und fragte: „Wie steht's?“

„Nicht gut. Die Frau des Toten ist eingeliefert worden.“

Saracen unterdrückte einen Fluch.

„Es kommt noch schlimmer“, fuhr Moss fort. „Sie hat in der Maxton-Grundschule als Köchin gearbeitet.“

Sie betraten den Vortragssaal.

„Guten Abend“, sagte Saithe und überblickte die Sitzreihen. „Soweit ich sehe, sind jetzt alle da. Dr. MacQuillan ist Sachverständiger für *Yersinia pestis*, den Erreger, der die Pest hervorruft, und hat sich freundlicherweise bereit erklärt, unsere Wissenslücken zu füllen, indem er uns einige Dias zeigt.“

Dr. MacQuillan, der einen Tweedanzug trug, war ein kleiner Mann mit schütterem Haar und einem dichten Schnurrbart. Er erhob sich und kam zu Saithe aufs Podium, wo er einen Diaprojektor aufstellte und nach einem Zeigestab griff. „Zuerst der Schuldige." Er zeigte das erste Dia.

MacQuillans schottischer Akzent und seine präzise Sprechweise paßten zu seiner leicht aggressiven Haltung. Er wirkte wie der typische kampflustige, nüchterne Schotte.

MacQuillan zeigte mit dem Stab auf die Leinwand. „Das ist *Yersinia pestis*, eine stabförmige, nicht einmal einen zweitausendstel Millimeter lange Bakterie. Man könnte meinen, daß sie wie alle anderen Bakterien aussieht, und damit hätte man recht, aber im vierzehnten Jahrhundert löschte dieses kleine Etwas ein Viertel der Gesamtbevölkerung Europas aus. Wenn eine infizierte Ratte verendet, sehen sich ihre Flöhe nach einem neuen Wirt um. Ein ahnungsloser Mensch kommt vorbei und bekommt die Pest."

„Aber die Pest kann doch bestimmt auch auf andere Art und Weise übertragen werden?" fragte Phoebe Kendal, eine Oberschwester vom Städtischen Krankenhaus.

„Allerdings", bestätigte MacQuillan. „Der von mir geschilderte Vorgang bezieht sich auf die Beulenpest. Es gibt aber noch eine andere Form der Krankheit, die Lungenpest. Und mit der haben wir es hier in Skelmore zu tun. Im fortgeschrittenen Stadium dieser Krankheit produziert der Patient große Mengen von blutigem, schaumigem Auswurf, der Myriaden von Pestbakterien enthält. Wenn der Patient hustet oder niest, versprüht er äußerst ansteckende Tröpfchen. Die in der Nähe befindlichen Menschen atmen die infizierten Partikel ein und bekommen Lungenpest."

MacQuillan wechselte das Dia. „Das ist die Beulenform. Der hier gezeigte Patient ist dem Tod nahe. Beachten Sie die geschwollenen Lymphdrüsen." Der Diaprojektor klickte wieder, und auf der Leinwand erschien ein weiterer Patient. „Dieser Mann hat Lungenpest und wird in ungefähr drei Stunden tot sein. Beachten Sie die Farbe der Haut; sie ist beinahe schwarz, daher die Bezeichnung ‚Schwarzer Tod'."

„Wie hoch ist die Sterblichkeitsrate?" fragte Moss.

„Wenn die Lungenpest nicht behandelt wird, beträgt die Sterblichkeitsrate fast hundert Prozent. Die unbehandelte Beulenpest verläuft in fünfzig bis fünfundsiebzig Prozent aller Fälle tödlich."

„Sie haben ‚unbehandelt' gesagt", warf Saracen ein.

„Ja, der Einsatz von modernen Antibiotika kann diese Zahl drastisch senken. Eine Tetracyclintherapie verringert die Todesfälle bei der Beulenpest auf etwa ein Prozent. Sie ist auch bei der Lungenpest sehr wirkungsvoll, wenn der Zeitfaktor stimmt."

„Zeitfaktor?"

„Nach zwölf Stunden kann der Erkrankte nicht mehr gerettet werden."

Saithe erkundigte sich nach der Inkubationszeit.

„Ein bis sechs Tage, je nach Stärke der Infektion", erwiderte MacQuillan. „Ich habe mit Dr. Braithwaite, dem Beamten vom Gesundheitsdienst des Kreiskrankenhauses, gesprochen; seine Leute ergreifen zur Zeit geeignete Maßnahmen, um den Ausbruch einer Epidemie zu verhindern. Ich bin sicherlich nicht zu optimistisch, wenn ich feststelle, daß die ganze Geschichte in allernächster Zukunft vorbei sein müßte."

„Darf ich fragen, was man unter ‚geeigneten Maßnahmen' verstehen soll?" fragte Moss.

„Ich übergebe an Dr. Braithwaite." MacQuillan verließ das Podium und setzte sich.

Dr. Braithwaite stand mit der für sehr dicke Menschen typischen Mühe auf, betrat das Podium und wandte sich an die Versammlung. „Im Grunde geht es nur darum, kontaktierte Personen rasch aufzuspüren und zu behandeln."

„Und wie steht es mit dem Schutz für das Krankenhauspersonal?"

„Impfstoff gegen die Pest ist unterwegs."

„Auch für meine Leute?" fragte Carradyce.

„Selbstverständlich", antwortete Braithwaite.

„Aber nicht für die Allgemeinheit?" fragte Saracen.

„In diesem Stadium noch nicht", erwiderte Braithwaite. „Wir wollen keine unnötige Panik hervorrufen, und ich bin davon überzeugt, daß dieser unglückselige Zwischenfall ohne Massenimpfung unter Kontrolle gebracht werden kann."

„Dann haben Sie also ermittelt, daß zwischen dem Mann, der im Kreiskrankenhaus starb, und Archer und Cohen eine Verbindung bestand?" Saracen ließ nicht locker.

Braithwaite trat verlegen von einem Fuß auf den anderen. „Wir sind der Antwort so nahe gekommen, wie es möglich war. Der Mann war an der Bauplanung für die Palmer's-Green-Anlage beteiligt. Man kann also ohne weiteres annehmen, daß er entweder mit Mrs. Archer oder mit Mr. Cohen Kontakt gehabt hat."

„Es müßte Mr. Cohen gewesen sein", meinte Saracen.

Braithwaite sah den Arzt verwirrt an, und MacQuillan half ihm mit einer Erklärung. „Aufgrund der Inkubationszeit, ja, Sie haben vollkommen recht, Doktor. Mrs. Archer war zu lange tot, als daß sie den Mann hätte anstecken können."

„Suchen Sie nach Beweisen dafür, daß es Cohen war?" bohrte Saracen weiter.

Braithwaite wischte die Frage mit einer Handbewegung vom Tisch. „Wir werden die entsprechenden Untersuchungen vornehmen, aber die Frage ist rein akademisch."

Jetzt griff Moss ein. „Ich gehe wohl recht in der Annahme, daß unser Ziel sechs Tage ohne neue Erkrankungen sind."

„Sagen wir lieber acht, um vollkommen sicher sein zu können", erklärte MacQuillan. „Acht Tage ohne Neuerkrankungen, und Skelmore hat nichts mehr zu befürchten."

„Vorausgesetzt, daß alle Mutmaßungen stimmen", meinte Saracen.

„Ich weiß nicht, was Sie damit andeuten wollen", sagte Braithwaite kühl.

„Ich möchte klarstellen, daß wir nichts als gegeben annehmen dürfen. Wir müssen jedes Detail überprüfen."

„Das ist sehr empfehlenswert", stellte Braithwaite ironisch fest. „Da ich erst dreißig Jahre in dem Beruf arbeite, bin ich Ihnen für Ihre Ratschläge sehr dankbar."

Saracen, der sah, daß die Oberschwestern verstohlen lächelten, war über die Zurechtweisung verärgert. „Wir nehmen das Ganze zu leicht", antwortete er. „Ich werde das Gefühl nicht los, daß bei der Geschichte etwas nicht stimmt."

„Und zwar was?"

Saracen zuckte die Achseln. „Das habe ich noch nicht herausbekommen. Mir wäre wohler, wenn ich mehr wüßte."

10

NACH der Sitzung suchte Saracen die Unfallstation auf und erzählte Tremaine, was sich abgespielt hatte.

„Wenn ein Krisenstab gegründet wurde, können ja alle beruhigt schlafen", meinte dieser ironisch.

Tremaine sah müde aus, für Saracens Geschmack zu müde.

Saithe hatte erwähnt, daß er für die Station Aushilfsärzte anstellen wollte, und Saracen nahm sich vor, ihn daran zu erinnern; er hielt diese Maßnahme für vordringlich. „Geben Sie mir jetzt den Bericht, dann gehen Sie nach Hause und schlafen sich aus", sagte er.

„Ist das Ihr Ernst?" fragte Tremaine.

„Natürlich!"

„Dann will ich Ihnen nicht widersprechen." Tremaine griff nach seinen Aufzeichnungen und las vor, wer an diesem Nachmittag eingeliefert worden war.

„Also dann bis morgen früh", sagte Saracen, als der junge Arzt fertig war. „Hat übrigens das gesamte Personal Tetracyclin bekommen?"

„Bis zum letzten Mann. Wie steht es mit Ihnen?"

„Ich nehme es gleich."

„Vergessen Sie es nicht", ermahnte ihn Tremaine im Hinausgehen.

Saracen schluckte sein Tetracyclin und begab sich auf die Suche nach dem Aufnahmebuch. Er fand es nicht und ging zu Schwester Moira, um sie danach zu fragen.

„Ich habe es auf Dr. Gardens Schreibtisch gelegt; ich habe angenommen, daß Sie von nun an sein Zimmer benutzen werden."

„Natürlich, Schwester, danke!" Saracen hatte diese Veränderung vollkommen vergessen. Jetzt stellte er fest, daß Schwester Moira auch schon seine Bücher und Papiere in Gardens Zimmer geräumt hatte. Er hatte sich oft überlegt, welche Eigenschaften zu einer guten Schwester gehörten, und Schwester Moira verfügte über alle. In jedem anderen Beruf wären ihre Fähigkeiten gewürdigt worden, aber hier hielt man sie für selbstverständlich.

Saracen sah gerade das Aufnahmebuch durch, als jemand an die Tür klopfte und eine Schwester den Kopf hereinstreckte. „Dr. Saracen, die Kneipen haben Sperrstunde; wir brauchen Sie."

Saracen gesellte sich zu dem bereits im Behandlungsraum anwesenden Team, während allmählich die ersten Opfer in der Unfallstation eintrudelten. Sobald die Kneipen um 23 Uhr schlossen, trugen ihre angetrunkenen Besucher die in den Lokalen begonnenen Streitigkeiten an der frischen Luft mit den Fäusten aus.

Zwischen ein und zwei Uhr nachts wurde es ruhiger, weil die Raufbolde ihre Meinungsverschiedenheiten dann bereinigt hatten und zu Bett gegangen waren. Saracen hatte begonnen, sich mit dem Kreuzworträtsel im *Guardian* zu beschäftigen, als das Telefon klingelte; es war Dave Moss.

„Aus der Maxton-Siedlung sind vier Fälle eingeliefert worden. Eine Frau und drei Kinder."

„Weiß man, wo sie sich angesteckt haben?"

„Bis jetzt nicht. Braithwaites Leute untersuchen den Fall, aber im Augenblick habe ich andere Sorgen; ich habe die Laborergebnisse vorliegen. Es handelt sich tatsächlich um Pest – *Yersinia pestis*. Es gibt jedoch in bezug auf die Wirkung der Antibiotika Probleme. Das Labor ist mit den Ergebnissen nicht sehr glücklich. Sie möchten, daß sie in Porton Down überprüft werden."

„Was ist da zu überprüfen? MacQuillan hat gesagt, daß die Erreger immer auf Tetracyclin ansprechen."

„Ich weiß, daß MacQuillan das gesagt hat, und es steht auch in den Büchern, aber das Labor hat festgestellt, daß Tetracyclin die Vermehrung der Bakterien zwar hemmt, sie jedoch nicht tötet."

Saracen wurde schwindlig, als er begriff, was das bedeutete. „Wenn Tetracyclin die Vermehrung der Bakterien hemmt, besteht dann die Chance, daß die körpereigenen Abwehrkräfte sich durchsetzen können?"

„Das ist die große Frage. Wir werden es erst wissen, wenn wir es ausprobiert haben. Bis jetzt hatten alle Patienten bereits hohes Fieber, als sie zu uns gebracht wurden; sie wären wahrscheinlich auf jeden Fall gestorben. Vorläufig sind nur das Krankenhauspersonal und die uns bekannten Kontaktpersonen mit Tetracyclin behandelt worden, und die sind bis jetzt alle gesund geblieben."

„Wann wird man uns aus Porton Down die Ergebnisse bekanntgeben?" wollte Saracen wissen.

„In zwei Tagen. Sie haben dort alles andere zurückgestellt."

„Wir können also nur warten und hoffen."

„Uns bleibt leider nichts anderes übrig", stimmte Moss zu.

Saracen legte auf und sah gedankenverloren vor sich hin, als Schwester Moira hereinkam. „Es wurden gerade vier Wahnsinnige eingeliefert."

„Was ist mit ihnen?" fragte Saracen müde.

„Leimschnüffler. Die Polizei hat die Jungen auf der Baustelle von Palmer's Green aufgegriffen."

SARACEN roch das Lösungsmittel im Atem der Jugendlichen. Er musterte die mit Blasen bedeckten Lippen und die verdrehten Augen der vier Jungen und untersuchte kopfschüttelnd einen nach dem anderen.

Einer der Jungen, in schmutzigem T-Shirt und Jeans, wirkte weniger benommen als die übrigen, deshalb begann Saracen, ihm Fragen zu stellen. Zuerst wollte er wissen, wie alt der Junge war.

„Zwölf", lautete die mürrische Antwort.

„Warum tust du das?"

„Weil ich nichts Besseres zu tun habe."

„Blödsinn!"

„Aber es stimmt", widersprach der Junge.

„Und ich sage dir, daß es Blödsinn ist. Ich habe schon genug zu tun, ohne mich mit einem Haufen Irrer befassen zu müssen, die sich Plastiktüten über den Kopf ziehen und Leim schnüffeln."

„So etwas dürfen Sie nicht sagen, Sie sind Arzt", protestierte der Junge.

„Und ob ich das sagen darf. Wo hast du den Leim gekauft?"

„Das verrate ich nicht."

Saracen sah den Polizisten an, der die Jungen ins Krankenhaus gebracht hatte, aber dieser zuckte nur die Achseln.

Saracen wandte sich wieder dem Jungen zu. „Ich habe dir eine Frage gestellt."

„Und ich habe gesagt, daß ich es nicht verrate", wiederholte der Junge kampfeslustig.

Saracen betrachtete ihn nachdenklich. „In diesem Fall, mein Freund, werden wir nicht um einen netten kleinen Einlauf herumkommen." Er beugte sich vor und flüsterte dem Jungen ins Ohr: „Zuerst wird die Schwester einen dicken Schlauch nehmen, und dann . . ."

Die Erklärung hatte den gewünschten Erfolg. Die Aggressivität des Jungen schlug in Panik um. „Kommt nicht in die Tüte", sprudelte er hervor.

„O doch", widersprach Saracen. „Noch dazu mit eiskaltem Wasser."

„Das ist Erpressung."

„Richtig."

Der Junge gab nach. „Bei Bartok in der Weaver's Lane. Er hat gesagt, daß wir es niemandem erzählen dürfen."

„Das kann ich mir vorstellen.“ Saracen sah den Polizisten an. „Sagt Ihnen der Name etwas?“

Der Polizist nickte. „Der alte Bartok ist für uns kein unbeschriebenes Blatt.“

„Werden Sie sich mit ihm unterhalten?“

„Wir werden ihn ein bißchen unter Druck setzen, aber er wird schwören, daß er geglaubt hat, die Kinder brauchten den Klebstoff für Modellflugzeuge.“ Er runzelte die Stirn. „Werden die vier Gauner mit dem Schrecken davonkommen?“

Saracen nickte. „Die drei Jüngeren müssen über Nacht hierbleiben, aber der da kann nach Hause gehen.“ Er schüttelte den Jungen, der ihm die Information geliefert hatte, leicht an der Schulter.

„Also gut. Du kommst mit“, sagte der Polizist zu dem Jungen. „Ich bringe dich jetzt nach Hause und werde mit deinem Vater reden.“

„Tun Sie das nicht, Mister, er bringt mich um“, jammerte der Junge.

„Wo wohnst du?“ fragte ihn Saracen.

Der Junge nannte eine Adresse im schäbigsten Viertel der Maxton-Siedlung, und Saracen sah den Polizisten vielsagend an. Dieser lächelte. „Angesichts der Unterstützung, die wir von dem jungen Mann erhalten haben, und unter Berücksichtigung der Tatsache, daß er so etwas nie wieder tun wird –“

„Nie wieder, Mister, das schwöre ich!“ unterbrach ihn der Junge.

„Also gut. Warte hier, während ich in der Aufnahme die Personalien der übrigen drei hole.“ Der Polizist verließ den Raum.

„Was habt ihr auf der Baustelle gemacht?“ fragte Saracen.

„Gespielt.“

„Ihr seid von der Maxton-Siedlung nach Palmer's Green gegangen, um zu spielen?“

Der Junge blickte zu Boden. „In der Schule hat ein Typ behauptet, daß man dort einen Schatz finden kann.“

„Einen Schatz? Was für einen Schatz?“

„Gold!“

„Gold auf einer Baustelle?“

„Es ist wahr. Philip Edwards hat ein Kreuz gefunden, ein goldenes Kreuz. Und auch etwas Großes, so was wie eine Medaille.“

„Und ihr wolltet selbst nachsehen?"

Der Junge nickte.

„Habt ihr etwas gefunden?"

„Noch nicht."

Saracen lächelte. „Wenn Edwards ein Kruzifix und noch einen Gegenstand gefunden hat, dann gehört beides jemandem, und er sollte es zurückgeben."

„Nein, das ist etwas anderes. Es ist ein Schatz."

„Schatz oder nicht, ihr bleibt in Zukunft davon weg, verstanden? Baustellen sind gefährlich."

Der Junge versprach zwar, daß er nicht mehr hingehen würde, sah aber Saracen dabei nicht in die Augen.

SARACEN wurde Montag früh zu einer Sitzung des Krisenstabes gerufen und nahm zu Recht an, daß die Ergebnisse aus Porton Down eingetroffen waren. Sie warteten, weil Dave Moss noch nicht da war, aber nach zehn Minuten beschloß Saithe, ohne ihn anzufangen, und überließ MacQuillan das Wort.

„Ich will nicht um den heißen Brei herumreden", begann dieser. „Wir sind mit einem Problem konfrontiert. In Porton Down wurde festgestellt, daß sich die äußere Membran des Erregers verändert hat, also irgendwie mutiert ist, so daß die Bakterie gewissen Mitteln gegenüber resistent geworden ist."

„Gehören zu diesen ‚gewissen Mitteln' auch die Antibiotika?" fragte Saracen.

„Unter anderem, ja", gab MacQuillan zu. Das Stimmengewirr im Raum wurde lauter, und Saithe mußte um Ruhe bitten.

„Wir haben also keine Möglichkeit, die Krankheit zu behandeln?" fragte Saracen.

„Die Antibiotika sind nicht vollkommen wirkungslos", antwortete MacQuillan. „Tetracyclin verlangsamt das Wachstum der Bakterie, aber der Ausgang ist unabwendbar. Wir müssen mit einer Sterblichkeitsrate von hundert Prozent rechnen."

„Das ist natürlich eine rein akademische Feststellung", wandte Braithwaite ein. „Wenn meine Leute so rasch reagiert haben, daß sie die Kontaktpersonen ermitteln konnten – und ich nehme an, daß ihnen das gelungen ist –, dann haben wir keinen Grund, uns Sorgen zu machen."

„Ich bin da anderer Ansicht", widersprach Saracen.

Peinliche Stille trat ein, und dann sagte Saithe: „Würden Sie uns bitte Ihre Ansicht näher erläutern, Dr. Saracen?"

Saracen erhob sich. „Wir dürfen uns nicht so leicht zufriedengeben. Ich schlage vor, daß sofort die erforderlichen Schritte unternommen werden, um Skelmore vom Rest des Landes zu isolieren." Noch während er sprach, erhob sich im Saal mißbilligendes Gemurmel.

Braithwaite lächelte herablassend. „Die Umsicht unseres guten Doktors ist sicherlich lobenswert, aber wir leben nicht im mittelalterlichen England. Man kann eine moderne Stadt nicht leichtfertig unter Quarantäne stellen. Das würde ihrer Wirtschaft schweren Schaden zufügen, ganz zu schweigen davon, daß die vielversprechende Entwicklung von Skelmore damit beendet wäre. Im Augenblick besteht sicherlich noch keine Notwendigkeit für eine so drastische Maßnahme."

Braithwaites Feststellung fand allgemeine Zustimmung.

Saracen gab den Kampf noch nicht auf. „Wir befinden uns nicht im mittelalterlichen England, aber wir haben die mittelalterliche Pest in der Stadt, und laut den Feststellungen von Dr. MacQuillan können wir heute genausowenig mit ihr fertig werden wie damals."

Jetzt trat Stille ein, bis MacQuillan das Wort ergriff. „Ich fürchte, daß Dr. Saracen recht hat."

„Aber Sie finden doch sicherlich nicht, daß wir die ganze Stadt abriegeln sollten?" fragte Braithwaite.

MacQuillan schob seine Brille zurecht. „Wie immer in solchen Fällen stellt der Ausgangspunkt der Erkrankung das entscheidende Problem dar. Diesmal kennen wir offenbar den Ursprung: Mrs. Archer hat die Pest aus Afrika mitgebracht. Daher halte ich es nicht für notwendig, die Stadt unter Quarantäne zu stellen."

„Na also", seufzte Braithwaite; er war sichtlich erleichtert, weil MacQuillan ihn unterstützte.

Wieder trat peinliche Stille ein, bis Saithe fragte: „Ist außer Dr. Saracen noch jemand dafür, daß die Stadt unter Quarantäne gestellt wird?"

Niemand meldete sich.

„Also gut", schloß Saithe. „Dann machen wir so weiter wie bisher."

SARACEN kehrte auf die Unfallstation zurück und rief sofort Moss an, um festzustellen, warum dieser nicht zur Sitzung gekommen war.

„Der Pestimpfstoff ist heute früh eingetroffen", erklärte Moss. „Ich hielt es für wichtiger, das Krankenhauspersonal sofort zu impfen. Hat sich sonst etwas Interessantes ergeben?"

Saracen berichtete über die Untersuchungsergebnisse aus Porton Down.

„Unser Labor hat also recht gehabt", seufzte Moss. „Der Bazillus ist gegen Tetracyclin resistent."

„Es ist schlimmer", erklärte Saracen. „Infolge der veränderten Zellmembranen ist der Erreger beinahe gegen alles resistent." In diesem Augenblick fiel ihm noch etwas ein. „Ich möchte wissen, ob Porton Down die Antigenstruktur der Bakterien untersucht hat. Ich meine, wenn unsere Bakterie jetzt eine andere Zellmembran besitzt, ist sie vielleicht gegen Antikörper immun, die für verschiedene Bakterienstämme entwickelt wurden."

„Sie meinen, daß der Impfstoff gegen unseren Bakterienstamm wirkungslos ist? Das hätte uns gerade noch gefehlt!"

„Ich spreche sofort mit MacQuillan", sagte Saracen.

Er legte auf und wollte gerade MacQuillan anrufen, als Jill Rawlings mit einer zweiten Schwester an der Glastür vorbeiging. Saracen öffnete die Tür und rief: „Hast du einen Augenblick Zeit für mich?"

„Natürlich!" Jill bedeutete ihrer Kollegin, allein vorzugehen.

„Ich habe dich seit Ewigkeiten nicht gesehen." Saracen schloß die Tür hinter ihr. „Und unser luxuriöses Abendessen haben wir auch noch nicht nachgeholt."

„Das macht nichts. Irgendwann wird dieser Alptraum zu Ende sein. Und wenn du mich brauchst, bin ich immer für dich da!"

„Und wie ich dich brauche! Kann ich heute abend zu dir kommen?"

„Ich habe bis halb neun Dienst."

„Gut. Vielleicht können wir das Abendessen nachholen und . . ."

Jill legte ihm den Finger auf die Lippen. „Nein. Du hast letzte Nacht auf der Unfallstation Dienst getan."

„Ja, aber . . ."

„Und die vorhergehende Nacht?"

„Ich fühle mich großartig", ließ Saracen nicht locker.

Jill wollte nichts davon hören. „Bleib zu Hause. Wenn ich fertig bin, komme ich hinüber, wir essen bei dir, entspannen uns bei einem Drink und gehen dann ins Bett."

Saracen sah ihr tief in die Augen. „Du bist etwas ganz Besonderes, Jill!"

„Also bis später." Jill zog die Tür hinter sich zu.

SARACEN rief MacQuillan an und berichtete ihm von seinen Sorgen wegen des Impfstoffs.

„Dieser Punkt wird gerade überprüft", antwortete der Schotte. „Unsere Leute haben in dem Augenblick, in dem sie die veränderte Zellmembran entdeckten, auch an diese Möglichkeit gedacht. Ich verständige Sie, sobald ich das Ergebnis habe."

„Damit stellt sich eine neue Frage. Was tun wir, wenn der Impfstoff tatsächlich wirkungslos ist?"

„Dann müßten für unseren Bakterienstamm ein neues Antiserum und ein neuer Impfstoff hergestellt werden."

„So einfach ist das?"

„Ja. Es würde zwar einige Zeit dauern, aber die Herstellung eines bakteriellen Impfstoffs ist nicht weiter schwierig. Wir können froh sein, daß der Pesterreger kein Virus, sondern nur eine Bakterie ist. Impfstoffe gegen Viren stellen ein wesentlich komplizierteres Problem dar."

„Sie haben zwischen Antiserum und Impfstoff unterschieden?"

„Ja, weil wir mit den Antibiotika Schwierigkeiten bekommen haben. Wir können Tiere mit unserem Bakterienstamm impfen und das Serum für die Behandlung von Menschen verwenden. Dabei besteht zwar immer die Gefahr einer Serumallergie, aber es ist besser als gar nichts."

SARACEN verließ die Unfallstation um 18 Uhr, und weil er das Bedürfnis nach frischer Luft hatte, beschloß er, zu Fuß nach Hause zu gehen. Jill würde nicht vor 21 Uhr kommen, also bestand kein Grund zur Eile.

Er machte einen Umweg durch den Park und blieb eine Weile unter den Bäumen sitzen. Eine düstere Vorahnung, die beinahe so grau war wie der Himmel, bedrückte ihn. Dann fielen die ersten Regentropfen, und die wenigen Besucher des Parks hasteten nach Hause.

Als Saracen endlich in seiner Wohnung anlangte, war er völlig durchnäßt. Zu allem Überfluß mußte er feststellen, daß die Zeituhr für den Boiler nicht funktionierte und er kein warmes Wasser hatte. Er schaltete den Boiler von Hand ein, rieb sich trocken und wartete, daß das Wasser warm wurde. Zwanzig Minuten später saß er in einem lauwarmen Bad.

Um halb neun rief Jill an; sie klang verzweifelt. „Mary Travers ist gerade zusammengebrochen. Dr. MacQuillan meint, daß es besser wäre, wenn ich das Krankenhaus nicht verlasse."

„Was sucht MacQuillan bei euch?" fragte Saracen besorgt. Jills Atem ging schnell, als wäre sie sehr aufgeregt. „Was ist los?" fragte er. „Hol tief Luft, und erzähl es mir."

„Die Ärzte glauben, daß sie die Pest hat."

Saracens Kehle war wie zugeschnürt. Seine Gedanken überschlugen sich, während er über die Folgen nachdachte. Mary Travers war mit dem Medic Alpha mitgefahren, als Myra Archer eingeliefert wurde. Sie hatte genau wie das übrige Personal Tetracyclin bekommen. Offenbar verzögerte das Antibiotikum wirklich nur den Ausbruch der Krankheit. Das hieß, daß bei den Kontaktpersonen jederzeit die Pest ausbrechen konnte.

„Bist du noch da, James?"

„Ja, entschuldige. Du hast gesagt, daß du im Krankenhaus bleibst?"

„Dr. MacQuillan hält es für vernünftiger, wenn alle, die mit Mary Kontakt gehabt haben, vorläufig hierbleiben. Station zwanzig wurde zur Isolierstation erklärt, und sie suchen Freiwillige, die dort Dienst machen. Da ich ohnehin hier bin . . ."

„Hast du dich freiwillig gemeldet." Saracen schloß einen Augenblick lang die Augen.

„MacQuillan hat beim Verteidigungsministerium Schutzanzüge mit Atemfiltern angefordert", fuhr Jill fort. „Inzwischen liegt Schwester Mary auf der Isolierstation."

„Gib auf dich acht!" flüsterte Saracen.

„Du auch", antwortete Jill.

SARACEN wachte auf, als die Nationalhymne gespielt wurde. Er stand auf, rieb sich den Nacken und schaltete den Fernsehapparat aus. Sein sechster Sinn sagte ihm, daß er in dieser Nacht ohnehin nicht mehr schlafen würde.

Um zwei Uhr morgens läutete Saracens Telefon; es war Moss.

„Wo sind Sie?" fragte Saracen.

„Zu Hause. Das Krankenhaus hat mich gerade angerufen und mir mitgeteilt, daß vier Archer-Kontakte an Pest erkrankt sind: die beiden Sanitäter, der Polizist, der dabei war, und einer der Krankenträger."

„Wie steht es mit ihren Familien?"

„Braithwaites Leute setzen alles daran, um sie rechtzeitig zu erreichen."

„Ich beneide sie nicht. Haben sie eine Verbindung zwischen dem toten Arbeiter und den Fällen aus der Maxton-Siedlung hergestellt?"

„Die Frau hatte ein Verhältnis mit dem toten Arbeiter. Braithwaite hat die Familie des Toten isoliert, aber niemand hat die Freundin erwähnt. So gut wie alle wußten es, aber keiner wollte darüber sprechen. Sie wissen ja, wie die Leute sind."

„Und die Kinder?"

„Zwei gehören der Frau, das dritte ist eine Schulfreundin, die zufällig auf Besuch war."

„Du meine Güte, was ist das für ein Durcheinander."

„‚Verstrickung' trifft es meiner Ansicht nach besser. MacQuillan hat die Quarantäne verhängen lassen. Ab sechs Uhr morgens kann nichts mehr aus Skelmore hinaus oder herein. In der Stadt wird der Ausnahmezustand verkündet werden."

„Das klingt sehr unerfreulich", fand Saracen. „Wann wird die Öffentlichkeit davon erfahren?"

„Am Morgen, wenn die Straßensperren aufgestellt sind. Die Polizei hat bereits eine Besprechung mit den Leitern der lokalen Radio- und Fernsehstationen abgehalten; es wurde beschlossen, das Ganze als sinnvolle Vorsichtsmaßnahme darzustellen, die dem Zivilschutz Gelegenheit gibt, eine größere Übung zu veranstalten."

„Ich kann noch immer nicht fassen, daß es soweit gekommen ist!"

Moss murmelte etwas Zustimmendes. „Legen Sie sich schlafen, solange Sie die Möglichkeit dazu haben", schlug er vor. „Und falls Sie an die Kraft des Gebets glauben, dann wäre es jetzt an der Zeit, ein paar Gebete zu sprechen."

11

TREMAINE blickte erstaunt auf, als Saracen um fünf Uhr früh in der Unfallstation auftauchte.

„Ich konnte nicht schlafen“, erklärte dieser.

„Steht es so schlimm?“

„Ja, und es wird immer schlimmer. Wie hat sich der Aushilfsarzt gehalten?“

„Problemlos. Er trinkt gerade eine Tasse Tee.“

Malcolm Jamieson war einer der beiden Ärzte, die als Ersatz für Chenhui Tang und Nigel Garden geholt worden waren; er kam jetzt ins Dienstzimmer, um sich vorzustellen. Er war ein hochgewachsener junger Mann mit rötlichem Haar und ernstem Gesicht, dem es sichtlich peinlich war, daß man ihn beim Teetrinken ertappt hatte. Saracen beruhigte ihn und fragte: „Sind Sie schon geimpft worden?“

„Dr. Tremaine hat mich gestern abend geimpft.“

„Sie kennen den Grund?“

„Er hat es mir erklärt. Es war für mich sehr überraschend.“

„Bedauern Sie, daß Sie hergekommen sind?“

„Das habe ich nicht gesagt.“

„Das stimmt“, gab Saracen zu und erzählte Jamieson von der Quarantäne. „Sie müssen ununterbrochen auf der Hut sein, immer an die Pest denken. Bei jedem scheinbar Betrunkenen, den Sie sehen, bei jedem scheinbar Rauschgiftsüchtigen, der Krämpfe hat und dem der kalte Schweiß auf der Stirn steht, sollten Sie an die Pest denken. Nehmen Sie nichts als selbstverständlich hin. Keiner von uns kennt diese Krankheit genau. Wir werden einen eigenen Aufnahmeraum für Pestverdächtige einrichten, aber Einzelfälle können uns durch die Lappen gehen, wenn wir uns durch das äußere Erscheinungsbild täuschen lassen.“

„Die Pest müßte doch heutzutage leicht zu heilen sein“, meinte Jamieson.

„So steht es in den Lehrbüchern, aber hier haben wir es nicht mit dem Lehrbuch, sondern mit dem Leben zu tun, und es gibt ein Problem. Im Augenblick können wir die Pest nicht behandeln.“

Jamieson wurde blaß und lächelte, um sein Unbehagen zu verbergen. „Das klingt ja sehr ernst. Ich werde auf der Hut sein."

Saracen machte allein Dienst, bis um halb acht Prahesh Singh eintraf. Saracen hielt ihm die gleiche Predigt wie Jamieson und ging dann in sein Dienstzimmer. Er wollte bei der für elf Uhr angesetzten Komiteesitzung den Plan für den neuen Aufnahmeraum fertig haben.

Als Saracen den Hörsaal betrat, erwartete ihn eine Überraschung. Eine Menge Leute, die er noch nie zu Gesicht bekommen hatte, waren anwesend, darunter zwei Männer in Uniform.

Saithe eröffnete die Sitzung und fuhr dann fort: „Und jetzt erteile ich Oberstleutnant Beasdale, der den Befehl über die Stadt übernommen hat, das Wort."

Der Offizier räusperte sich lächelnd. „Ich möchte zunächst feststellen, daß mir diese Situation keineswegs Vergnügen bereitet. Ich freue mich auf den Augenblick, in dem das Ganze vorüber ist und die zuständigen Zivilbehörden wieder die Leitung der Stadt übernehmen. Bis dahin sind meine Befehle jedoch klar und einfach. Niemand darf ohne meine Zustimmung die Stadt betreten oder verlassen. Außerdem bin ich verpflichtet, für Recht und Ordnung zu sorgen." Beasdale sah sich im Saal um, aber niemand sprach. „Wir werden unser möglichstes tun, damit das Leben normal weitergeht. Die Zivilbehörden werden weiterarbeiten, und meine Männer werden im Hintergrund bleiben. Außer bei Transporten werden sie sich außerhalb der Stadt aufhalten."

Jemand fragte, was mit Transporten gemeint sei.

„Für Skelmore bestimmte lebenswichtige Güter werden außerhalb der Stadt in Militärfahrzeuge umgeladen und von meinen Männern in die Stadt gebracht. Bei dem Quarantäneplan handelt es sich natürlich nicht um eine routinemäßige militärische Operation, deshalb werde ich mich selbstverständlich auf die Ratschläge der Ärzte verlassen, und zwar nicht nur bei meinen Berichten über die Situation, sondern auch bei Vorhersagen über die zu erwartende Entwicklung."

Beasdale wurde Saracen immer sympathischer. Er bewies sehr viel gesunden Menschenverstand, der wesentlich seltener ist, als man allgemein annimmt, und spielte bewußt seine Autorität herunter, statt damit anzugeben.

„Bevor ich Sie wieder den Doktoren Braithwaite und MacQuillan überlasse, möchte ich noch erwähnen, daß dies die letzte Sitzung des Komitees in dieser Form ist. Es ist unvernünftig, wenn sich die Leitung der Operation im Krankenhaus befindet, wo die Ansteckungsgefahr am größten ist."

„Wo wird dann die Zentrale sein, Oberstleutnant?" fragte jemand.

„Bevor ich weiterspreche, muß mein Kollege jeden von Ihnen etwas unterschreiben lassen." Beasdale lächelte. Der zweite Offizier zog ein Bündel Formulare aus seiner Aktentasche und begann, sie zu verteilen.

„Was ist das?" rief jemand in der ersten Reihe.

„Die offizielle Verpflichtung zur Geheimhaltung", erklärte Beasdale.

Als alle unterschrieben hatten und die Formulare eingesammelt waren, sagte der Oberstleutnant: „Die Zentrale wird im Städtischen Wasserwerk von Skelmore eingerichtet. Einige von Ihnen werden den Grund dafür bereits kennen, aber für die meisten wird es eine Überraschung sein. Zwanzig Meter unterhalb des Wasserwerks befindet sich eine Reihe gut ausgestatteter Räume, die als Notunterkünfte für die Behörden dieses Gebiets vorgesehen sind."

„Aber das ist doch bestimmt für Atombombenangriffe und ähnliche Fälle gedacht."

„Ich gebe zu, daß es übertrieben dramatisch klingt, aber unsere Vorgesetzten fanden, daß dies eine günstige Gelegenheit sei, alle Einrichtungen zu testen."

„Wir kommen also in Zukunft dort zusammen?" fragte einer der Verwaltungsbeamten.

„Nein, nicht alle von uns", antwortete Beasdale. „Das medizinische Personal darf die Zentrale nicht betreten. Meine Männer werden jedoch zusätzliche Kommunikationsanlagen zwischen dem Wasserwerk und den beiden Krankenhäusern einrichten, so daß wir jederzeit miteinander Verbindung aufnehmen können. Noch Fragen?"

Niemand meldete sich zu Wort.

„In diesem Fall übergebe ich an Dr. MacQuillan, der über die Entwicklung der Epidemie berichten wird."

MacQuillan erhob sich und schaltete den Overheadprojektor ein. Er legte eine Folie auf und griff nach dem Zeigestab. „Das da", erklärte er, „ist eine epidemiologische Pyramide. Es ist die graphische Darstellung der Verbreitung einer Krankheit während einer Epidemie. Wie Sie sehen, steht die Patientin Myra Archer, der Ursprung der Epidemie in Skelmore, an der Spitze der Pyramide." MacQuillan berührte mit dem Zeigestab den Namen „Myra Archer" und glitt dann zur nächsten Zeile hinunter. „Sie steckte ihren Nachbarn Leonard Cohen an, der die Krankheit an Mr. Moran, einen Arbeiter auf der Baustelle in Palmer's Green, weitergab. Gestern änderte sich das Bild. Wir erfuhren, daß Moran nicht nur seine Frau, sondern auch die Frau angesteckt hat, mit der er ein Verhältnis hatte und, was noch wichtiger ist, von der wir nichts wußten. Diese Frau steckte ihre Kinder und ein weiteres Kind an, das zufällig bei ihr zu Besuch war, und dadurch verbreitert sich die Basis der Pyramide." MacQuillan führte den Zeigestab horizontal über die Leinwand. „Die bereits kritische Situation wurde dadurch verschlimmert, daß vier Angehörige des Krankenhauspersonals, die mit dem ersten Fall zu tun hatten, an der Pest erkrankt sind. Jeder dieser vier Menschen hat eine Familie und einen Kreis von Freunden und Kontaktpersonen. Um es vorsichtig auszudrücken: Die Situation ist unberechenbar, und deshalb wurde die Quarantäne verhängt."

MacQuillan gab das Wort an Braithwaite weiter. Dieser sah müde und abgespannt aus; von der Arroganz, die er bei früheren Zusammenkünften gezeigt hatte, war kaum noch etwas vorhanden.

„Meine Mitarbeiter waren die ganze Nacht damit beschäftigt, die uns bekannten Kontaktpersonen der gestern eingelieferten Personen zu isolieren. Wir hoffen, daß wir alle rechtzeitig erreicht haben, aber wir können unserer Sache nicht sicher sein."

„Wie lange wird die Quarantäne beibehalten werden?"

„Acht Tage, das ist die maximale Inkubationszeit der Krankheit plus einer Sicherheitsspanne."

„Nehmen wir an, daß eine der Kontaktpersonen erkrankt. Bedeutet das, daß wir in ernsthaften Schwierigkeiten stecken?"

„Nicht unbedingt", mischte sich MacQuillan ein. „Was uns Sorgen macht, sind die nicht erfaßten Kontaktpersonen, Menschen, von denen wir nichts wissen, wie zum Beispiel Morans Freundin. Das sind die Leute, die die Krankheit im ganzen Ort verbreiten können, bevor wir sie erreicht haben. Wenn dieser Fall eintritt, wird die Basis der Pyramide so breit, daß wir keine Möglichkeit mehr haben, Kontaktpersonen zu ermitteln und zu isolieren!"

„Und falls es dazu kommt?"

„Dann schließen wir alle Fabriken und Büros, Schulen und nicht lebenswichtigen Geschäfte und sagen den Leuten, daß sie zu Hause bleiben sollen."

Eine lange Stille trat ein, die Saracen mit der Frage unterbrach: „Ist die Schutzkleidung eingetroffen?"

„Heute früh", erwiderte MacQuillan. „Das Personal auf Station zwanzig hat sie bereits bekommen. Alle anderen werden sie bis zum Mittag erhalten."

„Auch das Militär?" fragte Saracen.

„Meine Leute verfügen über Schutzkleidung", erwiderte Beasdale. „Aber sie werden sie erst tragen, wenn sich die Situation deutlich verschlechtert. Der Anblick von Soldaten in Schutzanzügen würde die Bevölkerung nicht gerade optimistisch stimmen."

Die Versammlung löste sich auf, und die Anwesenden verließen den Hörsaal; nur eine Handvoll, zu der auch Saracen gehörte, blieb zurück. Er blieb sitzen, beugte sich vor und betrachtete MacQuillans graphische Darstellung; der Projektor war noch nicht abgeschaltet. MacQuillan bemerkte ihn und trat zu ihm. „Was halten Sie davon?"

„Sie sind der Fachmann", entgegnete Saracen lächelnd. „Was halten Sie denn davon?"

„Es gibt zu viele Unwägbarkeiten", erwiderte MacQuillan leise, „als daß ich auch nur mit einiger Sicherheit sagen könnte, was geschehen wird. Wir fahren auf einer Achterbahn ohne Schienen. Ob wir auf der Bahn bleiben oder abstürzen, hängt ausschließlich von den Göttern ab."

SARACEN kehrte auf die Unfallstation zurück und rief Jill in Station zwanzig an. „Wie geht es dir?" erkundigte er sich, als sie an den Apparat kam.

„Nicht sehr gut, es ist alles so hoffnungslos. Wir können so wenig für die Kranken tun."

„Wie geht es Schwester Mary?"

„Mary ist vor zwei Stunden gestorben."

„Ach du lieber Gott, das tut mir wirklich leid! Du solltest jetzt keinen Dienst machen."

„Es hat keinen Sinn, herumzusitzen und Trübsal zu blasen, wenn ich hier gebraucht werde. Ich bedaure nur, daß wir nichts anderes tun können, als den Patienten die letzten Stunden ihres Lebens soweit wie möglich zu erleichtern."

„Sie sind also alle dem Tod nahe?"

„Ausnahmslos. Die drei Kinder sind heute im Morgengrauen gestorben, dann starb Mary, und die übrigen werden noch vor Einbruch der Nacht tot sein."

„Wie sieht die Diensteinteilung für die Krankenschwestern aus?"

„Wir arbeiten in zwei Schichten zu zwölf Stunden und sind in den Nebenräumen außerhalb der Station untergebracht."

„Ich komme später bei dir vorbei."

Jill antwortete erst nach einer kurzen Pause. „Das halte ich für keine gute Idee."

„Warum?" fragte Saracen.

„Du bist bis jetzt noch nicht mit der Krankheit in Berührung gekommen. Wir sollten kein unnötiges Risiko eingehen."

Saracen mußte widerstrebend zugeben, daß Jill recht hatte. „Gib auf dich acht", sagte er leise.

„Du auch", antwortete sie.

Während des Tages und der darauffolgenden Nacht wurden keine neuen Fälle ins Städtische Krankenhaus eingeliefert, und obwohl es für Optimismus zu früh war, wirkte die Atmosphäre bei der Sitzung des Krisenstabes am nächsten Morgen deutlich entspannter. MacQuillan strich die Namen der Toten aus seiner graphischen Darstellung und, was wichtiger war, fügte keine neuen hinzu. Beasdale nahm Saithes Bericht mit Befriedigung zur Kenntnis und wollte wissen, ob das ein Hinweis darauf sei, daß sie die Schlacht gewinnen würden.

„Das kann man noch nicht sagen", antwortete Saithe.

SARACEN nahm sich an diesem Abend frei, um mit Alan Tremaine und dessen Schwester zu Abend zu essen.

Claire Tremaine begrüßte ihn mit einem Drink und einer Tirade gegen die Behörden, die sie daran hinderten, nach London zu fahren. „Wenn ich in Skelmore festsitze, werde ich verrückt", behauptete sie.

„Komm schon, dir gefällt es hier doch", neckte sie ihr Bruder.

Claire war nicht zu Scherzen aufgelegt. „Gefallen!" rief sie.

„Meine Freunde arbeiten in Griechenland, Ägypten, Kolumbien, während ich in Skelmore hocke und im Regen in der Erde wühle. Das ist ungerecht!“

Saracen fragte sie, wie sie mit ihrer Arbeit vorankomme.

„Überhaupt nicht“, antwortete sie. „Wir finden keine Spur der legendären Abtei und nehmen allmählich an, daß es sich bei der Karte um eine Fälschung handelt.“

„Alles dauert seine Zeit, Schwesterchen. Geduld war nie deine Stärke“, meinte Alan. Claire streckte ihm die Zunge raus.

Saracen fand in Claire viele Züge seiner früheren Frau wieder. Sie besaß das gleiche Selbstvertrauen und den gleichen eisernen Willen, wenn sie etwas erreichen wollte.

„Was suchen *Sie* eigentlich in einem Nest wie Skelmore?“ fragte sie ihn, während ihr Bruder in der Küche Kaffee kochte.

„Es sagt mir zu“, antwortete Saracen, der auf das Thema nicht eingehen wollte.

Claire sah ihn abschätzend an. „Sie sind ein merkwürdiger Typ. In Ihnen steckt viel mehr, als Sie sich anmerken lassen. Verraten Sie mir eines: Was für einen Platz nimmt Jill Rawlings in Ihrem Leben ein?“

„Wir sind befreundet.“

„Und ein Liebespaar?“

„Kümmern Sie sich um Ihre eigenen Angelegenheiten!“

Claire lachte. „Ich gebe zu, diese Rüge habe ich herausgefordert“, stellte sie fest und kam während des restlichen Abends nicht mehr auf dieses Thema zu sprechen.

ALS SARACEN spätnachts nach Hause kam, war die Wohnung kalt, aber das war er gewohnt. Er hatte kaum den Gasstrahler angemacht und den Mantel ausgezogen, als das Telefon läutete.

„Dr. Saracen? Hier ist Malcolm Jamieson von der Unfallstation. Die Polizei hat gerade aus Palmer's Green einen Notfall der Stufe drei gemeldet.“

„Was ist geschehen?“ wollte Saracen wissen. Ein Notfall der Stufe drei war für die Krankenhäuser ein Hinweis auf eine größere Katastrophe – zum Beispiel einen Flugzeugabsturz oder ein Eisenbahnunglück –, bei der mindestens zweistellige Zahlen von Toten und Verletzten zu erwarten waren.

„Das ist nicht ganz klar“, antwortete Jamieson. „Es war zuerst von austretendem Gas die Rede, aber bis jetzt sind noch keine Patienten eingeliefert worden."

„Ich komme. Bitte rufen Sie auch Tremaine an."

„Mach ich."

Saracen legte auf, und das Telefon klingelte beinahe sofort wieder. Es war Saithe. „In Palmer's Green herrscht Chaos."

„Jamieson hat mich gerade angerufen. Was ist geschehen?"

„Anscheinend wurde die Polizei in die Anlage geholt, weil den ganzen Tag über niemand in die Häuser eingelassen worden war. Die Polizei brach eine Eingangstür auf und stellte fest, daß alle Bewohner, insgesamt achtundzwanzig, tot sind."

„Was war daran schuld?"

„Die Polizei hat zuerst angenommen, daß irgendwo Gas ausgetreten sei, aber als die Sanitäter hineinkamen, wußten sie sofort, was los war – die Leichen hatten keine normale Farbe, sondern waren schwarz."

„Schwarz? Wollen Sie damit sagen, daß sie an der Pest gestorben sind?" fragte Saracen ungläubig.

„Es sieht so aus, obwohl sich niemand vorstellen kann, wie es dazu kommen konnte. Das Haus ist bis zum Vorliegen des ärztlichen Gutachtens abgeriegelt worden."

„Wer soll dieses Gutachten ausstellen?" fragte Saracen.

„Das ist der springende Punkt", sagte Saithe zögernd. „Dr. MacQuillan fährt natürlich hin, aber jemand von uns sollte ihn begleiten. Ich bin im Augenblick verhindert und wollte Sie fragen, ob Sie vielleicht . . ."

„In Ordnung. Was haben Sie vereinbart?"

Dr. Saithe atmete erleichtert auf. „Die Polizei hat in Palmer's Green eine mobile Zentrale eingerichtet. Sie und Dr. MacQuillan sollen sich dort treffen."

12

ALS SARACEN eintraf, saß MacQuillan bereits in dem Polizeibus. Er lächelte, als er sah, wer vom Krankenhaus geschickt worden war. „Wie sind Sie zu dem Job gekommen?" fragte er.

„Ich habe eben immer Glück", antwortete Saracen.

Ein Polizist steckte den Kopf zur Tür herein. „Ihre Schutzanzüge liegen bereit, Gentlemen." Saracen und MacQuillan zogen die weißen Schutzanzüge über und setzten die Atemmasken auf.

„Fertig?" fragte MacQuillan.

Saracen nickte und rückte seine Maske noch einmal zurecht, bevor er MacQuillan folgte.

MacQuillan stieß die Tür zu dem Wohngebäude auf. Das Haus war dunkel und still wie ein Grab – was es ja leider auch war.

Sie blieben vor der Tür der ersten Wohnung stehen, und Saracen wartete, bis MacQuillan den Hauptschlüssel fand, den ihm die Polizei gegeben hatte. Er sperrte auf, und sie traten ein. In der Wohnung fanden sie die Leichen eines Mannes und einer Frau Mitte Sechzig. Beide lagen im Bett. Die Augen der Frau waren geschlossen, doch der Mann starrte blicklos zur Decke hinauf. MacQuillan schlug die Bettdecke zurück, und sie untersuchten die Leichen flüchtig. Es handelte sich zweifelsfrei um Pesttote.

Im gesamten Gebäude bot sich ihnen das gleiche Bild: Dunkelheit, Stille, Tod. Viele der Toten waren offensichtlich zu Bett gegangen, weil sie sich nicht wohl fühlten, und waren nicht mehr aufgestanden. Timothy Archer war in dem Lehnstuhl gestorben, in dem er bei Saracens Besuch gesessen hatte. Er hielt etwas in der Hand – ein Foto.

Saracen zog es ihm aus den Fingern, erkannte in dem lächelnden jungen Mädchen darauf Timothy Archers Frau Myra, die den Alptraum nach Skelmore gebracht hatte. Sanft schob Saracen das Foto in die steif werdende Hand zurück.

SARACEN und MacQuillan blieben vor dem Gebäude stehen, nachdem sie es verlassen hatten, und Polizisten in Overalls und Gummistiefeln besprühten sie mit einer Desinfektionslösung. Als sie endlich ihr Gefängnis aus Plastik verlassen konnten, atmete Saracen die frische Nachtluft erleichtert in tiefen Zügen ein und nahm die Tasse mit dampfendem Tee gern entgegen.

„Ich hätte nie angenommen, daß ich in unserem Zeitalter einen solchen Anblick erleben würde", sagte MacQuillan. „Alle wurden zur gleichen Zeit infiziert, und alle starben zur gleichen Zeit. Es ist vollkommen absurd."

„Damit haben Sie absolut recht. Myra Archer ist vor Wochen gestorben, und ihr Mann wies nie Anzeichen einer Infektion auf."

„Es muß trotzdem auf die Archers zurückzuführen sein", widersprach MacQuillan. „Sie haben hier gewohnt." Er überlegte einen Augenblick. „Nehmen wir einmal an, daß Timothy Archer sich angesteckt hatte, aber Tetracyclin nahm, weil er – sagen wir, an Bronchitis litt. Wir wissen, daß das Medikament die Entwicklung der Krankheit verlangsamt, also könnte theoretisch er es sein, der die Pest hatte."

Saracen schüttelte zweifelnd den Kopf. „Das wäre zwar möglich. Aber es ist unmöglich, daß er alle anderen Bewohner des Gebäudes zur gleichen Zeit angesteckt hat."

„Vielleicht hielten die Hausbewohner aus irgendeinem Grund eine Zusammenkunft ab. Falls dies zu dem Zeitpunkt geschah, an dem Archer am ansteckendsten war, wäre es unter Umständen denkbar, daß alle gleichzeitig infiziert wurden."

„Entschuldigen Sie, Gentlemen", mischte sich der Kommissar ein. „Wir müssen die Leichen fortschaffen."

„Die Leichen müssen in Plastiksäcke eingeschweißt und die Wohnungen ausgeräuchert werden, bevor man die Toten wegbringen kann", antwortete MacQuillan scharf.

„Und dann müssen sie beerdigt werden . . ."

MacQuillan war sichtlich im Begriff, die Nerven zu verlieren. Er wandte sich dem Kommissar zu, als wolle er ihn anfahren, riß sich aber im letzten Augenblick zusammen. „Sie müssen alle gemeinsam . . . versorgt werden", erklärte er heiser. „Eine Masseneinäscherung."

„Aber die Verwandten . . .", protestierte der Kommissar.

„Unsere vordringlichste Aufgabe ist es, die Leichen so rasch und so sauber wie möglich loszuwerden. Alles andere ist unwichtig." Damit verschwand MacQuillan, um seine Sachen zu holen.

„Kalt wie eine Hundeschnauze", murrte der Kommissar.

„Er steht unter großem Druck", meinte Saracen beschwichtigend. Was ihm Sorgen bereitete, war jedoch nicht MacQuillans Kälte, sondern die Angst in seinem Gesicht, als sie das Gebäude verließen.

SARACEN war am nächsten Morgen gerade erst im Städtischen Krankenhaus eingetroffen, als er zu einer Sitzung geholt wurde. Er spürte sofort, daß etwas Schwerwiegendes geschehen war. Saithe sah erschöpft aus, Braithwaite schien kein Auge zugetan zu haben, und

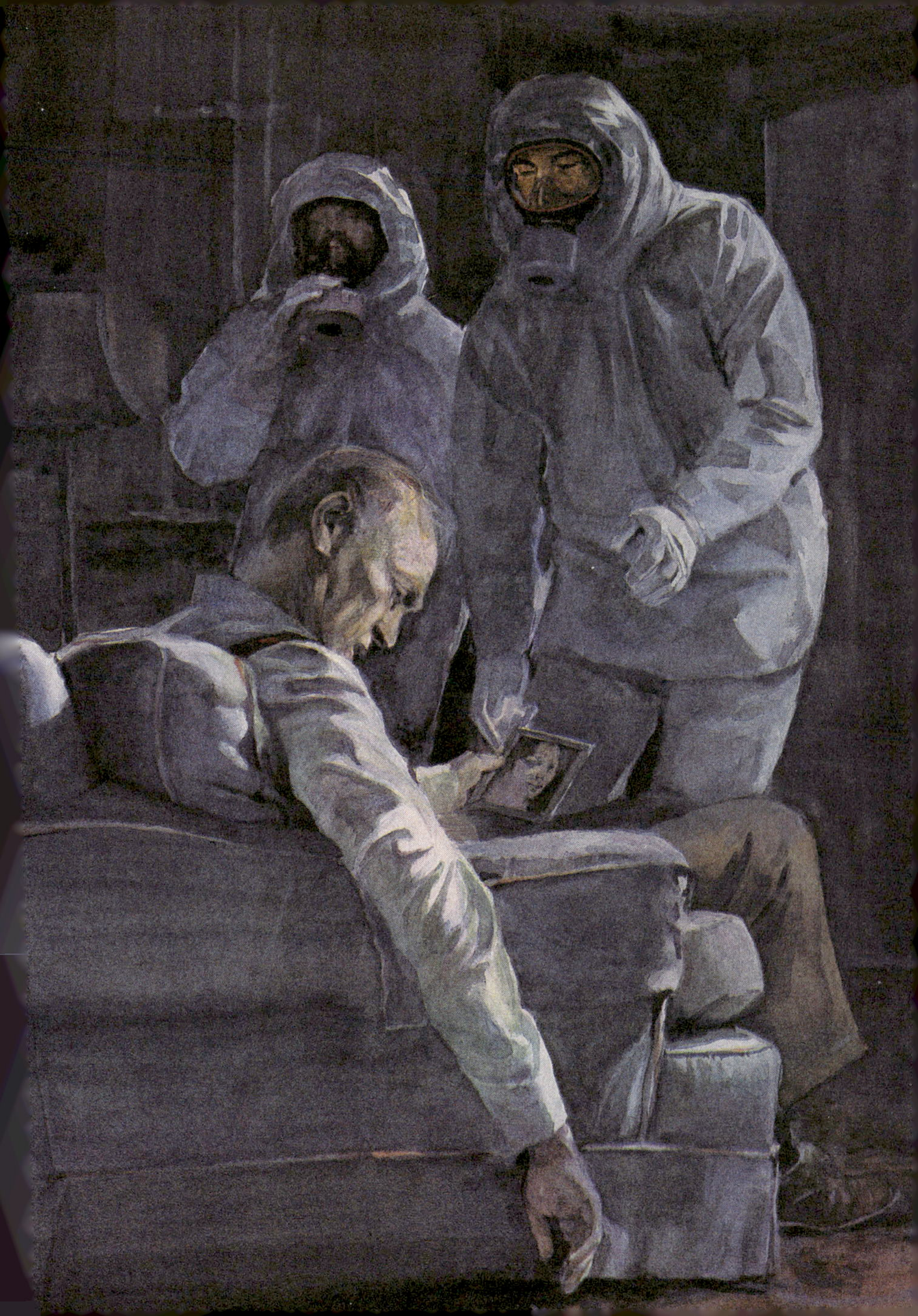

MacQuillan wirkte nervös und besorgt. Saithe sprach als erster. „Zusätzlich zu der Tragödie in Palmer's Green wurden heute nacht acht neue Pestfälle ins Kreiskrankenhaus eingeliefert."

„Von wo stammen die neuen Fälle?" fragte Saracen.

„Alle aus der Maxton-Siedlung."

„Hatten sie Kontakt zu vorher Erkrankten?"

Saithe holte tief Luft. „Vier von ihnen schon, aber die vier übrigen nicht."

„Vier weitere Rätsel", stellte Saracen fest. „Besteht eine Möglichkeit, die neuen Kontaktpersonen zu ermitteln?"

„Unter diesen Umständen nicht", erwiderte Braithwaite.

„Das verstehe ich nicht", meinte Saracen beunruhigt – Braithwaites Stimme klang so hoffnungslos wie nie zuvor.

Jetzt mischte sich MacQuillan ein. „Wir haben schlechte Nachrichten aus Porton Down – der Impfstoff, den wir verwendet haben, wirkt bei unserem Bakterienstamm tatsächlich nicht."

„Und was geschieht jetzt?" wollte Saracen wissen.

„Wir beginnen mit allgemeinen Quarantänemaßnahmen und fordern die Bevölkerung auf, zu Hause zu bleiben und nur die notwendigsten Einkäufe zu machen."

„Arbeitet man in Porton Down an einem neuen Impfstoff?"

„Natürlich, aber es wird einige Zeit dauern."

Saracen wandte sich an Saithe. „Ist Oberstleutnant Beasdale darüber informiert worden?"

„Ja, ich habe es ihm mitgeteilt und warte auf seine Vorschläge."

Sie mußten nicht lange warten, bis Beasdale über die neu eingerichtete Leitung anrief und die neuesten Maßnahmen für die Stadt bekanntgab: Ab Mittag würden Schulen, Kinos, Fabriken, Büros und nicht lebenswichtige Geschäfte geschlossen bleiben, und man würde die Bevölkerung auffordern, die Wohnungen nicht zu verlassen. Der lokale Rundfunksender würde um 11.30 Uhr über diese Maßnahmen berichten, und ab dann würde der Sender ausschließlich Ratschläge und Informationen zur derzeitigen Situation bringen.

„Haben Sie Ihren Leuten gesagt, daß die Impfung, die sie gegen die Pest erhalten haben, wirkungslos ist?" fragte Saracen Beasdale.

„Nicht direkt, aber von nun an werden sie immer, wenn sie in der Stadt zu tun haben, Schutzanzüge tragen. Wir werden der

Öffentlichkeit mitteilen, daß sie die Schutzanzüge im Rahmen einer Übung erproben."

„Hoffentlich sind sie dumm genug, es zu glauben", meinte MacQuillan. „Ich würde es Ihnen nicht abnehmen."

„Was ich jetzt von Ihnen brauche, Gentlemen, ist eine Erklärung", fuhr der Oberstleutnant fort. „Achtundzwanzig Menschen sterben gleichzeitig, und in derselben Nacht gibt es acht neue Fälle. Was ist hier los?"

„Die Toten in Palmer's Green passen nicht in die von uns erwartete Entwicklung", erklärte MacQuillan. „Wir müssen es wahrscheinlich als tragisches, einmaliges Ereignis sehen. Mit an Sicherheit grenzender Wahrscheinlichkeit dürfte das Ehepaar Archer daran schuld sein. Die größten Sorgen bereitet uns die Tatsache, daß sich vier der neuen Toten nicht auf der Liste der uns bekannten Kontaktpersonen befinden. Das bedeutet, daß wir auf weitere Fälle gefaßt sein müssen."

„Ist die Epidemie außer Kontrolle geraten?" fragte Beasdale ohne Umschweife.

„Nein, aber es ist fast soweit", antwortete MacQuillan.

„Ich danke Ihnen, Gentlemen. Bitte halten Sie mich auf dem laufenden." Damit schloß Beasdale die Sitzung.

Um vier Uhr nachmittags – in der Stadt herrschte erzwungene Ruhe – erhielt Saracen die erste Mitteilung über einen neuen Pestfall. Ein Rettungswagen war mit einem fünfundvierzig Jahre alten pestverdächtigen Patienten zum Städtischen Krankenhaus unterwegs. Saracen verglich den Namen mit Braithwaites Liste von Kontaktpersonen. Der Name war nicht darauf verzeichnet. Saracen fluchte, legte den Schutzanzug an und begab sich in die Aufnahmestation für Pestkranke. Sie befand sich in einem ehemaligen Lagerraum unterhalb der Station zwanzig, der deshalb ausgewählt worden war, weil ihn die Krankenwagen direkt anfahren konnten und weil ihn eine breite Treppe mit der Isolierstation verband. Eine ebenfalls mit einem Schutzanzug bekleidete Schwester begleitete Saracen. Während sie warteten, machten sie sich mit den Informationen über den Patienten vertraut. Der Mann war verheiratet, hatte zwei Kinder und arbeitete im Gemeinderat. Er hatte keinen Kontakt mit jemandem aus der Maxton-Siedlung gehabt.

Der Rettungswagen hielt vor dem Aufnahmeraum, und freiwillige Sanitäter, die ebenfalls Schutzanzüge trugen, luden den

Patienten auf ein Rollbett, brachten ihn hinein und sahen zu, wie Saracen den Mann untersuchte. Der Mann war ein Paradebeispiel für Lungenpest. Saracen nickte den Sanitätern zu, die sich bereit erklärt hatten, die Pestkranken auch auf die Isolierstation zu bringen.

Bis acht Uhr abends wurden noch sechs Patienten auf die Isolierstation des Städtischen Krankenhauses eingeliefert, und das Kreiskrankenhaus hatte zwei weitere Fälle aufgenommen.

AM NÄCHSTEN Tag, einem Freitag, kam das medizinische Komitee um 9.30 Uhr zusammen. Zu diesem Zeitpunkt befanden sich im Städtischen Krankenhaus vierzehn und im Kreiskrankenhaus zweiundzwanzig Pestkranke.

MacQuillan war erschüttert. „Das verstehe ich nicht", jammerte er. „So viele von ihnen stehen nicht auf Braithwaites Liste. Es sieht aus, als wäre es in der ganzen Stadt zu zufälligen Kontakten gekommen, von denen wir nichts wissen."

„Wo steckt Dr. Braithwaite?" fragte Saithe und sah auf die Uhr.

„Soviel ich weiß, fühlt er sich nicht ganz wohl", antwortete MacQuillan und fügte rasch hinzu, als er die hochgezogenen Augenbrauen sah: „Nein, nein, es dürfte sich nur um Überarbeitung handeln."

„Wir müssen uns überlegen, was wir Oberstleutnant Beasdale berichten", sagte Saithe. „Die Situation hat sich zweifellos verschlechtert. Trotz der uns zur Verfügung stehenden freiwilligen Hilfskräfte können das Kreiskrankenhaus und wir maximal hundertzehn Patienten aufnehmen. Es ist so gut wie sicher, daß wir diese Zahl in drei Tagen erreicht haben werden."

„Wir müssen natürlich die Abgänge berücksichtigen", warf Saracen ein.

Jenkins, der Sekretär des Krankenhauses, wollte gerade fragen, was das heißen sollte, als Saithe ihm mit einer Erklärung zuvorkam. „Dr. Saracen meint damit, daß beinahe alle bisher eingelieferten Patienten innerhalb von drei Tagen tot sein werden. Dadurch bekommen wir wieder freie Betten."

„Wenn ich nur wüßte, woher diese unerwarteten Ansteckungen kommen", murmelte MacQuillan kopfschüttelnd, während er die neuesten Angaben auf sein Diagramm übertrug. Seine Hände zitterten.

Saithe teilte Beasdale über Sprechfunk mit, daß sich die Situation verschlechtert habe, aber noch nicht außer Kontrolle geraten sei. Der Oberstleutnant wollte eine Vorhersage haben, wie sich die Lage weiterentwickeln würde. „Das ist unmöglich", antwortete Saithe. „Es kann sogar schlimmer werden, bevor es besser wird."

„Wie steht es sonst, Oberstleutnant?" fragte MacQuillan.

„Nach Verhängung der Quarantäne hat die Zahl der Menschen, die versuchten, Skelmore zu verlassen, plötzlich drastisch zugenommen. Meine Männer haben sie natürlich zurückgeschickt, aber eine Zeitlang war die Lage gespannt; die Menschen haben Angst."

„Könnten Rundfunkmeldungen sie vielleicht beruhigen?"

„Zuviel Beruhigung ist auch nicht gut", widersprach Beasdale. „Die Angst hilft uns. Ich möchte keine Ausgangssperre verhängen; diese Maßnahme ist unklug, und wir könnten sie wahrscheinlich ohnehin nicht durchsetzen. Wir können nur auf freiwillige Mitarbeit hoffen, und hier kommt auch die Angst ins Spiel. Aber es ist ein heikles Gleichgewicht; zuwenig Angst, und wir haben offenen Widerstand, zuviel Angst, und Panik bricht aus."

„Die ganze Stadt macht einen Drahtseilakt", murmelte MacQuillan.

„Hoffentlich stürzt sie nicht ab", sagte Beasdale.

SAITHES Vorhersage von hundertzehn Patienten wurde noch am gleichen Abend übertroffen. Die freiwilligen Krankenwagenbesatzungen waren vollkommen überfordert, und kurz nach 20 Uhr mußte Saithe Unterstützung durch das Militär erbitten. Saracen beobachtete besorgt, wie das erste Militärfahrzeug im Städtischen Krankenhaus eintraf.

Die Soldaten, die mit den weißen Kunststoffanzügen und den Gesichtsmasken wie Außerirdische aussahen, lieferten ihre todkranke menschliche Fracht ab und fuhren davon, ohne ein Wort gesprochen zu haben. Saracen sah ihnen nach und kam sich wie ein Schiffbrüchiger vor, der am Horizont ein Schiff vorbeiziehen sieht. Er erschauerte unwillkürlich und kehrte zu seinen Patienten zurück.

Tremaine sollte Saracen um 21 Uhr ablösen. Um Viertel vor

neun rief Saracen die Station zwanzig an und ließ Jill an den Apparat holen. Sie klang müde.

„Wie geht's?" fragte er.

„Die Station platzt aus allen Nähten. Seit meinem Dienstantritt sind siebzehn Menschen gestorben; wir können kaum mehr für sie tun, als ihnen die letzten Stunden zu erleichtern."

„Es wird bald besser werden", tröstete sie Saracen. „Das Antiserum kann jeden Augenblick eintreffen."

„Das hoffe ich sehr", meinte Jill. „Ich halte nämlich nicht mehr lange durch . . ."

Ihre Stimme brach, und Saracen versuchte, sie zu beruhigen, aber seine Kehle war wie zugeschnürt. Er erkundigte sich nach Schwester Moira.

„Sie ist ein Engel", erwiderte Jill. „Sie ruht sich nie aus, ist immer bei den Patienten und besteht darauf, daß niemand einsam sterben darf. Ich begreife nicht, woher sie die Kraft nimmt."

„Überrede sie doch dazu, sich ein wenig mehr Ruhe zu gönnen."

„Ich habe es versucht, aber sie hört nicht auf mich."

Saracen kehrte in den Aufnahmeraum für Pestkranke zurück und unterrichtete Tremaine, als dieser seinen Dienst antrat, über den Stand der Dinge. Als Saracen fertig war, sagte Tremaine: „Bis jetzt bin ich nie auf die Idee gekommen, daß wir diesen Kampf verlieren könnten. Was geschieht, wenn die Situation völlig außer Kontrolle gerät?"

„Das weiß ich nicht", antwortete Saracen. „Ich habe wirklich keine Ahnung."

SARACENS Telefon klingelte um 3.30 Uhr; Jamieson war am Apparat und teilte ihm mit, daß etliche Patienten mit Schußwunden eingeliefert worden waren.

„Sie haben versucht, Skelmore zu verlassen, und das Militär hat das Feuer auf sie eröffnet. Ich rufe Sie an, weil ich noch nie solche Verletzungen behandelt habe."

„Bin schon unterwegs", antwortete Saracen.

Als er auf der Unfallstation eintraf, herrschte vor Empörung über das Militär dicke Luft.

„Faschistenschweine!" knurrte ein Mann, der einen Schuß in den Oberschenkel abbekommen hatte.

„Und das in England!" fügte jemand hinzu.

Saracen mischte sich nicht ein, denn es wäre taktisch unklug gewesen, eine bereits aufgebrachte Menge zu reizen. Er und Jamieson hatten genug mit dem Desinfizieren und Verbinden von Wunden zu tun, die zum Glück alle nicht dramatisch waren.

„Verdammt, wenn sie einen blutigen Kampf wollen“, fuhr der Mann mit der Oberschenkelwunde fort, „werden sie ihn kriegen! Nächstes Mal werden wir Waffen dabeihaben. Wir werden ihnen ihre Schüsse heimzahlen. Zu diesem Spiel gehören zwei.“

Saracen fand, daß es jetzt reichte. Er befahl dem Mann, den Mund zu halten, und fügte hinzu: „Sie haben es ja schließlich herausgefordert.“

Der Mann war empört. „Ich bin Engländer. Ich habe das Recht hinzugehen, wohin immer ich möchte.“

„Die Soldaten sind ebenfalls Engländer“, erwiderte Saracen. „Sie tun ihre Pflicht.“

Der Lärm schwoll an.

„Was für eine Sorte Arzt sind Sie überhaupt?“

„Die Sorte Arzt, die von diesem Gefasel genug hat. Diese Stadt muß mit einem gewaltigen Problem fertig werden, das unser aller Problem ist. Wenn wir die Pest in andere Städte und Dörfer tragen, helfen wir niemandem, deshalb bleiben wir hier, alle! Gewöhnen Sie sich an den Gedanken. Wir dürfen Skelmore erst verlassen, wenn die Epidemie vorüber ist.“ Saracen spürte, daß er die Menge überzeugt hatte – mit Ausnahme des Großmauls, das weiter vor sich hin schimpfte. Hoffentlich treffen aus Porton Down endlich gute Nachrichten ein, dachte Saracen.

SARACEN erschien ein paar Minuten zu früh zur Sitzung des Krankenhauspersonals und traf MacQuillan unrasiert und in Hemdsärmeln an. Er hatte Karteikarten vor sich liegen und schob mit einem Kugelschreiber Namensschilder auf einem Diagramm herum. Als er Saracen erblickte, legte er den Kugelschreiber weg und rieb sich die Augen. „Es ergibt einfach keinen Sinn. Sie kennen einander nicht, sie wohnen nicht nebeneinander, sie arbeiten nicht in den gleichen Firmen, sie haben keine gemeinsamen Freunde, und trotzdem bekommen sie alle die Pest.“

„Irgendwelche Neuigkeiten aus Porton Down?“

„Nichts! Ich werde nach der Sitzung wieder dort anrufen.“

Allmählich trafen auch die übrigen Teilnehmer ein.

„Zuerst die Zahlen“, sagte Saithe. „Obwohl während der Nacht neununddreißig Patienten gestorben sind, befinden sich in diesem Augenblick hundertneunundzwanzig Pestkranke auf beiden Stationen.“

„Also hat die allgemeine Quarantäne nichts gebracht“, bemerkte eine der Krankenschwestern.

„Das kann man so nicht sagen. Die gestern eingelieferten Fälle waren Leute, die angesteckt wurden, bevor die Quarantäne verhängt wurde. Das gilt auch für die Fälle, die heute und morgen eingeliefert werden. Erst danach können wir damit rechnen, daß die Erkrankungen zurückgehen.“

„Aber bis dahin wird die Zahl der Patienten –“

„Genau“, unterbrach Saithe. „Ich hoffe noch immer auf gute Nachrichten von der Antiserumfront.“

Saithe sah MacQuillan an, doch dieser schüttelte den Kopf. „Bis jetzt haben wir aus Porton Down noch nichts gehört. Aber ich werde mich sofort nach der Besprechung mit den Leuten in Verbindung setzen.“

„Wir müssen uns darüber klar sein“, sagte Saithe langsam, „daß die Knappheit an Raum und Personal ein ernstes Problem darstellt und daß es immer schlimmer wird. Wir sollten Oberstleutnant Beasdale empfehlen, Schulen als vorläufige Pestkrankenhäuser zu verwenden. Es gibt hier zwei Schulen, die auf einem größeren Grundstück stehen und deshalb isoliert werden können.“

„Das klingt vernünftig“, sagte Saracen, und MacQuillan pflichtete ihm bei.

Saracen wandte sich an Oberschwester Olive Riley. „Wir werden zusätzlich freiwillige Krankenschwestern brauchen.“

„Sie werden bestimmt feststellen, daß meine Schwestern ihre Pflicht bis zur Erschöpfung erfüllen“, sagte die Oberschwester.

„Davon bin ich überzeugt“, stimmte ihr Saracen zu. „Wir möchten wohl alle wissen, was sich bei dem Telefongespräch von Dr. MacQuillan mit den Leuten in Porton Down ergibt. Sollen wir warten?“

MacQuillan verließ den Raum, um anzurufen, und kam nach nicht einmal einer Minute wieder. „Sie werden mich heute nachmittag zurückrufen“, berichtete er.

Saracen war genauso enttäuscht wie alle anderen, aber vor allem hatte ihn die Furcht gepackt, denn er hatte gerade MacQuillans angsterfüllten Gesichtsausdruck wahrgenommen, denselben, den er bei ihm bereits in Palmer's Green gesehen hatte.

13

ALS SARACEN auf seine Station zurückkehrte, stellte er fest, daß die Liste der Kontaktpersonen seit zwei Tagen nicht mehr ergänzt worden war. Er rief die Gesundheitsbehörde an, um sich nach dem Grund zu erkundigen. Niemand meldete sich, deshalb wandte er sich an Saithes Büro. Dort teilte man ihm mit, daß es keine weiteren Listen geben werde. „Dr. Braithwaite hat einen Nervenzusammenbruch erlitten", sagte ihm Braithwaites Sekretärin. Vier seiner Mitarbeiter waren an der Pest erkrankt, und die Gesundheitsbehörde existierte praktisch nicht mehr.

„Na, wunderbar", flüsterte Saracen.

Am Vormittag teilte man ihm mit, daß Schwester Jill um seinen Rückruf bat. Er rief sie gleich an.

„James? Gott sei Dank! Es geht um Schwester Moira. Sie ist heute früh zusammengebrochen. Ich glaube, sie hat auch die Pest. Wir werden alle daran sterben!"

„Beruhige dich, Jill", sagte Saracen, obwohl ihm übel war. „Wenn Schwester Moira angesteckt wurde, muß sie unachtsam gewesen sein, und das überrascht mich nicht, denn sie hat sich überanstrengt."

„Aber sie war diejenige, an die wir uns alle gehalten haben", schluchzte Jill.

„Ich weiß", tröstete sie Saracen. „Ich werde so bald wie möglich zu ihr hinaufkommen. Ich werde auch dafür sorgen, daß du und deine Kolleginnen regelmäßig abgelöst werden. Es ist höchste Zeit, daß ihr eine Atempause bekommt."

Saracen fand erst zwei Stunden später Zeit, zu Schwester Moira hinaufzugehen. Am Eingang der Station kam ihm Jill in Schutzkleidung entgegen; auch Saracen steckte in einem Schutzanzug. Jill lächelte ihn müde an und führte ihn zu einem Raum.

„Sie liegt in diesem Zimmer. Es ist ihr Büro, und wir hielten es für richtig, sie hier zu lassen."

Eine Schwester saß am Bett und tupfte Schwester Moira das

Gesicht ab. „Lassen Sie mich einen Augenblick mit ihr allein", bat Saracen. Während Jill und die andere Schwester hinausgingen, betrachtete er das eingefallene Gesicht der Kranken und sah den Schweiß auf ihrer Stirn. Er setzte sich zu ihr und wischte ihr sanft die Tropfen weg.

Sie schlug die Augen auf und schien Saracen zu erkennen. Er lächelte, und Moira versuchte zu sprechen. „Hätten . . . nicht kommen . . . sollen."

„Ich konnte nicht anders", antwortete Saracen, merkte jedoch, daß seine Worte nicht durch die Schutzmaske gedrungen waren. Er nahm die Gesichtsmaske ab, tat ihren stummen Protest mit einer Handbewegung ab und wiederholte, was er gesagt hatte. „Versuchen Sie nicht zu sprechen. Ich habe so oft in meinem Leben etwas sagen wollen und den richtigen Augenblick versäumt; diesmal werde ich es aussprechen, auch wenn es Ihnen vielleicht nicht viel bedeutet. Sie sind eine der besten und aufopferndsten Krankenschwestern, die ich kenne."

Moiras Lippen verzogen sich zu der Andeutung eines Lächelns. „Es bedeutet mir . . . sehr viel." Sie schloß wieder die Augen.

„Ruhen Sie sich jetzt aus", sagte Saracen und ging zur Tür. „Schlafen Sie ruhig."

ZU MITTAG konnte die erste Schule als Notquartier bezogen werden; um 14.30 Uhr war die zweite Schule soweit; es wurde vereinbart, daß das Städtische Krankenhaus in den nächsten drei Stunden alle Neuerkrankungen begutachten sollte, um dem Kreiskrankenhaus eine Verschnaufpause zu gewähren. Alle eindeutigen Pestfälle sollten in die Schulen verlegt werden.

In der ersten Stunde untersuchte Saracen zweiundzwanzig Patienten; die Männer, Frauen und Kinder kamen aus der ganzen Stadt. Bei allen war die Diagnose einfach. Die Pest breitete sich mit katastrophaler Schnelligkeit aus.

Jamieson rief aus der Unfallstation an. „Ich weiß, wieviel Sie zu tun haben, aber ich habe einen Patienten hier, den Sie sich anschauen sollten."

„Worin besteht das Problem?"

„Ich glaube wirklich, daß Sie herüberkommen sollten", betonte Jamieson.

„In Ordnung, geben Sie mir fünf Minuten." Saracen kämpfte

sich aus dem Schutzanzug und wusch sich, bevor er zur Unfallstation hastete.

„Er liegt dort drin." Jamieson zeigte auf den letzten Raum im Flur, reichte Saracen ein paar Notizen und folgte ihm, während Saracen las: „Francis Updale, siebenunddreißig, Heizungsmechaniker, Bread Street zweiundzwanzig, Skelmore; wurde wegen Drüsenfiebers behandelt und erkrankte plötzlich so schwer, daß seine Frau hier anrief, nachdem sie ihren Hausarzt nicht erreichen konnte."

„Warum ist er nicht ins Kreiskrankenhaus gebracht worden?" wollte Saracen wissen. „Solche Fälle kommen normalerweise dorthin."

„Das Kreiskrankenhaus hat ein Problem. Sie haben vor einer Stunde die Aufnahme von Patienten eingestellt und uns ersucht, ihre dringendsten Fälle zu übernehmen."

Saracen traute seinen Ohren nicht. „Was für ein Problem?" fragte er.

„Soviel ich weiß, sind Dr. Moss und noch einige vom Personal erkrankt."

Saracen blieb abrupt stehen. Noch nie hatte eine Mitteilung so bedrohlich geklungen. „Erkrankt?" wiederholte er. „O mein Gott!"

„Mr. Updale befindet sich hier drinnen", riß ihn Jamiesons Stimme aus seinen Gedanken.

Der Mann war bei Bewußtsein, litt aber große Schmerzen; Saracen schlug die Decke zurück und begann mit der Untersuchung. Er versuchte, den Patienten zu beruhigen, aber in seinem Kopf klingelten Alarmglocken. „Das ist kein Drüsenfieber", flüsterte er Jamieson zu.

„Das habe ich auch gefunden und habe Sie deshalb hierhergebeten."

Saracens Puls schlug schneller. „Es ist aber nicht dasselbe wie bei den anderen, die Lunge funktioniert, er ist . . ." Saracen untersuchte die Leistengegend des Mannes und fand, was er befürchtet hatte.

Er wandte sich Jamieson zu. „Dieser Mann hat nicht Lungen-, sondern Beulenpest."

„SIE HABEN einen Patienten, der was hat?" rief MacQuillan, als Saracen ihn im Kreiskrankenhaus anrief. „Sind Sie vollkommen sicher?"

„Ja."

„Was für ein Chaos", murmelte MacQuillan. „Wie zum Teufel konnte er Beulenpest bekommen?"

„Ist das nicht ein Hinweis auf Ratten?" fragte Saracen.

MacQuillan brauchte lange, bis er antwortete. „Die Krankheit kann sowohl durch Menschen- als auch durch Rattenflöhe übertragen werden. Wenn der Mann in desolaten Verhältnissen gelebt hat ..."

„Er ist Heizungstechniker, lebt mit seiner Frau und seiner Tochter in einer sauberen Wohnung, in einer ordentlichen Umgebung und hat mit niemandem Kontakt gehabt, bei dem inzwischen die Krankheit ausgebrochen ist."

„Dann verstehe ich es nicht."

Saracen war allmählich total frustriert. Es gab zuviel, das die Sachverständigen nicht verstanden. „Wie steht es im Kreiskrankenhaus?" fragte er.

„Fünf Angehörige des Personals sind erkrankt."

„Auch Moss?"

„Leider ja."

Saracen legte auf und fluchte vor sich hin. Dann riß er sich zusammen, kehrte in den Behandlungsraum zurück und beauftragte Jamieson, Updale auf die Station zwanzig bringen zu lassen.

„Werden Sie mit seiner Frau sprechen?" fragte Jamieson.

Saracen nickte.

„HAT IHR Mann vielleicht mit jemandem zusammengearbeitet, Mrs. Updale, bei dem inzwischen die Krankheit ausgebrochen ist?"

„Frank arbeitet allein. Er hat ein eigenes Unternehmen."

„Hatte er in der Maxton-Siedlung Kunden?"

„Nein, er hat, bevor diese Geschichte begann, in einem Hotel in der Beverley Road gearbeitet."

Saracen seufzte.

„Warten Sie – Frank hat einmal einen anderen Auftrag angenommen. Ein Mann rief ihn an, sagte, er habe Franks Namen aus dem Branchenverzeichnis, und wollte, daß Frank sich seine Heizung ansehe. Frank erklärte ihm, daß er keine Zeit habe, aber der Mann versprach ihm, nicht knausrig zu sein, und Frank nahm sich einen Tag frei, um diesen Auftrag auszuführen."

„Wo wohnte der Mann?"

„Ich habe Frank nicht danach gefragt. Ist es wichtig?"

Saracen seufzte. „Wahrscheinlich nicht. Aber falls Sie zufällig auf die Adresse stoßen, lassen Sie sie mich bitte wissen."

Tremaine kam um vier zum Dienst, aber Saracen beschloß, nicht nach Hause zu gehen, sondern im Krankenhaus zu bleiben, bis MacQuillan mit dem Labor in Porton Down gesprochen hatte.

Einige Minuten später erfuhren sie, daß zwei Militärkrankenwagen mit zwei Familien zu ihnen unterwegs waren.

„Bei diesem Jungen bin ich meiner Sache nicht sicher", sagte Tremaine, als er und Saracen die Leute nach ihrer Ankunft untersuchten. „Würden Sie ihn sich ansehen?"

Saracen schloß die Untersuchung des Patienten, mit dem er gerade beschäftigt war, ab und ging zu Tremaine. „Das verstehe ich nicht", flüsterte dieser. „Seine Mutter, sein Vater und seine achtjährige Schwester sind Musterbeispiele für Lungenpest, aber er ist vollkommen atypisch."

Saracen untersuchte den Zwölfjährigen, der Philip Edwards hieß. Er war nur halb bei Bewußtsein und litt sichtlich Schmerzen. Saracen erkannte innerhalb von Sekunden, worum es sich handelte. „Er ist der zweite Fall", flüsterte er beinahe unhörbar, weil es ihm den Hals zuschnürte.

„Der zweite *was?*" fragte Tremaine.

„Der zweite Fall von Beulenpest, den ich heute zu Gesicht bekomme."

Sobald die Diagnosen bestätigt und die Patienten in einer der Schulen untergebracht waren, rief Saracen MacQuillan an. Edwards' Zustand war so schlecht, daß er nicht transportfähig war; er sollte im Städtischen Krankenhaus bleiben. Man hörte MacQuillan an, daß es ihm lieber gewesen wäre, nichts davon zu erfahren.

„Fällt Ihnen überhaupt nichts dazu ein?" fragte Saracen.

„Wahrscheinlich wurde der Junge mit Beulenpest angesteckt und übertrug sie als Lungenpest auf seine Familie, aber ich habe nicht die leiseste Ahnung, wie er infiziert wurde."

„Wenn wir es nicht herausfinden, könnte es dazu kommen, daß alle Bewohner der Stadt sterben!" zischte Saracen, der nicht wollte, daß ihn jemand hörte.

„Stimmt", bestätigte MacQuillan.

Saracen war über die Gleichgültigkeit des Schotten entsetzt.

Außerdem lag ein seltsamer Unterton in seiner Stimme. „Fühlen Sie sich nicht wohl?“ fragte er.

„Es wäre besser, wenn Sie herüberkämen.“ Damit legte MacQuillan auf.

Als Saracen zu Edwards zurückkam, phantasierte dieser und umklammerte einen Gegenstand, der an seinem Hals hing. Saracen glaubte zuerst, daß es ein Türschlüssel sei, aber es handelte sich um eine Art Anhänger. Saracen nahm ihn dem Jungen ab, betrachtete ihn kurz und reichte ihn Tremaine, damit er sich wieder dem Jungen widmen konnte. Der Anhänger war rechteckig, ungefähr fünf Zentimeter lang und wies ein einfaches Muster auf, das sich um den Buchstaben „S“ rankte.

Tremaine war erstaunt, wie schwer das Stück war. „Das ist sehr alt“, stellte er fest. „Ich habe dieses Motiv erst kürzlich irgendwo gesehen. Wo war es nur?“

Saracen verabreichte dem Jungen ein schmerzstillendes Mittel, rief dann die Station zwanzig an und ersuchte darum, daß man den Jungen dort aufnahm, statt ihn in die Schule zu bringen.

„Es lag auf Claires Schreibtisch!“ sagte Tremaine unvermittelt.

Saracen, der sich gerade die Hände wusch, wußte einen Augenblick lang nicht, wovon sein Kollege sprach. „Was meinen Sie?“

Tremaine betrachtete weiterhin den Anhänger in seiner Hand. „In einem ihrer Bücher über Skelmoris befand sich eine Abbildung dieses Motivs. Ich bin mir ganz sicher.“

„Im Augenblick sind die beiden Fälle von Beulenpest für uns vordringlich. Ich habe das Gefühl, daß diese Patienten der Schlüssel zu dem Alptraum sind.“

„Aber das könnte wichtig sein“, ließ Tremaine nicht locker. „Einer der beiden Beulenpestpatienten trug diesen Anhänger um den Hals. Er könnte ein Hinweis sein. Ich werden ihn desinfizieren, und dann könnten Sie auf dem Heimweg bei Claire vorbeischauen und sich anhören, was sie dazu zu sagen hat.“

„Meinetwegen“, gab Saracen nach. „Aber zuerst muß ich Dr. MacQuillan im Kreiskrankenhaus aufsuchen.“

ALS SARACEN den Raum betrat, wandte ihm MacQuillan den Rücken zu. Saracen hüstelte, und MacQuillan fuhr herum. Er hielt ein Glas in der Hand.

„Einen Drink?“ fragte er.

Saracen schüttelte den Kopf. „Wie sind die Nachrichten aus Porton Down?"

MacQuillan sah ihn lange an, bevor er antwortete. „Das Antiserum, auf das wir warten, kommt nicht." Er nahm einen kräftigen Schluck.

„Was zum Teufel soll das heißen, ‚es kommt nicht'?"

MacQuillan lächelte bitter. „Es gibt kein Antiserum. Unser Bakterienstamm hat so wenige Antigene, daß er für die Erzeugung von Antikörpern nicht zu brauchen ist. Sie können kein Antiserum erzeugen, also können sie auch keinen Impfstoff erzeugen. Finito!"

Saracen sank langsam in einen Stuhl. „Um Himmels willen!"

„Die verdammte Bakterie hat gesiegt", stellte MacQuillan ruhig fest.

„Wenn wir Hilfe von außen bekommen und nicht die Nerven verlieren, können wir es noch immer schaffen", widersprach Saracen. „Wir dürfen die Hoffnung nicht aufgeben."

MacQuillan schüttelte den Kopf. „Es gibt keine Hoffnung. Es ist aus!"

Hinter MacQuillans letztem Kommentar steckte offensichtlich mehr als Zynismus. „Was meinen Sie damit?" fragte Saracen.

MacQuillan trank sein Glas leer und füllte es wieder. „Die Bakterie ist gegen alles immun, was die Medizin aufbieten kann. Ihre Epidemiologie ist uns vollkommen unbekannt, und wir stehen ihr hilflos gegenüber. Beasdale ist darüber informiert. Er wird auf die traditionellen Methoden zurückgreifen."

„Was für ‚traditionelle' Methoden?" fuhr Saracen auf. Seine Aggression entsprang der Angst.

„Feuer", erwiderte MacQuillan. „Falls die Lage außer Kontrolle gerät, hat Beasdale den Auftrag, die Stadt in Brand zu setzen."

„Sie glauben doch nicht ernsthaft, daß er die Stadt vernichten wird? Wir leben in England und schreiben das Jahr 1990!" Saracen begann, im Zimmer auf und ab zu gehen, und schüttelte von Zeit zu Zeit den Kopf, weil er nicht glauben konnte, was er gerade gehört hatte. „Wie kann man eine ganze Stadt einfach auslöschen?"

„Ich habe es Ihnen ja gesagt: mit Feuer." MacQuillan lachte bitter. „Das heißt nicht, daß Soldaten herumlaufen und Brandfackeln in die Häuser schleudern werden. Ich meine modernes Feuer, flüssiges Feuer, alles verzehrendes chemisches Feuer."

„Und wie will die Regierung der Öffentlichkeit die Vernichtung einer ganzen Stadt und ihrer Bewohner erklären?"

„Ein tragischer Unfall, eine schreckliche Folge der Seuche. Zum Beispiel ist das Gaswerk explodiert, weil es nicht mehr entsprechend gewartet wurde. Merken Sie sich meine Worte: Demnächst werden die Behörden damit beginnen, die Wahrheit über die Situation in Skelmore durchsickern zu lassen. Geschichten über eine unheilbare Seuche vor der Haustür der Durchschnittsbürger werden diese in die richtige Verfassung bringen, alle darauf folgenden Ereignisse widerspruchslos hinzunehmen. Es war letztlich doch ein Segen, wird es heißen. Ein Wunder, das gerade noch rechtzeitig eingetreten ist. Dankgottesdienste im Fernsehen und danach die übliche Präsentation der Wetterkarte . . ."

„Sie sind betrunken", stellte Saracen vorwurfsvoll fest.

„Das stimmt, aber das ändert nichts an der Tatsache, daß Beasdale das Verwaltungspersonal heute nachmittag auf ein Minimum reduziert und das Wasserwerk dichtgemacht hat."

Saracen hatte genug. Er verließ das Gebäude, stieg in seinen Wagen und fuhr zu Tremaines Wohnung, um Claire zu sprechen.

„Sie sehen grauenhaft aus", stellte diese fest.

„Ich bin nur müde", antwortete Saracen. „Ihr Bruder hat gemeint, daß ich Ihnen das da zeigen soll." Er reichte Claire den Anhänger.

Claire nahm ihn und hielt ihn näher an die Tischlampe. „Wo haben Sie das her?"

Saracen berichtete es ihr; als sie sichtlich besorgt reagierte, versicherte er ihr, daß der Anhänger desinfiziert worden war.

Claire verließ das Zimmer und kam Augenblicke später mit einem Buch zurück. Sie zeigte ihm eine Illustration. „Es ist das Wappen der Skelmoris-Abtei – des Klosters, das wir suchen."

„Ach so", bemerkte er nur mäßig beeindruckt.

Claire gab sich nicht damit zufrieden. „Begreifen Sie denn nicht? Verstehen Sie denn nicht, wie wichtig das ist?"

Saracen mußte sich ins Gedächtnis rufen, daß Claire keine Ahnung von MacQuillans Prophezeiung hatte, daß sie das schreckliche Geheimnis nicht kannte, das für ihn alles andere unwichtig machte. „Entschuldigen Sie. Ich kann nicht mehr klar denken."

„Können Sie herausbekommen, wo der Junge das gefunden hat?" Claires Augen leuchteten vor Begeisterung.

„Er hat die Pest, Claire. Er ist dem Tod nahe."

Claire preßte verärgert die Lippen zusammen. „Verdammt! Der Lösung so nahe und gleichzeitig so fern zu sein!"

Dann bemerkte sie Saracens mißbilligenden Blick und errötete. „Entschuldigen Sie, das war unmöglich. Ich weiß, daß Ihnen das alles nur dumm und unwichtig vorkommen muß, und Sie haben wahrscheinlich recht, aber als ich das sah . . ." Sie hielt den Anhänger in die Höhe. „Es ist der aufregendste Augenblick in meiner beruflichen Laufbahn. Der Anhänger ist ein unwiderlegbarer Beweis für die Existenz der Skelmoris-Abtei."

Saracen nickte. Er respektierte berufliches Engagement, aber manchmal war es nur schwer zu ertragen. „Ich muß nach Hause, um wenigstens etwas Schlaf zu kriegen."

14

SARACEN schlief vier Stunden, dann fuhr er durch die leeren Straßen ins Krankenhaus zurück. Auf der Unfallstation herrschte gedrückte Stimmung.

„Schwester Moira ist heute abend gestorben", berichtete eine der Schwestern.

Saracen schüttelte traurig den Kopf. „Sie war so eine großartige Frau."

Die Schwester pflichtete ihm bei und fragte dann: „Wann können wir mit dem Antiserum rechnen? Das Labor läßt sich offenbar Zeit."

„Bald", antwortete Saracen, dem die Lüge nur schwer über die Lippen kam.

„Auf Ihrem Schreibtisch liegt eine Nachricht", fuhr die Schwester fort, und Saracen ging in sein Zimmer. „Mrs. Updale hat angerufen und bittet um Rückruf", stand auf dem Zettel, daneben eine Telefonnummer. Saracen wählte sie.

„Ich sollte Sie verständigen, Dr. Saracen, wenn ich auf die Adresse stoße, wo Frank an jenem Tag gearbeitet hat", erklärte ihm Mrs. Updale nach einer kurzen Begrüßung.

„Genau!"

„Frank hat es in seinem Auftragsbuch eingetragen. Der Kunde heißt Archer und wohnt in Palmer's Green. Hilft Ihnen das weiter?"

„Ich glaube schon“, antwortete Saracen so ruhig wie möglich und legte auf.

Wieder waren die Archers das Bindeglied bei der Verbreitung der Pest, aber wie konnte Archer Mr. Updale mit Beulenpest angesteckt haben? Hinzu kam noch der Zeitfaktor. Saracen kritzelte hastig einige Daten auf einen Notizblock und stellte fest, daß Archer sich bereits im fortgeschrittenen Stadium der Krankheit befunden haben mußte, als er Updale infiziert hatte. War Updale noch imstande, diese Tatsache zu bestätigen?

Als Saracen auf die Station zwanzig kam, war Jill nirgends zu sehen, und einen Augenblick lang überlief es ihn kalt. Eine der Schwestern beruhigte ihn; es war Jills Ruhezeit.

Er suchte Updale auf. Dieser atmete hastig und flach und sah aus wie ein Mensch, der weiß, daß er in diesem Kampf nicht siegen wird.

„Ist es schlimm?“ fragte Saracen.

Updale nickte nur.

„Ich muß Ihnen einige Fragen stellen.“ Updale ließ nicht erkennen, ob er verstanden hatte, aber Saracen fuhr trotzdem fort: „Sie haben für einen Mann namens Archer in Palmer's Green gearbeitet.“

Updale fuhr sich mit der Zunge über die Lippen und drehte Saracen den Kopf zu. „Heizung“, brachte er mühsam heraus.

„Ja, es ging um die Heizanlage. War Mr. Archer sehr krank, als Sie bei ihm waren?“

„Nein, nicht krank.“

„Überlegen Sie genau, es ist sehr wichtig.“

„Nicht krank . . ., völlig gesund.“

Saracen seufzte müde, weil zwei mal zwei fünf ergab. Wenn Archer gesund gewesen war, als Updale mit ihm gesprochen hatte, wie hatte er dann die Krankheit weitergeben können?

„Sie waren nur einen Tag lang in Palmer's Green?“ fragte er.

„Ich glaubte, es würde leicht sein . . ., der Fehler lag in der Rohrleitung . . ., zu schwierig für mich . . ., ich entfernte den Filter, um die Luftzufuhr zu verstärken . . ., bis Fachleute kommen würden . . .“

„Sie sind kein zweites Mal nach Palmer's Green gefahren?“

„Nein.“

„Haben Sie mit noch jemandem geredet, als Sie dort waren?“

„Nein!“

Saracen sprach Updale Mut zu und ging dann. Er blickte noch

einmal durch die Glastür zurück; Updale starrte wieder zur Decke, und seine Brust hob und senkte sich rasch, während er den ungleichen Kampf fortsetzte.

Philip Edwards, der Junge, der den Anhänger gefunden hatte und der ebenfalls an Beulenpest erkrankt war, lag im nächsten Raum. Saracen trat vorsichtig an sein Bett, um zu sehen, ob er wach war oder schlief. Doch Philip Edwards war tot.

Als Saracen die Schwester davon verständigte, war sie fassungslos. „Ich habe vor wenigen Minuten zu ihm hineingesehen, und da atmete er noch ruhig und gleichmäßig."

Während Saracen die Treppe hinunterstieg, ging ihm der Junge nicht aus dem Kopf. In seinem Unterbewußtsein arbeitete etwas, das mit dem Fall zusammenhing, aber im Augenblick kam er nicht darauf, was es war.

MacQuillan rief an und teilte Saracen mit, daß Moss im Kreiskrankenhaus gestorben war. Saracen nahm die Nachricht stoisch auf; er war darauf gefaßt gewesen. Trotzdem hatte er das Gefühl, daß es um ihn herum langsam leer wurde. „Gibt es irgendwelche neuen Erkenntnisse in bezug auf die Beulenpest?" fragte er.

„Nichts", antwortete MacQuillan. „Das Spiel ist aus. Wir haben verloren."

MacQuillans Haltung reizte Saracen, und er machte aus seinen Gefühlen keinen Hehl. „Den soll der Teufel holen", murmelte er, als er auflegte. MacQuillan hatte offensichtlich aufgehört, an der Epidemiologie der Krankheit zu arbeiten, und das war ihre letzte Hoffnung gewesen. Wenn sie nicht den Grund für die scheinbar willkürliche Ausbreitung der Pest fanden, hatten sie keine Möglichkeit, sie zum Stillstand zu bringen. Dann würde die Pest die ganze Stadt erfassen.

Saracen setzte sich an seinen Schreibtisch und begann zu schreiben. Er hielt jede ihm bekannte Einzelheit fest und hoffte, daß sich dadurch neue Zusammenhänge ergeben würden. Er versuchte, das Nächstliegende außer acht zu lassen, und stellte alles in Frage, einschließlich der ersten, grundlegenden Vermutung. Wenn man annahm, nur annahm, daß Myra Archer nicht der Ausgangspunkt der Epidemie gewesen war . . .

Saracen lockerte seine Krawatte und öffnete den obersten Hemdenknopf. Wenn die erste Vermutung nicht stimmte, wie stand es dann mit der zweiten? Er holte die Akten Archer und Cohen heraus, und seine Erregung nahm zu. Myra Archer war am Zwölften gestorben, das bedeutete, daß sie am Elften und wahrscheinlich auch am Zehnten elend und bettlägerig gewesen war. Dann mußte sie Cohen am Achten oder Neunten angesteckt haben, also als sie noch relativ gesund wirkte. Cohens Leiche war am Vierundzwanzigsten ins Krankenhaus gebracht worden. Ein Mann seines Alters starb spätestens am dritten Tag nach Ausbruch der Krankheit – und das bedeutete, daß Cohen am Einundzwanzigsten die ersten Merkmale aufgewiesen haben mußte. Das würde aber einer Inkubationszeit von dreizehn Tagen entsprechen, und das war entschieden zu lang. Das hatte Dr. Tang während ihres „Nervenzusammenbruchs" gemeint. „Mehr als sechs Tage!" Ihr war klargewesen, daß Myra Archer Leonard Cohen unmöglich angesteckt haben konnte. Aber was war den Fällen bis auf den Kontakt zu den Archers sonst wohl gemeinsam?

Die Antwort war einfach: Die Wohnanlage Palmer's Green! Myra hatte nicht die Pest nach Palmer's Green gebracht, sondern sie hatte sich in Palmer's Green damit infiziert!

Saracen erkannte, daß es nicht schwierig war, eine neue Theorie aufzustellen, aber daß es sehr schwierig sein würde, die Beweise dafür zu finden. Was konnte Palmer's Green mit der Erkrankung all dieser Leute zu tun haben? Plötzlich wußte er, wie er vorgehen mußte. Francis Updale! Updale hatte nur einen Tag in Palmer's Green verbracht und hatte trotzdem Beulenpest bekommen. Er mußte an diesem Tag etwas getan haben, das eine Infektion ermöglichte. Dieser eine Tag in Updales Leben mußte nachvollzogen werden. Saracen brauchte Hilfe; und diese Hilfe mußte von MacQuillan kommen.

„Ich hätte diese Spur verfolgen müssen", gab MacQuillan zu, als Saracen ihn nach Mitternacht im Kreiskrankenhaus aufsuchte und ihm erzählte, was er entdeckt hatte. „Leider kommt jetzt alles zu spät."

„Das stimmt nicht", widersprach Saracen. „Wenn wir zweifelsfrei feststellen können, wo der Ursprung der Ansteckung liegt, können wir Beasdale mitteilen, daß wir die Ausbreitung sehr bald unter Kontrolle bekommen werden."

„*Wenn*", meinte MacQuillan zweifelnd.

„Wir dürfen keine Zeit verlieren.“ Saracen erzählte MacQuillan, was ihm bei Updale aufgefallen war. „Er hat nur einen einzigen Tag an der Heizanlage der Wohnung gearbeitet.“

„Ich werde mit Beasdale sprechen“, gab MacQuillan nach.

„Sagen Sie ihm, daß wir den Architekten dieser Wohnungen brauchen, den Bauleiter, den Verwalter der Anlage, überhaupt jeden, der an dem Bau beteiligt war.“

Schon fünfzehn Minuten nach diesem Gespräch traf der Verwalter mit den Bauplänen im Krankenhaus ein.

„Die Heizanlage“, antwortete Saracen, als der Verwalter ihn fragte, was ihn besonders interessiere. Gemeinsam breiteten sie die Blaupause auf MacQuillans Schreibtisch aus.

„Zeigen Sie mir die Leitung zu Wohnung zwei, der Wohnung der Archers.“

Der Verwalter fuhr mit dem Finger eine Linie in dem Plan entlang. „Das ist die Hauptleitung für das Erdgeschoß. Sie hat vier Anschlüsse, einen für jeweils zwei Wohnungen.“

„Zwei?“ Saracen sah genauer hin. „Welche Wohnung liegt an demselben Anschluß wie die der Archers?“

Der Verwalter sah in seinen Unterlagen nach. „Wohnung Nummer drei, die einem Mr. Cohen gehört.“

„Damit haben wir es!“ stellte Saracen fest. „Die Bakterien stecken in den Heizungsrohren.“

„Das ist unmöglich“, widersprach MacQuillan. „Die Bakterien können nicht außerhalb eines Wirtskörpers überleben. Es ist nicht wie bei der Legionärskrankheit, bei der die Bakterie jahrelang in Wasserbehältern am Leben bleibt.“

„Ich weiß nicht, wie es funktioniert, aber es kann nicht anders sein“, erklärte Saracen. Dann rief er sich ins Gedächtnis, was Updale ihm erzählt hatte, und wandte sich an den Verwalter. „Wie würde es sich auswirken, wenn man die Luftfilter aus der Heizungsanlage entfernt?“

„Damit würde mehr Luft durch die Rohre strömen, und die Bewohner des Gebäudes würden praktisch alle an der gleichen Leitung hängen.“

Diesmal war sogar MacQuillan überzeugt. „Das würde erklären, warum alle Bewohner gleichzeitig infiziert wurden.“

„Wir müssen die Leitungen untersuchen“, teilte Saracen dem Verwalter mit.

„Jetzt? Es ist zwei Uhr früh.“

„Ja, jetzt. Was brauchen wir dazu?“

Der Verwalter stellte eine Liste zusammen, MacQuillan gab sie an Beasdale weiter, und dieser erklärte sich bereit, alles sofort in das Gebäude bringen zu lassen. Nicht einmal vierzig Minuten später befand sich Saracen in Palmer's Green und zog im Licht der vom Militär aufgestellten Bogenlampen Schutzkleidung an. Weitere zwei Stunden später war die Leitung bis zu dem Anschluß zerlegt, der zu den Wohnungen von Cohen und Archer führte. „Es ist soweit.“ Der Verwalter reichte Saracen einen Schraubenschlüssel. „Sie müssen sich hier durchzwängen“, sagte er und zeigte auf einen Spalt zwischen Leitung und Mauer. „Dort finden Sie auf der linken Seite einen Kontrolldeckel, der von vier sechseckigen Schrauben festgehalten wird; dafür brauchen Sie den Schraubenschlüssel. Und das werden Sie auch brauchen.“ Er reichte Saracen eine lange, dünne Sonde. „Damit können Sie feststellen, ob die Leitung verstopft ist.“

Saracen schob seine Schutzmaske zurecht und zwängte sich durch den Spalt. Nach der Helligkeit der Bogenlampen draußen konnte er zunächst überhaupt nichts sehen, aber seine Augen stellten sich allmählich auf die Finsternis ein, und er entdeckte den Kontrolldeckel in der Leitung. Die Schrauben ließen sich problemlos lösen, und Saracen führte die Sonde in die rechte Leitung ein. Er stieß nirgends auf Widerstand, worauf er es links versuchte. Nach einem halben Meter stieß die Sonde auf etwas Weiches. Saracen ließ sie in dem Rohr und griff mit der behandschuhten Hand hinein, bis er den Gegenstand erreichte. Es war ein Haufen Lumpen – nein, es war pelzig und weich, keine Lumpen, ein Körper – der Körper eines Tieres. Er ertastete einen Körperteil, den er für ein Bein hielt, und zog den Kadaver zur Öffnung. In dem schwachen Licht hielt er ihn für den teilweise verwesten Körper einer Katze.

Saracen schob sich aus dem Spalt hinaus und hielt den Kadaver in die Höhe. „Das verursachte die Verstopfung, eine tote Ka . . .“ Er hielt plötzlich inne, denn jetzt konnte er sehen, daß er keine Katze in der Hand hielt, sondern den Kadaver einer Ratte.

„Allmächtiger!“ flüsterte MacQuillan.

Der Verwalter, den MacQuillans Gesichtsausdruck erschreckte, fragte: „Hatten Sie das gesucht?“

MacQuillan überhörte die Frage. „Wir müssen alles dicht machen!"

Etwas später am Vormittag schenkte MacQuillan im Städtischen Krankenhaus sich und Saracen Tee ein. „Wissen Sie, was ich noch immer nicht verstehe?" fragte Saracen. „Wenn es in Skelmore Pestratten gibt, wieso haben wir dann nur zwei an Beulenpest erkrankte Patienten, während alle übrigen Lungenpest haben?"

„Es muß damit zusammenhängen, daß die Pestratten irgendwie auf das Gebiet von Palmer's Green und die Baustelle beschränkt sind."

„Philip Edwards hat nicht in Palmer's Green gewohnt. Er kam aus der Maxton-Siedlung", widersprach Saracen.

„Er kann doch aus irgendeinem Grund in Palmer's Green gewesen sein, zum Beispiel als Botenjunge."

In diesem Augenblick fiel Saracen etwas ein. „Edwards' Schatz!"

„Wie bitte?"

Saracen schilderte MacQuillan die Episode mit den Leimschnüfflern; sie hatten behauptet, daß ein Junge namens Edwards auf der Baustelle in Palmer's Green Teile eines Schatzes gefunden hatte. Noch während Saracen sprach, erkannte er den Zusammenhang mit dem Anhänger, den Edwards getragen hatte. Er erzählte MacQuillan kurz die Legende von der Skelmoris-Abtei.

„Dann hat der Junge die Stelle entdeckt, an der die Abtei gestanden hat!" rief MacQuillan.

Saracen pflichtete ihm bei. „Es ist möglich, daß die Pest seinerzeit die Bewohner der Abtei ausrottete und auch danach jeden, der dem Gebäude nahe kam, ins Jenseits beförderte. Aber wie konnte die Bakterie so lange überleben?"

„In den Ratten", antwortete MacQuillan. „Die Bakterie kann in einer Rattenkolonie unbegrenzt lange leben und jahrhundertelang von einer Generation zur nächsten weitergegeben werden."

„Wenn die Rattenkolonie von der Stadt isoliert blieb, bis die Stadtplaner in Palmer's Green zu bauen begannen . . .?"

„Löste die Bautätigkeit eine Pestepidemie aus", beendete MacQuillan den Satz.

„Wir müssen also die Rattenkolonie vernichten."

„Nicht nur die Ratten, sondern auch ihre Flöhe."

gegen diese konnte er den Revolver einsetzen. Vielleicht würde auch das Donnern der Schüsse in dem engen Raum alle Ratten bis auf die mutigsten aus dem Tunnel vertreiben. Er konnte die Taschenlampe in der einen und den Revolver in der anderen Hand halten, während er durch den Tunnel robbte.

Er machte sich daran, den Eingang zum Waschraum mit allem zu verbarrikadieren, was ihm in die Hände fiel: Holzreste, Steine, Eisenstücke; dabei tröstete er sich mit dem Gedanken, daß das Hindernis nur so lange halten mußte, bis er den Abwasserkanal hinter sich hatte. Er hatte allerdings keine Ahnung, wie lang dieser Kanal war.

Während er den Revolver zum letzten Mal überprüfte, schnürte ihm die Angst die Kehle zu. Als er vor dem Eingang zum Tunnel niederkniete, hämmerte das Blut in seinen Schläfen; er befürchtete, daß ihn sein Mut im Stich lassen würde, wenn er zu lange zögerte, und kroch hinein.

Die erste Schwierigkeit stellte sich sofort ein: Die Schutzmaske und ihre Belüftung hinderten ihn daran zu sehen, wohin er kroch. Er schob sich wieder hinaus, riß sich die Maske herunter und schleuderte sie wütend weg. Dann kroch er wieder in den Tunnel.

Nach etwa zwanzig Metern mußte er anhalten, weil das Kriechen auf dem harten Stein Ellbogen und Knie zu sehr in Mitleidenschaft zog. Er tröstete sich jedoch mit dem Gedanken, daß er bis jetzt noch keine Ratten gesehen hatte. Andererseits war der Tunnel vor ihm finster. Was war, wenn der Ausgang mit einem Eisengitter verschlossen war? Dieser Gedanke brannte wie Säure in seinem Magen. Dann fand er, daß er sich lange genug ausgeruht hatte, faßte Lampe und Revolver fester und kroch weiter.

Fünf Meter vor ihm leuchteten im Lampenlicht zwei Augen auf – eine Ratte! Saracens Angst war bereits so groß, daß er nicht mehr klar denken konnte. Er starrte die Ratte an, brüllte los, und das Tier machte auch tatsächlich kehrt und floh. Er kroch weitere zehn Meter. Wieder zwei Augen – nein, diesmal waren es vier. Saracen brüllte wieder, zwei Augen verschwanden, aber zwei blieben.

Er schrie neuerlich, doch die Augen blieben, wo sie waren. Diese Ratte war mutiger. Saracen schob sich vor, aber das Tier rührte sich nicht, also ließ Saracen die Lampe los und faßte den Revolver mit beiden Händen. Er drückte auf den Abzug, ohne zu zielen, und der Krach zerriß beinahe seine Trommelfelle.

MacQuillan überhörte die Frage. „Wir müssen alles dicht machen!"

Etwas später am Vormittag schenkte MacQuillan im Städtischen Krankenhaus sich und Saracen Tee ein. „Wissen Sie, was ich noch immer nicht verstehe?" fragte Saracen. „Wenn es in Skelmore Pestratten gibt, wieso haben wir dann nur zwei an Beulenpest erkrankte Patienten, während alle übrigen Lungenpest haben?"

„Es muß damit zusammenhängen, daß die Pestratten irgendwie auf das Gebiet von Palmer's Green und die Baustelle beschränkt sind."

„Philip Edwards hat nicht in Palmer's Green gewohnt. Er kam aus der Maxton-Siedlung", widersprach Saracen.

„Er kann doch aus irgendeinem Grund in Palmer's Green gewesen sein, zum Beispiel als Botenjunge."

In diesem Augenblick fiel Saracen etwas ein. „Edwards' Schatz!"

„Wie bitte?"

Saracen schilderte MacQuillan die Episode mit den Leimschnüfflern; sie hatten behauptet, daß ein Junge namens Edwards auf der Baustelle in Palmer's Green Teile eines Schatzes gefunden hatte. Noch während Saracen sprach, erkannte er den Zusammenhang mit dem Anhänger, den Edwards getragen hatte. Er erzählte MacQuillan kurz die Legende von der Skelmoris-Abtei.

„Dann hat der Junge die Stelle entdeckt, an der die Abtei gestanden hat!" rief MacQuillan.

Saracen pflichtete ihm bei. „Es ist möglich, daß die Pest seinerzeit die Bewohner der Abtei ausrottete und auch danach jeden, der dem Gebäude nahe kam, ins Jenseits beförderte. Aber wie konnte die Bakterie so lange überleben?"

„In den Ratten", antwortete MacQuillan. „Die Bakterie kann in einer Rattenkolonie unbegrenzt lange leben und jahrhundertelang von einer Generation zur nächsten weitergegeben werden."

„Wenn die Rattenkolonie von der Stadt isoliert blieb, bis die Stadtplaner in Palmer's Green zu bauen begannen . . .?"

„Löste die Bautätigkeit eine Pestepidemie aus", beendete MacQuillan den Satz.

„Wir müssen also die Rattenkolonie vernichten."

„Nicht nur die Ratten, sondern auch ihre Flöhe."

„Dazu müssen wir sie erst finden." Saracen fühlte wieder Boden unter den Füßen.

„Können wir mit Edwards sprechen?"

„Er ist tot."

„Und wie ist es mit den Leimschnüfflern?"

„Seinerzeit hatten sie Edwards' Geheimnis noch nicht gelüftet, aber vielleicht ist es ihnen inzwischen geglückt. Kommen Sie, ihre Namen müssen im Aufnahmebuch stehen."

Saracen sah in dem Buch nach, während MacQuillan den Wagen holte. Auf der Fahrt zur Maxton-Siedlung wurden sie unterwegs zweimal von Militärposten aufgehalten, die ihre Ausweispapiere kontrollierten und sie dann weiterfahren ließen. Offenbar kam es in der Stadt bereits zu Plünderungen.

In der Frith Street sah es aus wie in vielen Straßen der Maxton-Siedlung. Auf die Hauswände waren Slogans gesprüht, die Fenster im Erdgeschoß der Gebäude waren mit Brettern vernagelt, und die Gärten verwilderten.

„Da sind wir – Nummer siebzehn", sagte Saracen. Sie hielten hinter einem verrosteten Ford Cortina und betraten das Gebäude. „Zweiter Stock", sagte Saracen, der voranging. Als sie an der Wohnungstür waren, klopften sie. Niemand reagierte. Saracen klopfte noch mal, und diesmal waren schlurfende Schritte hinter der Tür zu vernehmen.

„Was wollen Sie?" krächzte eine aufgebrachte Frauenstimme. Saracen erklärte, wer sie waren und daß sie mit ihrem Sohn sprechen wollten.

„Was hat er denn jetzt wieder angestellt?" rief die Frau. „Ich werde ihm bald sein verdammtes Fell über die Ohren ziehen."

Saracen versicherte ihr, daß ihr Sohn nichts angestellt habe; in diesem Augenblick hörte man hinter der Tür einen Mann fragen, was los sei. „Zwei Ärzte vom Städtischen Krankenhaus", erklärte ihm die Frau. „Sie wollen mit Charlie sprechen."

„Wir wollen niemanden von denen in unserer Wohnung haben", knurrte der Mann.

„Es ist aber sehr wichtig." Saracen war mit seiner Selbstbeherrschung beinahe am Ende. „Es ist lebenswichtig, daß wir mit Ihrem Sohn sprechen."

Auf der anderen Seite der Tür wurde eifrig getuschelt. MacQuillan und Saracen sahen einander verzweifelt an. Die Frau setzte sich durch und öffnete die Tür. Sie führte die beiden Männer ins Wohnzimmer und holte ihren Sohn. Der Mann ging wieder schlafen.

„Erinnerst du dich an mich?" fragte Saracen, als Charlie hereinkam. Dieser nickte. „Dein Freund Philip Edwards ist leider gestorben." Das ließ den Jungen offensichtlich kalt. „Du hast mir erzählt, daß Edwards in Palmer's Green einen Schatz gefunden hat, und ich habe dir nicht geglaubt", fuhr Saracen fort.

„Es ist aber wahr", sagte der Junge.

„Das weiß ich jetzt", gab Saracen zu.

„Schatz? Was für ein Schatz?" wollte die Mutter des Jungen wissen.

Saracen kümmerte sich nicht um sie, sondern sprach weiter mit dem Jungen. „Hast du jemals herausbekommen, wo Edwards den Schatz gefunden hat?"

Charlie schüttelte den Kopf, aber Saracen war klar, daß der Junge log. „Das Leben vieler Menschen hängt davon ab. Ich meine es ernst!"

Charlie zögerte, und Saracen betete insgeheim darum, daß es ihm gelungen war, den Jungen zu überzeugen.

„Ja, ich weiß, wo er ihn herhatte", sagte Charlie schließlich.

Saracen schloß die Augen und sandte ein Dankgebet zum Himmel. Im gleichen Augenblick fiel ihm ein, daß der Junge sich vielleicht genauso angesteckt hatte wie Edwards. „Du warst also auch dort?" fragte er.

„Nein, der Wachmann hat uns erwischt. Wir sind gestern abend wieder hingegangen, aber über dem Eingang stand ein Bulldozer."

„Dem Eingang wozu?"

„Zu der Schatzhöhle, in der Edwards das Zeug gefunden hat."

„Wo befindet sich diese Höhle?"

Charlie erklärte es Saracen, und dieser machte sich Notizen.

„Genau das haben wir wissen wollen", sagte er schließlich lächelnd. „Du hast vielleicht gerade die ganze Stadt gerettet."

ALS SARACEN und MacQuillan wieder im Städtischen Krankenhaus waren, herrschte dort Chaos. Militärkrankenwagen versperrten die Zufahrtsstraßen, und ihre Fahrer standen in kleinen Gruppen vor dem Tor.

Saracen machte sich auf die Suche nach Alan Tremaine, und

dieser erklärte ihm: „Station zwanzig ist voll, die Isolierstation des Kreiskrankenhauses ist voll, und inzwischen sind auch beide Schulen voll. Wir können die Kranken nicht mehr unterbringen."

„Dann nehmen wir eben keine mehr an", sagte Saracen.

„Das hat Saithe auch gesagt, aber das ist schrecklich", protestierte Tremaine. „Sie wissen, was geschehen wird, wenn die Leute den Notdienst anrufen und er kommt nicht. Sobald die Menschen merken, daß sie auf sich selbst gestellt sind, kommt es zu Unruhen."

Saracen nickte.

„Warum macht Beasdale dann keine neuen Unterkünfte für die Kranken frei und holt freiwillige Helfer hierher?"

Saracen nahm Tremaine beiseite und erklärte ihm, daß und warum es kein Antiserum geben würde. Tremaine verstummte; offensichtlich hatte ihm diese Nachricht die letzte Kraft geraubt. „Dann wird die ganze Stadt ausgelöscht", meinte er verzweifelt.

„Es besteht noch immer die Möglichkeit, daß die Pest von selbst erlischt, wenn wir den Ursprung der Epidemie beseitigen können", sagte Saracen und erzählte Tremaine, was sie entdeckt hatten.

„Die Skelmoris-Abtei", murmelte Tremaine. „Nach so vielen Jahren!"

„Der Fluch von Skelmoris. Es war die Pest."

„Laut der Legende ist das Gebäude niedergebrannt worden."

„Wahrscheinlich überlebten die Ratten in den unterirdischen Gängen. Jetzt müssen wir die Kolonie finden und sie vernichten."

„Vielleicht kann Ihnen Claire dabei helfen. Sie besitzt Pläne, aus denen hervorgeht, wie die Abtei vermutlich ausgesehen hat."

Saracen war klar, daß diese Pläne von unschätzbarem Wert sein konnten.

MacQuillan hatte inzwischen mit Beasdale Verbindung aufgenommen, und als er zurückkam, fuhr er mit Saracen wieder nach Palmer's Green.

SARACEN verglich die Baustelle mit seinen Notizen. „Das da drüben muß der Bulldozer sein, von dem der Junge gesprochen hat." Er zeigte auf eine gelbe Baumaschine, die am westlichen Ende des Wohnblocks stand. Sie legten die Schutzanzüge an und gingen zum Bulldozer, der neben einem kleinen Betonbunker geparkt war. Saracen wollte wissen, wozu dieser Bunker diente.

„Es ist die Abdeckung für die Luftansaugstutzen der Heizungsanlage", erklärte MacQuillan.

Saracen ging in die Hocke und musterte den Boden zwischen den Ketten des Bulldozers, entdeckte aber nichts Ungewöhnliches.

„Wir müssen ihn wegfahren", meinte MacQuillan. Er kletterte auf die Maschine und schaute in die Fahrerkabine. „Der Schlüssel steckt", berichtete er und stieg hinein. Der Motor erwachte dröhnend zum Leben, der Bulldozer fuhr etwa zwölf Meter, dann stellte MacQuillan den Motor ab, und es wurde wieder still.

Die beiden untersuchten die Stelle, an der die Maschine gestanden hatte. „Ich sehe nichts, und Sie?" fragte MacQuillan.

Saracen war bereits im Begriff, ihm zuzustimmen, als ihm etwas auffiel. „Die Ziegel dort." Er zeigte auf ein halbes Dutzend Ziegel auf dem Boden, die ein Muster bildeten. „Man hat sie aus einem bestimmten Grund so hingelegt." Als er die Ziegel entfernte, kam eine quadratische Holzplatte zum Vorschein, die er hochhob; unter ihr befand sich ein quadratisches Loch. „Na also, Edwards' Höhle."

„Wir brauchen Licht."

„Beasdales Männer werden bald hiersein."

Bald darauf tauchte ein Wagen auf; ihm entstiegen jedoch keine Soldaten, sondern Claire Tremaine. „Alan hat mich angerufen. Ich habe die Pläne."

„Danke, aber Sie kommen etwas zu früh", meinte Saracen. „Alles, was wir bis jetzt haben, ist ein Loch im Boden."

„Ich könnte Ihnen helfen", schlug Claire vor. „Schließlich sind Löcher im Boden meine Spezialität."

„Das halte ich für keine gute Idee", widersprach Saracen.

Claire legte ihm die Hand auf den Arm. „Bitte, James, Sie wissen doch, wie wichtig es für mich ist."

Ein Landrover der Armee, der eine Staubwolke aufwirbelte, als er auf die Baustelle zugebraust kam, ließ sie innehalten. Beasdale saß darin. „Ich wollte selbst nachsehen, worum es hier geht", erklärte er Saracen, als er ausstieg, sah aber dabei zu Claire Tremaine hinüber. Saracen stellte die beiden einander vor. „Miß Tremaine ist Archäologin; sie ist eine Expertin für die Skelmoris-Abtei und hat sich bereit erklärt, uns zu helfen."

sein", meinte Claire. „Sie lebten in einer unruhigen Zeit; viele Burgen, Paläste und Klöster enthielten damals geheime Fluchtwege, die auf keinem Plan verzeichnet waren."

Saracen schätzte, daß sie schon beinahe hundert Meter zurückgelegt hatten, als sich der Gang plötzlich zu einem kreisförmigen Raum erweiterte, den an der gegenüberliegenden Seite ein Gittertor abschloß. Sie rüttelten an den Eisenstangen, aber nichts rührte sich. Saracen leuchtete das Tor mit der Taschenlampe ab, entdeckte jedoch kein Schloß. Er erstarrte, als ein dunkler Schatten in den Lichtkegel huschte und davonflitzte. Claire holte tief Luft. „War es das, für das ich es halte?" fragte sie.

„Ich fürchte, ja", bestätigte Saracen. „Haben Sie eine Ahnung, wozu dieser Raum diente, Claire?"

„Er war ein Versteck. Wahrscheinlich warteten die Mönche hier eine Zeitlang, bevor sie sich für das Weiterfliehen oder die Rückkehr ins Kloster entschieden."

„Und das Gitter war die letzte Barriere, falls die Angreifer den Eingang zum Tunnel fanden?"

„Das ist gut möglich", stimmte sie zu.

MacQuillan musterte das Tor genau und sagte dann: „Ich fürchte, wir brauchen Hilfe, um das Tor zu öffnen."

Die beiden anderen pflichteten ihm bei, und Saracen führte sie durch den Gang zurück, um die Soldaten zu holen.

Während sie kurz darauf warteten, daß drei Soldaten unten das Tor aufbrachen, gönnten sie sich eine Ruhepause. „Ich habe mir folgendes überlegt", begann Saracen. „Wenn die Pest über sechs Jahrhunderte in der Rattenkolonie überlebt hat, dann sind die Ratten vermutlich gegen sie immun."

„Das kommt bei der Pest häufig vor. Manche Tiere werden immun, andere nicht."

„Wenn wir uns das Blut einer dieser immunen Ratten verschaffen und das Labor in Porton Down es mit dem Blut einer Ratte vergleicht, die man mit der Krankheit infizieren kann, dann könnte man vielleicht den Immunitätsfaktor herausfinden. Wenn man eine genügend große Menge zusammenbekommt, könnten wir die Menschen damit behandeln."

MacQuillan überlegte kurz, dann antwortete er: „Das ist eine gute Idee, mein Freund." Er bat einen der Soldaten, Beasdale über Funk zu kontaktieren.

Saracen hörte zu, als MacQuillan Beasdale den Plan unterbreitete. Es war bald deutlich, daß sich das Gespräch zu einem Streit entwickelte.

„Natürlich gibt es keine Garantie dafür!" tobte MacQuillan. „Aber es ist eine echte Chance – nein, ich will nicht Zeit gewinnen –, verdammt noch mal, Mann, nehmen Sie Vernunft an!" MacQuillan ließ das Funkgerät sinken, blickte zu Boden und versuchte, sich zu beruhigen.

„Also?" fragte Saracen.

„Er verlängert die Frist nicht. Wir haben noch sechsundvierzig Stunden."

„Dann sollten wir besser anfangen." Saracen begann, eine Liste zusammenzustellen. „Wir brauchen diese Sachen so rasch wie möglich." Er drückte die Liste einem Soldaten in die Hand, der sich sofort auf den Weg machte.

„Was wollen Sie haben?" fragte MacQuillan.

„Sterile Glasgefäße, gerinnungshemmende Mittel, Skalpelle, Behälter für Proben, Rattenfallen."

Die drei Soldaten, die in dem Tunnel gearbeitet hatten, kamen mit ihrer Ausrüstung aus dem Loch geklettert. „Das Gitter ist offen", meldete der Sergeant. „Wir haben Ihnen auch gleich eine bessere Beleuchtung installiert."

Saracen bedankte sich und wollte wieder hinuntersteigen.

„Noch etwas, Sir." Der Feldwebel händigte Saracen einen Revolver und eine Schachtel mit Munition aus. „Oberstleutnant Beasdale hält es für besser, wenn Sie das da mitnehmen."

„Ich habe noch nie in meinem Leben so etwas benutzt", sagte Saracen. Der Feldwebel nahm ihm die Waffe wieder aus der Hand und erklärte ihm das kleine Einmaleins des Umgangs mit Revolvern. Saracen hörte höflich zu und merkte sich, wo er abdrücken mußte und wie er zielen sollte.

Als sie gerade wieder in den Tunnel kletterten, sagte der Feldwebel noch: „Oberstleutnant Beasdale wird dafür sorgen, daß ein Lastwagen mit dem angeforderten Material innerhalb einer Stunde hier eintrifft."

Saracen überblickte noch einmal die Baustelle. „Sorgen Sie dafür, daß kein Lastwagen über den Tunnel fährt. Die Decke könnte nachgeben."

„In Ordnung."

„So ist es wesentlich besser", stellte Claire fest, während sie eine der Lampen, die die Soldaten zurückgelassen hatten, einschaltete. Das bearbeitete Gitter schwang offen hin und her.

„Gehen wir los", sagte Saracen. Der Gang führte noch etwa zwanzig Meter weiter und wurde dabei immer enger. Schließlich hielt Saracen an. „Wir stehen vor einer Wand, in der es keine Öffnung gibt."

„Hier mündet der Tunnel wahrscheinlich in die Abtei. Drücken, schieben, ziehen Sie, wo immer es möglich ist, bis sich etwas bewegt", meinte Claire.

Saracen tastete die Mauer ab, hatte jedoch keinen Erfolg. Er wollte schon aufgeben, als sich plötzlich ein Stein bewegte. Er übte Druck auf ihn aus, und plötzlich öffnete sich die Wand vor ihnen. Er bewunderte den verborgenen Gegengewichtsmechanismus. Sie gelangten durch die Öffnung in einen langen Gewölbekeller.

„Du meine Güte!" rief Claire.

Saracen fuhr herum und erblickte im Schein von Claires Taschenlampe ein menschliches Skelett. „Da liegt noch eines", meldete MacQuillan von weiter vorn.

„Und noch eines und noch eines", stellte Saracen fest, während sie an einer Reihe von fünfzehn Toten entlanggingen, die jeweils im Abstand von einem Meter parallel zueinander auf dem Boden lagen.

„Es ist ein Schlafsaal", erklärte Claire.

„Kein Schlafsaal", widersprach Saracen. „Ein Krankenzimmer."

„Natürlich", murmelte MacQuillan. „Wir stehen in der mittelalterlichen Station zwanzig."

Claire schrie auf, als zwei Ratten schattenhaft über den Boden huschten und wieder verschwanden. Dann entschuldigte sie sich.

„Sie brauchen sich nicht zu entschuldigen", beruhigte sie MacQuillan. „Mir geht es genauso!"

Saracen fragte Claire, ob sie aufgrund des Plans feststellen könne, wo sie sich befanden.

Sie breitete ihn auf dem Boden aus. „Ich nehme an, daß wir hier stehen." Sie zeigte auf ein Rechteck am unteren Rand des Plans. „Das würde bedeuten, daß dort drüben eine Tür sein muß." Sie leuchtete mit ihrer Lampe in die angegebene Richtung. „Richtig, da ist sie. Durch diese Tür sollten wir in einen runden Raum gelangen, der vermutlich als Weinkeller diente."

Saracen wandte sich dann MacQuillan zu. „Halten Sie es für möglich, daß man eine so große Anlage von außen ausräuchern kann?"

„Ich bezweifle es. Wir können das Militär um Rat fragen. Aber zuerst müssen wir mal eine Ratte fangen."

Saracen blickte auf die Uhr und stellte fest, daß sie seit einer Stunde unter der Erde waren. Sie gingen in den nächsten Raum, der, wie Claire vorausgesagt hatte, rund war. Claire wandte sich nacht rechts, und die beiden Männer folgten ihr. Plötzlich bückte sie sich, sog die Luft scharf ein, und ihre Begleiter sahen, daß sie ein goldenes Kruzifix in der Hand hielt.

„Es ist das Altarkreuz!" rief sie. „Das Altarkreuz der Skelmoris-Abtei."

„Hier sind die Kerzenständer", fügte MacQuillan hinzu, der in der Truhe stöberte, aus der Claire das Kruzifix genommen hatte.

„Wir haben keine Zeit", drängte Saracen.

„Irgendwo muß sich hier der Skelmoris-Kelch befinden", protestierte Claire. „Ein paar Minuten können doch keine Rolle spielen."

„Bitte glauben Sie mir – wir müssen uns beeilen!"

„Nein!" erklärte Claire entschlossen. „Gehen Sie weiter, wenn Sie wollen – fangen Sie Ihre verdammte Ratte –, aber ich suche den Kelch!"

Saracen begriff, daß es sinnlos war, mit ihr zu diskutieren, konnte ihr aber auch nicht verraten, was Beasdale mit der Stadt vorhatte. „Also gut", gab er nach. „Können Sie uns wenigstens sagen, was wir in den übrigen Räumen finden werden?"

Claire faltete den Plan wieder auseinander und erläuterte die vermutliche Lage und den Verwendungszweck der übrigen Räume. Als sie fertig war, fragte Saracen: „Haben Sie eine Ahnung, ob es noch einen Ausgang gibt?"

Claire zeigte auf eine Stelle des Plans. „Die Treppe, die von der Abtei hinunterführte, endete in diesem Raum. Vielleicht stellt sie noch immer eine Verbindung nach oben dar. Es kam öfter vor, daß es zwei Tunnel gab. Der zweite wurde gegraben, um von dem wirklichen Fluchtweg abzulenken. Falls es hier einen zweiten Fluchttunnel gibt, nehme ich an, daß er entlang der Nordmauer verläuft."

Saracen und MacQuillan machten sich auf den Weg und überließen Claire ihrer Schatzsuche. Sie kamen zu dem Raum, in dem laut Claire eine Treppe vorhanden war, und leuchteten ihn aus. Von der Treppe waren nur noch abgetretene Stufen übrig, die an der Decke in einer soliden Erdschicht verschwanden. Nicht einmal eine Ratte konnte durch diese Schicht in die Außenwelt gelangen.

Saracen untersuchte gerade einen zerbröckelnden Teil der Mauer an der Nordseite des Raums, als er ein Geräusch vernahm. Er richtete sich auf, horchte und forderte MacQuillan auf, das gleiche zu tun.

„Jemand ruft", sagte MacQuillan.

„Jemand schreit", stellte Saracen richtig. „Es ist Claire!"

Sie rannten zu dem Raum zurück, in dem sie sich von Claire getrennt hatten. Als sie ihn endlich erreicht hatten, waren die Schreie verstummt.

MacQuillan schwenkte seine Taschenlampe im Kreis. „Da!" Aus einer kleinen Öffnung in der Rückwand des Raums ragte Claires untere Körperhälfte heraus. „Sie ist steckengeblieben."

„Wahrscheinlich ist sie in Panik geraten und ohnmächtig geworden", ergänzte Saracen, der erfolglos versuchte, Claires schlaffen Körper herauszuziehen. Von der anderen Seite der Wand kamen kratzende Geräusche, und beide Männer murmelten beruhigende Worte, weil sie annahmen, daß Claire verzweifelt am Mörtel kratzte. Dann fiel Saracens Blick auf Claires regungslose Beine und auf ihre auf dem Boden liegende Schutzmaske; wenn Claire noch immer bewußtlos war, woher kamen dann die kratzenden Geräusche?

„Du meine Güte!" flüsterte er. „Das sind Ratten! Sie hat wahrscheinlich versucht, durch den Spalt zu kriechen, blieb stecken und versperrte damit den Ratten den Fluchtweg."

„Ist sie tot?" fragte MacQuillan.

„Ja", antwortete Saracen, der vergeblich nach einem Pulsschlag gesucht hatte.

MacQuillan erstarrte vor Entsetzen.

„Die Ratten sind noch immer im nächsten Raum gefangen. Wir müssen vorsichtig sein, wenn wir Claire herausziehen", erklärte Saracen. „Sind Sie soweit?"

MacQuillan nickte, und sie zerrten an Claires Körper, bis ein Spalt zwischen ihrer Schulter und der Öffnung, in der Claire steckte, entstand. Im gleichen Augenblick flog eine Ratte durch den Spalt, prallte an Saracens Brust und huschte dann in die Dunkelheit davon. Sie zogen Claires Leichnam ganz heraus, und als Saracen hinunterblickte, sah er, daß an ihrem Gesicht noch immer eine Ratte hing. Er überwand die Übelkeit, die ihn erfaßte, und schlug seine Taschenlampe gegen das Tier, so daß es durch den Raum geschleudert wurde. Aus dem anschließenden Raum flüchteten noch einige Ratten, dann trat Ruhe ein.

Saracen musterte Claire noch einmal, und es fiel ihm schwer, sich nicht zu übergeben. MacQuillan wandte sich ab.

Sobald sich beide halbwegs gefaßt hatten, stellte MacQuillan fest: „Jetzt haben Sie die Ratte, die Sie wollten."

Er richtete seine Taschenlampe auf die Ratte, die Saracen weggeschleudert hatte; sie lag regungslos in einer Ecke. MacQuillan holte sie, während Saracen seine Geräte zurechtlegte und ihr dann mit MacQuillans Hilfe so viel Blut abzapfte, wie er brauchte.

Saracen verstaute gerade die Reagenzgläser in seiner Tasche, als MacQuillan ausrief: „Heiliger Strohsack, sehen Sie sich das an!"

MacQuillan hatte durch das Loch gegriffen, in dem Claire steckengeblieben war, und einen Gegenstand herausgeholt. Er hielt ihn jetzt in die Höhe und betrachtete ihn im Schein seiner Taschenlampe. Es war ein goldener, mit knopfgroßen Rubinen besetzter Kelch. „Also deshalb wollte sie hier hinein", stellte er fest. „Haben Sie schon jemals etwas so Schönes gesehen?"

„Legen Sie das verdammte Ding weg!" forderte ihn Saracen auf. „Wer weiß, wie viele Menschen schon seinetwegen gestorben sind."

„Sie glauben doch nicht an den Unsinn mit dem alten Fluch?" fragte MacQuillan, der den Kelch bewundernd hin und her drehte.

„Wir müssen die Blutprobe hinaufbringen und nehmen auch gleich Claire mit", erklärte Saracen und faßte den Leichnam unter den Armen.

MacQuillan zwängte den Kelch in eine Tasche seines Schutzanzuges und ergriff Claires Knöchel. „Ich bin soweit."

Sie hatten das Gittertor beinahe erreicht, als ihnen Schritte entgegenkamen: Die Soldaten brachten die Rattenfallen, die sie angefordert hatten. Saracen bedankte sich, erklärte ihnen aber, daß sie bereits eine Ratte gefangen hatten. Er übergab dem Feldwebel die Reagenzgläser mit dem Blut und bat ihn, sie so rasch wie möglich zu Beasdale zu bringen. „Er weiß, wohin er sie schicken soll."

Als die Soldaten Claires Leichnam übernahmen und sich zum Gehen wandten, vernahmen sie von oben ein dröhnendes Geräusch, das immer lauter wurde; es war das charakteristische Tuckern eines Dieselmotors.

Saracen sah den Feldwebel erschrocken an. „Sie haben oben

gegen diese konnte er den Revolver einsetzen. Vielleicht würde auch das Donnern der Schüsse in dem engen Raum alle Ratten bis auf die mutigsten aus dem Tunnel vertreiben. Er konnte die Taschenlampe in der einen und den Revolver in der anderen Hand halten, während er durch den Tunnel robbte.

Er machte sich daran, den Eingang zum Waschraum mit allem zu verbarrikadieren, was ihm in die Hände fiel: Holzreste, Steine, Eisenstücke; dabei tröstete er sich mit dem Gedanken, daß das Hindernis nur so lange halten mußte, bis er den Abwasserkanal hinter sich hatte. Er hatte allerdings keine Ahnung, wie lang dieser Kanal war.

Während er den Revolver zum letzten Mal überprüfte, schnürte ihm die Angst die Kehle zu. Als er vor dem Eingang zum Tunnel niederkniete, hämmerte das Blut in seinen Schläfen; er befürchtete, daß ihn sein Mut im Stich lassen würde, wenn er zu lange zögerte, und kroch hinein.

Die erste Schwierigkeit stellte sich sofort ein: Die Schutzmaske und ihre Belüftung hinderten ihn daran zu sehen, wohin er kroch. Er schob sich wieder hinaus, riß sich die Maske herunter und schleuderte sie wütend weg. Dann kroch er wieder in den Tunnel.

Nach etwa zwanzig Metern mußte er anhalten, weil das Kriechen auf dem harten Stein Ellbogen und Knie zu sehr in Mitleidenschaft zog. Er tröstete sich jedoch mit dem Gedanken, daß er bis jetzt noch keine Ratten gesehen hatte. Andererseits war der Tunnel vor ihm finster. Was war, wenn der Ausgang mit einem Eisengitter verschlossen war? Dieser Gedanke brannte wie Säure in seinem Magen. Dann fand er, daß er sich lange genug ausgeruht hatte, faßte Lampe und Revolver fester und kroch weiter.

Fünf Meter vor ihm leuchteten im Lampenlicht zwei Augen auf – eine Ratte! Saracens Angst war bereits so groß, daß er nicht mehr klar denken konnte. Er starrte die Ratte an, brüllte los, und das Tier machte auch tatsächlich kehrt und floh. Er kroch weitere zehn Meter. Wieder zwei Augen – nein, diesmal waren es vier. Saracen brüllte wieder, zwei Augen verschwanden, aber zwei blieben.

Er schrie neuerlich, doch die Augen blieben, wo sie waren. Diese Ratte war mutiger. Saracen schob sich vor, aber das Tier rührte sich nicht, also ließ Saracen die Lampe los und faßte den Revolver mit beiden Händen. Er drückte auf den Abzug, ohne zu zielen, und der Krach zerriß beinahe seine Trommelfelle.

Er mußte wegen des beißenden Pulverdampfs husten und spucken, und seine Ohren schmerzten, aber die beiden glühenden Augen waren verschwunden. Er schob sich wieder weiter, bis er auf den Kadaver der Ratte stieß. Es blieb ihm nicht genügend Bewegungsfreiheit, um das tote Tier hinter sich zu befördern, deshalb mußte er es mit der behandschuhten Hand vor sich herschieben. Je weiter er in dem Kanal vorstieß, desto größer wurde seine Platzangst; sie brachte ihn an den Rand der Hysterie. Keine Höllenvision konnte schlimmer sein als die Situation, in der er sich befand.

Ein beinahe unmerklicher Lufthauch streifte seine Wange. Er sah noch immer kein Licht vor sich, war jetzt aber sicher, daß die Luft sich bewegte. Er sammelte das bißchen Energie, das ihm noch geblieben war, und schob sich weiter. Der Abwasserkanal führte nach rechts, und plötzlich sah er das Tageslicht. Fünf Meter, vier, drei, zwei, einer, und er war seinem steinernen Gefängnis entronnen.

Er rappelte sich mühsam auf die Knie und atmete eine halbe Minute lang in tiefen Zügen die frische Luft ein, bevor er daran dachte, sich umzusehen. Mit einer letzten, übermenschlichen Anstrengung kroch er eine zwei Meter hohe Böschung hinauf; er befand sich auf dem Abhang eines Hügels außerhalb von Skelmore. Die Müllhalde von Skelmore lag in der Nähe – noch nie hatte Müll angenehmer gerochen.

Saracen legte sich einen Augenblick lang auf den Rücken, betrachtete die über ihn hinwegziehenden Wolken und genoß das milchige Licht der Morgensonne. Er sehnte sich danach zu schlafen, aber dafür hatte er keine Zeit. Er mußte Beasdale erklären, wie er die Ratten ausrotten konnte. Es war ein Glück gewesen, daß sich die Ratten nie über ihre Nahrungsquelle, die Müllhalde, hinausgewagt hatten. Sie waren von den Menschen erst gestört worden, als die Bautrupps begonnen hatten zu graben.

Saracen hörte in der Ferne den Motor eines Wagens. Er stand auf und sah, daß ein Militärlastwagen die Straße zur Müllhalde herunterkam. Er schrie, aber der Lastwagen hielt nicht an. Saracen zog seinen Revolver und schoß in die Luft. Daraufhin blieb der Wagen stehen, und ein Soldat sprang heraus. Saracen schwenkte die Arme, und der Soldat zielte auf ihn. „Nein!“ schrie er. „Um Himmels willen, nein!“

Im letzten Augenblick fiel dem Soldaten auf, daß Saracen einen Schutzanzug trug, und er begriff, daß er keinen Flüchtling aus der Stadt vor sich hatte. Er ließ die Waffe sinken; Saracen stolperte den Hügel hinunter und erklärte, wer er war.

„Da haben Sie aber Glück gehabt, Sir. Ich hätte beinahe –"

„Ich weiß, was Sie beinahe getan hätten", unterbrach ihn Saracen. „Bitte stellen Sie eine Verbindung zu Oberstleutnant Beasdale her."

Kurz darauf fragte Beasdale: „Dr. Saracen? Sie sind noch am Leben?"

„Als der Tunnel einstürzte, wurden alle anderen getötet und auch die Blutproben begraben, aber ich weiß, wo sich die Rattenkolonie befindet und daß es einen zweiten Ausgang gibt. Sie müssen die Tiere vernichten."

„Nein, sie wurden nicht begraben", stellte Beasdale richtig.

„Wie bitte?"

„Die Blutproben sind nicht begraben worden, Doktor. Feldwebel Morris ist durchgekommen. Der Tunnel brach kurz hinter ihm ein. Die Proben sind nach Porton Down geflogen und dort analysiert worden."

„Und?"

„Sie haben den entscheidenden Faktor als Adjuvans – so nennen Sie es doch – identifiziert. Kurz gesagt, man kann ein Antiserum und einen Impfstoff herstellen. Sind Sie noch da, Doktor?"

Saracens Knie waren weich geworden. „Ich bin noch da", antwortete er schwach. „Sie werden die Stadt also nicht vernichten?"

„Ich weiß nicht, wovon Sie sprechen, Doktor."

„Gott sei Dank", flüsterte Saracen.

„Sie sagten, daß Sie uns zeigen können, wie wir zu den Ratten gelangen?"

„Ja, aber es wird wahrscheinlich nicht möglich sein, sie auszuräuchern. Die unterirdischen Gewölbe sind zu groß."

„Der Feldwebel war der gleichen Ansicht", bestätigte Beasdale. „Wir werden Parapalm verwenden, eine Art flüssiges Feuer, das auch in die kleinsten Winkel und Löcher vordringt. Es wird unter der Erde genügend Hitze erzeugen, um alles einzuäschern, was sich dort befindet."

„Und Sie haben es zufällig zur Hand", murmelte Saracen.

„Kann ich sonst etwas für Sie tun, Doktor?" fragte Beasdale, ohne auf Saracens Bemerkung einzugehen. „Soll ich mich mit jemandem in Verbindung setzen? Wir haben alle angenommen, daß Sie tot sind."

„Ja, es gibt jemanden. Ich möchte, daß Sie sich mit Schwester Jill Rawlings im Städtischen Krankenhaus in Verbindung setzen."

„Was soll ich ihr ausrichten?"

„Sagen Sie ihr – sagen Sie ihr, daß ich sie über alles liebe."

Saracen verschwamm allmählich alles vor den Augen. Gegen die Pest aus der Abtei sollte also Feuer eingesetzt werden, genau wie vor Hunderten von Jahren. Der Skelmoris-Kelch befand sich wieder in Sicherheit. Diejenigen, die gewagt hatten, ihn zu berühren, waren umgekommen.

Nur ein Zufall, nur eine Legende.

Saracen lächelte und wurde ohnmächtig.

„Der arme Kerl", sagte ein Soldat. „Er muß vollkommen fertig sein."

Ken McClure

Ken McClure lebt und arbeitet in Edinburgh. Vor vier Jahren las er in der Lokalzeitung eine Notiz, die ihn dazu inspirierte, *Der Schwarze Tod* zu schreiben. In dem Artikel stand, daß man Gräber von Pesttoten unter einer Kirche der Stadt gefunden habe und daß man sofort Experten herbeigeholt habe, um feststellen zu lassen, ob von den menschlichen Überresten auch wirklich keinerlei Ansteckungsgefahr mehr ausgehe. „Daraufhin überlegte ich, was gewesen wäre, wenn die Krankheitserreger beispielsweise in einer unentdeckten Rattenkolonie weitergelebt hätten, die auf einmal von Menschen gestört wurde. Plötzlich würde die Krankheit wieder bei den Menschen ausbrechen, ohne daß diese wüßten, woher sie kam. Und genau das passiert in *Der Schwarze Tod*", erzählt der Autor. Zwar gibt er zu, daß die in dem Roman geschilderte Situation ungewöhnlich sei, betont jedoch, daß sie durchaus vorstellbar sei. „Es ist eine weitverbreitete, aber trotzdem falsche Annahme, daß die Pest eine Krankheit des Mittelalters ist. Jedes Jahr erkranken Menschen in Südostasien an der Seuche. Der Hauptgrund dafür, daß sich die Krankheit aber so gut wie nie mehr zu einer Epidemie ausweitet, ist, daß es mittlerweile Medikamente gegen sie gibt."

Ken McClure weiß, wovon er spricht. Er ist Bakteriologe und hat an verschiedenen Krankenhäusern gearbeitet, bevor er zum „Medical Research Council" der Universität Edinburgh ging, um sich dort der Erforschung der Genetik von Bakterien zu widmen. Mit dem Schreiben von Romanen hat er 1983 angefangen, nachdem er von einer Forschungsreise nach Israel zurückkam. „Ich habe dort so viel erlebt, und mein Kopf war so voller Ideen, daß ich gar nicht anders konnte, als sie niederzuschreiben." Ken McClure verfaßt die Romane in seiner Freizeit und genießt nach eigenem Bekunden sein Doppelleben als Wissenschaftler und Autor.

Auf der Fährte der Silberwölfin

EINE KURZFASSUNG DES BUCHES VON
Robert Franklin Leslie

NACH DER ÜBERSETZUNG
VON GISELA
BISCHOF-ELTEN

„Obwohl Greg weder einen Laut noch eine Bewegung wahrgenommen hatte, blickte er intuitiv auf und schaute in das undurchdringliche Dunkel jenseits des Lagerfeuers. Ganz knapp außerhalb des vom Feuer verbreiteten Lichtkreises stand der größte, majestätischste Wolf, den er je gesehen hatte. Kein Zweifel: das mußte Náhani sein. Ihr Fell glänzte wie geschmolzenes Silber. Sie erwiderte Gregs Blick, dann zog sie sich in das dunkle Dickicht der Tannen und Espen zurück und verschwand so lautlos wie eine Eule."

Náhani

Wie ein leuchtend enzianblauer Gürtel umfängt eine Seenkette jenen Teil der nördlichen Wildnis Britisch-Kolumbiens, der sich wie ein Wohlstandsbauch gen Süden ins Landesinnere schiebt. Insgesamt sind es mehr als fünfzig Gebirgsseen von bis zu zweihundert Kilometer Länge, die sich durch schluchtenreiches Canyongebiet winden und Namen wie Babinesee, Taklasee, Trembleursee, Stuartsee oder Nakinileraksee tragen.

Der Babinesee und der Taklasee, die längsten von ihnen, liegen in Gräben zwischen der Babinekette im Westen und dem Hogemgebirgszug im Osten. Ein alter indianischer Handelspfad, der die wenigen einfachen, oft mehr als fünfzig Kilometer voneinander entfernten Bergsiedlungen im Babine-Takla-Gebiet verbindet, führt am oberen Rand des Fridaysees entlang, des nördlichsten von fünf Gebirgsseen. Im Winter ziehen hier gelegentlich bejahrte Trapper der Carrier-Indianer entlang, während im Sommer eine Handvoll unerschrockener Goldsucher den Traum vom großen Reichtum auf diesem entlegenen Fußpfad verfolgt. Etwa zehn Kilometer weiter südlich stößt man nach einer kurzen Morgenwanderung auf den Spuren eines Wildwechsels auf den Nakinileraksee, ein Kleinod inmitten der Wildnis, acht Kilometer lang und achthundert Meter breit.

Es war im Juli des Jahres 1964. In der Nähe einer Schlucht, aus der sich ein Gebirgsbach in den Nakinileraksee ergießt, hatte auf einer Landzunge ein junger Indianer, großgewachsen, kräftig und mit schulterlangem Haar, im Schutz von Sitkatannen und Zitterpappeln sein Lager aufgeschlagen. Sein Name war Gregory Tah-Kloma. In den ersten zehn Tagen des Juli hatte er im Flußbett nahe seinem Lager Gold gewaschen. Vor Tausenden von Jahren hatten abschmelzende Eiszeitgletscher in den Felsspalten der Uferböschung Geröllablagerungen hinterlassen, in denen winzige Körnchen von Waschgold, nicht größer als Stecknadelköpfe, zu finden waren. Etwa zwei Monate blieben Gregory Tah-Kloma nun noch, ehe ihn die Schneestürme Ende September oder Anfang Oktober über den ehemaligen Handelsweg zurücktreiben würden in die indianische, mit zahlreichen Totempfählen geschmückte Siedlung Hazelton. Dort hatte er seinen Kombiwagen bei einem Freund untergestellt. Goldsucher verfluchten die Neunzigkilometerstrecke zwischen dem Fridaysee und Hazelton wegen ihrer tückischen, lebensgefährlichen Hindernisse wie Verwehungen, Eisspalten und Erdrutsche.

Eines Morgens saß Greg kurz nach dem Frühstück müßig auf einem angeschwemmten Baumstamm an seinem Lagerfeuer. Es machte ihm Spaß, die gut neunhundert Gramm „Staub“ zu befingern, die er bei seiner Suche gesammelt hatte – ein Zusatzeinkommen, das seinen Winterverdienst in der Raffinerie bei Prince George erfreulich aufbessern würde. Hätte Gold eine andere Farbe, so überlegte er, dann würde man das Edelmetall viel weniger hoch bewerten. Die Chimmesyans, deren Stamm er angehörte, pflegten zu sagen: „Gold ist im Fels gefangene Sonne.“

Als er gerade seine kostbare Beute in einer Seitentasche seines Rucksacks verstaute, bemerkte er einen Mann, der sich vom Südufer des Nakinileraksees aus langsam in seine Richtung vorwärts kämpfte. Es schien sich um einen Mann mittleren Alters zu handeln, und aus der Tatsache, daß er ein Stirnband um den Kopf gelegt hatte, mittels dessen er einen schweren Korb trug, schloß Greg, daß es sich um einen Carrier handeln mußte. Ganz offensichtlich mitgenommen von seinem langen Geländemarsch, hielt er alle vier oder fünf Schritte inne und stützte sich mit seiner Rechten schwer auf seinen Bergstock. Da er in der anderen Hand einen Karabiner hielt, mit dem er zugleich seinen Gang ausbalancierte, schwang sein linker Arm wie der Schaft eines Pendels hin und her.

„Guten Morgen!“ grüßte der Fremde, als er langsam auf das rauchende Lagerfeuer zuschlurfte. Der auffallende Überbiß, der bei seinem Lächeln sichtbar wurde, erinnerte Greg an „Bugs Bunny“, das Kaninchen aus den Zeichentrickfilmen. „Mein Name ist Eugene Charley. Bist du schon lange hier?“

„Ich kam vor dem Mond des rollenden Donners“, sagte Greg. Für einen Indianer hieß das Anfang Juli.

„Wenn du dich schon so lange in dieser Gegend aufhältst, hast du vielleicht etwas Neues von Náhani gehört? Oder hast du sie sogar gesehen?" Als Eugene Charley den Namen „Náhani" aussprach, zog er dabei die Oberlippe hoch wie ein wieherndes Maultier. Dann öffnete er den Verschluß seiner Winchester, um die Kammer zu überprüfen. In der Sonne blitzte eine Patronenhülse auf.

Greg lud den Ankömmling ein, sich zu ihm auf den Baumstamm zu setzen und das schwere Gepäck abzulegen. Grinsend nahm sein Gast den angebotenen Kaffee und eine mit indianischem Tabak gestopfte Pfeife entgegen.

„Wer ist Náhani?" fragte Greg.

Charley spuckte ins Feuer. „Die große Silberwölfin. Anführerin des gefährlichsten Wolfsrudels in ganz Kanada. Ich beobachte diese Wölfe schon, seit vor gut einem Jahr ein ansehnliches Kopfgeld auf Náhani ausgesetzt worden ist. Sie jagen irgendwo südlich von hier. Sieh dich vor ihnen vor. Wenn sie hierher zurückkommen, werden sie sich an deinen Knochen gütlich tun. Sie überwintern nämlich hier am Nakinileraksee." Mit lauernden Blicken beobachtete er, wie Greg auf diese Nachricht reagieren würde.

„Weshalb sollte ich Angst vor Wölfen haben?"

„Bist du denn bewaffnet?"

Bei dieser Frage wurde Greg vorsichtig. Er hielt zwar jeden Menschen bis zum Beweis des Gegenteils für vertrauenswürdig, aber dieser Eugene Charley schien zwei Gesichter zu besitzen. Vielleicht nahm er an, daß Gregs Goldfunde lohnend gewesen waren. Während er an der Pfeife gezogen hatte, waren seine Blicke jedenfalls immer wieder zwischen Gregs Waschpfanne und der Schaufel hin- und hergewandert.

„Ich bin jederzeit bereit, mich zu verteidigen", entgegnete Greg daher, ohne zuzugeben, daß er keine Feuerwaffen bei sich trug. „Erzähl mir mehr über diese Náhani."

„Náhani bedeutet ‚die Glänzende'. Wir Carriers nennen sie ‚Silberfell'. Sie ist acht, vielleicht zehn Jahre alt, für einen Timberwolf ungewöhnlich groß und führt zwanzig bis dreißig von diesen Mörderbestien an, die genaue Zahl weiß keiner. Bisher hat noch niemand auch nur einen Schuß auf dieses Rudel abfeuern können. Náhani riecht ein Gewehr kilometerweit. Diese Wölfe haben Kälber gerissen und Fallen ausgeraubt, und vor kurzem sind sogar Menschen verschwunden. Wenn das Kopfgeld anständig erhöht wird, werde ich sie schon aufspüren, darauf kannst du dich verlassen."

Greg verbarg seine Erleichterung, als Eugene Charley seine Einladung, über Nacht zu bleiben, abschlug und erklärte, er wolle weiter zur Pendletonbai am Babinesee. Dort gab es eine Sägemühle, die im Herbst Männer einstellte, um die im Sommer gefällten Baumstämme zu den Greiferlifts zu ziehen. Charley mußte sich beeilen, rechtzeitig dort einzutreffen, sonst heuerte die Sägemühle Tsimshians an. Deshalb wollte er auch nicht dem Handelspfad folgen, sondern den kürzesten Weg quer durch den Wald nehmen. Auf diese Weise würde er Zeit gewinnen und konnte unterwegs vielleicht sogar noch „ein Fell einfangen".

„Ich versichere dir, du wirst ein furchtbares Ende finden, wenn du hierbleibst", sagte er, als er sich mit Handschlag verabschiedete. „Náhanis böse Geister werden dich bei lebendigem Leib verschlingen!"

„Bangemachen gilt nicht!" erwiderte Greg laut. Insgeheim aber dachte er: Das ist nur das dumme Gerede eines Kopfgeldjägers mit gespaltener Zunge, der wilde Geschichten erzählt, um die ausgesetzte Prämie hochzutreiben.

Trotzdem hatte Greg das kurze Treffen mit Eugene Charley einigen Stoff zum Nachdenken geliefert. Seine bisherigen Erfahrungen mit Wölfen sagten ihm, daß Náhani und ihre „bösen Geister" – wenn sie denn überhaupt außerhalb alkoholumnebelter Phantasievorstellungen von Carriers existierten – nicht so gefährlich waren, wie Charley vorgab, es sei denn, es handelte sich um tollwutinfizierte Außenseiter. Er erinnerte sich daran, daß eine kanadische Zeitung jahrelang eine beachtliche Summe für jeden Nachweis ausgesetzt hatte, daß ein Wolf einen Menschen angegriffen hätte, ohne zuvor provoziert worden zu sein. Das Geld war kein einziges Mal beansprucht worden. In einer dunklen Nacht mitten in der Wildnis war dies ein tröstlicher Gedanke, denn Greg war allein und unbewaffnet, und in der Welt der Raubtiere gab es kaum etwas Kühneres und Wagemutigeres als ein gutorganisiertes Rudel von Timberwölfen.

IN DER dritten Nacht nach dem Auftauchen von Eugene Charley hockte Greg dicht an den flackernden Flammen des Lagerfeuers, um den Duft von süßem Balsamholz und Faulbaumrinde einzuatmen. Er hatte beobachtet, wie der Große Bär eine Stunde nach Monduntergang über den nördlichen Zenit gewandert war.

Im Wald regte sich nichts, auch nicht die kleinste Brise. Obwohl Greg weder einen Laut noch eine Bewegung wahrgenommen hatte, blickte er intuitiv auf und schaute in das undurchdringliche Dunkel jenseits des Lagerfeuers. Ganz knapp außerhalb des vom Feuer verbreiteten Lichtkreises stand der größte, majestätischste Wolf, den er je gesehen hatte. Nach Charleys Beschreibung bestand kein Zweifel: Das mußte Náhani sein. Ihr Fell glänzte wie geschmolzenes Silber. Sie erwiderte Gregs Blick, dann zog sie sich in das dunkle Dickicht der Tannen und Espen zurück und verschwand so lautlos wie eine Eule.

Im ersten Augenblick hatte Greg eine unbestimmte Angst überkommen, doch nach dem Anfangsschreck hatte er festgestellt, daß die Wölfin den Kopf und den buschigen Schwanz aufgerichtet und die Lefzen nicht hochgezogen hatte, um die Fänge zu entblößen – alles Anzeichen, daß sie keine Angriffshaltung einnahm. Sie schien zudem allein zu sein, was höchst ungewöhnlich war.

Greg kroch in seinen Schlafsack und schlief gleich darauf ein. Um Mitternacht erwachte er davon, daß ein Wolfschor unten am See ein Geheul anstimmte, was sich mehrfach wiederholte. Der junge Indianer schlüpfte aus dem Schlafsack und rannte zum Seeufer in der Hoffnung, einen Blick auf das Rudel werfen zu können. Aber die Wölfe hörten ihn kommen und verschwanden eilig im Walddickicht. Als der Morgen graute, ließen sie ihr Geheul erneut vernehmen, nunmehr von einem entlegenen Ort im Vorgebirge etwa zwei Kilometer östlich des Sees. Náhani und ihr Rudel hatten offenbar den Berghang dort als Aufenthaltsort gewählt. Greg hoffte, daß seine Gegenwart sie nicht stören würde.

Am nächsten Tag beobachteten die Wölfe von Sonnenaufgang bis zum Einbruch der Dunkelheit jede Bewegung des jungen Mannes. Ohne auch nur einen Zweig abzubrechen oder auf ein raschelndes Blatt zu treten, huschten sie geisterhaft durch den Wald und lugten hinter Sträuchern und Felsbrocken hervor. Greg spürte ihre durchdringenden Blicke und bemerkte gelegentlich eine rasche Bewegung, aber er war nicht in der Lage, einen leibhaftigen Wolf zu erkennen. So ließ er den Tag müßig verstreichen, trieb sich am Seeufer umher oder setzte sich rittlings auf den Baumstamm im Lager, so daß er jederzeit gut sichtbar war. Wenn er es für nötig hielt, sich vorwärts zu bewegen, tat er das auf allen vieren. Diese Technik benutzten Chimmesyans oft, um sich mit Raubtieren anzufreunden. Als er versuchte, ihr sporadisches Geheul nachzuahmen, antworteten sie ihm mit einem kurzen Bellen oder Knurren – nicht feindselig, aber auch nicht freundlich. Auf die Töne seiner Mundharmonika reagierten sie mit Schweigen. Offenbar interessierte sie die Musik der Menschen nicht.

Am Abend beschloß Greg, ein Wagnis einzugehen: Er wollte sich an das Rudel heranschleichen. Da die Wölfe offensichtlich das bewaldete, hügelige Gebiet bevorzugten, wählte Greg den Weg am See entlang. Nach etwa einem Kilometer verengte sich das östliche Seeufer und ging in eine felsige, mit Gestrüpp bestandene Böschung über. Greg hoffte, daß es ihm in der vom Mondlicht erhellten Nacht möglich sein würde, näher an das Rudel heranzukommen. Er war kaum einige hundert Meter weit gelaufen, als am Berghang, etwa zehn Meter oberhalb von ihm, ein Tier eilends durch das Unterholz brach. Größe und Farbe ließen keinen Irrtum zu: Es war die Wölfin, die sich ihm in der Nacht zuvor gezeigt hatte. Obwohl sie nur ein paar flüchtige Augenblicke zu sehen war, als sie durch das schützende Gebüsch jagte, erschien sie doch als das beeindruckendste Tier, das ihm jemals begegnet war.

Schließlich trat Greg den Rückweg ins Lager an. Auch die Wölfin schlug diese Richtung ein. Auf dem Heimweg kam sie ein wenig näher heran als zuvor, war aber anscheinend noch nicht bereit zu riskieren, daß man ihr Verhalten als Geste des Vertrauens oder des Entgegenkommens hätte deuten können. Andererseits konnte der junge Mann auch keinerlei Anzeichen von Feindseligkeit entdecken. Er sah, daß viele seiner eigenen Spuren von Wolfsspuren fast ausgelöscht worden waren. Er hatte nicht einmal geahnt, daß sie ihm so dicht gefolgt waren.

Der See lag vor ihm wie ein eisiger Saphir. Baumschatten und Wasservögel wiegten sich in einer leichten Brise. Je mehr sich

Greg seinem Lagerplatz näherte, um so deutlicher spürte er, daß eine dichtgedrängte Menge im Unterholz dem gleichen Ziel zustrebte – große Schattengestalten, die sich nur durch ein kaum merkliches Geräusch verrieten, wenn sie sich durch trockenes Gebüsch und rankendes Gestrüpp vorwärts bewegten. Kein Wunder, daß die Carrier das Rudel respektvoll als Geister verehrten.

Wenn die Wölfe vorhatten, ihn anzugreifen, so würde das geschehen, bevor er ins Lager zurückgekehrt war, davon war Greg überzeugt. Doch nichts dergleichen passierte; sie verschwanden einfach im Wald am Berghang. Greg erreichte sein Lager kurz vor Monduntergang, und das Tageslicht brach schon herein, als er sich seiner Feuerstelle zuwandte und die Glut der noch glimmenden Asche neu entfachte. Dann ließ er sich ins weiche Gras nieder, streckte die Beine aus und rauchte, bequem gegen den Stamm des angeschwemmten Baums gelehnt, seine Pfeife. Eugene Charley hatte mit gespaltener Zunge gesprochen.

Am nächsten Morgen spürte Greg, daß eine Veränderung eingetreten war. Die Wölfe kamen von dem großen Berghang im Osten des Sees zu seiner Landzunge hinunter – zwar nicht näher an das Lager heran als zuvor, aber sie machten keine Anstalten mehr, sich vor ihm zu verbergen. Es schien ihm, daß das ganze Rudel weniger ängstlich und vorsichtig war. Dennoch beschloß Greg, seine Goldwäscherei nicht fortzusetzen. Als erfahrener Waldläufer fühlte er sich in der Gesellschaft von zwei Dutzend Timberwölfen nicht gerade behaglich.

Von nun an kümmerten sich die Wölfe tagsüber nicht mehr um ihn. Sie wirkten unbekümmert, solange er auf allen vieren im Lager umherlief; sobald er aber wieder aufrechte Haltung annahm, verhielten sie sich sofort abwehrbereit. Einige ältere Wolfspaare wagten sich auf die Wiese zwischen seinem Lagerplatz und dem Gebirgsbach vor, während jüngere Wölfe sich am Ufer herumbalgten oder im See schwammen. Fast das ganze Rudel ging mindestens einmal täglich schwimmen.

Vier Tage später bemerkte Greg, wie Náhani in Sichtweite von ihm über eine Stunde lang auf einem kaum bewaldeten Bergkamm saß. Es war das erste Mal, daß er sie bei Tageslicht erblickte.

Eine Woche lang unternahm Greg immer wieder nächtliche Spaziergänge am Ostufer, und jedesmal folgten ihm lautlos sechs bis zwölf Wölfe im Unterholz am Waldrand. Schließlich kamen Náhani und vier erwachsene Wölfe bis auf fünfzehn Meter heran, als er sich zwei Kilometer von seinem Lagerplatz entfernt an das Ufer setzte und Steinchen in den See warf. Greg schien es, als wollten sie feststellen, ob man ihm wohl trauen dürfe. Auf dem Rückweg folgten sie ihm, wobei sie gelegentlich schnaubten, winselten oder knurrten, und sie drehten erst ab, als er den Bach überquerte und sich in sein Lager zurückzog. Zahlreiche Wolfsspuren verrieten ihm, daß seine Ausrüstung in seiner Abwesenheit eingehend inspiziert worden war.

In der siebten Nacht war es soweit. Obwohl Greg mehr oder weniger erwartet hatte, daß sie kommen würde, standen ihm doch alle Haare zu Berge, und es überlief ihn ein banger Schauder, als die stolze Wölfin langsam aus dem Schatten heraustrat und entschlossen den Lichtkreis des Lagerfeuers durchbrach. Sie schnüffelte kurz und sog die schweißgetränkte Luft ein, dann lief sie zum entfernten Ende des Baumstammes und ließ sich dort mit Blick auf das prasselnde Feuer nieder. Lagerfeuer haben Wölfe schon immer angezogen, und so mancher Waldgänger hat diese Neugier falsch verstanden und für einen Angriff gehalten. Náhani saß so regungslos da, als wäre sie ausgestopft. Nichts war zu vernehmen außer ihrem tiefen rhythmischen Atmen.

Die Wölfin und Gregory Tah-Kloma blickten einander an, und mit diesen Blicken begann ihre Freundschaft, geboren aus einer gegenseitigen Faszination, deren sich keiner von beiden entziehen konnte. Greg fühlte, daß Náhani als Herrin des Rudels etwas ganz Besonderes war, anders als ihre Artgenossen, ganz für sich, allein, stolz und einsam. Immer wieder schauten sie einander an, und jedesmal schien das Einvernehmen zwischen ihnen zu wachsen. Eine vorerst noch sehr lose, unsichere Verbindung entstand, die die tiefe Kluft der Verständigung zwischen Mensch und Wolf zu überbrücken versuchte.

Greg unternahm an diesem Abend keinerlei Anstalten, sich Náhani weiter zu nähern. Nach einer Stunde schweigender „Unterhaltung" stand die Wölfin auf und lief langsam auf die Berge östlich des Sees zu. Greg folgte ihr ganz dicht auf allen vieren, bis sie über den Bach sprang und im Wald verschwand.

Am nächsten Abend saßen Greg und Náhani fast in Reichweite voneinander bei dem Baumstamm und lauschten auf die Stimmen der Wildnis, die zu vollem Leben erwacht war: das Trompeten eines Elchbullen, den Schrei der großen Graueule, das Geschnatter von Wildgänsen, die auf dem See miteinander stritten. Immer wieder trafen sich ihre Blicke, wenn sie beobachteten, wie Sternschnuppen am von Nordlichtern erleuchteten Himmel ihre Bahn zogen und verglühten. So saßen sie da, bis gegen vier Uhr morgens die Dunkelheit der Nacht der bernsteinfarbenen Helle des frühen Morgens wich. Nirgendwo war ein Laut zu hören; es herrschte eine Stimmung, wie es sie nur in der Dämmerung eines Sommermorgens im Seengebiet von Britisch-Kolumbien gibt.

Als ein Wolf von Náhanis Rudel laut den anbrechenden Tag begrüßte, sprang sie auf und verließ das Lager. Greg kroch in seinen Schlafsack und schlief ein mit der Gewißheit, daß das aufkeimende Vertrauen zwischen der Wölfin und ihm sich allmählich zu festigen begann.

Wie man einen Wolf kennenlernt

ALS NÁHANI in der dritten Nacht in Gregs Lager erschien, war die große Silberwölfin unverkennbar blendender Laune. Sie bellte ausgelassen, wedelte mit dem Schwanz und schien mit ihren Blicken ihre Begeisterung zeigen zu wollen. Mit hocherhobenem Kopf, leicht geöffneter Schnauze und aufgerichtetem Schwanz trabte sie um das Lagerfeuer herum. Greg verstand ihr Verhalten eine Zeitlang nicht, bis ihm der Gedanke kam, daß der Ausdruck ihrer gehobenen Stimmung gar nicht *ihm* galt.

Acht dunkle Wolfsrüden, jeder gut zehn Kilogramm leichter als Náhani, liefen unterdessen rastlos auf der Wiese zwischen Gregs Lager und dem Seezufluß hin und her. Sie bellten, knurrten und winselten wie Kettenhunde und forderten ungeduldig etwas von Náhani, das Greg nicht verstand. Plötzlich legte die Wölfin ganz unerwartet die Vorderpfoten auf den Baumstamm und gab ein kurzes, strenges Kommando. Sofort schwiegen die acht Rüden gehorsam und zogen in einer langen Reihe auf dem Wildwechsel davon, der zum Fridaysee führte.

Náhani blieb einen halben Meter von Greg entfernt sitzen, während er an den Baumstamm gelehnt dasaß und Pfeife rauchte. Sie blieb, bis die Rüden etwa eine Stunde vor Sonnenaufgang zurückkamen, und verschwand dann mit ihnen und dem Rest ihres Rudels.

Als Greg an diesem Nachmittag auf allen vieren zum Bach kroch, balgten sich sechs erwachsene Wölfe und drei Jungtiere am sonnigen Ufer des Sees. Sie warfen ihm einen kurzen, erkennenden Seitenblick zu, beachteten ihn aber nicht weiter. Sie waren offensichtlich satt gefressen und zufrieden. Das lieferte Greg denn auch die Erklärung für den Besuch der achtköpfigen Wolfsgruppe in der vorangegangenen Nacht: Die Rüden waren eine Jagdmeute gewesen und hatten irgendwo zwischen dem Nakinileraksee und dem Fridaysee Wild gerissen. Mit Ausnahme des „gemeinsamen" Mondscheinspaziergangs am Seeufer war Náhani bislang noch nie vor elf Uhr nachts bei Greg erschienen, doch an diesem Nachmittag kam sie erstmals zu einem frühen Besuch ins Lager. Ihr gutgefüllter Bauch zeigte unverkennbar, daß auch sie sich an einem Kadaver gütlich getan hatte.

Wann auch immer Náhani sich ihrem Rudel zeigte, wurde sofort deutlich, daß sie die Anführerin war. In seinem Tagebuch hielt Greg fest, wie Náhani ihren Herrschaftsanspruch über ihre Umgebung zeigte: „Sie muß mindestens zehn Kilo mehr wiegen als ihr größter Unterführer, und in der Welt der Tiere zählen Gewicht, Schnelligkeit und Mut am meisten. Kommt außerdem Verstand hinzu, so sind sämtliche Voraussetzungen erfüllt, um eine Führungsposition einzunehmen. Náhani besitzt alle diese Qualitäten. Jeder Wolf merkt auf und steht stramm, wenn sie erscheint. Nach einer schnellen Runde, bei der sie die Hinterteile beschnüffelt, um sicherzugehen, daß kein Fremder in das Rudel eingedrungen ist, macht sie sich daran, die anderen Weibchen einzuschüchtern, damit diese nicht vergessen, wer das Sagen hat. Sie unterwirft sich keinem der Rüden. Das bedeutet, daß sie entweder ihren Partner verloren oder nie einen besessen hat. Es ist wirklich lustig, dabei zuzusehen, wie sie sich jedem Wolf ihres Rudels zuwendet und ihn mit Gunstbeweisen verwöhnt, nachdem sie noch wenige Augenblicke zuvor einige von ihnen richtiggehend fertiggemacht hat. Und noch etwas ist auffallend: Sie hebt ihren Hinterlauf und pinkelt auf Felsblöcke und Baumstümpfe genau wie ein Männchen."

Greg wußte, daß ein erwachsenes Rudelmitglied in vier Stunden hundertzwanzig Kilometer und mehr zurücklegen kann, und er vermutete, daß vor der Rückkehr des Rudels in das angestammte Revier einige Kundschafter sein Lager mehrfach genau in Augenschein genommen und Náhani „Bericht erstattet" hatten. Greg hielt es sogar für denkbar, daß Náhani selbst ihn und seine Gewohnheiten geprüft hatte, ehe sie ihre Schützlinge zum Nakinileraksee zurückgeführt hatte. Eines war jedenfalls sicher: Die Wölfe hatten ihr Quartier erst wieder bezogen, nachdem sie den Menschen, der in der Nähe ihres Reviers kampierte, genau beobachtet hatten.

Als das Rudel die Anwesenheit eines menschlichen Wesens in der Nähe seines Berghangs mehr oder weniger akzeptiert hatte, nahm Greg die meisten seiner üblichen Aktivitäten, darunter auch das Goldwaschen, wieder auf, und zwar nun in leicht gebückter Haltung statt auf allen vieren. Aber obgleich sich das Rudel schnell an ihn gewöhnt hatte, stellte Greg doch fest, daß es zwei alte, auffällig hinkende Tiere mit besonders dichtem schwarzem Fell gab, die ihm mit gebleckten Zähnen und geifernden Lefzen auswichen, wenn er sich nicht auf allen vieren vorwärts bewegte. Wenn sie am Ufer oder auf der Wiese schliefen, stellte sich Greg auf ihre Gegenwart ein, indem er weiter auf allen vieren lief, und als er merkte, daß seine Arbeit das ganze Rudel beunruhigte, hörte er mit dem Goldwaschen sofort wieder auf.

Náhani akzeptierte es als erste, als er aufrecht zu gehen begann. Eines Abends kam sie ins Lager, als Greg gerade Lachse zum Abendessen in der Asche gegart hatte. Schon mehrmals zuvor hatte sie rohen Fisch zunächst zurückgewiesen, ihn aber verschlungen, wenn er gebacken oder gebraten war. Diesmal fraß sie erst einen Fisch und nahm dann noch einen weiteren, den sie zum Berghang jenseits des Baches trug. Wahrscheinlich fütterte sie damit ein Mitglied ihres Rudels, das sich nicht selbst versorgen konnte. Kurz darauf kam sie ins Lager zurück und ließ sich am Baumstamm nieder. Mit ihren Blicken verfolgte sie alle Handlungen, die Greg ganz bewußt in aufrechter Position vornahm. Plötzlich sprang sie direkt vor ihn und versperrte ihm den Weg. Zunächst sah es so aus, als wollte sie damit gegen seine aufrechte Haltung protestieren, aber dann stellte sie sich auf die Hinterbeine, richtete sich auf und legte ihm die Vorderpfoten auf die Schultern. Der völlig überraschte Greg strauchelte unter Náhanis beachtlichem Gewicht von immerhin rund 65 Kilo, und beinahe

wäre er rücklings ins Feuer gestolpert. Noch weniger war er aber innerlich darauf vorbereitet, ihren großen Kopf mit geöffneten Fängen und den fünf Zentimeter langen messerscharfen Zähnen unmittelbar vor seinem Gesicht zu haben. Náhani leckte ihm die Nase, gab ihm einen sanften Schubs und ließ danach von ihm ab. Von nun an sollte er noch oft erfahren, daß Náhani ihm ihre Zuneigung oft sehr ungestüm und ohne jede Vorankündigung zeigte.

Greg bewunderte Náhani. Ihre ganze Erscheinung beeindruckte ihn: ihr ungewöhnliches Silberfell; ihr geschmeidiger Gang, der rasch in ein müheloses Laufen übergehen konnte; ihre weit auseinanderstehenden, grünlich-bernsteinfarbenen Augen; die schwere, fuchsschwanzähnliche Rute, an deren Haltung jede ihrer Stimmungen und Launen abzulesen war. Aber am besten gefiel Greg ihre neuerworbene Angewohnheit, ihm die Pfoten auf die Schultern zu legen und ihm das Gesicht abzulecken.

In den ersten drei Wochen seiner Gemeinschaft mit der Wölfin versuchte Greg noch nicht, Náhani zu streicheln, nicht einmal, wenn sie nach langen Ausflügen am Ufer zu ihm ans Lagerfeuer kam und sich an ihn lehnte. Er blieb lieber zurückhaltend, denn er hielt es für unpassend, ein wildes Tier zu berühren, ehe er ganz sicher sein konnte, daß seine Geste nicht mißverstanden würde.

Gegen Ende der dritten Woche entwickelte Náhani eine unangenehme Angewohnheit: Sie nahm seine Hände, Arme oder Füße ins Maul und kaute darauf herum. Möglicherweise wollte sie ihm damit ihre Zuneigung beweisen. Wahrscheinlicher aber war es, daß sie ihre Speichelspuren hinterlassen und auf diese Weise Herrschafts- oder Besitzansprüche erheben wollte, denn als Rudelführerin konnte sie sich keine sinnlosen Spielchen erlauben. Doch Greg fand bald Abhilfe. Als er eines Tages feststellte, daß Náhani wegen ausfallender Haare das Fell juckte, nutzte er die Gelegenheit dazu, sie zum erstenmal zu berühren. Er fuhr ihr mit den Fingern durch den Pelz, um Haare auszukämmen, rieb ihren Kopf und tätschelte ihr Rücken und Bauch. Náhani gefiel das augenscheinlich sehr, und als sie merkte, daß ihr neuer Freund sich weigerte, sie zu kraulen, wenn sie darauf bestand, seine Arme und Hände mit Zähnen zu bearbeiten, die eigentlich dafür geschaffen waren, Elche und anderes Wild zu reißen, verzichtete sie darauf, menschliche Extremitäten zu benagen.

Wenn Náhani Greg besuchte, standen stets sechs bis zehn ihrer Untergebenen etwa fünfzehn Längen vom Lager entfernt und verfolgten das Kraulen und Kämmen. Sie waren jedoch nicht beunruhigt, da sie gesehen hatten, wie Náhani die Pfoten auf Gregs Schultern legte und ihm das Gesicht leckte. Auch wenn die beiden am Seeufer entlangliefen, waren die Wölfe die ganze Zeit in der Nähe. Und doch sah es bei oberflächlicher Betrachtung so aus, als wäre Náhani der einzige Wolf aus dem Rudel, der Gregs Gesellschaft suchte. Das störte ihn zunächst, denn anfangs hatte er noch versucht, sich mit anderen Wölfen anzufreunden. Jedoch mußte er erkennen, daß Náhani mit Urin, Speichel sowie der Absonderung ihrer Schwanzdrüsen und mit ihren Pfoten Duftmarken gesetzt hatte, die es den anderen verboten, sich mit ihm zu befassen.

Bald war Náhanis Schutzeskorte davon überzeugt, daß das Kraulen ihrer Anführerin nicht schadete, und die Wölfe zogen sich schließlich an das offene Ufer zurück, um dort einzeln oder im Chor ihr Geheul anzustimmen. Es gelang Greg trotz aller Bemühungen nicht, in diesem Geheul etwas anderes zu entdecken als einen Ausdruck vorübergehender Stimmungen; jedenfalls erschien es ihm anfangs nicht als ein Mittel der Verständigung. Die Wölfe heulten auch nie den Mond an. Das echte Wolfsgeheul hatte weder etwas mit der Jagd noch mit Lock- und Paarungsrufen oder „Mondsüchtigkeit" zu tun. Es schien nichts anderes auszudrücken als eine gewisse Aufregung im Rudel. In Gregs Ohren klang es wie Musik, die schönste Musik, die die Natur zu bieten hatte.

Manchmal versammelte sich das ganze Rudel, um auf geradezu vorbildliche Weise Gemeinschaftsarbeiten durchzuführen. So hielt Náhani alle Wölfe ohne eigene Junge dazu an, die Welpen anderer Rudelmitglieder zu füttern, zu beschützen und auszubilden. In regelmäßigen Abständen wurde das Quartier durch Reinigungskommandos von Knochen- und Pelzresten sowie Kot befreit. Die Anführerin bestimmte zum Schutz eines jeden kranken oder behinderten Wolfs besondere Wachen und Helfer. Ihre Führerschaft erwies sich jedoch am deutlichsten, wenn sie ihre Jagdabteilung zu sich rief und diese entweder selbst anführte oder ausschickte zu einem Ort, wo die Wölfe Wild gewittert hatten. Ohne Ausnahme wurden bei dieser Gelegenheit für jeden einzelnen Teilnehmer stets aufs neue seine Pflichten bei Angriff, Verteidigung und Flucht genau festgelegt und eingeübt.

Wenn Náhani ihre Befehle gab, reagierte das Wolfsrudel wie eine gutgeölte Maschinerie. Ansonsten jedoch zeigten sich bei den einzelnen Tieren große Unterschiede in Anlagen und Intelligenz. Aber es gab weder Kämpfe noch Streitereien unter den einzelnen Wolfsfamilien, und beim Spielen hielten sie ganz strikt die „Hackordnung" ein. Wenn sie nicht gerade ihren „Dienst" versahen, bezeugten die Wölfe, gleich welcher Generation sie angehörten, einander viel Zuneigung und Loyalität.

Eines Spätnachmittags befand sich Greg in Begleitung von Náhani auf Beerensuche am Fluß zwischen dem Fridaysee und dem akinileraksee. Auf dem Heimweg wurden sie überraschend von zwölf Mitgliedern des Rudels erwartet, die sie ins Lager zurückgeleiteten. Ganz offensichtlich waren die Wölfe erregt. Als sie sich den Hügeln näherten, vernahm Greg eine einsam klagende Stimme, ein armseliges Jammern. Greg rannte Náhani nach, die sofort über den Bach sprang und mit großen Sätzen den steilen, dichtbewachsenen Hang an der Ostseite des Sees hinaufhetzte. Als Greg völlig außer Atem oben ankam, sah er, wie die wütend bellenden und jaulenden Wölfe mit schnellen Ausfällen und mit Zähnen und Krallen immer wieder einen riesigen Grislybär angriffen, einen *Ozilenka*, wie er in der Sprache der Chimmesyans heißt.

Der 350 Kilogramm schwere Riese hatte ein herumstreunendes Wolfsjunges gestellt und es getötet. Das Jammern der Mutter hatte den anderen Wölfen die Gefahr signalisiert, und nun stand der zweieinhalb Meter große Bär hoch aufgerichtet auf seinen Hinterbeinen und langte mit mächtigen Pranken nach den fünfzehn Angreifern, die mit ansehen mußten, wie ihr einziger Feind in der Tierwelt gewaltsam in ihren Zufluchtsort eingedrungen war.

Náhani übernahm sofort das Kommando. Wie ein Indianerhäuptling leitete sie jeden der Angriffe gegen den Bären. Zweimal wurde die Wölfin von ihrem Widersacher mitten im Angriffssatz erwischt, aber sie ließ sich jedesmal ganz locker in eine von Weidenästen bedeckte Mulde fallen. Der Bär hatte in ihr natürlich die Anführerin erkannt. Er wußte, daß sie sich selbst bei jedem Angriff als Ziel anbot, um seine Aufmerksamkeit von den anderen abzulenken, die ihn von beiden Seiten her in die Zange nehmen sollten. Trotz dieser ausgetüftelten Strategie war der Bär aber schnell und stark genug, um sich jedem Manöver Náhanis zu entziehen. Ihr rauhes Heulen feuerte das Rudel zwar zu wütenden Attacken auf Schultern und Flanken des Bären an, aber sein dicker Pelz und seine lederne Haut boten den kräftigen Kiefern und den messerscharfen Zähnen ausreichend Widerstand.

Die Angriffslust der Wölfe nahm etwas ab, als der Bär mit gewaltigen Prankenhieben zwei von ihnen zu Boden schlug – den einen mit gebrochenem Genick, den anderen mit zerschmettertem Schädel. Schließlich heulte das keuchende Rudel wie mit einer Stimme auf und bildete einen weiten Kreis um den unverletzten Gegner.

Zuversichtlich, daß die Wölfe ihm Rückendeckung geben würden, ergriff Greg zwei faustgroße Steine und schleuderte sie gegen den Bären. Gleichzeitig brach er in ein Kriegsgeschrei aus, mit dem er nicht nur den Bären, sondern auch die Wölfe erschreckte. Sicherheitshalber hatte er bereits die Entfernung bis zur nächsten Tanne abgeschätzt, für den Fall, daß der Bär ihn angreifen sollte. Er vertraute auf die alte Regel: „Erwachsene Grislys klettern nicht auf Bäume."

Der Bär ließ sich nieder auf alle vier Pfoten, packte den toten Welpen und trollte sich hügelabwärts. Die Wölfe schnappten noch nach dem Hinterteil des abziehenden Bären, dann verschwand die lärmende Meute so schnell zwischen den Felsbrocken des Heidelandes, daß Greg ihr nicht mehr folgen konnte.

Bei Anbruch der Dunkelheit schleppte sich Náhani keuchend und winselnd ins Lager und ließ sich Greg vor die Füße fallen. Er hob ihren Kopf, legte ihn in seinen Schoß und strich ihr das getrocknete Blut und den Speichel aus dem Fell. Außer Rißwunden an Nacken und Flanken, die der Bär mit seinen Klauen verursacht hatte, konnte Greg keine Verwundungen entdecken. Náhani war sichtlich erschöpft, aber ihr wütender Haß hatte sich noch nicht gelegt. Ihre Unterführer lamentierten, jaulten und schnappten wütend, während sie einen regelrechten Kriegstanz um das Lager herum aufführten. Greg erkannte sofort, daß sie darauf drängten, von Náhani erneut zur Verfolgung des Grislys geleitet zu werden und den Kampf wiederaufzunehmen.

In den Tagen nach dieser tragischen Episode drillte Náhani unablässig ihre Kampfteams in jenem Berggebiet, in dem der Grisly aufgetaucht war. Sie teilte ihre Meute in zwei Truppen, die bei dem Training außerordentlich brutal miteinander umgingen.

Nach dem Kampf mit Ozilenka betrachtete das Rudel Greg mit

weniger Mißtrauen; aber immer noch wagte kein Wolf, die von der Rudelanführerin gesetzten Schranken zu durchbrechen. Von Anfang an war die Voraussetzung für Gregs Freundschaft mit Náhani eine Art unausgesprochenes Übereinkommen über beidseitige kompromißlose Unabhängigkeit und gegenseitiges Vertrauen gewesen; und um sich Náhanis Vertrauen zu erhalten, gab Greg alle weiteren Versuche auf, freundschaftliche Beziehungen zu anderen Wölfen zu entwickeln.

Niemals hatte er von Náhani Gehorsam in irgendeiner Weise verlangt. Im Gegenteil, er zeigte der Wölfin, daß er ihr ehrlich ergeben war. Wenn sie etwa an seinen Stiefeln kaute, seine Nahrung verschlang oder auf jedes Stück seiner Ausrüstung urinierte, bemühte er sich sorgfältig, nicht das geringste Anzeichen von Mißfallen zu äußern. Ob Tag oder Nacht, ein einziges Aufbellen genügte, um Greg eilends zu Náhani zu bringen, ihr am Seeufer zu folgen oder über den felsigen Gebirgskamm zu klettern, um frische Bärenspuren zu untersuchen. Wenn sie nach einem Lachsessen verlangte – das sie bestellte, indem sie ihm Fischgräten ins Lager brachte –, fischte und kochte er für sie. Nachdem er einmal ihre Körpersprache gelernt hatte, waren die Mitteilungen im allgemeinen sehr deutlich. So wurde Greg in gewissem Sinne einer von Náhanis Untergebenen.

DROHT einem Lebewesen ein vorzeitiges Ende, so glauben die Chimmesyans, es sei „in einen Speerschatten gestolpert". Greg hatte das Gefühl, daß eine solch gefahrvolle Situation eingetreten war. Er sah Unheil für das Rudel voraus, als Ozilenka, der Grislybär, zurückkam, ein weiteres Junges tötete, einen ausgewachsenen Wolf verstümmelte und unbehelligt wieder abzog. Um alles noch zu verschlimmern, fegte am 5. September ein eisiger Blizzard von der Beaufortsee über Zentral-Britisch-Kolumbien und brachte Schneeregen und Frost mit sich. Balsampappeln, Espen, Hartriegel und Erlen legten ihr leuchtendbuntes Herbstkleid an, und die Schatten der Sturmwolken ließen das dunkle Grün der Nadelbäume noch intensiver wirken.

In der gewittrigen Nacht des 18. September versammelte sich Náhanis gesamtes Rudel im Umkreis von Gregs Lager. Die Wölfe hoben die Köpfe, blinzelten in den frostigen Wind und heulten die donnernde Wolkenmasse über ihnen an. Zunächst hielt Greg dieses seltsame Ständchen für einen Freundschaftsbeweis, begriff dann aber, daß es sich hier unzweifelhaft um ein Durcheinander von Kommandorufen handelte. Zuvor hatten Náhani und er stundenlang im Windschatten seiner aufgespannten Bodenpersenning zugesehen, wie Schneeflocken in der Aschenglut des Lagerfeuers verzischten. Nun wandte die große Silberwölfin den Kopf, und Greg bemerkte, daß ihre Augen einen seltsam entrückten Ausdruck angenommen hatten. Sie war plötzlich weit von ihm entfernt.

Die Anführerin des Rudels hatte einen unvermeidlichen Entschluß gefaßt, die unausweichliche Antwort auf die fordernden Kommandorufe. Noch einmal fuhr sie schnell mit der Zunge über Gregs Gesicht, dann sprang sie auf und lief hinaus in die stürmische Dunkelheit. Sie bellte kurz, um ihr Rudel aufzufordern, ihr zu folgen.

„Náhani!" rief der junge Chimmesyan mehrfach. Aber selbst wenn sie sein Rufen durch den Wind und das Geheul ihres Rudels vernommen hätte, so hätte sie natürlich nicht gewußt, was dieses Wort bedeutete.

Die Wölfe zogen zunächst am Fridaysee entlang und dann zum Paß, der auf die Nilkitkwaebene führt. Sie hatten die Witterung einer Karibuherde aufgenommen, die in ihr Winterquartier zog.

Bis zum Oktober, dem „Mond der fallenden Blätter", waren Náhani und ihre Truppe noch nicht zurückgekommen. Greg hatte nichts mehr zu essen. Er brach das Lager ab und schulterte seinen Rucksack. Bald würde der einzige Weg aus der Wildnis unter tiefem Schnee begraben sein.

Eine Reise voller Mühen

IM JAHR 1965 kehrte Greg im Juni, dem „Mond der jungen Elche", zum Nakinileraksee zurück, um Gold zu schürfen und die Beziehung zu den Wölfen wiederaufzunehmen. Gold fand er, aber Náhani und ihr Rudel kehrten nicht zurück. Während der folgenden Herbst- und Wintermonate fragte Greg Babine-, Beaver-, Sekane- und Carrier-Indianer nach der Silberwölfin. Alle versicherten ihm, daß Männer vom Stamme der Skeena berichtet hätten, der „Geisterclan" sei im Norden der Stikineebene gesichtet worden.

Den Vorvätern, den Ureinwohnern jenes Landes, war dieses abgelegene Gebiet, zu dem im Westen die Coast Mountains und im Osten die hohen Berge der Rocky Mountains den Zugang versperrten, als „Kitiwanga“ bekannt. Heute kennen nur noch ein paar Skeenas, Tsimshians und Chimmesyans die ursprüngliche Bedeutung dieses Wortes: „nicht für Menschen“.

Innerhalb der kurzen Zeitspanne von nur zwei Jahren war Náhani unter den Nordwaldindianern zur Legende geworden. Für angebliche Schäden, die sie an Regierungsbesitz angerichtet haben sollte, hatte man auf sie eine immer höhere Prämie ausgesetzt. Kopfgeldjäger wie Eugene Charley, die solche Gerüchte gern verbreiteten, hatten nicht unwesentlich zu dieser Entwicklung beigetragen.

Greg studierte Luftbildkarten. Nachdem er sorgfältig die Mühsal, die Ausgaben und die geringe Chance, die Silberwölfin in der unerschlossenen Wildnis aufzuspüren, gegeneinander abgewogen hatte, kehrte er zu seiner Arbeit in Prince George zurück. Doch in seiner Freizeit beschäftigte er sich mit der Entwicklung eines besonders leichten Rucksacks und träumte davon, seine Suche wiederaufzunehmen.

Am 10. Juni 1966 erreichte Greg die Autoreparaturwerkstatt seines Jugendfreundes Rocky Longspear im Tsimshianort Hazelton. Fast zwanzig Monate waren vergangen, seit er Náhani und ihr Wolfsrudel zuletzt gesehen hatte. Während dieser Zeit hatte er immer wieder gehört, daß man sie auf der Stikinehochebene südlich des Flusses Skeena beobachtet hatte. Nun waren endlich die Schneemassen, die zwei aufeinanderfolgende harte Winter im Kitiwangagebiet angehäuft hatten, geschmolzen, und Greg konnte mit seiner Suche nach der Wölfin beginnen. Er stellte seinen Kombiwagen bei Rocky unter und brach auf.

Zwei erfahrene Tsimshian-Führer, die in der Nähe der Werkstatt herumlungerten, boten eifrig ihre Dienste an, bis Greg ihnen eröffnete, wohin die Reise gehen sollte. Um ihm zu beweisen, daß er nicht mehr ganz richtig im Kopf sein könne, brachten sie ihn zur Hütte von Trapper-Dan Tall-Totem. Dan hatte während der vergangenen zehn Winter am Skeena seine Fallen aufgestellt. Als der Trapper auf das Klopfen seine Tür öffnete, witterte Greg sofort Gefahr: Der stumpfe Gesichtsausdruck und die blutunterlaufenen

Augen warnten ihn. Einer der beiden Führer erklärte, weshalb sie den Trapper aufgesucht hatten.

„Du hast sie wohl nicht mehr alle!" brummte Dan in einem unmißverständlich feindseligen Ton. „Jetzt hat deine große Náhani mit ihrem Rudel schon in der zweiten Saison die ganze Ausbeute der Fallensteller nördlich des Kimolith Creek vernichtet. Sie haben die Fallen ausgegraben und losgebissen und sind dann damit abgehauen. Ich habe drei Bündel Felle verloren."

Er berichtete von einem kürzlichen Treffen mit Tlingit- und Skeena-Indianern aus dem Umland des Stikine River. Sie hatten genausoviel Pech gehabt. Die Trappervereinigung hatte daher den Preis auf Náhanis Kopf auf achthundert Dollar erhöht.

„Im kommenden Mond des rollenden Donners kannst du von deinen Spielgefährten Abschied nehmen, Mr. Wolfsmann", sagte Dan und wies mit einem zitternden Finger auf Gregs Gesicht. „Wir haben alle den Quatsch über deine Busenfreundschaft mit der verdammten Wölfin am Nakinileraksee gehört. Jeder Trapper im Kitiwanga kommt im Juli zum Treffen am Kimolith Creek. Wir werden dort alles besprechen und nicht rasten und ruhen, ehe Náhani nicht tot und abgehäutet ist."

„Weißt du denn, wo sie sich aufhält?" fragte Greg.

„Wir werden sie finden, ehe du sie findest, wo auch immer sie steckt. Im Kitiwanga gibt es keine Wege, aber wir kennen das Land wie unsere Westentasche. Du nicht. Das wär's." Er trat zurück in seine Hütte und knallte ihnen die Tür vor der Nase zu.

Die Nachricht, daß der „Wolfsmann" Gast des örtlichen Automechanikers war, verbreitete sich wie ein Lauffeuer in dem indianischen Dorf. Náhani und ihr Rudel hatten die Gemüter erhitzt und alten Aberglauben bekräftigt, denn die meisten der sechshundert Einwohner bestritten ihren Lebensunterhalt von den „Gütern des Waldes".

„Mach, daß du so schnell wie möglich hier wegkommst, Greg!" warnte Rocky. „Du solltest Trapper-Dan nicht über den Weg trauen."

„Jetzt *muß* ich sie ganz einfach finden, Rocky", sagte Greg mit Nachdruck. „Wenn irgend möglich, werde ich sie weiter nach Norden treiben. Solange das Kopfgeld hier alle verrückt macht und diese Strohköpfe alles glauben, was man ihnen erzählt . . ."

EIN FEUCHTER Chinook, ein Fallwind, wehte von der Küste her. Zwei Tage lang kämpfte sich Greg nun schon durch den windgepeitschten Regen. Schließlich erreichte er das glitschige Ufer des Flusses Skeena am Rande der Siedlung Kuldo.

Bis auf eine einzige waren die Holzhütten am rechten Ufer des angeschwollenen Skeena verlassen. Die Bewohnerin, eine verrunzelte, zahnlose Squaw, die sich Moiso nannte, lud Greg ein, die Nacht als Gast in ihrer Einzimmerbehausung zu verbringen. Das Dach leckte, das einzige Fenster war vernagelt, und auf dem rußigen eisernen Ofen in der Ecke schmurgelte ein Topf mit schon ziemlich alt riechender Hirschleber. Obwohl der Gestank kaum zu ertragen war, traute Greg sich nicht, Moisos Gastfreundschaft zu verletzen und sich im Freien wieder Wind und Wetter auszusetzen. Während sie aßen, erzählte Moiso ihm, daß die Einwohner von Kuldo unterwegs seien, um beim Handelsposten in Smithers Winterfelle gegen Lebensmittel zu tauschen.

„Felle?“ fragte er. „Ich dachte, Náhani hätte alle Fallen zerstört.“

Moiso verschluckte sich fast an dem Stück Leber, auf dem sie gerade herummümmelte. Sie rülpste heftig und krächzte: „Dummes Gewäsch!“

„Weißt du etwas von Náhani?“

„Letzten Winter kam sie nach Kuldo.“

„Trapper-Dan Tall-Totem hat gesagt, daß er und seine Männer sie im Mond des rollenden Donners töten wollen.“

„Das haben sie vor. Vielleicht werden sie es auch tun. Trapper-Dan hat schon viele gefährliche Wölfe getötet. Aber das Kitiwanga reicht bis zum Ende der Welt. Náhani läuft schneller und weiter als jeder Mensch . . . und als jeder andere Wolf.“

Später am Abend riet Moiso Greg, am rechten Ufer des Skeena weiterzuziehen, bis der Fluß einen Bogen um die Nordseite des Berges Mount Tommy Jack machte, und dann den Fluß zu überqueren, um seinen Weg durch den Iceberg Creek Canyon fortzusetzen. Wenn er denn endgültig beschlossen habe, sich in dieser unwegsamen Wildnis umzubringen, meinte sie, so solle er am Tatlatuisee kampieren und dort an den Quellen des Finlay auf Náhani warten. Moiso erzählte, sie sei als kleines Mädchen einst mit ihrem Vater dort gewesen, und behauptete, sie habe viele Silberwölfe am Tatlatuisee gesehen. Laut Moiso bedeutete *Tatlatui-meh-Náhani* „Heim der glänzenden Silberwölfe". Alle Silberwölfe kämen aus dieser Region und würden immer wieder dorthin zurückkehren.

Sobald im ersten Morgengrauen der Weg zu erkennen war, gab Greg der alten Squaw einen Dollar und brach auf in die breite Schlucht des Skeena. Fünfzehn Kilometer von Kuldo entfernt zeigten sich die ersten reichen Wildtierherden des Kitiwanga. Schneeziegen und Dickhornschafe trotteten zum Flußufer und beäugten neugierig den jungen Indianer. Hinter der großen Kehre, wo der Skeena durch eine Spalte zwischen den Sicintinebergen nach Nordwesten floß, begegnete Greg Elchen, Wapitis, Rotwild und Tagtail-Kojoten.

Der Fluß zog sich etwa fünfzig Kilometer in einer tiefen, gradlinig verlaufenden Senke dahin. Für die erste Hälfte dieser Strecke brauchte Greg viereinhalb Tage. Zwölf bis vierzehn Stunden täglich suchte er sich mühsam einen Weg. Er war schon froh, wenn er auf der scharfkantigen felsigen Uferböschung wenigstens fünfzig Meter problemlos vorankam. Immer wieder ging es nicht weiter, und dann gab es für Greg keine andere Möglichkeit, als den Berghang hinaufzuklettern, bis zu 1800 Meter Höhe, über die Baumgrenze hinaus. Da er sich in dieser entlegenen Wildnis nicht die Knochen brechen oder auch nur einen Knöchel verrenken wollte, minderte Greg sein Tempo, auch wenn ihm bewußt war, daß er dadurch kostbare Zeit verlor.

Herabhängende Tannenzweige, die sich fast bis zum Unterholz ausbreiteten, erschwerten ebenfalls das Vorwärtskommen. Aber trotz all dieser Beschwernisse, trotz dichter Mückenschwärme, tiefhängender Äste, Stolperfallen und unwegsamen Terrains wurde Greg von der Vielfalt der Lebensformen im Gebiet des wilden, unberührten Kitiwanga immer mehr in Bann gezogen. Bei alledem verlor er jedoch nie sein Ziel aus den Augen: Náhani zu finden, ehe die Trapper und Preisgeldjäger sie aufspürten.

Solange er in der zunehmend enger werdenden Schlucht des Skeena dem Flußlauf folgte, war es fast unmöglich, sich zu verirren. Den Iceberg Creek hätte er allerdings beinahe verpaßt, was einen Umweg von vierzig Kilometern bedeutet hätte. Er entdeckte, daß der kleine Wasserlauf fast im verborgenen in den Skeena mündete, hinter einem Vorhang aus Trauerweiden und Espen, so als wäre er absichtlich gegen Blicke vom rechten Ufer abgeschirmt. Aber Moiso hatte den Weg gut beschrieben.

Nach dem Zufluß des Iceberg Creek toste der nun fünfzig Meter breite Skeena mit reißenden Stromschnellen dahin, tief, eiskalt und tödlich. Weit und breit war keine Furt zu sehen. Auf die andere Seite des Skeena zu gelangen war ein gewagtes Unternehmen. Greg schien vorerst keine andere Wahl zu haben, als am rechten Flußufer weiterzugehen. Da es bereits dämmerte, schlug er sein Nachtlager auf.

Am nächsten Morgen war er gerade ein paar hundert Meter an dem schäumenden Fluß entlanggelaufen, als er auf mehrere ineinander verkeilte Treibholzstämme stieß. Ein Floß! Er brachte den Vormittag damit zu, geeignete Stämme aus dem Wasser zu fischen und sie aneinanderzubinden. Hierfür benutzte er das Nylonseil, mit dem er sonst nachts seine Vorräte auf Bäume hinaufzog, um sie vor Tieren zu schützen. Dann fällte er eine junge Tanne, um daraus ein etwa drei Meter langes Bremsruder anzufertigen, mit dem er das Floß in dem rasch dahinströmenden Wasser steuern wollte.

Nachdem Greg sich ausgezogen und seine Kleidung und seinen Rucksack vorn festgebunden hatte, ließ er das Floß ins Wasser gleiten. Doch als er es besteigen wollte, ging es sofort unter. Deshalb beschloß er, das Floß zu schieben. Anderthalb Meter vom Ufer entfernt geriet er in den ersten Strudel. Der Fluß war an dieser Stelle gut drei Meter tief. Greg blieb nichts anderes übrig, als sich flußabwärts treiben zu lassen und sich dabei hinten am Floß festzuklammern. Am ersten Wasserfall wurde das Floß zwischen zwei im Wasser verborgenen Felsbrocken so plötzlich eingeklemmt, daß es Greg durch den Aufprall den Atem verschlug und er sich am Floß die Brust aufschrammte. Mit großer Mühe gelang es ihm schließlich, das Floß mit Hilfe des Bremsruders zu befreien, aber die Strömung riß es sofort wieder mit sich. Schließlich strandete Greg an einem Vorsprung der Uferböschung, keine fünf Meter entfernt vom Lagerplatz des Vorabends.

Noch spürte Greg die Schrammen an der Brust nicht, denn sein ganzer Körper war wie erstarrt von dem eisigen Wasser, aber dafür

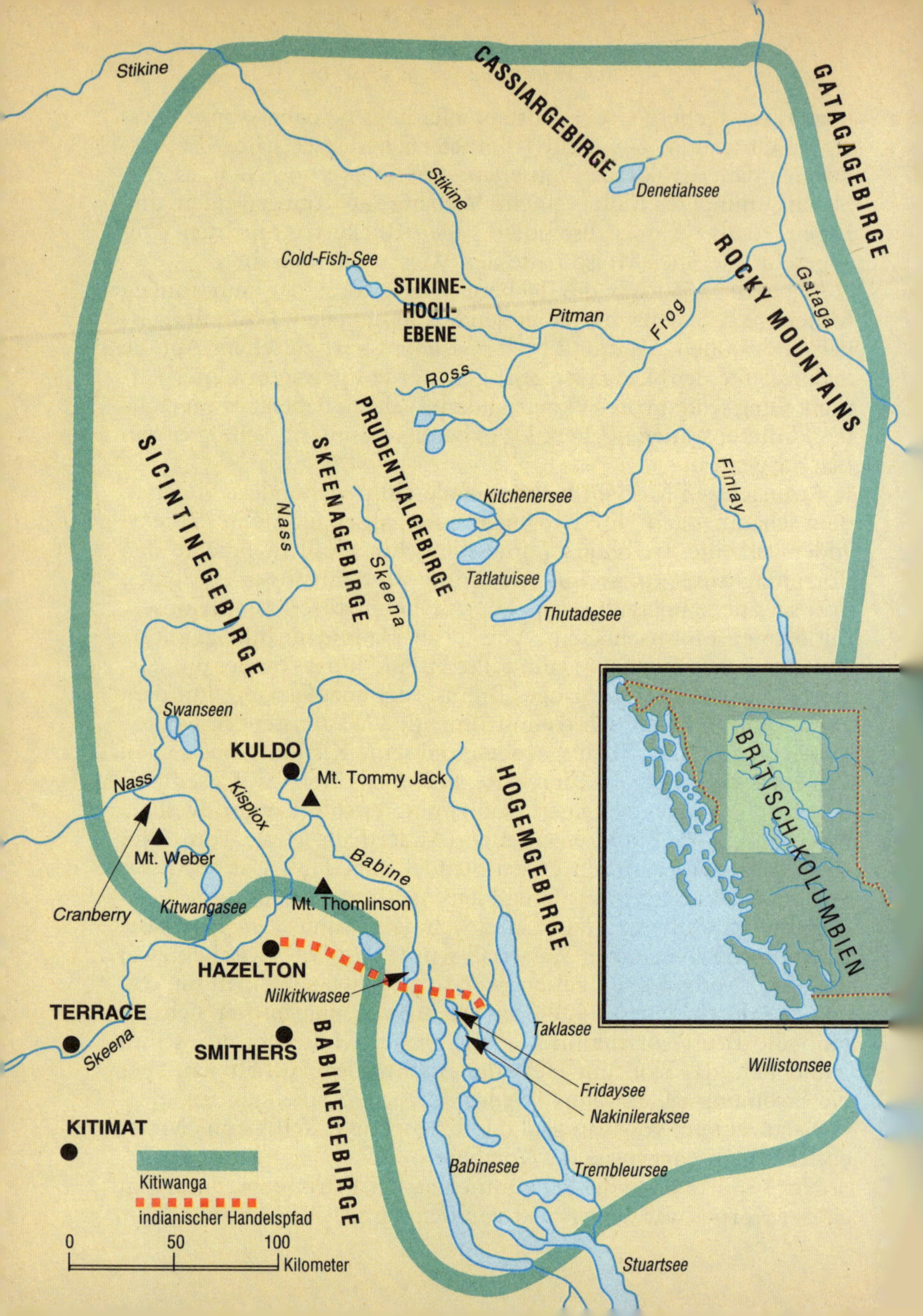

Stikine
CASSIARGEBIRGE
GATAGAGEBIRGE
Denetiahsee
Stikine
Cold-Fish-See
STIKINE-HOCII-EBENE
Pitman
Frog
ROCKY MOUNTAINS
Gataga
Ross
PRUDENTIALGEBIRGE
SKEENAGEBIRGE
SICINTINEGEBIRGE
Nass
Skeena
Kitchenersee
Tatlatuisee
Thutadesee
Finlay
Swanseen
KULDO
Mt. Tommy Jack
Nass
Kispiox
Mt. Weber
Babine
HOGEMGEBIRGE
Mt. Thomlinson
Cranberry
Kitwangasee
HAZELTON
Nilkitkwasee
TERRACE
SMITHERS
Skeena
BABINEGEBIRGE
Taklasee
Fridaysee
Nakinileraksee
Willistonsee
BRITISCH-KOLUMBIEN
KITIMAT
Kitiwanga
indianischer Handelspfad
Babinesee
Trembleursee
0
50
100
Kilometer
Stuartsee

bekam er juckenden Ausschlag. Er beschloß, sich erst einmal zu erholen, löste die Verschnürung der Stämme, hängte seine Vorräte mit dem Seil an einen Ast und machte sich daran, ein Feuer zu entfachen, um seine starren Glieder an den Flammen zu wärmen.

Greg wußte jetzt, welchen Fehler er begangen hatte. Anstatt zu versuchen, die reißende Strömung, die er für seichter gehalten hatte, als sie war, zu durchqueren, hätte er die Baumstämme am Ufer entlang in ruhiges Wasser ziehen sollen. Dort hätte er hinter dem Floß über den Skeena schwimmen können und wäre vielleicht damit davongekommen, daß er halb erfroren gewesen wäre.

Er schlief tief und fest bis Tagesanbruch, und gleich nach dem Frühstück schnürte er die Baumstämme wieder zusammen, suchte sich diesmal eine geeignete Stelle und schwamm mitsamt dem Floß in einer knappen halben Stunde ans andere Ufer.

Voller Ungeduld, nach dieser Verzögerung nun um so schneller zum Tatlatuisee zu kommen, begann Greg den langen Anstieg durch den hindernisreichen Iceberg Creek Canyon. Bis zu diesem Zeitpunkt hatte er die achtzig Kilometer seit Kuldo für das schwierigste Gelände gehalten, das er je durchquert hatte. Die Strecke zwischen dem Skeena und dem See erwies sich jedoch als noch anstrengender. Für eine Entfernung von weniger als 25 Kilometern brauchte er sechseinhalb Sonnen.

Am Tatlatuisee schlug Greg sein Basislager in einer Bucht am oberen Ende auf. Hier gab es Äschen, Hechte und Wandersaiblinge, die nach jeder beweglichen Beute schnappten. Rohrdommeln, Bläßhühner und Seetaucher zwitscherten Tag und Nacht in den schilfreichen Buchten kleiner Flußmündungen. Elche, Ziegen und anderes Wild liefen an Gregs Lagerplatz so unbekümmert vorbei, als wäre die Anwesenheit eines Menschen für sie nicht bedrohlich. Regelmäßig schlichen Luchse, Bären, Füchse, Kojoten und Pumas auf nächtlicher Nahrungssuche zwischen dem Lager und der kristallklaren, mondbeschienenen Oberfläche des Sees hin und her.

Nur Wölfe gab es nicht. In Erinnerung an die Ereignisse am Nakinileraksee harrte Greg einfach ruhig aus und hoffte, daß Náhani zu ihm kommen würde. Während der ersten vier Tage wanderte er am Seeufer entlang. Es herrschte eine Stille, die bedeutungsschwer die Ankunft der Wölfe anzukündigen schien.

Er wartete.

Eines Morgens kurz nach Sonnenaufgang, als Greg sich gerade anschickte, Feuer für sein Frühstück zu machen, sprang er plötzlich erregt auf. Eine leichte Brise trug von Osten her den unverkennbaren Duft von Kaffee und brutzelndem Speck heran. Jemand hatte sein Lager in der Schlucht am Seeausgang aufgeschlagen. Voll böser Vorahnungen erkannte Greg, daß Trapper-Dan und die Kopfgeldjäger angekommen sein mußten.

Trapper-Dan

GREG hängte sich sein Fernglas um, steckte sein Messer in die Gürtelscheide und machte sich auf den zehn Kilometer langen Marsch zu dem Ort, von dem die Anzeichen herrührten, die ihm so viel Sorgen bereiteten.

Die ersten fünf Kilometer rannte er am Ufer entlang und ärgerte sich gleich darauf über die zahlreichen Fußspuren, die er dabei hinterließ. Trapper-Dan galt als der geschickteste Fährtenleser dieser Gegend, und er würde mit niemand viel Federlesens machen, der sich zwischen ihn und die Belohnung stellte, die er für das Fell der Rudelführerin erhalten konnte. Und dabei war die Prämie noch nicht einmal das wichtigste; viel bedeutender war der Ruhm, den er ernten würde, wenn er Náhani erlegte und ihr Fell als Trophäe zurückbrächte.

Trapper-Dan war ein Opportunist. Er kannte keine Stammestradition, glaubte an keine Religion und hatte nie Gewissensbisse. Ihm bedeutete das Leben eines Menschen nicht mehr als das eines gefangenen Pelztieres, im Gegenteil, es bedeutete ihm noch weniger, denn er konnte das Fell des Pelztieres immerhin verkaufen.

Einige hundert Meter entfernt von der Stelle, von der der Rauch eines Lagerfeuers aufstieg, kletterte Greg auf einen Berg, von dem aus er das umliegende Land übersehen konnte. Ein Blick durch seinen Feldstecher bestätigte seine schlimmsten Befürchtungen. Fünf Männer saßen dort unten, schlürften Kaffee, rauchten Pfeife und reinigten Gewehre – Trapper-Dan, der wieselgesichtige Eugene Charley und drei Greg unbekannte Weiße.

Noch beunruhigender war das Flugzeug, das nahe am Abfluß des Sees wasserte. Wie kann ein Flugzeug auf dem See gelandet sein, ohne daß ich es gehört habe? überlegte Greg. Wahrscheinlich hatte der Pilot lange vor dem Anflug den Motor abgestellt, weil er hoffte, die Raubtiere zu überraschen, falls sie sich in der Gegend aufhielten.

Nachdem Greg sich einen Überblick über die Lage verschafft hatte, trat er mit äußerster Vorsicht den Rückweg in sein Lager an. Dort packte er schnell zusammen und verwischte seine Spuren, so gut er nur konnte. Auf seinem Rückzug in die Berge südlich des Tatlatuisees löschte er auf einer Strecke von drei Kilometern jede seiner Fußspuren hinter sich aus.

Es war kein Paß zu erkennen, auf dem man die Gebirgskette hätte überqueren können, und da die gesamte Nordseite aus steilen Kalkfelsen bestand, schien jedes weitere Vordringen unmöglich. Greg konnte erkennen, daß es eine Schlucht gab, die nach Osten verlief, aber die würde ihn wieder bis auf zwei Kilometer an den Abfluß des Tatlatuisees heranbringen, und eigentlich durfte er es nicht riskieren, Trapper-Dan zu begegnen. Doch ihm blieb keine andere Wahl, als vorsichtig in die enge Schlucht hinunterzusteigen.

Bei Sonnenuntergang erreichte er die Talsohle, wo die Abflüsse des Tatlatui- und des Kitchenersees den Fluß Finlay bilden. Beim Betreten des dichten Gletschergerölls empfand er zunächst Erleichterung, aber auf seinem weiteren Weg zwang ihn die dichtbewachsene Uferböschung oft, bis zu den Knien im Wasser zu waten. Die Nacht verbrachte er in einer kleinen Seitenschlucht. Da er dem feindlichen Lagerplatz immer noch zu nahe war, um es wagen zu können, ein Feuer zu machen, begnügte er sich zum Abendessen mit Trockenfrüchten und Schokolade, ehe er sich schlafen legte.

Zwei endlose Tage schleppten sich dahin, ehe Greg unerwartet auf den Thutade Creek stieß. Hier verließ er das Gebiet des Finlay und kletterte etwa zehn Kilometer bergan zu dem von Geröll fast blockierten Abfluß eines der schönsten Gewässer in Kanada, dem Thutadesee. Er ist etwa fünf Kilometer breit und windet sich sechzig Kilometer lang durch Felsgebirge und herrliche Wälder.

Der schmale Uferstreifen am Abfluß des Sees war gleichmäßig von den frischen Spuren eines ansehnlichen Wolfsrudels überzogen. Beim größten Abdruck konnte man erkennen, daß an der rechten Vorderpfote zwei Zehen fehlten. Greg band aus Weidenzweigen einen Indianerbesen und verwischte einen Kilometer weit alle Spuren, auch die eigenen. Um vom einen Ufer des Sees zum anderen zu gelangen, suchte er schnell acht trockene Baumstämme, band sie zu einem Floß zusammen und begann mit der langwierigen Überquerung. Zwei Tage Dauerregen und danach zwei weitere mit peitschendem Sturmwind machten die anstrengende Fahrt mit dem kaum zu manövrierenden Floß zu einer einzigen Plackerei. Um das mit dichtem Unterholz bewachsene Westufer des Sees zu erreichen, brauchte Greg unglaublich viel Zeit: Zehn Tage Knochenarbeit lagen hinter ihm, als er endlich ankam.

An einer geschützten, von Tannen gesäumten Stelle schlug er für unbestimmte Zeit sein Lager auf. Von diesem Platz hatte er einen ungehinderten Blick auf den See und die angrenzenden Berge, und für ein Flugzeug würde es schwierig, wenn auch nicht unmöglich sein, zu landen, ohne daß er es bemerkte.

Auch hier entdeckte er erneut frische Wolfsspuren, die sich überall in den feuchten Sand und Waldboden eingegraben hatten. Der Pfotenabdruck mit den fehlenden zwei Zehen war ebenfalls wieder dabei.

Am Morgen nach seiner Ankunft suchte Greg mit dem Fernglas sorgfältig die dichtbewachsenen Bergkämme ab, die um das ganze westliche Ende des Seegebietes eine Art Amphitheater bildeten. Ein Rudel Timberwölfe tauchte auf, das, gegen den Wind ankämpfend, in einer einzigen geschlossenen Reihe auf den Gipfel zustrebte und hinter ihm verschwand, aber als Greg die Tiere erblickte, war der Anführer bereits verschwunden. Nur ein einziger Hinweis sprach dafür, daß es sich möglicherweise um Náhanis Rudel handelte: Es waren zwei humpelnde, mächtige schwarze Tiere mit dickem Fell dabei, die dem Paar ähnelten, das sich am Nakinileraksee immer so unruhig verhalten hatte, wenn Greg aufrecht umhergelaufen war.

Greg eilte auf den Berghang zu. Mit aller Kraft kämpfte er sich durch kniehohes Unterholz und umgestürzte Tannen bis zum felsigen Gipfel. Aber die Wölfe waren verschwunden. Er wandte sich nach Nordwesten, kletterte einen Berg nach dem anderen hinauf und hinunter und folgte dabei einem Weg, den die Wölfe offenbar des öfteren entlangzogen. Schließlich lief die Spur geradewegs auf einen Paß in den Kalksteinfelsen zu, unmittelbar südlich des Tatlatuisees. Es war der Paß, den er am See vergebens gesucht hatte. Greg gab auf. Für einen Indianer zu Fuß gab es keine Chance, ein flüchtendes Wolfsrudel einzuholen.

Mit der Hoffnung, daß es nicht Náhanis Meute gewesen war, wandte er sich dem Lager zu. Am Weg fand er durch Urinspuren markiertes Gebüsch und knotete an die Zweige ein schweißdurchtränktes Halstuch. Er sagte sich, daß die Wölfe ganz bestimmt zurückkommen würden, sobald der Wind Náhani den Geruch von einem Flugzeug und von Gewehren am Tatlatuisee zutrug. Sie würde Gregs Tuch am Schweißgeruch erkennen und seinen Fußspuren bis zum Lager folgen.

In dieser Nacht unterhielt Greg ein kleines Feuer, bis der Morgenstern über den Baumwipfeln aufging. Er kroch auf allen vieren zum Seeufer, warf Steine in die Bucht, klapperte mit Küchenutensilien und pfiff vor sich hin; aber schließlich mußte er einsehen, daß er damit mehr wilde Tiere verscheuchte als anlockte.

Ehe er entmutigt in tiefen Schlaf fiel, dachte er noch: „Hoffentlich habe ich Náhani Trapper-Dan nicht direkt vors Gewehr getrieben!"

IN DEN folgenden zehn Tagen – es war inzwischen Anfang August – sah und hörte Greg nichts von den Wölfen. Seine Enttäuschung darüber machte ihm bewußt, wie stark sein Verantwortungsgefühl Náhani gegenüber war, stärker, als er sich hatte eingestehen wollen. Haß war ein Gefühl gewesen, das Gregory Tah-Kloma nie zuvor gekannt hatte, doch jetzt begann er, wenn auch zunächst noch unbewußt, Náhanis Verfolger zu hassen.

Er spürte das Verlangen, einen weiteren Blick auf Trapper-Dans Lager zu werfen, und dieses Verlangen wurde immer drängender. Am elften Tag packte Greg seine Sachen und brach auf. Zunächst folgte er noch einmal dem beschwerlichen Weg im Gebirge, auf dem er die Wölfe gesichtet hatte. Seine Erregung wuchs, als er sich dem Gebüsch näherte, an dem er sein Halstuch zurückgelassen hatte. Es war nicht mehr da, aber ein Gewitterregen hatte alle Spuren auf dem Boden ausgelöscht, die ihm hätten Aufschluß geben können. Er behielt die Richtung bei, die die Wölfe eingeschlagen hatten, und nahm den Weg über den Paß, einen ausgetretenen Pfad, der zwischen steilen Felswänden hindurch über das Gebirge führte. Nach zwei Tagen gelangte er an das obere Ende des Tatlatuisees.

Man mußte kein erfahrener Waldläufer sein, um zu erkennen, daß Trapper-Dan und die Wölfe Gregs ehemaligen Lagerplatz am Ufer entdeckt hatten: Stiefelabdrücke und Wolfsspuren – darunter auch die mit den zwei fehlenden Zehen – waren überall. Greg geriet fast in Panik, als er sieben verstreut umherliegende Hülsen von Magnumpatronen fand, alle aus demselben Gewehr.

Anhand der Spuren versuchte Greg zu rekonstruieren, was vorgefallen war. Er vermutete, daß Trapper-Dan und seine Männer die Wölfe bei der Untersuchung des Lagerplatzes überrascht hatten. Die verwesenden Überreste einer Wölfin, die bis auf die Pfoten abgehäutet worden war, lagen im Waldgelände fünfhundert Meter weiter oben am Berg – ein stummes Zeugnis für die tödliche Treffsicherheit des Schützen. Greg erkannte, daß es sich um einen der beiden Wölfe handelte, die ihm am Nakinileraksee wegen ihres dichten schwarzen Fells, ihres hinkenden Gangs und ihrer Zurückhaltung ihm gegenüber aufgefallen waren. Einer der beiden Indianer hatte den zugespitzten Stamm eines Tannenschößlings in den Boden getrieben, genau dort, wo Gregs Schlafsack das Gras niedergedrückt hatte. Auf diese Weise wollte er den jungen Chimmesyan „in den Schatten eines Speers" bringen.

Als Greg das untere Ende des Sees erreichte, bestätigte sich sein Verdacht. Das Flugzeug war verschwunden, die Feuerstelle der Trapper zugeschüttet.

Da er todmüde war und obendrein am Himmel dunkle, drohende Sturmwolken aufzogen, spannte Greg seine wasserdichte Bodenpersenning über einen Rahmen aus Tannenschößlingen, so daß er eine Schutzwand hatte, unter die er sich vor dem Regen verkriechen konnte. Er brauchte zwar dringend die Verschnaufpause, zu der ihn das folgende, drei Tage währende Unwetter zwang, aber er ärgerte sich über den Zeitverlust und das Schwinden seiner Lebensmittelvorräte. Als der Wind die Richtung wechselte, folgte Greg einem plötzlichen Impuls und brach sofort nach Norden auf, noch ehe die Regenwolken sich verzogen hatten.

Am Kitchenersee stieß er auf die Spuren eines großen Wolfsrudels. Eine sorgsame Untersuchung der auffallend breiten Spurenabdrücke des Leittieres bestätigte seine früheren Beobachtungen – an der rechten Vorderpfote fehlten zwei Zehen. Entweder war

Náhani ein Unfall zugestoßen, und sie war verstümmelt worden, oder Gregs Bemühungen hatten sich bislang auf ein falsches Wolfsrudel gerichtet, dessen Anführer ebenfalls Pfotenabdrücke von fünfzehn Zentimeter Länge hinterließ. Bisher war Greg allerdings nur einmal eine Wolfsfährte dieser Größe begegnet . . .

NEUN Tage lang verfolgte Greg die nach Norden weisende Spur. Mehrfach verlor er sie, einmal sogar mehr als sechs Stunden lang. Spürte das Rudel einen Verfolger und führte ihn daher absichtlich über Terrain, auf dem selbst die schärfsten Krallen keinen Abdruck verursachten? Auf jeden Fall hinterließ ein großes Rudel von zwanzig Wölfen oder mehr einem indianischen Fährtensucher andere Zeichen: ein umgedrehtes Steinchen hier, von Krallen zerfurchte Flechten da, Kot, Uringeruch, mit dem „Grenzposten" markiert waren, Überreste von Beute.

In der Prudentialgebirgskette war in manchen Nächten entferntes Wolfsgeheul von weit her zu hören. Wenn Greg jedoch in der darauffolgenden Nacht oder gar noch später an den Ort kam, von wo er den „Wolfsgesang" vernommen hatte, war nichts auszumachen. Entweder heulten sie nicht mehr, oder sie waren weiter nach Norden gezogen . . .

Abends spielte er oft leise auf der Mundharmonika. Er hatte seine innere Ruhe wiedergewonnen. Selbst wenn er Náhani nicht einholen konnte – immer vorausgesetzt, daß es tatsächlich ihre Spur war, die er verfolgte –, so war es ihm doch gelungen, sie gen Norden aus dem tödlichen Umfeld von Trapper-Dan und Eugene Charley zu treiben.

Hoch oben im Prudentialgebirge erhielt Greg dann auf eine seiner Fragen eine enttäuschende Antwort. Eines Abends, kurz vor Sonnenuntergang, kam ein Rudel von achtzehn Wölfen bis auf hundert Meter an sein Lager heran. Das Fell hatte bei allen die gleiche Farbe: ein helles, fleckiges Grau. Die überaus neugierige Truppe schnüffelte umher, winselte und zog dann, ohne Tempo oder Gangart zu ändern, in geschlossener Reihe ab.

Náhani hatte ihren Verfolger abgeschüttelt. Es konnte kaum ein Zweifel aufkommen, daß sie ihn auf die angestammte Route der Grauwölfe geführt hatte. Irgendwo auf dieser Strecke hatte sie ihr Rudel über Feldspat und poröses Gestein vom Pfad ab geführt und war verschwunden.

Der Náhani-Wahn

GREGS Stiefel waren inzwischen so abgetragen, daß er sie nicht mehr retten konnte, obwohl er Werkzeug für die Schuhreparatur bei sich hatte. Heutzutage geht aus Sicherheitsgründen kein Waldläufer weiter, als sein Schuhzeug es zuläßt, und deshalb schlug Greg, als der „Mond der bunten Blätter" die ersten Herbsttöne auf das Laub malte, den Weg am westlichen Ufer des nun schon vertrauten Skeena ein. Als er nach mehreren Tagen in Hazelton ankam, war es kurz vor Mitternacht. Greg ging zu seinem Freund Rocky Longspear, der ihn erfreut empfing. Ehe Greg sich schlafen legte, erzählte er Rocky, was er am Tatlatuisee beobachtet hatte.

„Ich muß im Winter hier in der Nähe bleiben", schloß er. „Wenn Náhani in diesem Winter über den Skeena kommt, wird es sie todsicher erwischen. Das muß ich verhindern! Ich glaube, ich weiß, welchen Weg sie einschlagen wird. Vielleicht kann ich bei den Leuten von Kuldo eine Waldhütte mieten."

„Wenn sie bis nach Kuldo kommt, wird sie abgeknallt", sagte Rocky. „In diesem Jahr werden die Leute dort auf sie warten, genauso wie woanders auch."

„Dann vielleicht eine Trapperhütte? Kennst du eine, die ich mieten könnte? Irgendwo nördlich von hier?"

„Ich wüßte nur eine einzige am Kitwangasee. Sie gehört Trapper-Dan Tall-Totem. Er wird sie nicht benutzen, weil er den ganzen Winter über in der Schmelzerei von Kitimat arbeitet."

Am nächsten Morgen unternahm Greg etwas, womit niemand gerechnet hatte: Er ging direkt zu Trapper-Dan. Er wurde von ihm schon mit Beschimpfungen empfangen, doch Greg blieb ihm nichts schuldig, und Dans zwei Frauen griffen schließlich ein, ehe es zu Handgreiflichkeiten kam. Sie zerrten beide Männer an den Haaren ins Haus und stellten sich zwischen sie, und erst als die beiden sich bereit erklärten, sich hinzusetzen und die Friedenspfeife zu rauchen, ließen die beiden Squaws sie in Ruhe und machten sich daran, eine Mahlzeit mit gegrilltem Lachs zuzubereiten.

Nach dem Essen breitete Greg ein paar mitgebrachte Karten aus und zeigte Dan, welchen Weg er im Sommer zurückgelegt hatte.

„Wenn ich nicht selber die Spuren deiner Bergstiefel am Tatlatuisee gesehen hätte“, bemerkte Dan, „würde ich nicht glauben, daß du wirklich dort warst.“

„Weshalb hast du den schwarzen Wolf und nicht Náhani getötet?“

„Das weißt du? Dann bist du noch einmal da oben gewesen, wie? Also, Eugene Charley, diesem Trottel, bot sich als einzigem von uns die Gelegenheit. Er hätte Náhani töten können. Er hatte sie bereits im Visier, aber dann bekam er Fracksausen. Als ich dazukam, war sie schon über alle Berge. Die schwarze Wölfin habe ich dann noch erwischt. Was hast du jetzt vor?“

„Ich werde im nächsten Sommer wieder in dieses Gebiet gehen“, sagte Greg. „Den Winter möchte ich allerdings hier verbringen, wenn ich eine Hütte mieten kann. Ich glaube, daß die Wölfin im Winter nach Süden kommen wird.“

„Hast du dich mit ihr verständigen können?“

„Schon möglich.“

Trapper-Dans Haltung änderte sich plötzlich, er wurde fast unterwürfig. Er erklärte, er bedaure inzwischen die Unerbittlichkeit, mit der er Náhani verfolgt habe, und in Zukunft wolle er ohnehin das Fallenstellen ganz aufgeben, falls sein Winterjob in Kitimat genug einbrachte. Er besitze eine schöne Hütte in der Nähe des Kitwangasees, und als eine Art Wiedergutmachung biete er Greg an, ihm diese Unterkunft zu vermieten und ihm zu helfen, Wintervorräte dorthin zu schaffen. Dann erwähnte er noch eine weitere Hütte am Swansee und erklärte, er sei bereit, einen Eid darauf zu schwören, daß Tsimshians Náhani in der Nähe der Seen gesichtet hätten.

Die beiden Männer brauchten zwei Tage und eine Nacht, um 350 Kilogramm Vorräte und Ausrüstung mit Dans Landrover bis dorthin zu transportieren, wo die Straße endete, und von dort aus dann auf vier Touren zu der zehn Kilometer entfernt in der Wildnis gelegenen Hütte zu schleppen.

Greg schrieb bei Kerzenlicht in sein Tagebuch: „Als ich durchblicken ließ, daß Náhani wohl in diesem Winter nach Süden kommen würde, verschwand jede Feindseligkeit und Gemeinheit aus dem häßlichen Gesicht dieses Halunken. Weshalb? Ich frage mich, welchen Trumpf er bereithält.“

Die „schöne Hütte“ erwies sich als primitive Bretterbude und war dazu in schlechtem Zustand; aber die Lage hoch über dem Ostufer des Sees und dazu die kleine Vorratskammer auf vier hohen Pfosten, die Tieren den Zugang erschweren sollten, machten alle Mängel wieder wett. Greg freute sich auf Wochen ungestörter Einsamkeit, in denen er Freundschaft mit den Tieren des Waldes schließen und sich körperlich so ertüchtigen wollte, daß er in den Norden des Kitiwanga vordringen konnte.

Am 10. Oktober erschienen Dan und drei nicht gerade vertrauenerweckende Männer vom Stamme der Tsimshian. Der Trapper hatte ein Gewehr und eine Schachtel Patronen mitgebracht und bestand darauf, Greg beides dazulassen. „Ein Haufen Grislys treibt sich hier rum. Selbst wenn du die Lebensmittel im Vorratshaus aufhebst, sind sie vor denen nicht sicher.“ Die Männer hielten sich nur wenige Minuten auf, ehe sie den Rückweg antraten.

Greg konnte sich ihr Verhalten nicht erklären. Er hatte aber den Verdacht, daß sie aus ganz bestimmten Motiven so handelten. Mit dem Gewehr wollten sie ihn bestimmt irgendwie hereinlegen.

Als der Herbst sich seinem Ende zuneigte, fanden einige unerwartete Besucher den Weg zur Hütte. Eines Morgens, als Greg gerade mit Reparaturen an der Hütte beschäftigt war, näherten sich ein etwa dreißigjähriger Mann und eine Squaw.

„Mein Name ist Peter, und man hat mich so genannt nach meinem Onkel Peter Buffalo-Bones“, stellte sich der Mann vor. „Du kanntest seinen Sohn, meinen Cousin No-Guns. Und dies ist meine Frau Lorna.“

„Willkommen, Peter!“ meinte Greg. „Ich habe tatsächlich einen Augenblick lang geglaubt, einen Geist zu sehen, so sehr ähnelst du No-Guns.“ No-Guns, ein Freund aus Gregs Kindertagen, war bei einem Unfall in der Sägemühle umgekommen.

Peter und Lorna waren ein sympathisches Paar. Beider Gesichter verrieten ein offenes Wesen und zeigten stets ein freundliches Lächeln, und sie wirkten ebenso vertrauensselig wie No-Guns. Nachdem sie mit Greg Kaffee getrunken hatten, kamen die beiden auf den Anlaß ihres Besuches zu sprechen.

„Neuigkeiten verbreiten sich hier oben schnell, Greg“, begann Peter zögernd, als fiele es ihm schwer auszusprechen, was er auf dem Herzen hatte. „Die Rauchzeichen des Rates am Babinesee besagen, daß du hier in Trapper-Dans Hütte überwintern wirst. Eine Menge Indianer leben noch vom Fallenstellen in diesen Wäldern, Mr. Wolfsmann.“ Alle lachten, aber es klang gequält. „Ich nehme an, du weißt, was Náhani mit den Fallen in den letzten Wintern angestellt hat. Arch Aloyet, einer der Fallensteller, hat die Wölfin am Ufer des Taklasees nach eigener Aussage mit einem glatten Durchschuß erwischt, ehe sie zum Sprung auf ihn ansetzte. Ehe er ein zweites Mal anlegen konnte, habe sie sich mit ihrem ganzen Gewicht auf ihn geworfen, sein Gewehr gepackt und sei damit davongerannt. Dieselben Wölfe sollen Tiere weit im Süden gerissen haben, sogar bis zum Burnssee sollen sie vorgedrungen sein. Ich sage dir das nicht gern, Greg, aber das Kopfgeld ist jetzt auf tausend Dollar erhöht worden. Und wenn Náhani in diesem Winter nach Süden kommt, wird es auf fünfzehnhundert erhöht werden.“

„Glaubst du diesen Unsinn allen Ernstes?“

„Schwer zu sagen. Was ich dir vor allem berichten wollte, ist, daß ein übler Taugenichts unter den Carriers, ein Kerl namens Eugene Charley, das Gerücht verbreitet, du wolltest Náhani und ihr Rudel zum Kitwangasee locken. Man hört, daß die Polizei, die Mounties, dich vielleicht in Gewahrsam nehmen könnten, damit größerer Schaden vermieden wird. Trapper-Dan meint, Náhani würde dich hier finden, und behauptet, du könntest mit Wölfen reden. Ihm kommt es nicht nur auf die Belohnung an. Er wird diese Hütte jede Nacht beobachten lassen. Und Eugene Charley ebenfalls. Nur um die Wölfin zu kriegen, hat Dan dir die Hütte vermietet. Falls Charley Náhani zuerst erwischt, wird Dan ihn kaltmachen und dann das Preisgeld einstreichen. Trau keinem von beiden, Greg. Einer von beiden wird die Sehne deines Bogens zerreißen . . ., wenn Náhani erst einmal tot ist.“

Drei Tage nach Peters Besuch hielt ein Jeep der Royal Canadian Mountain Police, kurz RCMP, am Ende der Straße, und die beiden Insassen, die Wachtmeister Larson und McIntyre, legten die zehn Kilometer bis zu Trapper-Dans Hütte zu Fuß zurück. Auf ihr Klopfen öffnete ihnen Greg.

„Sind Sie der Bursche, der sich so gut mit Wölfen versteht?“ fragte Larson. Der Schalk blitzte ihm ständig aus den Augen, und er erwartete, daß man entweder mit ihm lachte oder ihn wenigstens anlächelte. „Sind Sie sich klar darüber, welchen Aufruhr Sie mit dieser Náhanigeschichte verursacht haben? Stimmt es wirklich, daß Sie sich mit diesen Bestien abgeben?"

Greg bat sie herein, und am knisternden Feuer berichtete er bei einem Kaffee jede Einzelheit seiner Begegnung mit Náhani. Dann erklärte er den beiden Polizisten, weshalb er den Winter in der Hütte verbringen wollte und warum er plante, die Suche im nächsten Sommer fortzusetzen.

„Mein Gott, Tah-Kloma!" rief McIntyre aus. „Sie sind noch verrückter, als wir glaubten. Wir werden die Dinge im Auge behalten müssen. Wenn die Wölfin sich zeigt, gibt es für uns ohnehin nur eine Möglichkeit, wie wir uns zu verhalten haben. Zu viele Leute sind auf beiden Seiten in die Angelegenheit verwickelt. Glauben Sie mir, aus solchen Anlässen sind schon Bürgerkriege entstanden!"

EINE Woche verging. Auf dem Bergkamm hinter der Hütte hatten zwei Nächte lang Wölfe geheult. Und dann sah Greg an einem Freitag nachmittag, wie sich auf dem Fußweg eine vornübergebeugte Gestalt stolpernd näherte. Es war Eugene Charley. Den Bergstock in der einen, den Karabiner in der anderen Hand, kam er auf die Hütte zu. Wie schon bei ihrer ersten Begegnung trug er nach Art der Carrier mittels eines Stirnbands seine gesamte Jagdausrüstung in einem Korb auf dem Rücken. „Trapper-Dan hat mich im Landrover bis zum Ende der Straße gebracht", erklärte er.

„Trapper-Dan arbeitet im Moment im Schmelzwerk in Kitimat", entgegnete Greg mit einem Lächeln, als er Charley Lügen strafte.

„Wir fangen erst nächste Woche an, dort zu arbeiten. Dan hat mir gesagt, daß er am Dienstag noch Vorräte vorbeibringt, Sachen, die er neulich vergessen hat."

Plötzlich kam Greg auf eine Idee, wie er verhindern konnte, daß Eugene Charley allein loszog, um Náhani zur Strecke zu bringen. „Morgen früh breche ich auf zu den Swanseen. Du kannst mir dabei Gesellschaft leisten. Bestimmt werden wir Wölfen begegnen. Es gibt dort zwei Hütten, fünfundzwanzig Kilometer voneinander entfernt."

„Das heißt, wir müßten fünfzig Kilometer zurücklegen."

„Hundert insgesamt, hin und zurück."

„Werd's mir überlegen. Ich habe gehört, du hast dich mit den verdammten Wölfen am Nakinileraksee angefreundet. Und was hast du im letzten Sommer am Tatlatuisee getrieben?"

„Frag nicht so scheinheilig. Du und Dan, ihr wißt, daß ich den letzten Sommer damit verbracht habe, ihre Sprache verstehen zu lernen. Dan hat mir erzählt, wie du gekniffen hast, als du sie am Tatlatuisee hättest erschießen können. Ich habe deinen Speer gefunden. Du bist unter einem bösen Stern geboren, Charley. Ich möchte sehen, wie du dich verhältst, wenn du Náhani bei den Swanseen Auge in Auge gegenüberstehst."

Ein katzenhaftes Grinsen zog über Charleys verschlagenes Gesicht. „Du wirst schon sehen." Dankend nahm er Gregs Angebot an, bei ihm zu übernachten.

Greg war überrascht, daß Charley am nächsten Morgen schon in aller Frühe bereit zum Aufbruch zu den Swanseen war. Ihr Weg führte sie am Cranberryfluß entlang durch prächtigen Nadelwald. Wie dieser Charley laufen konnte! Greg mußte rennen, um mit ihm Schritt zu halten. Charley war an lange Wanderungen gewöhnt. Ein 25-Kilometer-Marsch konnte ihn nicht erschüttern.

Ohne große Schwierigkeiten fanden sie die erste der beiden Hütten. Sie befand sich in der Nähe des Cranberryflusses am Fuß des Nordhangs des Mount Weber und stand leer. Charley, der sonst so gesprächig war, blieb an diesem Abend selbst nach einem Schluck Rum sehr schweigsam. Er deutete Greg gegenüber nur an, er wisse, daß Trapper-Dan etwas gegen ihn, Charley, im Schilde führe und ihn beiseite schaffen wolle, falls er die hohe auf Náhani ausgesetzte Prämie kassieren würde. Darüber hinaus hatte er sich so weit in den Náhani-Wahn hineingesteigert, daß er Greg verdächtigte, ihn in eine Falle zu locken. Selbst im Schlaf hielt er daher den Karabiner fest in der Hand.

Als sie am nächsten Tag schweigend hintereinander durch das Tal des Flusses Kispiox zogen und nur das Knirschen ihrer Schritte auf dem vereisten Boden zu hören war, verspürte Greg plötzlich Mitleid mit Charley. Er war ein Indianer, der nicht eins war mit sich und Mutter Erde. Greg hatte den Carrier gehaßt, seit er ihn am Tatlatuisee beobachtet hatte und weil er wußte, welche Lügen Charley verbreitet hatte, um das Preisgeld in die Höhe zu treiben. Nun aber sah er ihn als das, was er wirklich war: einen Gefangenen seiner niedrigen Begierden, die er nicht beherrschen konnte –

der Gier nach Ruhm, Habsucht und dem Verlangen, jemand zu sein, der er nie sein würde.

Nachdem der Weg sie auf einen flachen Berggipfel geführt hatte, wand er sich einen kiefernbewachsenen Hang hinunter zum Ostufer des ersten Swansees. Auf einer kleinen Anhöhe, etwa fünfzig Meter vom Ufer entfernt, entdeckten sie die zweite Blockhütte, die sie für die Nacht bezogen. Die beiden Männer verzehrten ihr Abendessen ohne ein Wort. Das lastende Schweigen wurde nur vom Pfeifen eines aufkommenden Nordwinds unterbrochen.

Tiefhängende Regenwolken verschleierten den abnehmenden Mond, als kurz vor Mitternacht nahe beim Seeufer, keine hundert Meter von der Hütte entfernt, das Geheul eines Wolfsrudels zu vernehmen war. Eugene Charley nahm einen kräftigen Schluck aus der Rumflasche und beschimpfte Greg, er habe ihn in eine Falle gelockt. Er rannte mit seinem Karabiner und einer Taschenlampe zur Tür und leuchtete in die Richtung, in die er zielte.

„Náhani!" schrie Greg aus Leibeskräften.

Charley gab sieben Schüsse in Richtung Seeufer ab. Dann stopfte er hastig seine Sachen in den Tragekorb und verschwand in der kalten Nacht.

Irgendwann am frühen Morgen war Greg in tiefen Schlaf gefallen. Er fuhr hoch, als ein dumpfer Knall das ganze Haus erschütterte. Der orkanartige Wind hatte von einer überhängenden Fichte einen großen abgestorbenen Ast abgerissen, und dieser „Totschläger" war durch den First des Daches gekracht. Greg packte seine Sachen zusammen. Der peitschende Wind trieb heftige Schneeschauer über das Gelände, als Greg sich auf den Rückweg zum Kitwangasee machte.

Er hatte gerade den ersten Berg erklommen, als er – noch in Sichtweite der vom Schneesturm fast verborgenen Hütte – das Jagdgeheul eines Wolfsrudels vernahm. Er drehte sich um und lauschte. Dann entdeckte er etwa zwei Dutzend Wölfe, die in typischer hufeisenähnlicher Jagdformation an die Hütte heranschlichen und sie langsam umkreisten, als wollten sie ein Beutetier stellen. Plötzlich bekam der Rudelführer, ein großes silberweißes Tier, Witterung von Gregs Fährte. Das Rudel stob in rasendem Lauf auf ihn zu.

„Náhani!" rief Greg, als er ihnen entgegenrannte. Sie waren jetzt keine hundert Meter mehr von ihm entfernt. Er sah durch den wirbelnden Schnee, wie die Wölfe plötzlich ihre langen Beine vorstreckten, um anzuhalten und Atem zu holen. Er rief wieder und wieder. Ein paar Augenblicke lang sah es so aus, als würden sie ihm gestatten, sich zu nähern. Aber dann machte die ganze Formation kehrt und hetzte am frosterstarrten Ufer des Swansees davon, dem Anführer nach.

Greg konnte es nicht riskieren, hier auszuharren, bis er in der kalten Hütte ohne Vorräte und ohne Ausrüstung vom Schnee eingeschlossen war. Widerstrebend setzte er seinen Rückweg fort. Er wußte nicht genau, ob es tatsächlich Náhani gewesen war, die er gesehen hatte, aber er befürchtete, daß sie es gewesen sein konnte.

Ein schlechter Ruf

DER HEFTIGE Wind fegte zwar den Schnee vom Weg, nahm aber an Stärke ständig zu. Als Greg gegen Mitternacht zum Umfallen müde auf die Hütte am Cranberryfluß zuging, drang aus einem der nicht von Läden geschützten Fenster rötlichgelbes Licht. Er warf einen Blick durch das vereiste Südfenster und sah die verschwommenen Umrisse von vier Personen, ohne sie genauer erkennen zu können. Drei von ihnen saßen an einem Tisch, auf dem eine einsame Kerze flackerte, der vierte schürte gerade das Feuer.

„Hallo!" rief Greg und klopfte ans Fenster. Die vier regten sich nicht. Er ging zur Tür, schlug mit seinem Bergstock dagegen und rief wieder. Schließlich öffnete sich die Tür einen Spaltbreit, und jemand murmelte in gebrochenem Englisch: „Geh weg, Chimmesyan-Wolfsmann!"

„In diesem Sturm komme ich nicht über den Paß. Laßt mich rein!"

„Nein. Geh weg, Wolfsmann!" Die Tür wurde wieder zugeschlagen und von innen verrammelt.

„Dafür wird einer von euch noch bezahlen!" rief Greg wütend.

Da er ausreichend Batterien für seine Taschenlampe bei sich hatte, bereitete es ihm keine Mühe, sich auf dem Weg nahe dem rechten Ufer des Cranberryflusses zu halten; als er aber bei Tagesanbruch die nördlichen Ausläufer des Kitwangagebirges erreichte,

mußte er feststellen, daß der Pfad unter Schneeverwehungen begraben war. Greg brachte den ganzen Tag damit zu, von einer Sackgasse in die nächste zu stolpern. Diese Anstrengungen und seine Erschöpfung hinderten ihn daran, sich Sorgen wegen der vier Männer in der Hütte und deren möglicher Absichten zu machen.

Als er endlich einen Weg fand, der um den östlichen Vorsprung des Kitwangagebirges führte, entdeckte er, daß sein planloses Umherirren ihn so weit von seiner Richtung abgebracht hatte, daß er sich noch etwa zehn Kilometer südlich vom Kitwangasee befand. Über gefrorenen Morast stapfte er weiter, bis er die Stelle erreichte, an der die Zufahrtsstraße in der Wildnis endete.

Dort fand er Trapper-Dans Landrover. Wäre der Wagen nicht fest verschlossen gewesen, hätte Greg die Nacht in seinem Innern verbracht. War es möglich, daß Dan einer der vier Männer in der Hütte am Cranberryfluß gewesen war? Was führten sie im Schilde? Erwarteten diese Männer, daß er sie so einfach zu der Wölfin führen würde?

Endlich kam er zur Hütte. Sie war leer, und es war auch niemand dagewesen. Greg entfachte ein Feuer, und nach einem ausgiebigen Mahl schlief er auf dem Stuhl an der Herdstelle ein.

Drei Tage später kamen gegen Abend zwei Mounties auf Schneeschuhen mit Rucksäcken und Gewehren mit Zielfernrohren auf einem Patrouillengang vorbei. Greg bat sie herein und lud sie ein, über Nacht zu bleiben, was sie dankend annahmen. Bald unterhielten sie sich lebhaft.

„Wir haben gehört, Sie und Trapper-Dan hätten Ihre ganzen Vorräte auf dem Buckel hierhergeschleppt", sagte einer der beiden, der sich als Duncan vorgestellt hatte. „Ich verstehe nicht, warum Trapper-Dan dafür nicht ein paar Maulesel gemietet hat. Schließlich mußten Sie doch die Rechnung bezahlen."

„Dan behauptet, ihm werde übel von dem Geruch eines Maultierhinterns", entgegnete Greg.

Dann aßen sie zu Abend, und nachdem die beiden Mounties ihre Schlafsäcke am Feuer ausgebreitet hatten, berichtete Greg von seiner Expedition zu den Swanseen und dem Rückweg. Er verschwieg allerdings, daß er Náhani gesichtet zu haben glaubte.

Duncan antwortete auf seine Ausführungen. „Tah-Kloma, wir sind hier wegen einer Aussage, derzufolge ein großes Wolfsrudel Sie in der Hütte am Swansee besucht haben soll. War die Silberwölfin Náhani bei diesem Rudel?"

„Wäre sie dabeigewesen, dann wäre sie bestimmt zu mir gekommen. Ich habe nach ihr gerufen, aber die Wölfe stoben davon wie Löwenzahnsamen in einem Sturm. Vermutlich überwintert sie doch im Kitiwanga und jagt dort Karibus."

„Wir haben erfahren, daß die vier Indianer, die Sie nicht in die Hütte ließen, für Trapper-Dan arbeiten", sagte der zweite Mountie, ein Hauptwachtmeister namens Blakeburn. „Die vier wußten bereits alles über das Rudel und nahmen an, Náhani sei in der Nähe. Sie folgten Ihnen und Charley und versteckten sich im Wald in der Hoffnung, auf Schußweite an die Wölfe heranzukommen. Charley hat ihre Chance zunichte gemacht, als er betrunken herauslief und sein Gewehr abfeuerte. Das Wetter tat ein übriges. Trapper-Dan hat versucht, uns davon zu überzeugen, daß Eugene Charley nicht einfach verschwunden ist, sondern daß Sie ihn getötet haben. Aber natürlich hat er dafür keine Beweise."

Die beiden Mounties brachen am nächsten Morgen zu den Swanseen auf. Sie planten, dem Nass-River-Pfad zurück bis nach Terrace zu folgen, wenn sie nicht noch „irgend etwas Interessantes" fänden.

IM NOVEMBER, dem „Mond des Sturmhäuptlings", nutzte Greg einen Wärmeeinbruch, um kiloweise Forellen, Lachs und Saibling zu fangen und zu räuchern. Er hatte genügend Zeit, sie in der Vorratskammer zu verstauen, ehe der Dezember, der „Mond des weißen Hasen", strengen Frost bringen würde.

Doch das Wetter blieb in den nächsten Wochen mild und wenig winterlich. Im Nieselregen schmolz der erste Schnee und verwandelte die Lichtung um die Hütte eine Zeitlang in Morast. Eines Morgens fand Greg dort Wolfsspuren. Da es ein klarer Tag war, verfolgte er die Fährte, die den Fußpfad zur Straße entlang verlief. Etwa fünfhundert Meter, bevor die Straße begann, führten die Spuren Greg zu einem Blutfleck und einer Elchfährte. Dann verloren sie sich in Richtung der Berge, die sich über dem grünen Tal des Kispiox erhoben. Greg stapfte den sumpfigen Pfad entlang bis zur Straße, denn er hatte außerdem deutliche Abdrücke von vier Stiefelpaaren entdeckt. Sie führten von der Straße zu der Stelle, wo der Elch gerissen worden war, und wieder zurück. Die Männer waren eindeutig vor den Wölfen hiergewesen, denn die Wolfsspuren überdeckten die Stiefelabdrücke.

Greg war gerade zur Hütte zurückgekehrt, als ein RCMP-Wasserflugzeug auf dem See landete und dann bis zum Ufer glitt. Hauptwachtmeister Blakeburn und der Pilot stiegen aus. Greg ging ihnen entgegen und begrüßte sie.

„Was gibt's Neues?" fragte Blakeburn, während sie gemeinsam den Hang zur Hütte hinaufstiegen.

„Nicht viel", erwiderte Greg. „Ich war gerade am Ende der Straße. Ich habe dort Spuren von Wölfen und einem erlegten Elch gefunden."

„Es kursieren Gerüchte, daß Náhani in der Nähe sein soll", berichtete Blakeburn. „Es soll ihr Rudel gewesen sein, das den Elch gerissen hat. Hatten Sie nicht gesagt, sie überwintere im Kitiwanga und jage dort Karibus?"

„Vielleicht habe ich mich geirrt", erwiderte Greg.

Als sie die Hütte erreichten, wäre es zwecklos gewesen zu leugnen, daß das Rudel hier gewesen war – die Spuren waren zu deutlich. Blakeburn begann mißtrauisch zu werden.

„Sie haben sie getroffen?" Seine Stimme klang eisig und drohend.

„Ich habe geschlafen. Ich weiß nicht, wann sie hier waren. Erst vorhin habe ich die Spuren entdeckt und die Fährte bis zur Straße verfolgt."

„In welcher Richtung sind die Wölfe verschwunden?"

„Zum Kispiox. Außerdem gab es noch Spuren, die von vier Wilddieben stammen. Der Elch war schon fort, als die Wölfe dort eintrafen."

„Wir werden das überprüfen. Wir haben übrigens noch eine Meldung, die für Sie von Interesse sein dürfte. Vom Golf zieht eine breite Kaltfront heran."

„Vielleicht sind die Wölfe zur Hütte gekommen, um mich zu warnen. Nun fliehen sie selbst vor dem Unwetter. Morgen werden sie bereits in der Skeenaschlucht sein."

„Zweihundertfünfzig Kilometer entfernt?"

„Unter Náhanis Führung eine Kleinigkeit."

Blakeburn übergab Greg zum Abschied ein Paket Pfeifentabak, eine Dose mit Plumpudding und sechs Dosen Büchsenmilch. „Das ist ein *Potlatch*, ein indianisches Gastgeschenk", sagte er und lächelte dabei zum erstenmal. „Tut mir leid, aber wir müssen wieder aufbrechen. Es wäre nett, wenn Sie das Flugzeug noch vom Ufer abstoßen würden, damit wir wieder starten können."

Greg erfüllte diesen Wunsch, und nachdem ihm Blakeburn noch „Viel Glück!" zugerufen hatte, flogen die beiden Männer davon.

In den nächsten fünf Tagen regnete es ununterbrochen, und Greg verließ die Hütte nur, wenn es unerläßlich war. Als der angekündigte Schwall arktischer Kaltluft herankam, verwandelte sich der Regen in Schnee. Dann fing der See an zuzufrieren. Das Thermometer fiel auf minus 30° C. Bald waren die Wälder von einer dichten Schneedecke überzogen, und zwei Hungermonde lang blieb alles weiß.

Manchmal konnte Greg bis zum anderen Seeufer sehen, doch oft betrug die Sicht nur wenige Meter. Wie stark die Temperatur gefallen war, konnte man sogar hören, denn immer wieder barsten gefrorene Bäume mit einem Knall, der wie das Krachen eines Schrotschusses klang.

Gregs Bewegungsfreiheit war vorerst eingeschränkt, selbst wenn er sich auf seinen mit Bärenfell bespannten Schneeschuhen vorwärts bewegte. Das würde sich erst ändern, wenn die Temperatur so weit stieg, daß der Wind die weiten Schneefelder mit einer festen Kruste überziehen konnte. Einen Monat lang ließ Greg in zwei Eimern am Feuer Eiszapfen schmelzen, um Wasser zum Trinken, Kochen, Wäschewaschen und für eine gelegentliche Katzenwäsche zu haben.

IM DEZEMBER und Januar kamen immer wieder Wölfe herunter aus den Bergen, doch mieden sie sorgfältig den Umkreis der Hütte, denn sie hatten schmerzliche Erinnerungen an Tellereisen, Schußwunden und den Gestank des Todes aus Zeiten, in denen Trapper-Dan dort gehaust hatte.

In einer mondklaren Nacht, in der das Quecksilber im Außenthermometer 40° C unter Null anzeigte, hatten umherstreifende Wölfe im Wald hinter der Hütte gerade eine laute Balgerei beendet, als Greg das schwere Krachen sich nähernder Schritte vernahm. Er vermutete einen menschlichen Besucher und lief zur Windfangtür. Da hörte er plötzlich draußen ein dunkles Brummen und Gurgeln, und ihm wurde klar, daß die Wölfe ganz nahe bei seiner Hütte einen Bären im Winterschlaf entdeckt und aufgestöbert hatten.

Schnell legte er seinen daunengefütterten Kapuzenparka an, zog dann die Strickmaske über Mund und Nase, knöpfte den Parka bis oben zu und zog lange, gefütterte Handschuhe über. Dann wagte er sich hinaus. Vor der Hütte stand ächzend eine alte schwarze Bärin, die offensichtlich ins Innere wollte, doch Greg gelang es, sie zur Südseite zu locken. Da Trapper-Dan die Hütte in Hanglage gebaut hatte, gab es dort unter dem Hüttenboden einen gut einen Meter breiten Raum, der als Werkzeugschuppen und Rumpelkammer diente. Als die Bärin ihn sah, krabbelte sie sofort hinein, brummte zufrieden und kuschelte sich an das trockene Moos, mit dem die Wände abgedichtet waren. Greg verschloß den Eingang mit Moos und Schnee, damit die Bärin dort bis April, dem „Mond der Blätter und Blumen“, ungestört ihren Winterschlaf halten konnte. Da die Wölfe die Bärin nun nicht mehr aufscheuchen konnten, nahmen sie ihre spielerischen Verfolgungsjagden am westlichen Ufer des Kitwangasees wieder auf.

Als der Februar, der „Mond der abgeworfenen Geweihe“, sich seinem Ende zuneigte, begann in Greg allmählich alles gegen die nie enden wollenden Widrigkeiten des Winters zu rebellieren. Und wenn er an die langen Wochen dachte, die er noch abwarten mußte, ehe er die Suche nach Náhani wiederaufnehmen konnte, wurde er sogar noch unruhiger.

Im März, dem „Mond des Schmelzwassers“, heulte der Wind mit den hungrigen Wölfen um die Wette, denn der März war ein Hungermond, weil inzwischen die leicht zu erlegende Beute erlegt war. Der unablässig fallende Schnee hielt das Land immer noch in frostiger Starre. Als die Sonne endlich wieder durch die Wolken brach, eilte Greg sofort zum Thermometer.

Zwölf Grad unter Null! Der „Alte Mann des Nordens“ hatte die Flucht ergriffen!

März und April verbrachte Greg weitgehend damit, Karten zu studieren und eine genaue, in Tagestouren aufgeteilte Marschroute für die Zeit von Juni bis September auszuarbeiten. Stundenlang beschäftigte er sich mit allen Einzelteilen seiner Ausrüstung und paßte sie den Erfordernissen an, die er im vergangenen Sommer kennengelernt hatte. Um die Kondition wiederzuerlangen, die er während der erzwungenen Untätigkeit im Winter verloren hatte, unternahm er ausgedehnte Wanderungen im Gebirge, bergauf und bergab mit dreißig Kilo Gepäck in seinem Rucksack.

Die gefrorene Oberfläche des Sees begann unter dumpfem Dröhnen zu bersten und war von dunklen, klaffenden Rissen durchzogen. Ende April, dem „Mond der Blätter und Blumen", hielt endlich der Frühling Einzug. Die alte Bärin grub sich aus ihrem Quartier aus und trank gierig von dem Schmelzwasser, das in kleinen Bächen vor sich hin plätscherte. Greg gab ihr eine geräucherte Forelle, und sie nahm den Fisch und machte sich auf in den Wald hinter der Hütte. Greg folgte ihr etwa fünfzig Meter weit und atmete den süßen Duft des Frühlings tief ein.

Und dort, auf dem morastigen Pfad, entdeckte er die frischen Stiefelabdrücke. Die einen stammten von Bergsteigerstiefeln, die anderen von Gummisohlen. Die Spur führte zu einer Gruppe knospender Espen, keine siebzig Meter von der Hütte entfernt. Die Männer waren hin und her gelaufen, als wären sie sich nicht ganz schlüssig gewesen, was sie tun sollten. Dann führten ihre Spuren bergauf, schlugen einen weiten Bogen und kehrten wieder auf den Pfad zurück. Von dort liefen sie weiter bis zum Straßenende.

Greg war am Vortag am selben Ort gewesen, ohne menschliche Spuren zu sehen.

Nun bestand nicht mehr der geringste Zweifel, weshalb Trapper-Dan die Hütte an Greg vermietet hatte. Vermutlich hatte er ebenso wie Greg angenommen, daß Náhani ihr Rudel nach Süden führen würde, um hier leichtere Beute zu finden als die wachsamen Karibuherden im Kitiwanga. Und mit großer Wahrscheinlichkeit wußte er auch, daß es noch einen zweiten Grund gab, der die Wölfe bewogen haben konnte, in dieser Gegend zu überwintern: Nach dem Werfen ihrer Jungen brauchten sie bestimmte Grünpflanzen, die sie nur an den südlicher gelegenen Teilen der Täler der Flüsse Skeena und Babine finden konnten.

Wann immer sich in der Nähe der Hütte frische Wolfsfährten

zeigten, legte Greg sein Gewehr beiseite, weil er genau wußte, daß er Náhani nie wiedersehen würde, wenn sie ihn mit einer solchen Waffe in Verbindung brachte. Nur in einem Fall war er bereit, das Gewehr zu benutzen: wenn er sie in einer Situation, die ihr Leben gefährdete, mit Schüssen verscheuchen konnte. Dann würde ihm keine andere Wahl bleiben, als zu schießen.

Am 23. Mai 1967 packte Greg seinen Rucksack und brach auf nach Hazelton. Zwölf Stunden später kam er im Haus seines Freundes Rocky Longspear an. Nachdem er ihm seine Pläne für die sommerliche Suche erklärt hatte, fuhr er mit Rockys Wagen nach Smithers, um sich mit einem Viermonatsvorrat an haltbaren Vorräten einzudecken. Um Mitternacht war er wieder in Hazelton.

„Ich glaube, im Handelsposten war einer von Trapper-Dans Männern und hat mich erkannt", berichtete er Rocky. „Der Bursche hatte es auffallend eilig abzuhauen."

„Dieser Trapper-Dan Tall-Totem ist ein übler Bursche", bemerkte Rocky. „Er hat nie viel getaugt. Er hat vier, fünf Kumpane – Trunkenbolde, Spieler, Diebe –, die ihm aufs Wort gehorchen. In der Schmelzerei von Kitimat haben sie Dan übrigens gefeuert, und die Mounties haben ihn in letzter Zeit öfter in seiner Hütte aufgesucht."

„Was gibt's sonst Neues?"

„Im Gebiet um den Skeena sind alle äußerst besorgt, weil Trapper-Dan ein Gerücht in Umlauf gebracht hat, es gäbe einen Zusammenhang zwischen Náhani und einem vor kurzem aufgetretenen Fall von Tollwut. Du solltest übrigens auf der Hut sein, Greg. Die auf Náhani ausgesetzte Prämie beträgt jetzt 1800 Dollar. Und die Tsimshians werden dich nicht sehr freundlich behandeln. Viele glauben, daß du Eugene Charley getötet hast. Trapper-Dan hat dir das Gewehr anscheinend nur mit diesem Hintergedanken dagelassen. Er nahm an, daß du Charley so sehr hassen würdest, daß du ihn umbringen könntest, und nach Charleys Verschwinden hat er nun freie Bahn bei der Jagd auf Náhani. Komm vor dem ‚Mond der bunten Blätter' lieber nicht mehr hierher zurück."

Greg kannte seinen Freund gut genug, um diese Warnung ernst zu nehmen.

„Eines ist sicher", fuhr Rocky fort, „Trapper-Dan und seine

Kumpane werden dir in diesem Sommer folgen. Du kannst von Glück sagen, wenn du ihnen entwischst. Nimm nicht den Weg durch das Skeenatal wie im vergangenen Jahr. Zieh besser am Kispiox entlang. Wenn ich dich bis zum Ende der Straße bringe, hast du fast siebzig Kilometer Vorsprung in Richtung Norden. Trotzdem solltest du zwei, drei Tage lang kein Feuer machen. Meide den alten Handelspfad. Und vor allem – halte die Augen offen!"

Gegen zwei Uhr nachts brachte Rocky Greg bis zum Ende der Straße, das knapp zehn Kilometer südlich von dem Pfad lag, der durch das Gebiet der Swanseen führte. Von hier aus bewegte sich Greg parallel zum Indianerpfad, jedoch in gebührendem Abstand am linken Ufer des Kispiox weiter. Diese Route brachte ihn auf direktem Weg zur Hütte am Swansee. In dieser Gegend würden ihn die Trapper am wenigsten vermuten. Um sicherzugehen, daß die Tsimshian-Fährtenleser seine Spur nicht ausmachen konnten, hatte Greg über seine Stiefel Mokassins aus dicker Elchhaut gezogen.

Die ganze Zeit über hielt Greg Ausschau nach Náhanis Rudel. Doch mehrere Tage und Nächte vergingen, ohne daß er ein Anzeichen dafür entdecken konnte, daß es sich in der Nähe aufhielt. Er gelangte wie geplant zur Hütte am Swansee, wo er eine Nacht blieb, und zog anschließend weiter in Richtung Norden. Mehrmals hatte er mit heftigen Unwettern zu kämpfen, ehe er schließlich die langgezogene Bergkette erreichte, die nördlich der oberen Kispioxsenke liegt. Nachdem er dreißig Kilometer weit über bröckliges, scharfkantiges Geröll gelaufen war, um oberhalb der Baumgrenze zu bleiben, stieg er in die dunstblauen Tiefen der Nass-River-Schlucht hinab. Da sich erneut ein heftiges Gewitter ankündigte, baute er am linken Ufer des schimmernden Gewässers schnell eine behelfsmäßige Unterkunft zusammen, in der er eine kurze Schlechtwetterphase überstehen konnte. Wenig später ging ein heftiger Wolkenbruch nieder.

Sobald es aufgehört hatte zu regnen, brach Greg sein Lager ab und zog mehrere Tage lang weiter stromaufwärts. Mehr als einmal brachte er bis zu einem halben Tag damit zu, eine Furt über Nebenflüsse zu suchen, deren reißende und eiskalte Strömung ihn oft bis über die Taille erfaßte und mitzureißen drohte. Dann wiederum verlief der Fluß plötzlich zwischen steilen Felswänden, so daß Greg zeitraubende Umwege in Kauf nehmen mußte, entweder an Abgründen entlang, durch dichtes Gestrüpp, um ausgedehnte Geröllfelder herum oder über ein undurchdringliches Dickicht aus umgestürzten Bäumen und toten Ästen. Es wurde eine harte, kräftezehrende Tour, und als Greg das Quellgebiet des Nassflusses erreichte, hatte er sich zahlreiche Blessuren zugezogen: Er hatte sich einen Knöchel so böse verstaucht, daß er humpelte, Nacken, Arme und Beine waren zerkratzt und zerschunden, und aufgrund mehrerer Zeckenbisse waren die Achselhöhlen schmerzhaft angeschwollen. Dennoch hatten all die Strapazen und Qualen, die das Kitiwanga für ihn bereithielt, seiner unerschütterlichen Zuversicht und seiner Überzeugung, daß er das Richtige tat, nichts anhaben können.

„Ich muß gestehen", schrieb er in sein Tagebuch, „daß ich selbst die härtesten Prüfungen als sinnvolle Erfahrung, ja als Bereicherung betrachte. Es gibt immer einen Silberstreif am Horizont. Jedesmal wenn ich dachte, die Umwelt wäre mir zutiefst feindlich gesinnt, kam ein Bär, ein Fuchs, ein Marder oder Fischotter vorbei, freute sich, wenn ich meine Essensration mit ihm teilte, oder leistete mir einfach nur Gesellschaft."

Nachdem Greg am „See ohne Namen" eine längere Rast eingelegt und danach gemächlich zwei Gebirgspässe hinter sich gebracht hatte, machte er sich daran, die zerklüftete Stikinehochebene zu überqueren. Fährten und Exkremente an Wasserstellen zeigten Greg, daß offenbar sieben große Jagdbahnen von Wolfsrudeln das Nass-River-Tal kreuzten. Das überraschte ihn, denn eigentlich war dieses Gebiet alles andere als ein typisches Wolfsrevier. Für Wölfe waren die Fluchtwege hier zu lang und unsicher, und sie zogen es mit großer Wahrscheinlichkeit vor, im felsigen Hochland nördlich und östlich des Nassflusses zu jagen.

Nachdem Greg vier Tage lang einer Fährte gefolgt war, die plötzlich im Nichts endete, und dabei keinen Wolf gehört oder gesehen hatte, stieß er plötzlich auf eine frische Spur. Auffallend war, daß einer der Wölfe erkennbar schwerer war als die anderen Mitglieder des Rudels, denn er hatte besonders breite Abdrücke hinterlassen. Und Greg sah sofort, daß an der rechten Vorderpfote zwei Zehen fehlten!

Die frischen Spuren liefen an einem dicht bewachsenen, sumpfigen Berghang hoch, der sich schließlich zu einer savannenartigen Hochebene westlich des Rossflusses verbreiterte.

Während Wölfe ihre Fährte häufig zu verwischen versuchen, wenn sie sich in Gebieten befinden, in denen die Witterung von Trappern, Stahl und Schießpulver Unheil verheißt, hatten sie hier keinerlei derartige Anstrengungen unternommen. Da die letzten Spuren im Matsch stromabwärts wiesen, stieg Greg in das Tal beim nördlichen Seitenarm des Rossflusses hinab. Dort nahm er die Fährte wieder auf und verfolgte sie bis zum Cold-Fish-See, wo er auf das Rudel wartete. Doch der Juli, der „Mond des rollenden Donners", ging zu Ende, ohne daß es neue Anzeichen von Wölfen gab. So schulterte Greg schließlich wieder seinen Rucksack und verließ die Stikinehochebene in Richtung auf das Tal des Pitmanflusses, in das ihn die zehn Tage alte Fährte des Wolfs mit den beiden fehlenden Zehen führte. Auf seiner hundert Kilometer langen Wanderung vom Cold-Fish-See zur Mündung des Pitmanflusses hatte er keine größeren Hindernisse zu überwinden.

Eines war jedenfalls sicher: Er hatte ohne Frage ein neues Jagdrevier von Timberwölfen entdeckt.

Augen im Dunkel

KURZ vor der Stelle, wo die Flüsse Stikine und Pitman sich vereinigen, stieß Greg auf frische Fährten und vernahm vom anderen Ufer entferntes Wolfsgeheul, und seine Hoffnung wuchs, daß er Náhani endlich näher gekommen war. Die einzige Möglichkeit, den Fluß zu überqueren, bestand darin, sich über eine ineinander verkeilte Ansammlung von Baumstämmen und Treibholz zu wagen, die im Wasser trieb. Doch Greg war so zuversichtlich, daß er beschloß, diesen riskanten Versuch zu unternehmen.

Tatsächlich erwies sich die Angelegenheit als reichlich gefährlich. Teilweise wurde die ganze Konstruktion nur von einem einzigen Stamm zusammengehalten, und beim geringsten Ungleichgewicht drohte sie auseinanderzubrechen oder umzukippen. Einen kurzen Moment lang überlegte Greg, ob es nicht doch sinnvoller wäre, umzukehren und ein Floß zu bauen, doch die Strudel und die Stromschnellen unter dem verkeilten Treibholz ließen diese Lösung wenig ratsam erscheinen. Außerdem wiesen Spuren darauf hin, daß die Wölfe ebenfalls den Weg über das Treibholz genommen hatten.

Das lose Geflecht von Stämmen hielt, bis Greg noch etwa fünf Meter vom anderen Ufer entfernt war. Dann begann einer der Baumstämme sich plötzlich zu drehen, und der junge Indianer stürzte in das trübe, ein Meter zwanzig tiefe Wasser. Glücklicherweise war die Strömung an dieser Stelle nicht sonderlich stark, und er gelangte ans Ufer, ohne daß seine Vorräte allzu großen Schaden genommen hatten. Doch seine Begeisterung war nun wieder etwas gedämpfter.

Nachdem Greg seine Sachen getrocknet hatte, setzte er seinen Weg fort. Das weite Tal des Pitmanflusses verengte sich bald und stieg steil an, aber eine vielgenutzte Wildbahn verlief parallel zum linken Flußufer und führte bis zum See, in dem seine Quelle entsprang. Die jüngsten Spuren auf dem schlammigen Boden des Pfades stammten eindeutig von dem Wolfsrudel. Nach dem Pitmansee mußte Greg über einen 1800 Meter hohen und 1600 Meter breiten Eiszeitgletscher klettern, der die Wasserscheide zwischen Pazifik und Arktis bildete. Ein See auf der Ostseite speiste den Frogfluß, an dessen rechtem Ufer Greg sich drei Tage lang vorwärts kämpfte, durch Unterholzdickicht, über vom Sturm gefällte Tannen und entlang steilen Felsufern.

Eines Morgens nach dem Frühstück studierte er gerade seine Karte, um zu entscheiden, ob er dem Kechikafluß nach Süden folgen oder weiter zum Gatagafluß ziehen sollte. Beide Routen verliefen unmittelbar westlich der Britisch-Kolumbischen Rockies. Greg war sich unschlüssig, denn er hatte schon seit längerer Zeit keine Wolfsfährte mehr gesehen. Offenbar hatten die Wölfe gespürt, daß jemand sie verfolgte, und zogen es nun vor, sich im Flußbett fortzubewegen, wo sie keine sichtbaren Spuren hinterließen.

Plötzlich bemerkte er einen auffällig hell leuchtenden Punkt auf einem nordwestlich gelegenen Felsvorsprung. Nur ein paar hundert Meter davon entfernt rannte ein Rudel von mindestens 25 Wölfen in einer langen Reihe den Grat entlang. Greg sprang auf und griff zum Fernglas.

Eine silbergraue Wölfin glitt geschmeidig von dem Felsvorsprung und führte ihre Truppe auf dem Weg in die Gatagasenke.

Greg packte seinen Rucksack und goß Wasser über das Lagerfeuer. Die Entscheidung über den weiteren Weg war ihm abgenommen worden.

Zwei Tage später erreichte Greg abends den Denetiahsee. Würde Náhani hier endlich einen Ort finden, an dem sie vor Verfolgung sicher sein konnte? Eine deutliche Wolfsroute führte zu einem breiten, bewaldeten Berghang mit mehreren Höhlen, etwa zweihundert Meter oberhalb des Südufers am Abfluß des Sees. Es waren meist tunnelähnliche Röhren zwischen umgestürzten, moosüberwachsenen Baumstämmen.

Einen echten Hinweis darauf, daß die Anführerin dort ihr Hauptquartier bezogen hatte, gab es nicht. Und nichts als eine bestimmte Haltung und das Fehlen sichtbarer Geschlechtsorgane ließen Greg schließen, daß die Silberwölfin, die er gesehen hatte, Náhani sein könnte. Außerdem war ein einzelner schwarzer Wolf, der leicht hinkte, hinter ihr an der Spitze des Rudels gelaufen.

Nachdem Greg sein Gepäck abgelegt hatte, stieg er den Hang südlich des Denetiahsees hinauf bis oberhalb der Baumgrenze und kletterte dort auf einen Felsen, der eine günstige Aussicht bot. Von hier aus suchte er sorgfältig die umgebenden 650 Quadratkilometer Wald und Ödland ab. Irgendwo in dieser undurchdringlichen, weitausgedehnten Wildnis versteckte eine silbergraue Wölfin ihr Rudel. In der Ferne verlor sich die Senke in einem blaugrünschimmernden Wunderland von atemberaubendem Ausmaß.

Er wollte schon zum See zurückkehren, um dort noch vor Einbruch der Dunkelheit sein Lager aufzuschlagen, als weit entfernt im Osten, jenseits des Gatagaflusses, etwas seine Aufmerksamkeit erregte. Es waren Rauchfahnen, die von sieben kleinen Indianerfeuern aufstiegen. Noch fünf Minuten zuvor hatte er in dem ganzen Gebiet trotz sorgfältigster Beobachtung weder Rauch noch irgendeine Bewegung entdecken können. Ein trockener, warmer Fallwind aus Richtung Westen wehte mit zunehmender Stärke auf die Rockies zu, und bald vereinten sich die sieben einzelnen Rauchfahnen zu einem einzigen Rauchpilz, genau wie die Indianer es beabsichtigt hatten. Aus sieben Feuern war eines geworden, und falls der Wind sich nach Sonnenuntergang drehen und die Flammen auf den Denetiahsee zutreiben sollte, würde es nicht sehr ratsam sein, sich in dieser Nacht im Frog-River-Wald aufzuhalten.

Seit Jahrhunderten schon haben Indianer ganze Waldbezirke abgebrannt, um sich einen Durchgang zu verschaffen, die Weidegebiete für das Wild zu vergrößern oder neue Tiere anzusiedeln. Gelegentlich verlieren sie die Kontrolle über die Brände, aber grundsätzlich sind sie Experten, die genau berechnen können, wieviel Wald auf diese Weise gerodet werden soll. Da sie zudem Wetterveränderungen voraussagen können, wußte Greg, daß mit ziemlicher Sicherheit im Lauf von vierundzwanzig Stunden nach dem Waldbrand heftige Regenfälle einsetzen würden.

Der junge Chimmesyan kletterte wieder zum See hinunter. An dem vom Sonnenuntergang geröteten Himmel funkelten schon die ersten Sterne in schwachem Gelb. Es lag etwas Unheilverkündendes in der Luft.

Das etwa vierzig Kilometer östlich wütende Feuer erinnerte Greg an Trapper-Dan Tall-Totem und seine Komplizen. Mit trüben Gedanken saß er an diesem Abend an seinem Lagerfeuer und fragte sich, ob er seinen Verfolgern wirklich entronnen war. Immerhin waren es erfahrene Waldläufer, wenn sie nicht gerade betrunken waren. Und sie waren mindestens ebenso motiviert wie er; schließlich ging es ihnen um eine stattliche Belohnung, für die sie bereits einiges an Zeit investiert und einen entsprechend geringeren Verdienst in Kauf genommen hatten.

Auch Trapper-Dan besaß das indianische Wissen, mit dessen Hilfe es ihm möglich gewesen wäre, das Gebiet mit einem Ring aus Feuer einzukreisen. Er verfügte damit über eine Waffe, der weder Náhani noch Greg etwas entgegensetzen konnten. Haß und Wut der Trapper mußten inzwischen einen lebensgefährlichen Grad erreicht haben. Ob er die Wölfin nun fand oder nicht – Greg beschloß in dieser schlaflos verbrachten Nacht, daß er endgültig herausfinden wollte, ob die Tsimshian-Trapper ihn verfolgten. Die Ungewißheit und das endlose Warten zerrten an seinen Nerven. Er hatte in der letzten Zeit zu oft das beunruhigende Gefühl verspürt, unter Beobachtung zu stehen.

Gegen Morgen setzte der erwartete Regen ein und löschte den Waldbrand. Zwischen zwei Schauern kletterte Greg auf den Berggipfel, um das Ausmaß des Brandes festzustellen. Etwa vierzig bis fünfzig Kilometer entfernt zog sich entlang dem Gatagaufer eine riesige dunkelgraue Schneise durch den Wald, und Greg erinnerte sich, daß die Indianer Nordamerikas gelegentlich Wälder an Flüssen niederbrannten, um dort leichter nach Goldvorkommen suchen zu können.

Um die folgenden Regentage nicht untätig zu verbringen, baute sich Greg etwa hundertfünfzig Meter vom Ufer entfernt aus

Treibholz einen Unterstand mit einem Dach aus Grassoden und Moos. Ansonsten konnte er nichts anderes tun, als auszuharren.

Als der „Mond des rollenden Donners“ endlich eine mehrtägige Schönwetterperiode versprach, beschloß Greg, nicht länger abzuwarten, sondern einen Erkundungsgang zu unternehmen. Das Gefühl, ständig beobachtet zu werden, hatte sich bis ins Unerträgliche gesteigert, wie Greg seinem Tagebuch anvertraute: „Manchmal empfinde ich geradezu körperlichen Schmerz bei dem Gedanken, daß irgendwo im Gebüsch ein Augenpaar jede meiner Bewegungen verfolgt, daß sich ständig Blicke in mich bohren. Im Traum sehe ich die blutunterlaufenen Augen von Trapper-Dan und seinen betrunkenen Krötenfressern über die Kimme ihrer Gewehre blinzeln, die sie auf mich gerichtet haben.“

Er packte seine Ausrüstung zusammen. Es sollte so aussehen, als bräche er sein Lager ab und zöge weiter. Nach einem zwei Kilometer langen Fußmarsch flußabwärts verengte sich das Tal zu einer Schlucht. Minutenlang beobachtete er die Hänge auf beiden Seiten durch sein Fernglas. Dann nahm er alles Entbehrliche aus seinem Rucksack, wickelte es in seine Bodenplane und hängte das Paket hoch oben in einen Baum, damit die Bären sich nicht darüber hermachen konnten. Mit seiner nun weitaus geringeren Last kam er erheblich schneller voran. Er legte weite Strecken zurück und verbarg sich zwischendurch stundenlang auf günstig gelegenen Felsvorsprüngen, von wo aus er die gerade zurückgelegte Strecke sorgfältig mit dem Fernglas absuchte. Sein Plan war es, das Tal um den Denetiahsee in immer enger werdenden Kreisen zu umrunden. Er vermied dabei jedes Geräusch, machte kein Feuer, prüfte eingehend jeden Wildwechsel und jede Wiese, auf der Stiefel einen Abdruck hätten hinterlassen können, und kroch in jedes Dickicht, hinter dem sich ein Lager mit mehreren Männern verbergen konnte.

Am zweiten Tag durchquerte er gerade ein dicht bewaldetes Tal zehn Kilometer westlich des Denetiahsees, als er sich instinktiv blitzschnell in ein Gebüsch aus hohen Preiselbeerstauden fallen ließ. Er hatte gemerkt, daß er beobachtet wurde, konnte aber weder mit bloßem Auge noch mit dem Fernglas entdecken, von wem. Er war sich sicher, daß er sich nicht offen gezeigt oder auf andere Weise verraten hatte, falls er nicht unwissentlich an einem Lager vorbeigestolpert war. In geduckter Haltung kroch er langsam weiter, um das Terrain zu sondieren, und achtete dabei auf die geringste Bewegung, vor allem im schattigen, dichten Laubwerk.

Er wollte sich gerade aufrichten, um die verkrampften Muskeln zu lockern, als etwa fünf Meter hinter ihm ein Zweig knackte. Sofort wirbelte er herum, griff zum Messer und war bereit, den ersten Kampf seines Lebens auszutragen.

Hinter einem Vorhang aus leuchtenden Rhododendronblüten lugten vier gelbgrüne Augenpaare über schwarzen Schnauzen hervor. Als die Wölfe merkten, daß sie entdeckt worden waren, zogen sie sich schweigend in das Walddickicht zurück und verschwanden.

Greg setzte sich und dachte nach. Am Nakinileraksee hatten die Wölfe Vorposten ausgesandt, die ihn eine Weile beobachtet hatten, und waren dann erst in ihr Revier zurückgekehrt. Weshalb sollten sie nicht dasselbe am Denetiahsee tun? Er hatte bisher das Dunkel nach *menschlichen* Gestalten abgesucht, die 1,60 bis 1,80 Meter groß gewesen wären. Die Wölfe jedoch hatten seine Bewegungen aus einer viel tieferen Position, kaum dreißig Zentimeter über dem Boden, verfolgt. Deshalb hatte er niemanden bemerkt. Und das konnte bedeuten, daß er von einer ganz falschen Voraussetzung ausgegangen war und daß sich in diesem Gebiet außer ihm kein einziger Mensch aufhielt.

Noch nicht ganz überzeugt, lief Greg zu der Wildbahn am Grunde der Frog-River-Schlucht, dem einzigen Zugang zum Tal des Denetiahsees. Er selbst war hier entlanggekommen, und jeder andere, der in diese Richtung wollte, mußte den gleichen Weg nehmen.

Im feuchten Sand und im Lehmboden der Wildbahnen hatte alles, was Beine besaß und hier im Norden unterwegs war, Spuren hinterlassen – nur keine Menschen.

Die Heimkehr der Wölfe

NACH der Rückkehr zum Denetiahsee setzte sich Greg ganz bewußt der Beobachtung aus, die er spüren, aber nicht sehen konnte.

Gemächlich im Riedgras der Sümpfe dahinziehende Elche würzten ihre eintönige Nahrung mit jungen Tannensprossen und beachteten sein Lager gar nicht, während sie zur Tränke am See kamen. Adler und Ohreulen würdigten den jungen Mann und seinen Aktivitäten keines Blickes, wenn sie versuchten, sich gegenseitig die Beute abzujagen. Nachdem Greg schließlich überzeugt war, daß die Männer, die hinter ihm und Náhani her waren, ihn nicht bis zum See verfolgt hatten, fühlte er sich fast so heiter und unbeschwert wie in seinen Kindertagen, als er noch nichts davon gewußt hatte, daß Menschen andere Menschen fürchten müssen.

Die Sommersonne im „Mond des rollenden Donners" verstärkte die Schatten des Waldes noch. Der junge Indianer jedoch durchstreifte furchtlos und unbekümmert die Tannen- und Fichtenhaine.

Am Nachmittag des 5. August war Greg mit einer reichen Pilzernte zurückgekommen und in Gedanken ganz bei der leckeren Mahlzeit, die ihn nun erwartete. Daher dauerte es einige Zeit, bis er bemerkte, daß sich in seiner Umgebung etwas verändert hatte. Am Seeufer und am Waldrand waren keine Tiere mehr zu sehen, und das muntere Vogelgezwitscher hatte sich in schrilles Alarmgeschrei verwandelt.

Greg griff nach dem Fernglas und suchte das Revier der Wölfe am Berghang ab. Dort regte sich nichts. Aber hoch oben auf einer breiten, abfallenden Felsplatte, keine zwei Meter unter dem sich deutlich gegen den Himmel abzeichnenden Berggipfel, lagen mindestens zwei Dutzend Timberwölfe schlafend in der Sonne.

Nachdem er die reglos daliegenden Wölfe gezählt und sie eine Weile beobachtet hatte, ging Greg zur Feuerstelle und entfachte ein kleines Feuer. Die Indianer des Nordens pflegen das zu tun, wenn sie spüren, daß eine Veränderung eintreten wird. Es ist eine gebetsähnliche Handlung. Greg hatte zwar keine Silberwölfin auf dem Felsvorsprung gesehen, aber sein Herz schlug schneller bei dem Gedanken, daß dies Náhanis Rudel sein könnte. Und wenn es so war? Konnte er nach drei Jahren noch erwarten, demselben freundlichen und zugleich stolzen Geschöpf zu begegnen, das er am Nakinileraksee kennengelernt hatte?

Während er jetzt am Denetiahsee wartete, fragte sich Greg, weshalb die Wölfe ihrem Stammquartier wohl in der letzten Zeit ferngeblieben waren. Zweifellos hatten sie sich vor dem Waldbrand nach Westen zurückgezogen. Dann hatte Gregs Anwesenheit sie beunruhigt, und die vier Kundschafter hatten dem Rudel die Rückkehr erst gestattet, nachdem sie die Beobachtung des jungen Indianers abgeschlossen hatten.

Der zunehmende „Mond des rollenden Donners“ ging über den Felsspitzen des Cassiargebirges auf. Greg hielt ein kleines Feuer in Gang. Um Mitternacht heulten vier oder fünf Wölfe ein paar hundert Meter vom Ufer des Sees entfernt kurz auf. Dann herrschte völlige Stille. Eine leichte Brise wehte durch die hochgewachsenen Nadelbäume. Wo blieben die nächtlichen Rufe der Ohreule, das Zirpen der Heuschrecken, das Glucksen der Baumkröten? Eine Atmosphäre gespannter Erwartung schien die Stille und Einsamkeit noch vollkommener zu machen. Greg lehnte sich an einen Baumstamm, der vor seinem Unterstand lag, und spielte ganz leise auf der Mundharmonika.

Ganz plötzlich, als wäre sie dem würzigen Duft des Lagerfeuers entstiegen, stand Náhani wie eine Statue an der dem See zugewandten Seite des Lagers. Sie ließ ein dumpf grollendes Knurren vernehmen, und erst da drehte Greg sich langsam um und sah sie an. Ihre weit auseinanderstehenden grüngelben Augen leuchteten im Schein des Lagerfeuers. In den reglosen Pupillen tanzten kleine Goldflecken.

Jetzt endlich, mit ihrem leibhaftigen Erscheinen, hatte Greg Gewißheit: Er hatte Náhani wiedergefunden.

Vorsichtig kroch er auf allen vieren um das Ende des Baumstammes. Die große silberweiße Wölfin knurrte und entblößte ihre Fänge, aber ohne ihm damit zu drohen. Als sie leicht die Schnauze öffnete und erneut knurrte, setzte sich Greg auf den Boden und fing an, mit ihr zu reden. Aus den Augenwinkeln nahm er wahr, daß der Schein des Lagerfeuers auf zwölf weitere Mitglieder ihres Rudels fiel, die das Lager umringt hatten. Reglos, aber sprungbereit standen sie da und starrten in Náhanis Richtung, als warteten sie nur auf die Befehle ihrer Führerin.

„Náhani“, sagte Greg leise, obwohl er wußte, daß es ein Fehler war, sie beim Namen zu nennen. Daß sie ihren Namen erkannte, war das letzte, was er wollte. Es war nicht ausgeschlossen, daß ein Jäger sie eines Tages bei diesem Namen riefe – und was würde geschehen, wenn sie dem Ruf in der Annahme folgte, es wäre Gregory Tah-Kloma? Aber er hoffte, daß Náhani sich an den Klang seiner Stimme erinnern würde. „Komm und setz dich ans Feuer. Du brauchst keine Angst zu haben.“

Doch sie wich zurück, bis sie mit den Hinterläufen im Wasser stand. Dann drehte sie sich um, trank ein paar Schlucke und verschwand schnell im Wald. Ihre Horde heulte und knurrte, als sie ihr folgte. Nachdem Greg mehrmals ein Wolfsgeheul angestimmt und Antwort erhalten hatte, warf er seinen Schlafsack auf das sandige Ufer, kroch hinein und schlief bald darauf ein.

Den nächsten Tag verbrachte er, indem er auf allen vieren im Lager und in der Umgebung umherlief. Vier Kundschafter des Wolfsrudels überwachten ihn ständig, zwei auf der Anhöhe nördlich des Creeks, zwei andere von ihren Höhlen am Hang aus, etwa fünfzig Meter hangaufwärts. Sie versuchten sich zu keiner Zeit zu verbergen. Am Spätnachmittag fand ohne viel Umstände ein Wachwechsel statt.

An diesem Abend lief ein halbes Dutzend Wölfe zum Ufer, etwa hundert Meter westlich von Gregs Lager. Während eines ungewöhnlich spektakulären Sonnenuntergangs trotteten sie in sicherer Entfernung hin und her und heulten dabei mehrfach kurz auf.

Nach Einbruch der Dunkelheit wurde die Truppe kühner. Ohne ein Geräusch, so als wollten sie einen Elch beschleichen, näherten sie sich dem Unterstand bis auf wenige Meter und wirbelten dann übermütig Sand und Laub auf, als sie sich eilig davonmachten. Eineinhalb Stunden lang blieb alles still. Eine warme Brise trug den würzigen Duft der Tannen heran, und sanfte Wellen klatschten leise gegen den Ufersand.

Es war gegen Mitternacht, als Greg plötzlich im Feuerschein die Augen der großen Silberwölfin erblickte, noch ehe er die Umrisse ihres Körpers erkennen konnte. Vor Aufregung begann er zu zittern, was er weder zu unterdrücken noch zu verbergen trachtete. Statt dessen blieb er ruhig sitzen und versuchte, einen freundschaftlichen Blickkontakt mit Náhani herzustellen, so wie er es am Nakinileraksee getan hatte. Freudentränen schossen ihm in die Augen, als die Wölfin schließlich um das entlegene Ende des Baumstammes herumkam und sich in seiner Nähe niederließ. Dabei war ihr Blick unverwandt auf ihn gerichtet.

Er spürte mehr, als er sehen konnte, daß sich außerhalb des Feuerscheins Gestalten unruhig hin und her bewegten. Eine Stunde später winselte Náhani einmal kurz. Unterdessen raste ihr Rudel am Seeufer entlang, offensichtlich auf dem Weg zur Jagd. Doch Náhani machte keinerlei Anstalten, sich zu ihnen zu gesellen, was Greg in einen Zustand freudiger Erregung versetzte.

Als er Holz nachlegte und das Feuer schürte, stand die Wölfin langsam auf und kam bis auf einen Meter an ihn heran. Aber sie lief dabei steifbeinig, wie es mißtrauische Wölfe tun. Eine Zeitlang sog sie prüfend seinen Körpergeruch ein und strich dann vorsichtig im Lager umher, wobei sie immer wieder seine Ausrüstung beschnüffelte und betastete. Gregs Rucksack war das einzige Ausrüstungsteil, das er nicht gewaschen hatte, seit Náhani seine Sachen am Nakinileraksee mit ihrem Urin besprenkelt hatte. Fünf Minuten lang strich Náhani immer wieder um den durchgeschwitzten Rucksack, das Aluminiumgestänge und die aus Nylon geflochtenen Haltegurte herum. Obwohl Greg damit oft in den Regen gekommen war und der Rucksack beim Überqueren von Flüssen unbeabsichtigterweise mehrmals ein Bad genommen hatte, haftete ihm noch so viel von Náhanis Duftmarkierung an, daß sie diese wiedererkannte. Nachdem sie die Untersuchung zu ihrer Zufriedenheit beendet hatte, öffnete sie die Augen ganz weit, hob das rechte Hinterbein und urinierte über das Gepäck.

Die ganze Zeit über war in ihrer Haltung nicht das geringste Anzeichen von Furcht zu erkennen. Tatsächlich hätten Náhani und ihre furchteinflößende Truppe wohl keine Minute gebraucht, um Greg in Stücke zu reißen.

Während Náhani ihr Mißtrauen zunächst noch deutlich gezeigt hatte, änderte sich ihre Haltung in dem Moment, als sie ihre Duftmarke auf dem Rucksack wiedererkannt hatte. Nachdem die Wölfin Gregs Ausrüstung erneut markiert hatte, näherte sie sich ihm. Sie sah ihm direkt ins Gesicht und wedelte mit der Rute. Im Dämmerlicht schienen ihre Augen sehr sanft und milde. Dann sprang sie plötzlich mit übermütigen Sätzen aus dem Lager und folgte ihrem Jagdteam ans Ufer.

Für Gregory Tah-Kloma bedeutete dieser Augenblick die Entschädigung für alles, was in den Jahren geschehen war: für einen in Ungewißheit und Unsicherheit verbrachten Winter, für zwei enttäuschende Sommer, in denen er sich die Füße wund gelaufen hatte, und für Ausgaben, die höher gewesen waren als die auf Náhani ausgesetzte Belohnung.

NÁHANI und Greg mußten erst wieder lernen, miteinander umzugehen – wie zwei Menschen, die sich jahrelang nicht gesehen haben. Doch Greg erkannte an der Art, wie Náhani Ohren und Schnauze bewegte, wie sie den Kopf schüttelte und mit dem

Schwanz wedelte oder wie sie sich ihm näherte, daß sie aufrichtige Freude empfand, wenn sie einen Abend mit ihm verbringen konnte.

Als sie Greg schließlich gestattete, mit den Fingern durch ihr schimmerndes silberweißes Fell zu streifen, entdeckte er fünf breite Narbenwülste, die aussahen, als stammten sie von Streifschüssen. Aber auch die Pranke eines Grislys hätte ähnliche Verletzungen verursachen können. An Náhanis rechter Vorderpfote fehlten, wie vermutet, zwei Zehen, zweifellos eine Wunde, die ihr eine Falle zugefügt hatte, und es wäre gut zu verstehen gewesen, wenn sie nach dieser Erfahrung voller Wut gegen Fallen vorgegangen wäre. Trapper-Dan hatte ja behauptet, sie habe seine im Winter aufgestellten Fallen zerstört. Die Entfernung zwischen dem Denetiahsee und Trapper-Dans Fallenrevier betrug allerdings 350 Kilometer, was eher gegen die Behauptungen des Fallenstellers zu sprechen schien. Ganz unmöglich war es aber nicht.

Ihre Kraft, Geduld, ihr Mut und ein ausgeprägter Überlebenswille hatten es der Wölfin ermöglicht, ihre nicht ungefährlichen Verletzungen zu überstehen und Hunderte von Kilometern während des Winters im rauhen Kitiwanga zurückzulegen. Es mußten schreckliche Qualen gewesen sein, die Náhani ausgestanden hatte. Greg schauderte bei dieser Vorstellung. Er zog es vor, an die Treue des Rudels zu denken, daran, wie das Rudel ihr beigestanden haben mochte, blutdürstige Vielfraße oder andere Angreifer abzuwehren, wie die Wölfe sie mit Nahrung versorgt und ihre Wunden geleckt und wie sie sich ihrer Führung auf einem der schwierigsten Gelände Nordamerikas anvertraut hatten.

Ansonsten war Náhani körperlich in bester Verfassung. Trotz der langen Narben an Schultern und Rücken und der beiden fehlenden Zehen humpelte sie nicht. Ihr geschmeidiger Gang und die kraftvollen Sprünge ließen eher vermuten, daß sie gelegentlich ihr Tempo mäßigen mußte, damit ihr alle Mitglieder des Rudels folgen konnten.

Vermutlich weil Autorität und Entscheidungen einer starken Führungspersönlichkeit in einer ständigen Lebensgemeinschaft akzeptiert werden müssen, ohne hinterfragt zu werden, ahmte die Meute fast alles an Náhani nach, jede Laune, jedes Verhalten bis hin zur Lautstärke ihrer Äußerungen. Die Wölfe schienen in ständiger Verbindung miteinander zu stehen und sich durch Augen, Ohren,

Haltung der Rute, Aufstellen der Nackenhaare, Gebärden, kurze Laute und Absonderungen der Duftmarkierungen zu verständigen.

Wann immer sich die Wölfe auf die Jagd vorbereiteten, versammelten sie sich am Seeufer in der Nähe von Gregs Unterstand. Sie stupsten sich mit der Schnauze an, wedelten mit dem Schwanz, schlugen kurz an und bepinkelten jeden aufrecht stehenden Gegenstand in diesem Bereich. Diejenigen, die bei den Höhlen bleiben sollten, bezogen ihre Position, ehe Náhani zum Rest des Rudels an das Seeufer kam. Jeder Jäger wußte von vornherein, welche Pflichten er zu übernehmen hatte.

Die Überlebensformel der Wölfe, sei es nun auf der Jagd oder bei der Verteidigung, hieß „Teamarbeit".

Das Leben der Wildtiere

MANCHMAL kehrte die Meute mit leeren Mägen zurück. In diesem Fall verließ Náhani das gewohnte Jagdrevier und führte das Rudel in das Bergland des Gataga- und des Kechikaflusses. Ehe sie ihr Team aber in ein Gebiet leitete, das von konkurrierenden Wolfsrudeln verteidigt wurde, bestimmte die Leitwölfin stets, welcher Wolf ihr unmittelbar folgen sollte, welcher an dritter und vierter Stelle kam und so fort, so daß eine geschlossene Kommandokette gebildet wurde, in der jeder einzelne eine bestimmte Verantwortung für Angriff, Verteidigung und Verfolgung trug.

Ihr Stellvertreter war ein großer, kräftiger Wolf, der sich um Routineangelegenheiten wie das Versammeln, das Aufstellen der Wachen, die Einhaltung der „Hackordnung" und die Aufteilung der Pflichten bei den Höhlen kümmerte. Greg glaubte, in ihm einen der Wölfe wiederzuerkennen, die er im Gebüsch gesehen hatte, ehe das Rudel sein Quartier am Denetiahsee bezogen hatte.

Die Wölfe akzeptierten Gregs Anwesenheit, weil Náhani es so wollte. Anscheinend betrachteten sie ihn überwiegend als eine unbedeutende Unannehmlichkeit, wobei es dem jungen Indianer schien, als ob drei oder vier einzelne Tiere ihm gegenüber sogar eine gewisse Freundlichkeit zeigten.

Schließlich erkannte Greg auch einige der Wölfe vom Nakinileraksee wieder. Drei ältere Paare vermißte er allerdings, während acht ausgewachsene Wölfe ihm unbekannt waren; er nahm an, daß

es sich um Nachwuchs aus Náhanis Rudel handelte, wenngleich einige auch aus anderen Rudeln gekommen sein mochten.

Náhanis Temperamentsäußerungen waren etwas sanfter geworden. Sie schüchterte ihre weiblichen Untertanen nicht mehr so ein wie einst am Nakinileraksee. Greg wurde das Privileg zuteil, einige der zahlreichen „engen Beratungen" mit ihrem Stellvertreter beobachten zu dürfen, den sie manchmal zu sich an das Lagerfeuer beorderte. Auch das war neu; am Nakinileraksee hatte Greg nie erlebt, daß sie bei ihren Entscheidungen eine andere Meinung zugelassen hatte.

Nach diesen „Besprechungen unter vier Augen" rief der große Unterführer stets eine kleine Gruppe von Wölfen zusammen und verschwand für drei bis vier Stunden im Canyon. Manchmal kehrte einer von ihnen als Bote zurück, und anschließend verschwand das ganze Rudel bis zur Morgendämmerung. Greg schloß daraus, daß die anfänglichen „Beratungen" Beute betrafen, die einem anderen schwächeren Rudel entrissen werden sollte. In den meisten Fällen kehrten die Wölfe mit vollen Bäuchen zurück, und häufig gab es einen oder mehrere Verletzte.

An einem ruhigen Nachmittag kam eine alte Damhirschkuh aus dem Wald und ging etwa hundert Meter westlich des Lagers zum See, um zu saufen. Náhani und der größte Teil des Rudels lagen schlafend auf einer grasbewachsenen Lichtung am Waldrand oberhalb ihrer Höhlen in der Sonne. Eine aufmerksame Wache gab das Signal, und in wenigen Augenblicken hatte das Wolfsrudel die unglückliche Hirschkuh umringt. Greg eilte auf den Ort des Geschehens zu, aber Náhani verstellte ihm den Weg, so daß er nicht weiterkam.

Er blieb daher am Ufer stehen und beobachtete mit hilfloser Faszination, wie Náhanis Stellvertreter den Angriff organisierte. Der große Wolf bellte ein kurzes Kommando, sprang los und schnappte nach dem Maul der Hirschkuh, um die Aufmerksamkeit auf sich zu lenken. Gleichzeitig gingen vier erfahrene Jäger auf die Hinterläufe des Opfers los, um die Sehnen zu durchbeißen. Die alte Hirschkuh versuchte, zum dichten Unterholz oberhalb des Sees zu fliehen, aber bereits nach wenigen Schritten brach sie zusammen, als sich zehn Wölfe auf ihr Genick und ihren Rücken warfen. Das Erlegen des Opfers hatte insgesamt keine vier Minuten gedauert.

In der nächsten halben Stunde „verschwanden“ über 180 Kilogramm Fleisch. Zwei Wachen blieben bei den Überresten der Hirschkuh zurück, aber in den folgenden vier Tagen fraß keiner der Wölfe mehr. In dieser Zeit kam Náhani jeden Abend den Berg hinunter, um Greg im Abenddunkel einen Besuch abzustatten.

Vier Tage später beobachtete Greg durch sein Fernglas, wie des Morgens ein großer Vielfraß lautlos über den See schwamm. Die beiden Wachen gaben keinen Laut von sich; vielleicht waren sie an diesem Morgen nicht so aufmerksam, oder sie glaubten, sie würden mit der Situation allein fertig werden. Der Vielfraß jedoch besprühte beide Wölfe mit seinem grünlichgelben, stinkenden Sekret und setzte sie auf diese Weise außer Gefecht. Dann warf er einen von ihnen nieder und stieß ein dem Ruf des Pumas ähnliches Kriegsgeschrei aus, während er auf den Hirschkuhkadaver zulief. Der Kriegsruf und der Gestank des Sekrets riefen im Handumdrehen das aufgeregte Rudel herbei. Der verletzte Wolf hinterließ eine Blutspur, als er langsam ein Stück weit davonhumpelte. Angespannt schlichen die anderen Wölfe im Kreis um den Kadaver, an dem sich der Vielfraß gütlich tat, aber keiner wollte als erster angreifen. Dann sah Greg, wie Náhani kühn zum Sprung ansetzte, und der Eindringling fiel zu Boden. Doch der Vielfraß rappelte sich schnell wieder auf, rannte mitten durch den Kreis seiner Widersacher auf den verletzten Wolf zu und versetzte ihm einen Hieb mit seinen messerscharfen Krallen. Der Wolf war auf der Stelle tot.

Aber falls der Vielfraß gehofft hatte, das Rudel durch den Tod eines seiner Genossen endgültig einzuschüchtern, so hatte er Náhanis Führungsqualität unterschätzt. Sie ließ ein einziges wütendes Blaffen vernehmen. Dann fiel die ganze Meute über den Eindringling her. In weniger als fünf Minuten hatten die Wölfe das Tier bis auf das zerfetzte Fell, den Schädel und die Sekretdrüsen verschlungen. Anschließend fraß das Rudel weiter von dem verfaulenden Hirschkuhkadaver, als wäre nichts geschehen. Nur eine Wölfin klagte trauernd. Schließlich rannte sie am Ufer entlang davon, und Greg sah sie nie wieder. Vielleicht hatte sie das Revier verlassen und war zur Einzelgängerin geworden. Wahrscheinlich aber hatte sie sich ganz einfach in ihre vertraute Höhle zurückgezogen und sich dort zu Tode gehungert.

Zwei Tage nach dem Zwischenfall mit dem Vielfraß ergab sich

erneut eine spannende Situation im Wolfsrevier. Náhani tauchte in Gregs Lager auf, lief ständig hin und her und stieß sogar einen Topf mit Abwaschwasser um, doch sie weigerte sich, Platz zu nehmen. Wie immer stellte Greg alle anderen Tätigkeiten ein, um Náhani seine volle Aufmerksamkeit zu widmen. Kurz darauf kamen einige jüngere Wölfe zu dem Baumstamm und winselten, während die erwachsenen Wölfe zwischen den Höhlen am Berg und dem Seeufer unentwegt hin und her rannten. Náhani erstarrte.

Dann sah Greg ein anderes Wolfsrudel langsam vom westlichen Ende des Sees herankommen. Es schien, als wollten sie sich über das Hirschgerippe hermachen. Plötzlich sprang Náhani über den Baumstamm, stieß einen Schrei aus, der so schrill klang wie eine Polizeitrillerpfeife, und versammelte ihr ganzes Rudel am Ufer.

Greg lief auf den See zu, aber Náhani hielt ihn sofort zurück. Sie lief zu ihm, stellte sich auf die Hinterbeine, legte ihm die Vorderpfoten auf die Schultern, knurrte leise und leckte ihm über das Gesicht – eine freundliche, aber bestimmte Warnung, sich aus ihren Angelegenheiten herauszuhalten. Dann kehrte sie zum See zurück. Das Rudel wartete dort schweigend, ohne sich zu rühren, auf ihre nächste Anweisung.

Entschlossen trabte die silbergraue Leitwölfin auf den Kadaver der Hirschkuh zu. Der Rest des Rudels folgte in lockerer Formation. Die Sonne ging hinter den fernen Cassiarbergen unter und sandte rötlich schimmernde Strahlen über den Denetiahsee. Obwohl das Fernglas die Augen etwas abschirmte, konnte Greg nur schwarze Umrisse erkennen – zwanzig „Kämpfer" näherten sich von Westen. Gebannt wartete er auf den bevorstehenden Zusammenstoß. Das feindliche Rudel befand sich nun in etwa zehn Meter Entfernung von dem stinkenden Aas. Dann gab Náhani mit einem lauten Heulen den Angriffsbefehl, und als Antwort ertönte aus heiseren Kehlen ein wildes Kriegsgeheul auf beiden Seiten.

Ganz offensichtlich handelte es sich um einen entscheidenden Kampf. Eine Niederlage konnte nicht nur Náhanis Vorrangstellung im eigenen Rudel beenden, die Wölfe konnten darüber hinaus auch ihren Lebensraum und ihr Jagdrevier verlieren, und vielleicht würde sogar der Zusammenhalt des Rudels zerstört.

Doch bereits kurz nach dem Aufeinanderprallen der gegnerischen Rudel war zu erkennen, daß Náhanis Truppe deutlich überlegen war. Die Eindringlinge mußten sich einer nach dem anderen geschlagen geben und zogen ab. Zwei von ihnen blieben tot zurück. Náhanis Wölfe verfolgten die Flüchtlinge nicht. Auf dem Rückweg in ihr Quartier kamen viele aus der lärmenden Menge so dicht an Gregs Lager vorbei, daß er ihre klaffenden Wunden erkennen konnte. Nur wenige Wölfe waren unverletzt. Náhani warf Greg einen einzigen kurzen Blick zu, bevor sie ihren Trupp zu den Höhlen am Berghang führte, wo die Wölfe blieben und bis zum Morgengrauen heulten.

Am nächsten Tag ging Greg nach dem Frühstück zum See hinunter, um die beiden toten Wölfe zu begraben. Aber es war nichts mehr dort, nicht einmal das Hirschgerippe. Fährten von Kojoten, Füchsen, Fischottern und Vielfraßen bezeugten, daß Greg nicht der einzige Zuschauer gewesen war.

Als er ins Lager zurückkam, saß Náhani an seinem Feuer. Greg nahm seinen ganzen Mut zusammen und beschloß, etwas zu tun, was direkt in Náhanis „Intimsphäre" eingriff: Er näherte sich ihr und tastete ihren Körper ab, um nachzusehen, ob sie verwundet war. Zu seiner Überraschung stand sie regungslos da, während er sie untersuchte. Greg stellte fest, daß ihre Schultern und Hüften zerkratzt und angeschwollen waren, aber er fand keine offenen Wunden. Als er sich hinkniete, die Arme um ihren Hals legte und ihr tröstend über Kopf und Nacken strich, leckte sie ihm über das Gesicht. Da sie im Umgang mit Greg vor allem an Blickkontakt gewöhnt war, sah sie ihn auch diesmal lange und eindringlich an.

„Also los, Náhani!" rief er übermütig. Sie verließen das Lager und die sumpfigen Wiesen, durchquerten den Bach und stiegen im kühlen, dunklen Wald bergan. Hoch auf einem windigen Bergplateau, von dem aus man Hunderte von Quadratkilometern im Dunst verschwimmenden Nadelwaldes, wasserreicher Canyons und tief gelegener Seen überblicken konnte, ließen die beiden sich im Windschatten eines Granitfelsens nieder. Das dichte Fell der großen Silberwölfin schimmerte im Sonnenlicht, als sie sich lang ausstreckte und ihre feuchte schwarze Schnauze auf die ausgestreckten Pfoten legte. Als Greg ihr lose Haare aus dem Fell strich, schnarchte sie mit vorgeblicher Gleichgültigkeit. Greg wußte, daß Náhani viel zu stolz war, um je ihr Verlangen nach Zuwendung einzugestehen.

NACH dem Kampf mit dem konkurrierenden Rudel stellte sich bei den männlichen Wölfen eine zunehmende Unruhe ein, was Greg daran erkannte, daß ihre Nackenhaare so sehr gesträubt waren, daß sie wie Löwenmähnen wirkten. Die Weibchen hingegen stolzierten Tag und Nacht umher, als ob nichts los wäre.

Als der Mond sich rundete, wurde die Spannung unerträglich. Greg war daher nicht überrascht, daß Náhani eines Abends nach Sonnenuntergang zu ihm kam, sich aufrichtete und ihm die Pfoten auf die Schultern legte. Sie leckte ihm über das Gesicht, um ihm zu verstehen zu geben, daß das Rudel bis Neumond verschwinden würde. Er nahm an, daß die Wölfe ihr Revier in seiner vollen Länge und Breite inspizieren würden. Sie würden alle Grenzmarkierungen erneuern, um ihren Revieranspruch gegen Eindringlinge zu behaupten. Greg war etwas beunruhigt, denn er wußte, daß ihr Jagdgebiet sich über eine Länge von dreihundert Kilometer erstrecken und sie damit durchaus in Reichweite von Trapper-Dan bringen konnte.

Die angestaute Erregung brach sich in wildem Geheul Bahn, als das Rudel sich hinter Náhani sammelte und am Ufer entlanglief. Greg konnte die Wölfe noch hören, bis sie das Seeufer in der Nähe des südlichen Zuflusses verließen. Dann wurde das Heulen schwächer, als sie die lange Bergkette in Richtung Süden überquerten. Greg überfiel ein Gefühl grenzenloser Einsamkeit. In sich versunken saß er am Feuer und spielte Mundharmonika.

Doch noch am selben Abend erwartete ihn eine angenehme Überraschung. Zwei ältere Weibchen, die in den Höhlen zurückgeblieben waren, krochen zu ihm ins Lager, winselten und sabberten dabei, wedelten mit dem Schwanz und legten sich auf den Rücken. Diese beiden gehörten zu jenen Wölfen, die Greg im Walddunkel oft durch Gesten gezeigt hatten, daß sie ihm freundlich gesinnt waren, denen aber Náhani nie gestattet hatte, den Bereich des Lagers zu betreten.

In Náhanis Abwesenheit verbrachten die beiden Wölfinnen nun die meiste Zeit mit Greg und wurden so zutraulich, daß er sich Mühe geben mußte, die schwanzwedelnden Tiere nicht wie Hunde zu behandeln. Er tätschelte sie und kraulte sie am Nacken, als sie sich daran gewöhnt hatten, eine Menschenhand in der Nähe des Kopfes zu dulden.

Greg war sich etwas unschlüssig, wie er sich verhalten sollte.

Einerseits befürchtete er, daß Náhani die beiden aus dem Rudel ausstoßen könnte, wenn sie sie bei ihrer Rückkehr in seiner Gesellschaft fand. Andererseits hielt er es aber auch für möglich, daß die Leitwölfin die Besuche veranlaßt haben konnte, denn auffälligerweise sausten die Weibchen jedesmal, wenn er ihnen gekochten Fisch gab, damit zu den Höhlen am Berghang. Es sah so aus, als hätten sie einen Auftrag erhalten, und da Greg neugierig war, was sie mit dem Fisch anstellten, kam er eines Tages auf die Idee, ihnen zu folgen. Sie führten ihn zu einem nahen Wolfsbau, wo ein alter Wolf die schweren Wunden auskurierte, die er sich bei dem Kampf um den Hirschkadaver zugezogen hatte. Die beiden Wölfinnen waren seine Weibchen, ein seltener Fall von Bigamie unter Wölfen. Bis zu Náhanis Rückkehr fing und kochte Greg nun jeden Tag Forellen, Lachs und Saiblinge, die die Weibchen ihrem Partner zur Stärkung brachten.

Am siebten Morgen nach Náhanis Aufbruch war Greg gerade wieder damit beschäftigt, für die Wölfe zu fischen, als von ferne Bellen und Geheul über die weite Senke drangen. Doch es dauerte noch eine ganze Weile, bis die gesamte „Gesellschaft" am Ufer erschien, wie immer in einer langen Reihe hintereinander. Náhani lief dem Rudel voraus. Wie üblich begrüßte Greg die Wölfe auf allen vieren, ein Willkommensgruß, den sie verstehen konnten. Die Anführerin blieb kurz stehen, leckte ihrem Freund über das Gesicht, sprang aber zurück, als er versuchte, sie zu umarmen.

Er freute sich, als er bemerkte, daß ihr erster Gedanke dem verletzten Wolf galt. Sie zeigte ihre Zufriedenheit mit den beiden Weibchen, indem sie sie spielerisch knuffte und ihnen über die Schnauzen leckte. Die beiden hüteten sich jedoch, ihre Zuneigung zu Greg zu zeigen, wenn Náhani in der Nähe war.

Nach gründlicher Inspektion der Höhlen ging das erschöpfte Team kurz im See schwimmen und kletterte dann hinauf zu der Wiese, auf der sie sich immer sonnten. Greg hatte sich in die Nähe des Weges gesetzt, der zum Berghang führte. Die Wölfe beachteten ihn jedoch kaum, sie grüßten ihn lediglich mit einem kurzen Knurren oder Schwanzwedeln, wenn sie an ihm vorbeikamen.

Als es dunkel geworden war, gesellte sich eine müde, aber zufriedene Náhani zu Greg ans Feuer. Vor dem abnehmenden Mond zeichneten sich ihre Konturen in dieser Nacht besonders deutlich ab. Es war still; die Geschöpfe des Waldes wurden leiser, wenn Wölfe in der Nähe waren. Über eine Stunde lag Náhani auf dem Rücken, den Kopf in Gregs Schoß, und er strich ihr über den Bauch und kämmte lose Haare, Kletten und Zecken aus ihrem Fell. Sie ließ es sich gefallen, ebenso wie sie gestattete, daß er Klümpchen von Fichtenharz entfernte, die sich zwischen ihren Krallen festgesetzt hatten.

Plötzlich sprang sie auf, wies mit der Schnauze zum See und bedeutete Greg, er möge ihr folgen. Er konnte es kaum fassen: Obwohl sie gerade eine solch lange Wanderung hinter sich hatte, verspürte sie noch Lust zu einem Mondscheinspaziergang.

Da sich dies in der Folgezeit oft wiederholte, wuchs in Greg die Überzeugung, daß Náhani sein Interesse an nächtlichen Erkundungen der Wildnis teilte. Nachts vollzogen sich am versteckten Waldsee und in seiner unmittelbaren Umgebung kaum merkliche Veränderungen: Schatten wanderten umher und wechselten ständig ihre Form, überall gab es kaum wahrnehmbare Bewegungen, das Licht schien manchmal heller, manchmal dunkler zu sein. Náhani registrierte ohnehin alles, was in ihrer Umgebung passierte, aber der nächtlichen Welt galt ihr ganz besonderes Interesse. Zugleich, da war sich Greg sicher, spürte sie, wie er all dies aufnahm. Manchmal sah sie ihm unverwandt ins Gesicht und wedelte mit der Rute oder preßte sich eng an ihn. Das Gespür für die Natur war es, was den Indianer und die Wölfin in ganz besonderem Maße verband.

Fast immer, ob sie nun bei Tag oder Nacht das Lager verließen, folgten ihnen vier bis sechs schemenhafte Gestalten, die stehenblieben, wenn sie es taten, und gleichzeitig mit ihnen weiterliefen. Zunächst störte Greg diese Leibwache, die die Anführerin nie aus den Augen ließ. Aber bei dem Gedanken daran, daß sie in einem kurzen Moment der Unaufmerksamkeit stets angegriffen werden konnten, sei es von einem von Wölfen verletzten Elch, einem Grisly, einem Wapitihirsch oder einem Karibu, war er doch beruhigt, daß ihnen die schweigsamen, geisterhaften Schatten immer in diskreter Entfernung folgten.

Wenn Náhani es vorzog, die Nacht bei ihren Artgenossen zu verbringen, ging Greg fischen, begab sich auf der Suche nach Eßbarem zu den Lichtungen im Wald oder erkundete das Sumpfland. Als Mitte August seine mitgebrachten Lebensmittel zu Ende gingen, unternahm er weite Spaziergänge, um Beeren zu suchen.

Unter verrottenden umgefallenen Baumstämmen und moderndem Laub sammelte er täglich ein gutes Kilo Morcheln, Trüffeln, Staubpilze und andere Pilzarten, um sie mit Forellen und Lachs zu braten. Im Moor fanden sich saftige Wurzeln, Portulak, Zwiebeln und Farnkraut. Greg probierte alle möglichen Zubereitungsarten und Kombinationen aus und braute sich schließlich eine seltsame Suppe aus Fischen, Pilzen und Kräutern zusammen.

Eines Abends hatte er gerade wieder seine „Delikatessen der Wildnis" genossen und saß dicht neben Náhani auf dem Baumstamm. Mit dem Abwaschen ließ er sich Zeit, das eilte nicht. Im Wald jenseits des Seezuflusses veranstaltete ein Schwarm fliegender Eichhörnchen ein lautstarkes Spektakel. Plötzlich knurrte Náhani, stand auf und stellte sich auf den Baumstamm, die Haare vom Nacken bis zur Schwanzspitze gesträubt.

Ein ausgewachsener Elchbulle stapfte durch den Gebirgsbach. Als er Náhani erblickte, ließ er keinen Zweifel daran, daß seine Abneigung gegen Wölfe höchst ausgeprägt war: Er schüttelte seinen zottigen Schädel, gab ein furchterregendes Gebrüll von sich, wirbelte am Ufer Sandfontänen auf und setzte dann zum Frontalangriff an. Das wütende Gebrüll eines Elchbullen ist unvergleichlich.

Wenige Augenblicke nach seinem Erscheinen war er von Wölfen eingekreist, die nach seinem Hinterteil schnappten. Der Elch zog es daraufhin vor, im Wald zu verschwinden. Danach ordnete Náhani den sofortigen Rückzug an.

Nachdem wieder Ruhe eingetreten war, fragte sich Greg, weshalb Náhani wohl ihre Meute von einer solchen Menge saftigen Fleisches direkt vor der eigenen Nase weggeschickt hatte. Er vermutete, daß sie die Lage abgeschätzt und festgestellt hatte, daß ein Kampf gegen einen ausgewachsenen Elch am offenen Ufer zu riskant gewesen wäre. Das riesige Tier hätte hier in ein Meter tiefes Wasser ausweichen und jeden Wolf erschlagen können, der in Reichweite seiner kraftvoll zutretenden Hufe gelangt wäre. Außerdem hätte sie es ihrer Meute nie gestattet, selbst einen alten, kranken oder geschwächten Elch so nahe bei den Höhlen anzugreifen. Ein Bär hätte das Blut riechen und sich zum Mahl einstellen können, noch ehe die Wölfe die Reste beseitigt hatten. Diese Erfahrung hatte sie ja schon mit der alten Hirschkuh gemacht. Wenn die Jagdmeute damals ihr Opfer einen Kilometer weiter das Ufer entlanggetrieben hätte, ehe sie es erlegt hatte, wäre dem Rudel viel Ärger erspart geblieben.

Náhani stellte damit erneut ihre Fähigkeit unter Beweis, sich anzupassen und sich den Umständen entsprechend richtig und vernünftig zu verhalten, eine Fähigkeit, die die wenigen heute noch existierenden Wolfsrudel vor dem Aussterben bewahrt hat. Doch die Wölfe schützen damit nicht nur sich selbst, sondern nutzen auch dem natürlichen Gleichgewicht: Wohin auch immer Wölfe ziehen, die von Schleudern, Speeren, Pfeilen, Gewehren, Fallen und Gift vertrieben werden, gibt es nach kurzer Zeit fast nur noch prächtige und gesunde Beutetiere, weil die Wölfe die kranken Exemplare ihrer Art bei der Jagd erlegen.

IM DUNKEL der Nacht zogen die einzelnen Familien zu unterschiedlichen Zeiten immer wieder los, um mit ihrem Nachwuchs auf Lehrexpeditionen zu gehen. Manchmal dauerten diese Ausflüge fast einen Monat. Eines Nachts waren Greg und Náhani gut fünf Kilometer am Nordufer des Sees entlanggelaufen, als ein bellendes Männchen mit seiner Gefährtin und drei Wolfsjungen sie einholte. Auch sie waren im Begriff aufzubrechen. Die ungewöhnlich lange Abschiedszeremonie hatte etwas Rührendes: Die Wölfe wedelten mit den Schwänzen, leckten Náhani über Brust und Schnauze und winselten zu Gregs Füßen, ehe sie davonrannten und in der Dunkelheit verschwanden. Während die anderen Familien zur Herbstjagd zurückkehrten, wollte diese Gruppe offenbar ein eigenes Rudel gründen.

In den Nächten, wenn ganze Familien oder Gruppen Zwei- und Dreijähriger sich zum Aufbruch vorbereiteten, kamen sie zum See und stimmten ihr Geheul an. Manchmal versammelte sich dort ein halbes Dutzend Wölfe im Kreis. Die etwa fünf Minuten dauernde Vorstellung begann mit tiefen Lauten und steigerte sich schließlich bis zu den höchsten Tönen.

Greg stellte jetzt fest, daß die verschiedenen Laute und Rufe der Wölfe für die Mitglieder des Rudels auch ganz unterschiedliche Bedeutung hatten. Es gab Laute, die beruhigten, anstachelten und ermutigten. Ein ganzes Vokabular leiser Töne drückte die unendlich vielfältigen Abstufungen von Dank, Schmerz, Vergnügen, Verärgerung, Furcht, Haß, Eifersucht und Mißtrauen aus. Bald gelang es ihm, die vielen Knurr-, Winsel- und Ruflaute und auch das Geheul nachzuahmen. Im Laufe der Zeit und mit viel Übung lernte er, diese Äußerungen so gezielt einzusetzen, daß die Wölfe ihm entsprechend darauf antworteten.

Immer wieder beobachtete Greg, wie Gruppen von Wölfen die Gemeinschaft verließen, und eine Zeitlang war er zutiefst besorgt und befürchtete, daß das Rudel sich ganz zerstreuen würde. Vielleicht war das seine Schuld? Immerhin verbrachte Náhani viel Zeit allein mit ihm. Aber er sah, wie heiter und gelassen sie blieb, und das beruhigte ihn. Sie unternahm keinerlei Anstrengungen, einen Wolf, der das Rudel verlassen wollte, zurückzuhalten.

Und eines Nachts, als Greg mit Náhani am Lagerfeuer saß, wurde ihm plötzlich klar, daß außer ihm niemand mehr zu Náhanis Schutz da war. Kein einziger Wolf war zurückgeblieben. Von nun an wich die Wölfin nicht mehr von Gregs Seite. Sie aßen, tranken, saßen, liefen und schliefen zusammen. Er war allein mit Náhani. Es schauderte ihn bei dem Gedanken, daß der Anführerin etwas zustoßen könnte, während das Rudel abwesend war. Die heimkehrenden Wölfe würden ihn jagen und in Stücke reißen.

Sollte Trapper-Dan auf diese Gelegenheit gewartet haben?

DOCH die Zeit verging, und es gab keinerlei Anzeichen für drohende Gefahr. Immer mehr Wölfe kehrten ins Revier zurück, nur einige Wolfspaare waren noch mit ihrem Nachwuchs unterwegs.

Eines Morgens sprang Náhani in der Dämmerung über den Baumstamm im Lager und rannte in so langen Sätzen auf den See zu, daß ihr Bauch dabei fast den Boden berührte. Am Ufer hielt sie inne und blieb stehen, mit erhobenem Kopf und aufgerichtetem Schwanz, die Schnauze fest geschlossen. Sie blickte nach Westen und stieß ein lang anhaltendes Knurren aus, das ganz tief aus ihrer Kehle drang.

Greg spähte das Seeufer entlang und sah zwei graugelbe Wölfe, die langsam näher kamen. Mit ausgesprochener Vorsicht näherte sich das Wolfspaar Náhani bis auf etwa drei Meter. Dann hoben alle drei Wölfe plötzlich die Ruten im rechten Winkel zum Rückgrat und sonderten das für Wölfe typische Sekret aus der Schwanzdrüse ab. Diese Flüssigkeit duftet angenehm nach Moschus und hat für den Wolf zwei Bedeutungen: Einerseits ist es die freundlichste Begrüßung, deren er fähig ist, und andererseits die eindeutigste Identitätserklärung.

Nachdem Náhani Speichel und Ausscheidungsorgane der beiden Wölfe ausreichend beschnüffelt hatte, gestattete sie ihnen, das gleiche bei ihr zu tun. Danach knurrte sie das Weibchen böse an. Die beiden Wölfe legten sich daraufhin auf den Rücken und zeigten ihre ungeschützten Bäuche, während Náhani steifbeinig immer wieder um das Paar herumstrich. Fünf Minuten später erlaubte sie den beiden schließlich, ihr zu Gregs Lagerplatz zu folgen.

Alles verlief ruhig, bis die Fremden den jungen Indianer witterten. Instinktiv duckten sie sich wie erstarrt. Als Greg sich ihnen zeigte, wirbelte das Paar herum und flüchtete. Es dauerte bis zum späten Nachmittag, ehe Náhani die beiden endlich bewegen konnte, ihr zum Berghang zu folgen.

Obwohl es so aussah, als hätte Náhani die Wölfe eingeladen, sich zum Rudel zu gesellen, unternahm sie nichts gegen die Feindseligkeit, die die von der Jagd heimkehrenden Trupps den Neuankömmlingen entgegenbrachten. Die beiden wurden grausam mißhandelt und mehr als einmal aus unbewohnten Höhlen vertrieben, und die anderen Wölfe weigerten sich, ihre Beute mit ihnen zu teilen. Doch schließlich akzeptierte das Rudel die neuen Mitglieder und quälte sie nicht länger. Außerdem hatte Náhani den beiden klargemacht, daß Greg zu der Gemeinschaft am Denetiahsee dazugehörte.

Gegen Ende August waren alle Wolfspaare zurückgekehrt. Jeder Wolf nahm seinen Platz in der Hierarchie wieder ein. Alle Jungwölfe kamen mit ihren Eltern zurück, nur einige der ungebundenen Einzelgänger tauchten nie wieder auf. Wahrscheinlich hatten sie Partner gefunden und sich benachbarten Rudeln angeschlossen oder eigene Gemeinschaften gegründet.

Alle Wölfe sahen ziemlich dürr und verwildert aus in ihrem struppigen Spätsommerfell, ganz besonders die Jüngeren, die bei den Älteren eine anstrengende Lehre hatten durchmachen müssen.

Während in dieser Zeit andere Tiere vornehmlich damit beschäftigt waren, Fett für den Winter zu speichern, schwelgten die Wölfe in einer reichen Beerenernte. Vom ersten Viertel des August, des „Mondes der Häuptlingsversammlung", bis weit in den September, den „Mond der bunten Blätter", hinein wurden sie zu Vegetariern. Da Wölfe keinen Winterschlaf halten, sondern ein dichtes Fell bekommen und sich davon ernähren, daß sie andere Tiere jagen, die ebenfalls keinen Winterschlaf halten, mußten sie sich keine Fettschicht für die Wintermonate anfressen.

Dann brach der „Mond der bunten Blätter" an, und Chinook-Fallwinde trieben große Wolkenformationen über den Himmel und brausten Tag und Nacht durch den Nadelwald am wellenbewegten See. Als eines Nachmittags zum erstenmal eine keilförmige Formation gen Süden ziehender Schwäne am Himmel erschien, machte sich Greg daran, trockenes Feuerholz zu sammeln. Die Zeit seines Zusammenseins mit Náhani und dem Rudel neigte sich dem Ende zu, und er tat alles, um sie noch ein wenig zu verlängern.

Kurz darauf fiel der erste große Herbststurm über das Kitiwanga her. Drei Tage und Nächte lang wütete der Wind, Regenkaskaden ergossen sich in den See, als hätte der Himmel alle Schleusen geöffnet, und unentwegt zuckten Blitze über die düsteren Berggipfel. Alte verwitterte Tannen und Kiefern krachten donnernd auf den Waldboden, wo sie zu fruchtbarem Humus vermoderten. Náhani kam jetzt Tag und Nacht in Gregs Unterstand. Irgendwie schien auch sie instinktiv zu spüren, daß ihre gemeinsame Zeit nicht mehr lange dauern würde.

Am Morgen nach dem Sturm zog der Nordwind den Rest des Wolkenvorhangs fort, hinüber zum Pazifik. Im Gefolge der Jagdführer trabte der größte Teil des Rudels am Bach entlang auf den Gataga River Canyon zu. Náhani hingegen bedeutete Greg, er solle sie auf einem Inspektionsgang am Nordufer begleiten. Ihre Leibwache hatte Náhani mit auf die Jagd geschickt. Greg wußte nicht genau, warum, aber da die Wölfe in von anderen Rudeln verteidigtes Gebiet eindrangen, war es durchaus möglich, daß bei dem Gataga-Beutezug jedes Mitglied des Rudels gebraucht wurde.

Auf dem ganzen Weg zum Nordrand der Denetiahsenke lief Náhani voraus. Dann begann sie, Greg bergan zu führen. An der Baumgrenze gelangten sie zu einer in den Boden gegrabenen Höhle, allem Anschein nach die Behausung einer Kojotenfamilie. Abgenagte Knochen, Kot und andere Abfälle lagen herum.

Náhani blieb abrupt stehen. Die Haare an Hals und Nacken sträubten sich so sehr, daß es aussah, als hätte sie eine dichte Mähne. Sie legte schnell ein Ohr an und bedeutete Greg damit, daß er sich nicht bewegen solle. Dann spreizte sie die Läufe und bellte, eine Haltung, wie sie nur Rudelführer einnehmen.

Zunächst geschah gar nichts. Dann tappte ein verschlafener

Kojote langsam aus dem Höhleneingang. Er warf einen Blick auf Náhani und gähnte ausgiebig. Die beiden Tiere umkreisten einander langsam und beschnüffelten vorsichtig das Hinterteil des anderen, doch das alles geschah offensichtlich ohne jede Feindseligkeit. Es schien, als ob die beiden sich bereits mehr als nur flüchtig kannten. Náhani war fast doppelt so groß wie der Kojote und viermal so schwer. Und dennoch war nicht zu verkennen, daß der Kojote der Leitwölfin offenbar keinerlei Respekt schuldete und ihn auch nicht bezeugte. Hier ist zum erstenmal ein Geschöpf, das sich Náhani gegenüber gleichgültig zeigt, dachte Greg.

Als der Kojote Greg witterte, tauchte er sofort in den Tiefen seiner Höhle unter. Náhani setzte ihren Inspektionsgang fort und beschleunigte das Tempo, während sie den steilen Hang hinaufkletterte. Greg mußte laufen, um mit ihr Schritt zu halten. Er hatte keine Erklärung dafür, warum die Wölfin plötzlich so rasch vorwärts drängte, doch er spürte, daß es ihr um etwas Wichtiges ging. Sie schaute sich oft nach ihm um, um sicherzugehen, daß er ihr noch folgte.

Plötzlich blieb Náhani unvermittelt stehen. Vor ihnen ging der felsige Untergrund, auf dem sie sich bisher bewegt hatten, in einen grasbewachsenen Abhang über, einen schmalen Streifen Sumpfland zwischen dem immergrünen Wald im Tal des Denetiahsees und den hochgelegenen, kargen Berggipfeln, in denen es nur zwei Jahreszeiten gibt: einen sechs Wochen währenden Frühling und sechsundvierzig Wochen klirrendkalten Winters.

Auf einigen Felserhebungen unterhalb von ihnen tummelten sich eine Reihe Schneehühner in bräunlichorange getupftem Federkleid und schlugen pausenlos mit den Flügeln. Wohlgenährte Murmeltiere hockten in der Sonne und warnten einander mit ihren Pfiffen. Eine Kojotenmutter war damit beschäftigt, ihren Jungen beizubringen, welche der Schneehühner am leichtesten zu fangen sein würden, doch die Kleinen interessierten sich viel mehr für die hier im Überfluß wachsenden Johannisbeeren und *Olallien,* die Blaubeeren des Hochlandes.

Náhani wandte ihren Kopf und schaute Greg mit einem langen, durchdringenden Blick an. Sie hatte gewußt, daß die Kojoten hier lebten und womit sie gerade beschäftigt waren, und irgend etwas hatte sie dazu bewegt, ihren Freund hierherzuführen und ihm dieses Schauspiel zu zeigen. Greg tätschelte ihr den Hals. Wieder einmal fühlte er die schweigende Übereinstimmung mit Náhani und spürte, daß tief in seinem Innern eine Beziehung zur Natur bestand, die der der Wölfin ähnlich war und die sie miteinander verband.

Mittlerweile begann die Sonne hinter den gezackten Gipfeln der Cassiarberge zu verschwinden, und es wurde merklich kühler. Vorsichtig, damit die Kojoten nicht auf sie aufmerksam wurden, bedeutete Náhani Greg, daß er ihr wieder hügelabwärts folgen solle. Gemeinsam machten sie sich auf den Rückweg.

Lange bevor sie an diesem Abend das Lager erreichten, merkte Greg an Náhanis Verhalten, daß etwas nicht stimmte. Die Wölfin schaute immer wieder zu Greg zurück, und als sie das Nordufer des Sees erreicht hatten, drängte sie ihn, noch schneller zu laufen. Unterwegs bellte, winselte oder heulte sie, ein deutliches Anzeichen dafür, wie aufgeregt sie war. Als sie etwa zwei Kilometer von den Höhlen am Berghang entfernt waren, kamen ihnen vier der „Unterführer", sämtlich auffallend große Wölfe, entgegengerannt. Sie wirkten verwirrt und bestürzt.

Náhani und ihre vier „Gefolgsleute" durchquerten eiligst den Gebirgsbach am Zufluß des Sees. Dann arbeiteten sie sich Zentimeter um Zentimeter auf dem Ufer vorwärts, und Greg, der ihnen vorsichtig folgte, schien es, als wären sie ängstlich und wütend zugleich.

Als sie Gregs Lager erreichten, stand das gesamte Rudel vor Erregung zitternd an dem Baumstamm vor Gregs Unterstand.

Die gefangene Wölfin

NÁHANI drängte sich mit hoch erhobener Schnauze durch die dichtversammelte Meute. Plötzlich stieß sie ein tiefes Stöhnen aus, und die Wölfe erwiderten ihren Klagelaut mit schrillem Geheul.

Als Greg vorsichtig näher trat, gingen die klagenden Schreie in ein tiefes, drohendes Knurren über. Inzwischen war es bereits recht dunkel geworden, und die Wölfe bewegten sich so unruhig hin und her, daß er nicht erkennen konnte, was vor sich ging.

Da löste sich Náhani, der die Rückenhaare zu Berge standen, aus der Menge. Sie bellte, und die Wölfe gingen langsam in Zweier-, Dreier- und Vierergruppen zur Seite. Mit entblößten Fängen und gefletschten Zähnen heulten und knurrten sie wütend, als richte sich ihre Wut gegen Greg, der nicht ahnte, worum es überhaupt ging.

Doch dann sah er es. In der Nähe des Baumstammes lag auf dem weißen Sand keuchend eine der beiden Wölfinnen, die sich so fürsorglich um ihren verletzten Partner gekümmert hatten. Ihr rechter Hinterlauf steckte fest zwischen den stählernen Bügeln eines Tellereisens.

Greg dachte daran, wie oft er für diese „Wolfsfamilie" gefischt hatte, während das Rudel auf Revierpatrouille unterwegs gewesen war. Wo war die Wölfin in die Falle geraten? Wie war es ihr gelungen, sie aus der Verankerung zu reißen und sich bis in Gregs Lager zu schleppen?

Die Wölfe – auch Náhani – waren in eine Wut geraten, wie Greg es nie für möglich gehalten hätte. Und in dieser Situation lernte er zum erstenmal in seinem Leben das kennen, was ein Tier in Gefahr empfindet – nackte Angst.

Instinktiv und aus leidvoller Erfahrung verbanden die Wölfe die Witterung des Menschen mit der Witterung der stählernen Fallen. Auch Náhani, die in diesem Augenblick an der Spitze ihres Rudels stand und Greg wütend anfunkelte, würde die Verbindung zwischen Mensch und Stahl nie vergessen: Die Verstümmelung der rechten Vorderpfote würde sie ihr ganzes Leben lang daran erinnern.

Über eines war sich Greg im klaren: Wenn er nicht sofort die Initiative ergriff und die Situation in den Griff bekam, war es in wenigen Sekunden um ihn geschehen. Ohne zu zögern, ging er auf die verletzte Wölfin zu. Dabei ließ er Náhani, die ihn unverwandt anstarrte, keinen Moment aus den Augen.

„Náhani!" rief er. „Ich komme jetzt!"

Beim Klang seiner Stimme wichen alle Wölfe, die zwischen ihm und der verletzten Wölfin standen, lautlos zur Seite. Doch da rappelte sich das verletzte Tier auf und humpelte zu den Höhlen. Dabei hob die Wölfin das in der Falle gefangene Bein so hoch, daß nur die meterlange Kette über den Boden rasselte. Ihr Gefährte, das andere Weibchen und Náhani verschwanden im selben Bau. Kein einziger Wolf blieb in der Nähe. Greg stieg über den Baumstamm, setzte sich nieder und schlug die Hände vor das Gesicht.

In den ersten Minuten nach dieser schrecklichen Szene war er zu erregt, um klar denken zu können. Er hatte nicht die leiseste Ahnung, wie er die Falle lösen sollte, bevor die Wölfe anfingen, das Bein ihrer Gefährtin oberhalb der stählernen Bügel durchzubeißen. Auf jeden Fall würde es keine leichte Aufgabe sein. Das Weibchen konnte mit einem einzigen Biß einen Menschen an der Kehle packen und sie durchbeißen. Und tief in der engen Höhle und wahrscheinlich in Gegenwart mehrerer feindseliger Wölfe würde ein Versuch, die Falle zu entfernen, noch sehr viel schwieriger werden als am Ufer.

Bis spät in die Nacht wartete er auf Náhani, aber sie kam nicht zu ihm ins Lager. Dann schlief er endlich ein. Bei Sonnenaufgang wurde er wach. Sein erster Gedanke war, daß er so schnell wie möglich die Wölfin aus der Falle befreien mußte – und dann sah er Náhani, die auf dem Baumstamm saß und ernst auf ihn herabblickte. Er eilte zu ihr und untersuchte Nase und Schnauze. Kein Blut. Also hatte sie noch nichts gegen die Falle unternommen. Die Wölfin fuhr ihm mit der Zunge über die Bartstoppeln, und er dankte Manitu, daß sie noch immer seine Freundin war.

Es war warm an diesem Morgen. Greg zog Shorts an, machte sich schnell ein Frühstück und lief, nachdem er es hinuntergeschlungen hatte, sofort zu der Wolfshöhle. In der einen Hand hatte er seine Taschenlampe, in der anderen einen Topf mit in Wasser aufgelöster Trockenmilch. Náhani war noch vor ihm am Höhleneingang.

Nach der Größe des Erdhaufens, der unter dem Tunneleingang lag, schätzte Greg, daß die Höhle ungefähr fünf Meter vom Eingang entfernt sein mußte. Greg leuchtete mit der Taschenlampe in den Tunnel. Er sah, daß der Boden, ein leichter sandiger Lehm, an mehreren Stellen eingesunken war, seit die Wolfsfamilie den Bau gegraben hatte, und daß der Gang nach etwa fünf Metern in rechtem Winkel abbog.

Greg lauschte. Wann immer er den Laut nachahmte, den Wölfe beim Beruhigen und Besänftigen von sich geben, vernahm er von fern ein leises Winseln, aber weder ihm noch Náhani gelang es, die Wölfin zum Herauskommen zu überreden.

In dunklen, engen Räumen bekam Greg stets Platzangst. Schon die Vorstellung, in den bröckligen Tunnel kriechen zu müssen, ließ ihn erschauern. Aber unter den gegebenen Umständen hatte er keine andere Wahl.

Er stellte seine Taschenlampe und den Milchtopf neben den Höhleneingang und versuchte, sich in den Tunnel hineinzuzwängen. Doch seine Schultern waren zu breit. Mit einem Lederriemen band er sein schulterlanges Haar zusammen und machte sich daran, mit seinem Messer den Eingang zu erweitern und Geröll und Erde aus dem Weg zu räumen. Dann nahm er Taschenlampe und Milchtopf und schob sich in den Gang. Der Tunnel war im Durchmesser großer als der Einstieg; um aber auf dem Bauch vorwärts kriechen zu können, mußte er die Arme vor sich über den Kopf strecken und sich mit Ellenbogen und Füßen abstoßen.

Als er die Tunnelbiegung erreicht hatte und mit dem Oberkörper um die Ecke gekommen war, leuchtete er die Höhle, die nicht weit von ihm am Ende des Ganges lag, mit der Taschenlampe ab. Sogleich flüchteten der Wolf und das zweite Weibchen – die verletzte Gefährtin zurücklassend – in einen anderen Tunnelgang, der zu irgendeinem geheimen Ausgang am Berg führte, und wirbelten dabei so viel Staub und Haare auf, daß Greg fast erstickt wäre. Dann verlor er auch noch den Lederriemen, der sein Haar zusammengehalten hatte. Er versuchte, sich zurückzuziehen, konnte sich aber nicht das kleinste Stück rückwärts bewegen. Wie um die Situation noch zusätzlich zu erschweren, war Náhani nämlich direkt hinter ihm in die Höhle gekrochen. Sein Schweiß floß in Strömen, während er nach Luft rang und gegen die wachsende Klaustrophobie ankämpfte.

Nachdem er sich in die Höhle hineinmanövriert und eine verkrampfte Sitzposition eingenommen hatte, setzte er der stöhnenden Wölfin die Milch vor. Zu seiner Überraschung schlürfte sie sie in Sekundenschnelle auf. Náhani zwängte sich neben sie und beschnüffelte kurz die Falle. Greg wartete nicht erst ab, daß der Staub, den sie aufgewirbelt hatte, sich wieder setzte, sondern er ergriff den Topf, knipste die Taschenlampe aus, drehte sich mit viel Mühe um und zwängte sich wieder in den erstickenden Gang. Er spürte Náhanis heißen Atem auf den Fußsohlen, als er sich dem Lichtkreis und der frischen Luft entgegenschob. Der Ausgang schien ihm kilometerweit entfernt zu sein. Als er schließlich aus dem Tunnel auftauchte, warteten draußen zweiundzwanzig Wölfe auf ihn.

Sobald Greg und Náhani endlich im Freien waren, stürzten sie sich in den See, um ein paar Minuten zu schwimmen. Doch nach kurzer Zeit schien Náhani schon wieder ungeduldig auf seine

Rückkehr in die Höhle zu warten. Greg wurde plötzlich klar, daß die Anführerin sich darauf verließ, daß er etwas unternehmen würde, was kein Wolf tun konnte.

Er kehrte zum Tunneleingang zurück und überlegte. Wenn er die kleine Wölfin doch nur dazu bringen konnte, sich von ihm abzuwenden und mit dem Kopf voran in einen der engen Höhlengänge zu flüchten! Dann hätte er die Falle packen, mit beiden Händen die Federn zusammendrücken und die Wölfin befreien können, ohne befürchten zu müssen, daß sie sich umdrehte und ihn attackierte.

Die anderen Wölfe beobachteten ihn weiter aus der Entfernung. Sie schienen zu begreifen, was Greg tun wollte. An diesem Tag unternahm er drei weitere qualvolle Vorstöße in die Höhle und nahm jedesmal einen Topf mit in Wasser aufgelöstem Milchpulver mit. Solange er bestimmte Wolfslaute ausstieß, gestattete ihm die kleine Wölfin, ihren Kopf zu berühren und sie zu kraulen; sobald er aber die Hand nur in Richtung der Falle bewegte, knurrte sie und schnappte nach ihm.

Am nächsten Morgen wurde Greg von einer Unruhe unter den Wölfen geweckt. Er eilte zu ihnen. Die kleine Wölfin saß am Eingang der Höhle, während die Männchen des Rudels auf und ab liefen, knurrten und das Hinterteil des Weibchens beschnüffelten. Durch einen schmerzhaften, schockartigen Unfall kann es bei Wölfinnen zu einer Absonderung von Lockstoffen kommen wie sonst nur in der Brunstzeit, und genau das war hier offensichtlich geschehen. Als Greg sich näherte, schlüpfte die kleine Wölfin zurück in die Höhle.

Da Greg immer noch befürchtete, die Wölfin könnte ihn angreifen, fing er zwischen seinen Expeditionen in den engen Tunnelgang an, sich aus kurzen Zweigen eine Art Schild anzufertigen, mit dem er sich vor ihr schützen konnte. Sie wurde jetzt allerdings bei jedem Besuch zugänglicher, und schließlich knurrte sie nicht einmal mehr drohend, wenn er nach der Falle faßte. Aber die männlichen Wölfe waren durch die Duftstoffe der Wölfin nach wie vor unruhig. Immer wieder krochen sie in die Höhle und wirbelten in dem engen Gang nicht nur so viel Staub auf und verbrauchten so viel kostbaren Sauerstoff, daß Greg fast erstickte, sondern durch ihr ständiges Hin und Her wurde auch der sandige Lehmboden immer instabiler.

Als Greg gerade seinen Schild aus Zweigen fertiggestellt hatte, verlosch bei einem seiner Besuche im Tunnel die Taschenlampe: Die Batterien waren leer. Die völlige Dunkelheit und dazu der schwere heiße Atem der Wölfe in den engen Höhlengängen steigerten Gregs Klaustrophobie fast bis zur Panik. Doch er gab nicht auf. Im Schutz seines Schildes griff er nach der Falle. Doch die Federn waren rostig und zudem viel zu stark, um die Bügel mit bloßen Händen auseinanderzubiegen. Als er versuchte, sein Knie unter das Tellereisen zu schieben, heulte die Wölfin vor Schmerz auf, schleuderte den Schild beiseite und schlüpfte schnell in den Nebentunnel. Greg zog den kürzeren Hauptgang für seinen Rückweg vor und stieß prompt mit Náhani zusammen. Er mußte sie zentimeterweise vor sich herschieben und dabei überreden, rückwärts hinauszukriechen.

Als er schließlich wieder an der frischen Luft war, sah er, wie die kleine Wölfin, die über den Nebengang ins Freie gelangt war, die Falle zum Ufer schleppte und sich gleichzeitig gegen ihren eigenen Partner und andere Männchen wehrte, die sie bedrängten. Obwohl Wölfe lebenslange Partnerschaften eingehen, wird jeder Wolfsrüde versuchen, eine läufige Wölfin zu begatten, wenn sie außerhalb der allgemeinen Brunst die entsprechenden Signale über Duftstoffe abgibt.

Greg fand den zweiten Eingang zur Höhle und blockierte beide Einstiege mit Felsbrocken. Dann rannte er ins Lager, um ein Nylonseil zu holen. Als die kleine Wölfin zum Höhleneingang zurückhumpelte und anfing, die Steinbarrikade zu entfernen, warf Greg eine Schlinge über die Falle und schleuderte das andere Seilende über einen hohen Tannenast. Im Vertrauen darauf, daß Náhani ihm die anderen Wölfe vom Leibe halten würde, zog er das heulende Weibchen einen halben Meter hoch über den Boden und befestigte das Seil. Dann trat er schnell hinter den Baum, streckte beide Arme um den Stamm herum, packte die Falle, drückte die Federn zusammen und befreite die Wölfin. Das Ganze dauerte etwa sieben Sekunden.

Gleich darauf rannte Greg zum Höhleneinstieg und räumte die Felsbrocken weg. Aber die kleine Wölfin wollte nicht hineinschlüpfen. Sie rannte sinnlos unter den Bäumen umher, heulte schrill und legte sich mit jedem Wolf in Reichweite an.

Schließlich war sie völlig erschöpft und wurde ruhiger. Aber

Náhani zeigte weder Begeisterung noch Erleichterung. Das keuchende kleine Weibchen lief von Wolf zu Wolf, wedelte mit dem Schwanz und winselte. Sie war ganz eindeutig nicht ganz bei sich. Dann erblickte sie Greg mit dem eingerollten Seil. Sie fletschte die Zähne, senkte Kopf und Schwanz zur Angriffshaltung und bewegte sich langsam auf den jungen Indianer zu.

Náhani trat vor ihn. Doch ungeachtet ihres warnenden Knurrens setzte die wahnsinnige kleine Wölfin zum Angriff an. Mit einem einzigen mächtigen Sprung packte Náhani sie bei der Kehle und tötete sie.

Während die anderen Wölfe bewegungslos zusahen, starrte die große Silberwölfin jeden einzelnen an. Nach und nach liefen sie auseinander. Die einen verschwanden in den Höhlen, die anderen zogen sich auf das sonnige Felsplateau oberhalb der Baumgrenze zurück.

Greg hob den leblosen Körper und die Falle auf und ging damit hinunter zum See. Náhani folgte ihm. Der Indianer begrub die Wölfin in der Nähe des Ufers. Dann befestigte er das Tellereisen an einem niedrigen Ast über dem Wolfspfad, wo die anderen Wölfe es wittern würden, wann immer sie das Gebiet der Höhlen verließen. Er wollte, daß jeder von ihnen sich für alle Zeiten an die Falle erinnern und sie hassen sollte.

Versöhnung

DEN GRÖSSTEN Teil dieses Tages und der folgenden Nacht verbrachte Náhani in Gregs Lager. Die aufgestellten Haare an Hals und Rumpf zeigten, wie aufgewühlt sie war. Sie knurrte, wann immer ein Wolf in Hörweite vorbeistrich. Doch auch die Wölfe verhielten sich unruhig und gereizt. Seit sie hatten mit ansehen müssen, wie Náhani eine der Ihren getötet hatte, hatte eine schwere Depression das ganze Rudel befallen. In ihren Augen war es gerechtfertigt, daß die kleine Wölfin versucht hatte, den Menschen, ihren traditionellen Feind, wegen einer Gewalttat zu bestrafen. Sie begegneten Greg und Náhani mit verwirrter Feindseligkeit.

Während der folgenden Tage verhielt sich Náhani so, daß sie auf Greg wie eine unnachgiebige Tyrannin wirkte. Sie ließ keine

„Beratungen“ mit den bevorzugten „Unterführern“ zu, vertrieb brutal jedes Weibchen, das es wagte, sich Gregs Lager zu nähern, und einen jungen Wolf, der den Mut besessen hatte, ihr Knurren auf die gleiche Weise zu erwidern, bestrafte sie grausam, indem sie ihm ein Stück von der Rute abbiß.

Aber keiner der Wölfe verließ das Rudel. Am achten Tag nach dem unseligen Ereignis bemerkte Greg, wie sich die Stimmung allmählich veränderte. Einige besonders große Wolfsrüden, die seine Anwesenheit am Nakinileraksee ebenso wie am Denetiahsee beharrlich ignoriert hatten, kamen jetzt zum Lagerplatz und wedelten freundlich mit dem Schwanz. Dann legten sie sich auf den Rücken und winselten, während Náhani zusah, wie der junge Indianer sie an Bauch oder Flanken kraulte. Und auch einige Wölfinnen kamen zum Lager und verhielten sich sogar noch zutraulicher.

An diesem Abend berief Náhani kurz nach Sonnenuntergang eine Versammlung ein. Das Rudel umringte sie mit fast der gleichen Bewunderung wie einst, und sie leckte dem Gefährten der toten Wölfin sowie der anderen Wölfin die Schnauzen. Noch blieben Spuren von Unsicherheit, Verwirrung und sogar etwas Feindseligkeit; aber als Náhani das Rudel aufforderte, sie zur ersten Herbstjagd und zum Kampf gegen Eindringlinge in das Revier zu begleiten, folgten ihr die Wölfe sofort.

Kurze Zeit nach dem Aufbruch des Wolfstrupps fegte ein stürmischer Nordwind über die Senke, und in Minutenschnelle war der See mit weißschäumenden Wellenkämmen und sprühender Gischt bedeckt. Der Wind ist hier im Norden eine besonders eigenwillige Naturgewalt, und wenn er über eine Region hereinbricht, erliegt früher oder später jedes Geschöpf seinem Ansturm, und das Treiben der Tiere kommt praktisch zum Stillstand.

Doch diesmal sollte es besonders schlimm werden. Eines Nachts wurde Greg im Schlaf vom ersten Herbstblizzard überrascht. Der Indianer war besorgt, denn jetzt im September trugen die Wölfe noch ihr Sommerfell und waren nicht darauf vorbereitet, kalte Nächte außerhalb ihrer Höhlen zu verbringen. Während des Sturms verschloß Greg die offene Frontseite seines Unterstands mit der Bodenpersenning. Dann begann ein eisiger Regen zu fallen, und der Wind wurde noch heftiger. Als er sich schließlich bei Sonnenuntergang legte und auch der Regen aufhörte, unternahm

Greg einen Uferspaziergang. Nichts regte sich, weder Vogel noch Eichhörnchen, noch Fisch, ja nicht einmal Insekten schwirrten umher.

Am nächsten Tag überlegte Greg, ob er angesichts des Wetterumschlags nicht sofort den Rückweg antreten sollte, auch wenn die Wölfe noch nicht zurückgekehrt waren. Er überprüfte die Route auf den Karten, brachte es dann aber doch nicht über sich, einfach fortzugehen. Und er hatte Glück: Einige Tage nach dem Sturm schien der Sommer noch einmal Einzug zu halten. Die Tierwelt erwachte wieder zum Leben. Wasservögel kamen aus dem Schilf hervor und machten sich lautstark bemerkbar. Ein kanadischer Unglückshäher in einer Erle am Südufer hatte es übernommen, seine ganze Umgebung über Bewegungen größerer Tiere zu unterrichten. An einem Spätnachmittag lenkten die schrillen Zwitschertöne des Vogels Gregs Aufmerksamkeit auf entferntes Bellen. Es war das Wolfsrudel, das scheinbar träge am Ufer entlangtrabte.

Greg war erleichtert und froh, als er sah, daß Náhani nicht nur unangefochten das Kommando innehatte, sondern im Mittelpunkt liebevoller Zuwendung stand, als sie mit dem Rudel vor Gregs Lagerplatz stehenblieb. Drei ehemalige Mitglieder des Rudels waren nicht mit den anderen zurückgekehrt, darunter der humpelnde alte schwarze Wolf, dessen Gefährtin Trapper-Dan am Tatlatuisee getötet und abgehäutet hatte. Dafür hatten sich auf dem weiten Jagdweg vier fremde dreijährige Wölfe der Wolfsgemeinschaft angeschlossen. Die neuen Mitglieder – zwei Männchen und zwei Weibchen, alle vier bislang noch ungepaart – machten einen glücklichen und verspielten Eindruck, aber gleichzeitig schienen sie verwirrt und mißtrauisch, so nahe bei ihrem Bau einen Menschen anzutreffen. Sie reagierten geradezu hysterisch und wollten voller Panik die Flucht ergreifen, wurden aber äußerst verlegen, als sie die eisigen Blicke der anderen Wölfe bemerkten.

Um den Neuankömmlingen damit zu imponieren, wie groß ihre Macht war, besprenkelte Náhani mit ihrem Urin alles, was in Gregs Lager umherstand, sowie den größten Teil seiner Ausrüstung. Diese Demonstration tat ihre Wirkung. Wann immer Náhani erschien, legten sich die vier Neuankömmlinge fortan auf den Rücken, winselten und wedelten mit den Schwänzen.

Da der „Mond der bunten Blätter“ noch eine Reihe schöner

Tage und nicht allzu kalter Nächte mit sich brachte und weil Gregs Begegnungen mit dem Rudel zunehmend freundschaftlicher wurden, beschloß der Indianer, am Denetiahsee zu bleiben, bis die Wölfe nach Süden zogen, falls sie es denn überhaupt tun würden.

Die warme Nacht des 18. September würde Greg nie vergessen. Es war Vollmond. Fast den ganzen Tag über hatten Náhani und ihre Truppe auf der sonnigen Bergwiese geschlafen, während Greg am See gewesen war und die Gier eines Schwarms von Äschen genutzt hatte, die nach jedem seiner Köder an der Seeoberfläche schnappten. Die Wölfe hatten sich allerdings in der Nacht zuvor schon die Bäuche mit früh wandernden Lemmingen vollgeschlagen, und deswegen fraß Náhani an diesem Abend nur wenige Bissen von dem Fisch, den Greg ihr anbot, als sie um den Baumstamm herum zu ihm kam. Dann setzte sie sich neben ihn.

Die Sterne funkelten ungewöhnlich hell in dieser Nacht. Das konnte bedeuten, daß sich ein unsteter Nordwind ankündigte. Nachdem Greg über eine Stunde lang auf der Mundharmonika gespielt hatte, zupfte Náhani an seinen Jeans, ihr Zeichen, daß sie einen Spaziergang unternehmen wollte. Greg erhob sich und folgte ihr.

Die Wölfin schlug den Weg am Südufer entlang ein. Zuerst lief sie ganz gemächlich. Ihre Leibwache, vier prächtige Männchen, gesellte sich ihnen diesmal beim Mondscheinspaziergang hinzu, anstatt sich wie sonst im Schatten verborgen zu halten. Zwei von ihnen hielten sich dicht bei Greg, die beiden anderen an Náhanis Seite. Wie großartig sie in ihrem neuen Herbstfell aussahen! Während der junge Chimmesyan und die fünf Wölfe am Ufer entlangliefen, stießen immer mehr Wölfe zu ihnen. Einer nach dem anderen kamen sie aus verschiedenen Waldrichtungen, um am Spaziergang teilzunehmen, bis schließlich das ganze Rudel versammelt war. Achtundzwanzig stolze Bewohner der nördlichen Wälder bildeten die Eskorte für Greg. Es gab einiges Hin und Her um die „Plätze“, es wurde gedrängelt, geknurrt und gebissen, denn die neuen Wölfe kannten die „Hackordnung“ noch nicht ganz genau. Aber nach drei Kilometern führten Náhani, Greg und die vier „Unterführer“ die schweigende Prozession an. In schnellerer Gangart legten sie weitere acht Kilometer zurück.

Greg kehrte schließlich um, doch Náhani und ihr Rudel setzten den nächtlichen Inspektionsgang rund um den See fort. Greg wertete diesen gemeinsamen Spaziergang als einen ganz besonderen Erfolg, vergleichbar nur mit seiner freundschaftlichen Beziehung zu Náhani. Ihr allein schrieb er die Aussöhnung zwischen ihm und dem Rudel nach dem Tod der kleinen Wölfin zu. Ganz allmählich hatte sie die ernsthaft gefährdete Vertrauensbasis wiederhergestellt. Greg schrieb in sein Tagebuch: „Náhani hatte alles bereits geplant, als sie gestern abend ins Lager kam. Jeder Wolf wußte, was geschehen würde. Náhani hat mir gezeigt, wie ein Wolf denkt. Es gibt ein altes Sprichwort bei den Chimmesyans: ‚Wenn eine Freundschaft sich bewährt hat, dann sind die Freunde im Schatten eines Regenbogens gewandelt.'"

ALS GEGEN Ende September die Tage kürzer und die Nächte kälter wurden, bereiteten sich Pflanzen und Tiere auf den Winter vor. Tannenzapfen, deren große Zahl Greg vorher kaum bemerkt hatte, glänzten mit ihrer schützenden Harzschicht, als wären sie frisch lackiert. Die mit einer Wachsschicht überzogenen jungen Triebe leuchteten von jedem Baumwipfel im Wald. Eichhörnchen lärmten herum, während sie Tannenzapfen sammelten und in kleinen Höhlen unter Laubwerk verbargen.

Wie auf ein geheimes Signal hin versammelten sich an einem Baumstumpf mitten im Wald die Monarchfalter. Und ganz plötzlich – wie auf Absprache – sah es so aus, als flackerten Tausende von Kerzen, als sich die Schmetterlinge von der Thermik emportragen ließen bis zu einer Luftströmung, die sie nach Florida bringen würde.

Die Schwalben, die bisher die Luft von Insekten freigehalten hatten, sammelten sich eines Morgens und brachen nach Honduras auf. Drosseln, Kernbeißer und Steinadler traten paarweise die Reise nach Kalifornien an, Kornweihen, Bussarde und Fischadler kreisten im Aufwind des Gataga Canyon und machten sich auf den Weg zu Mexikos warmen *Lagunas*.

Im September hatten alle Tiere, ob sie Winterschlaf hielten oder nicht, nur ein Ziel: sich für die kommenden Hungermonate eine möglichst dicke Fettschicht anzufressen. Lediglich die Wölfe faulenzten während des Altweibersommers. Sie wußten, daß ihre fettstrotzenden Beutetiere bald im Schnee versinken würden. Im

Oktober dann, in der Mitte des Herbstes, schienen sie ruhig und ausgeglichen, und sie genossen ihre eigene Gesellschaft mehr als zu jeder anderen Zeit, seit Greg sie kannte. Im blassen Licht des „Mondes der fallenden Blätter" ertönten Wolfsgesänge lauter und häufiger als unter früheren Monden.

Immer wieder beobachtete Greg in klaren Nächten, wie Wölfe auf vorstehende Felsen trabten und dort mit hocherhobenen Köpfen Sechzigsekundensolos, Zweiminutenduette und Dreiminutenchöre mit zunehmender Lautstärke und in perfekter Abstimmung aufeinander von sich gaben. Jüngere Teilnehmer erreichten oft so hohe Töne, daß sie regelrecht jodelten. Zwischen diesen Wolfsgesängen spielte Greg Mundharmonika für Náhani, war sich aber nie sicher, ob ihr diese Musik auch gefiel.

Am klaren sonnigen Vormittag des 15. Oktober nahm die herbstliche Idylle ein jähes Ende.

Greg und Náhani saßen gerade bei einem gemeinsamen Mahl von in der Asche gegarten Forellen und Äschen. Zwischen dem Baumstamm und dem Seeufer balgten sich zwölf Wölfe. Der Rest des Rudels lag im weiten Umkreis verteilt auf den Felsen und genoß die letzten warmen Sonnenstrahlen.

Plötzlich tuckerte ein Wasserflugzeug über die tiefen Schluchten im Südosten, flog dicht über die Baumwipfel hinweg und landete in der Nähe des Abflusses auf dem See. Ein auffrischender Westwind hatte verhindert, daß das Geräusch des nahenden Flugzeuges in ihre Richtung getragen wurde.

Ein Warnruf des kanadischen Unglückshähers genügte, um sämtliche Wölfe im dichten Wald am Berghang ihres Reviers verschwinden zu lassen. Für einen geordneten Rückzug blieb jedoch keine Zeit. Greg beobachtete, wie Náhani das Rudel laut bellend in Richtung der Wasserscheide des Frogflusses führte. Für ihn selbst war es bereits zu spät, das Feuer zu löschen und sich zu verstecken. Die Männer hatten ihn bereits aus der Luft gesehen, ebenso den Rauch des Lagerfeuers – und die Wölfe.

Angst überfiel den jungen Indianer. Das Flugzeug wendete, wasserte und glitt schnell auf das Ufer vor dem Lagerplatz zu. Zwei Männer kletterten aus den Luken und auf die Pontons. Jeder hielt ein Jagdgewehr mit Zielfernrohr in der Hand.

Greg erkannte beide Männer wieder.

Die Jäger

DER BUSCHPILOT hatte kaum den Motor abgestellt, als einer der Männer bereits ein Seil an einer Seitenstrebe des Flugzeugs befestigte, dem jungen Chimmesyan ein Zeichen gab und dann die Leine zu ihm hinüberwarf. Greg ging langsam zum Seeufer hinunter, griff nach der Leine und zog das Flugzeug an Land. Die beiden Männer mit den Gewehren sprangen auf den Sand, der Pilot folgte ihnen.

Es waren die drei Weißen, die Trapper-Dan und Eugene Charley im Sommer 1966 zum Tatlatuisee begleitet hatten. Trapper-Dan war nicht an Bord, aber Greg befürchtete, daß er auf dem Landweg durch den Wald kam, um sich mit den eben gelandeten Jägern zu treffen.

Die Ankömmlinge starrten Greg ungläubig an. Der Pilot gewann als erster die Fassung wieder und streckte Greg die Hand entgegen.

„Lex Morgan aus Fort St. John", stellte er sich vor. Nach einem kurzen, unbehaglichen Schweigen deutete er auf die beiden Jäger. „Das sind Jay Spencer und Allen Ogilvy, *cheechakos* aus Seattle."

Im Nordlandjargon hatte der Begriff *cheechako* einen abfälligen Beigeschmack und bedeutete etwa „unerfahrener Anfänger", „Greenhorn" oder noch Schlimmeres. Ganz offensichtlich kannten jedoch Spencer und Ogilvy die Bedeutung des Wortes nicht, oder sie waren zu sehr mit Größe und Anzahl der Wolfsspuren beschäftigt, um die Beleidigung zu registrieren. Zudem mußten sie sich noch von dem Anblick eines fast nackten, langhaarigen Indianers inmitten eines Rudels von Timberwölfen erholen.

„Mein Name ist Gregory Tah-Kloma."

„Wenn ich nicht mit eigenen Augen gesehen hätte, daß Sie neben dem großen weißen Wolf auf dem Baumstamm gesessen haben, dann hätte ich es nicht geglaubt", erklärte Morgan. „Das muß doch etwa ein Dutzend Wölfe gewesen sein. Und mindestens ebenso viele auf dem Berg. Náhani und die bösen Geister, Tah-Kloma?"

„Ich würde es sehr begrüßen, Mr. Morgan", sagte Greg, indem er der Frage auswich, „wenn die Herren ihre Gewehre wieder in das Flugzeug brächten."

„Wir sind hier, um Wölfe zu schießen, nicht um sie entkommen zu lassen – vor allem nicht Náhani“, erwiderte Ogilvy. „Ich will ihr Fell. Sie können die Belohnung haben.“

„Ich bin an der Belohnung nicht interessiert“, entgegnete Greg.

„Diese Wölfe sind inzwischen mindestens fünfzehn Kilometer weit weg“, mutmaßte Morgan. Er betrachtete Greg mit einer Mischung aus Neugier und Bewunderung.

Ogilvy wurde ungeduldig. „Wir sollten nicht herumtrödeln. Wenn wir gleich starten, können wir das Wolfsrudel aus der Luft ausmachen, tief anfliegen und die Tiere mit ein paar gezielten Schüssen erledigen.“ Als er bemerkte, daß Morgan zögerte, fuhr er fort: „Vergessen Sie nicht, wir bezahlen Sie, damit Sie uns zu Náhani bringen. Sind Sie für uns oder gegen uns?“

„Ich möchte erst mit Tah-Kloma reden“, antwortete Morgan. „Tun Sie inzwischen, was er sagt. Bringen Sie die Gewehre ins Flugzeug zurück.“

Die beiden Jäger fluchten, leisteten der Aufforderung aber Folge. Sie kamen jedoch schnell ans Ufer zurück und gingen auf den Unterstand zu, wo Greg gerade rasch Hemd und Jeans anzog.

„Was machen Sie hier am Denetiahsee in Gesellschaft von Wölfen?“ fragte Spencer.

„Ich werde gleich all Ihre Fragen beantworten“, entgegnete Greg. „Sollen wir uns auf den Baumstamm am Feuer setzen? Ich könnte auch einen Kaffee machen, vorausgesetzt, daß Sie Kaffeepulver dabeihaben. Ich selbst trinke Chinquapintee.“

„Was, zum Teufel, ist Chinquapintee?“ wollte Ogilvy wissen.

„Das trinken die Indianer“, erläuterte Morgan. „Ein Tee aus einheimischen Kräutern. Schmeckt wie eingeschlafene Füße. Trapper-Dan hat ihn auch immer getrunken, erinnern Sie sich noch? So, und ich werde jetzt mal die Essenskiste holen.“ Er ging hinüber zum Flugzeug, während die anderen sich auf den Baumstamm setzten.

„Von wo aus sind Sie hierhergekommen, Tah-Kloma?“ Ogilvy rümpfte beim Sprechen die Nase, und Greg besann sich, daß er nicht mehr gebadet hatte, seit die Wölfe von der letzten Jagd zurückgekehrt waren.

„Vom Kitwangasee.“

„Wo ist der Kitwangasee?“ fragte Spencer. Statt Greg anzusehen, hockte er sich auf die Erde, um die weißen Haare auf Gregs Schlafsack zu untersuchen.

„Südwestlich der Stikinehochebene", erklärte Morgan, der gerade mit der Essenskiste zurückkam. „Sie sind doch der Typ, von dem die Mounties dauernd reden, nicht wahr? Sie sind der Wolfsmann."

„Ich bin Goldsucher", widersprach Greg.

Lex Morgan grinste nur, während er Kaffee bereitete.

„Ich muß Sie bitten, die Unordnung hier zu entschuldigen", sagte Greg. „Ich wollte gerade aufräumen. Náhani und ich . . ." Es war ihm einfach so herausgerutscht.

„Ich habe ja gesagt, daß es Náhani war, die neben ihm auf dem Baumstamm gesessen hat!" rief Ogilvy begeistert aus. „Sie mußte es sein. Die größte Wölfin im Kitiwanga. Wie viele Tiere gehören zum Rudel?"

„Achtundzwanzig", entgegnete Greg.

„Das ist das Killer-Rudel! Im vergangenen Herbst hat man in der Gegend von Hazelton nach Wochen die Überreste eines Carriers gefunden, der offenbar das Opfer von Wildtieren geworden ist. Man sagt, es sei Náhanis Rudel gewesen", erklärte Spencer.

„Ich glaube das nicht!" widersprach Morgan. „Wie lange sind Sie schon hier, Greg?"

„Fast drei Monde. Es gibt keinen Beweis, daß Náhani in den letzten drei Jahren das Kitiwanga Richtung Süden verlassen hat. Dies ist der zweite Sommer, in dem ich mit diesen Wölfen lebe. Weshalb haben sie *mich* nicht umgebracht, wenn sie Eugene Charley getötet haben?"

„Woher kennen Sie Charley?" fragte Ogilvy.

„Ich könnte Ihnen die gleiche Frage stellen", erwiderte Greg mit leisem Lächeln.

Morgan lachte und schüttelte den Kopf, während er den Kaffee in Gregs einzige Tasse füllte und an die anderen weiterreichte, nachdem er einen Schluck genommen hatte. „Spencer und Ogilvy hatten von der ‚todbringenden Náhani' gelesen und von dem Indianer, der all seine Fallen eingebüßt hatte, ein Trunkenbold namens Trapper-Dan Tall-Totem. Sie beschlossen, Náhani zur Strecke zu bringen, und begaben sich zu Trapper-Dan, um ihn dazu zu bewegen mitzukommen. Doch als sie Dan auf die geplante Expedition ansprachen, erklärte dieser, er wolle nur auf die Jagd gehen, wenn

Charley mitkäme. Er sagte, Charley wisse mehr über Náhani als er. Eugene Charley war einverstanden, und Spencer und Ogilvy charterten mein Flugzeug, um zum Tatlatuisee zu fliegen, woher der weiße Wolf angeblich hergekommen war. Sie waren nicht scharf auf die Belohnung, sie wollten nur das Fell als Trophäe. Die beiden Indianer erzählten ihnen, die Wölfe und Sie seien ein Herz und eine Seele, und Sie würden sie früher oder später unfreiwillig zu Náhani führen. Sie hatten damals Ihren Lagerplatz am oberen Ende des Tatlatuisees, und Dan folgte Ihren Spuren. Später, als Sie weitergezogen waren, fand er die Stelle über unserem Lager, von der aus Sie uns beobachtet hatten. Er war ein guter Fährtenleser, aber der verrückteste Schuft, den ich je kennengelernt habe. Trotzdem, schade um den alten Dan."

„Was meinen Sie mit ‚schade'?" fragte Greg verständnislos.

„Haben Sie denn nicht gehört, was mit ihm passiert ist? Er und zwei Tsimshian-Trapper haben in diesem Sommer eine Nacht in einer Hütte in der Nähe der Swanseen verbracht. Dan wachte auf und entdeckte, daß sich ein großer weißer Silberwolf näherte. Er schoß sofort und verletzte ihn. Daraufhin sprang ihn der Wolf an und verbiß sich in ihn, ehe einer der anderen Indianer hinzukam und den Wolf tötete. Die drei Jäger zogen ihm das Fell ab und brachten es nach Smithers. Sie schworen, es wäre Náhanis Fell, und Tall-Totem erhob Anspruch auf die Belohnung, aber ehe er das Geld kassieren konnte, wurde er Mitte Juli ins Krankenhaus von Prince Rupert eingeliefert. Wenig später starb er als kreischender Wahnsinniger . . . an Tollwut."

Nach einer langen Pause entschloß sich Greg, seine Geschichte zu erzählen. Er sprach von dem weißen Wolf, den er an der Spitze eines Rudels bei den Swanseen gesehen hatte. Er berichtete von dem Sommer am Nakinileraksee, der langen Suche im Kitiwanga, vom Winter am Kitwangasee. Dabei redete er langsam und bedächtig und hob vor allem seine beeindruckenden Erfahrungen mit den Wölfen hervor. Er hoffte, daß Náhani dadurch genug Zeit gewinnen würde, um ihr Rudel im dichten Unterholz des Frog-River-Waldes zu verstecken. Während er sprach, saßen die Männer still da und hörten ihm mit zunehmender Faszination zu.

Es war bereits spät am Nachmittag, als Greg seinen Bericht beendete. Ogilvy sprach als erster. In seinem Ton klang Achtung durch. „Kurz bevor Trapper-Dan starb, haben wir ein letztes Mal mit ihm gesprochen. Er sagte: ‚Náhani lebt. Sie wird nicht wieder nach Süden gehen. Wenn sie den Tatlatuisee verläßt, wird sie zum Denetiahsee gehen, und wenn wir ihr zum Denetiahsee folgen, wird sie sich zum Yukon wenden. Aber es ist zwecklos. Kein Mensch wird Náhani jemals töten.‘ Wir sind hierher geflogen, weil es in diesem Sommer am Tatlatuisee keine Spur von ihr gab.“

„Ich bin nur hier, weil ich gut bezahlt worden bin“, erklärte Morgan. „Es gibt viele Buschpiloten wie mich, die Frau und Kinder ernähren müssen, und Trophäenjäger zahlen viel Geld, um schöne Felle zu erbeuten. Aber es gibt noch andere Tiere mit schönem Fell. Und die Kopfgeldjäger sind kein Problem mehr. Sie glauben, daß Trapper-Dan Náhani getötet hat.“

Spencer und Ogilvy wechselten Blicke. Sie schienen eine Entscheidung getroffen zu haben. „Sie werden diese Extraration brauchen können“, sagte Spencer zu Greg, lächelte und leerte die Essenskiste. „Wir werden Ihren Wolf nicht mehr verfolgen. Und seit Trapper-Dans Tod spricht niemand mehr von Náhani. Die Jagd ist vorbei. Alle haben ihren Spaß gehabt; schließlich ist das eigentliche Vergnügen das Jagen selbst und nicht so sehr die Beute. Und nach dem, was Sie uns erzählt haben, könnte es sogar sein, daß wir Ihr Geheimnis für uns behalten.“

„Soll ich irgendwann zurückkommen und Sie ausfliegen, Greg?“ fragte Morgan. „Nach dem Ende dieses Monats kommen Sie hier zu Fuß nicht mehr heraus.“

„Danke, Lex, aber ich kenne den Weg. Und vielen Dank für das Essen. Meine Verpflegung wurde wirklich schon knapp. Ich weiß eure Sinnesänderung sehr zu schätzen. Auf diese Art gewinnen wir alle etwas, sogar der große weiße Wolf, den die Leute nach seinem Tod für Náhani halten und der auf diese Weise noch berühmt geworden ist.“

Die Jäger kehrten mit dem Piloten zum Flugzeug zurück. Lex Morgan startete, und kurz darauf hob die Maschine ab. Sie kreiste zweimal über der Senke, kippte beim letzten Flug über Gregs Lager kurz nach steuerbord ab und schlug dann die Richtung nach Fort St. John ein.

ES WAR der dritte Abend nach dem Besuch der Jäger. Greg saß an den Baumstamm gelehnt da und spielte Mundharmonika, als jäh die ersten geisterhaften Blitze der Nordlichter über den

Himmel zuckten. Náhani kam langsam ins Lager. Gründlich beroch sie jede einzelne Konservendose und Lebensmittelpackung. Um ihr die Angst vor dem Geruch des weißen Mannes zu nehmen, öffnete Greg eine Dose Pfirsiche und teilte den Inhalt mit ihr. Beim Fressen glätteten sich Náhanis gesträubte Nackenhaare, und sie wedelte mit dem Schwanz wie stets, wenn sie sich freute, daß Greg und sie etwas gemeinsam taten.

„Náhani!" rief Greg, als er den Arm um den Hals der erschreckten Wölfin legte. „Er ist tot! Trapper-Dan ist tot! Und die Náhani-Legende ist mit ihm gestorben! Wir beide sind wirklich im Schatten eines Regenbogens gewandelt!"

Abschied

AM 23. OKTOBER lag der frische Geruch von Rauhreif in der Morgenluft, und das beharrliche Schnauben des „Alten Mannes aus dem Norden" drang über den See. Die Gipfel der Rocky Mountains fern am Horizont waren schon schneebedeckt. Greg und Náhani befanden sich wieder auf einem ihrer Spaziergänge. Náhanis Winterfell war mittlerweile dicht und voll, aber trotzdem schnappte sie nach kurzer Zeit nach Gregs Hand und zog so lange an seinen Jeans, bis er mit ihr ins Lager zurückkehrte und im Unterstand Feuer machte.

Ab dem 25. Oktober veränderte der Nachtfrost dann die Welt jeden Tag erneut auf magische Weise. Aus vertrockneten Pflanzenstengeln wurden elegante Wimpelträger, deren weißgesäumte Umrisse erst gegen Mittag wegschmolzen. Wenn der Nachtfrost beißend in Nase und Ohren drang, saßen Greg und Náhani im schützenden Unterstand dicht zusammengekauert bei dem Stapel Feuerholz.

Unruhe lag in der Luft. Bis auf die Bergziegen hatten sich alle Tiere auf Wanderung begeben. Hirsche, Schafe, Elche und Karibus zogen sich auf Weiden im Tal weit unterhalb der windigen Hochmoore zurück, auf denen sie im Sommer gegrast hatten. Náhani wartete ab, bis sich die Herden in der flachen Tiefebene weit zerstreut hatten. Dann schickte sie zwei Jagdexpeditionen den Denetiahsee entlang. Nachdem das gesamte Rudel geradezu „fleischübersättigt" von beiden Unternehmen zurückgekehrt war, verbrachten die Wölfe einen Tag mit dem Zerkauen trockener Büschel von Grammagras auf der Heide unter ihren Höhlen.

Am Morgen des 30. Oktober waren alle Wildfährten eisüberzogen, und die Rinden von Birken und Pappeln funkelten vor lauter Eiskristallen. Und die Kälte hielt sich. Greg erwachte morgens in einer grauen Dämmerung, die noch undurchdringlicher wurde durch Schleier vom Boden aufsteigenden Nebels. Den ganzen Tag lang spielte ein stürmischer Nordwind ein leise klimperndes Lied auf spröden Eiszapfen. Ein einzelner Haubentaucher, der etwas zu lange mit dem Aufbruch gen Süden gewartet hatte, schwamm auf dem See und rief endlos nach seinem Weibchen, das in der Nacht zuvor von einem großen Bartkauz geholt worden war.

AM LETZTEN Oktobertag des Jahres 1967 kam Náhani mittags zu Gregs Unterstand. Der Sturm hatte sich gelegt, aber dunkle Wolken hingen drohend über den Felsen des Hochlandes. Greg und die Wölfin lauschten eng aneinandergeschmiegt dem leisen Wispern der ersten größeren Schneeschauer. So sanft wie der Schnee glitt der große Bartkauz hinunter zum See und machte dem Rufen des einsamen Haubentauchers ein Ende. Vor Sonnenuntergang schob ein heftiger Südwind die Wolken fort, weiter zum Yukon. Der Schnee am Ufer blieb liegen.

Greg war kurz eingenickt. Ein Winseln auf der Seeseite des Baumstamms ließ ihn schnell wach werden. Náhani hatte sich nicht bewegt, aber ihre ganze Gemeinschaft stand mit hocherhobenen Köpfen und wedelnden Schwänzen da und sah zum Unterstand hin. In siebenundzwanzig blitzenden Augenpaaren las der junge Chimmesyan die Botschaft, die er schon so lange gefürchtet hatte. Zwei Wochen lang hatten er und die Wölfin diesen Moment hinausgeschoben.

In stolzer und königlicher Haltung gestattete Náhani

Greg, ihren mächtigen Hals zu umarmen. Nachdem sie ihm Gesicht und Hände geleckt hatte, hob sie die Schnauze und heulte leise. Dann sprang sie aus dem Unterstand, verließ den Lagerplatz mit einem einzigen Satz und führte ihr prachtvolles Rudel über die Mündung des Creeks an das Nordufer des Sees. Náhani brach zum Yukon auf, wie Trapper-Dan es vorausgesagt hatte.

Greg lief zum Wolfspfad unterhalb der Höhlen, schnitt das dort aufgehängte Tellereisen ab, rannte hinunter zum See und schleuderte die Falle weit hinaus in tiefes Wasser.

Die letzte Eintragung in seinem Tagebuch lautete: „Bin zum Unterstand zurückgekehrt. Schnitt mir ein Büschel Haare ab. Warf es ins Feuer, wie es meine Vorfahren, die Großen Alten, beim Abschied von einem Freund zu tun pflegten. Dankte Manitu, daß ich diese Wölfin kennenlernen durfte."

Robert Franklin Leslie

Zeitlebens interessierte sich der 1911 in Texas geborene Autor Robert Franklin Leslie für die Natur. Geweckt wurde dieses Interesse bereits durch seinen Vater, der aufgrund seiner indianischen Abstammung über einen schier unerschöpflichen Fundus an Tiergeschichten verfügte und seinem Sohn auch die ersten Kenntnisse über die Pflanzenwelt vermittelte. Später studierte er „Ökologie und Botanik" und unternahm zahlreiche abenteuerliche Streifzüge durch damals noch weitgehend unberührte Gebiete Mexikos und Kanadas. Bis zu seinem Tod im Jahr 1990 verarbeitete er seine Erlebnisse in erfolgreichen Büchern wie *Ein Gauner von Format* oder *Die Bären und ich*, die ihm unter den Auswahlbuchlesern viele Freunde bescherten.

Auch die Geschichte von Greg und der Wölfin Náhani beruht auf einer wahren Begebenheit. „Im Sommer 1970 befand ich mich auf einer meiner Expeditionen durch Kanada und hatte mein Lager am Ufer des Babinesees aufgeschlagen", erzählt der Autor im Vorwort seines Romans. „Da landete eines Spätnachmittags ein junger Indianer mit seinem Kanu. Er stellte sich mir als Gregory Tah-Kloma vor und erklärte, er gehöre zum Stamm der Chimmesyan. Wir verstanden einander auf Anhieb, und während der folgenden Wochen wanderten wir gemeinsam, fuhren mit dem Kanu und zelteten zusammen. Ich erfuhr, daß Greg sich durch harte Arbeit in Sägemühlen und Bergwerken seine Schulausbildung und das Studium der Mineralogie finanziert hatte und nun an den Flußläufen in der Wildnis Britisch-Kolumbiens nach Gold suchte. Viele Abende saßen wir am Lagerfeuer, und fasziniert hörte ich zu, als er von seinen Erlebnissen mit Náhani und ihrem Rudel berichtete. Als ich ihn fragte, ob ich darüber ein Buch schreiben dürfe, gab er mir sofort seine Einwilligung und stellte mir sogar sein Tagebuch zur Verfügung. Bis auf einige geringfügige Änderungen bei Namen und Ortsangaben hat sich alles so zugetragen, wie ich es geschrieben habe."

LÜGENLA

Eine Kurzfassung
des Buches von
PETER WATSON

Nach der Übersetzung von
Monika Hahn-Prölss

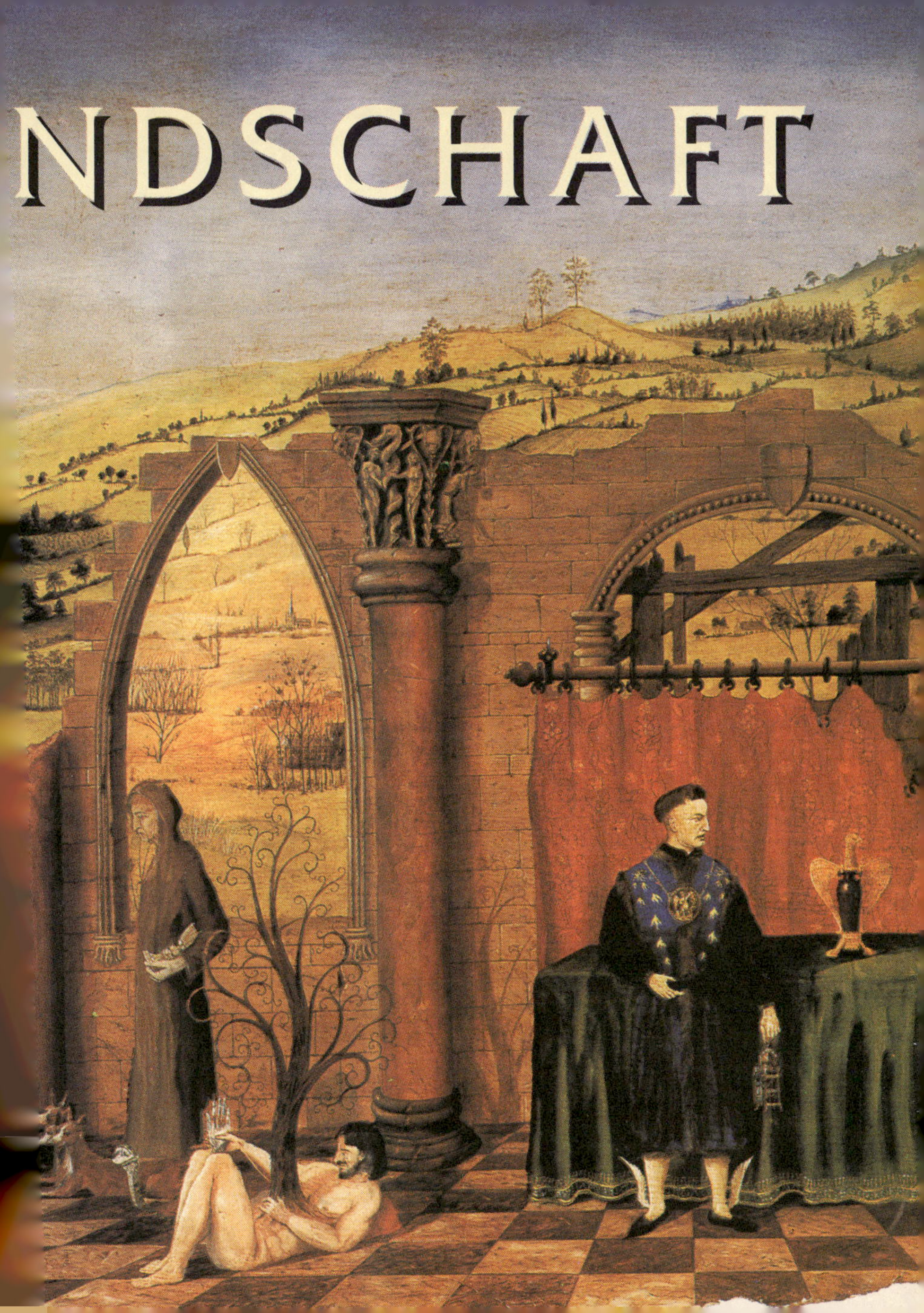
NDSCHAFT

Michael Whiting, Galeriebesitzer, Whiskytrinker und Junggeselle, hatte schon immer Spaß am Lösen kniffliger Rätsel. Deshalb weckt auch das dürftig gemalte, aber äußerst mysteriöse mittelalterliche Bild sein Interesse, das ihm eines Tages von Isobel Sadler ins Haus geschleppt wird. Zumal ihm die Beschäftigung damit Gelegenheit bietet, die hübsche Besitzerin des Bildes näher kennenzulernen.

In detektivischer Kleinarbeit entdecken Michael und Isobel in dem Gemälde Hinweise auf einen versteckten Klosterschatz. Vom Jagdfieber gepackt, durchforschen sie Kirchen und Ruinen an der englischen Küste. Doch dann heftet sich ein Rivale an ihre Fersen, der vor nichts zurückschreckt.

PROLOG

ALS ISOBEL aufwachte, spürte sie instinktiv, daß jemand im Haus war. Unwillkürlich hielt sie die Luft an. Die Uhr war nicht zu erkennen, doch sie schloß aus dem Einfallswinkel des Mondlichts auf ihren Schlafzimmerteppich, daß es nach drei Uhr sein mußte. Sie hörte die Tür des Arbeitszimmers leise klappern. Da Isobel in diesem Haus den Großteil ihrer neunundzwanzig Jahre verlebt hatte, verriet ihr dieses Geräusch, wie der Eindringling hereingekommen war – durch ein Fenster im Eßzimmer. Die Tür des Arbeitszimmers klapperte jedesmal, wenn Fenster im Eßzimmer geöffnet wurden. Natürlich hatten die niedrigen Erkerfenster immer ein Sicherheitsrisiko dargestellt – um so mehr, seit sie ganz allein das große Anwesen bewohnte –, aber sie hatte den Gedanken, Einbrecher könnten sich dies zunutze machen, stets verdrängt. Nun war es zu spät.

Isobel stand auf und zog ihren Morgenrock an. Erstaunlicherweise empfand sie keine Angst, sondern war eigentlich nur neugierig, worauf es der Dieb abgesehen hatte. Sie besaß nichts von wirklichem Wert.

Seit sie nach dem Tod ihres Vaters die Farm geerbt hatte, mußte sie mit großen finanziellen Schwierigkeiten kämpfen und hatte nach und nach das chinesische Porzellan und die Schnitzereien aus Jade verkauft, die ihr Vater gesammelt hatte. Es gab also nichts mehr zu stehlen.

Und bei diesem Gedanken überfiel sie Angst. Vielleicht war der Eindringling gar kein Dieb, sondern wollte ihr etwas antun? Sie schauderte. Trotzdem zögerte sie nicht. Sie kannte das Haus bis in den letzten Winkel. Ihre Schlafzimmertür ließ sich lautlos öffnen, wenn sie dagegen drückte, bevor sie den Knauf drehte. Und im Flur wußte sie genau, wohin sie nicht treten durfte.

Nachdem sie aus dem Zimmer geschlüpft und um eine Ecke gebogen war, hielt sie an. Hier mündete der Flur in eine Galerie, über deren Geländer aus Eichenholz Isobel nun vorsichtig in die

Halle hinunterspähte. Da war der Eindringling! Eine hochgewachsene, schemenhafte Gestalt stand dort unten vor einem Gemälde und hatte es gerade vom Haken abgenommen.

Isobel packte der Zorn. Hier in der Gegend wußten die meisten, daß sie allein lebte. Da hielt jemand sie also für derart wehrlos, daß er einfach hereinspazierte und sich nach Belieben etwas holte!

Sie wandte sich halb um und griff nach einem hohen Zinnkrug, der auf einem Tisch stand. Sein Fuß war von einem geschnitzten Elfenbeinreifen eingefaßt: Für ihr Vorhaben war er geradezu ideal. Sie nahm ihn lautlos vom Tisch.

Mit der rechten Hand hob sie ihn hoch, mit der linken tastete sie nach dem Lichtschalter. Als Licht die Halle überflutete, gab der Fremde einen unterdrückten Schrei von sich. Der Mann trug einen Motorradhelm. Sein Kopf fuhr zu ihr herum, der glatte, glänzende Helm verlieh ihm etwas Anonymes, äußerst Bedrohliches. Isobel zögerte nicht länger. Sie schleuderte den Krug mit voller Wucht hinunter in die Halle, zielte auf die Füße des Mannes.

Der Krug war kopflastig und ließ sich nicht so präzise werfen, wie Isobel es sich vorgestellt hatte. Bevor der behelmte Eindringling reagieren konnte, prallte der Zinnkrug schon dicht vor seinen Füßen auf die Steinfliesen der Halle. Der Dieb ließ das Gemälde fallen und tat einen Satz zur Seite, was ihm aber nur wenig half. Nachdem der Krug auf dem Boden aufgetroffen war, schnellte er wieder hoch und traf den Eindringling unterhalb seines linken Knies.

Isobel zuckte zusammen, als sie den Schrei des Mannes hörte. Obwohl der Fremde starke Schmerzen haben mußte, bückte er sich sofort wieder, um das Bild aufzuheben. Als Isobel dies sah, geriet sie noch mehr in Wut und schaute sich nach anderen Waffen um. Sie entdeckte jedoch nur eine Zierschale mit Eiern aus Alabaster. Schnell ergriff sie die Schale und eilte zurück an die Balustrade. Unter ihr richtete sich der Fremde gerade auf, krampfhaft das Bild an sich gepreßt.

Isobel beugte sich über das Geländer und kippte die Schale mit den Alabastereiern direkt über dem Mann aus. Drei der Geschosse landeten als Volltreffer: Ein Ei traf ihn an der Schulter, ein zweites am Ellbogen. Wieder schrie er auf und ließ das Bild fallen. Das dritte Ei krachte gegen den Helm. Das getönte Visier zerbarst, und ein Splitter fiel zu Boden. Isobel dachte, daß sie nun vielleicht einen Blick auf das Gesicht des Einbrechers werfen könnte.

Sie stürmte die Treppe hinunter, aber der Fremde, halb hüpfend, halb humpelnd, ergriff die Flucht – in Richtung Eßzimmer und offenes Fenster.

Kaum hatte Isobel den Fuß auf die kalten Steinfliesen der Halle gesetzt, rutschte sie aus und verlor das Gleichgewicht. Als sie sich wieder aufrichtete, um ins Eßzimmer zu laufen, war der Mann verschwunden, und im silbrigen Mondschein, der die Nacht erhellte, war kein verdächtiger Schatten zu sehen. Isobel lauschte einen Moment und schloß dann das Fenster. Sie hörte, wie in einiger Entfernung ein Motorrad gestartet wurde.

1. KAPITEL

„VIELLEICHT sind Sie reicher, als Sie glauben, Michael. Kommen Sie mal her, dann zeige ich Ihnen, warum."

Julius Samuels saß in einem ramponierten Drehsessel aus Mahagoni und trug einen farbbekleckten weißen Malerkittel. In der linken Hand hielt er eine große ovale Palette, auf der ein ganzes Spektrum aus Ölfarben angeordnet war.

Michael Whiting bahnte sich einen Weg an Stapeln vergoldeter Rahmen, Ölbüchsen, Flaschen mit Firnis, so braun wie Bier, und unzähligen Gemälden vorbei, die diskret mit der Vorderseite zur Wand standen. Er schlängelte sich an der großen Staffelei vorbei, sorgsam darauf bedacht, mit seinem Cordanzug nicht an dem Holz hängenzubleiben, und stellte sich schließlich neben den massigen Julius Samuels, den angesehensten Restaurator von ganz London.

Auf der Staffelei thronte ein Gemälde: Es zeigte eine Frau mit blassem Teint, nur die Wangen hatten einen Hauch von Röte. Sie trug eine blaue Kapuze, die allerdings zur Hälfte von dem Restaurator entfernt worden war, und darunter kam eine wahre Flut rötlicher Locken zum Vorschein.

„Ich habe den Firnis abgenommen und dann mit etwas verdünntem Aceton und Spiritus weitergearbeitet." Samuels räusperte sich. „Unter dem Blau entdeckte ich diese prachtvollen Haare.

Dann auch noch den Ohrring . . . deshalb habe ich Sie gleich angerufen."

Michael begutachtete das rötliche Haar. Es war wunderbar gemalt, man konnte fast die einzelnen Strähnen zählen. „Wirklich großartig! Aber warum überschmiert jemand eine solche Pracht mit dieser häßlichen Kapuze?"

„Komische Vögel, diese Viktorianer. Ich bin schon auf ähnliche Sachen gestoßen. Italienische religiöse Kunst war damals in Mode, was sie sehr kostspielig machte. Aber es war nicht schwierig, eines der Familienporträts zu ‚frisieren', die viel gängiger und deshalb auch billiger waren. Man nahm einfach das Bild einer hübschen Frau, vorzugsweise verstorben, damit sie sich nicht beschweren konnte. Dann überpinselte man kurzerhand den Schmuck, das Dekolleté, die modische Frisur, und schon hatte man eine Heilige oder die Jungfrau Maria. Falls Sie mir grünes Licht geben, damit ich all diesen viktorianischen Mist entfernen kann, können Sie die Dame vielleicht anhand ihres Schmuckes identifizieren. Mag sein, daß sogar auch noch ein Wappen im Hintergrund verborgen ist. Wenn es Ihnen gelingt festzustellen, wer die Unbekannte ist, dann steigt der Wert des Bildes gewaltig. Und deshalb sind Sie womöglich reicher, als Sie denken."

Michaels Puls beschleunigte sich, und er schaute wie gebannt das Bild an. Die Erregung, die er bei einer unerwarteten Entdeckung empfand, war einer der Gründe, warum er Kunsthändler geworden war. Natürlich liebte er es auch, Gemälde einfach nur anzuschauen – ganz besonders englische. Michael war der Meinung, daß die englische Malerei allgemein unterschätzt wurde.

Julius hatte ein großes Buch von einem Bord genommen. Wie alle guten Restauratoren schrieb er immer genau auf, was er mit einem Bild anstellte. Er schlug das Buch auf und zeigte Michael eine winzige Skizze. „So viel habe ich bisher entfernt. Der Rest dürfte nicht mehr viel Zeit in Anspruch nehmen. Was meinen Sie?"

Michael legte ihm die Hand auf die Schulter und gab zur Antwort: „Falls diese Dame sich als Glücksgöttin entpuppt, Julius, wird das Ihrer Leber nicht guttun." Zwischen ihnen bestand die Vereinbarung, daß Michael stets mit Whisky bezahlte, um die Steuer zu umgehen.

Samuels gab ein heiseres Lachen von sich. „Michael, in meinem Alter wird die Leber zum liebsten und wichtigsten Organ."

Draußen im Londoner Sonnenschein wandte sich Michael in Richtung Piccadilly. Seine eigene Galerie befand sich hinter einem Tordurchgang in Mason's Yard, zu dem man von der Duke Street kam. Die Lage war zwar nicht so gut wie die Duke Street selbst und schon gar nicht so gut wie Old Bond Street, aber er war ganz zufrieden. Michael und seine Partner konnten sich hier größere Räumlichkeiten leisten, und jeder, der etwas von englischer Malerei verstand, wußte, wo sie zu finden waren.

Er kam an einigen anderen Galerien vorbei. In einem Schaufenster gab es ein Porträt von Degas zu bewundern, und Michael blieb auch prompt stehen. Nach kurzer Zeit wandte sich sein Blick von dem Porträt ab und seinem Spiegelbild in der Fensterscheibe zu. Cordanzüge waren passé, das hatte er sich schon tausendmal anhören müssen. Doch mit seinen dreiunddreißig Jahren brachte er es einfach nicht über sich, eine liebgewordene Gewohnheit aufzugeben. Außerdem stand ihm, da er blond war, der braune Anzug ausnehmend gut. Er schaute versonnen die Zigarre in seiner Hand an. Das Rauchen war eine Schwäche, zugegeben. Zigarren waren teuer, und viele Leute, vor allem Frauen, haßten den Qualm. Aber Michael mochte nicht darauf verzichten. Er liebte den Duft, das Knistern der Tabakblätter. Er genoß das bedächtige Ritual, die Zigarre zu kappen, anzuzünden und im Flämmchen des Zündholzes hin- und herzudrehen. Er rollte sie auch jetzt zwischen den Fingern, steckte sie sich dann in den Mund und zog nach einem weiteren prüfenden Blick auf sein Spiegelbild die Krawatte etwas enger.

Michael seufzte und ging weiter bis zum Torweg, der zu Mason's Yard führte. Seine Galerie lag genau am anderen Ende, so daß Passanten von der Duke Street aus das Firmenschild erkennen konnten. In Grün und Gold leuchtete die Inschrift „Whiting & Wood Fine Art". Michaels Partner, Gregory Wood, war Finanzfachmann und verfügte über gute Kontakte im Bankenviertel. Während Greg Kapital auftrieb und sich die Kunden vorknöpfte, die nicht bezahlt hatten, war es Michaels Aufgabe, Bilder und potentielle Käufer zu finden. Es gab nur einen einzigen Störfaktor in ihrer Beziehung, und der machte sich bemerkbar, als Michael die Galerie betrat. Patrick Wood, Gregs knapp zwanzigjähriger Sohn, begrüßte ihn.

Aufgeblasene, eingebildete Snobs wie er waren in der Kunstwelt nicht selten anzutreffen.

„Sie haben Besuch im Allerheiligsten. Ich hoffte, sie ganz für mich behalten zu können, doch sie scheint Sie sprechen zu wollen."

„Eine Frau?"

„Nicht irgendeine Frau, Michael. Sie ist Rita Hayworth, Prinzessin Diana und Kim Basinger in einer Person. Wie es der Michelin-Restaurantführer ausdrücken würde: ‚durchaus einen Umweg wert' . . ."

Michael lächelte Patrick zu. Der Junge machte sich, war fast schon menschlich. „Weiter so, und wir lassen dich bald Eintragungen für den Katalog schreiben. Schaffst du's wohl, Kaffee zu kochen, ohne deine schicke Fliege zu besprenkeln?"

Michael ließ den Blick flüchtig über die Wände der Galerie gleiten. Es war Ende Mai, und die Kunstwelt bereitete sich auf ihre Hauptsaison vor. Bald würden er und Greg ihre besten Stücke aufhängen, um die Kunstsammler, die aus dem Ausland nach London zu den großen Auktionen und Antiquitätenmessen strömten, anzulocken. Im Moment zeigte die Galerie allerdings nicht ganz so aufwendige Bilder: ein kleines Porträt von John Hoppner etwa oder eine Landschaft von Cozens.

Michael betrat das Allerheiligste, den Vorführraum, wo bevorzugten Kunden Gemälde gezeigt wurden. Der Raum war mit einem Glasdach versehen, damit die Bilder bei Tageslicht betrachtet werden konnten. Im hellen Sonnenschein saß die Frau vor ihm, die Patrick ihm soeben voller Bewunderung beschrieben hatte. Sie trug ihr blondes Haar tatsächlich à la Rita Hayworth, schimmernd und leicht gewellt, eine Wange fast bedeckt davon. Intensiv blaue Augen, leicht gebräunte Haut. Doch ihr Gesicht wurde von den Augenbrauen dominiert, die gleichzeitig geschwungen und eckig zu sein schienen. Sie verliehen ihr einen amüsierten, spöttischen Ausdruck.

„Hallo", begrüßte er sie und streckte ihr die Hand entgegen. „Sie wollen mich sprechen? Hoffentlich sind Sie nicht vom Finanzamt."

Sie stand lächelnd auf und gab ihm die Hand. Mit ihren hochhackigen Schuhen war sie nur zwei, drei Zentimeter kleiner als er. Ihre Hand fühlte sich erstaunlich rauh an. „Isobel Sadler."

„Bitte setzen Sie sich", forderte er sie auf. „Ich brauche dringend einen Kaffee. Möchten Sie auch einen?"

Bevor sie etwas erwidern konnte, läutete das Telefon. Michael nahm den Hörer ab und holte aus der Brusttasche eine neue Zigarre, die er zwischen den Fingern rollte, während er lauschte. „Ich kann's kaum glauben", sagte er. „Die wievielte Scheidung ist das nun bei ihr? Die vierte? Die fünfte bereits! Ja, ich bin dabei, versteht sich. Drei Wochen, würde ich schätzen. Wenn Miß Masson sich scheiden läßt, kann das nur bedeuten, daß die nächste Hochzeit schon vor der Tür steht. Okay? Bis dann, Nick." Er legte auf und suchte seine Streichhölzer. „Entschuldigen Sie die Unterbrechung. Wo waren wir stehengeblieben?"

„Es ist sehr nett von Ihnen, mich gleich zu empfangen. Normalerweise muß man vermutlich vorher einen Termin ausmachen", entgegnete Isobel Sadler.

Michael zuckte die Achseln und blies eine blaue Rauchwolke in den Raum. „Sie haben Glück, daß ich gerade hier bin", erwiderte er. „Ich reise nämlich viel, und dann wäre Ihr Besuch reine Zeitverschwendung gewesen."

„Ich hoffe, er ist für Sie keine Zeitverschwendung. Edward Ryan hat mir empfohlen, mich an Sie zu wenden."

„Ach, tatsächlich? Warum gerade an mich?" Ryan handelte mit orientalischer Kunst.

Isobel Sadler lächelte. „Er meinte, Sie seien weder zu alt noch zu jung, weder zu reich noch zu knapp bei Kasse, weder zu ehrlich noch zu verschlagen, und Sie gingen gern ein Risiko ein. Er sagte auch, daß Sie wie ein Detektiv denken können und deshalb schon viele Entdeckungen gemacht haben. Nun, ich habe ein interessantes Rätsel für Sie."

Bei diesen Worten griff Isobel nach einem Paket, das neben ihrem Stuhl lehnte. Der Form nach handelte es sich um ein Bild. Sie wickelte es aus. Michael bewunderte ihre anmutigen Bewegungen, bemerkte aber wieder, wie rauh die Haut ihrer Hände war. Ihre Augenbrauen, die sich unabhängig vom sonstigen Mienenspiel zu bewegen schienen, faszinierten ihn erneut. Isobel Sadler hatte eines jener Gesichter, bei denen keiner der einzelnen Züge für sich betrachtet außergewöhnlich war, die Summe des Ganzen jedoch ausgesprochen anziehend wirkte. Michael gefiel dieses Gesicht.

Sie stand auf, plazierte das Gemälde auf einer der samtbezogenen Staffeleien und ließ sich dann wieder auf ihrem Stuhl nieder. Michael musterte das Bild. Er konnte normalerweise auf Anhieb sagen, wie gut oder schlecht etwas war, doch für die Leute war es schmeichelhafter und auch überzeugender, wenn er sich etwas mehr Zeit nahm. Selbst wenn sein Urteil am Ende negativ ausfiel, waren sie dann nicht ganz so enttäuscht.

Das Gemälde zeigte eine Landschaft. Im Hintergrund war ein Tal zu erkennen mit einigen Häusern und einer kleinen Baumgruppe. Im Vordergrund befanden sich Gestalten – Michael zählte neun –, die alle männlich zu sein schienen. Jede war unterschiedlich gekleidet: Eine trug eine Art Robe mit Pelzbesatz, eine

andere eine Mönchskutte, und bei einer dritten Figur schien es sich um ein Skelett mit Bischofsmütze zu handeln. Eine der Gestalten ruhte vor einem halbzerfallenen Bogenfenster einer Ruine, durch das man auf die Landschaft hinausschauen konnte. Einige Säulen der Ruine standen noch, eine war von einem mit Figuren verzierten Kapitell gekrönt. Daneben waren die Überreste einer kleinen Kapelle zu erkennen, deren Inneres durch ein rotes Tuch abgeteilt war.

Michael, der sich Isobels Blick durchaus bewußt war, betrachtete das Gemälde eine Weile von seinem Stuhl aus und rauchte seine Zigarre. Soso, Edward Ryan glaubte also zu wissen, daß er gern ein Risiko einging. Dabei war Glücksspiel nur eine von Michaels Schwächen. Die meisten anderen Dinge, die ihm Vergnügen bereiteten – Whisky, Zigarren, Steaks –, wurden heutzutage auch schon fast als Verbrechen angesehen. Er sog an der Zigarre und stieß genüßlich den Rauch aus. Schließlich inspizierte er das Bild aus der Nähe. Es war in keinem guten Zustand. Der Holzuntergrund wies an mindestens drei Stellen Risse auf, und an einer Ecke war etwas Farbe abgeblättert. Ihm fielen auch noch Schmutzflecke und verfärbter Firnis auf. Er drehte das Gemälde um. Manchmal verriet die Rückseite eines Bildes mehr als die Vorderseite: wer es besessen hatte, wann und wo es verkauft worden war. Doch die Rückseite dieses Gemäldes bot ihm keine neuen Erkenntnisse. Er stellte es wieder auf die Staffelei und setzte sich.

„Steuerliche Probleme gibt's hier nicht", meinte er. „Ihr Bild hat nur Liebhaberwert, fürchte ich. Es ist vielleicht englischen, ganz sicher aber nordeuropäischen Ursprungs, aber von keinem Maler, den ich kenne . . . Es stammt aus dem 16. Jahrhundert, schätze ich, und es handelt sich um eine reichlich merkwürdige Bildkomposition. Offen gesagt, es ist einfach nicht gut gemalt." Er zeigte auf ein Gesicht auf der rechten Seite des Bildes. „Dieser Kopf hier ist eigenartigerweise durchaus gelungen, aber der Rest ist sehr mäßig." Michael äußerte dies so behutsam wie möglich. „Ich muß zugeben, daß ich noch nie eine solche Bildkomposition gesehen habe." Er tippte nun mit dem Finger auf die Gestalt in der Robe, deren Aufschläge ein Muster zierte. „Dieser Mann, der eine Uhr in der Hand zu tragen scheint, sieht wie eine mythologische Figur aus." Er zeigte auf weitere Gestalten:

„Und hier haben wir ein Skelett mit einem Bischofsstab ... bei dem da vorne scheint aus dem Leib eine Art Baum zu wachsen ... Ich habe keine Ahnung, was das alles zu bedeuten hat. Sehr merkwürdig.“ Er betrachtete das Bild noch eine Weile und wandte sich dann Isobel Sadler zu. „Kurz und gut, es ist zwar ein altes, aber kein gutes Gemälde. Ich kann es nicht exakt taxieren, doch es ist höchstens einige hundert Pfund wert, nicht etwa Tausende. Tut mir leid.“

Isobel Sadler strich sich die Haare zurück. „Danke. Sie haben mir bestätigt, was ich auch schon vermutete.“

Noch ehe Michael etwas erwidern konnte, tauchte Patrick mit dem Kaffee auf. Michael wartete, bis Patrick den Raum wieder verlassen hatte, bevor er sagte: „Wenn Sie wußten, daß Ihr Bild nichts Besonderes ist, warum haben Sie sich dann die Mühe gemacht, zu mir zu kommen? Reine Zeitverschwendung ...“

„Das habe ich nicht gesagt!“ In Isobels Stimme schwang ein scharfer Unterton mit. „Ich stimme mit Ihnen überein, daß dieses Bild auf den ersten Blick kaum einen Wert hat, Mr. Whiting. Ich habe trotzdem eine Schwäche dafür, wohl deshalb, weil es seit Ewigkeiten im Besitz meiner Familie ist. Das macht mich jedoch nicht blind für die unbestreitbare Tatsache, daß es kein Meisterwerk ist. Wenn ich diese Schwäche dafür nicht hätte, fände ich es vermutlich schauerlich.“ Sie warf Michael einen durchdringenden Blick zu, als ob sie ihm bedeuten wollte, er brauche ihr gegenüber aus seiner Meinung als Experte wirklich keinen Hehl zu machen. „Aber, und das ist der springende Punkt, ich glaube sehr wohl, daß es etwas Besonderes ist. Damit komme ich zu dem Rätsel. Nicht etwa, wieviel das Bild wert ist oder wer es malte, interessiert mich, sondern warum vorgestern nacht jemand versucht hat, es zu stehlen.“

Michael setzte seine Kaffeetasse ab. „Das will wenig besagen. Nicht jeder Einbrecher kennt sich mit Kunst aus. Vielleicht hat der Kerl das Bild verwechselt oder aber geglaubt, es könnte eventuell wertvoll sein.“

„Nein“, widersprach sie sofort. „Der Einbrecher ging schnurstracks zu diesem Bild. Ich weiß es, weil er mich beim Eindringen ins Haus weckte und ich ihn störte. Zwar habe ich kein Ming-Porzellan oder Silber im Haus, doch es gibt eine Stereoanlage. Diebe haben es immer zuerst auf elektronische Geräte abgesehen, heißt es doch, oder? Doch dergleichen interessierte ihn gar nicht. Noch wichtiger scheint mir, daß er sich mit einem Motorrad aus dem Staub machte. Niemals hätte er eine sperrige, schwere Hi-Fi-Anlage damit transportieren können."

Michael gab vor, die Tabakblätter seiner Zigarre ganz genau zu inspizieren. Er spürte ihren fragenden Blick und antwortete endlich: „Vielleicht haben Sie recht. Ich weiß es nicht. Ich weiß nur, daß auch das größte Interesse eines Einbrechers aus diesem Gemälde nichts Wertvolles macht."

Isobel Sadler waren die Haare wieder ins Gesicht gefallen, und sie warf sie mit einer ungeduldigen Kopfbewegung zurück. „Ich erzähle Ihnen meine Geschichte vom Ende her, Mr. Whiting, und das muß Sie ja verwirren. Entschuldigen Sie bitte. Bisher habe ich noch nicht von einem merkwürdigen Vorfall berichtet. Ich wollte zuerst sicher sein, daß er in diesem Zusammenhang überhaupt etwas zu bedeuten hat, und Ihr negatives Urteil über das Bild hat mich darin bestätigt."

Michael erwiderte nichts. Ein Rauchschleier schwebte von ihm zu Isobel Sadler hinüber, die ihn demonstrativ wegwedelte.

„Wie schon erwähnt, habe ich ein Rätsel für Sie, doch das Bild ist nur ein Teil davon. Ich werde Ihnen zunächst einmal einiges zu meiner Person sagen, weil es vielleicht weiterhilft. Meine Familie, die Sadlers, kann ihre Ahnenreihe bis in die Tudorzeit zurückverfolgen. Wir sind nicht mehr reich, und ich muß mich um den Hof meiner Eltern kümmern, seit beide gestorben sind." Sie suchte seinen Blick. „Es gibt da einen berühmt-berüchtigten Vorfahren, Sir William Sadler, 1480 bis 1557. Er spielte bei der Auflösung der Klöster eine etwas zwielichtige Rolle, da er als sogenannter ‚Visitator' die Aufgabe hatte, Heinrich VIII. dabei behilflich zu sein, den Besitz der Klöster zu konfiszieren. Das machte ihn nicht gerade beliebt. Wegen Sir William oder ‚Bad Bill', wie wir ihn unter uns nannten, habe ich mich seit jeher für Geschichte interessiert, und zwar besonders für die Geschichte der Gegend, aus der wir stammen – nahe Painswick in Gloucestershire. Vor einigen Wochen erfuhr ich, daß Schriftstücke, die mit Bad Bill zusammenhängen, bei Sotheby's zur Versteigerung kommen sollten. Für die meisten Leute müßten sie wahnsinnig langweilig sein, da es sich hauptsächlich um Inventarlisten der Klöster handelt und um einige handschriftliche Briefe von Sir William. Genau an diesen Briefen war ich vor allem interessiert. Sie waren nicht hoch angesetzt, 150 bis 350 Pfund für alle zusammen. Ich dachte, ich würde sie problemlos kriegen."

„Und bekamen Sie sie?"

Isobel Sadler schüttelte den Kopf. „Ich bot zuerst natürlich den niedrigsten Betrag. Doch da gab's jemanden, der ebenso erpicht auf die Dokumente war wie ich. Mich packte das Jagdfieber, meinen Konkurrenten aber auch. Der Preis stieg auf über 500. Bei 700 mußte ich aufgeben, denn die Farm ist zur Zeit eine große finanzielle Belastung für mich."

Michael vermutete, daß der Farmbetrieb Isobels Kräfte bis zur Erschöpfung beanspruchte. Sein Blick fiel wieder auf ihre rauhen Hände. Anscheinend mußte sie auch schwere Feldarbeit leisten.

„Nachdem der Zuschlag erfolgt war", fuhr Isobel fort, „blieb ich erst einmal wie vom Donner gerührt sitzen. Als ich schließlich aufstand, um zu gehen, kam ein Mann auf mich zu."

Michael lehnte sich etwas vor. „Ihr Rivale?"

Sie nickte. „Später erfuhr ich, daß er Molyneux heißt. Er fragte mich, ob ich Kunsthändlerin sei. Ich verneinte und erläuterte ihm mein Interesse an den Dokumenten. Er entschuldigte sich mit der Erklärung, daß er die Papiere in Kommission für einen Amerikaner ersteigert habe. Dann begleitete er mich hinaus, machte ein wenig Konversation, erkundigte sich, wo ich wohnte, was ich sonst noch sammelte und so weiter. Er war so groß, daß er mich deutlich überragte. Besonders auffallend fand ich seine tiefen Falten am Mund. Draußen, auf der Straße, erwähnte er beiläufig, daß er oder sein Partner in den nächsten Tagen in Gloucestershire zu tun hätten, und fragte mich, ob er mich besuchen könne. Er nannte mir seinen Namen und versprach noch, er würde den Amerikaner, in dessen Auftrag er die Dokumente ersteigert hatte, fragen, ob er mir Fotokopien zuschicken dürfe. Das sei schließlich besser als nichts."

Isobel hielt kurz inne, um einen Schluck Kaffee zu trinken. „Dann vergaß ich das Ganze. Ich glaubte keinen Moment daran, daß dieser Molyneux kommen würde, aber er kam tatsächlich. Er erklärte mir, daß er bei einer Haushaltsauflösung in Cirencester gewesen wäre und sich dann die Zeit genommen hätte, um mich zu besuchen. Ich wunderte mich, war aber auch etwas geschmeichelt. Über die Dokumente gab es nichts Neues zu berichten, da sein Klient im Ausland war und er auf dessen Rückkehr warten mußte, bevor er etwas tun konnte. Ich machte Kaffee, wir plauderten, und dann bat er mich, ihm das Haus zu zeigen. Ich habe ihn daraufhin kurz herumgeführt."

„Ist ihm das Bild aufgefallen?"

„O ja. Er lachte sogar, als er es erblickte, und wies mich darauf hin, wie seltsam es war. Dann erkundigte er sich, wie lange ich es schon hätte, und ich erzählte ihm, daß es seit Ewigkeiten im Familienbesitz sei. Während wir die übrigen Räume besichtigten, schilderte er mir, welche Kuriositäten er selbst sammelte. Er sagte, er lasse eine alte Tradition des 15. und 16. Jahrhunderts wiederaufleben, als Adlige Kuriositätenkabinette einrichteten, in denen es ausgestopfte Dronten, Porträts von Damen mit Bärten oder Edelsteine mit angeblich magischen Kräften zu bewundern gab. Er fügte hinzu, daß er mein Gemälde liebend gern in seiner Sammlung hätte, und bot mir tausend Pfund dafür. Weiter schlug er vor, ich sollte mit diesem Geld dem Mann ein Angebot machen, der die Schriftstücke Bad Bills gekauft hatte. Fast hätte ich dem Vorschlag zugestimmt. Doch dann überlegte ich, daß besagter Amerikaner womöglich nicht bereit wäre, mir die Dokumente zu überlassen, und dann hätte ich beides verloren, die Papiere und das Bild. Also lehnte ich ab. Molyneux meinte, er verstehe mich gut. Kurz darauf verabschiedete er sich. Und nun kommt der verdächtige Zufall. Drei Tage später versuchte jemand, dasselbe Bild zu stehlen." Sie nahm erneut einen Schluck Kaffee. „Je mehr ich darüber nachdachte, desto merkwürdiger kam mir Molyneux' Besuch vor. Ich habe mich deshalb bei allen Immobilienmaklern in Cirencester erkundigt. Seit Monaten wurde dort kein Haushalt mehr aufgelöst."

Michael wollte sie unterbrechen, doch sie hinderte ihn mit einer Handbewegung daran.

„Ich glaube, daß Molyneux zu mir kam, um herumzuschnüffeln. Er war bereit, mir tausend Pfund für dieses Bild zu bieten, und zu guter Letzt brach dann jemand in mein Haus ein, um genau dieses Bild zu stehlen. Noch etwas: Molyneux ist auffallend groß, gut ein Meter neunzig. Der Einbrecher war es ebenfalls." Isobel Sadler schaute Michael eindringlich an. „Es gibt etwas an diesem Bild, das es stehlenswert macht. Vielleicht hängt es mit den Schriftstücken zusammen, die ich nicht ersteigern konnte, vielleicht aber auch nicht. Jedenfalls meinte Edward Ryan, hinter der Sache stecke ein Geheimnis, das ganz auf Ihrer Linie liegt. Ich weiß nicht, wohin das alles führt und ob es Geld einbringt, aber ich bin gewillt, Ihnen die Hälfte von allem abzugeben, was immer dabei herauszuholen ist. Edward sagte, so etwas würde den Spieltrieb in Ihnen wecken." Sie rieb sich mit dem Knöchel über eine Augenbraue. „Stimmt das?"

Michael rollte erneut die Havanna zwischen den Fingern. Eine reichlich verrückte Geschichte, die sie ihm da erzählt hatte. Schließlich meinte er: „Zugegeben, es ist ein merkwürdiges Zusammentreffen – zuerst Molyneux' Besuch und dann der Einbruch, aber solche Zufälle gibt es eben."

„Warum hat er mir die Lüge mit der Haushaltsauflösung in Cirencester aufgetischt?"

„Die Leute lügen ständig. Oft sogar ohne den geringsten Anlaß."

„Also schön, dann gebe ich Ihnen noch einen anderen Grund, um mir zu helfen. Seit mein Vater vor eineinhalb Jahren starb, lebe ich allein auf der Farm. Ich habe einen Verwalter, aber das ist auch schon alles. Hilfskräfte kann ich mir nicht leisten. Seit dem Einbruch habe ich panische Angst, was ich vorher gar nicht kannte. Ein Alarmsystem ist mir viel zu teuer. Also will ich das verdammte Bild aus dem Haus haben, auch wenn es nichts wert ist. Falls doch, kämen mir ein paar tausend Pfund sehr gelegen."

„Aber es ist nichts wert", beharrte Michael. „Da bin ich mir ganz sicher."

„Pah! Irrt ihr Händler euch denn nie? Vielleicht gehörte es irgendwann einmal einer Berühmtheit. Das würde doch auch seinen Wert steigern, nicht wahr? Bitte sagen Sie nicht nein!" Sie wirkte plötzlich viel weniger selbstsicher. „Ich will nicht auf das Bild verzichten, will es jetzt aber auch nicht im Haus haben. Bitte!"

Michael verstand. Ganz allein auf einem großen Bauernhof mußte sie sich weit unsicherer fühlen als er in seinem kleinen Haus in Chelsea. Ihm fiel auf, daß sie leicht errötet war, und das erinnerte ihn an die Dame auf dem Bild, das der alte Julius restaurierte. Dieser Gedanke half ihm bei seiner Entscheidung. Die

Dame auf dem Gemälde in Julius' Atelier brachte ihm möglicherweise einen unverhofften Gewinn ein. Deshalb konnte er es sich eigentlich leisten, etwas Zeit für die Frau aufzubringen, die ihm gegenübersaß.

„Also gut, ich nehm's Ihnen ab, aber das kostet etwas, und ich tue es nur für eine gute Woche. Wenn ich in der Zeitspanne nichts ausfindig mache, gebe ich's Ihnen zurück. Ist das ein Angebot?"

„Was meinen Sie damit: ‚Das kostet etwas'?"

„Edward Ryan hatte nicht ganz recht. Ich bin kein richtiger Spieler, sondern jemand, der gern wettet. Vorhin am Telefon habe ich meinem Laster gefrönt." Er lächelte. „Da es eben erst bekannt wurde, können Sie nicht wissen, daß sich die Filmschauspielerin Margaret Masson zum fünftenmal scheiden ließ. Ich gehöre zu einem kleinen Wettklub, und wir wetten, wie rasch Miß Masson ihre nächste Verlobung bekanntgibt. Sie haben ja gehört, daß ich auf drei Wochen tippe."

„Was Sie in Ihrer Freizeit tun, ist Ihre Sache – aber warum erzählen Sie mir das?"

„Weil ich Ihnen eine Wette vorschlagen möchte."

Sie schaute ihn abwartend an.

„Wenn ich etwas über Ihr Bild herausfinde, das Sie nicht wußten und das seinen Wert steigert, gehen Sie mit mir aus zum Essen."

Sie lächelte. „Ich weiß gar nicht, ob ich diese Wette gewinnen oder verlieren will."

„Sie willigen also ein?"

„Nur unter der Bedingung, daß Sie den ganzen Abend nicht eines von diesen abscheulichen Dingern rauchen."

„Einverstanden. Lassen Sie mir etwa vierzehn Tage Zeit."

„Na schön, dann in zwei Wochen. Sie können mich etwa zur gleichen Zeit wie heute erwarten."

Michael öffnete die Tür und geleitete sie durch die Galerie.

„Die Galerie ist wirklich schön, Mr. Whiting", sagte sie.

„Danke sehr."

„Sie ist . . . wie soll ich's bloß ausdrücken?" Sie überlegte und zog die Augenbraue zu dem spitzesten Winkel hoch, den er bisher gesehen hatte. „Durchaus einen Umweg wert?"

2. KAPITEL

In den nächsten Tagen hatten Michael und Gregory Wood sehr viel zu tun. In Yorkshire fand eine Haushaltsauflösung statt. Kurz darauf kam ein Angebot aus Irland, bei dem es um mehrere Porträts aus dem 18. Jahrhundert ging, was sie wiederum zwei volle Tage auf Trab hielt.

Als Isobel Sadler an einem Regentag zwei Wochen nach ihrem ersten Besuch in die Galerie kam, empfing Michael sie nicht im „Allerheiligsten", sondern in seinem Büro im ersten Stock. Elizabeth Allsopp, seine Sekretärin, führte Isobel hinauf.

„Keine weiteren Einbrüche, hoffe ich", begann Michael die Unterhaltung, nachdem seine Besucherin sich gesetzt hatte.

„Gott sei Dank nicht. Das hätte noch gefehlt. Durch den Dauerregen der letzten zwei Wochen sind wir mit der Ernte schon viel zu spät dran." Sie strich sich die Haare mit der Rita-Hayworth-Geste zurück, die Michael so gut gefiel. „Gibt's was Neues?"

Michael deutete auf eine Stelle hinter seinem Kopf. Sie drehte sich um. Das kleine Büro war gepflastert mit deckenhohen Regalen voller Kunstbücher und Auktionskataloge. Nur eine Stelle gegenüber dem Schreibtisch hatte Michael frei gelassen, um sein jeweiliges Lieblingsbild aufzuhängen. Dort hing nun Isobel Sadlers Gemälde.

„Unseren Ausgehabend hab ich mir wohl schon verdient", meinte er lächelnd, während sie sich nach dem Bild umdrehte. „Es gibt allerdings gute und schlechte Nachrichten. Einerseits glaube ich, Ihr Geheimnis aufgeklärt zu haben, andererseits fürchte ich aber, daß sich dahinter etwas viel Komplizierteres verbirgt."

Er nahm seine Zigarre vom Rand des Aschenbechers und machte zwei Züge. „Es ist mir noch nicht gelungen herauszufinden, wer das Bild gemalt hat, aber das spielt vermutlich gar keine Rolle, wie Sie gleich sehen werden. Konzentrieren wir uns erst mal auf die Schriftstücke, die Sie gern ersteigert hätten. Mein erstes Ziel war Sotheby's. Ich dachte mir, ich nehme die betreffenden Dokumente einmal unter die Lupe. Sie gehörten zuvor einem gewissen Matthew Hope, einem pensionierten Pfarrer, der in Lincolnshire lebt. Das war mein Glück, denn ich mußte aus anderen Gründen sowieso nach Yorkshire. Also fuhr ich mit meinem Auto hin und stattete dem alten Knaben einen Besuch ab. Er war ziemlich redselig und trotz seiner achtundsiebzig Jahre geistig noch sehr rege. Er interessierte sich für das 16. Jahrhundert, hauptsächlich für die Auflösung der Klöster, und hatte früher eine ganze Sammlung von Schriftstücken, die damit zusammenhingen. Aber er verkaufte sie Stück für Stück, um seine Pension aufzubessern."

Isobel Sadler nickte, und Michael erkannte, daß sie mit dem armen Kerl mitfühlte.

„Jene Papiere, die Sie ersteigern wollten, gab er als letzte zur Auktion. Doch zum Glück behielt er Fotokopien von allem, was je in seinem Besitz war. Ich bat ihn, seine Kopien meinerseits kopieren zu dürfen. Er war einverstanden."

Michael holte aus der Schreibtischschublade eine Mappe mit mehreren Papieren hervor. „Hier sind sie."

Isobel Sadler nahm die Mappe entgegen und blätterte darin. Gleich darauf schaute sie wieder hoch. „Das hier sind ja keine Briefe. Außerdem ist alles lateinisch."

„Ich weiß, daß Sie in erster Linie an den Briefen interessiert sind. Die habe ich in einem anderen Ordner. Aber die lateinischen Dokumente sind viel aufschlußreicher."

„Warum?"

„Das Wichtigste besteht aus einer Inventarliste eines Klosters in Somerset, in der Nähe der Ortschaft Monksilver. Als ich in Geschichtsbüchern nachlas, stellte ich fest, daß Ihr Vorfahre, Bad Bill, dort tatsächlich zugange gewesen war. Er suchte Monksilver im November 1557 auf, um die Vermögenswerte aufzulisten und die Auflösung des Klosters zu überwachen. Damals scheint er jedoch zu spät gekommen zu sein, denn die meisten Wertgegenstände waren verschwunden, als er eintraf. Zwei der Briefe, denen Ihr Interesse gilt, beziehen sich auf seine Ankunft in Monksilver, wo lediglich noch das Bleidach und einige bunte Glasfenster intakt waren. Alle transportablen Schätze waren spurlos verschwunden."

Michael nahm Isobel Sadler die Papiere wieder ab und legte sie vor sich auf den Schreibtisch. „Monksilver war, wie ich herausfand, ein reiches Kloster. Seine Mönche verstanden sich auf das Behandeln von Krankheiten. Und sie hatten zahlreiche wohlhabende

Gönner, die sie von irgendwelchen Leiden geheilt hatten. Die Mönche waren zum Teil viel herumgekommen und hatten auf ihren Reisen Heilkuren und Behandlungsmethoden sowie die Herstellung von Arzneien aus Kräutern kennengelernt. Natürlich hatten sie auch das Gelübde der Armut abgelegt. Das von ihnen verdiente Geld floß also ins Kloster. Man kaufte davon Bücher und Manuskripte, gab Kerzenleuchter, Reliquienschreine und mit Juwelen verzierte Kruzifixe in Auftrag. So wurde das Kloster wegen seiner Schätze berühmt, die meist aus Silber bestanden. Daher heißt die Ortschaft heutzutage ‚Monksilver'.

Aber nichts von den Schätzen wurde je gefunden, weder damals von Sir William noch später von jemand anderem. Einer Legende zufolge brachten die Mönche ihre Silberschätze nach Norden in eine der vielen Höhlen der Mendip Hills. Unglücklicherweise hatten sie es so eilig, daß sie eine Abkürzung quer durch die Flußmündung des Parrett nahmen. Auf halber Strecke durch die Mündung wurden sie von der Flut überrascht; der ganze Trupp mit den schweren Silberkarren versank im Treibsand des Flußbettes und ward nicht mehr gesehen."

Isobel Sadler seufzte tief, doch Michael sprach schon weiter. „Immerhin wurde ein Bestandsverzeichnis gefunden, eine Liste der prächtigsten Gegenstände, die einst die Abtei schmückten. Sogar Sir William bezieht sich darauf in einem seiner Briefe. Hier . . ." Er nahm eine weitere Mappe aus der Schublade, zog ein Blatt Papier hervor und drehte es so, daß Isobel lesen konnte, worauf er deutete:

> „Monksilver war so unergiebig wie der Bauch einer Nonne. Mißachtung unserer Befehle! Römische Schurken! Ein Verzeichnis gab Aufschluß über die Schätze, um die der König und ich betrogen worden waren."

Michael rieb sich über den Nasenrücken und erklärte dann noch: „Die Mönche, die offensichtlich wegen ihrer Heilkünste über gute Beziehungen verfügten, waren vorgewarnt worden, daß Sir William im Anmarsch war. Nun sehen Sie sich mal dieses Verzeichnis an."

Isobel Sadler beugte sich vor, und Michael schob ihr das nächste Blatt Papier hinüber. „Dies ist eine Rohübersetzung aus dem Lateinischen."

Isobel sah folgende Zeilen vor sich:

„O Herr, beschütze uns und alles, was Dein ist.
Verleihe uns Deinen Weitblick und einen gläubigen Sinn,
um Deinem Pfad in schwierigen Zeiten treu zu folgen.
Führe uns, o Herr.
Die Schlüssel zum Königreich des Himmels sind Dein allein."

DIE ABTEI VON ST. PETER IN MONKSILVER.
DIESES REGISTER WARD GESCHRIEBEN
IM JAHRE DES HERRN 1537.

★Ein Handreliquiar mit einem Smaragdreif am Mittelfinger, Rubinfenster (keine Knochen).

★Eine Landkarte des Wahren Kreuzes aus Silber mit smaragdenen Markierungen.

★Eine Adlervase aus geschliffenem Porphyr mit goldenem Adlerkopf und vergoldeten Schwingen als Henkel.

★Ein Bischofsstab aus Elfenbein, auf dem drei Szenen aus dem Leben Christi dargestellt sind.

★Vier Kerzenleuchter, vergoldetes Silber, zeigen Fische, Löwen, Drachen und Greife, die vom Menschen bezwungen wurden.

★Ein juwelenbesetztes Evangeliar aus Frankreich, das die Passionsgeschichte darstellt, mit blutroten Rubinen und einer silbernen Schließe.

★Weihrauchgefäß und Weihrauchfaß aus Neusilber.

★Silbervergoldeter Abendmahlskelch aus Spanien.

★Altarkreuz, silbervergoldet, mit Amethysten und Karneolen.

Kein Schlüssel außer diesem ⊥

„Was ist ein Handreliquiar? Was sind Rubinfenster?" erkundigte sich Isobel Sadler. „Und eine Landkarte des Wahren Kreuzes? Den Rest glaube ich zu verstehen. Wenigstens einigermaßen."

„Tja, mir war das auch nicht klar, und deshalb fragte ich einen alten Freund vom Victoria-and-Albert-Museum. Ein Reliquiar oder Reliquienschrein ist, wie Sie wissen, ein Behältnis für die

Reliquien eines Heiligen. Dieses hier besteht aus Silber und enthielt ursprünglich die Handknochen des Heiligen, weshalb man ihm auch die Form einer Hand gab. Rubinfenster bedeuten, daß die kleinen Glasplättchen der silbernen Finger, durch die man die Reliquien sehen kann, tatsächlich aus Rubinen bestehen. Eine Landkarte des Wahren Kreuzes war eine silberne Landkarte Europas und des Nahen Ostens, die alle Stellen angab, wo man Splitter vom Kreuz Christi vermutete. Diese heiligen Orte waren durch Smaragde gekennzeichnet."

„Was hat das nun alles mit dem Bild zu tun?"

„Darauf wollte ich gerade kommen. Erstens sprechen einige Gründe dagegen, daß das Monksilver-Silber tatsächlich spurlos verschwand, wie es die Legende besagt. Pfarrer Hope hat mir erzählt, daß die Monksilver-Legende identisch mit der Geschichte vom Verlust des Staatsschatzes von König Johann sei, der im Treibsand des Flusses Wash unterging. Folglich war die Monksilver-Geschichte vielleicht nur ein Tarnmanöver, um Bad Bill und seinesgleichen von der richtigen Spur abzulenken."

„Wollen Sie damit sagen . . .?"

„Geduld. Nun kommt der Knüller. Es gibt eine Verbindung zwischen dem Verzeichnis und Ihrem Bild. Im Verzeichnis sind doch neun Objekte aufgeführt. Und neun Figuren bevölkern Ihr Bild."

Isobel blickte zu dem Gemälde an der Wand hinüber.

„Schauen Sie mal genau hin. Jede der Figuren auf Ihrem Bild ist mit einem Gegenstand der Liste abgebildet. Der Mann mit dem eigenartigen Uniformrock steht neben einer Adlervase, das Skelett trägt einen Bischofsstab, der eine Mönch hält ein Evangeliar, der andere einen Kerzenleuchter. Sie sind alle neun da."

„Was hat das zu bedeuten?" fragte sie verwirrt.

Michael stand auf und stellte sich vor das Bild. „Von jetzt an ist alles Spekulation. Werfen Sie einen Blick auf das Verzeichnis. Es verrät uns nämlich etwas, das wir bisher noch nicht wußten – den Namen der Abtei."

„St. Peter."

„Ganz genau. Und wie lauten die letzten Wörter auf der Liste?"

Isobel Sadlers Blick wanderte die Seite hinunter bis zur untersten Zeile. „‚Kein Schlüssel außer diesem', ja, und dann ist da noch etwas, das wie ein Kreuz aussieht."

„Richtig. Aber ein sehr spezielles Kreuz . . .“

Sie zog die Augenbrauen zusammen und überlegte. „Der Querbalken ist tiefer als sonst?“

„Volltreffer. Allerdings ist der Querbalken genau da, wo er hingehört, denn das Kreuz steht auf dem Kopf. Fangen wir damit an, daß Monksilver dem heiligen Petrus geweiht ist. Nach der Legende wurde Petrus mit dem Kopf nach unten gekreuzigt. Nun erwägen wir einmal die Möglichkeit, daß diese neun Kostbarkeiten nicht im Sand der Flußmündung verlorengingen, sondern woanders versteckt wurden. Ich vermute, daß die Wörter ‚Kein Schlüssel außer diesem‘ mit dem umgekehrten Kreuzeszeichen als Hinweis gedacht waren, wo die Schätze von St. Peter tatsächlich verborgen sind. Der Verfasser des Inventars sagt im Grunde: ‚Haltet nach einem anderen umgekehrten Kreuz Ausschau.‘ Und jetzt sehen Sie sich das einmal an.“

Michael fuhr mit der Fingerspitze auf dem Bild am Rand des roten Vorhangs entlang, der einen Teil der Kapelle vor den Blicken verbarg. Der Vorhang hing nicht überall gerade herunter, sondern ließ an der rechten Seite halb verhüllt ein Kruzifix aus Metall erkennen, das verkehrt herum an der Wand hing.

„Und Sie glauben –“

„Glauben wäre wohl zuviel gesagt. Aber es besteht zumindest die Möglichkeit, daß dieses Kruzifix hier eine Verbindung herstellt zwischen der Abtei Monksilver, dem Verzeichnis der Kirchenschätze und Ihrem Gemälde. Die Menschen des Mittelalters liebten Rätsel. Meiner Meinung nach ist es denkbar, daß die Mönche von Monksilver die Schätze gut versteckten, bevor Sir William eintraf. Da sie nicht wußten, was mit ihrem Orden geschehen würde, könnte der Abt dieses Bild als eine Art Geheimdokument über den wahren Verbleib des Klosterschatzes in Auftrag gegeben haben. Im 15. und 16. Jahrhundert steckten die Gemälde voller Symbole, und gebildete Leute waren stolz darauf, sie ‚lesen‘ zu können. Vielleicht beabsichtigte der Abt von Monksilver, das Bild selbst zu behalten, oder er wollte es einem sicheren Kloster senden. Doch Bad Bill bekam es als erster in die Finger. Da das Bild schon lange im Besitz Ihrer Familie ist, muß es wohl zu den wenigen Dingen gehören, die Sir William in Monksilver konfiszieren konnte.“

Isobel Sadler runzelte die Stirn. „Klingt schlüssig, das gebe ich zu. Aber auf mich wirkt es sehr kühn.“

„Da ist noch etwas. Sämtlichen Lehrbüchern zufolge will ein halb von einem Vorhang verdecktes Kruzifix die Ansicht des Künstlers ausdrücken, daß die christliche Wahrheit immer verborgen ist und nur durch eifriges Studium entdeckt werden kann. Es paßt alles zusammen."

Michael konnte von Isobels Gesicht ablesen, daß sie ebenfalls Feuer fing. Doch sie brachte noch einen Einwand vor: „Warum zog Sir William nicht dieselbe Schlußfolgerung wie Sie? Er war an Ort und Stelle und lebte zu einer Zeit, als man in Rätseln dachte, wie Sie es nannten."

„Gute Frage. Ich glaube aber sehr wohl, daß Sir William ahnte, was da gespielt wurde. Genau deshalb konfiszierte er vermutlich sowohl die Liste als auch das Gemälde. Er wollte sich wohl selbst auf die Schatzsuche machen, starb aber dann kurz vor Jahresende."

„Aber . . . egal, wo die Mönche den Schatz versteckt hatten, sicher holten sie ihn möglichst rasch wieder zurück. Oder glauben Sie etwa, daß er immer noch irgendwo vergraben oder verschlossen ist?"

Michael zuckte die Achseln. „Hm, damit kommen wir zu der entscheidenden Frage: Machen wir uns auf die Suche, oder ist das Ganze nur eine fixe Idee und reine Zeitverschwendung? Es kommt zwar vor, daß Kunstwerke verschwinden und wieder auftauchen. Jedes Jahr werden ein halbes Dutzend alter Meister auf Dachböden oder in verlassenen Landhäusern gefunden. Aber in Ihrem Fall gibt doch sehr zu denken, daß, soweit mir bekannt ist, kein einziges dieser sehr wertvollen Objekte je wieder irgendwo zum Vorschein kam."

„Wie wertvoll sind sie denn?" fragte Isobel.

„Eine gute Frage." Michael öffnete erneut die Schreibtischschublade. „Es ist nicht einfach, den Wert derartiger Objekte zu schätzen, da sich selbst ähnliche Kunstwerke nicht exakt miteinander vergleichen lassen. Doch meine Freunde von Sotheby's haben mir geholfen." Er reichte Isobel ein weiteres Blatt Papier. „Die Ziffern auf der rechten Seite sind die Summen, die auf Auktionen für Objekte erzielt wurden, die denen auf der Monksilver-Liste ähneln."

Isobel beugte sich über die Liste. Unwillkürlich entrang sich ihr ein Ausruf der Überraschung. Ihr Blick hastete über die Zeilen.

1.	Handreliquiar	2 Millionen Pfund
2.	Landkarte	3,5 Millionen Pfund
3.	Adlervase	750 000 Pfund
4.	Bischofsstab aus Elfenbein	450 000 Pfund
5.	Kerzenleuchter	1 Million Pfund
6.	Evangeliar	4 Millionen Pfund
7.	Weihrauchfaß etc.	1 Million Pfund
8.	Abendmahlskelch	450 000 Pfund
9.	Altarkreuz	2 Millionen Pfund
		15,15 Millionen Pfund

„Wenn wir irgendeinen dieser Gegenstände fänden, wem würde er gehören?“ fragte Isobel.

„Das hängt teilweise davon ab, wo er gefunden wird, und teilweise davon, was aus dem Orden wurde, zu dem die Abtei St. Peter gehörte. Es gibt eine eindeutige Rechtsprechung bei solchen Funden: Die Gegenstände gehören der Krone, die sie dem Schatzamt überläßt, das sie wiederum an das Britische Museum abtritt. Wenn dieses den Fund haben will, und darüber besteht in unserem Fall so gut wie kein Zweifel, dann zahlt es dem Finder den vollen Marktpreis.“ Michael machte eine Pause. „Mit anderen Worten, jeder von uns würde die Hälfte von fünfzehn Millionen Pfund bekommen. Damit können Sie sich ein paar Traktoren kaufen.“

Eine Zeitlang war es still in Michaels Büro. Schließlich meinte Isobel: „Ich kann einfach nicht glauben, daß etwas so lange versteckt bleibt, ohne von jemandem gefunden zu werden, und sei es nur per Zufall.“

„Wenn das geschehen wäre, hätte die Welt garantiert davon erfahren. Außerdem vergessen Sie nicht Ihren Einbrecher. Zumindest er war überzeugt, daß an der Sache etwas dran sein muß. Ich habe mich bei den Händlern, die auf mittelalterliche Kunst spezialisiert sind, und bei den Auktionshäusern umgehört, doch kein Mensch kennt einen Molyneux. Also hat er Ihnen wahrscheinlich einen falschen Namen genannt. Vielleicht kann er Latein und erkannte deshalb die Bedeutung der Inventarliste. Ihre Anwesenheit bei der Versteigerung war dann noch ein zusätzlicher Glücksfall für ihn. Als er von Ihnen erfuhr, daß Sie eine Sadler sind, hat er sofort eine Chance für sich gewittert. Zu dem Zeitpunkt wußte er natürlich noch nichts von dem Gemälde. Vielleicht hoffte er, bei seinem Besuch in Ihrem Haus einen oder gar mehrere der Gegenstände von der Liste zu entdecken, von deren wirklichem Wert Sie, wie er vermutete, keine Ahnung hatten. Als er dann das Bild sah, fiel ihm sicher sofort auf, daß die dargestellten Figuren sämtliche Gegenstände der Liste bei sich haben. Da wurde ihm klar, wie wichtig das Bild ist, und er versuchte, es zu stehlen."

„Jetzt sind Sie also überzeugt davon, daß er der Dieb war?"

Michael nickte. „Schauen Sie sich das an." Er deutete auf dem Bild auf den Altar der Kapelle, der mit einem grünen Tuch bedeckt war. „Hier . . . der weiße Spitzensaum ist sehr fein gemalt, sehen Sie? Und jetzt schauen Sie hierher . . . hier sind drei Wörter aus Spitze gebildet.

Isobel kniff die Augen zusammen. „Können Sie etwas entziffern?"

„Es ist altenglisch und heißt ‚Landskyp of Lees' beziehungsweise ‚Landscape of Lies' in heutigem Englisch. Ihr Bild hat also einen Titel – ‚Lügenlandschaft'. Fragen Sie sich selbst, warum wohl . . .? Weil dieses Bild die Wahrheit verhüllt, Isobel Sadler. Und Molyneux, oder wie auch immer er heißt, hat das vielleicht schon bei seinem ersten Besuch entdeckt. Deshalb wollte er es haben, wollte es stehlen. ‚Lügenlandschaft'! Glauben Sie mir nun?"

DA ES schon nach zwölf Uhr war, schlug Michael vor, sich gemeinsam einen Drink zu genehmigen. Isobel schüttelte den Kopf, als er ihr einen Whisky anbot. Michael schenkte sich ein Glas ein, sog an seiner Zigarre und fühlte sich prächtig. „Es war raffiniert von diesem Molyneux, Ihnen tausend Pfund zu bieten, damit Sie das Bild gegen die Schriftstücke von Bad Bill eintauschten. Falls er Ihnen mehr geboten hätte, wären Sie eventuell mißtrauisch geworden; hätten Sie jedoch eingewilligt, dann wären Verzeichnis und Bild in seinem Besitz gewesen. So jedoch liegt der Fall genau umgekehrt. Wir haben die wichtigen Informationen, und er hat nichts . . . Was ist los?"

Isobel war aufgesprungen. „O nein!" stieß sie wütend hervor. „Nein, nein! Ich hab's Ihnen bisher nicht erzählt, weil es mir unwichtig erschien. Also . . . an dem Tag, an dem er so plötzlich auftauchte, da hatte er einen Fotoapparat dabei. Einmal mußte ich ans Telefon. Einige Minuten lang war Molyneux allein, und zwar in der Nähe des Gemäldes. Vermutlich hat er es da fotografiert!"

Beide schwiegen lange. Regentropfen rieselten die Fensterscheiben hinunter. Es sah aus, als hätten Hunderte winziger Schnecken glitzernde Bahnen über das Glas gezogen. Einmal steckte Patrick den Kopf zur Tür herein, doch noch bevor er den Mund aufmachen konnte, fuhr Michael ihn an: „Nicht jetzt!"

Erneut Schweigen. Michael stellte sich vor das Gemälde.

„Na schön. Molyneux ist uns also ein ganzes Stück voraus. Ich habe keine Ahnung, warum er das Original stehlen wollte, wenn er doch schon ein Foto besaß. Vielleicht nur, damit kein anderer davon erfährt. Dieser Schnappschuß kann Sie an die acht Millionen Pfund kosten. Aber was geschehen ist, ist geschehen. Die Frage lautet jetzt: Machen wir weiter, oder geben wir auf?" Er fuhr sich mit der Hand durchs Haar. „Ich verrate Ihnen nun, was ich bisher herausgefunden habe, und dann überlegen wir, was wir tun wollen. Da Molyneux das Foto hat, müssen wir noch heute eine Entscheidung treffen. Er hat sowieso schon einen ziemlichen Vorsprung."

Michael deutete auf das Gemälde, genauer gesagt, auf die Kapelle. „Dies ist am leichtesten. Deshalb beginnen wir hier. Sehen Sie diese Säule? Oben im Kapitell gibt es eine in Stein gemeißelte Szene . . ."

Isobel nickte.

„Ein nackter Mann und eine nackte Frau, ein Apfel und eine Schlange im Baum."

„Adam und Eva."

„Die Schöpfungsgeschichte. Der Anfang. Von hier gehen wir aus." Isobel stand auf, um sich die Szene etwas genauer anzuschauen.

Als sie so nebeneinanderstanden, konnte Michael ihr Haarshampoo riechen: Apfelblüte. Er deutete nach rechts, wo eine zweite Seite des Kapitells stark verkürzt sichtbar war. „Das ist auch nicht sehr schwierig. Für mich sieht das wie ein Mann mit Stock aus, der einige Stufen hinabsteigt."

Michael kehrte zum Schreibtisch zurück, wo ein dickes Buch lag, zwischen dessen Seiten ein Papier geklemmt war. „Dieses Buch trägt den Titel ‚Die klassische Tradition in der westlichen Kunst. Es ist so etwas wie eine Enzyklopädie der Mythen, Götter und Göttinnen. Ich glaube, ich habe schon den richtigen Hinweis gefunden." Er setzte sich, schlug das Buch an der markierten Stelle auf und begann vorzulesen: „Stab: Ein rotglühender eiserner Stab oder Stock, den eine Gestalt in der Hand hält, wird manchmal verwendet, um auf die Wahrheit hinzuweisen." Michael schaute nachdenklich auf. „Wenn ich recht habe, stellt die Gestalt mit dem Stab hier den Beschauer des Bildes dar, der auf der Suche nach der Wahrheit ist. Falls dies stimmt, dann ist der Weg, den diese Gestalt beschreitet, von Bedeutung. Erinnern Sie sich daran, wie es im Gebet der Mönche heißt: ‚Deinem Pfad treu zu folgen.'?" Er stand auf, trat vor das Gemälde und deutete auf das Kapitell. „Wie Sie sehen, schreitet die Gestalt einige Stufen hinab. Nun schauen Sie einmal, wohin ihr Weg führt."

Isobel folgte mit dem Blick der vorgegebenen Richtung. „Er weist auf diese Figur da unten hin; die mit der Robe, der Adlervase und einer Uhr in der Hand."

„Ich glaube, das ist ein deutlicher Hinweis, mit der Gestalt in der Robe zu beginnen. Jetzt aber bin ich ratlos. Ich erkenne diese erste Gestalt nicht, und, was noch schlimmer ist, habe keine Ahnung, wie und wo ich etwas über sie herausfinden kann." Er korrigierte sich: „Das stimmt nicht ganz, denn ich kenne mich ja recht gut in Kunstbibliotheken aus. Aber sollen wir diese Spur jetzt überhaupt verfolgen? Können wir Molyneux überholen, und, selbst wenn wir's schaffen sollten, lohnt es sich für uns?"

Isobel war immer noch in die Betrachtung des Gemäldes vertieft und erwiderte nichts.

Michael redete weiter. „Ich hatte in meinem Leben als Kunsthändler schon öfter knifflige Rätsel zu lösen. So passiert es mir manchmal, daß ich plötzlich die Vermutung habe, ein Bild, das versteigert werden soll, könnte mehr sein, als es scheint. Wenn so etwas vorkommt, lasse ich alles andere sausen und verbringe ganze Tage in Bibliotheken, brüte über zahllosen Abbildungen und vergleiche, wie dieser Künstler Hände zeichnete oder jener den richtigen Hautton malte. Manchmal führt das dazu, daß ich mir unbedingt andere Gemälde des Malers ansehen muß, häufig in Privatsammlungen. Reichlich anstrengend, macht aber auch viel Spaß . . . Ich will damit sagen: Wenn wir die Sache weiterverfolgen, dann geht's nur so, daß wir dem Projekt Tage oder sogar Wochen widmen. Vor allem aber müssen wir uns jetzt sofort entscheiden! Eigentlich müßte es schon heute losgehen, wenn überhaupt. Molyneux ist uns über zwei Wochen voraus, was heißen kann, daß es bereits zu spät ist. Bei Ihrem letzten Besuch hat es sich so angehört, als könne Ihre Farm nicht ohne Sie auskommen . . ."

Isobel antwortete nicht gleich. Schließlich riß sie sich von dem Anblick des Bildes los und setzte sich. „Mein Verwalter, Tom, ist ein wahrer Engel, besonders seit dem Einbruch." Sie biß sich auf die Unterlippe und redete dann weiter. „Aber wenn ich mir jetzt im Frühsommer einige Tage freinehme, dann kündigt er vielleicht endgültig."

„Ich verstehe –", begann Michael, doch sie unterbrach ihn.

„Andererseits braucht der Hof jetzt dringend einige Investitionen . . . etwas mehr Land, um die ganze Bewirtschaftung rentabler zu machen. Meinem Vater bot sich nie die Chance, aber ausgerechnet jetzt wird ein großes Stück Land direkt neben uns zum Verkauf angeboten." Sie machte eine resignierte Handbewegung. „Wenn ich das Geld nicht aufbringe, um mehr Land und einige neue Maschinen zu kaufen, dann werde ich den Hof vermutlich sowieso in einem Jahr aufgeben müssen . . . Ein paar Tage, haben Sie gesagt?"

Er zuckte die Achseln. „Eher mehr. Wenn man dazu nur ein paar Tage brauchte, dann hieße das, Molyneux hat das Geheimnis schon gelöst. Ich kenne mich zwar gut auf dem Kunstmarkt aus, aber mein Spezialgebiet sind nun einmal das späte 18. und das frühe 19. Jahrhundert in der englischen Malerei. Ich bin nicht der beste Kandidat, um dieses Bild für Sie zu entschlüsseln. Wahrscheinlich wäre es viel vernünftiger und ginge auch garantiert schneller, wenn Sie sich von jemand anderem helfen ließen, der bei Allegorien besser Bescheid weiß als ich."

„Nein!" widersprach sie. „Ich vertraue Ihnen, Mr. Whiting. Und wenn die Kunst des Mittelalters tatsächlich ein eher kleines Feld ist, wie Sie behaupten, dann wäre jeder, den wir zu Hilfe holten, Molyneux ebenfalls bekannt. Wir könnten nie sicher sein, ob unser Kontrahent nicht von jedem Schritt erfährt, den wir tun. Jetzt ist es dagegen so, daß Molyneux zwar einen Vorsprung hat, aber nicht weiß, daß wir es wissen. Vielleicht glaubt er nicht, sich beeilen zu müssen, und das ist unser einziger Pluspunkt."

„Das klingt ja so, als hätten Sie sich entschlossen, die Sache weiterzuverfolgen."

„Habe ich auch. Ich muß einfach jede Chance wahrnehmen. Jetzt möchte ich Sie aber noch um einen Gefallen bitten."

„Ja?"

„Daß wir unser gemeinsames Abendessen verschieben." Sie schaute auf ihre Armbanduhr. „Um 14.30 Uhr fährt ein Zug. Das bedeutet, daß ich nicht vor 17 Uhr wieder auf dem Hof bin. Ich brauche fast den ganzen morgigen Tag, um Tom zu instruieren, was zu tun ist, während ich weg bin. Morgen abend kann ich mit gepacktem Koffer nach London kommen und am folgenden Morgen in aller Frühe anfangen."

„Dann lege ich gleich heute los und vergrabe mich in der Bibliothek. Vielleicht habe ich morgen schon wieder Neuigkeiten für Sie." Plötzlich fiel Michael etwas ein: „Wo werden Sie wohnen?"

„Darüber habe ich noch nicht nachgedacht. Ein Hotel würde reichlich teuer werden."

„Sie können bei mir unterkommen; im Gästezimmer."

Sie sah ihn strafend an. „Nein danke, Mr. Whiting. Ich habe Freunde in London, sicher kann ich bei denen unterschlüpfen. Ich werde mit Ihnen bald zum Essen ausgehen, da Sie Ihre Wette gewonnen haben. Aber das ist auch alles. Für wen halten Sie mich – für Rita Hayworth?"

3. KAPITEL

ALS ISOBEL SADLER zwei Tage später Michaels Büro betrat, war dort einiges verändert. Es gab nun zwei Schreibtische statt einem, und um für den zweiten Platz zu schaffen, waren einige hohe Bücherstapel vom Fußboden entfernt worden. Michael unterhielt sich gerade mit einem großen, hageren Mann mit einer beginnenden Glatze, in dem Isobel wegen seiner Ähnlichkeit mit Patrick Michaels Partner Gregory Wood erkannte. Sie wurden einander vorgestellt.

„Sorgen Sie dafür, daß Michael bald wieder Zeit für mich hat, Miß Sadler", meinte Gregory. „Er will mir nicht verraten, worum es sich bei Ihrem Projekt handelt. Trotzdem viel Glück dabei, was immer es auch sein mag." Er lächelte und verließ das Zimmer.

Isobel schaute sich um. Auf dem einen Schreibtisch stand eine Kanne Kaffee. Ein Haufen Bücher lag auf dem anderen unordentlich durcheinander.

„Beute aus der Londoner Bibliothek", erklärte Michael, der ihrem Blick gefolgt war. „Ich schätze, daß der Großteil unserer Arbeit in der Lektüre von Büchern bestehen wird. Hier haben wir die Standardwerke über Ikonographie und Symbolismus. Sie können sich dort drüben hinsetzen." Michael hatte sein Jackett abgelegt, und leuchtendrote Hosenträger prangten auf seinem Hemd. Der Raum war voller Tabakrauch. Michaels Haare waren zerzaust, und ohne Jackett wirkte er jünger und schlanker.

Isobel schaute über die Schulter zur Wand hinüber. „Wo ist das Bild?"

„Im Erdgeschoß. Ich lasse es gerade von einem Spezialisten fotografieren. Dann können wir das Original in unseren Safe sperren. Wenn wir herumreisen, ist es viel einfacher, Fotos zu verwenden, statt das Bild mitzuschleppen."

Isobel zog den Mantel aus. Darunter kamen Jeans und ein Pullover zum Vorschein. Sie schenkte Michael und sich selbst Kaffee ein. „Und, haben Sie gestern Glück gehabt?"

Er verneinte. „Unser Freund, der Mann in der dunklen Robe, hält auf dem Bild eine Uhr in der Hand, wie Sie sich vielleicht erinnern, und neben ihm steht die Adlervase. Ich schaute unter dem Stichwort ‚Uhr' nach. Fast immer ist sie ein Symbol für verstreichende Zeit, aber ich weiß nicht, wie uns das weiterhelfen soll. Anscheinend ist sie auch ein Symbol für Mäßigung. Auch das ist für mich vorläufig keine Hilfe."

Er setzte sich und nahm einen Schluck Kaffee. „Gestern war gar kein guter Tag. Ich bin mit dem Bild nicht weitergekommen und habe obendrein eine Wette beim Verkauf von Impressionisten in New York verloren."

„Wie stehen denn die Chancen, daß wir das Bild entschlusseln, bevor meine Farm bankrott ist?"

Nun lächelte er. „Sie werden immer mieser, je länger wir hier herumsitzen und über andere Dinge quasseln. Wissen Sie was? Ich will noch einen Versuch in der Bibliothek machen, die zum Victoria-and-Albert-Museum gehört. Kommen Sie mit?"

Isobel war schon auf den Beinen. „Hoffen wir nur, daß wir nicht Molyneux über den Weg laufen."

Sie nahmen ein Taxi nach South Kensington. Im Museum stiegen sie eine breite Steintreppe zum ersten Stock hinauf, wo sich die Bibliothek befand. Sie schrieben sich in das Besucherbuch ein. Von Molyneux war nichts zu sehen.

Michael nahm sich das Sachregister vor. Unter „Uhr" gab es elf Einträge, und er füllte für jeden einen Bestellzettel aus. Dann setzten sie sich an ein Pult und warteten darauf, daß ihnen die gewünschten Bücher gebracht würden. Nach einigen Minuten schleppte ein Assistent einen Bücherstapel an, den Michael aufteilte. „Sie nehmen sich diese hier vor", sagte er und schob ihr einen Packen hinüber. „Ich schaue mir die anderen an."

Ungefähr zwei Stunden verbrachten sie still in die Lektüre vertieft. Dann erkundigte sich Michael: „Irgendwas entdeckt?"

„Ich fürchte nein", gab Isobel flüsternd zurück. „Halbwegs brauchbar ist eigentlich nur der Hinweis, daß in vielen Stilleben eine Uhr die gleiche Bedeutung hat wie eine Kerze. Sie soll an das Verstreichen der Zeit erinnern, wie Sie schon sagten. Was haben Sie gefunden?"

„Null. Fehlanzeige. Offenbar verwechselten die alten Griechen ihren Begriff für Zeit, *chronos,* mit ihrem Erntegott, *Kronos,* der immer mit einer Sichel abgebildet wurde, und deshalb trägt die personifizierte Zeit nun auch eine Sichel." Gerade da ertönte eine Klingel zum Zeichen, daß die Bibliothek in Kürze schloß. „Reine

Zeitverschwendung", grummelte Michael, als er die Bücher am Hauptschalter zurückgab.

Bevor sie die Treppe hinunterstiegen, bat Michael Isobel, ihn einen Moment zu entschuldigen, da er noch auf die Toilette gehen wollte. Sie spazierte inzwischen in der langen Galerie zwischen Skulpturen und Gerätschaften des Mittelalters umher.

Als Michael zurückkam, konnte er sie zuerst nicht entdecken. Erst nachdem er weiter in die lange Galerie vorgestoßen war, fand er sie schließlich halb verdeckt hinter einer Statue. Sie streckte die Hand aus und zog Michael am Ärmel. „Schauen Sie!" rief sie aufgeregt.

Michael betrachtete die Statue, vor der Isobel stand. Es war eine Männerfigur mit einem geflügelten Helm. Auch aus den Fersen wuchsen Flügel. „Ich weiß nicht . . ."

„Vergessen Sie den Helm und die verdammte Uhr! Konzentrieren Sie sich auf das Gewand. Die Motive, die verschnörkelten Muster . . . sie sind die gleichen wie auf dem Bild."

Nun endlich sah Michael, was sie meinte. Über das ganze Gewand verstreut war ein Gewimmel aus Federn oder Blütenblättern, ein Gekräusel, das tatsächlich an das Muster auf Isobel Sadlers Gemälde erinnerte.

Unter der Statue stand:

> Merkur. Norditalien. Anonym. 15. Jh. (?) Merkur, der Sohn Jupiters, war der Gott der Händler und der Beschützer der Hirten. Er war auch Götterbote, Schirmherr der Reisenden und Erfinder der Lyra. In Allegorien versinnbildlicht er Eloquenz und Vernunft, die Eigenschaften eines Lehrers.

„In den Büchern in meinem Büro steht sicher noch mehr über ihn", sagte Michael. „Hier wird nicht einmal das Muster auf dem Umhang erklärt."

Mit dem Taxi eilten sie zurück zu Michaels Büro in Mason's Yard. Bevor Michael seine Galerie betrat, verschwand er noch kurz in einem Laden direkt neben dem Torbogen und kam mit zwei Havannas wieder zum Vorschein. Als er Isobels Miene sah, sagte er rasch: „Wer mich mag, mag auch meine Zigarren. Geben Sie zu, ich war den ganzen Nachmittag sehr tugendsam. Wenn ich nicht aufpasse, vergesse ich noch mein Laster." Grinsend durchquerte er mit ihr den Hof.

Die Galerie war geschlossen, da Gregory, Elizabeth und Patrick schon Feierabend gemacht hatten. Michael schloß den Haupteingang auf, stellte die Alarmanlage ab und führte Isobel hinauf in sein Büro. Er schenkte sich und Isobel Whisky ein.

Nachdem sie einige Minuten schweigend gelesen hatten, trank Isobel einen Schluck Whisky und sagte dann: „Ich glaube, ich hab's. Die dekorativen Elemente auf der Robe, über die wir uns den Kopf zerbrochen haben, sind Flammen, die auf dem Kopf stehen. Ich lese es Ihnen am besten mal vor:

> Eine Verwendung fand dieses Emblem in der Antike als Kennzeichen Merkurs in seiner Funktion als Wächter geheimen Wissens. Die umgekehrte Fackel war schon früh ein Symbol des Todes, da es eine der Aufgaben Merkurs war, die Seelen Verstorbener in den Hades, das Totenreich, zu geleiten. Doch die nach unten züngelnde Flamme repräsentierte mit der Zeit sämtliche Funktionen Merkurs, nicht nur diese düstere."

Isobel legte das Buch auf den Schreibtisch. „Klinge ich jetzt wie ein Miesmacher, wenn ich behaupte, daß uns das nicht viel Neues verrät?" fragte sie.

Michael lehnte sich zurück, um ihr nicht den Rauch ins Gesicht zu blasen. Sie hatte leider recht. Auf seiner Schreibtischplatte lag ein Umschlag mit Farbfotos von dem Gemälde. Eins schob er Isobel hinüber und trank seinen Whisky.

Schließlich sagte er: „Wir kombinieren nicht wie Kenner des Mittelalters. Wir wurden auf diese Figur hingewiesen, die offensichtlich dreierlei repräsentiert: einen Hüter geheimen Wissens, einen Lehrer und Boten sowie einen Führer der Seelen in fremde Gefilde. Wie Sie sagen, wußten wir das meiste schon. Deshalb ist dies eine Art Unterstreichung. Warum aber ist diese Unterstreichung nötig?"

Isobels Aufmerksamkeit war auf das Foto gerichtet. „Was ich seltsam finde", murmelte sie, „ist die Frisur dieses Mannes. Warum ist sein Haar bis so weit oben abrasiert? Das sieht doch gar nicht göttergleich aus, ganz im Gegenteil . . ."

„Das ist es! Das ist es!" Michael schlug mit der flachen Hand auf das geöffnete Buch vor sich. „Hervorragend! Warum bin ich bloß nicht darauf gekommen?" Er stand auf und stellte sich neben sie, so daß sie gemeinsam die Fotografie betrachten konnten.

„Sehen Sie sich die Gesichter der anderen Figuren an . . . Kein einziges ist sorgfältig gemalt. Die Details wurden entweder ganz weggelassen oder nur flüchtig angedeutet. Lediglich dieses erste Gesicht ist sehr genau ausgeführt. Das Haar des Mannes sieht lebensecht aus, ebenso Augen, Nase, Lippen, Kinnpartie. Starke dunkle Brauen, ein kräftiger Hals, ein Grübchen im Kinn. Es gibt einen Grund, warum dieser Kopf so viel perfekter ist als der Rest! Im Gegensatz zu den anderen Figuren hat dieser Mann wirklich existiert. Zur damaligen Zeit muß er berühmt gewesen sein. Die Leute würden ihn erkannt haben. Das ist es! Die Identität dieses Mannes führt uns zu einem Ort, wo er lebte oder unterrichtete, predigte oder starb. Und genau damit fangen wir an. Er ist sowohl ein Hüter des Geheimnisses als auch der Mann, der uns dorthin führen kann."

„Aber wie um alles in der Welt sollen wir herauskriegen, wer er ist?" fragte Isobel. „Er ist seit 450 Jahren tot. Und wo suchen wir nach ihm? Und was ist mit der Uhr? Darüber wissen wir noch gar nichts."

„Die Uhr ist kein Problem!" rief Michael. „Sie hat nichts mit Merkur oder diesem Mann zu tun, wer auch immer er sein mag." Er lehnte sich über Isobels Schulter, nahm wieder den Duft nach Apfelblüten in ihren Haaren wahr und zeigte dann auf alle neun Figuren auf dem Foto. „Schauen Sie sich die Gesamtkomposition an . . . Die dargestellten Figuren sind in einer Art Kreis gruppiert. Nehmen wir an, wir entdecken tatsächlich, wer dieser Typ ist, der mit dem rasierten Schädel und dem Grübchen im Kinn. Was dann? In welche Richtung gehen wir? Oben oder unten entlang? Gehen wir im Uhrzeigersinn oder gegenläufig? Verstehen Sie? Deshalb die Uhr."

Isobel war beeindruckt. Sie schaute auf das Foto und deutete mit dem Zeigefinger auf den Mann mit der Robe. „Er trägt auch etwas um den Hals. Er war Mitglied eines Ordens. Am Ende der Kette ist eine Münze oder ein Medaillon. Können Sie erkennen, was darauf abgebildet ist?"

„Mir kommt's wie ein Mann mit einem Speer oder einem langen Stab vor, und das andere Ding auf der linken Seite sieht mehr wie ein Tier aus. Am besten lassen wir das Bild reinigen. Das hilft uns vielleicht weiter. Aber Moment mal! Ich hab's . . . Es ist ein Drache. Ja, da kommen kleine Rauchwolken aus seinen Nüstern . . ."

„St. Georg und der Drache!" rief Isobel.

„Also war er ein Mitglied des Hosenbandordens", erklärte Michael triumphierend. „Phantastisch! Na endlich geht's voran. Dank der brillanten Detektivin Sadler." Er schaute auf seine Armbanduhr. „Wo sind Sie eigentlich untergekommen?" fragte er.

„Bei einer Freundin in der Nähe von Harrod's. Ich möchte an meinem ersten Abend nicht zu spät heimkommen." Isobel hielt kurz inne, setzte dann aber doch hinzu: „Ich bin nicht unbefangen gegenüber Männern, Mr. Whiting . . . Michael. Meine Erfahrungen waren bisher wenig erfreulich. Es tut mir leid, daß ich so reserviert bin, doch so ist's nun einmal. Aber meinetwegen können wir uns duzen."

„Ich bringe dich jetzt heim und hole dich morgen früh gegen zehn Uhr mit meinem Wagen ab, um nach Windsor zu fahren und rechtzeitig dort zu sein, wenn die St. George's Chapel öffnet. Dort finden nämlich alle Feierlichkeiten des Hosenbandordens statt, und natürlich gibt's dort auch eine komplette Liste sämtlicher Mitglieder. Nach dem Bild würde ich schätzen, daß unser Merkur 1557 ungefähr fünfzig Jahre alt war. Das engt die Auswahl schon beträchtlich ein."

Sie gingen zum Ausgang. Michael stellte die Alarmanlage ein, und dann traten sie auf die Straße hinaus. „Dir verdanken wir den Durchbruch, Isobel", meinte Michael. „Es braucht schon einen wachen Verstand, um das Medaillon zu bemerken. Aber ich habe auch noch etwas dazu beizutragen." Er tippte an seine Schläfe. „Hier oben ist nicht nur Zigarrenqualm, keine Sorge! Ich hab mir folgendes überlegt: Falls wir in Windsor sechs mögliche Kandidaten ausfindig machen sollten, können wir immer noch in die National Portrait Gallery gehen und dort unter den achttausend Bildern heraussuchen, welches unser Mann ist."

4. KAPITEL

WENIGSTENS einen Vorteil hatte naßkaltes Sommerwetter – es hielt den Touristenansturm auf Windsor in erträglichen Grenzen. Als Isobel und Michael bei strömendem Regen gegen Viertel vor elf vor der St. George's Chapel eintrafen, die gerade geöffnet wurde, warteten nur einige Angehörige der touristisch besonders eifrigen Nationen – Deutsche, Japaner, Holländer.

Weder Isobel noch Michael waren je zuvor in der Kapelle gewesen. Sie bewunderten die farbigen Glasfenster, auf denen jeweils vier Reihen von Heiligen in Scharlachrot und Dunkelblau dargestellt waren. Das gotische Chorgestühl zog sich bis zum Altar hin, jeder Sitz bekrönt vom Wappen des derzeitigen Inhabers, einem Mitglied des Hosenbandordens.

„Warum hat der Maler unserem Gott Merkur wohl eine Kette mit einem St.-Georg-Medaillon umgehängt?" fragte Isobel. „Hätte ein blaues Samtband nicht besser gepaßt?"

„Ich vermute, daß es ein zu deutlicher Hinweis gewesen wäre. Ach, da drüben steht ein Pfarrer. Am besten fragen wir ihn gleich, wo sich eine Liste der Mitglieder auftreiben läßt."

Michael ging quer durchs Kirchenschiff und sprach den Mann an, der hinter sich deutete, dann winkte er Isobel zu sich. Sie gelangten durch eine schmale Pforte in einen kleinen Innenhof, den ringsum ein verglaster Kreuzgang umgab. Hinter einem Torbogen sahen sie zu ihrer Rechten ein cremeweiß gestrichenes Gebäude. Auf ihr Läuten hin öffnete eine Frau. „Ja bitte?"

Michael begrüßte sie und reichte ihr seine Visitenkarte. „Ich bin Kunsthändler und stelle Nachforschungen über ein Bild an. Wir müssen ein Mitglied des Hosenbandordens aus dem 16. Jahrhundert identifizieren. Daher wäre uns sehr geholfen, wenn wir ein Verzeichnis der Mitglieder zwischen 1500 und 1550 durchsehen dürften."

„Was wissen Sie über diese Person?" fragte die Angestellte und führte sie in ein Büro.

„Nur wie sie aussieht", erwiderte Michael.

„Dann bitte hier entlang." Sie gelangten in einen kleinen Raum. Die Angestellte bat sie, an einem langen Tisch Platz zu nehmen, und holte aus einem Schrank mit Glastüren einen in Leder gebundenen Folianten. „Dies ist das blaue Buch. Leider existieren keine Listen des Ordens vor der Regierungszeit Heinrichs VIII., also vor 1509. Außerdem muß ich Sie bitten, sich mit diesen Faksimiles der Originaleintragungen aus dem Hauptbuch des Ordens zu begnügen. Die Originale sind inzwischen äußerst empfindlich. Aus Sicherheitsgründen muß ich übrigens die Tür zuschließen, tut mir leid. Wenn Sie gehen möchten, brauchen Sie nur auf den Knopf neben der Tür zu drücken, und einer von uns wird kommen und Sie hinauslassen."

Sobald Isobel und Michael allein waren, setzten sie sich nebeneinander und schlugen das Buch auf.

„O Gott! Das ist ja schrecklich!“ stöhnte Michael gleich darauf. „Alphabetisch geordnet, nicht chronologisch!“ Dies bedeutete, daß sie den ganzen Wälzer durcharbeiten mußten. Jede Eintragung bestand aus einem Namen, dem Zeitpunkt, an dem man den Betreffenden in den Orden aufgenommen hatte, und einer kurzen Begründung, warum ihm diese Ehre zuteil geworden war.

Die Schrift war schwer zu lesen. Sie war zwar in englischer Sprache, aber sehr altertümlich. Als noch schlimmer erwies sich, daß die Handschrift sehr unterschiedlich war, die Tinte fleckig und ausgeblichen. Trotzdem machten sie Fortschritte, und nach ungefähr eineinhalb Stunden hatten sie fünf Personen entdeckt, die aufgrund des Zeitpunkts ihrer Aufnahme in den Orden durchaus in Frage kamen. Zwei von ihnen – Sir Ranulph Kenny und Sir Edward Whitlock – stammten sogar aus der Region, zu der auch Monksilver gehört hatte.

Schließlich drückte Michael auf den Knopf neben der Tür, und sie wurden hinausgelassen. Nachdem sie sich bei der Angestellten bedankt hatten, durchquerten sie auf dem Weg ins Freie nochmals die St. George's Chapel.

„Wie wär's mit Mittagessen?" schlug Michael vor, als sie in den Regen hinaustraten. „Hier am Fluß gibt's ein nettes Lokal."

„Machen wir lieber weiter", entschied Isobel. „Es wundert mich, daß du jetzt aufhören willst."

Er zündete sich eine Zigarre an. „Nun ja, ich bin der Meinung, daß wir Grund zum Feiern haben."

„Wieso?"

„Obwohl Molyneux mit großem Vorsprung loslegte, haben wir ihn meines Erachtens schon überholt."

„Niemals! Wie kommst du auf diese Idee?"

„Durch die nette Angestellte. Falls Molyneux uns noch voraus wäre, hätte er sich garantiert auch hierher verirrt. Und falls sich mehrere Leute innerhalb kurzer Zeit nach der Mitgliederliste erkundigt hätten, wäre das so ungewöhnlich gewesen, daß die Frau es uns gegenüber sicher erwähnt hätte."

WENIGE Minuten nach 14 Uhr trafen sie an der National Portrait Gallery ein, die direkt am Trafalgar Square liegt.

Die Kollektion der Porträtstudien im Tiefgeschoß umfaßt um die achttausend Porträts, die aber nicht wichtig genug sind, um ständig ausgestellt zu sein.

Michael gab der leitenden Bibliothekarin, einer bezaubernden Inderin in pfirsichfarbenem Sari, die Liste, und sie wurden in die

Bibliothek geführt. Die Frau überflog sie und notierte etwas mit Bleistift. „Warten Sie bitte an den Tischen vierzehn und fünfzehn", sagte sie dann. „In wenigen Minuten wird Ihnen gebracht, was wir hier im Lager haben."

„Vielen Dank", sagte Michael. „Hilft es Ihnen weiter, daß alle Männer, deren Namen ich Ihnen gab, Träger des Hosenbandordens sind?"

„Vielleicht. Es könnte sein, daß wir einige Gruppenporträts haben, auf denen einzelne Personen nicht identifiziert sind. Aber wir wollen erst einmal sehen, was unter den Namen registriert ist."

Sie setzten sich an die ihnen zugewiesenen Tische, und Michael sagte halblaut: „Hast du's gemerkt? Die Bibliothekarin reagierte nicht, als ich den Hosenbandorden erwähnte. Also ist Molyneux noch nicht auf dieser Spur . . ."

Schließlich näherte sich ihnen eine junge Frau in dunkelblauem Trainingsanzug. Sie legte fünf große grüne Mappen auf den Tisch. Die erste Mappe trug ein weißes Etikett mit der Aufschrift „Sir Ninian Greene". Gespannt schlug Isobel sie auf. Sir Ninian war nicht Merkur! Er war dick, fast kahlköpfig und triefäugig.

Auf der zweiten Mappe stand der Name „Sir Edward Whitlock". Sir Edward hatte langes wallendes Haar und einen Schnurrbart. Er wirkte mit seinen Spitzenmanschetten etwas geckenhaft. Keine Ähnlichkeit mit Merkur.

Und auch Sir Wyndham Tyler, Sir Ranulph Kenny und Sir Francis Waterlow stimmten nicht mit der Figur auf dem Gemälde überein.

„Verdammt!" schimpfte Michael. „Wo zum Teufel haben wir uns geirrt?"

Isobel nahm sich noch einmal alle Mappen vor, aber es blieb dabei – keiner der Abgebildeten ähnelte Merkur. Das kurzgeschnittene Haar, die Augen, das Grübchen im Kinn waren so markant, daß man diese Besonderheiten sofort wiedererkennen würde.

„Ich bin trotzdem überzeugt, daß unsere Schlußfolgerungen richtig sind", meinte Michael. „Wir müssen einen Namen übersehen haben." Er schaute auf die Armbanduhr. „Zu spät, um heute noch einmal nach Windsor zu fahren. Außerdem möchte ich mich vorher mit einem Bekannten unterhalten, der mit Münzen und Medaillen handelt. Er kann uns vielleicht sagen, wo unser Fehler liegt. Weißt du was? Du gibst die Mappen zurück, und ich rufe ihn inzwischen an."

Kurze Zeit später trafen sie sich wieder draußen vor dem Museum. „Heute haben wir kein Glück", erklärte Michael. „Willie ist zu einer Münzauktion nach Amsterdam gefahren. Aber er kommt am Wochenende zurück, so daß wir ihn am Montag treffen können, bevor wir noch einmal nach Windsor fahren."

„Dann können wir am Wochenende aber gar nichts tun. Ein Jammer!"

Michael nickte. „Zu ärgerlich, ich weiß. Aber immerhin kannst du Wiedersehen mit deiner Farm feiern. Die Kühe vermissen dich bestimmt schon."

„Red keinen Stuß, Michael. Verrate mir lieber, wann wir am Montag loslegen."

„Nicht vor halb elf Uhr vormittags. Die meisten Händler fangen eher später an. Meistens kommen die Kunden erst gegen Nachmittag, und die größten Verkäufe finden abends statt. Komm so gegen zehn Uhr ins Büro zu einem Kaffee."

„Bist du sicher, daß wir heute nichts mehr unternehmen können?"

„Ja, leider bin ich mir da ganz sicher." Er trat einen Schritt näher. „Du wirkst irgendwie beunruhigt. Stimmt etwas nicht?"

„Nein. Ich weiß nicht recht. Das heißt . . ."

„Ja?"

Sie sprach nicht gleich weiter. Ein großer roter Bus kam die Charing Cross Road entlanggebraust und bespritzte sie mit Regenwasser aus einer Pfütze. „Du bist der Experte, Michael, aber . . . aber ich glaube trotzdem, daß du falsch liegst. Die Tatsache, daß Molyneux weder in Windsor noch hier in der National Portrait Gallery war, muß nicht automatisch bedeuten, daß wir ihn abgehängt haben. Es heißt eher, daß wir auf der falschen Spur sind."

WILLIE MAITLANDS Galerie für Münzen und Orden befand sich in einem Laden mit Erkerfenster in der Crown Passage. Isobel und Michael brauchten nur einige Minuten von Mason's Yard dorthin. Willie war ein großer, schlaksiger Typ mit hellblondem Haar und einem Glasauge. Michael hatte ihn vor einigen Jahren kennengelernt, als Willie ein Bild bei ihm kaufte.

Willie strahlte über das ganze Gesicht, als er Michael eintreten sah, doch gleich darauf richtete er sein echtes Auge voller Bewunderung auf Isobel. Michael stellte die beiden einander vor und kam dann ohne Umschweife zur Sache.

„In Isobels Auftrag versuche ich, eine Person auf einem Gemälde zu identifizieren. Ich will Ihnen das Bild allerdings nicht zeigen, Willie, was Sie sicher verstehen werden."

Maitland nickte.

„Wir wissen, daß dieses Bild aus dem frühen 16. Jahrhundert stammt", fuhr Michael fort, „und wir haben Anlaß zu glauben, daß der Unbekannte ein Mitglied des Hosenbandordens war. Inzwischen haben wir in der National Portrait Gallery schon alle denkbaren Kandidaten überprüft, fanden aber keinen, der so aussieht wie unser Mann. Wir haben irgendwo einen Fehler gemacht, und ich hoffe, daß Sie uns helfen können."

Willie liebte derartige Probleme. Er legte eine Medaille beiseite, mit deren Säuberung er gerade beschäftigt gewesen war. „Lassen Sie mich überlegen", sagte er. „Alle Ritter des Hosenbandordens haben ein Banner, das für sie entworfen wird, sobald sie erwählt werden. So etwas wie ein Wappen. Gibt's ein Wappen auf Ihrem Bild?"

„Nein."

„Woher wissen Sie dann, daß er ein Ritter ist? Trägt er den Hosenbandorden?"

„Nein, er trägt das Abzeichen ‚St. Georg und der Drache' an einer Kette um den Hals."

„Das ist immerhin schon etwas. Können Sie die Kette beschreiben? Es gibt nämlich mehrere Typen von Ketten für den Hosenbandorden. Frühes 16. Jahrhundert, da müßte die Kette aus Gold sein – kleine, wie aus Schnur geknüpfte Knoten zwischen Edelsteinen. Granate oder Rubine, soviel ich weiß. Kommt Ihnen das bekannt vor?"

Isobel schüttelte energisch den Kopf. „Aus Gold könnte die Kette eventuell sein, das ist schwer zu erkennen, aber Edelsteine gibt's keine. Sie ist ganz schlicht."

Willie runzelte die Stirn. „Ich habe eine Idee. Beschreiben Sie mir das Abzeichen. Noch besser ist, Sie zeichnen es." Er reichte Isobel Block und Bleistift.

„St. Georg steht in der Mitte . . .", sie zeichnete ein strichförmiges Wesen. „Der Speer geht von rechts oben diagonal nach links unten und zielt auf den Drachen, der auf dem Boden kriecht und hochschaut." Sie vollendete ihr Kunstwerk mit ein paar kleinen Kringeln. „Man kann Rauchwölkchen erkennen, die das Ungeheuer ausstößt . . ."

Willie nahm die Skizze und inspizierte sie. „Hm. Kein Pferd?"

„Nein", erwiderte Isobel.

Willie grinste. „Ohne Pferd ist es auch kein St. Georg. Es gibt zwei Mythen, in denen ein Drache besiegt wird, nicht nur eine. St. Georg wird immer in voller Rüstung auf einem Schimmel dargestellt. Ohne Pferd ist diese Figur der Erzengel Michael, der den Teufel auf Erden besiegt. Ich will damit sagen, daß Ihre Figur kein Mitglied des Hosenbandordens ist, sondern dem französischen St.-Michaels-Orden angehört."

Michael seufzte. „Willie, Sie sind einsame Klasse. Sie haben uns aus einer schrecklichen Sackgasse herausgeholfen. Können Sie uns noch etwas über den Orden erzählen, bevor wir gehen?"

„Nicht aus dem Gedächtnis, aber ich glaube, daß ich irgendwo da hinten das richtige Buch habe. Einen Augenblick." Willie ging in einen Nebenraum. Kurz darauf kehrte er mit einem kleinen Buch zurück. „Hier haben wir's. Ich lese Ihnen die entsprechende Stelle vor. ‚Der St.-Michaels-Orden wurde 1469 von Ludwig XI. gegründet und ist einer der berühmtesten Ritterorden Europas, das französische Äquivalent zum englischen Hosenbandorden . . . Das Abzeichen des Ordens sollte ständig getragen werden. Die Zahl der Mitglieder des Ordens blieb immer auf 36 beschränkt . . .'" Willie schlug das Buch zu und blickte hoch. „Das wär's."

„Und wo könnten wir die Liste der Mitglieder des Ordens von St. Michael auftreiben?" fragte Michael gespannt.

„Tja", meinte Willie nachdenklich. „Wenn der Orden von Ludwig XI. gegründet wurde und eng mit dem Hof verbunden war, sind möglicherweise zur Zeit der Französischen Revolution sämtliche Dokumente vernichtet worden. Falls nicht, dann werden sie vermutlich in der Bibliothèque Nationale in Paris aufbewahrt."

In diesem Moment öffnete sich die Tür der Galerie, und ein Kunde trat ein. Rasch verabschiedeten sich Michael und Isobel von Willie.

Auf dem Rückweg zu Mason's Yard war Michael sichtlich verlegen. „Tut mir leid wegen des Fehlstarts, Isobel. Ich hab zu schnell meine Schlüsse gezogen."

„Drücken wir eben jetzt die Daumen, daß die französischen Listen nicht bei der Revolution verbrannt wurden." Ihr Tonfall verriet ihm, daß sie nicht der Typ Mensch war, der lange auf Fehlern in der Vergangenheit herumritt.

Sie kamen bei Dalmeny's vorbei, einer kleinen, teuren Galerie, deren Schwerpunkt auf französischen Möbeln lag. Dies brachte Michael auf eine Idee. „Ich rufe Jacques de Selve in Paris an", verkündete er. „Er ist ein alter Freund, der mich über jedes englische Gemälde informiert, das ihm in die Finger kommt. Ich lasse ihn dafür wissen, wenn französische Möbel oder Kunstwerke hier in London angeboten werden."

Zurückgekehrt in sein Büro, suchte Michael in seinem Adreßbuch die Telefonnummer von de Selve in Paris heraus. Jacques konnte Michaels Frage nicht selbst beantworten, aber er sagte, genau gegenüber seinem Geschäft befinde sich das eines guten Freundes, der auf Münzen und Medaillen spezialisiert sei und bestimmt Rat wisse. Jacques versprach, sofort Bescheid zu geben, sobald er etwas herausbekommen hatte.

Isobel und Michael warteten. Es war längst Mittag, aber keiner von ihnen konnte ernsthaft an Essen denken, bevor Jacques anrief. Falls die Unterlagen nicht mehr existierten . . .

Michael nahm sich nun die Mitteilungen vor, die man für ihn auf seinem Schreibtisch hinterlassen hatte. Eine war in Gregs Handschrift und lautete ganz simpel: „Ruf Ed an." Ed McCrystal war Ire, Mitglied des privaten Wettklubs. Michael wählte seine Nummer und wurde sofort verbunden.

„Hallo, Ed. Habt ihr wieder was auf Lager?"

„Und ob, alter Junge, und ob! Laut Radiomeldung ist gestern nacht endlich in Loch Ness ein geheimnisvolles Lebewesen ins Netz gegangen."

„Nein!"

„Das Ding, der Organismus, wie sie sagen, wird eben jetzt, während wir uns unterhalten, an Land geschleppt."

„Was schlägst du vor?"

„Länge."

„Prima Idee. Ich bin dabei. Wer hat bisher was gewettet?"

„Greg tippt auf zwei Meter, Charlie auf fünf. Mit den anderen habe ich noch nicht gesprochen. Und du?"

„Dreieinhalb Meter."

„Abgemacht!" rief McCrystal. *„Rien ne va plus."*

Michael legte den Hörer auf.

Isobel hatte dem Telefongespräch stirnrunzelnd gelauscht. Michael erklärte die Einzelheiten.

„Deine Wetten sind deine Sache, Michael. Aber vielleicht hat de Selve inzwischen vergeblich versucht, hier durchzukommen."

Michael erkundigte sich bei seiner Sekretärin, ob jemand aus Paris angerufen habe. Zum Glück nicht.

Also warteten sie weiter. Mit jeder verstreichenden Minute wurde Michael unruhiger. Er versuchte an den alten Julius Samuels, der an dem Frauenporträt arbeitete, zu denken. Eigentlich müßte er bald fertig sein.

Nach über einer halben Stunde läutete endlich das Telefon, und es war tatsächlich Jacques. „Hallo, Michael. Tut mir leid, daß es so lange gedauert hat, aber mein Freund verhandelte bis vor wenigen Minuten mit einem Kunden. Mein Freund, Monsieur Eclier, besitzt ein Buch, das bis ins Jahr 1645 zurückgeht, also bis zu Ludwig XIV. Alle Träger des Ordens bis zur Revolution sind darin aufgelistet."

„Ich bin aber an einer früheren Epoche interessiert, von 1500 bis 1550."

„*Eh bien*, in diesem Fall müssen Sie sich an die Bibliothèque Nationale hier in Paris wenden."

„Hat die Bibliothek normale Öffnungszeiten?"

„Selbstverständlich. Aber . . . soll ich Ihnen nicht behilflich sein, Michael? Mein Französisch ist vermutlich besser als Ihres", meinte Jacques lachend. „Und Sie sparen sich das Flugticket."

„Vielen Dank, Jacques. Aber vorläufig ist die Angelegenheit noch streng geheim. Die jetzige Besitzerin des Bildes, eine Engländerin, möchte nicht, daß ich Informationen preisgebe. Vielen Dank für Ihre Hilfe, Jacques."

Michael legte den Hörer auf und ließ sich im Sessel zurückfallen. „Also auf zur Bibliothèque Nationale. Ich nehme die Abendmaschine nach Paris, damit ich gleich morgen früh anfangen kann. Ich finde die Namen heraus und telefoniere sie dir hierher durch. Du überprüfst sie in der National Portrait Gallery . . ." Er bemerkte Isobels fragend hochgezogene Augenbrauen und erklärte: „Da es sich um ein englisches Gemälde handelt, muß es sich auf jemanden beziehen, der in England zur Berühmtheit gelangte. Also versuchen wir's zuerst mal mit unserer National Portrait Gallery. So, jetzt rufe ich am besten gleich bei Air France an."

DIE BIBLIOTHÈQUE NATIONALE liegt in dem geschäftigen, engbebauten Viertel nördlich von Louvre und Palais Royal, wo es von Patisserien, Cafés und Galerien nur so wimmelt. Der Eingang zur Bibliothèque Nationale erwies sich als nicht entfernt so imposant wie das Portal des Britischen Museums, es war ein schmuckloses Tor an der östlichen Seite eines kleinen Platzes. Michael trank in einem Eckcafé einen Kaffee, pechschwarz und bitter, bevor er durch das Tor ging.

Die Lesepulte, jeweils von einer Lampe mit grünem Glasschirm beleuchtet, waren wie die Speichen eines Rads um einen zentralen Ausgabeschalter angeordnet. Wie auch das Wetter draußen sein mochte, hier herrschte immer herbstliche Dämmerung.

Michael gab seine Bestellung am Zentralschalter ab und wartete, bis ihm die Dokumente gebracht wurden. Zwei große Stapel roter, ledergebundener Bücher wurden vor ihm aufgebaut. Diesmal waren es keine Faksimiles, sondern Originale. Als er den ersten Band aufschlug, sah er zu seinem Entsetzen eine äußerst verschnörkelte Handschrift vor sich, die er nur mühsam entziffern konnte. In gewisser Weise wurde er aber dadurch entschädigt, daß die Namen chronologisch aufgeführt waren.

Wie sich herausstellte, brauchte er sich aufgrund des in Frage kommenden Zeitraums nur auf zwei Bücher zu konzentrieren. Zwischen 1500 und 1537 war der St.-Michaels-Orden nur fünfzehnmal verliehen worden. Michael notierte sich alle fünfzehn Namen, da er kein Risiko eingehen wollte. Dann ging er hinaus auf den Korridor zu einem Münztelefon, rief in London an und diktierte Isobel sämtliche Namen.

„Ich wohne im Hotel ‚Saint-Simon'", sagte er, nachdem Isobel alles notiert hatte. „Aber ich habe mir auch einen Platz in der Air-France-Maschine um 19.30 Uhr heute abend reservieren lassen, falls wir Fortschritte machen. Ruf mich gleich im Hotel an, sobald du in der National Portrait Gallery fertig bist – am besten von meinem Büro aus. Viel Glück."

Isobel war dieses Mal viel nervöser als bei ihrem ersten Besuch in der Porträtsammlung. Dank Willie Maitland hatten sie eine zweite Chance bekommen, aber eine dritte gab es bestimmt nicht. Sie mußte heute Erfolg haben, oder sie konnten die ganze Sache vergessen.

Sie stieß die schwere Glastür auf und ging rasch zur Treppe. Auf der rechten Seite der Eingangshalle hing ein Plakat, auf dem eine Frau in schulterfreiem rotem Kleid abgebildet war – eine Werbung für die Porträtausstellung des amerikanischen Künstlers John Singer Sargent.

In der Bibliothek gab Isobel einer Angestellten alle fünfzehn Namen an und setzte sich dann an einen Tisch. Nach etwa zwanzig Minuten kam die Bibliothekarin mit mehreren grünen Mappen zurück.

„Ich konnte in unserem Register nur vier der fünfzehn Namen finden, an denen Sie interessiert sind", sagte sie bedauernd. „Die übrigen müssen Sie in Frankreich ausfindig machen. Tut mir leid."

Nur vier Namen! Isobel griff nach der ersten Mappe, die den Namen „Albert Martres" trug. Martres war groß, grauhaarig, ein Priester mit ansprechendem Äußeren, der keine Ähnlichkeit mit dem Gesuchten hatte. Der zweite war Jean Duquesne, den eine plattgedrückte Nase und große Ohren entstellten. Der dritte hieß Philippe du Croix. Isobels Sinne reagierten rascher als ihr Verstand auf das, was sie sah. Sie hielt den Atem an. Du Croix' Haarschnitt kam ihr bekannt vor, die Nase stimmte, und auch der Blick war derselbe. Doch es waren die Kinnpartie und das Grübchen, die jeden Zweifel beseitigten. Sie gaben dem Gesicht seinen unverwechselbaren Charakter. Dies war der Mann mit der Robe!

Am liebsten hätte Isobel laut gejubelt. Sie drehte den Druck um. Auf der Rückseite stand geschrieben: „Philippe du Croix: Du Croix kam 1528 nach England, um Elizabeth Goodwin zu heiraten, die älteste Tochter Sir Thomas Goodwins, woraufhin er seinen Namen anglisierte und fortan Cross hieß."

Das war alles. Kein Wort darüber, welche Art Leben der Mann geführt oder wo er gewohnt hatte. Isobel ging zum Tisch der Bibliothekarin hinüber. „Entschuldigen Sie, wie kann ich mehr über diesen Philippe du Croix oder Philip Cross herausfinden?"

Die Bibliothekarin nahm den Druck, drehte ihn um und las die

Informationen auf der Rückseite. „Am besten versuchen Sie's mit dem Biographien-Lexikon, dem *Dictionary of National Biography*". Sie machte eine Kopfbewegung zu einer langen Reihe brauner Buchrücken hinüber.

Isobel trat an das Regal, holte den Band mit den Buchstaben „CAG-DRE" und trug ihn zu ihrem Lesepult. Dann blätterte sie die Seiten um, bis sie zur richtigen Stelle kam. Die Eintragung lautete:

> CROSS, Philip (1485-1536), geborener Philippe du Croix, war ein französischer Adliger, der als Diplomat berühmt wurde und sich mit aller Kraft für eine Versöhnung zwischen den katholischen und protestantischen Ländern einsetzte. 1525 kam er in diplomatischer Mission nach England und lernte in London Elizabeth Goodwin kennen, die Tochter Sir Thomas Goodwins aus Godwin Magna in Dorset. 1526 entging Croix nur knapp dem Tode, als er für den französischen König in Spanien unterwegs war. Die Spanier, die ihn für einen Günstling des französischen Königs hielten, nahmen ihn in Sevilla als Geisel gefangen. Doch du Croix gelang die Flucht, und er schlug sich nach Paris durch, von spanischen Soldaten verfolgt. In Paris wurde seine Loyalität und Tapferkeit vom König durch die Verleihung des St.-Michaels-Ordens belohnt, dem damals höchsten Orden Frankreichs. Im Jahr darauf kehrte du Croix nach England zurück und heiratete Elizabeth Goodwin. Unter der Bedingung, daß er seinen Namen anglisierte, bekamen er und seine Frau ausgedehnte Ländereien in Dorset übereignet, bald erbten sie auch den ganzen Goodwin-Besitz. Philip Cross wurde in der Goodwin-Familienkapelle in Godwin Magna, nahe Dorchester, beigesetzt.

Isobel zitterte fast vor Aufregung, als sie das geöffnete Buch und den Druck in einen Nebenraum hinübertrug, wo sie Fotokopien anfertigen lassen konnte. „Wird irgendwo eine Ausstellung über Cross vorbereitet?" erkundigte sich die Angestellte, die das Fotokopieren erledigte.

„Nein, ich glaube nicht. Jedenfalls habe ich nichts davon gehört. Warum fragen Sie?"

„Weil neulich schon jemand da war und Kopien von demselben Mann haben wollte. Ich erinnere mich an den Haarschnitt . . ."

„Wann war das? Können Sie sich noch erinnern?" Isobel spürte, wie ihr das Herz im Halse schlug.

„Das kann ich nicht genau sagen . . . irgendwann in der letzten Woche, glaube ich. Ja, stimmt, denn da war der Kopierer kaputt."

Isobel bedankte sich und bezahlte. Dann nahm sie die Fotokopien, gab den Druck und das Lexikon zurück und rannte aus dem Lesesaal, da sie Michael so schnell wie möglich in Paris anrufen wollte, um ihm die Neuigkeit mitzuteilen. Sie hastete die Treppe hinunter zur Eingangshalle, als sie jemanden durch die Glastüren hereinkommen sah: einen sehr großen, grauhaarigen Mann mit tiefen Falten um den Mund: Molyneux!

Isobel spürte, wie ihr ein kalter Schauer über die Haut lief. Rasch machte sie kehrt und eilte wieder die Stufen hinauf. Hatte er sie gesehen? Nein, wohl kaum, denn sie war instinktiv sofort zurückgewichen und höchstens einige Sekunden sichtbar gewesen. Schon stand sie wieder vor dem Korridor, der zur Bibliothek führte. Molyneux war wegen der Fotokopien hier. Isobel lief weiter zum obersten Stock hinauf, wo es Porträts aus der Tudorzeit zu besichtigen gab. Sie wagte keinen Blick zurück. Ganz oben angekommen, bog sie in einen kleinen Raum ab, wo eine Serie Scherenschnitte ausgestellt waren.

Wieviel Zeit soll ich Molyneux geben? überlegte sie. Sie selbst hatte sich ungefähr vierzig Minuten in der Bibliothek aufgehalten. Es würde sicher eine Viertelstunde dauern, bis er die von ihm gewünschten Bücher in Empfang genommen hätte. Das wäre dann der günstigste Zeitpunkt für sie, das Gebäude zu verlassen. Sie schaute auf ihre Armbanduhr.

„Ein bißchen unheimlich, diese Scherenschnitte, finden Sie nicht?"

Isobels Herz stockte. Molyneux hatte sie gesehen und war ihr gefolgt! Sie wandte sich um.

„Guten Tag, Miß Sadler. Sie sind es also tatsächlich. Vorhin war ich mir nicht ganz sicher, da Sie so plötzlich wieder kehrtmachten und die Treppe hinaufliefen. Hatten Sie etwas vergessen?" Sein Blick fiel auf die Fotokopien, die sie bei sich trug. „Kommen Sie oft hierher in die Galerie?"

Isobel mußte gegen aufkommende Panik ankämpfen. Sie versuchte die Kopien unauffällig hinter ihrem Rücken zu verbergen. Molyneux durfte auf keinen Fall sehen, was sie da hatte.

Fieberhaft suchte sie nach einer plausiblen Antwort. Sie mußte so unbefangen wie möglich wirken. „Ich . . . bin wegen der Sargent-Ausstellung hier . . ." Gott sei Dank hatte sie das Plakat beim Hereinkommen bemerkt. „Danach dachte ich, daß ich mir auch den Rest anschauen könnte, wenn ich schon mal hier bin. Tut mir leid, aber ich habe Sie unten nicht gesehen. Gibt es etwas Neues über die Dokumente? Ist Ihr Klient von seiner Reise zurück?"

Molyneux ging nicht auf ihre Fragen ein. „Gefiel Ihnen Sargents Porträt von Lady Eden?"

Da Isobel nun auf dem falschen Fuß erwischt worden war, konnte sie nur fragen: „Ist das die Frau in Rot?"

„Vielleicht gefiel Ihnen Miß Cicely Alexander besser?"

Isobel nickte nur.

Fast im gleichen Augenblick wußte sie, daß sie einen Fehler gemacht hatte. Sie konnte es Molyneux am Gesicht ablesen. Er hatte sie beim Schwindeln ertappt, worauf er es von Anfang an abgesehen hatte.

Isobel hätte m liebsten geschrien, wußte aber, daß sie die Nerven behalten und von hier fortmußte, bevor die Situation sich weiter zuspitzen konnte. Eigentlich sollte sie sogar ihn attackieren, ihn fragen, was er eigentlich hier im Museum tat, was mit den ersteigerten Dokumenten sei. Nein, es blieb ihr nur die Flucht. Sie schaute auf ihre Armbanduhr. „Mr. Molyneux, mein Zug geht in vierzig Minuten. Tut mir leid, aber ich muß mich beeilen. Entschuldigen Sie bitte."

Er schaute sie einen Moment durchdringend an, bevor er beiseite trat, um sie durchzulassen. Auf der Straße tat sie so, als halte sie nach einem Taxi Ausschau. Sobald sie den Trafalgar Square erreicht hatte, rannte sie jedoch los und legte fast den ganzen Weg nach Mason's Yard im Laufschritt zurück.

MICHAEL jubelte laut, als Isobel ihn in Paris anrief und erzählte, was sie in der National Portrait Gallery herausgefunden hatte. In etwas ernsterem Ton fragte er dann: „Wo liegt eigentlich dieses Godwin Magna?"

„Ich habe nachgeschaut. Etwa fünf Kilometer östlich von Dorchester."

„Ich kenne in Dorchester ein komfortables Gasthaus, ‚The Yeoman'. Am besten läßt du dort für morgen abend zwei Zimmer reservieren." Er schaute auf seine Uhr. „Ich fliege noch heute nach London zurück und werde dich morgen früh um acht Uhr mit meinem Wagen abholen. Das ist dir doch nicht zu früh, oder?"

„Du vergißt ganz, daß ich auf einem Bauernhof lebe. Für mich ist das schon mitten am Tag."

„Für meine Verhältnisse ist es, ehrlich gesagt, reichlich früh. Aber auf diese Weise schaffen wir es, gegen elf Uhr in der Grafschaft Dorset zu sein, und haben genug Zeit für alles. Das war heute erstklassige Arbeit, Detektivin Sadler. Großartig. Aber jetzt mache ich mich am besten auf den Weg. Noch etwas, bevor ich lossause?"

„Nun ja . . .", begann Isobel zögernd.

„Was ist passiert, Isobel?“

Sie berichtete, was die Angestellte im Kopierraum des Museums ihr erzählt hatte.

„Molyneux!“

„Ja, und es kommt noch schlimmer. Ich sah ihn, als ich im Begriff war, das Museum zu verlassen, und er folgte mir die Treppe hinauf bis in einen kleinen Raum, wo ich mich vor ihm versteckt hatte. Ich hatte unsere Kopien in der Hand, behauptete aber, ich hätte mir die Sargent-Ausstellung angesehen, die gerade läuft.“

„Prima! Du hast gut reagiert.“

„Lob mich bitte nicht zu früh“, widersprach Isobel. „Ich fürchte, ich bin in seine Falle getappt. Er fragte mich nach einigen Bildern von Sargent aus. Ich glaube, eines hieß ‚Lady Eden‘ und das andere so etwas wie . . . ‚Sister Alexander‘.“

„Cicely?“ Michael stöhnte unwillkürlich. „Sie stammen beide von James Whistler, einem der Hauptrivalen Sargents.“

5. KAPITEL

AM NÄCHSTEN Morgen waren sie bereits um halb neun unterwegs nach Dorchester. Es hatte wieder zu regnen begonnen, und die Scheibenwischer von Michaels Mercedes bewegten sich stetig im Rhythmus „du Croix, du Croix, du Croix“. Michael war bester Laune. Das Loch-Ness-Monster, das am Abend zuvor endlich an Land geschleppt worden war, hatte sich als eine Art Aal herausgestellt. Und Michael hatte mit Freude vernommen, daß das „Ungetüm“ drei Meter lang war und er folglich die Wette gewonnen hatte. Dadurch war er um fünfhundert Pfund reicher.

Überdies war Michael froh, daß sie nun unterwegs waren und endlich etwas tun konnten. Für ihn war es immer anregend, aus London hinauszukommen. Da er seine besten Geschäfte mit den Besitzern von Landhäusern abwickelte, die für den Rummel auf Auktionen nichts übrig hatten, war jede Fahrt aufs Land unweigerlich mit einer Neuerwerbung verbunden, mit einem guten Fang also. Wenn es doch nur heute auch so wäre!

„Glaubst du, daß Molyneux nur deshalb in der National Portrait Gallery war, um Fotokopien machen zu lassen?“

„Ich wüßte keinen anderen Grund, du etwa? Die Angestellte erwähnte außerdem, daß der Kopierer in der Woche zuvor kaputt gewesen war."

Sie fuhren schweigend weiter, lauschten den einschmeichelnden Klängen einer Kassette von Phil Collins.

Nach einer Weile wandten sie ihre Aufmerksamkeit dem nächsten Fingerzeig im Gemälde zu, der nächsten Gestalt im Uhrzeigersinn. Die entsprechenden Nachschlagewerke hatten sie dabei, sie lagen auf dem Rücksitz.

Sie erreichten die Ebene von Salisbury, wo der Wind noch stärker blies und den Regen vor sich her peitschte. Kalkfelsen tauchten hier und da in der Landschaft auf, feucht und weiß.

Die zweite Figur im Gemälde war genauso rätselhaft wie die erste: ein nackter, auf dem Boden liegender Mann, aus dessen Bauch ein Baum zu wachsen schien. Er trug das Handreliquiar. Als sie an Stonehenge vorbeifuhren, das hinter den Regenschleiern kaum sichtbar war, holte Isobel die Bücher vom Rücksitz. Sie zog eines nach dem anderen zu Rate.

Unter dem Stichwort „Baum" fand sie nur, daß er mit alten Fruchtbarkeitsriten assoziiert wurde und daß Adonis, der griechische Jüngling, einem Baum entsprungen war. Aber der stämmige Mann auf dem Gemälde war eindeutig nicht der schöne Adonis, in den sich die Göttin Aphrodite hoffnungslos verliebt hatte. Isobel schaute unter einzelnen Bäumen nach. Schließlich sagte sie: „Unter Esche nichts. Unter Buche nichts. Der Olivenbaum steht bekanntlich für Frieden und für die Weisheit. Die Eiche war Jupiter und den alten Druiden heilig . . . Nein, Eiche scheint uns auch nicht weiterzuhelfen." Sie versuchte es mit Palme. „Nichts."

„Gib's auf", sagte Michael. „Wir werden in etwa einer halben Stunde in Godwin Magna sein. Dort suchen wir gleich das Grab und schauen uns ein wenig um, dann sehen wir weiter."

Isobel warf die Nachschlagewerke auf den Rücksitz des Wagens. „Einverstanden. Und jetzt könnte ich gut eine Tasse Kaffee gebrauchen."

Sie ließen sich in Sherborne ein spätes Frühstück schmecken und fühlten sich hinterher voller Tatendrang.

Gegen Viertel nach elf bog Michael dann von der Landstraße Dorchester – Wareham ab. Er verlangsamte das Tempo, da die

Strecke nach Godwin Magna ausgesprochen kurvenreich war. Es ging allmählich immer höher hinauf, bis sie schließlich einen Höhenzug entlangfuhren, von wo sie auf beiden Seiten einen Blick auf die Hügellandschaft Dorsets hatten. Zu ihrer Rechten zogen sich grüne Wiesen sanft hinab bis hin zum Meer. Sie fuhren durch einen Weiler, der nur aus einem Lokal namens „Quiet Woman", drei grauen Steinhäusern und einem Obstgarten bestand. Kurz danach kamen sie an einem Teich vorbei, an dem sie einen Reiher aufschreckten, der so grau wie das Wasser war. Im Tal konnten sie ein kleines Dorf erkennen.

„Das muß es sein", sagte Michael.

„Stimmt, da ist ja auch die Kirche", erwiderte Isobel und deutete hinüber. „Bieg möglichst bald links ab."

Als Michael an einer Kreuzung im Dorf anhielt, prasselten die Regentropfen aufs Autodach. Sie fuhren erst nach links und dann in einer Rechtskurve an einigen Blutbuchen vorbei, ehe sie schließlich zur Kirche kamen. Dort stiegen sie aus.

Das Kircheninnere war dank der weißgetünchten Wände erstaunlich hell. Ein modernes Glasfenster zierte die Ostseite, eine abstrakte Komposition aus Rot und Blau. Doch alles übrige war sehr alt.

Plötzlich sagte Michael, der suchend umhergegangen war, halblaut: „Na also."

Isobel lief zu ihm hin.

Am Ende des nördlichen Querschiffs war ein Holzgitter angebracht, hinter dem sich eine Kapelle befand. Ganz schwach war auf dem steinernen Querbalken über dem Gitter ein eingemeißeltes Wort zu erkennen: „Goodwin". Michael bedeutete Isobel durch eine Handbewegung, in die Kapelle zu treten, und folgte ihr.

Der Kapellenraum war sehr klein, bot kaum Platz genug für ein Dutzend Leute. Es gab einen schmalen Altar mit einem schlichten Bronzekreuz und an den Wänden eine Anzahl von Grabplatten. Doch am beeindruckendsten war zweifellos das Fenster, das fast die ganze Nordwand einnahm.

„Da liegt Philip Cross begraben", sagte Isobel und trat zu einer Steinplatte. „Und seine Frau gleich neben ihm."

Sie standen dicht beieinander und entzifferten die Inschriften: Daten, Namen, ein lateinischer Spruch: *„Crux crucem sequitur."*

„Ich bin am Ende meiner Weisheit", sagte Isobel nach einer Weile. „Hier gibt's nichts, was in Zusammenhang mit Bäumen steht." Sie schaute sich noch einmal um. „Bis auf das Gitter, da es aus Holz gemacht ist. Könnte das eine Rolle spielen?"

Michael schüttelte den Kopf. „‚*Crux crucem sequitur.*' Cross folgt dem Kreuz. Ich frage mich ... Das Kreuz Christi war angeblich aus Zedernholz gefertigt, wenn ich mich nicht irre."

„Vielleicht war das ursprüngliche Gitter aus Zedernholz?" überlegte Isobel laut.

„Das wäre schon möglich. Es könnte sogar so geschnitzt worden sein, daß es weitere Anhaltspunkte enthielt. Am besten, wir gehen jetzt zum Wagen zurück und schauen in den Büchern unter dem Stichwort ‚Zeder' nach", schlug Michael vor. „Außerdem kann ich bei dieser Gelegenheit ein paar Züge rauchen. Zigarrenkistchen sind übrigens auch aus Zedernholz gemacht, das hält den Tabak frisch."

Isobel schnitt ihm eine Grimasse.

Am Auto angelangt, kramte Michael einen Regenschirm aus dem Kofferraum und spannte ihn auf. Während Isobel die Bücher vom Rücksitz nahm, zündete er seine Havanna an.

Isobel begann vorzulesen: „‚Zeder. Helles Holz von einem heiligen Baum. Nach christlicher Überlieferung war das Kreuz, an das Christus geschlagen wurde, aus diesem Holz gefertigt. Im Mittelalter tauchten angebliche Splitter des Kruzifixes überall in Europa auf und wurden als heilige Reliquien verehrt. Sämtliche Reliquiensplitter zusammengenommen würden drei Tonnen wiegen und ein Kreuz ergeben, das fünfzehn Meter hoch und neun Meter breit wäre.'" Isobel schaute auf. „Glaubst du, daß man hier in der Kirche einen Splitter des Kreuzes hatte, Michael? Vielleicht war sogar Godwin Magna auf jener silbernen Landkarte mit den Smaragden eingezeichnet."

Michael schüttelte den Kopf. „Für gläubige Menschen des Mittelalters war ein Splitter des Kreuzes weitaus wertvoller als Smaragde oder Rubine oder Silber. Er wäre in den Verzeichnissen aufgeführt gewesen. Nein, ich fürchte allmählich, daß dieses Zedernholz eine falsche Spur ist."

„Wir sollten uns an den hiesigen Pfarrer wenden", meinte Isobel. „Er könnte uns vielleicht etwas über die Kapelle verraten, was wir noch nicht wissen."

„Dasselbe habe ich auch gerade gedacht", stimmte Michael zu. „Die Pfarrei ist sicher das große Haus dort drüben."

Aber sie hatten kein Glück. Der Pfarrer werde erst abends aus Bath zurückkehren, teilte ihnen seine Haushälterin mit. Sie nannten ihr den Gasthof, in dem sie abgestiegen waren, und baten darum, daß der Pfarrer sich mit ihnen in Verbindung setzte, sobald er nach Hause kam.

„Was nun?" fragte Isobel.

„Fahren wir doch lieber zum Gasthaus, statt sinnlos im Regen rumzulaufen."

Sie fuhren nach Dorchester und bezogen in dem herrlich altmodischen „The Yeoman" zwei Zimmer. Auf Isobels Vorschlag aßen sie zuerst eine kräftige Pastete und tranken dazu Apfelwein. Gegen halb drei machten sie es sich dann in Michaels Zimmer bequem. Die Bücher hatten sie mit hinaufgenommen.

„Gehen wir's langsam an", sagte er. „Die Antwort muß hier irgendwo verborgen sein, wir müssen nur draufkommen, wo wir am besten suchen. Der Maler dieser Landschaft besaß eine überdurchschnittliche Allgemeinbildung, aber er konnte bestimmt nicht auf eine große Bibliothek zurückgreifen. Ein Adliger im ausgehenden Mittelalter besaß meist nur an die zwanzig Bücher. Die Antwort muß also einfach hier zu finden sein."

In ihre Lektüre vertieft, saßen sie eine Weile schweigend da und tranken Kaffee, den sie von unten mitgebracht hatten, während der Regen gegen die Fensterscheiben trommelte. Vom Zimmer aus hatte man einen weiten Blick über die roten Ziegeldächer Dorchesters. Nach einer halben Stunde stand Isobel auf, reckte sich und ging zum Fenster hinüber.

„Heureka!" rief Michael plötzlich.

Sie wandte sich um. „Hast du eine Spur?"

Er hielt Gertrude Saxls „Ikonographie Christlicher Kunst" hoch. „Bei ‚Baum' steht hier unter anderem: siehe unter ‚Jesse'." Er lächelte zufrieden und versuchte, wie Isobel die Brauen hochzuziehen.

Sie lehnte sich abwartend gegen das Fensterbrett.

Er las vor: „‚Jesse, Baum des (Stamm des). Die Prophezeiung Jesajas, daß ein Messias aus der Familie Jesses, des Vaters von David, entspringen würde, wurde im Mittelalter bildlich als Stammbaum dargestellt. Ein Baum wächst aus Jesses Lenden, auf dessen Zweigen Christi Vorfahren zu erkennen sind.'"

„Volltreffer!" rief Isobel begeistert. „Ein Jesse muß hier irgendwo in der Kirche begraben sein."

Also ging es wieder in den Regen hinaus nach Godwin Magna. In der Kirche untersuchten sie jede Steintafel und jedes Grab in der Erwartung, einen Hinweis auf einen Jesse zu entdecken. Doch ohne Erfolg.

„Versuchen wir es draußen auf dem Friedhof", schlug Michael schließlich vor.

Sie gingen durch das hohe nasse Gras zwischen den Grabsteinen, die nur mühsam zu entziffern waren. „Fahr die Buchstaben mit den Fingern nach, Michael, wenn du nichts lesen kannst", riet Isobel. „Das hilft vielleicht."

Systematisch überprüften sie alle Gräber. Fünf Namen konnten sie nicht entziffern, doch die Lebensdaten auf den Grabsteinen wiesen auf einen viel späteren Zeitraum als das 16. Jahrhundert hin.

Michael steckte die Hände in die Hosentaschen und starrte die Kirche an. „Ich weiß nicht, wie's dir geht, aber ich habe das Gefühl, auf der Leitung zu stehen. Sicher wäre unser nächster

Schritt schon klar vorgezeichnet, wenn wir nur richtig hinschauten."

„Könnte uns vielleicht die nächste Figur, der nächste Anhaltspunkt, weiterhelfen? Vielleicht führt er uns zu Jesse zurück."

Michael nickte. „Das ist auf jeden Fall einen Versuch wert. Gehen wir zum Auto."

Sie setzten sich in den Mercedes und vertieften sich in die Fotografie des Gemäldes.

„Hm", meinte Michael schließlich gedehnt. „Ich kapiere immer noch nichts. Die nächste Figur sieht wie ein Geist aus." Die Gestalt war so bleich wie ein Toter. Sie hielt einen Meßkelch. Ein stümperhaft gemaltes Tier, eine Art Fabelwesen mit drei Köpfen, ruhte zu ihren Füßen.

„Falls diese Figur wirklich ein Geist ist", überlegte Isobel laut, „dann deutet das doch auch auf ein Grab oder einen Friedhof hin, nicht wahr? Vielleicht hat man die Kirche seit dem 16. Jahrhundert umgebaut und dadurch eine Krypta oder Gruft zugemauert."

Michael verschwand wieder in der Kirche. Er blieb dort mehrere Minuten, bevor er zurückkam. „Merkwürdig", sagte er. „Ich habe überall nachgeschaut, konnte aber nirgends etwas Schriftliches über die Kirche finden. Normalerweise liegen in solchen alten Dorfkirchen immer kleine Broschüren aus, die etwas über ihre Geschichte erzählen. Auf diese Weise hätten wir vielleicht erfahren können, ob die Kirche irgendwann einmal umgebaut wurde." Er schaute auf die Uhr. „Kurz nach sechs. Sicher zu spät für die hiesige Bücherei, aber morgen früh gehen wir als erstes dorthin. Im Idealfall entdecken wir dort interessante Aufzeichnungen. Am besten gehen wir jetzt ins Hotel, nehmen ein schönes heißes Bad, einen großen Whisky, eine noch größere Zigarre und genehmigen uns das beste Abendessen, das wir kriegen können."

„Bei drei der vier Vorschläge sage ich nicht nein. Aber ich muß vorher noch Tom anrufen. Hoffentlich war sein Tag besser als unserer."

Es war kurz vor acht, als sich Isobel zu Michael an die Hotelbar setzte. „Was gibt's Neues vom Gehöft Sadler?" erkundigte sich Michael. „Alles okay?"

„Ja, Gott sei Dank. Das Getreide hat zwar etwas unter Hagelschlag gelitten, aber sonst läuft alles bestens."

Michael hielt nach einem Ober Ausschau und signalisierte ihm, die Speisekarten zu bringen.

„Ich schlage Steaks vor", sagte er. „Nach einem Tag wie diesem braucht der Mensch einfach etwas Kräftiges." Als sie nickte, fügte er hinzu: „Und einen schönen schweren Burgunder." Er griff in seine Jackettasche und holte eine Zigarre heraus.

Blitzschnell legte Isobel ihre Hand über die Streichholzschachtel auf der Theke. „Zigarren sind schlecht für dich. Langfristig setzt du damit dein Leben aufs Spiel."

„Würdest du mich vermissen?"

„Ich würde weder die Zigarrenasche noch den Rauch, noch den Geruch vermissen. Und jetzt erzähl mir, ob du in den Büchern auf etwas Neues gestoßen bist."

„Ich schaute bei verschiedenen Tieren nach und fing mit Katzen an. Fehlanzeige, aber beim Stichwort ‚Hund' wird ein dreiköpfiges Monster erwähnt, das halb Hund, halb Mensch ist. Es symbolisiert Klugheit. Und dann gibt's noch den vielköpfigen Hund, den Zerberus."

„Mr. Whiting?"

Michael war erstaunt, seinen Namen zu hören, und drehte sich um. Vor ihm stand ein Mann in schwarzem Anzug.

„Arthur Fleming, Pfarrer von Godwin Magna", sagte er und streckte Michael die Hand hin. „Ich rief zu Hause an, bevor ich von Bath wegfuhr, und meine Haushälterin teilte mir mit, daß Sie mich sprechen wollten. Da habe ich mir gedacht, ich schaue mal schnell hier rein, statt zu telefonieren." Er lächelte. „Womit kann ich Ihnen behilflich sein?"

Michael stellte Isobel vor und sagte dann: „Vielen Dank, Herr Pfarrer, daß Sie sich die Mühe machten. Kann ich Ihnen einen Drink anbieten?"

„Ja, gerne. Einen trockenen Sherry, wenn ich bitten darf."

Michael bestellte den Sherry und wandte sich dann an den Pfarrer. „Ich bin Londoner Kunsthändler, Herr Pfarrer, und bekam ein Gemälde angeboten, das vielleicht etwas mit der Goodwin-Cross-Sippe zu tun hat. Nun stelle ich Nachforschungen über die Familie an und bin natürlich auch an der Familienkapelle in Godwin Magna interessiert. Wann und warum wurde sie gebaut? Und wurde sie vielleicht in späteren Jahren umgebaut?"

Der Sherry wurde gebracht, und Arthur Fleming probierte ein Schlückchen. „Ausgezeichnet. Nun, wir sind recht stolz auf die Kirche und die Kapelle. Die Kirche wurde im 14. Jahrhundert errichtet. Das Taufbecken ist das älteste in der Grafschaft und stammt aus dem 16. Jahrhundert. Das Ostfenster hat der Engländer Wystan Cadie gestaltet, ein Schüler Chagalls, es ist folglich modern, wie Sie bestimmt schon gemerkt haben. Natürlich ist es schade um das Jesse-Fenster in der Kapelle, aber man kann eben nicht alles haben. Nun zur Familie Cross . . ."

Da Michael gerade einen Schluck Whisky trank, hakte Isobel sofort nach. „Was meinen Sie mit Jesse-Fenster?"

„Das hohe Fenster in der Kapelle, Sie können es gar nicht übersehen haben. Es dominiert alles andere. Im Mittelalter besaß es Scheiben mit wunderbarer Glasmalerei, die Jesse zeigte, aus dem ein Baum mit den Vorfahren Christi auf den Zweigen wuchs. Die Bildlegende mußte man von unten nach oben lesen, wie bei allen farbigen Glasfenstern. Im Britischen Museum kann man sich eine Zeichnung von unserem Fenster ansehen. Doch das Glas selbst wurde leider im Bürgerkrieg zerstört. Die Familie Cross war natürlich königstreu . . . Tja, später setzte man das schlichte Fensterglas ein, das Sie noch heute sehen. Ein Jammer!"

Mit Herzklopfen erkundigte sich Michael: „Wann genau wurde das ursprüngliche Fenster zerstört? Können Sie sich an die Jahreszahl erinnern?"

„Es war um 1640. Doch das steht alles in der Broschüre . . ."

„Aber wo sind denn diese Broschüren? Ich habe überall gesucht, aber es schien keine einzige mehr dazusein."

Fleming kniff die Augen halb zu. „Was? Keine einzige? Das ist ja merkwürdig. Ich kann gerade noch verstehen, daß Leute Gemälde aus Kirchen stehlen oder silberne Meßkelche, aber Broschüren! Wer, in aller Welt, tut denn so was?"

Michael schaute Isobel an: Molyneux! dachten sie beide. Offenbar will er damit verhindern, daß jemand auf dieselbe Spur kommt!

„Gibt es denn keine anderen Broschüren? Vielleicht im Pfarrhaus?"

„Ich wünschte, es wäre so. Wie unangenehm! Alle noch vorhandenen Exemplare lagen in einer Schachtel unter dem Tisch in der Kirche. Ist die Schachtel auch verschwunden?"

Michael nickte.

„Was können Sie uns noch über die Familie erzählen?" fragte Isobel.

„Die Goodwins waren ursprünglich Händler und stammten aus Bristol. Sie importierten Wein aus Frankreich. Wegen ihrer Beziehungen zu Frankreich waren die frühen Generationen nicht gerade beliebt bei Heinrich VIII. Die Crosses errangen dann zwar die Gunst von Charles I., doch das schadete ihnen später sogar eher. Gegen Ende des 18. Jahrhunderts starb die Familie aus." Fleming schaute auf seine Armbanduhr. „Oh, es ist schon fast halb neun, ich glaube, ich muß weiter."

Michael stand auf und streckte ihm lächelnd die Hand hin. „Danke! Sie haben uns sehr weitergeholfen. Morgen gehen wir nochmals in die Kirche und schauen uns das Fenster an, von dem Sie uns erzählt haben."

„Ausgezeichnet!" sagte Fleming. „Ich wünsche Ihnen eine gute Nacht." Und weg war er.

Isobel und Michael gönnten sich ein vorzügliches Abendessen. Bei einem Glas Burgunder sagte Michael dann: „Molyneux arbeitet mit allen Tricks. Sicher wurde das Jesse-Fenster in den Broschüren erwähnt, Isobel. Dadurch, daß er sie klaute, hat er nun wieder einen Tag Vorsprung."

Isobel strich sich die Haare aus dem Gesicht. „Wird uns das Fenster etwas verraten? Ich meine, vielleicht war nur die Glasmalerei aufschlußreich. Wenn ja, müßten wir doch gleich nach London zum Britischen Museum zurückfahren. Vielleicht gab's was im Fenster, das nicht einmal auf der Zeichnung existierte."

Michael schnaubte. „Warum so pessimistisch? Schließlich sind wir heute doch ein Stückchen vorangekommen." Er schenkte Burgunder ein. „Ich finde, du mußt jetzt erst einmal ein anderes Rätsel lösen. Es geht um Miß Isobel Sadler. An die Dreißig, wie ich schätze, höchst ansehnlich und, wie ich weiß, eine Bäuerin, das behauptet sie jedenfalls, obwohl sie mit dem Herzen nicht ganz dabei ist. Der einzige Mann in ihrem Leben scheint ein Verwalter namens Tom zu sein. Irgend etwas fehlt da."

Ihre blauen Augen glänzten. Sie nahm ein Messer und grub mit der stumpfen Seite eine Furche in die Tischdecke. „Warum bist du bloß so gräßlich neugierig, Michael?" Sie spielte weiter mit dem Messer. „Also gut. Früher war ich nicht besonders ehrgeizig und hatte deshalb auch nie eine rechte Vorstellung von meiner beruflichen Zukunft. Bis ich dann einmal zu Ostern in Rom auf dem Petersplatz war. Zufällig kam der Papst sehr dicht an mir vorbei. Ich fotografierte drauflos, als plötzlich ganz in meiner Nähe jemand zu schreien anfing, und dann knallte ein Schuß. Ich war so nah dran, daß ich einen Moment förmlich erstarrte. Als ich mich zur Seite drehte, stand da der Mann mit der Waffe. Ich fotografierte ihn, als er gerade zum zweitenmal zielte, ehe die Polizei sich einen Weg zu ihm bahnen konnte. Er feuerte. Ich erinnere mich noch deutlich, wie er seinen Arm ausstreckte und wie häßlich die Waffe aussah. Die Leute schrien auf, und dann begrub eine ganze Woge von Menschen den Mann unter sich."

„Du mußt halb tot vor Angst gewesen sein."

Isobel ging nicht darauf ein, sondern erzählte weiter: „Inzwischen hatte ich mich wieder zum Papst umgedreht, der tatsächlich verletzt war. Unter dem Arm färbte sich seine Soutane rot. Sein Käppchen war heruntergerutscht. Ich fotografierte ihn, als er zusammenbrach, und dann nochmals, als man ihn forttrug. Nie zuvor in meinem Leben hatte ich so einen kühlen Kopf behalten. Ich ging in eine Bar, suchte im Telefonbuch die Nummer des römischen Auslandsbüros einer englischen Tageszeitung heraus und rief dort an. An dem Geld war ich gar nicht so interessiert, aber ich war Augenzeuge eines wichtigen Ereignisses gewesen und hatte es mit der Kamera festgehalten. Mich interessierte, was nun damit geschehen würde."

„Und?"

„Meine Fotos kamen ganz groß heraus. Auf der Titelseite einer Londoner Zeitung am nächsten Tag, am Tag darauf überall in der Welt. Von einem Teil des Honorars kaufte ich mir eine bessere Kamera, mit dem Rest ging ich auf Reisen. In den USA standen die Präsidentschaftswahlen bevor. Ich bekam nichts besonders Sensationelles vor die Linse, doch in der Endphase des Wahlkampfes war ich gerade in Washington, als ein Flugzeug über das Ende der Startbahn hinausraste und in den Fluß stürzte. Ich nahm ein Taxi zu der Brücke und fotografierte Überlebende, die im kalten Wasser schwammen. Es waren sehr dramatische Aufnahmen, und sie brachten mir tatsächlich einen festen Job bei der Zeitung ein."

Michael entging nicht, wie fest Isobel das Messer umklammerte, mit dem sie Furchen über die Tischdecke zog. Er schenkte ihr Wein nach.

„Inzwischen hatte ich mich mit einem der ausländischen Korrespondenten einer anderen Zeitung zusammengetan, der häufig über dieselben Ereignisse berichtete wie ich. Wir wurden ein Paar und ließen uns zusammen nach Beirut schicken, was sehr gefährlich war. Ständig wurden Leute entführt, und man wagte nicht, allein irgendwohin zu gehen. Tony tat es leider trotzdem. Er verließ eines Nachts das Hotel, ohne jemand Bescheid zu sagen. Vielleicht hatte er einen heißen Tip bekommen." Sie trank einen Schluck Wein. „Tony war wie vom Erdboden verschwunden. Es gab Gerüchte, daß er entführt worden war. Zu Anfang glaubte ich, er würde bald freigelassen werden. Ein Jahr verging, und ich wußte nicht, was ich tun sollte. Wenn Tonys Leiche gefunden worden wäre, hätte ich um ihn trauern können, aber so war ja alles ungewiß. Ich vermißte ihn schrecklich und schaffte es einfach nicht, das Warten aufzugeben. Statt dessen beschloß ich, dem Journalismus den Rücken zu kehren. Ich ging also auf den elterlichen Hof zurück. Dann starb Vater. Seither bin ich vollauf damit beschäftigt, mich um die Farm zu kümmern."

„Und die Trauer um Tony?"

„Das ist sehr schwer zu erklären. Immerhin rede ich nicht mehr mit ihm, innerlich, meine ich natürlich, wie ich es früher tat, aber ich habe diese Geschichte noch nicht hinter mir."

„Du brauchst nicht weiterzusprechen", sagte Michael behutsam. „Ich hatte keine Ahnung, daß meine Frage solch schmerzliche Erinnerungen wecken würde. Tut mir leid."

„Nein, nein. Merkwürdigerweise tut es mir sogar gut, darüber zu sprechen. Ich habe es bisher nie getan." Sie lächelte ihm traurig zu. „Auch Tony rauchte Zigarren."

Ein Ober kam, um die Teller abzuräumen. Michael war versucht, sich eine Zigarre anzuzünden, beschloß dann aber, dieses eine Mal darauf zu verzichten. Kurz darauf wurde ihnen der Kaffee gebracht.

„Ehrlich gesagt, liegen drei ziemlich harte Jahre hinter mir", fuhr Isobel fort. „Du hast keine Ahnung, wie mir zumute war, als du mir vom Geheimnis des Gemäldes erzähltest. Dadurch bot sich mir die erste Chance nach drei Jahren, vom Hof wegzukommen." Sie biß sich auf die Unterlippe. „Jedesmal wenn es so aussah, als ob unsere Suche am Ende wäre, bekam ich schreckliches Herzklopfen." Sie lehnte sich zurück, und Michael nahm an, daß sie keine Lust hatte, noch mehr zu erzählen. Er schlug ein Kartenspiel in der Bar vor, doch sie bevorzugte zu seiner Überraschung eine Partie Schach. Noch mehr aber staunte er, als sie ihn mit Leichtigkeit schlug.

„Das ist etwas, womit ich mich in den letzten drei Jahren viel beschäftigt habe", gab sie zu. „Man kann Partien nachspielen und sich dabei verbessern."

Gegen elf Uhr gingen sie zu Bett.

„Mir ist noch etwas eingefallen", sagte Isobel, als sie die Hand schon auf der Klinke ihrer Zimmertür hatte. „Falls Molyneux die Broschüren geklaut hat, dann kann das nur bedeuten, daß er sich verfolgt weiß. Ich habe ihn also gestern leider nicht täuschen können, und wir haben unseren einzigen Vorteil eingebüßt. Ach, Michael, es tut mir so leid."

6. KAPITEL

AM NÄCHSTEN Morgen ergoß sich Sonnenschein über die Hauptstraße von Dorchester, und Michael und Isobel fuhren zum drittenmal nach Godwin Magna. Regentropfen glitzerten in den Hecken wie tausend silberne Perlen.

In Godwin eilten Michael und Isobel durch die offene Kirchentür schnurstracks zur Kapelle. Michael hatte das Foto des Gemäldes dabei und zog es nun aus der Tasche.

Kurz darauf murmelte er enttäuscht: „Soviel ich auch darüber nachdenke, mir kommt keine Idee. Und wie ist es mit dir?"

„Laß uns ganz systematisch vorgehen", sagte Isobel.

„Wir wissen nicht, wie die Glasmalerei aussah, und können es frühestens im Britischen Museum herausfinden. Also nehmen wir doch mal an, daß wir auf das Fenster aufmerksam gemacht werden, um hinauszusehen."

Michael kletterte auf den Fenstersims und beschrieb, was er sah. „Da ist eine Reihe von Bäumen . . . dann eine Senke, die sich aber meinem Blick entzieht. Weiter oben glaube ich einige Häuser zu erkennen, aber ich bin nicht ganz sicher. Die Bäume stehen im Weg." Er kletterte wieder hinunter.

„So, und jetzt nehmen wir uns wieder die Bücher vor", sagte Isobel.

Sie gingen zum Wagen, Michael lehnte sich gegen den Kofferraum und zündete eine Zigarre an. Er wollte zunächst seiner Entdeckung vom Vorabend nachgehen, jenem kleinen Geschöpf zu Füßen der geisterhaften Gestalt, das entweder die Klugheit oder Zerberus darstellte. Zuerst versuchte er es mit der Klugheit, schüttelte aber gleich darauf den Kopf. „Die Klugheit hat Menschenköpfe." Er blätterte suchend weiter. „Das hier klingt schon besser: ‚In der griechischen Mythologie war Zerberus ein vielköpfiger Hund, meistens mit drei Köpfen und gelegentlich mit einem Schlangenschwanz. Er war der Wächter vor dem Eingang zum Hades, der Unterwelt. Auf manchen Darstellungen taucht er neben Pluto, dem Gott der Unterwelt, auf.'"

„Könnte die Unterwelt vielleicht auf eine Krypta hindeuten?" meinte Isobel zögernd.

Michael schaute zur Kirche hinüber. „Vielleicht hat es irgendwann einmal eine Krypta gegeben, aber ich habe da eher meine Zweifel. Macht es dir etwas aus, nochmals nach Dorchester zu fahren? In der dortigen Bücherei finden wir sicher eine Broschüre und vielleicht sogar andere Unterlagen über die Kirche."

Sie fuhren nach Dorchester zurück. Isobel schaute abwechselnd auf das Foto des Gemäldes, das in ihrem Schoß lag, und auf die Landschaft mit den vielen Apfel- und Birnbäumen. „Die Gestalt von Pluto ist so schlecht gemalt", sagte sie nach einer Weile. „Nicht nur seine Kutte sieht verschwommen aus, sondern er ist viel weniger strukturiert als die anderen. Es kommt mir fast so vor, als ob der Maler an der Person nicht sonderlich interessiert gewesen wäre . . . Vorsicht! Warum hältst du denn an?"

Michael hatte scharf gebremst und fuhr nun den Wagen von der Straße auf einen Feldweg, den ein Holzgatter versperrte. Dort zog er die Handbremse an und vertiefte sich in die Betrachtung des Fotos. Aufblickend nahm er ihre Hand und küßte sie. „Brillant!" rief er. „Du brauchst noch nicht auf deine Farm zurück."

„Michael! Laß bitte meine Hand los! Was habe ich denn gesagt?"

Er deutete auf die erste Figur, auf Merkur oder Philip Cross. „Gott sei Dank lernst du schnell. Schau doch mal, wie gut Merkur gemalt ist. Jedes Detail stimmt, seine Tunika mit den Flammen, sein Medaillon, damit wir erkennen, um welchen Orden es sich handelt, seine Gesichtszüge und sein Haar so akkurat, daß wir die Ähnlichkeit mit einem anderen Bild sofort sehen. Warum? Weil er, wie wir inzwischen wissen, als ganz bestimmte Person wichtig war. Und warum ist wohl Pluto so schlecht gemalt und sieht so nichtssagend aus? Weil er als Person unwichtig ist! Deshalb sollten wir uns fragen: Was war Pluto? Der König der Unterwelt. Lenkt das nicht die Aufmerksamkeit auf die ‚Oberwelt', auf den Teil des Gemäldes oberhalb Plutos? Denk daran, was der Pfarrer über die alten Fenster mit Glasmalerei gesagt hat: Sie werden von unten nach oben gelesen. Ich hatte davon schon gehört, es aber vergessen." Michael rutschte aufgeregt auf seinem Sitz herum. „Logische Schlußfolgerung: Pluto selbst ist nicht wichtig, jedenfalls nicht direkt, aber nun lies mal von unten nach oben, das einzige Fenster im Bild. Es öffnet sich auf eine Landschaft mit einem kleinen Dorf in weiter Ferne. Es hat die gleiche Form wie das Jesse-Fenster in der Kirche von Godwin Magna, ist also hoch und schmal."

Auch Isobel geriet in Aufregung. „Aber . . . du sagtest doch, du hättest kaum Häuser sehen können, als du aus dem Fenster geschaut hast."

Michael deutete auf das Foto. „Diese Bäume tragen kein Laub, was mir bisher noch nicht aufgefallen ist. Die Landschaft hinter diesem Fenster ist winterlich, während die ganze übrige Landschaft sommerlich wirkt. Stimmt's?"

Isobel nickte.

„Uns wird also damit verraten, daß diese Bauten wahrscheinlich nur im Winter vom Fenster aus sichtbar sind. Aber es dürfte keine Schwierigkeiten bereiten, sie zu finden. Vorausgesetzt natürlich, daß sie überhaupt noch existieren. Viele mittelalterliche Gemäuer gibt es bestimmt nicht mehr."

Michael holte den Straßenatlas heraus und blätterte die Seiten um, bis er Godwin Magna fand. „So, das hätten wir. Das Jesse-Fenster befindet sich in der Nordwand der Kirche, also liegt das gesuchte Dorf noch weiter im Norden, hinter einem Tal . . . da ist es – Higher Lewell! Wenn wir die nächste Straße rechts nehmen, kommen wir direkt dorthin."

Sie fanden die Straße und kamen in ein Tal hinunter, überquerten eine schmale Steinbrücke, auf der üppige Moospolster wuchsen, und fuhren wieder einen Hügel hinauf.

Higher Lewell erwies sich als ein noch kleineres Dorf als Godwin Magna. Es hatte nicht mehr zu bieten als einige Einfamilienhäuser, ein Postamt, ein Gasthaus und als einzige Besonderheit seine Ruine.

Michael bremste neben einem grünen Hinweisschild, auf dem zu lesen stand, daß die Ruine früher das Kloster Lewell gewesen war. Vor dem Aussteigen warf er noch einen Blick auf das Foto des Gemäldes.

„Nun wird's einfacher", sagte er. „Schau dir mal die nächste Figur an. Dieser Mönch trägt nicht nur das Evangeliar, sondern seine braune Kutte ist mit einem Strick gegürtet, der drei Knoten hat. Das weist ihn als einen Franziskaner aus. Und hier auf dem Schild steht, daß dies ein Franziskanerkloster war. Machen wir eine kleine Erkundungstour, aber vergiß das Foto bitte nicht."

Sie stiegen aus und folgten einem Pfad, der in die Ruine führte. Da gab es noch die Überreste einer Kapelle zu sehen, einen Kreuzgang, einen ummauerten Garten, wo die Mönche Obst und Gemüse angebaut hatten, und einige kleine dunkle Räume, wo früher Apfelwein gebraut worden war, wie auf einer Tafel zu lesen stand.

Die Tafel gab außerdem darüber Auskunft, daß Lewell früher zu einer ganzen Gruppe wohlhabender Klöster in dieser Gegend gezählt hatte – darunter Shilling und auch Monksilver –, die sich auf ärztliche Heilkunde spezialisiert hatten.

„Ich möchte nochmals das Bild sehen", sagte Michael.

Isobel reichte es ihm.

Die nächste Figur neben dem Mönch war ein alter weißhaariger Mann mit langem Bart. Er hatte einen Stab und eine Art Nachen bei sich. Zu seinen Füßen lag die Landkarte des Wahren Kreuzes. „Ich fürchte, wir müssen uns wieder in die Bücher vertiefen", sagte Michael. „Ich habe keinen blassen Schimmer, wer dieser Bursche sein soll."

„Da das Wetter inzwischen soviel besser geworden ist, brauchen wir ja nicht ins Hotel zurückzufahren", meinte Isobel. „Warum suchen wir uns nicht ein nettes Plätzchen auf einer Wiese und betreiben unsere Nachforschungen in freier Natur?"

„Das ist die zweitbeste Idee, die heute von dir kam", erwiderte Michael. „Nach der Erkenntnis, daß es Pluto an Substanz fehlt, meine ich."

Jeder von ihnen nahm ein paar Bücher. Michael schloß den

Mercedes ab, und sie gingen auf einem Pfad zwischen Wiesen entlang, bis sie zu einem Buchenwäldchen kamen. Als sie das Wäldchen durchquert hatten, bot sich ihnen ein weiter Blick über die Felder, grellgelber Raps, blaßgrüner, unreifer Weizen und hoch darüber ein gerader weißer Kondensstreifen, den ein Flugzeug wie mit Kreide am Himmel zog.

„Gefällt's dir hier?" fragte Michael.

„Herrlich. Hier kann ich das erste Sonnenbad des Jahres nehmen." Isobel warf ihren Regenmantel auf den Boden, schlüpfte aus den Schuhen und zog ihren Rock weit über die Knie hoch. Ihre Beine waren ein verführerischer Anblick.

Michael hatte eine Decke mitgebracht, die er nun ausbreitete. Mit einer Handbewegung lud er Isobel ein, darauf Platz zu nehmen, und ließ sich dann neben sie fallen. Er zündete sich eine Zigarre an.

„Wo fangen wir denn nun bloß an?" fragte Isobel. „Wir können ja nicht gut unter ‚Mann' oder ‚alter Mann' oder ‚Bart' nachschauen."

„Styx."

„Sticks?" wiederholte Isobel ratlos.

„Ich vermute, daß unsere Figur der Fährmann der Antike sein könnte, jener Greis, der die Seelen zur Unterwelt hinüberbrachte. Seinen Namen habe ich vergessen, aber ich weiß noch, daß der Fluß Styx hieß." Er buchstabierte das Wort.

Nach einer Minute verkündete Isobel: „Nein. ‚Styx' steht hier nicht drin."

„Hier auch nicht . . . Versuch's mal mit ‚Hades'."

Erneut war es still, bis auf das Gezwitscher einiger Vögel, die sich über ihnen in der Luft tummelten.

Isobel beschattete mit der Hand die Buchseite, damit sie besser lesen konnte. „‚Vor dem Eingang zum Hades hält ein dreiköpfiger Hund, Zerberus, Wache . . . Der Hades liegt auf dem anderen Ufer des Flusses Styx, über den die Seelen der Toten geleitet werden. Merkur in der Rolle des Seelenbegleiters führt die Geister der Verstorbenen von der Erde zum Hades hinunter . . .' Nein, das hilft uns nicht weiter."

„Jetzt ist die Reihe an mir", sagte Michael. „Wenn ich mich doch nur an den Namen des Fährmanns erinnern könnte . . . Das würde uns viel Mühe ersparen." Er blätterte in seinem Buch, während Isobel sich auf den Rücken rollte und zum Himmel hinaufschaute, wo Lerchen und Schwalben, graue und weiße Tauben umherschwirrten.

„Michael, spielt es wirklich eine Rolle, daß wir den Namen dieser Figur nicht kennen? Wie er auch heißt, er ist schließlich ein Fährmann. Das bedeutet doch wohl, daß der nächste Hinweis an einem Fluß zu finden ist. Die nächste Figur ist ein Wassermann, und das soll uns sicher darauf hinweisen, daß wir flußabwärts in Richtung Meer statt flußaufwärts oder gar zum anderen Ufer gehen sollten", gab Isobel zu bedenken.

„Stimmt." Michael stand auf und hielt Isobel die Hand hin, um sie hochzuziehen. „Gehen wir in das Gasthaus im Dorf. Ein kleiner Drink hilft vielleicht unserem Verstand auf die Sprünge."

Sie machten sich auf den Rückweg durch den Buchenhain und dann zwischen Feldern die Anhöhe hinauf. Die Sonne stand inzwischen hoch am Himmel, und es war so heiß geworden, daß Michael sein Jackett auszog und es sich über die Schulter hängte. Als sie die Straße erreichten, wollten sie gleich zum Gasthaus statt zum Mercedes gehen. Ein Postauto kam ihnen entgegen, und sie traten an den Rand der Fahrbahn, um es vorbeizulassen. Isobel schaute dem Wagen nach in Richtung Klosterruine.

„Michael!" rief sie plötzlich. „Michael, dein Auto!"

Er fuhr herum. „Verdammt!" rief er und rannte los. Der Kofferraum, den er abgeschlossen hatte, stand nun weit offen. Isobel eilte hinter ihm her.

Sobald er das Auto erreicht hatte, durchsuchte er hastig die Landkarten und Kunstführer, die er immer dabeihatte.

„Fehlt etwas?" erkundigte sich Isobel besorgt.

Er richtete sich auf. „Nichts, soweit ich sehen kann. Seltsam." Beide waren erleichtert, aber nur bis Michael den Kofferraumdeckel schloß. Der Lack rings um das Schloß war übel zerkratzt und abgesplittert, das Blech war teilweise eingebeult. „Jemand hat ihn gewaltsam geöffnet . . ."

„Und nichts gestohlen nach alldem Aufwand?"

„Vielleicht haben wir den Täter dabei gestört." Er umkreiste das Auto, um die Türen zu überprüfen. Sie waren versperrt, die Fenster intakt. „Legen wir die Koffer ins Wageninnere, und dann binde ich beim Gasthaus den Kofferraumdeckel fest, damit er nicht immer auf- und zuklappt."

Langsam fuhren sie die kurze Strecke zu dem Lokal, wo Michael so nah wie möglich am Eingang parkte, damit er den Mercedes vom Fenster aus sehen konnte. Isobel ging schon hinein, um das Essen zu bestellen, während Michael den Kofferraumdeckel festband.

Zu Ehren der einstigen Klosterbrauerei bestellten beide Apfelwein. Michael hob das Glas an die Lippen und nahm einen tiefen Schluck. „Köstlich! Bei Sonnenschein schmeckt er ja noch besser." Er schaute Isobel lächelnd an. „Na, wo sind wir?"

„Nicht so weit, wie du denkst, Michael. Während du mit dem Wagen beschäftigt warst, habe ich im Buch unter ‚Fluß' nachgeschaut. Ich lese es rasch vor: ‚Die vier Flüsse des Hades waren Acheron, Kokytos, Phlegethon und Styx. Der antike Fährmann über den Styx war Charon . . .'"

„Charon! Wie konnte ich das nur vergessen? Warum bist du so pessimistisch?"

„Weil ich mich bei dem Mann hinter der Theke nach dem nächstgelegenen Fluß erkundigte. Aber es gibt hier keinen. Der nächste fließt komischerweise ausgerechnet durch Godwin Magna. Vielleicht hat dieser Charon noch eine andere Bedeutung, vielleicht fungiert er als eine Art Grenze zwischen einer Welt und der nächsten, um es mal so auszudrücken."

„Nein, das glaube ich nicht. Du darfst auch nicht den nächsten Fingerzeig vergessen, den Wassermann. Das heißt bestimmt, daß wir uns auf einen Fluß konzentrieren sollen."

In diesem Moment tauchte der Gastwirt mit zwei Käseplatten, Brot und Salat auf.

„Hör mal, da ist noch etwas", sagte Isobel, nachdem sie wieder ungestört waren. „Ich glaube nicht, daß es ein ganz gewöhnlicher Dieb war, der deinen Wagen aufbrach."

„Worauf willst du hinaus?"

„Dies ist schließlich nicht der erste Einbruch, bei dem nichts entwendet wurde. Meiner Ansicht nach war es Molyneux."

„Geht da nicht die Phantasie mit dir durch, Isobel?" fragte Michael kopfschüttelnd.

„Wieso denn? Schließlich wurden die Kirchenbroschüren gestohlen, und das kann nur eines bedeuten: Molyneux weiß, daß wir ihm dicht auf den Fersen sind."

„Nein, das muß es nicht bedeuten. Es stimmt, daß er dich in

der National Portrait Gallery gesehen hat. Und er hat wohl auch gemerkt, daß du ihn bei der Gelegenheit angeschwindelt hast. Aber von da bis zu der Annahme, er habe meinen Mercedes aufgebrochen, ist noch ein weiter Weg. Es ist mein Auto, vergiß das nicht. Wieso soll er dich mit mir in Verbindung bringen?"

„Vielleicht ist er mir bis zu deiner Galerie in Mason's Yard gefolgt. Oder er hat im Besucherregister in der National Portrait Gallery nachgesehen, wo ja dein Name neben meinem steht."

„Aber warum sollte er mein Auto aufbrechen und nichts nehmen?"

„Michael! Er suchte natürlich das Gemälde. Er konnte sehen, daß es nicht im Wageninnern war. Dies erklärt weiter, warum er nichts klaute, nachdem er den Kofferraum gewaltsam geöffnet hatte. Das einzige, was er wollte, war nicht da."

Sichtlich beeindruckt schaute Michael Isobel an. Ihre Augen leuchteten.

„Zweierlei kann ihn dazu bewogen haben", sagte er nach einer langen Pause stillen Nachdenkens. „Entweder er wollte uns einfach nur unsere ‚Schatzsuchkarte' wegnehmen. Oder aber Molyneux ist inzwischen der Ansicht, daß sein Foto des Bildes nicht gut genug ist, um damit dieses Rätsel lösen zu können."

„Ganz genau", stimmte Isobel zu und hob ihr Glas Apfelwein an die Lippen.

Michael hing seinen Gedanken nach. Vor einiger Zeit war bei ihm in der Galerie eingebrochen worden, und er verspürte nun wie damals ein Gefühl des Ausgeliefertseins. Als er sich erneut vergegenwärtigte, wie sehr sein Wagen beschädigt worden war, und noch dazu am hellichten Tag, da begann sich in ihm nicht nur Zorn zu regen, sondern auch Furcht.

Isobel brach das Schweigen. „Angenommen, Molyneux ist zur gleichen Schlußfolgerung gelangt wie wir, daß der nächste Anhaltspunkt etwas mit einem Fluß zu tun hat. Da es hier keinen Fluß gibt, kann das nur bedeuten, daß wir einen winzigen Hinweis übersehen haben – einen entscheidenden Fingerzeig, der auf dem Foto nicht existiert, sondern nur auf dem Gemälde selbst."

Michael dachte nach. Er versuchte, nicht mehr an Molyneux zu denken, sondern sich ganz auf das Bild zu konzentrieren. „Ich wüßte nicht, was auf dem Gemälde sein könnte, was auf dem Foto jedoch fehlt. Es sei denn, die Farbe ist von Wichtigkeit. Gemälde sehen im Original oft ganz anders aus als auf Abbildungen." Plötzlich legte er sein Messer aus der Hand. „Ich hab's! Das Gemälde verbirgt den nächsten Fingerzeig ebenso wie das Foto. Aber ein Gemälde kann gereinigt werden! Ja, das muß es sein."

Er betrachtete erneut das Foto und vertiefte sich in jedes Detail. Nach einigen Minuten schob er das Bild zu Isobel hinüber. „Schau dir mal den an, den Mönch, der vor Charon an der Reihe war. Den Franziskaner."

Isobel beugte sich vor, um das Foto besser im Blick zu haben, während Michael weiterredete. „Bemerkst du, wie der Mönch nach unten schaut? Ich hatte angenommen, daß dies Demut ausdrücken soll. Aber er könnte auch etwas auf der Erde fixieren. Pluto und Jesse schauen ebenfalls zu dieser Stelle hin. Das Bild wirkt genau dort irgendwie verschwommen."

Michael aß das letzte Stückchen Käse und legte dann auch die Gabel beiseite. „Ich schlage vor, daß wir jetzt gleich nach London zurückfahren. Wenn Molyneux meinen Wagen gewaltsam öffnet, schreckt er auch nicht davor zurück, in meine Galerie einzubrechen."

Während Isobel beim Gastwirt bezahlte, rief Michael in seiner Galerie an. Niemand hob ab.

„Höchst merkwürdig", sagte er zu Isobel, die schon am Wagen auf ihn wartete. „Eigentlich müßte jemand dasein."

Bei einer Tankstelle an der Schnellstraße hielten sie an, und Michael versuchte erneut, telefonische Verbindung mit seiner Galerie zu bekommen, doch ohne Erfolg. Obwohl sie beide wußten, daß Molyneux London noch nicht erreicht haben konnte, wuchs ihre Besorgnis.

Es war schon fast 18 Uhr, als sie in Mason's Yard eintrafen. Von außen sah es so aus, als sei alles in bester Ordnung. Es gab keinerlei Anzeichen von Gewaltanwendung.

Sie stiegen zu Gregory Woods Büro hinauf, wo der Safe installiert war. Michael schwang ein Bücherregal beiseite, hinter dem der Safe versteckt war, und probierte mit seinen Schlüsseln die zwei Schlösser. Schließlich öffnete sich die Safetür.

Das Gemälde war noch da.

„Gott sei Dank!" seufzte Isobel auf.

Michael nahm das Bild heraus und legte es auf einen Tisch. Er untersuchte die Stelle zu Füßen des Franziskaners. „Ja", sagte er nach einem Moment. „Hier ist die Leinwand tatsächlich verschmutzt. Etwas ist verborgen. Hier lugt etwas Gelbes oder Goldenes durch, siehst du?"

Isobel beugte sich dicht über die „Lügenlandschaft". „Was kann man da tun?"

Michael schaute auf seine Armbanduhr. Kurz vor halb sieben. „Mein Restaurator hat für heute leider schon Feierabend, aber wir gehen gleich morgen früh zu ihm. Danach müssen wir ein paar Tage warten."

„Wie frustrierend!" stöhnte Isobel.

„Ich weiß, aber tröste dich damit, daß Molyneux noch frustrierter sein wird. Schließlich hat er kein Gemälde, das er reinigen lassen kann."

„Das macht ihn um so gefährlicher. Michael, wir müssen jetzt sehr aufpassen."

„Ganz meine Meinung. Deshalb lasse ich das Gemälde heute nacht auch nicht hier, sondern nehme es mit zu mir nach Hause."

„Wirklich? Du wohnst doch allein, oder? Unterschätz Molyneux nicht."

„Soll das heißen, daß du das Bild mitnehmen willst, Isobel?"

„Nein. Ich bin der Meinung, daß zwei Leute mehr Sicherheit bieten als nur einer. Wir könnten die Nacht hindurch abwechselnd wach bleiben." Isobel schaute ihn fest an. „Ich lade mich selbst ein, heute bei dir zu übernachten."

Michael schluckte. Einerseits hielt er Isobels Besorgnis für übertrieben, andererseits mußte er zugeben, daß es tatsächlich nicht ausgeschlossen war, daß Molyneux noch an diesem Abend das Bild in seinen Besitz bringen wollte, und er würde notfalls auch Gewalt anwenden. Also sagte Michael mit einer einladenden Geste: „Du bist mir herzlich willkommen."

Sie verstauten das Bild vorsichtig in einer schwarzen Lederhülle, schlossen den Safe und schalteten die Alarmanlage ein. Auf dem Weg zu Michaels Haus am Justice Walk holten sie etwas zum Essen in einem chinesischen Restaurant. „Als Junggeselle habe ich in meinem Kühlschrank nur traurige Reste", erklärte Michael. „Doch jetzt sind wir ja gut versorgt und brauchen nachher nicht mehr wegzugehen."

Sein Zuhause wirkte friedlich und unberührt. Nachdem sie ihre Koffer, das Gemälde und das chinesische Essen aus dem Wagen ins Haus getragen hatten, verriegelten sie die Eingangstür.

Am Tisch im Wohnzimmer ließen sie sich Glasnudeln und pikantes Rindfleisch schmecken, und als sie es sich danach auf dem Sofa bequem machten, meinte Isobel: „Ich möchte zu gern etwas mehr über Michael Whiting und die Galerie hören. Wie kam es, daß du Kunsthändler wurdest?"

„Eigentlich durch Zufall", erwiderte Michael. „Ich wollte Musiker werden. Ich gehöre zu den Menschen, die von Natur aus musikalisch begabt sind, und spielte schon früh Cello. Aber außerdem begann ich schon in meiner Jugend, alte Stiche zu sammeln, ich besuchte Antiquitätengeschäfte und Londoner Auktionen. Sobald ich ein bißchen Geld zusammengespart hatte, fing ich an Porträts zu sammeln. So entstand allmählich eine beachtliche Kollektion. Mit einundzwanzig dann machte ich zum erstenmal Skiferien. Ich war damals blutiger Anfänger und stellte mich recht ungeschickt an. Ich stürzte einem anderen Skiläufer vor die Füße, und dessen Stahlkante schlitzte mein Handgelenk auf . . ."

Isobel zuckte unwillkürlich zusammen.

„Die Knochen waren gebrochen, die Sehnen fast ganz durchtrennt. Es dauerte Monate, bis alles verheilt war. Inzwischen hatte man meinen Studienplatz an der Musikhochschule weitervergeben. Ich spielte nie wieder Cello. Das einzige, womit ich mich sonst noch auskannte, war die Welt englischer Jagdszenerien auf Bildern des 17. und 18. Jahrhunderts. Und so bewarb ich mich bei Sotheby's, obwohl ich meine linke Hand immer noch nicht richtig gebrauchen konnte. In jenen Tagen fing man dort am Eingangsschalter an, wo Bilder entgegengenommen wurden, die geschätzt werden sollten. Schon in meiner ersten Woche tauchte jemand mit einem großen Gemälde auf – nie im Leben werde ich's vergessen –, das einen Reiter hoch zu Roß darstellte. Der Besitzer nahm an, daß das Bild nur ein paar hundert Pfund wert sei. Stelle dir sein Erstaunen vor, als sich das Gemälde als ein seit langem verschollenes Werk des italienischen Barockmalers Guido Reni entpuppte. Seine Verblüffung kannte keine Grenzen, als es dann drei Monate später für 1,8 Millionen Pfund versteigert wurde. Ich war natürlich genauso perplex, und dieser eine Zwischenfall elektrisierte mich förmlich. Seither ist der Kunsthandel mein Leben."

„Wie hast du Greg Wood getroffen?" fragte Isobel.

„Er war als Bankfachmann für Sotheby's tätig gewesen und hatte auch den Bazillus im Blut. Wir wurden so gute Bekannte, daß er mir einige Zeit später den Vorschlag machte, ob ich nicht mit ihm eine Galerie eröffnen wollte, wenn er das nötige Startkapital zusammenbrachte. Ich war sofort dabei. In der Branche wurde Whiting & Wood schließlich zu einem Begriff. Greg ist fabelhaft, was die Finanzen betrifft, und ich habe ein Händchen für die Bilder."

Michael zeigte Isobel seine Sammlung von Kuriositäten, die mit Glücksspiel und Wetten zusammenhingen. Er nahm ein vergilbtes Papier in einem Goldrahmen von der Wand. „Wenn wir genug Zeit hätten, könnten wir die Nadelstiche in diesem Papier zählen. Es handelt sich um die berühmtesten Nadelstiche in der Geschichte ungewöhnlicher Wetten."

„Warum?"

„Zu Beginn der Französischen Revolution hat ein Adliger mit einem anderen gewettet, daß er eine halbe Million Löcher in ein Papier stechen könnte, ehe dieser von Paris nach Versailles und zurück geritten sein würde. Wie du siehst", sagte Michael und hängte den Rahmen an seinen alten Platz, „hat der Mann seine Wette gewonnen."

Isobel starrte kopfschüttelnd das Papier an. „Nicht zu glauben!" flüsterte sie. „So was Dämliches."

Die ganze Nacht hindurch bewachten sie das Gemälde. Michael ließ Isobel zuerst zu Bett gehen, während er sich auf das Sofa im Wohnzimmer legte und Videos mit alten Filmen anschaute, um nicht einzuschlafen. Er rauchte zwar noch, tat es aber irgendwie verstohlen, obwohl ihm Isobel nicht dabei zusah.

Als der erste Film zu Ende war, beschloß Michael, sich erst einmal Kaffee zu machen, bevor er sich den nächsten ansah. In der Küche entdeckte er, daß gerade noch für eine Tasse Pulverkaffee da war. Das leere Glas wollte er in den Mülleimer werfen, doch dieser quoll schon über und mußte dringend geleert werden. Michaels Mülltonne war draußen in einem kleinen Verschlag neben dem Eingang untergebracht. Er öffnete leise die Haustür und spähte hinaus. Als er nach links in Richtung Lawrence Street schaute, verschwand gerade eine Gestalt aus seinem Blickfeld hinunter zum Fluß.

Michaels Puls beschleunigte sich. Seine Armbanduhr zeigte schon halb zwei Uhr morgens. Reichlich spät für irgendwelche Herumtreiber, aber dies hier war schließlich die Großstadt London. Michael traute trotzdem dem Frieden nicht. Er stellte den Abfalleimer im Flur ab, trat hinaus, schloß die Haustür hinter sich zweimal ab und rannte zur Lawrence Street.

Von dort starrte er zum Fluß hinüber. Verschwand da gerade eine Gestalt in dem kleinen Park, der zwischen den Häusern und dem Flußufer lag?

Er spurtete den Rest der Strecke zum Park, aber als er dort ankam, war keine Menschenseele zu sehen. Oder lag da nicht jemand auf einer Bank?

Ein Wagen flitzte die Uferstraße entlang, und seine Scheinwerfer tauchten die Bäume des Parks in gleißendes Licht. Für einen Sekundenbruchteil war die Bank gut erkennbar. Tatsächlich, dort lag eine Gestalt. Er schlich näher. Als er nur noch knapp fünf Meter entfernt war, bestand kein Zweifel mehr. Der Alkoholdunst, der von der Bank ausging, konnte nur bedeuten, daß dort ein Betrunkener schlief.

Nun packte Michael ein anderer Schrecken, denn er hatte ja Haus und Gemälde unbewacht zurückgelassen. Er machte auf dem Absatz kehrt und rannte die Lawrence Street zurück zum Justice Walk. Hastig schloß er die Haustür auf und eilte ins Wohnzimmer, wo er das Gemälde zu seiner großen Erleichterung unversehrt vorfand.

War es wirklich Molyneux gewesen, den er in der Lawrence Street gesehen hatte?

Gegen vier Uhr früh brachte er Isobel eine Kanne Tee ans Bett und weckte sie. Er zeigte ihr, wie der Videorecorder zu bedienen war, dann ging er ins Bett.

Er erzählte Isobel nichts von seinem nächtlichen Ausflug, denn es reichte schon, wenn er sich Sorgen machte. Aber er hatte das Gemälde mit hinaufgenommen und unter sein Bett geschoben. Er konnte lange nicht einschlafen, da das Abbild der schemenhaften Gestalt, die zum Fluß hin entwichen war, immer wieder vor ihm in der Dunkelheit auftauchte.

7. KAPITEL

ALS MICHAEL gegen acht Uhr morgens erwachte, stieg ihm gleich aromatischer Kaffeeduft in die Nase. In Windeseile duschte und rasierte er sich, zog sich an und ging nach unten.

„Setz dich bitte", sagte Isobel, als Michael die Küche betrat. Der Tisch war schon gedeckt. „Du scheinst keinen Pulverkaffee mehr zu haben, doch ich habe im Kühlschrank noch eine Dose mit Kaffeebohnen entdeckt. Und ein paar Tomaten und Eier. Wir essen Omeletts."

Michael trank Kaffee und dachte sehnsüchtig an eine Zigarre, überwand sich dann aber doch und verzichtete vorläufig auf das Rauchen. Geschickt ließ Isobel die goldbraunen Omeletts aus der Pfanne auf zwei Teller gleiten.

„Wie sieht unser heutiger Plan aus?"

„Ich muß erst ein paarmal telefonieren, bevor ich es genau weiß, aber heute nacht habe ich mir überlegt, daß es zu riskant wäre, dieses Bild meinem Restaurator zu übergeben. Er wohnt nicht weit entfernt, also könnte Molyneux ihn aufspüren."

Er nahm einen Bissen von dem Omelett und leckte sich die Lippen. „Ausgezeichnet, wie im Viersternerestaurant. Rita Hayworth konnte garantiert nicht so gut kochen. Isobel, ich habe noch eine Restauratorin in Reserve, da sich der alte Julius bald zur Ruhe setzen wird. Sie heißt Helen Sparrow und lebt in East Anglia. Falls sie Zeit hat und über das Wochenende an unserem Bild arbeitet, ist es mehr als unwahrscheinlich, daß Molyneux sie aufspürt." Er hielt seine Kaffeetasse mit den Händen umfaßt und genoß die Wärme.

„Wenn wir heute nach East Anglia fahren und Helen das Bild geben", setzte er seine Überlegungen fort, „können wir nichts tun, bis sie die verschmutzte Stelle gesäubert hat und wir mehr über unseren nächsten Schritt wissen. Was hältst du davon, daß wir das Wochenende an der Küste verbringen und uns Kirchen ansehen? Dort an der Ostküste in East Anglia haben viele englische Maler ihre besten Arbeiten zustande gebracht. Ich könnte dir die Gegenden zeigen, wo Constable oder Gainsborough sich am liebsten aufhielten. Am Montag morgen holen wir das gereinigte Bild ab und machen uns erneut auf die Jagd." Er schaute sie erwartungsvoll an.

Sie hielt dem Blick stand, antwortete aber nicht.

„Zuviel Kunst?" hakte Michael nach. „Wie wär's dann mit Fischdelikatessen? Von Helen Sparrows Atelier braucht man nur knapp dreißig Minuten nach Lowestoft zu den Krabbenfischern. Also schön, jetzt spiele ich meine Trumpfkarte aus. Wenn du mitkommst, verspreche ich, nicht vor Anbruch der Dämmerung zu rauchen."

Sie stand auf und nahm seinen leeren Teller. „Ein fast aschefreies Wochenende. Frische Seeluft ohne Qualm. Welche Frau könnte da widerstehen?" Lächelnd begann sie, Teller und Tassen in die Geschirrspülmaschine zu räumen.

Michael schaute auf seine Armbanduhr: zwanzig vor neun. Der richtige Zeitpunkt, um Greg Wood zu Hause anzurufen. Greg, der bei Haushaltsauflösungen manchmal für Michael einsprang, hatte einen guten Tag in Warwickshire erwischt, wie er nun erzählte. Zwei der von Michael gewünschten Gemälde hatte er ersteigern können. Obwohl Michael sich über diese Ankäufe freute, lag ihm an diesem Morgen etwas anderes am Herzen. „Greg, was war gestern eigentlich los? Ich habe den ganzen Nachmittag in der Galerie angerufen, doch keiner ging dran."

„Elizabeths Mutter wurde ins Krankenhaus gebracht, und zwar nach Aberdeen. Patrick fuhr Elizabeth zum Flughafen."

„Ach so, das erklärt alles. In welchem Krankenhaus liegt Elizabeths Mutter? Ich möchte ihr Blumen schicken."

„Laß nur, ich erledige das schon", erwiderte Greg. „Was macht eure Jagd? Schon Glück gehabt?"

„Glück und Pech. Ich informiere dich über alles, wenn wir zurückkommen."

Als nächstes rief Michael Helen Sparrow an, und sie erklärte sich bereit, ihm zu helfen.

Nach diesem Telefonat bedeutete er Isobel mit einer Handbewegung, sich zu setzen. „Laß uns einen Plan ausarbeiten. Wir müssen das Bild reinigen lassen. Und wir müssen dafür sorgen, daß Molyneux nicht herausfindet, wohin wir es bringen. Deshalb schlage ich folgendes vor: Der Rahmen dort über dem Kamin, jener mit der halben Million Nadelstiche, hat ungefähr das gleiche Format wie deine Landschaft. Ich packe ihn in die Ledermappe, und du nimmst ihn mit, während ich die ‚Lügenlandschaft' mit meinen Kleidern fürs Wochenende in meinem großen Koffer verstaue. Wir verlassen gemeinsam das Haus, und ich setze dich mit deinem Koffer und der Ledermappe am Bahnhof Liverpool Street ab, wo du in den Zug nach Cambridge steigst. Dann fahre ich quer durch London zum Bahnhof King's Cross und nehme einen Zug nach Peterborough."

Als Michael Isobels ratloses Gesicht sah, mußte er lachen.

„Jetzt kommt der eigentliche Trick. Du steigst nicht etwa in Cambridge aus, sondern in Audley End, einer winzigen Bahnstation. Dort merkst du sofort, wenn Molyneux mit dir aussteigt. Falls er dir tatsächlich folgt, macht es nichts aus, weil du das Bild ja nicht hast. Du lächelst ihn seelenruhig an, überquerst die Gleise und nimmst den nächsten Zug zurück nach London. Ich gebe dir für alle Fälle den Schlüssel zu meinem Haus. Folgt er dir nicht, fährst du mit einem Taxi von Audley End zum ‚Royal Garden Hotel' in Cambridge und wartest dort auf mich."

„Und was machst du inzwischen?"

„Ich nehme in King's Cross den Zug nach Peterborough, steige aber in St. Neots aus, ebenfalls ein kleiner Bahnhof, der leicht zu überblicken ist. Falls Molyneux mir nachspioniert, sage ich ihm, daß er auf das falsche Pferd gesetzt hat, weil du nämlich das Bild hast. Falls er mir nicht folgt, treffe ich dich in Cambridge."

„Wie kommen wir von Cambridge zu Helen Sparrow?"

„Mit einem Mietwagen, den ich jetzt gleich vorbestelle, falls dir mein Drehbuch gefällt."

Isobel erklärte sich einverstanden, der Plan erschien ihr ausgezeichnet. Daraufhin arrangierte Michael per Telefon, daß ein Mittelklassewagen in Cambridge für sie bereitstand. Als das erledigt war, rief er beim Gasthaus „Harbour Inn" in Southwold an, an der Küste Suffolks, und reservierte zwei Zimmer für drei Nächte.

Sie nahmen das gerahmte Papier mit der halben Million Nadelstiche von der Wand und steckten es statt der „Lügenlandschaft" in die Lederhülle. Michael wickelte Isobels Gemälde in Seidenpapier ein, legte es ganz zuunterst in seinen Koffer und packte seine Kleidungsstücke darüber. Dann ließ er ein Taxi kommen.

Auf der Fahrt zur Liverpool Street sahen sich beide immer wieder um, aber ihnen fiel nichts Verdächtiges auf. Falls Molyneux ihnen tatsächlich folgte, stellte er es sehr geschickt an. Das Taxi setzte Isobel am Bahnhof ab und brachte Michael dann nach King's Cross.

Michael bestieg den Zug nach Peterborough; um 12.20 Uhr traf er in St. Neots ein, wo er bis zur letzten Sekunde mit dem Aussteigen wartete. Eine Vorsichtsmaßnahme für den Fall, daß Molyneux unter den Mitreisenden war. Erst als der Zug sich schon langsam in Bewegung setzte, sprang Michael auf den Bahnsteig. Nach ihm war keiner mehr vom Zug abgesprungen.

Es dauerte ungefähr eine halbe Stunde, bis das einzige Taxi von St. Neots ihn nach Cambridge gebracht hatte. Am Royal Garden Hotel bezahlte Michael den Fahrpreis und eilte dann mit dem Koffer ins Hotel.

„Michael? Da bist du ja endlich! Ich hatte dich schon fast aufgegeben." Isobel kam aus der Richtung des hoteleigenen Ladens, wo sie anscheinend gerade eine Zeitung erstanden hatte. Sie hielt sie hoch. „Die fünfte Zeitung, die ich aus lauter Langeweile gekauft habe. Über gestern weiß ich mehr als über jeden anderen Tag in der Weltgeschichte."

„Was ist mit Molyneux?" fragte Michael.

„Er war nicht in meinem Zug. Und bei dir?"

„Alles in Ordnung."

„Dann hat Detektiv Whitings Plan also geklappt, und es gibt ein aschefreies Wochenende", meinte sie lächelnd.

„Erinnere mich nicht daran. Wie gern würde ich jetzt rauchen!"

Isobel warf die Zeitung ungelesen in einen Papierkorb. „Die brauche ich zum Glück nicht mehr. Gehen wir."

Der Mietwagen war im Vergleich zum Mercedes klein, aber immerhin war sein Kofferraumdeckel intakt. Sie packten Lederhülle und Koffer ein und fuhren los.

Die Gegend um Cambridge war ziemlich flach. Michael liebte ihre Darstellung in den Bildern von Constable. Gemälde mit geradem Horizont ließen die Zimmer, in denen sie an der Wand hingen, geräumiger und luftiger erscheinen, wie er glaubte.

Von der Fernstraße London – Norwich bogen sie ab, wo die Straße einem Fluß, dem Waveney, folgte, und fuhren Richtung Aldeby. Schräggewachsene Bäume, die seit Jahren gegen die kalten Ostwinde ankämpften, erweckten den Anschein, als sei die Landschaft aus dem Gleichgewicht geraten.

Helen Sparrows Atelier befand sich auf einem umgebauten Dachboden. Sie kam die Außentreppe herunter, um ihre Gäste zu begrüßen. Anders als ihr Name Sparrow – Spatz – suggerierte, war sie eine große, kräftige Frau. Über einem verwaschenen blauen Kleid trug sie einen roten Kittel und an den Füßen ehemals weiße Espadrilles. Sie stiegen alle drei zu Helens Atelier hinauf, wo schon eine Staffelei für Isobels Gemälde bereitstand. Michael holte es aus dem Koffer und stellte es auf.

„Es handelt sich um eine äußerst ungewöhnliche Komposition", erklärte Michael. „Eine englische Landschaft – ich tippe auf Dorset. Die Gestalten sind teils mythologisch und teils auch real. Ich brauche Ihre Hilfe genau hier." Er deutete auf die entsprechende Stelle. „Es kommt mir so vor, als sei da etwas unter dieser Verfärbung versteckt."

Helen beugte sich nach vorne. „Es sieht nach Schmutz oder fleckigem Firnis aus und nicht nach Übermalung. Mehr soll ich also nicht tun?"

„Doch, hier und dort drüben könnte es auch noch gereinigt werden", meinte Michael, auf ein Gesicht und auf eine Stelle am Fuß der Säule mit dem Kapitell deutend. „Ich weiß nicht, ob da tatsächlich etwas zu finden ist, aber ich wäre Ihnen dankbar, wenn Sie sich das auch noch vornehmen könnten, falls Sie's bis Montag vormittag schaffen."

„Heute muß ich noch einen anderen Auftrag fertigmachen, aber ich kann morgen und am Sonntag daran arbeiten."

„Wir planen, das Wochenende hier in der Gegend zu bleiben, um das Bild möglichst rasch wiederzukriegen. Es ist wirklich äußerst dringlich." Er zog einen Notizkalender heraus und schrieb etwas auf. „Ich bin übers Wochenende in diesem Hotel in Southwold zu erreichen, falls es Probleme geben sollte. Sie können mich dort jederzeit anrufen."

Sie verabschiedeten sich und stiegen die Außentreppe hinunter.

„Hätten wir ihr etwas über Molyneux erzählen sollen?" fragte Isobel, sobald sie im Auto Richtung Küste fuhren.

„Je weniger Leute davon wissen, desto besser, findest du nicht?"

Sie kamen gegen sechs Uhr abends in Southwold an. Während des Abendessens, das sie in ihrem Hotel, dem Harbour Inn, einnahmen, sagte Michael: „Endlich können wir einmal entspannen. Ohne das Bild ist Molyneux aufgeschmissen. Wie langsam wir die ‚Lügenlandschaft' auch entziffern, es macht nichts. Wir haben den einzigen Schlüssel, der ins Schloß paßt. Genießen wir also unser Wochenende! Morgen könnten wir nach Süden fahren, in

Constables heimatliche Landschaft. Auf dem Rückweg schauen wir uns Gainsboroughs Geburtshaus an und beschließen den Ausflug im Museum von Norwich. Na, wie hört sich das an?"

„Wunderbar, Michael."

Nach dem Essen spielten sie wieder eine Partie Schach. Zwar gewann Isobel auch diesmal, aber es war kein leichter Sieg, denn Michael hatte schnell dazugelernt.

Sie saßen noch eine Weile zusammen und plauderten entspannt. Und als sie dann nach Mitternacht oben im Korridor vor ihren Zimmern standen, beugte sich Michael vor und verabschiedete sich von Isobel mit einem zarten Kuß auf die Wange.

8. KAPITEL

AM NÄCHSTEN Tag fuhren sie nach einem ausgedehnten Frühstück gen Süden, in die Gegend, wo Constable gemalt hatte. Dann wandten sie sich westwärts und besichtigten in Sudbury Gainsboroughs Haus. Nach einem kleinen Imbiß fuhren sie nach Norwich und kehrten über Lowestoft wieder zurück. Das gleißende Sonnenlicht über den Niederungen East Anglias verlieh allem einen fast magischen Zauber. Jeder Grashalm, jede Ähre, jede Vogelfeder trat so deutlich hervor, als sähe man alles durch ein Vergrößerungsglas. Molyneux war vorübergehend vergessen.

Sie überquerten den Fluß Waveney bei Beccles Marshes. Zu beiden Seiten erstreckten sich die Sümpfe und Seen der Broads, dunkel schimmernd, honigfarben lasiert.

„Michael!" rief Isobel plötzlich. „Warum mieten wir uns morgen nicht ein Boot, und ich spiele für dich den Steuermann – als Dankeschön. Du hast mir so viel gezeigt."

„Ja, gerne. Tolle Idee."

An diesem Abend aßen sie nicht im Hotel, sondern in einem kleinen Restaurant am Hafen. Der frische Heilbutt, den sie beide bestellten, war ganz einfach zubereitet – gegrillt, mit Butter und Petersilie –, er schmeckte köstlich. Hinterher schlenderten sie noch eine Weile am Hafen entlang, dann kehrten sie zu weiteren Schachpartien ins Hotel zurück. Als sie sich spätabends trennten, küßte Michael Isobel wieder auf die Wange.

AM NÄCHSTEN Morgen klopfte Isobel um acht Uhr an Michaels Tür.

„Es ist Sonntag!“ protestierte er lautstark.

„Und herrliches Wetter!“ rief sie zurück. „Wir wollen doch Boot fahren. Beeil dich, du Faulpelz! Ich gehe schon zum Frühstück. Um zehn Uhr will ich auf dem Wasser sein. Wenn du nicht fertig bist, fahre ich ohne dich.“

Sie legten beim Frühstück ein so rasches Tempo vor, daß sie schon bald aufbrechen konnten und Lowestoft bereits gegen halb zehn Uhr erreichten. Rasch fanden sie das Hafenbecken, wo die Boote für eine Fahrt durch das Seengebiet der Broads bereitlagen. Dort mieteten sie ein kleines Boot, und unterstützt von dem Bootsverleiher startete Isobel den Motor. Dann steuerte sie das Boot mit großer Geschicklichkeit zwischen all den anderen Wasserfahrzeugen hindurch. Im Nu lag die Anlegestelle ein ganzes Stück hinter ihnen.

„Sie haben den Bogen raus, Miß!“ rief der Bootsverleiher ihr nach. „Bis heute abend.“

Isobel fuhr aus dem Hafenbecken hinaus, und dann ging es eine Art Kanal entlang, der durch den weniger attraktiven Teil Lowestofts führte. Da es noch verhältnismäßig früh am Tag war, lag der Kanal weitgehend im Schatten.

Isobel fröstelte. „Kannst du mal die Karte holen? Der Bootsverleiher sagte mir, in der Kabine liegt eine herum.“

„Bin schon unterwegs!“ rief Michael lachend zurück. Isobels Art, ihn herumzukommandieren, amüsierte ihn. Er fand die Karte und gesellte sich zu Isobel an die Pinne. Allmählich blieb Lowestoft hinter ihnen zurück, ringsum gab es nur noch weite, unberührte Natur.

„Ist das nicht wunderbar erholsam?“ Isobel reckte ihr Gesicht der Sonne entgegen. „Viel besser als Straßen. Keine Ampeln, kein Gehupe, kein Stau, keine Polizei.“

„Aber auch keine Kneipen.“

„Banause!“ schimpfte Isobel lachend. „Wie wär's mit Kaffee?“

„Was? Auf dem Pott gibt's sogar Verpflegung?“

„Na klar. Ich habe eine Thermoskanne vom Hotel mitgebracht.“

Nach einigen Schlucken Kaffee fühlte sich Michael bestens für den Tag gerüstet. Er machte es sich auf der Bank bequem, betrachtete die langsam vorbeiziehende flache Landschaft, lauschte dem

Quaken und Gackern von Wildenten und Moorhühnern und ließ sich die Sonne auf das Gesicht scheinen.

Langsam verstrich der goldene Morgen. Leichter Wind, der den Geruch des Meeres mit sich trug, verhinderte, daß es zu heiß wurde. Kurz nach zwölf Uhr sichteten sie die Drehbrücke von Reedham. Als sie darunter durchfuhren, entdeckte Michael ein weiß getünchtes Lokal namens „The Ferryman". „Wunderbar! Genau im richtigen Moment. Ich bin nämlich schon halb verdurstet."

Sobald das Boot sicher vertäut war, sprang Michael ans Ufer und verschwand im Lokal. Als er zurückkam, saß Isobel mit geschlossenen Augen da und sonnte sich.

„Wach auf! Es gibt Apfelwein. Letztes Mal hat das Gebräu uns Glück gebracht."

„Mm." Isobel ließ die Augen geschlossen. „Schon erstaunlich, wie ein solcher Tag alle Probleme relativiert", murmelte sie vor sich hin.

Michael setzte sich neben sie und reichte ihr ein Glas. „Gewöhn dich lieber nicht daran. Am Montag morgen geht's zu Helen."

Sie genossen das Nichtstun, bis Michael sich irgendwann aufraffte, um belegte Brote und kaltes Huhn aus dem Lokal zu holen.

Auch nachmittags hielt das gute Wetter an. Sie schipperten gemächlich weiter. Bei Somerleyton sahen sie Aalfischer, bei Oulton Dyke flog ein Eisvogel vor ihnen auf. Zwei große Zugpferde standen am Flußufer und tranken. Gegen sechs Uhr abends erreichten sie Oulton Broad und liefen kurz darauf in Lowestoft ein. Da auch andere Boote Kurs auf den Hafen nahmen, mußten sie den Motor drosseln.

Als sie das Hafenbecken erreicht hatten, bedeutete der Bootsverleiher ihnen, wo sie anlegen sollten. Isobel steuerte so exakt zu der angegebenen Stelle, daß Michael mühelos zu den anderen Booten hinübersteigen konnte, die näher am Ufer vertäut waren. Er warf dem Bootsverleiher das Tau zu, das Isobel ihm gegeben hatte, und kehrte dann zurück, um ihr zu helfen.

Ein größeres Fahrzeug schob sich jetzt ins Hafenbecken, dessen Steuermann weit weniger Geschick bewies als Isobel. Als sie soeben von einem Boot zum nächsten springen wollte, verursachte er einen kleinen Zusammenstoß mit dem außenliegenden Boot, der Isobel völlig unvorbereitet traf, da sie dem Hafenbecken gerade den Rücken zukehrte. Sie verlor die Balance.

„Vorsicht!" rief Michael warnend. Die eine Hand um Isobels

Ellbogen, den anderen Arm um ihre Taille geschlungen, riß er sie an sich. In diesem Augenblick wurde ihm schlagartig klar, wie sehr er sie begehrte.

Er ließ sie wieder los und beugte sich hinunter, um ihr Bein zu untersuchen, das sie sich heftig angeschlagen hatte.

„Du bleibst am Leben. Als Kur empfehle ich eine weitere Portion Heilbutt. Wollen wir heute abend in dasselbe Restaurant gehen?"

Isobel nickte und lächelte ihm zu.

ALS SIE das Restaurant verließen, war es wie am Vorabend empfindlich kühl geworden. Obwohl Isobel einen Pullover mitgenommen hatte, fröstelte sie.

„Wollen wir bis zum Ende des Kais spazieren?" schlug Michael vor. „Oder ist es dir zu kalt?"

„Mir ist kalt. Aber gehen wir trotzdem."

Die Brise vom Meer hatte aufgefrischt. Isobel erschauerte, worauf Michael ihr den Arm um die Schultern legte.

Am Ende des Kais stellten sie sich in die Nähe des kleinen Leuchtturms und sahen zu, wie ein Dampfer ruhig aus dem Hafen glitt. Schemenhaft sah man an Deck die Silhouetten der Matrosen, die eifrig ihrer Arbeit nachgingen.

„Sie sind sich bestimmt nicht bewußt, wie romantisch sie auf uns wirken", meinte Michael nachdenklich. „Wohin sie wohl unterwegs sind? St. Petersburg? Santiago? Piräus?"

Isobel schaute zu ihm auf. „Newcastle?" Sie lächelte.

Michael küßte sie auf ihren lächelnden Mund. All die Sehnsucht, die er schon früher am Tag empfunden hatte, war neu erwacht. Etwas überrascht von der Leidenschaftlichkeit seiner Küsse, erwiderte Isobel die Zärtlichkeiten. Ihre Hände glitten unter sein Jackett und dann über seinen Rücken bis hoch zu den Schultern. „Ich versuche nicht, dich auszuziehen", sagte sie nach einem Moment. „Leihst du mir dein Jackett? Ich erfriere sonst noch."

Er mußte lachen, zog sein Jackett ohne Widerrede aus und hüllte sie darin ein. Vor dem Hotel blieben sie einen Moment stehen und beobachteten die Fischerboote, die auf das Meer hinausfuhren, helle Lichtpunkte in der Dunkelheit. Isobel streichelte Michaels Hand. „Heute nacht könnte sogar Newcastle romantisch sein", flüsterte sie.

Der Mann an der Rezeption reichte Michael nicht nur den

Zimmerschlüssel, sondern auch einen Zettel mit einer Nachricht.

„Was ist los?“ fragte Isobel.

Michael hatte sich schon in Richtung Treppe in Bewegung gesetzt. „Von Helen“, antwortete er. „Ich soll sie anrufen. So rasch wie möglich.“

„DAS GEMÄLDE ist weg!“

„Helen, das gibt's doch nicht. O Gott, nein!“ stöhnte Michael in den Telefonhörer.

„Michael, es tut mir ja so leid. Es ist alles meine Schuld. Ich wurde so gegen vier heute nachmittag mit der Arbeit an dem Bild fertig, und es war solch ein wunderschöner Tag . . .“

Ja, das war es, dachte Michael. Aber nun nicht mehr.

„. . . also ging ich los zu einem Spaziergang. Ich war höchstens eine Stunde unterwegs. Natürlich hatte ich das Haus abgeschlossen. Doch als ich zurückkam, war ein Mann eingebrochen . . .“

„Haben Sie ihn gesehen?“

„Ich überraschte ihn, konnte aber sein Gesicht nicht sehen. Er trug einen Motorradhelm.“

„Helen, wir kommen gleich zu Ihnen, und dann erzählen Sie uns den Rest. Wir klären Sie auf, worum es hier überhaupt geht. Ich bedaure es sehr, daß ich Sie einem Risiko ausgesetzt habe. Ich hätte Ihnen gleich alles sagen sollen.“

Michael knallte den Hörer auf die Gabel und begann seine Sachen zusammenzuräumen. Dabei berichtete er Isobel, was er von Helen gehört hatte. „Wie zum Teufel hat er uns aufgespürt? Wir haben doch so gut aufgepaßt.“

„Ich bin sicher, daß er nicht mit mir ausgestiegen ist“, erklärte Isobel. „Es waren außer mir nur drei andere Fahrgäste, das weiß ich noch genau. Du glaubst doch nicht, daß er sich verkleidet hat, oder? O Michael!“ Sie strich ihm über die Wange und lief dann in ihr Zimmer hinüber, um gleichfalls zu packen. Michael zermarterte sich inzwischen den Kopf, um auf die Schwachstelle seines ausgeklügelten Plans zu kommen.

An der Rezeption bezahlten sie und fuhren dann los. Der Mietwagen konnte natürlich keinem Vergleich mit dem Mercedes standhalten, doch jetzt, am späten Abend, war nur noch wenig Verkehr auf der erfreulich geraden Strecke, so daß sie zügig vorankamen. Kurz vor Mitternacht trafen sie bei Helen ein.

Helen kam sofort heraus, als sie das Auto vorfahren hörte. „So etwas ist hier noch nie passiert", sagte sie hektisch. „Es tut mir aufrichtig leid, Michael." Sie stiegen die Treppe hinauf.

„Ihnen ist doch hoffentlich nichts geschehen, Helen?" erkundigte er sich, als er sah, daß im Atelier wüstes Durcheinander herrschte. „Gab es einen Kampf?"

Helen nickte. „Ein kleines Handgemenge. Der Kerl hatte sich hinter der Tür versteckt und packte mich, als ich das Atelier betrat. Er war ungewöhnlich groß und stark. Er trug dicke Motorradhandschuhe und griff sehr fest zu. Hier . . ." Sie streckte die Unterarme aus, um ihre blauvioletten Druckstellen zu zeigen.

„Was geschah dann?" fragte Isobel, die ganz bleich geworden war.

„Es gab ein Gerangel, und ich trat ihn gegen das Schienbein. Aber ich hatte gegen ihn keine Chance. Er drängte mich rückwärts in die Küche, sperrte mich ein und verschwand mit dem Bild. Das war so gegen fünf Uhr nachmittags."

„Wie lange waren Sie eingesperrt?"

„Fast vier Stunden. Ich mußte das Türschloß mit einem Messer abmontieren. Dann rief ich Sie sofort an."

Michael erzählte Helen die Geschichte von Molyneux und dem Gemälde. „Jetzt verstehen Sie sicher, warum ich mir Vorwürfe mache, Helen. Wir hielten es für eine gute Sicherheitsvorkehrung, Ihnen nicht gleich die ganzen Hintergründe zu erzählen."

Helen winkte ab. „Ich bin ja noch glimpflich davongekommen, Michael. Vielleicht hätte es im anderen Fall sogar schlimmer geendet, denn der Typ war sehr stark."

„Wie hat er Sie bloß ausfindig gemacht? Wir waren so vorsichtig, fuhren sogar mit verschiedenen Zügen bis kurz vor Cambridge."

„Ich glaube, diese Frage kann ich beantworten", sagte Helen. Sie nahm vom Kaminsims ein Blatt Papier und gab es Michael. „Bei unserem Gerangel hat er das verloren. Es ist eine Rechnung, die ich Ihnen vor kurzem geschickt habe . . . natürlich mit aufgedruckter Adresse."

Michael schaute verdutzt auf das Papier: HELEN SPARROW – RESTAURATION UND REINIGUNG VON GEMÄLDEN. Darunter war ihre Adresse und Telefonnummer angegeben. Michael überlegte blitzschnell. „Dies kann er nur durch einen Einbruch bei mir in seinen Besitz gebracht haben", murmelte er und dachte plötzlich an jene schemenhafte Gestalt, die er spätnachts in der Nähe seines Hauses gesehen hatte. „Haben Sie die Polizei informiert?"

„Nein."

„Dann erledige ich das am besten gleich. Einbruch, Körperverletzung, Diebstahl." Er ging zum Telefon.

„Michael, warte einen Moment", bat Isobel. „Helen, warum haben Sie die Polizei nicht gerufen? Das wäre meine allererste Reaktion gewesen."

Helen zögerte. „Nun, es ist Ihr Gemälde, das entwendet wurde. Wenn Sie zur Polizei gehen wollen, kann ich Sie nicht daran hindern. Aber in meinem Interesse liegt das nicht. Wenn sich der Überfall herumspricht, dann schicken mir andere Leute vielleicht keine Bilder mehr, weil sie es für ein zu großes Sicherheitsrisiko halten." Sie blickte zu Isobel hinüber. „Ich möchte den Einbruch und die Körperverletzung lieber nicht anzeigen, vorausgesetzt, Sie müssen die Polizei nicht über den Diebstahl informieren."

Helen ließ sich matt in einen Sessel sinken. Schweigen hing über dem Raum.

Isobel brach es als erste. „Ich bin Helens Meinung. Erstens haben wir Helen diesem Überfall ausgesetzt. Sie wurde unsretwegen angegriffen und eingesperrt. Also sind wir's ihr schuldig, ihre Bedenken ernst zu nehmen . . ." Michael wollte einen Einwand anbringen, doch Isobel winkte ab. „Vergiß nicht, daß es hier um mein Bild geht, und folglich entscheide ich, ob ich den Diebstahl melden will. Und was sollen wir der Polizei eigentlich erzählen? Wird sie uns glauben? Das Bild an sich hat schließlich keinen großen Wert. Außerdem wissen wir nicht, ob Molyneux wirklich so heißt, und weder du noch Helen könnten ihn identifizieren."

„Gerade weil es ein solches Chaos ist, wird man uns glauben. Übrigens hat die Polizei Listen der Decknamen, die Kriminelle verwenden."

„Michael! Du weißt genau, daß Molyneux kein normaler Krimineller ist. Er wird das Gemälde ja nicht verkaufen, oder? Er wird in aller Ruhe abwarten, bis wir die Jagd aufgeben."

„Aber wir können doch nicht die Hände in den Schoß legen!"

Isobel wandte sich an Helen. „Wir haben Ihnen noch nicht die wichtigste Frage gestellt. Was haben Sie entdeckt, nachdem das Bild gereinigt war?"

„Ich habe mit der Verschmutzung am Fuß der Säule angefangen, und danach habe ich mit Spiritus das Gesicht gereinigt, das Sie mir zeigten ... Interessanterweise kam eine kleine perlenförmige Träne zum Vorschein, ein perfekt gemalter Tropfen. Dann machte ich mich an die Stelle, die Ihnen besonders wichtig war."

„Und ...?"

„Ich fand zweierlei. Das erste war reichlich merkwürdig. Der Mönch, der Mönch ohne Gesicht, besaß keine normalen Füße. Sie waren pelzig mit Krallen."

„Und das zweite?"

„Vor diesem Mönch, direkt vor seinen spitzen Krallen, befand sich eine Steintafel, eine Art Bodenplatte. Achteckig und mit einem Muster verziert."

„Was für eine Art von Muster?"

Helen schüttelte bedauernd den Kopf. „Zu undeutlich, um es erkennen zu können."

„So ein Mist!" schimpfte Michael.

„Das muß gar nicht so schlimm sein", wandte Isobel ein. „Vielleicht ist die Undeutlichkeit sogar beabsichtigt. Überleg mal, Michael. Der Mönch führte uns zum Kloster von Lewell, und dort gibt's sicher eine Steinplatte im Fußboden, die dieses Muster trägt. Und dieses Muster verrät uns den nächsten Hinweis. Also muß auch Molyneux zum Kloster zurückkehren, Michael."

Michael schaute sie an und wurde dabei von den unterschiedlichsten Gefühlen bestürmt: Bewunderung für Isobels Klugheit; Unbehaglichkeit bei dem Gedanken, wie gering sie die Dienste der Polizei schätzte. Und wieder dieses starke Verlangen nach ihr, wie sie da mit strahlenden Augen und vor Aufregung geröteten Wangen im Atelier stand.

„Das bedeutet leider, daß wir jetzt gleich nach Dorset aufbrechen müssen", setzte Isobel ihren Gedankengang fort. „Molyneux hat zwar einen Vorsprung von sechs bis sieben Stunden. Aber er hat Lewell keinesfalls vor Einbruch der Dunkelheit erreicht und schiebt die Suche nach der Steinplatte vielleicht bis morgen früh auf, falls er von uns keine unmittelbare Verfolgung befürchtet." Isobel schaute auf die Armbanduhr. „Es ist fast halb eins. Von hier nach Dorset brauchen wir nachts fünf bis sechs Stunden. Bist du startbereit, Michael?"

„Einfach so? Du willst einfach so losfahren? Helen wurde überfallen und eingesperrt . . . Wir können sie doch nicht derart im Stich lassen."

Isobel schaute Helen prüfend an und meinte lächelnd: „Helen ist in besserer seelischer Verfassung als du, Michael. Sie will von dir nur hören, daß du nicht zur Polizei gehst. Stimmt's, Helen?"

„Stimmt genau. Dieser Molyneux wird mich von jetzt an hoffentlich in Ruhe lassen. Ich gehe gleich ins Bett und räume morgen auf. Fahren Sie los, denn Isobel hat recht – es ist Ihre einzige Chance."

Nur zögernd folgte Michael Isobel zur Außentreppe. „Falls Molyneux doch noch zurückkommt, verzeihe ich mir das nie."

„Er kommt garantiert nicht!" versicherte Helen und versetzte ihm einen liebevollen Schubs.

Michael überlegte sich, daß sie zu so später Stunde rascher vorankamen, wenn sie sich an die Autobahn hielten, obwohl diese Strecke länger war, als quer über Land zu fahren.

Kurz vor drei Uhr früh hatten sie westlich von London die M 3 erreicht und kamen an Runnymede vorbei. Es fing an heftig zu regnen. Michael mußte das Tempo drosseln, trotzdem trafen sie gegen halb sechs in Higher Lewell ein.

Sie parkten neben dem Kloster. „Niemand zu sehen?" fragte Michael und drehte sich halb auf seinem Sitz um, damit er die Ruine besser überblicken konnte. „Sind wir zu spät oder zu früh dran?"

„Am besten verstecken wir den Wagen", schlug Isobel vor.

Michael entdeckte ungefähr dreihundert Meter hinter dem Dorf eine Scheune, die ein Stück abseits der Straße stand. Hinter ihr stellten sie den Wagen ab, dann gingen sie zu Fuß zurück zur Klosterruine.

„Was tun wir jetzt?" erkundigte sich Michael.

„Einer paßt auf, für den Fall, daß Molyneux auftaucht. Der andere versucht, die Steinplatte zu finden."

„Einverstanden. Du übernimmst die Suche."

Sie kamen zum Eingang des Klostergeländes, wo nur noch ein einsamer Mauerbogen aufragte. Obwohl der Torbogen Michael etwas Schutz bot, war er schon nach kurzer Zeit durchnäßt. Plötzlich hörte er ein Auto. Aus westlicher Richtung näherte sich ein dunkelblauer Lieferwagen. Michael lief ins Klosterinnere und rief halblaut: „Isobel! Ein Auto!" Dann versteckte er sich in den Überresten des Kirchenschiffs. Von Isobel keine Spur.

Der Wagen hielt irgendwo in der Nähe. Michael hörte Schritte. Dann plötzlich nichts mehr. Dann wieder Schritte. Die Tür des Lieferwagens wurde zugeknallt, der Motor sprang an. In der morgendlichen Stille war das Motorgeräusch aufdringlich laut zu hören.

Einen Moment später brauste der Wagen vorbei, und Michael konnte gerade noch den Firmennamen „Devon & Dorset Molkerei" entziffern.

Er vernahm wieder Schritte und dann Isobels Stimme: „Michael?" Sie winkte ihn heran, und er folgte ihr quer durch das, was wohl einst das nördliche Querschiff gewesen war. Sie blieb stehen und schaute suchend zu Boden. „Da", sagte sie wütend.

„Das darf doch nicht wahr sein!" schimpfte Michael. „Verflucht! Er hat uns schon wieder gelinkt."

Der Boden des Querschiffs war mit Steinplatten ausgelegt, doch eine fehlte. Man merkte es an der dunklen, feuchten Erde und den frischen Kratzspuren auf den angrenzenden Platten.

„Dorthin hat unser Mönch geblickt. Was dort eingemeißelt war, würde bei der nächsten Gestalt des Gemäldes weiterhelfen."

Sie merkten beide gar nicht, daß ihnen der Regen über das Gesicht lief.

„Molyneux geht kein Risiko ein", sagte Isobel. „Den Stein hat er ausgegraben, wie er auch die Broschüren stahl, nur damit wir ihm nicht folgen können."

Mit hängenden Schultern gingen sie zum Wagen zurück und stiegen ein. Als Michael das Auto hinter der Scheune hervorgeholt hatte, sagte er: „Wir fahren in gemächlichem Tempo nach London zurück, frühstücken irgendwo unterwegs und überlegen unsere nächsten Schritte. Es ist noch nicht zu spät, um die Polizei einzuschalten, aber vielleicht warten wir erst einmal ab, ob Molyneux bei mir daheim Schaden angerichtet hat oder nicht."

„Wer ist dieser Molyneux bloß? Wir wissen nicht einmal, ob es sein richtiger Name ist. Es ist so entnervend, wenn man nicht weiß, gegen was für einen Gegner man kämpft. Kommt mir vor wie ein Dschungelkrieg."

„Im Dschungel gibt's keine Eier mit Speck", erwiderte Michael und bog auf den Parkplatz eines Gasthauses in Hindon ein. „Laß uns erst mal frühstücken."

Da sie beide ausgehungert waren, aßen sie alles bis zum letzten Bissen auf, was man ihnen servierte. Den Rest der Fahrt nach London legten sie schweigend zurück. Der Regen hatte nachgelassen, der Himmel klarte auf. Es sah ganz so aus, als sei ihr Abenteuer vorbei. Isobel erwog, zum Hof zurückzukehren, verspürte aber nicht die geringste Lust dazu. Auch die romantische Stimmung des vorherigen Abends am Kai in Southwold hatte sich völlig verflüchtigt.

ISOBEL begleitete Michael in sein Haus am Justice Walk, da sie sehen wollte, welchen Schaden Molyneux bei seinem Einbruch angerichtet hatte. Bis auf ein Kellerfenster, in das er ein Loch geschnitten hatte, um den Riegel zu öffnen, war nichts beschädigt. Im Hausinnern zeigte nur die Unordnung auf Michaels Schreibtisch, daß ein Eindringling dagewesen war. „Er wußte, daß wir das Gemälde reinigen lassen mußten", sagte Michael. „Sobald er Helens Adresse fand, war eigentlich klar, wohin wir das Bild gebracht hatten. All meine Papiere hat er sicherlich durchwühlt, aber nur eine Adresse mitgenommen. Es lohnt sich nicht, die Polizei einzuschalten."

Isobel holte ihren Koffer aus dem Mietwagen und fuhr mit einem Taxi zu ihren Freunden im Londoner Süden. Da beide erschöpft waren, wollten sie ausschlafen und sich erst am nächsten Tag wieder treffen, um zu beratschlagen, was zu tun war.

9. KAPITEL

MICHAEL erwachte am nächsten Morgen sehr früh. Das hing auch damit zusammen, daß er tags zuvor nach einem Mittagsschlaf schon am frühen Abend wieder ins Bett gesunken war, ohne sich noch die Mühe zu machen, die Vorhänge zuzuziehen. Schon kurz nach halb sieben strömte folglich das helle Licht der Morgensonne ins Schlafzimmer.

Er zog sich an, aß Rührei und las die Zeitung. Danach ging er, weil er die Untätigkeit nicht mehr aushielt, zur King's Road, um ein Taxi anzuhalten. Nur ein einziger Mensch in der gesamten Kunstwelt war zu so früher Stunde bereits wach und bei der Arbeit – Julius Samuels.

Kurz nach acht Uhr betrat Michael Samuels' Atelier. Der alte Restaurator saß im weißen Kittel an der Staffelei, Palette und Zigarre am gewohnten Platz.

„Die Dame ist hinter Ihnen", sagte Julius. „Und sie ist eine Wucht, wenn Sie mich fragen."

Michael drehte sich um. Die Frau auf dem Gemälde war wirklich wunderschön! Die langen, wallenden Haare schimmerten wie das Fell einer Füchsin und reichten bis zu ihrem tiefen Dekolleté, das cremigweiß gemalt war. Der Gesichtsausdruck der Dame zeigte, daß sie sich ihrer Reize nur allzu bewußt war. Kein Wunder, daß die Viktorianer sie verhüllen wollten.

„Sie war keine Heilige, Julius", meinte Michael. „Dem Himmel sei Dank, daß Sie geahnt haben, was unter all der Verkleidung steckt. Es wird mir Spaß machen herauszukriegen, wer sie war."

„Ohne Wappen wird's nicht einfach sein", erwiderte Julius. „Aber schauen Sie mal, was sie zwischen Zeigefinger und Daumen hält. Vielleicht hilft das weiter. Mir kommt's wie eine Schachfigur vor. Ein Turm. Und kein Ehering, dafür aber ein kostbares Armband."

Michael war es auch schon aufgefallen. Ein goldenes Armband mit sechs Edelsteinen – anscheinend Smaragde –, die so groß wie Oliven waren. Vielleicht hatte Julius recht. Manche alten Familien wurden mit bestimmten Edelsteinen assoziiert. Er würde im „College of Arms" nachforschen müssen, einem Institut für Familiengeschichte und Heraldik.

Michael trat näher zu Julius, um einen Blick auf das Gemälde zu werfen, an dem er gerade arbeitete. Es war ein großformatiger Canaletto, der auf der Seite stand. Für Restauratoren war es gelegentlich von Nutzen, ein Bild seitlich oder sogar verkehrt herum aufzustellen, wenn sich auf diese Weise etwas im oberen Teil leichter bearbeiten ließ.

„Sehr hübsch", befand Michael. „Ich nehme mein Bild jetzt mit, wenn Sie nichts dagegen haben. Schicken Sie mir die Rechnung."

Julius nickte. Feilschen gab es bei ihm nicht. Er war der Beste seiner Zunft, und die Händler hatten seinen Preis zu akzeptieren, oder er arbeitete eben nicht für sie. Für Michael machte er es etwas billiger, weil der in Whisky bezahlte.

Als Michael das Atelier mit dem Porträt unter dem Arm verließ, war er weitaus besserer Laune als zuvor, da ihm jede Begegnung mit Julius Freude bereitete. Er machte sich gemächlich auf den Weg zu seiner Galerie.

In Mason's Yard angekommen, schloß er die Tür zu seiner Galerie auf und schaffte die schöne Unbekannte in sein Büro. Dann zündete er sich genüßlich eine Zigarre an und setzte sich vor das Porträt, um es in aller Ruhe anzuschauen. An diesem Bild war etwas, das ihn irritierte . . .

Um zehn Uhr war er mit seinem Grübeln noch nicht weitergekommen, verspürte aber plötzlich großen Hunger. Also ging er in ein nahe gelegenes Café, wo er sich ein zweites Frühstück genehmigte. Danach schlenderte er zur National Portrait Gallery.

Schnell hatte er entdeckt, was er suchte: die Regency-Gemälde von Frauen des späten 18. und frühen 19. Jahrhunderts. Michael konzentrierte seine Aufmerksamkeit beim Betrachten der Frauen auf ihren Schmuck und alles, was sie in Händen hielten, da er eine Ähnlichkeit mit der Dame zu finden hoffte, deren Porträt Julius restauriert hatte. Leider halfen ihm die Gemälde jedoch nicht weiter.

Bei seiner Rückkehr ins Büro fand er Isobel vor, die hier bereits auf ihn wartete. In einem beigefarbenen Pullover und dunkelgrüner Hose sah sie einfach umwerfend aus. Michael begrüßte sie mit einem Kuß auf die Wange und fragte, nachdem er ihren Koffer neben der Tür bemerkt hatte: „Du willst zurück auf deine Farm?"

Sie strich sich das Haar aus dem Gesicht. „Ja, aber ich gebe nicht kampflos auf, keine Sorge. Heute morgen war ich bei Sotheby's, um herauszukriegen, wer die Dokumente ersteigert hat. Sie spielten leider nicht mit. Gibt's da keinen, den du bestechen könntest?"

Michael schüttelte den Kopf. „Nein, in dieser Hinsicht sind sie eisern. Sie wollen nämlich nicht, daß Händler sich an ihre Kunden ranmachen. Außerdem hat Molyneux vermutlich bar bezahlt und einen falschen Namen angegeben."

Er führte Isobel zum Mittagessen in ein Restaurant in der Jermyn Street. Bedrückt fragte er sich, ob es das letztemal war.

„Ich hasse es, so einfach aufzugeben", sagte Isobel, sobald sie bestellt hatten. „Wir könnten in Dorset aufs Geratewohl herumfahren, in der Hoffnung, Molyneux zufällig zu treffen."

„Dorset ist groß . . . und wir wissen ja gar nicht, ob die Fährte weiter in Dorset verläuft. Cross war immerhin gebürtiger Franzose. Vielleicht deuten die nächsten Hinweise auf Frankreich."

„Wir dürfen einfach nicht aufgeben!" beharrte Isobel.

Doch so sehr sie sich auch bei Seezunge, Spargel und einem

Nachtisch mit frischen Himbeeren den Kopf zermarterten, es kam ihnen keine Idee, die sie hätte weiterbringen können.

Sie verließen das Restaurant und gingen zurück nach Mason's Yard. In Michaels Büro fiel sein Blick auf einen Notizzettel, der unter das Telefon geklemmt war. „Bitte Helen Sparrow anrufen. Dringend", stand darauf.

Michael wählte Helens Nummer, beim vierten Läuten wurde endlich abgehoben. „Hallo, Helen, hier spricht Michael Whiting. Was ist los?"

„Gut, daß Sie so rasch zurückrufen. Mir kam nämlich heute morgen noch ein Gedanke, und ich habe sogleich überprüft, ob etwas dran sein könnte. Dazu bin ich zu einer berühmten Abtei zwischen hier und Ipswich gefahren. Sie heißt Butley Priory. Das Wappen Englands ist dort in Stein gemeißelt, und darunter befinden sich auch noch die eingemeißelten Wappen aller großen Familien in dieser Gegend. Michael, Sie haben das gereinigte Bild im Gegensatz zu mir nicht gesehen. Obwohl die Zeichnung auf der Steintafel undeutlich war, bin ich inzwischen der Meinung, daß es sich um ein Wappen handelte."

Michael war gerührt, daß Helen keine Mühe gescheut hatte, um ihnen behilflich zu sein, sah aber noch nicht, ob ihre Idee von Nutzen war.

„Großartig, Helen. Vielen Dank!" Er versuchte, möglichst begeistert zu klingen. „Das könnte uns weiterbringen. Nochmals danke."

Auch Isobel fand es ausgesprochen nett von Helen, sich solche Gedanken um das Gemälde zu machen. Nach kurzem Schweigen rief sie aufgeregt: „Michael, wieviel versteht Molyneux wohl von Wappenkunde? Wie kann er feststellen, auf wen sich das Wappen bezieht?"

„Vermutlich mit Hilfe von Büchern oder im ‚College of Arms'. Warum?"

„Als ich in der National Portrait Gallery eine Kopie des Porträts von Philip Cross machen ließ, sagte die Angestellte, daß ich innerhalb weniger Tage schon die zweite Person sei, die sich für Cross interessierte. Unser Weg kreuzte sich dort mit Molyneux' Weg. Dasselbe könnte für das College of Arms gelten. Warum marschieren wir nicht gleich jetzt ins College und erkundigen uns, ob ein großer grauhaariger Mann dort Nachforschungen angestellt hat?"

Michael schaute Isobel bewundernd an. „Brillant! Vielleicht müssen wir ein bißchen mit Bestechung nachhelfen." Er tätschelte die Brieftasche in seinem Jackett. „Aber es ist ja nur Geld. Gehen wir!"

Kurz nach vier Uhr nachmittags kamen sie im College of Arms in der Innenstadt an, wo Isobel auf Anweisung eines Sicherheitsbeamten ihre Tasche abgeben mußte. Sie schrieben sich ein und wurden zum Bibliothekssaal gewiesen. „Versuch, sehr beschäftigt zu wirken", flüsterte Isobel, die das Kommando übernahm. „Such ein Buch heraus, und gib vor zu lesen. So können wir die Lage sondieren." Auf einmal war sie wieder so bestimmend und energisch wie auf dem Boot.

Michael befolgte ihre Anweisungen, sie setzten sich einander gegenüber an einen polierten Tisch und taten so, als vertieften sie sich in die Lektüre einiger Bücher. Isobel stand zweimal auf, scheinbar, um weitere Bücher zu holen, in Wirklichkeit aber, um sich etwas genauer im Raum umzusehen. Schließlich kam sie zurück und flüsterte: „Hier scheinen zwei Bibliothekare zu sein, eine Frau und ein Mann. Gib mir deine Brieftasche."

Er schob sie quer über die Tischplatte.

„Wieviel ist drin?"

„Ungefähr zweihundert Pfund."

„Gut. Hoffentlich brauchen wir nicht alles. Wenn der Bibliothekar das nächstemal weggeht, verwickelst du bitte seine Kollegin in ein Gespräch. Es muß lange genug dauern, damit ich mich an den Mann heranmachen kann. Verstanden?"

Michael nickte grinsend.

Nach einer Weile erhob sich der Bibliothekar, um einige große, schwere Aktenstapel zu einem Regal zu tragen. Michael eilte sofort zum Ausgabeschalter. „Vielleicht können Sie mir helfen", sagte er zu der Bibliothekarin. „Ich bin Kunsthändler und versuche, ein Porträt, das sich in meinem Besitz befindet, anhand des Schmucks, den die Frau trägt, zu identifizieren. Gibt es überhaupt irgendwelche Wappen, auf denen Edelsteine vorkommen? Ich bin auf diesem Gebiet leider völlig unbewandert."

Isobel hatte sich ihrem „Opfer" bereits genähert und sprach nun am Ende des Raums mit ihm. Michael ließ sich ein Buch aushändigen und vertiefte sich gleich vorne am Schalter in die Lektüre.

Smaragde waren vor allem mit drei Familien in England eng verbunden. Damit schlage ich gleich zwei Fliegen mit einer Klappe, sagte er sich. Vielleicht bedeutet das Smaragdarmband auf dem von Julius restaurierten Porträt, daß die Dame aus einer dieser drei Familien stammte. Es lohnte sich bestimmt, dieser Spur nachzugehen. Er wollte sich gerade noch über den Zusammenhang von Schach und Heraldik informieren, als er bemerkte, daß Isobel ihm signalisierte, zu ihr zu kommen. Er setzte sich ihr gegenüber an das Pult.

Isobels Gesicht war gerötet. „Dieser Mickerling hat sich stur gestellt. Ich habe ihm erzählt, daß ich für eine Zeitung arbeite, und fragte, ob ein großer Grauhaariger Nachforschungen über eine bestimmte Familie angestellt habe. Ich behauptete weiter, wir nähmen an, daß er sich als Erbe eines Testaments ausgeben wolle und deshalb möglichst viele Informationen über die betreffende Familie sammele. Ich sagte, die Zeitung wäre davon überzeugt, daß er ein Schwindler sei."

„Und?"

„Er machte nicht mit. Ich bot ihm fünfzig Pfund, was aber auch nichts änderte. Er haßt die Presse."

„Was genau hat er gesagt?"

„Er sagte, daß niemand hier gewesen sei, der ein Schwindler sein könnte. Es seien alles Gesichter gewesen, die er kannte."

„Ach, tatsächlich?" Michael sah sich in der Bibliothek um, nahm sein Notizbuch und riß eine Seite heraus. „Wir haben kaum noch Zeit, weil gleich geschlossen wird. Folge mir zur Garderobe, und wenn du deine Tasche bekommst, dann stell dich ungeschickt an, wirf die Tasche zu Boden, oder laß deinen Regenschirm fallen . . ."

Als der Pförtner Isobel kommen sah, nahm er ihren Garderobenschein und verschwand, um ihre Tasche zu holen. Sie folgte ihm in den Garderobenraum. „Ja, das ist meine", sagte sie, als der Mann in ein Regal griff. „Ich möchte nur mal rasch nachsehen, ob mein Füller hier drin ist." Sie nahm die Tasche entgegen, öffnete sie, steckte die Hand hinein und lächelte den Mann strahlend an, um ihn abzulenken. Ganz unauffällig drehte sie die Tasche um, so daß die Öffnung nach unten zeigte. Der ganze Inhalt verstreute sich auf dem Boden – Puderdose, Lippenstift, Münzen, Papiere und Bonbons. Beide bückten sich, um alles aufzuheben, und Isobel entschuldigte sich umständlich. Selbst als alles wieder verstaut war, gab sie noch keine Ruhe, sondern suchte aufgeregt nach ihrem Füller, bis sie ihn entdeckte. Schließlich bedankte sie sich bei dem Angestellten und ging auf die Queen Victoria Street hinaus.

Michael wartete ungefähr dreißig Meter weiter unten an der Straße. Mit einer Zigarre im Mund schlenderte er ihr entgegen.

„Auf dem Boot ein energischer Skipper und in der Bibliothek eine zerstreute Professorin . . . schauspielerisch sehr begabt, Detektivin Sadler . . ."

Bevor er noch etwas hinzufügen konnte, hatte Isobel ihm schon die Zigarre weggenommen. „Du kriegst sie zurück, wenn du mir erklärst, warum ich diesen Zirkus aufführen mußte."

Er lächelte. „Ich habe die Namen aller männlichen Besucher abgeschrieben, die am Montag hier waren."

Isobel schaute ihn voller Verblüffung an.

„Der Bibliothekar sagte dir doch, daß er nur bekannte Gesichter gesehen hat, oder? Falls Molyneux hier war und bekannt ist, bedeutet es, daß er seinen echten Namen angeben mußte." Michael streckte die Hand aus und nahm Isobel die Zigarre ab. „Elf Leute haben am Montag die Bibliothek aufgesucht, sechs davon Männer, möglicherweise auch sieben, weil einer sich nur mit seinen Initialen eingetragen hat. Hier stehen alle Namen. Morgen können wir bei den Händlern und Museumsleuten rumtelefonieren, die ich kenne, um herauszukriegen, ob einer dieser Namen zu einem großen grauhaarigen Mann gehört."

ALS ERSTES forschte Michael am nächsten Morgen im *Who's Who* nach, dann in der Londoner Bibliothek und bei Freunden in den Auktionshäusern. Kein Erfolg. Danach rief er von seinem Büro aus bei Händlern an, die auf Gebiete spezialisiert waren, die relevant sein könnten. Einer der Namen, George Grainger, kam dem Besitzer eines Geschäfts für Glasmalerei bekannt vor, doch Genaueres konnte er ihnen auch nicht verraten.

Die Stunden verstrichen, und schließlich schlugen Isobel und Michael in den Londoner Telefonbüchern nach. Wiederum ohne greifbares Ergebnis.

„Er ist uns zwei Tage voraus!" sagte Michael verärgert. „Sogar fast drei."

Ruhelos lief er in seinem Büro auf und ab. Plötzlich blieb er stehen. „Ja, das könnte uns weiterhelfen. Komm mit." Er führte sie die Treppe hinunter und quer über Mason's Yard, wo er stehenblieb und zur anderen Seite der Duke Street hinüberdeutete. „Schau! Dort ist Quartermain, der Buchhändler der Kunstwelt überhaupt. Massenhaft teure Bücher in allen Sprachen. Bücher, die so gelehrt sind, daß du schon einschläfst, bevor du sie aufschlägst."

„Und?"

„Es gibt hier auch eine Abteilung für Glasmalerei. Denk daran, daß einer unserer Namen – Grainger – einem Händler für Glasmalerei bekannt vorkam. Vielleicht war er ein Kunde, vielleicht aber auch ein Experte auf diesem Gebiet, der darüber geschrieben hat. Mal sehen."

Man kannte Michael in dem Buchgeschäft und ließ ihn folglich ungestört herumstöbern. Die Bände über Glasmalerei standen in einem kleinen Raum. Michael ließ den Finger suchend über die Namen der Autoren auf den Buchrücken gleiten. Sie waren alphabetisch geordnet: Barbier, Chadwick, Fleming, Friedrich, Grainger! Rasch holte er das Buch herunter, das den Titel trug: „Licht des Nordens: Glasmalerei Englands". Michael schlug ganz hinten die Umschlagklappe auf.

„Das ist er!" Isobel starrte das Foto des Autors an. Graues Haar, tiefe Falten um den Mund, ein harter, reservierter Blick. Der Text unter dem Foto besagte, daß er Dozent für mittelalterliche Geschichte am „Royal Institute of History" in London sei.

„Ein Hochschullehrer! Darauf hätten wir schon früher kommen können." Michael zog seine Brieftasche heraus. „Am besten kaufe ich das Buch. Vielleicht verrät es uns etwas über Molyneux-Grainger." Sie bezahlten und verließen die Buchhandlung. Auf der Straße blätterte er darin, stellte aber rasch fest, daß es sich um rein kunstgeschichtliche Erläuterungen handelte, die kaum Aufschluß über den Autor zuließen.

„Zwar wissen wir jetzt, mit wem wir's zu tun haben. Aber bei unserem nächsten Schritt hilft uns das nicht weiter", erklärte Michael enttäuscht.

„Vielleicht doch. Wo ist das Royal Institute of History?"

„Am Gordon Square", erwiderte Michael, „hinter dem Britischen Museum."

Isobel winkte ein Taxi heran, und sie fuhren zum Gordon Square. Michael deutete über den Platz. „Dort drüben. Aber –"

„Schon gut, überlaß das mir. Es ist besser, wenn du hier wartest. Anhand des Fotos vom Buchumschlag weißt du jetzt, wie Grainger aussieht. Sollte er gerade zurückkommen, kannst du ihn aufhalten. Ich mache mich auf die Suche nach seinem Büro. Falls ich ihn dort antreffe, muß ich mir irgend etwas einfallen lassen, falls nicht . . . dann kann ich vielleicht etwas Nützliches entwenden."

„Isobel! Das ist nicht unser Stil."

Sie setzte eine trotzige Miene auf. „Er ist uns zwei, fast sogar drei

Tage voraus, das hast du selbst gesagt. Und vergiß nicht, wie er mit uns umgesprungen ist. Also, laß mich nur machen.“

Im Institut herrschte ziemlicher Betrieb, doch Isobel entdeckte rasch einen Anschlag an der Wand, aus dem hervorging, daß Dr. George Grainger Zimmer 216 hatte. Sie stieg die Treppe in den zweiten Stock hinauf, schlich den Korridor entlang, und vor Zimmer 216 sah sie sich um: Sie war allein.

Vorsichtig drückte sie die Klinke nieder, die Tür schwang geräuschlos auf. Isobel schlüpfte hinein und schloß die Tür hinter sich. Ihr Herzklopfen ließ nach, obwohl sie wußte, wie schwer sie sich herausreden könnte, falls sie ertappt würde.

Plötzlich hörte sie Stimmen. Irgendwelche Mitarbeiter des Instituts schienen für heute Feierabend zu machen. Wenn jedoch einer von ihnen eintrat, weil er Grainger eine Notiz hinterlassen wollte? Was sollte sie bloß tun?

Nun erklangen die Stimmen direkt vor der Tür. Waren die Leute stehengeblieben? Kamen sie gleich herein? Doch dann setzte draußen die Unterhaltung wieder ein, und die Schritte entfernten sich. Isobel atmete erleichtert auf.

Sie begann auf Graingers Schreibtisch herumzusuchen, auf dem sich Bücher und Fachzeitschriften türmten. Zwischen zwei Seiten eines Journals steckte ein Stück Papier. Doch als Isobel genauer nachsah, entdeckte sie nur einige gelb unterstrichene Passagen, die anscheinend von Pferdezucht handelten. Als nächstes versuchte sie, die Schubladen zu öffnen. Sie wunderte sich selbst darüber, welche Kaltblütigkeit sie als Amateureinbrecherin besaß. Da die Schubladen alle verschlossen waren, wandte sie ihre Aufmerksamkeit wieder der Schreibtischplatte zu. Dabei fiel ihr ein zweites Lesezeichen auf, das in einem Buch steckte. Es war eine Quittung der National Portrait Gallery über 35 Pence. Was kostete denn so wenig? Vielleicht eine Kunstpostkarte? Oder aber einige Fotokopien, wie ihr jäh klar wurde.

Sie suchte verbissen nach etwas, das ihr weiterhelfen würde. Neben das Telefon war eine Nummer gekritzelt worden. Isobel zog die 35-Pence-Quittung aus dem Buch, notierte darauf die Nummer, steckte sie ein und verließ das Zimmer. Eine geklaute Quittung der National Portrait Gallery entspricht in etwa einer geklauten Rechnung von Helen Sparrow, dachte sie. Rasch eilte sie den Korridor entlang zur Treppe. Als sie auf den Platz hinaustrat, entdeckte sie Michael, der sich eine Zeitung gekauft hatte und lässig an einen Wagen gelehnt dastand.

„Schnell, komm!" Isobel lief in südlicher Richtung zum Russell Square ins Hotel Russell und steuerte eine Telefonzelle an. „Hast du fünfzig Pence?"

Michael holte Kleingeld aus seiner Hosentasche. Seine Neugier war geweckt. Ein Ferngespräch?

Isobel wählte die Nummer, die sie auf die Quittung der National Portrait Gallery gekritzelt hatte.

„Guten Abend", sagte sie, als sich jemand meldete. „Können Sie mir bitte mitteilen, ob Dr. Grainger oder Dr. Molyneux noch bei Ihnen wohnt? Aha, ich verstehe. Wo genau sind Sie eigentlich? Ja . . . ja . . . vielen Dank. Auf Wiederhören."

Sie drehte sich zu Michael um und zeigte ihm den Zettel. „Schau dir diese Nummer an, ich habe sie auf Graingers Schreibtisch entdeckt. Die Vorwahlnummer ist die gleiche wie für Dorchester. Es handelt sich um ein Hotel namens ‚Peverell Place'. Dort bekam ich gerade bestätigt, daß ein gewisser Dr. Molyneux gestern morgen abgereist ist. Wir haben's geschafft, Michael. Wir sind wieder auf heißer Fährte."

Michael lächelte. „Und wo ist das Hotel ‚Peverell Place'?"

„In Stoke Hembury, ungefähr in der Mitte zwischen Dorchester und Bridport an der Küste von Dorset."

10. KAPITEL

SIE BRACHEN schon vor sieben Uhr in London auf und frühstückten in einem Straßencafé bei Salisbury. Beim Essen reichte Michael Isobel eine am Vorabend angefertigte Fotokopie von einer Eintragung im „Dictionary of National Biography". Sie lautete folgendermaßen:

> PEVERELL, Sir Harold (1485–1549), spielte eine wichtige Rolle in der englischen Pferdezucht. Nachdem sein Vater Henry Peverell, Botschafter in Venedig, von seinen Reisen mehrere Pferde mitgebracht hatte, kreuzte Harold Peverell diese mit einheimischen Tieren. Er züchtete ein robustes, schönes Pferd, den Stoke Chaser, so benannt nach Stoke Hembury, dem Gestüt, aus dem die Zucht ursprünglich stammt.

„Das erklärt das Buch über Pferdezucht auf Graingers Schreibtisch", meinte Isobel. „Aber wieso verwendet ein Hochschullehrer einen falschen Namen und spielt den Einbrecher?"

„Vergiß bitte nicht, daß fünfzehn Millionen Pfund selbst dem kühlsten Gelehrten den Kopf verdrehen können. Und gestern abend rief ich einen Freund in Oxford am dortigen Museum an und fragte ihn, ob er etwas über Grainger wisse. Anscheinend war Grainger vor einigen Jahren in einen kleinen Skandal verwickelt, als er eine angeblich sehr seltene Glasmalerei für echt erklärte, die dann von einem deutschen Sammler für viel Geld erworben wurde. Grainger bekam ein fettes Honorar, nachdem der Verkauf zustande gekommen war. Später stellte sich das Glas als geschickte Fälschung heraus. Grainger verlor seine Stellung in Oxford. Vielleicht sieht er nun in der Entdeckung der Schätze aus Monksilver seine Chance zu einem Comeback in Universitätskreisen."

Um nach Stoke Hembury zu gelangen, mußten sie zunächst nach Dorchester und dann in westliche Richtung fahren. Die Straße wurde schmaler und fiel steil bergab, als sie sich den Klippen und dem Meer näherten. Die Erde hatte hier eine rötliche Färbung.

Und dann kam plötzlich der Ärmelkanal in Sicht. Michael kurbelte das Fenster herunter. Von See her wehte eine kräftige Brise.

Als sie kurz darauf nach Stoke Hembury kamen, entdeckten sie in dem kleinen Ort sofort ein Schild: „Peverell Place Hotel".

Michael hielt gegenüber dem Eingangstor des Hotels an. Von dort konnten sie zwischen Bäumen hindurch das stattliche Gebäude inmitten eines schönen Parks erblicken. „Seit unserem Pferdezüchter Harold ist aber viel hinzugefügt worden", meinte Michael. „Es ist 17. oder 18. Jahrhundert."

„Am besten übernachten wir hier", schlug Isobel vor. „Dann können wir uns auf unauffällige Weise umsehen."

Michael bog von der Straße in die Zufahrt ein, die in einer weiten Linkskurve zur Rückseite des Gebäudes führte.

„Wie wunderschön!" rief Isobel, als vor ihnen hohe Klippen und dahinter das Meer ein grandioses Panorama boten. „Mir kommt's so vor, als stünden wir auf der Brücke eines Ozeanriesen."

Auf der dem Kanal zugewandten Seite kam ein weiterer Gebäudeteil in Sicht, der mit seinen Giebeln und steinernen Zwischenstützen der Fenster aus viel älterer Zeit stammte.

„Das ist nun Tudorstil, und zwar sehr guter", sagte Michael, als sie ausstiegen. Sie betraten das Hotel und befanden sich in einem großen getäfelten Raum mit einem gewaltigen offenen Kamin. Hinter einem Torbogen am anderen Ende konnten sie einen wuchtigen Eichentisch erkennen, der wohl als Rezeption diente. Dort stand eine junge Frau, die sich lächelnd erkundigte: „Kann ich Ihnen behilflich sein?"

„Falls Sie noch freie Zimmer haben, dann können Sie's", erwiderte Michael.

Die Empfangsdame sah in ihrem Verzeichnis nach. „Ich habe noch ein Doppelzimmer im jakobinischen Trakt. Das ist natürlich nicht der älteste Teil, aber man hat dafür einen herrlichen Blick auf das Meer. Ist Ihnen das recht?"

Etwas aus der Fassung gebracht, zögerte Michael. Wenn es nur noch ein Zimmer gab, was sollten sie dann tun? Isobel ergriff die Initiative und sagte rasch: „Wir würden es uns gerne ansehen. Ist das möglich?"

„Aber natürlich. Hier entlang."

Sie nahm einen Schlüssel aus einem Wandschränkchen und führte sie durch die Halle zurück in einen anderen Gebäudeteil, wo die Räume viel lichter waren, da sie höhere Decken und keine so dunkle Täfelung hatten. Schließlich stieg sie noch eine verwinkelte Treppe hinauf und blieb vor einer hellen Eichentür stehen, die sie aufschloß. „Hier ist das Zimmer", sagte sie.

Der Raum war sehr groß und hatte eine hohe, gewölbte Decke. Durch ein Erkerfenster blickte man auf Klippen und Meer. Die Möblierung bestand aus einem Himmelbett, einem Schreibtisch und einem Sofa im Erker. An den Wänden hingen zahlreiche Porträts. „Es sind keine Originale", sagte die Angestellte, die Michaels interessierten Blick bemerkte. „Es sind Kopien der Gemälde, die unten im Aufenthaltsraum zu besichtigen sind. Das Haus gehörte früher den Peverells, wie Sie vielleicht schon wissen. Ein Mitglied der Familie war Botschafter in Venedig. In der Bibliothek finden Sie einige Bücher und Broschüren, falls Sie sich informieren wollen." Sie lächelte ihnen zu. „Möchten Sie also das Zimmer haben?"

Michael warf Isobel einen zweifelnden Blick zu, doch sie antwortete schnell entschlossen: „Ja. Für eine Nacht, möglicherweise sogar für zwei."

„Ich bin sicher, Sie werden Ihren Aufenthalt bei uns genießen. Kommen Sie doch bitte gleich mit hinunter, damit wir die Formalitäten erledigen können."

Als Michael das Anmeldeformular ausgefüllt hatte, ging er zu Isobel hinaus, die gerade die Koffer aus dem Auto holte. Sie drehte sich um, sobald sie seine Schritte auf dem Kies hörte, und flüsterte: „Hast du das breite Sofa unter dem Erkerfenster gesehen? Dort wirst du nämlich schlafen."

„Ich tippe eher auf dich."

„Du weißt doch, daß ich nicht wette. Versuch ausnahmsweise einmal ein Gentleman zu sein."

Beim Auspacken im Zimmer fragte Isobel: „Wie sieht unsere Planung aus?"

„Mittagessen im Hotel, nachmittags in die Bibliothek, am frühen Abend eine Erkundungstour durch Haus und Gelände. Unverfängliche Konversation mit Besitzer und Kellnern am späteren Abend."

„Wie wär's, wenn wir jetzt ein bißchen herumspazieren und uns die Klippen und das Meer anschauen?" meinte Isobel. „Es ist ein so herrlicher Tag. Auf diese Weise können wir gleich die Lage erkunden."

„Gern. Das wird uns gehörig Appetit machen."

Als sie die Zufahrt hinuntergingen, nahm Michael Isobels Hand. Sie wollte sie ihm entziehen, doch er flüsterte ihr zu: „So sieht's echter aus. Wenn wir wie ein Liebespaar wirken, Sofa hin, Sofa her, dann sind die Leute weniger auf der Hut."

Sie warf ihm einen Blick zu, der alles andere als liebevoll war, überließ ihm aber ihre Hand. Der Spaziergang bewirkte genau das, was Michael prophezeit hatte. Die Meeresbrise und der steile Abstieg zum Strand, den sie ein Stück entlangliefen, machten beide hungrig.

Nach dem Essen ließen sie sich in der Bibliothek nieder, wo es leider nur ein Buch und eine Broschüre über die Peverells gab. Nach einer Stunde stiller Lektüre gähnte Michael demonstrativ. „Gott, ist das langweilig! Henry Peverell, der Botschafter, war ein wichtigtuerischer, überheblicher Nichtsnutz, soweit ich das beurteilen kann."

„Das soll uns nicht weiter stören. Aber gibt's in dem Buch irgendwelche Hinweise?"

„Vielleicht entdeckst du mehr als ich. Also, er wurde sehr jung schon zum Botschafter ernannt. In Venedig lernte er seine spätere Frau, Elisabetta Dagaiole, kennen. Das Emblem ihrer Familie, eine Maske, wurde offenbar Teil des Peverellschen Wappens. Das Dagaiole-Wappen sei in zweifacher Hinsicht sehr passend gewesen, heißt es hier weiter, da Masken an die venezianischen Bälle erinnerten und außerdem zur Kunst der Diplomatie gehörten, bei der Täuschung als Tugend galt. Dann wird noch alles mögliche über Pferde erzählt: wie Peverell mehrere Araberfohlen bei Türken auf einem Markt in Venedig kaufte und einen Türken anheuerte, um ihre Verschiffung nach England zu überwachen."

„Vielleicht sind die Pferde ein Fingerzeig für uns, Michael. Sie scheinen Peverells größte Errungenschaft zu sein."

Michael schüttelte den Kopf. „Du vergißt unseren nächsten Hinweis auf dem Gemälde – den Fährmann. Entweder gibt's hier in der Gegend einen Fluß, oder es existiert ein anderes Bindeglied zum Wasser, der Unterwelt oder zum Tod, das wir noch nicht entdeckt haben. Was ist mit deiner Broschüre? Bringt die etwas?"

„Nicht viel. Anscheinend war der König überaus zufrieden mit Peverells Auftreten in Venedig, denn er veranstaltete ein großes Schwanenfest für die Peverells und erteilte ihnen das besondere Privileg, ein ganzes Jahr lang Schwan essen zu dürfen, was normalerweise der königlichen Familie vorbehalten war. Deshalb findet man im Peverellschen Wappen neben Masken auch Schwäne."

Michael erhob sich. „Ich komme mir richtig dumm vor, weil uns so gar nichts gelingt. Wir brauchen eine Anregung von außen. Warum schauen wir uns das Haus nicht etwas näher an?"

Isobel war einverstanden. Den ältesten Teil des Gebäudes, der schon existiert hatte, als die „Lügenlandschaft" gemalt worden war, hatte man hervorragend restauriert. Das Wappen der Peverells, die Masken und Schwäne, war überall zu finden – in Kamine und Treppenbalustraden eingemeißelt und an den Rahmen der Porträts in der Eingangshalle.

„Eine stolze und eingebildete Sippschaft", meinte Michael. Er schaute sich die Gemälde sehr genau an, konnte aber nichts entdecken, was ihm und Isobel bei ihren Nachforschungen helfen würde. Die Porträtierten waren allesamt Peverells, darunter auch die venezianische Schönheit, die der Botschafter aus Italien mitgebracht hatte. Eine blonde, dralle Frau mit schweren Lidern, die ein knallrotes Kleid und verschwenderisch viel Spitze trug. In der Hand hielt sie eine kunstvolle Maske.

Als sie den Streifzug durch das Hotel beendet hatten, wollte Isobel Tom zu Hause auf der Farm anrufen und sich dann ein heißes Bad gönnen. Also zog sich Michael wieder in die Bibliothek zurück.

Als er der Meinung war, daß Isobel nun lange genug in der Wanne gelegen hatte, holte er in der Bar zwei Glas Whisky und eine Zigarre. Als er mit den Gläsern das Zimmer betrat, saß Isobel, in ein großes Badetuch gehüllt, vor der Frisierkommode. Der Anblick ihrer hellen, noch leicht feuchten Schultern weckte in ihm wieder heftiges Verlangen. Sie drehte sich zu ihm um, sah die Getränke in seiner Hand und strahlte ihn an. „Ist das für mich? Wie hast du das erraten? Genau darauf hatte ich jetzt Lust." Sie nahm ihm das Glas ab und trank einen großen Schluck.

Auch Michael nahm nun ein Bad, und bis er wieder angezogen war, war es fast acht Uhr abends geworden. Isobel trug ein rotes Kleid und Granatohrringe, die ihre Augen noch unergründlicher wirken ließen.

„Du siehst hinreißend aus", sagte Michael.

„Vielen Dank." Sie lächelte ihn an. Ihre Beziehung wurde allmählich wieder so, wie sie vor dem Überfall auf Helen Sparrow gewesen war.

An der Bar nahmen sie noch einen Drink und studierten die Speisekarte. Ein dunkelblonder Mann, der sich gerade mit anderen Hotelgästen unterhielt, schien der Besitzer zu sein. Er nickte ihnen lächelnd zu, dann trat er zu ihnen. „Guten Abend. Ich bin Rupert Walker, der Inhaber des Hotels."

Michael stand auf, schüttelte ihm die Hand und stellte Isobel vor. „Haben Sie auf ein Glas Zeit für uns?"

„Aber gerne." Walker bestellte sich einen Rotwein.

Als sich alle gesetzt hatten, begann Michael: „Wir machen hier Ferien, aber als Londoner Kunsthändler bin ich natürlich an den Gemälden, den Peverells und dem ganzen Besitz interessiert. Vielleicht können Sie uns einiges erzählen, was nicht in den Büchern steht. Ein wunderbares Anwesen!"

„Ja, nicht wahr?" Sein Wein wurde gebracht, und er trank einen Schluck. „Nun, was kann ich Ihnen Neues bieten? Die Bücher über die Peverells teilen nur schmeichelhafte Dinge mit und er-

wähnen folglich mit keinem Wort die vielen Gerüchte, daß die Familie in großem Umfang in hiesige Schmuggelgeschäfte verwickelt gewesen sein soll . . . Aber das ist nicht sonderlich interessant, ich weiß." Plötzlich erhellte sich seine Miene. „Sie sind also Kunsthändler. Vielleicht können Sie uns bei den Gemälden helfen. Wir wissen nämlich nicht, von wem sie gemalt wurden."

„Gibt es denn keinerlei Unterlagen?"

Rupert Walker runzelte die Stirn. „Nein. Aber komischerweise war ausgerechnet gestern jemand hier, der es für möglich hielt, daß die Bilder von einem gewissen Michael Sittow stammen. Ich habe noch nie von ihm gehört, aber er scheint zur Zeit der Tudors ein bekannter Hofmaler gewesen zu sein. Der Mann versprach, uns noch Genaueres wissen zu lassen."

Michael bemühte sich, ruhig zu bleiben. „Vielleicht kennen wir den Mann. Hat er Ihnen seinen Namen genannt?"

„Ja ... Robert Molyneux. Sehr groß und hager, mit grauem Haar. Kennen Sie ihn?"

Michael schüttelte den Kopf und lenkte schnell wieder von dem heiklen Thema ab. „In der Broschüre steht, daß der Botschafter sich jedes Jahr für eine gewisse Zeit auf Kur begab."

„Das stimmt. Er litt an Gürtelrose, und anscheinend behandelte ihn ein medizinisch versierter Mönch mit Erfolg. Deshalb zog er sich jedes Frühjahr, wenn er am meisten unter der Krankheit zu leiden hatte, für zwei Wochen ins Kloster zurück."

„Sie wissen nicht zufällig, welches Kloster das war?"

„Ich glaube, das Kloster hieß Monksilver – nicht allzuweit von hier, in Somerset."

Michael tauschte einen raschen Blick mit Isobel und meinte dann: „Ach, übrigens, hat dieser Molyneux Ihnen seine Hilfe angeboten, als er sich Ihre Gemälde ansah?"

„Ja, das hat er. Er fragte mich, ob er irgendwelche Fotos der Gemälde mitnehmen könnte, da er sie für seine Nachforschungen brauche. Wir hatten einen alten Prospekt über das Hotel mit Schwarzweißabbildungen von vier Porträts auf einer Seite. Sie vermitteln einen gewissen Eindruck."

„Haben Sie noch einen Prospekt übrig? Es hört sich so an, als ob dieser Molyneux weiß, wovon er spricht, aber ich würde Ihnen trotzdem gern behilflich sein."

„Gut. Ich hole gleich einen aus meinem Büro."

Als er wiederkam, bedankte sich Michael und steckte die Broschüre in die Tasche. Dann meinte er beiläufig: „Von Sittow stammen die Bilder übrigens nicht, der lebte später ... Verraten Sie mir nur noch eines, Mr. Walker. Gibt's hier in der Gegend einen Fluß?"

„Nein. Wie Sie ja sehen können, liegt das Hotel hoch über der Küste. Sind Sie Angler?"

Michael nickte, worauf Isobel ihm einen belustigten Blick zuwarf. „Wo liegen die Peverells begraben?"

„Der Botschafter wurde in Monksilver beigesetzt. Alle anderen befinden sich auf dem hiesigen Friedhof in Abbotsbury, wo es übrigens eine beeindruckende Abteiruine zu besichtigen gibt."

„Sieht nicht vielversprechend aus, oder?" sagte Isobel, als sie nach dem Abendessen wieder in ihrem Zimmer waren. „Vielleicht bedeutet Charon doch etwas anderes."

Michael runzelte die Stirn. „Grainger hat die Bedeutung jedenfalls entdeckt, was sie auch sein mag. Er ist nicht lange geblieben. Mein Gott, wir sind mal wieder total begriffsstutzig."

Sie löschten bald das Licht. Aber es dauerte lange, bis Michael einschlief. Er versuchte darüber nachzudenken, wie sie bisher immer wieder Fortschritte erzwungen hatten, wenn sie an einem toten Punkt angelangt waren. Doch es war zwecklos . . . Der Raum duftete nach Isobels Haar, ihrem zarten Parfum, ihrem Körper. Der Anblick ihrer nackten, feuchten Schultern trat wieder vor sein geistiges Auge und ließ sich nicht vertreiben.

MICHAEL schlief in dieser Nacht reichlich unruhig, denn das Sofa war sehr unbequem. Er schreckte gegen sechs Uhr hoch, war sofort hellwach und beschloß, sich nicht länger zu quälen. Auf Zehenspitzen schlich er ins Badezimmer, wo er sich so geräuschlos wie möglich ankleidete. Dann stieg er die Treppe hinunter und verließ das Haus, um ein wenig umherzuschlendern.

Es war ein klarer Morgen. Das Meer glitzerte in der Sonne. Schon bald kam Michael an einen Bach, der jedoch so schmal, so unbedeutend war, daß Michael daran zweifelte, ob es ihn fünfhundert Jahre zuvor überhaupt schon gegeben hatte.

Er kehrte gemächlich wieder ins Hotel zurück und fand Isobel bereits im Frühstücksraum. Michael erzählte ihr von seiner vergeblichen Suche.

„Du siehst so aus, als könntest du selbst etwas Wasser gebrauchen", meinte sie mit einem Lächeln.

Er fuhr sich mit der Hand übers Kinn. Zugegeben, eine Rasur war dringend nötig. „Aber erst frühstücke ich mit dir."

Eine Stunde später fuhren sie ins Zentrum von Abbotsbury, wo sie ein kleines Museum entdeckten. Es bestand aus einem einzigen zugigen Raum mit großen Fenstern, der mit Landkarten der Umgebung förmlich tapeziert war. Von einer geschäftig wirkenden Angestellten mit stoppeligen blonden Haaren erfuhren sie, daß es hier im Museum Henry Peverells Testament und die Kirchenbücher gab. Als die Angestellte ihnen die Dokumente gebracht hatte, saßen sie eine Weile schweigend nebeneinander, in ihre Lektüre vertieft.

Isobel war als erste fertig. „Hier in den Kirchenbüchern ist nichts."

Michael schaute auf. „Da war ich erfolgreicher. Hier steht, daß Henry Peverell ein Handreliquiar, das mit Rubinen verziert war, dem Kloster in Monksilver vermachte."

„Na wunderbar. Also sind wir am richtigen Ort Vielleicht haben die Mönche ihren Schatz hierhergebracht, um ihn zu verstecken. Wir wissen nun jedenfalls, daß eine enge Verbindung zu den Peverells bestand."

„Klingt plausibel, ja. Aber Grainger war nicht hier, denn die Angestellte hätte es sonst sicher erwähnt."

Sie gaben die Dokumente zurück und bedankten sich. Draußen schlenderten sie die Hauptstraße von Abbotsbury entlang. Dann kehrten sie zum Mittagessen im Dorfgasthaus ein, wo es gleich mehrere Sorten Apfelwein gab.

Beim Kaffee wandten sie sich erneut dem Prospekt von „Peverell Place" zu. „Ich denke jetzt einmal laut, Michael", sagte Isobel. „Könnte Charon vielleicht nicht nur die Unterwelt im allgemeinen symbolisieren? Und damit könnte dann eine Höhle oder ein unterirdischer Gang gemeint sein, der vom Haus zu den Klippen führt. Erinnere dich an das Gerücht, daß die Peverells im Schmuggelgeschäft mitgemischt haben."

Michael trank einen Schluck Apfelwein. „Weißt du was? Am besten erforschen wir heute nachmittag einmal die Klippen, und falls wir nichts entdecken, fahren wir morgen früh nach London zurück und lesen über diesen Sittow nach. Vielleicht gibt's etwas in seiner Lebensgeschichte, das für uns aufschlußreich ist."

Sie schauten sich die Landkarte an, um sich genau die Lage des Hotels zur Küste einzuprägen, und es stellte sich heraus, daß auf der Karte tatsächlich einige Höhlen eingezeichnet waren. Sie mußten den Wagen stehenlassen und über ein weites Feld laufen, um dann über einen steilen Kletterpfad hinunter zum Strand zu gelangen. Unten gingen sie zügig am Meer entlang, bis die Klippen etwas flacher und zerklüfteter wurden, so daß man leichter Zugang fand. Michael blieb stehen und studierte die Karte. „Die Höhlen müssen hier irgendwo sein", sagte er dann. Er kletterte als erster hinauf, und nach etwa fünfzehn Meter Kraxelei fanden sie sich in einer flachen Mulde wieder, die von See her nicht zu sehen war.

„Ideal", sagte Isobel nach einem Blick in die Runde. „Ein ideales Plätzchen für Schmuggler."

Michael deutete über ihre Schulter. „Und das da ist, wenn ich nicht sehr irre, eine Höhle." Sie war übermannshoch. Als sie sich hineintasteten, wurde es schlagartig kälter. Isobel rieb die Finger über die Sandsteinwände und spürte, wie sich feuchte Bröckchen lösten.

„Schau mal dort!" rief Isobel aufgeregt, und ihre Worte wurden von den Wänden zurückgeworfen. „Ein Gang! Aber er ist zugemauert."

Von der großen Höhle ging eine viel schmalere ab, die jedoch schon nach drei oder vier Metern durch eine Mauer aus grauen Steinklötzen vom Boden bis zur Decke verbarrikadiert war.

„Wahrscheinlich sind diese Höhlen ziemlich gefährlich, je tiefer man in die Klippen vordringt", sagte Michael. „Außerdem vermute ich, daß wir hier am falschen Ende stehen. Falls deine Theorie stimmt, dann befindet sich das, wonach wir suchen, auf der anderen Seite, näher am Hotel."

Sie machten sich auf den beschwerlichen Rückweg und fuhren dann im Auto zum Hotel zurück. Vor der Zufahrt hielt Michael wie schon am Vortag plötzlich an. „Jetzt wird's schwierig. Wir können uns nicht nach Geheimgängen erkundigen, ohne Verdacht auf uns zu lenken . . ."

Isobel legte ihm die Hand auf den Arm. „O doch, das geht schon, du Dummkopf. Wir ziehen das Ganze einfach als Jux auf. Laß mich nur machen."

In der Hotelhalle trafen sie auf Rupert Walker, der gerade eine Blumenvase zur Rezeption trug.

„Gut, daß wir Sie treffen", erklärte Isobel mit lauter, fröhlicher Stimme. „Sie können uns bei unserer kleinen Wette sicher helfen. Wir haben eben einen Spaziergang am Strand entlang gemacht und einige Höhlen entdeckt. Dabei fiel mir ein, daß Sie uns gestern von dem Gerücht erzählten, die Peverells hätten mit Schmugglern zu tun gehabt. Das kann doch eigentlich nur heißen, daß ein Geheimgang vom Haus zu den Klippen führt, oder? Habe ich recht?"

Mr. Walker lächelte. „Wie interessant, daß Sie das erwähnen. Ich kam nämlich auf dieselbe Idee, als ich das Hotel vor einigen Jahren kaufte. Leider stürzten die Höhlen schon vor längerer Zeit ein und wurden dann aus Sicherheitsgründen zugemauert."

Sobald sie in ihrem Zimmer waren, sprach Isobel aus, was beide dachten. „Wir sind jetzt am Ende unseres Lateins. Womöglich ist Grainger deshalb so rasch abgereist. Er hat begriffen, wie sinnlos die Suche hier ist."

Michael schüttelte den Kopf. „Glaube ich nicht. Hat Walker mit einer Silbe Molyneux erwähnt? Hätte Molyneux-Grainger sich nach einem unterirdischen Tunnel erkundigt, hätte Walker diesen merkwürdigen Zufall garantiert nicht unerwähnt gelassen. Wir sind wieder einmal auf der falschen Fährte, Isobel. Als Grainger hier abreiste, wußte er etwas, das wir nicht wissen."

WÄHREND des Abendessens waren beide ungewöhnlich schweigsam. Als sie sich dem Dessert zuwandten, kam Mr. Walker an ihren Tisch. „Lassen Sie mir bitte Ihre Visitenkarte da, bevor Sie abreisen", sagte er zu Michael. „Man kann ja nie wissen. Möglicherweise muß ich die Porträts für die Versicherung schätzen lassen, und Sie könnten mir behilflich sein."

„Sehr gern. Aber was ist mit diesem Molyneux?"

„Er ist Wissenschaftler, wie er mir erklärte, kein Händler. Allerdings machte er eine Bemerkung, die darauf schließen ließ, daß er gewisse Vermutungen über den Porträtmaler hat."

„Ach ja? Das ist ja interessant."

„‚Die Maske verrät alles', hat er gesagt. ‚Die Maske verrät alles.' Ich nahm an, daß er damit eine Signatur meinte, wie sie ein bestimmter Maler immer verwendete."

„Was hältst du davon?" fragte Isobel, nachdem der Hotelier sie wieder allein gelassen hatte. „Könnte es stimmen, daß die Maske so etwas wie eine Signatur ist?"

„Wenn ja, dann weiß ich jedenfalls nichts darüber. Was hat Grainger wohl damit gemeint? Ich hatte gehofft, heute nacht gut schlafen zu können, aber nun wird wieder nichts daraus."

11. KAPITEL

ISOBEL wurde am nächsten Morgen von Michael mit einem Kuß geweckt. Sie war sofort hellwach. „Was hast du vor?" fragte sie argwöhnisch. „Wieviel Uhr ist es überhaupt?"

„Es ist halb sechs, und du mußt gleich aufstehen. Das Sofa ist so verdammt unbequem. Folglich habe ich das Beste daraus gemacht und nachgegrübelt. So lange, bis ich endlich die Lösung für unser kleines Problem fand, wie ich glaube. Wir müssen nach Godwin Magna fahren."

„Aber warum?"

„Zieh dich bitte an! Ich erkläre dir alles unterwegs."

Isobel brauchte zwanzig Minuten, bis sie reisefertig war. Inzwischen beglich Michael bei Mr. Walker, der trotz der frühen Stunde schon auf war, die Rechnung.

„Du fährst", ordnete Michael an, als Isobel aus dem Hotel in die kühle Morgenluft hinaustrat. Der salzige Geruch des Meeres vermengte sich mit dem köstlichen Duft nach frischgebackenem Brot aus der Hotelküche. „Im Unterschied zu mir hast du in den letzten achtundvierzig Stunden etwas Schlaf gekriegt." Trotzig zeigte er ihr seine brennende Zigarre. „Nach dieser Nacht brauche ich das!"

Isobel ließ den Motor an. Sie fuhr in östlicher Richtung nach Abbotsbury. „Jetzt frage ich dich zum zweitenmal: Was hast du vor?"

„Ich spiele ein bißchen Sherlock Holmes." Michael hatte die Straßenkarte auf seinen Knien ausgebreitet. „Bieg in Abbotsbury links ab. Dort steht ein Wegweiser nach Portisham und zum Valley of Stones, dem Tal der Steine. Es geht steil runter . . ."

„Michael!"

„Oh, ich erklär's schon noch, keine Angst. Frag dich selbst: Was ist das wichtigste Attribut von Peverell Place, was hat uns überhaupt dorthin gebracht?"

„Das Wappen?"

„Richtig. Schwäne und Masken. Nun kommt der wichtige Teil: Warum eigentlich Schwäne und Masken? Was können sie für den Maler des Bildes bedeutet haben?"

Isobel überlegte. Sie durchquerten gerade einen lichten Buchenwald, der grün und golden glitzerte. Dann tauchte ein Hinweisschild nach Helstone auf. „Keine Ahnung", antwortete sie schließlich.

„Grainger sagte: ‚Die Maske verrät alles.' Doch eine Maske verrät ja nichts, sondern ganz im Gegenteil! Eine Maske gilt als Symbol des Betrugs. Und die spezielle Besonderheit von Schwänen ist ihr Schweigen. Betrug und Stummheit, das sind schon zwei Anhaltspunkte. Für den dritten Hinweis kehre ich wieder einmal zu deinem Gemälde und zu etwas zurück, das Helen bei der Säuberung entdeckte und das wir übersehen haben. Das Gesicht dieser angeblichen Mönchsgestalt, die zu der Steinplatte hinunterschaut, ist durch die Kapuze verdeckt. Als Helen die Schmutzschicht von der Steinplatte entfernte, kamen dadurch auch die Füße des Mönchs zum Vorschein, und die waren nicht menschenartig. Helen beschrieb sie als Klauen. Ungefähr um vier Uhr früh fand ich heute morgen in einem Nachschlagewerk, was ein Raubtier, ein Löwe ohne Gesicht, der in eine Mönchskutte gehüllt ist, symbolisiert: Betrug. Jedenfalls ergibt das zwei Betrügereien und einen Stummen, wenn du verstehst, was ich meine."

Die Straße führte in ein kleines Tal hinunter. Dort lag zwischen den Hügeln ein Dorf eingebettet. „Fahr hier nach rechts. Ja, da ist schon das Schild", sagte Michael.

Isobel schlug die angegebene Richtung ein. Auf dem Hinweisschild stand: WINTERBORNE HERRINGSTON.

„Schließlich kam mir noch ein kleiner Zufall zu Hilfe", fuhr Michael fort. „Ich blätterte eine Weile im Lexikon herum und stieß dabei auf das Stichwort ‚Tanz'. Zum Text gehört eine Zeichnung von Botticellis berühmter Allegorie ‚Der Frühling'. Darauf befinden sich sieben Figuren. Und ich erfuhr aus dem Buch, daß sie auf eine bestimmte Weise angeordnet sind, um eine Tonfolge zu symbolisieren. Die nach rechts blickenden Figuren repräsentieren Noten, die einen Wohlklang bilden, die nach links blickenden hingegen Dissonanzen. Wende das jetzt mal auf unser Bild an. Ich glaube inzwischen, daß alle Figuren, die nach rechts schauen, echte Hinweise liefern. Die anderen jedoch, die nach links schauen, wurden absichtlich hinzugefügt, um uns in die Irre zu leiten. Weiter glaube ich, daß der verflixte Grainger gleich begriffen hat, was gespielt wurde, sobald er nach Peverell Place kam. Deshalb blieb er nicht lange, und das meinte er mit der rätselhaften Bemerkung ‚Die Maske verrät alles'. Die Peverells wurden von dem Künstler, der die ‚Lügenlandschaft' malte, deshalb auserwählt, weil Henry eng mit dem Kloster in Monksilver verbunden war und jeder, der sich auf die Schatzsuche machte, automatisch annehmen würde, Peverell Place sei ein ideales Versteck für den Klosterschatz. Hinzu kam, daß das Peverellsche Wappen geradezu perfekt paßte. Es betont den entscheidenden Punkt: Wie die Masken ist Peverell Place eine bewußte Täuschung, wie die stummen Schwäne hat es uns nichts zu sagen. Wir sind geschickt in die Irre geleitet worden. Deshalb konnten wir keinen Fluß oder sonst etwas finden, das zu Charon paßte, dem nächsten Fingerzeig auf dem Bild. Philip Cross schaut nach rechts, die nächsten drei Figuren wenden sich nach links und lenken uns auf eine falsche Fährte. Charon hingegen ist ein richtiger Anhaltspunkt: Er ist ganz nach rechts ausgerichtet. Doch das ist noch nicht alles. Die nach rechts blickenden Figuren wenden sich auch dem kopfunter hängenden Kruzifix zu, und das Kruzifix steht für Wahrheit. Vergiß auch nicht, daß Helen uns von einer Träne auf dem Gesicht einer Gestalt berichtete, die in die falsche Richtung blickt. Wenn man sich nun die anderen falsch Ausgerichteten genauer ansieht, dann haben sie alle winzige Tränen auf den Wangen. Sie sind betrübt, weil sie wissen, daß sie Lügner sind und uns fehlleiten."

Isobel verlangsamte das Tempo, um eine enge Kurve zu bewältigen, und beschleunigte dann wieder.

Michael fuhr in seiner Erklärung fort. „Es kommt noch mehr. Alle Figuren, die es ehrlich mit uns meinen, öffnen leicht die Lippen, als wollten sie sprechen. Alle anderen haben entweder keine Lippen, oder ihr Mund ist geschlossen. Sie haben uns nichts zu sagen."

„Ich kann nicht verstehen, wieso . . ."

„Erinnerst du dich, daß wir gleich zu Beginn oben an der Marmorsäule eine bildliche Darstellung entdeckten?"

„Adam und Eva?"

„Nein, rechts davon den Mann mit einem Eisenstab, der einige Stufen hinuntersteigt, die zu Merkur führen, zu der Gestalt, die sich dann als Philip Cross entpuppte. Weißt du noch?"

„Ja, natürlich. Wieso kommst du darauf zurück?"

Michael grinste. „Weil der Mann mit dem Stab fünf Stufen hinabschreitet, und dies bedeutet – darauf wette ich glatt einen echten Rembrandt –, daß wir fünf Hinweisen folgen müssen, bevor wir zum Schatz gelangen."

„Ach, dann stimmt deine Theorie aber nicht mehr. Neun Figuren sind auf dem Bild zu einer Art Kreis angeordnet, fünf davon sind nach links gewandt, wenn ich mich recht erinnere. Damit bleiben nur vier Anhaltspunkte übrig."

„Sehr aufmerksam. Ich wette, es kann nur bedeuten, daß die letzte Gestalt den fünften Hinweis auch noch liefert. Doch damit beschäftigen wir uns, wenn's soweit ist. Im Augenblick ist für uns das wichtigste, daß Peverell Place und das Kloster von Lewell bei alledem keine Rolle spielen. Wir müssen zu dem letzten echten Hinweis zurückkehren, also nach Godwin Magna, und von dort aus neu starten. Erfreulich ist, daß laut Karte ein ziemlich großer Fluß durch Godwin Magna fließt. Er heißt Frome. Charon bezieht sich bestimmt darauf, und die nächste Figur, der Wassermann, will uns signalisieren, daß wir flußabwärts in Richtung Meer fahren müssen."

Nach einem kurzen Schweigen schaute Isobel rasch zu Michael hinüber und sagte dann leise: „Fühlst du dich sehr zerschlagen? Zwei Nächte fast ohne Schlaf . . . Ich habe richtige Schuldgefühle."

Michael lächelte sie erstaunt an. „Nur weiter so! Das gefällt mir. Aber es geht mir gar nicht so schlecht. Schließlich hat sich das Wachsein ja gelohnt."

Michael tätschelte beruhigend ihr Bein. Schnell griff sie zu und schob seine Hand zurück, hielt sie aber einen Moment länger fest als nötig, bevor sie an einer Kreuzung herunterschaltete.

„Noch zwei Kilometer bis Godwin Magna", sagte Michael, als er das Hinweisschild sah.

Diesmal kamen sie von Süden in den Ort. Als sie die Anhöhe hinter sich hatten und um eine Kurve bogen, tauchte vor ihnen eine Steinbrücke auf. Isobel überquerte sie und parkte dann den Wagen am Straßenrand.

Sie stiegen aus und schlenderten zur Brücke zurück, wo sie sich über das Geländer beugten und auf das bräunliche Wasser hinunterschauten.

„Das ist also der Frome", sagte Isobel, hob einen kleinen Zweig auf und warf ihn übers Geländer. Beide sahen ihm nach, als er hurtig flußabwärts trieb.

„Wie dieser Zweig müssen wir flußab", fügte sie nachdenklich hinzu. „Aber wie? Und wonach suchen wir überhaupt?"

„Ich hab die Karte im Auto gelassen, glaube mich aber zu erinnern, daß der Fluß drei, vier Kilometer weit nicht in der Nähe einer Straße verläuft. Deshalb werden wir dort auf meinen Mercedes verzichten müssen. Komm, gehen wir zurück und schauen uns auf dem Foto den nächsten Hinweis an."

Isobel lehnte mit dem Rücken am Wagen und betrachtete das Foto. „Sieh mal, der Wassermann trägt einen Blumenkranz um den Hals. Glaubst du nicht auch, daß dies ein Anhaltspunkt sein könnte?"

„Sicher sogar. Mir ist es schon vorhin aufgefallen. Bisher waren es immer die Details, die zählten – die umgekehrten Flammen auf Merkurs Robe, die Anzahl der Stufen, die der Mann hinuntersteigen will, das halbverdeckte Kruzifix, das verkehrt herum hängt. In diesem Bild hat alles seine Bedeutung, also bestimmt auch die Blumen. Weißt du vielleicht, wie sie heißen?"

Isobel lächelte. „Ein Bauernhof ist ein Bauernhof, keine Gärtnerei."

„Schade. Aber sicher gibt's irgendwo hier in der Gegend ein Gartencenter, wo man uns weiterhelfen kann. Fahren wir ins Dorf zurück und erkundigen uns."

Da es inzwischen schon sieben Uhr war, hatte der Laden geöffnet. Von der Inhaberin erfuhren sie, daß sich in einem Nachbarort namens Laycock eine Gärtnerei befand.

Als sie Godwin Magna wieder verließen, fragte Isobel: „Müssen wir uns unbedingt nach der Blume erkundigen? Sie ist sehr naturalistisch gemalt – weiße Blütenblätter mit rosa Staubgefäßen, an deren Ende ein winziger gelber Punkt sitzt. Falls wir ein Boot auftreiben können und auf eigene Faust die Flußufer erkunden, werden wir die Blume sicher wiedererkennen. Auf diese Weise brauchen wir keinen Fremden einzuweihen."

„Hm. Unser Problem ist die Zeit. Grainger ist uns ziemlich weit voraus. Vielleicht ist diese Blume hier wohlbekannt, und ein Experte könnte uns auf Anhieb dorthin schicken, wo sie besonders häufig vorkommt. Es ist aber auch durchaus denkbar, daß sie gar nicht mehr existiert. In dem Fall wäre es für uns gut zu wissen, wo diese Pflanzenart normalerweise anzutreffen ist, damit wir uns auf die Suche nach entsprechenden Stellen machen können."

Die Gärtnerei in Laycock war schnell gefunden. Eine große Tafel in grellem Rot und Gold machte auf NORAS GÄRTNEREI aufmerksam. Neben dem Tor warteten Kästen voll farbenprächtiger Blumen auf Käufer. Isobel bog in den staubigen Hof ein, der auf drei Seiten von Gewächshäusern umschlossen war. Ein Pfeil deutete auf eine Klingel.

Isobel stieg aus und klingelte. Fast unmittelbar darauf rief jemand aus einem der Gewächshäuser: „Bin gleich da!"

Eine Frau im blauen Overall kam aus der Tür marschiert. Sie

hatte ein sonnenverbranntes Gesicht, einen mächtigen Busen und erdverkrustete Hände. Kläffend folgte ihr ein Hund auf den Fersen. „Guten Morgen. Was für ein herrlicher Tag!"

„Sind Sie Nora?" erkundigte sich Isobel.

„Ziemlich blöder Name, nicht wahr? Wollen Sie Blumen oder Obst?"

„Obst bitte. Und außerdem Ihren Rat."

„Aber gern. Hier entlang." Sie verschwand mit Isobel im Gewächshaus.

Ungefähr eine Viertelstunde passierte gar nichts. Michael hörte sich im Radio die Frühnachrichten an. Aus Los Angeles kam eine Ankündigung, daß der Filmstar Margaret Masson wieder heiraten würde. Diesmal handelte es sich bei dem glücklichen Bräutigam um den Schönheitschirurgen Dr. Edward Whicker. Die Hochzeit sollte in wenigen Tagen stattfinden.

Michael freute sich und überlegte gerade, welche Wette er seinen Freunden als nächstes vorschlagen sollte, als Isobel wieder auftauchte. „Michael, könntest du mir bitte helfen?" rief sie. Er ging mit ihr durch das Gewächshaus, und sie deutete auf einen Karton mit Äpfeln. „Trag sie mir bitte zum Auto."

Während er die Äpfel zum Mercedes brachte, winkte Isobel Nora zum Abschied zu. „Zurück nach Laycock", sagte sie dann.

„Bist du mit Nora klargekommen?"

„Ich habe die Äpfel als eine Art Bestechung gekauft, bevor ich ihr erzählte, daß wir an einer Rallye teilnehmen und daß die Blume der nächste Hinweis sei. Ich dachte, das klingt einigermaßen unverdächtig."

„Eine Rallye morgens kurz nach acht? Na, Hauptsache, sie hat's dir geglaubt. Und weiter?"

„Sie erkannte die Blume, aber natürlich gibt's mal wieder Probleme. Es ist nämlich eine Mandelblüte. Gut ist daran, daß Mandelbäume oft am Wasser wachsen. Schlecht ist, daß es sie in England nur äußerst selten gibt."

„Dann haben die wenigen Stellen, wo sie wachsen, vielleicht eine lokale Berühmtheit erlangt. Konnte sie dir da weiterhelfen?"

„Nein. Sie hat die Blüte auch nur deshalb erkannt, weil ihr Bruder in Italien lebt, und dort sind Mandelbäume sehr verbreitet."

Michael steuerte den Mercedes über den Marktplatz von Laycock. „Also müssen wir doch ein Boot mieten und den Fluß ent-

Michael reichte ihm das Geld, und der J
zu einem kurzen Anlegesteg. Das Boot, da
ein simples Ruderboot mit Außenbordmoto
sagte, daß es sich um ein „Skiff" handelte.

Dann zeigte er ihnen, wie man den Motor
Er prüfte, ob der Ersatzkanister voll war, und
nach, bevor er ihn samt einigen Tauen in einen
staute. Ein quadratisches Brett diente als Deckel,
wurde, um Regen und Gischt fernzuhalten.

Der Junge hielt das Boot im Gleichgewicht
Michael eingestiegen waren und sich gesetzt hatte
es von der Kaimauer ab.

Anfangs war der Fluß ziemlich schmal und floß ra
bel ließ den Motor auf vollen Touren laufen, da sie sic
flußaufwärts von Godwin Magna befanden, also in e
schnitt, an dem sie nicht interessiert waren. Sie brauch
vierzig Minuten, um Godwin Magna zu erreichen.
schon vertraute Steinbrücke in Sicht kam, drosselte
Motor. Die Anhöhe mit der Ortschaft ragte links von
während sich auf der anderen Seite eine sumpfige Wiese, a
einziger Baum stand, einige hundert Meter am Fluß entla

Die nächsten eineinhalb Stunden trieben Isobel und
langsam weiter stromabwärts. Zuerst kamen sie nach Sayers
hielten aber nicht an, da es sich nur um einen dichtste
Nadelwald handelte, den man vermutlich erst vor vierzig
gepflanzt hatte. Außer dem Wald gab es nichts – kein Gebäud
aus früheren Zeiten hätte stammen können. Auch von Bl
keine Spur.

Sie schipperten gemächlich weiter und ließen sich ab und
einen Apfel schmecken. Michael fand es erstaunlich, wie gut
sich dieser idyllischen Stimmung hingeben konnte, obwohl do
Grainger immer noch einen Vorsprung hatte. Die sich im Wass
spiegelnde Sonne war inzwischen so grell, daß sie ihre Augen blen-
dete.

Quarr Wood erreichten sie kurz nach Mittag. Michaels Puls
beschleunigte sich, denn hier sah alles recht vielversprechend aus. Der Wald lag hinter einer grauen Steinbrücke, und davor erstreckte sich eine Wiese, durch die sich mehrere Vertiefungen schlängelten. Isobel erkannte gleich, worum es sich handelte.

„Dort verlief früher das Flußbett", erklärte sie Michael. „So etwas Ähnliches gibt's überall in England. Im 13. und 14. Jahrhundert begradigten die Mönche viele Flüsse, damit das Wasser schneller floß und ihre Mühlen mit mehr Schwung antrieb. Vielleicht stoßen wir am Ende dieser geraden Flußstrecke auf eine uralte Mühle oder zumindest deren Überreste. Halt deine Augen offen."

Der Fluß war hier bei Quarr Wood ziemlich breit und von Kiesbänken gesäumt. Zwei Schwäne patrouillierten auf und ab. Die Bäume jenseits der Wiese schienen wenigstens zum Teil aus früheren Jahrhunderten zu stammen. Michaels Aufmerksamkeit wurde durch ein bemoostes Wehr auf der einen Flußseite geweckt, wo ein Nebenarm einmündete. Ein halbverfallenes Gemäuer, das so aussah, als hätte es früher einmal einen Garten umschlossen, grenzte dort an. „Die Stelle ist auf der Landkarte als ‚Blood River' eingezeichnet. Sieh mal, das Wasser sieht wirklich fast wie Blut aus, weil die Erde hier so rot ist. Komm, legen wir drüben am Kiesufer an."

Keiner von ihnen war passend gekleidet für einen Streifzug durch hohe Brennesseln und dichtes Unterholz, und sie kamen nur mühsam voran, versuchten aber unbeirrt, der teilweise eingestürzten Mauer zu folgen. An deren Ende angelangt, entdeckten sie weitere Mauerreste, die ebenso alt zu sein schienen. Etwas kurzatmig durch die Anstrengung, sagte Michael: „Ich erinnere mich, daß auf der Karte eine Abtei, Quarr Abbey, in altertümlich gotischer Schrift eingezeichnet ist, was sie als Ruine kennzeichnet. Falls wir eine Verbindung zwischen Monksilver und Quarr Abbey herstellen können, dann haben hier vielleicht vor langer Zeit die Mandelbäume geblüht."

„Schau mal, da drüben gibt's einen Weg, und da steht auch ein Schild", meinte Isobel.

Beide waren heilfroh, aus dem Dickicht hinauszukommen und asphaltierten Boden unter den Füßen zu spüren. Das Schild stand völlig schief, war aber immerhin noch leserlich.

„Quarr Abbey", hieß es da, „war im 14. Jahrhundert ein reiches Kloster, wurde jedoch aufgelöst, nachdem eine Frau aus der Gegend, die von einem der Mönche geschwängert worden war, ihr Neugeborenes tötete, dann Selbstmord beging und heimlich auf dem Klosterfriedhof begraben wurde. Nach herrschendem Kirchenrecht war das Gelände dadurch entweiht. Als der Skandal bekannt wurde, fand sich niemand bereit, die Leiche auszugraben.

Deshalb übergab das Kloster das Grundstück dem benachbarten Dorf Quarton, das es jedoch brachliegen ließ. Mit der Zeit wurden andere Verstorbene, die nicht in geweihter Erde beigesetzt werden durften, hier beerdigt. Es handelte sich hauptsächlich um Selbstmörder, so daß der Wald von Quarr Wood im Mittelalter und auch später noch bis zur Reformation allgemein ‚Wald der Selbstmörder' hieß. Die Abtei konnte den Skandal nicht verwinden und schloß 1467 ihre Pforten."

„Grausig", flüsterte Isobel.

„Demnach war die Abtei schon eine Ruine, als unsere Geschichte begann, und niemand wagte sich in ihre Nähe. Das macht aus ihr doch eigentlich ein ideales Versteck."

„Was willst du tun?"

Michael zögerte. „Wir haben bisher so viele Fehler gemacht, daß ich mir nicht noch einen leisten möchte. Laß uns erst einmal weiterfahren, und sei es auch nur, um die anderen Möglichkeiten abzuhaken."

Sie kehrten zu ihrem Boot zurück und fuhren los. In dem Ort Wool unterbrachen sie kurz ihre Fahrt. Nachdem sie sich ein paar belegte Brote geholt hatten, schipperten sie weiter.

Als nächstes erreichten sie Warmwell Green, ein Herrenhaus aus dem 18. Jahrhundert inmitten eines gepflegten Parks mit Pferden und weidenden Kühen. Das Ganze wirkte, als warte es nur darauf, für eine Ansichtskarte fotografiert zu werden. Gleich darauf tuckerten sie unter einer Eisenbahnbrücke hindurch und passierten dann den Sportplatz einer Schule, woran sie erkannten, daß sie in Wareham waren. Isobel verlangsamte das Tempo. „Soll ich umkehren?"

Michael überlegte. „Quarr Abbey scheint also doch das richtige zu sein", erklärte er nach einer Weile. „Nur dort paßt alles zusammen. Also fahren wir am besten nach Dorchester und bringen das Boot zurück. Wir übernachten im Gasthof The Yeoman und nehmen uns morgen früh das Museum vor. Es muß doch irgendwelche alten Pläne von Quarr geben, die uns weiterhelfen."

Als sie stromaufwärts zurückfuhren, bat Isobel Michael, sie beim Steuern abzulösen, weil sie sich sonnen wollte. Sie schob wieder den Rock hoch, um ihre Beine bräunen zu lassen. Michael zündete sich eine Zigarre an und versuchte sich ganz auf das Flußufer zu konzentrieren.

Sie kamen wieder nach Quarr Wood, wo sie sich am folgenden Tag umsehen wollten. Bei Woodsford übernahm Isobel die Pinne, und Michael schaute in die Landkarte. Woodsford gehörte zu jenen Dörfern, wo die Kirche dicht am Ufer stand.

„Ich hab's!" rief er plötzlich aufgeregt. „Es ist doch nicht Quarr Wood. Fahr an den Rand, Isobel, damit ich's dir zeigen kann."

Es gelang ihr, in die Nähe eines überhängenden Baumes zu steuern, an dem Michael sich festhalten konnte. Sie schaltete den Motor in den Leerlauf und ließ sich die Karte geben.

„Suche die Burg von Woodsford", forderte er sie auf. „Sie ist in gotischer Schrift eingetragen. Und jetzt schau, was du auf dem gegenüberliegenden Flußufer entziffern kannst."

„White Mead."

„Isobel! White Mead, ‚Weiße Wiese'! Warum heißt sie ‚Weiße Wiese'? Weil dort früher weiße Blumen blühten. Weil die Farbe es wert war, extra erwähnt zu werden. Und warum war sie so erwähnenswert? Weil sie von einem seltenen Baum stammte. Das entscheidende Argument ist aber: Wo läßt sich etwas besser verstecken als in einer Burg?"

„Vor einer Minute hättest du noch geschworen, Quarr Wood sei der richtige Ort."

„Isobel, an einer dieser beiden Stellen muß es sein. Aber ich tippe jetzt eben auf die Burg. Los, fahren wir hin!"

Michael ließ den Ast des Baumes los, und sie tuckerten weiter. Nach ein paar hundert Metern machte der Fluß eine Biegung nach rechts. „Gleich dahinter müßte White Mead eigentlich auftauchen", sagte Michael. „Halte dich so nah wie möglich am Ufer. Vielleicht gibt's noch irgendwo einen kleinen Rest von Mandelbäumen."

Sie mußten fast bis zum Ende der Flußbiegung fahren, ehe White Mead sich vor ihnen ausbreitete. Die Wiese zog sich bis zu einem Wald hin. Am einen Ende war eine kleine Baumgruppe erkennbar, und Michael wollte gerade fragen, ob es Mandelbäume sein könnten, als Isobel plötzlich rief: „Sieh mal! Ein anderes Boot."

Ein weit größeres Boot als das ihre lag flußabwärts am Ufer, und während sie noch hinüberspähten, kam gerade ein Mann quer über die Wiese näher. Nach Isobels Beschreibung und dem Foto auf dem Buchumschlag erkannte Michael den Mann sofort.

„Grainger", flüsterte Isobel. „Hat er uns gesehen?"

„Noch nicht, aber das wird sich gleich ändern."

„O Gott! Jetzt weiß er, daß wir ihn eingeholt haben. Meinst du, daß er was entdeckt hat?"

„Das kann er gar nicht, falls ich recht habe und die Antwort in Woodsford Castle liegt." Michael spähte angestrengt nach vorne. „Es sieht nicht so aus, als ob er etwas bei sich trüge." Dann fuhr er fort: „Wir brauchen fast zwei Stunden bis Dorchester und wieder zurück. Falls Grainger White Mead auch nicht für aussichtsreich hält, versucht er's womöglich gleich mit der Burg, und wir kämen zu spät. Warum legen wir nicht an und gehen dorthin? Natürlich wäre es mit dem Wagen bequemer, aber . . . oh, jetzt hat er uns entdeckt."

Michael spähte zu Grainger hinüber, der gerade im Begriff war, die Leine seines Bootes, einer stattlichen Motorbarkasse, zu lösen. Seine Miene wirkte kalt und feindselig.

Kurz darauf waren sie mit ihrem Skiff auf der Höhe von Graingers Boot angelangt. Ein Holzsteg tauchte vor ihnen auf. „Halt auf die Brücke zu", sagte Michael halblaut. „Wenn wir dort an Land gehen, können wir sicher auf einem Weg bis zur Straße laufen. Das ist jedenfalls angenehmer als querfeldein."

Der Steg lag an die fünfhundert Meter entfernt. Isobel drehte voll auf, so daß der Motor laut aufjaulte. Der Bug kam etwas hoch, als sich die Schraube tiefer ins Flußwasser grub.

Michael warf einen Blick zurück. „Er verfolgt uns."

Grainger hatte seine Barkasse startklar gemacht und fuhr nun ebenfalls flußaufwärts. Michael beobachtete ihn etwa eine halbe Minute und rief dann wütend: „Er holt auf! Er ist viel schneller als wir." Bis zum Steg waren es immer noch an die zweihundert Meter.

„Es geht nicht schneller", jammerte Isobel. „Der Motor gibt schon sein Äußerstes her."

Kurz darauf war Graingers Boot fast auf gleicher Höhe und schob sich dichter ans Ufer, so daß sie nicht anlegen konnten wie geplant.

„Wir entfernen uns zu weit von der Burg", warnte Michael. „Kannst du nicht einfach wenden?"

Isobel legte rasch den Rückwärtsgang ein. Ihr kleines Boot war zwar viel langsamer als das ihres Gegners, dafür aber auch leichter zu manövrieren. Graingers Barkasse rauschte vorbei, während Isobel nun mit voller Kraft flußabwärts fuhr.

„Siehst du den Kirchturm da vorne?“ rief Michael mit ausgestrecktem Arm. „Zwischen der Kirche und dem Friedhof ragt ein Holzsteg in den Fluß. Versuchen wir, dort an Land zu gehen.“

Doch Grainger hatte inzwischen ebenfalls gewendet und die Verfolgung wiederaufgenommen. Isobel hielt eisern flußabwärts, und zwar so dicht am Ufer, wie es ohne Risiko gerade noch möglich war. Rund dreihundert Meter vor ihnen war der Steg deutlich erkennbar, aber Grainger hatte sich bereits wieder auf dreißig Meter herangeschoben.

Sie kamen zur letzten Biegung vor dem Steg an der Kirche. Isobel steuerte das Ufer noch dichter an, da sie hoffte, Grainger müßte mit seinem größeren Fahrzeug einen weiteren Bogen beschreiben. Das Motorengeräusch wurde vom Ufer zurückgeworfen und unterstrich noch, wie dicht die beiden Boote nun beieinander waren.

Nur noch eine kurze Strecke bis zum Steg, dachte Isobel mit aufkeimender Hoffnung, doch im nächsten Augenblick wurden sie von Grainger gerammt.

Isobel fiel vornüber und brachte das Boot fast zum Kentern. Graingers Barkasse traf mit voller Wucht den Außenbordmotor, das Tuckern erstarb, Benzin spritzte aus dem zerborstenen Tank. Durchdringender Benzingestank erfüllte die Luft, und Michael sah rote, bläuliche und gelbe Ölschlieren auf dem Wasser, die das Sonnenlicht einfingen.

Die Barkasse zog in voller Fahrt an ihnen vorbei, doch Grainger machte schon Anstalten, erneut zu wenden. Michael überzeugte sich mit einem Blick, daß Isobel nicht ernsthaft verletzt war, und griff dann nach dem Ruder. Damit konnte er wenigstens einigermaßen steuern. Das Skiff schwankte jedoch so stark, daß Michael kostbare Sekunden verlor, ehe das Ruder einsatzbereit war. Aus dem Augenwinkel sah er, daß Grainger bereits wieder direkt auf sie zukam.

Grainger stellte es sehr geschickt an. Da das Skiff sich kaum noch bewegte, brauste er nur mit halber Kraft auf sie zu, beschleunigte dann jedoch jäh, wodurch sich der Bug vorne etwas aufrichtete. Im letzten Moment schaltete er wieder herunter, so daß er von oben auf das viel kleinere Skiff krachte und es förmlich spaltete.

Holzteile flogen umher, kaltes Wasser begann einzudringen. Die

Wucht des Aufpralls schleuderte Michael über Bord in die Flußmitte. Wasser drang ihm in Mund und Nase. Er tauchte wieder auf und schnappte nach Luft, dann wartete er einen Moment ab. Er wollte erst fühlen, wie stark die Strömung war. Als er sofort mitgerissen wurde, wehrte er sich nicht dagegen. Er hielt Ausschau nach Isobel und entdeckte sie mit am Kopf klebenden Haaren einige Meter hinter sich. „Kämpf nicht gegen die Strömung an!" rief er ihr zu. „Laß dich treiben, und versuch, ans andere Ufer zu kommen . . . Achtung!"

Grainger hatte erneut gewendet und machte Jagd auf sie. Er war noch ungefähr fünfzig Meter entfernt.

Ganz offenbar hatte er sich Isobel als Opfer ausgewählt. Michael sah zu seinem Entsetzen, daß Grainger einen Bootshaken in der Hand hielt.

Isobel wirkte völlig hilflos. Man konnte an ihren Bewegungen erkennen, daß sie im Wasser nicht gerade in ihrem Element war. Grainger würde sie mühelos aufspießen können wie ein Blatt auf dem Rasen. Und jetzt ließen auch noch Isobels Kräfte nach, da ihre Kleidung sie stark behinderte. Verzweifelt sah Michael sich um, fand aber nichts, was sich als Waffe gegen Grainger verwenden ließe. Inzwischen war Grainger nur noch zwanzig Meter von Isobel entfernt. Der Bootshaken sah mörderisch aus, ein fünfzig Zentimeter langes, spitzes Eisenstück mit einem scharfen, gebogenen Widerhaken an einer langen Holzstange!

Da entdeckte Michael auf einmal im Wasser treibend den viereckigen Deckel, der das Fach des Ersatzkanisters im Skiff vor Gischt und Regen geschützt hatte. Mit drei Schwimmstößen hatte er ihn eingeholt und gepackt.

„Isobel!" schrie er laut. Als sie zu ihm hinschaute, schnellte er mit einer heftigen Bewegung der Beine hoch, so daß sein Oberkörper für einen Moment aus dem Wasser ragte. Gleichzeitig schleuderte er den Deckel zu Isobel hin. Er traf kurz vor ihr auf, und sie ergriff ihn.

Niemand mußte ihr sagen, was zu tun war. Aber blieb ihr noch genug Zeit? Grainger war inzwischen bis auf zehn Meter herangekommen. Mit der linken Hand steuerte er die Barkasse direkt auf sie zu.

Isobel hielt das Holzbrett mit beiden Händen umklammert. Grainger hob den Bootshaken.

Gerade als der Bug der Barkasse Isobel unter sich zu begraben drohte, machte sie dasselbe wie Michael kurz zuvor. Sie schnellte sich mit den Beinen hoch, warf sich zur Seite und konnte gerade noch der Barkasse ausweichen. Im Vorbeifahren stach Grainger mit dem Bootshaken nach ihr, doch im letzten Sekundenbruchteil gelang es Isobel, den Holzdeckel als Schutzschild hochzureißen. Krachend bohrte sich die schwarze, eiserne Spitze in das Holz.

Michael wartete Graingers nächsten Angriff nicht ab, sondern versuchte, gegen die starke Strömung ankämpfend, zu Isobel hinüberzugelangen. Er deutete zum Ufer, wo ein Baum schräg übers Wasser ragte. „Dorthin!"

Grainger verlangsamte die Fahrt, war aber schon ein ganzes Stück flußabwärts getrieben und mußte nun zurück.

Michael erreichte als erster den Baum, dessen Zweige teilweise bis zur Wasseroberfläche herunterhingen, aber zu dünn waren, um das Gewicht eines Menschen tragen zu können. Der schräg über die Wasserfläche ragende Stamm befand sich etwa einen Meter höher, also außer Reichweite. Als Isobel näher kam, versuchte Michael erneut hochzuschnellen. Er berührte mit den Händen den Stamm, rutschte aber ab, da seine Finger zu klamm waren. Er glitt zurück, das Wasser schlug über ihm zusammen.

Als er hustend und prustend auftauchte, spähte er als erstes flußabwärts. Grainger kam bereits wieder auf sie zu. Doch das schlimmste war, daß er nicht gewendet hatte, sondern rückwärts flußauf fuhr. Die Schiffsschraube konnte ihre Beine im Nu zerstückeln. Michael starrte zum Baum hinauf. Irgendwie mußte er es schaffen.

Er mühte sich, unter Wasser aus dem Jackett zu schlüpfen, zog dann die Knie an die Brust und riß die Schuhe von den Füßen. Dann schnellte er so steil hoch wie nur möglich und bekam diesmal den Stamm mit beiden Händen zu fassen. Einen Augenblick lang blieb er so hängen. Grainger war schon bis auf zwanzig Meter herangekommen.

Michael schwang das rechte Bein über den Stamm und stemmte sich hoch, bis er rittlings auf dem Stamm saß. Grainger war höchstens noch fünfzehn Meter von Isobel entfernt.

Rasch streckte Michael die Arme nach unten. Isobels Hände waren naßkalt, ihr Griff kraftlos. Michael zerrte sie ein Stück hoch, ließ sie los und packte sie blitzschnell unter den Achseln. Als ihr ganzes Gewicht an ihm hing, stöhnte er, da er das Gefühl hatte, seine Arme würden aus den Gelenken gerissen. In zehn Meter Entfernung peitschte die Schraube von Graingers Barkasse das Flußwasser zu weißem Schaum auf.

Michael zog. Isobel hob sich ein wenig aus dem Wasser. Er zog stärker. „Klammere dich am Baum fest!“ schrie er. Wie durch ein Wunder schaffte sie es tatsächlich. Michael griff nach ihren Beinen und hievte sie auf den Baum. Beide rangen keuchend nach Luft, zitterten und schluchzten vor Erschöpfung. Die vollgesogene Kleidung machte jede Bewegung mühsam.

Unter ihnen signalisierte verändertes Motorengeräusch, daß Grainger den Vorwärtsgang eingelegt hatte. Die Barkasse glitt in die Flußmitte zurück, drehte ein wenig und steuerte flußabwärts in Richtung Wareham. Da Grainger Isobel ein zweites Mal verfehlt hatte, gab er offensichtlich auf.

Einige Minuten blieben Michael und Isobel wie gelähmt liegen und versuchten, wieder zu Atem zu kommen. Dann rutschten sie Zentimeter um Zentimeter rückwärts, bis sie das sichere Ufer erreicht hatten.

Vorsichtig machte Michael die ersten Schritte auf festem Boden, mitten hinein in ein Dickicht aus Brennesseln. Er zupfte sich Tang aus dem Haar, brach einen festen Zweig ab und benutzte ihn, um einen Pfad durch die Brennesseln bis zur dahinter liegenden Wiese zu ebnen. Als dies geschafft war, ging er zu Isobel zurück. Sie lehnte immer noch an dem Baumstamm und zitterte am ganzen Leib.

„Michael . . .“, stieß sie hervor. „Michael, er wollte mich umbringen. Wenn dieser Bootshaken mich getroffen hätte . . .“ Sie erschauerte und begann hemmungslos zu weinen.

Michael legte die Arme um sie und sagte eine ganze Weile gar nichts, sondern hielt sie nur fest. „Isobel, das geht vorüber“, meinte er schließlich behutsam. „Du hast jetzt einen Schock. Aber wir sind mit heiler Haut davongekommen. Grainger hat diese Runde verloren. Wir haben ihn besiegt.“

„Aber er wird wiederkommen. Und –“

„Denk jetzt nicht darüber nach.“ Schritt für Schritt führte er sie durch die Brennesseln zur Wiese hinüber. Inzwischen klapperten beide vor Kälte mit den Zähnen. „Da drüben sehe ich Dächer“, sagte Michael. „Hoffen wir, daß dort hilfsbereite Menschen wohnen.“

Es war inzwischen sieben Uhr abends und nur noch mäßig warm.

Disteln, spitze Zweige und scharfkantige Steine setzten Michaels nackten Füßen zu, so daß sie schon bald zu bluten begannen. Zu ihrem Leidwesen stellte sich kurze Zeit später heraus, daß die Dächer zu Ställen und Scheunen gehörten. Hier war niemand zu sehen. Erschöpft, wie sie waren, mußten sie einen Feldweg weitertrotten, der in Richtung Straße führte. Ihre Kleidung klebte ihnen am Leib, ihre Gelenke waren wie eingerostet.

Nach weiteren zehn Minuten gelangten sie endlich zur geteerten Straße. Zu ihrer Rechten tauchte eine Fichtenschonung auf, und dahinter erblickten sie einige Häuser. „Gott sei Dank!" seufzte Michael erleichtert.

Ein stämmiger Mann schob gerade sein Fahrrad von einem der Häuser zur Straße. Michael hastete sofort zu ihm.

„Wir hatten einen Unfall auf dem Fluß. Unser Boot ging unter. Wie Sie sehen, brauchen wir dringend ein Plätzchen zum Aufwärmen. Außerdem müssen wir telefonieren."

Der Mann musterte ihn kritisch von oben bis unten. Dann schaute er zu Isobel hinüber. Ihr jämmerlicher Anblick schien ihn zu überzeugen, daß Michaels Geschichte auf Wahrheit beruhte, denn er meinte: „Ja, dieser Fluß hat's in sich. Letztes Jahr trat er über die Ufer und hat dreizehn Schafe mitgerissen. Das Fräulein sieht ja arg mitgenommen aus." Er lehnte sein Fahrrad gegen die Gartenhecke. „Kommen Sie mit", sagte er, ging zur Rückseite des Hauses und ließ sie eintreten.

Sie befanden sich in einem Wintergarten, der den ganzen Tag über die Sonne aufgefangen hatte und nun noch herrlich warm war. Michael spürte, wie sein Körper sofort darauf reagierte. Der Mann brachte einige Handtücher. „Dort den Gang entlang ist das Badezimmer. Und hier haben Sie was Trockenes zum Anziehen." Er nahm zwei alte Regenmäntel von einem Haken hinter der Tür. „Besser als nichts."

„Geh du zuerst", sagte Michael und gab Isobel einen leichten Schubs, bevor er sich wieder seinem Gastgeber zuwandte. „Danke, Sie sind sehr liebenswürdig. Dürfte ich vielleicht auch noch Ihr Telefon benutzen?"

„Zuerst muß ich den Vorfall melden", widersprach der Mann. „Ich rufe Frank Hilton vom hiesigen Polizeirevier an. Der wird wissen, was zu tun ist. Dann können Sie telefonieren. Warten Sie hier." Damit verschwand er.

In seiner Abwesenheit bemühte sich Michael, über die nächsten Schritte nachzudenken, aber seine Gedanken kreisten ausschließlich um Graingers zunehmende Brutalität. Graingers Mordlust ließ nur einen Schluß zu: Anscheinend waren sie der Lösung nahe, sehr nahe sogar. Das war immerhin ein kleiner Trost.

Als ihr Gastgeber zurückkam, brachte er eine Flasche und Gläser mit. „Frank kommt in fünf Minuten", verkündete er und fügte hinzu: „Hier, das tut Ihnen sicher gut."

Michael lächelte dankbar, als der Whisky in ein Glas gluckerte, trank einen großen Schluck und spürte das wohltuende Brennen, als der Alkohol zu wirken begann.

„Ich zeige Ihnen, wo das Telefon steht."

Michael folgte dem Mann mit dem Glas in der Hand, suchte die Nummer des Gasthofs The Yeoman in Dorchester heraus und rief dort an. Ja, man erinnerte sich noch an ihn, und man hatte auch zwei Zimmer frei.

Als Isobel auftauchte, zitterte sie nicht mehr, sah aber immer noch mitgenommen aus. Sie akzeptierte ein Glas Whisky und nippte daran. Michael ging ins Bad, um sich umzuziehen.

Als er in den Wintergarten zurückkehrte, schrieb ein Polizist gerade Einzelheiten des „Unfalls" auf.

Isobel sprach mit schwacher Stimme, kaum lauter als ein Flüstern. „Es tut uns leid, daß wir Ihnen diese Mühe machen, nur weil wir so unvorsichtig waren, mitten auf dem Fluß den Platz im Boot zu tauschen."

Michael starrte sie entgeistert an. Was hörte er da? Doch Isobel warf ihm einen Blick zu, der ihn schweigen ließ.

Der Polizist schrieb eifrig mit. „Und das Boot ist untergegangen?" fragte er und blickte hoch.

„Zum größten Teil", erwiderte Michael. „Ein paar Bretter wurden von der Strömung mitgerissen."

„Hat jemand den Unfall gesehen?"

Michael schüttelte den Kopf. „Ich glaube nicht, aber wir haben natürlich nicht besonders darauf geachtet."

„Haben Sie etwas bei dem Unfall verloren? Irgendwelche Wertgegenstände?"

„Ich mußte im Wasser mein Jackett ausziehen; in ihm befanden sich meine Brieftasche, Kreditkarten, ein Füller, ein Scheckheft und noch etwas Bargeld. Meine Schuhe habe ich auch abgestreift."

Alles wurde genau notiert. „Wie sind Sie vom Fluß hierhergelangt?"

„Zu Fuß. Wir sind einen Feldweg hinaufgegangen, an einigen Scheunen vorbei und dann die Straße an der Fichtenschonung entlang."

Endlich klappte der Polizist sein Notizbuch zu. „Wenn es Ihnen recht ist, Sir, fahre ich Sie nach Dorchester. Nur um sicher zu sein, daß das Ganze ein gutes Ende nimmt."

„Wunderbar", stimmte Michael zu. „Falls ich im The Yeoman ausreichend Kredit genieße, gebe ich Ihnen eine Flasche Whisky für diesen Herrn hier mit."

„Gut, machen wir uns auf den Weg."

Michael packte die nassen Sachen zusammen, schüttelte seinem unfreiwilligen Gastgeber die Hand und bedankte sich.

Im Gasthof The Yeoman wurde das Pärchen, das alte Regenmäntel trug und kein Gepäck dabeihatte, natürlich mit einer gewissen Neugierde betrachtet, doch die Angestellte an der Rezeption erkannte sie wieder. Der Polizist erkundigte sich noch, wie sie ihre Heimreise bewerkstelligen wollten.

„Das wird wohl schwierig", erwiderte Michael. „Mein Wagen, in dem auch Isobels Handtasche liegt, steht in der Nähe des Bootsverleihs, aber die Schlüssel gingen mit dem Jackett im Fluß unter. Zu allem Übel ist morgen ja auch noch Sonntag."

„Rufen Sie mich ruhig an, wenn's Probleme gibt", schlug der Polizist vor und schrieb seine Telefonnummer auf.

Michael bedankte sich und gab ihm die versprochene Whiskyflasche mit, bevor er sich mit Isobel zu ihren Zimmern hinaufbringen ließ. Das Zimmermädchen versorgte sie mit zwei Bademänteln und ließ sich das nasse Kleiderbündel geben, damit alles gereinigt und gebügelt werden konnte.

Beide nahmen ein ausgiebiges Bad und hüllten sich dann in ihre Frotteemäntel. Sie ließen sich das Abendessen heraufbringen und aßen in Isobels Zimmer.

Sobald Isobel mit dem Essen fertig war, bat sie Michael, sich umzudrehen, schlüpfte aus dem Bademantel und legte sich ins Bett. Sie zog die Bettdecke hoch. „Komm ins Bett."

Er zögerte unschlüssig.

„Komm bitte. Ich friere."

Er zog den Bademantel aus und legte sich zu Isobel, die sich wirklich sehr kalt anfühlte. Sie kuschelte sich an ihn, bis sein Körper sie der Länge nach wärmte.

Als sie eng aneinandergeschmiegt dalagen, flüsterte sie: „Michael, so wie heute habe ich mich noch nie im Leben gefürchtet."

Michael drückte sie noch etwas fester an sich.

„Ich glaubte wirklich, daß er mich töten würde. Ich malte mir sogar schon aus, wie es schmerzt, wenn sich einem ein Bootshaken in die Brust bohrt . . ."

Sie zuckte bei dieser Erinnerung unwillkürlich zusammen, und Michael strich ihr liebevoll übers Haar.

„Nicht einmal, als ich in Beirut war, hatte ich solch panische Angst wie heute. Was ist bloß in Grainger gefahren?"

Michael bemühte sich, Isobel zu trösten, und sprach beruhigend auf sie ein. „Grainger ist offenbar ein latent gewalttätiger Mensch. Mehrere Millionen Pfund können auch einen vernünftigen Menschen zur Bestie machen. Das gilt erst recht für jemand wie ihn."

Einige Augenblicke lagen sie schweigend da, dann flüsterte Isobel: „Ich bin nie zuvor richtig gewalttätigen Leuten begegnet. Natürlich kam ich als Reporterin häufig an Orte, wo politische Gewalt herrschte, und ich sah auch das Resultat, Zerstörung und Leichen. Aber jemanden umbringen zu wollen, aus nächster Nähe auf ihn einzustechen, an einem Sommertag, mitten in England, ohne Rücksicht auf die Konsequenzen . . ."

„Es gibt Menschen, die voller unausgelebter Aggressionen sind. Vielleicht ist Grainger solch ein Typ. Vergiß nicht, was ihm in Oxford widerfahren ist. Das hat ihn garantiert verbittert und mit Haß erfüllt. Und nun bricht dieser Haß hervor. Als erstes ist er in dein Haus eingedrungen, hat aber nicht viel Schaden angerichtet. Beim Aufbrechen meines Kofferraumes ging er schon viel rücksichtsloser vor, und dann überfiel er Helen. Und heute . . ." Er ließ den Satz unbeendet. „Wir müssen jetzt die Polizei zu Hilfe holen."

„Nein, Grainger darf nicht gewinnen. Wenn wir die Polizei einschalten, geben wir alles aus der Hand. Wir müßten alles über das Gemälde und den Klosterschatz erzählen, weil sonst Graingers Motive unverständlich bleiben. Niemand hat gesehen, wie Grainger unser Boot rammte." Sie seufzte. „Wenn wir die Polizei dazu brächten, unsere Geschichte zu glauben, dann müßte sie sämtliche Details an andere Polizeiwachen weitergeben . . . Viele Leute wüßten dann genausoviel darüber wie wir."

„Immer noch besser als eine Wiederholung des heutigen Zwischenfalls."

„Nein!" Isobel sträubte sich. „Nein, Michael! Nach dem heutigen Mordversuch ist dies eine höchst persönliche Angelegenheit. In der Sache mit Tony in Beirut mußte ich notgedrungen aufgeben. Diesmal nicht! Nein, wir werden Grainger besiegen. Wir wissen jetzt, mit welch hinterhältigem Reptil wir's zu tun haben. Ich kann auch ein Reptil sein."

Im Dunkeln mußte Michael lächeln. Er umschlang sie enger und flüsterte: „Dies ist eine Anakonda-Umarmung."

Sie nahm seine Hand. „Seit der Kindheit habe ich's geliebt, wenn mir mein Rücken gestreichelt wird. Das wirkt so herrlich beruhigend, und ich brauche jetzt unbedingt ein bißchen Beruhigung."

Sie drehte sich um, und Michael fuhr mit den Fingerspitzen an ihrem Rückgrat entlang nach oben bis zum Haaransatz und massierte ihre Schultern.

„Mmmm. Jetzt können wir nicht mehr aufhören."

„Wenn du dich nicht zu sehr bedroht fühlst . . . Ich glaube kaum, daß Grainger heute abend noch weitergesucht hat. Aber beim ersten Lichtstrahl wird er morgen früh an der Burg von Woodsford sein. Das Reptil wird vielleicht doch gewinnen, Isobel. Trotzdem bin ich deiner Ansicht, daß wir jetzt nicht aufhören können. Es ist ein großes Risiko, die Polizei nicht hinzuzuziehen, aber im Grunde bin ich sogar froh, daß du die Sache ohne sie angehen willst."

Sie wandte den Kopf, um ihn anschauen zu können, und griff dann nach seiner Hand, die ihren Nacken streichelte. „Michael", sagte sie und küßte seine Fingerspitzen, „als ich sagte, wir könnten jetzt nicht mehr aufhören, war das, ehrlich gesagt, nicht auf Grainger gemünzt."

12. KAPITEL

MICHAEL weckte Isobel am nächsten Morgen mit einem Kuß, bevor er telefonisch das Frühstück aufs Zimmer bestellte, doch sie rührte sich nicht, bis das Tablett hereingebracht worden war.

„Kaffee", verkündete Michael. „Eier, Tomaten, Käse, Schinken, Ananas, Toast . . . Iß alles auf, du brauchst die Stärkung." Er küßte ihre Hand. „Warum gehen wir nicht nachher zur Polizei und überlassen denen die ganze Arbeit? Wir könnten uns einen gemütlichen, faulen Tag voller Zärtlichkeiten machen. Ich mag dieses Bett.“

Isobel probierte eine Scheibe Ananas. „Oh, die schmeckt gut! Michael, ich weiß ja nicht, wie's dir geht, aber ich muß immer wieder an Grainger denken. Du hast selbst gesagt, seine plötzliche Gewalttätigkeit könnte eigentlich nur bedeuten, daß wir ganz nah am Ziel sind. Möchtest du wirklich darauf verzichten?“ Sie warf einen gierigen Blick auf seinen Teller. „Kriege ich deine Ananas, wenn ich dir noch einen Kuß gebe?“

GEGEN zehn Uhr brachte ein Zimmermädchen ihre gereinigte und gebügelte Kleidung. Der Polizist rief aus Woodsford an und sagte, daß es ihm gelungen sei, den nächsten Mercedes-Händler zu überreden, mit einer ganzen Kollektion von Autoschlüsseln nach Dorchester zu kommen. Und das Gasthaus überließ Michael leihweise ein Paar Gummistiefel. All das kostete Zeit, und so war es schon halb drei Uhr nachmittags, als sie ihre Koffer aus dem Mercedes holten. Sie zogen sich im Hotel um und fuhren dann zum Bootsverleih, wo Michael seine Adresse hinterließ und versicherte, er werde das gesunkene Boot voll bezahlen. Dann brachen sie nach Woodsford auf. Sie sahen den Kirchturm von Woodsford schon, bevor sie in den Ort kamen und Michael das Tempo drosselte. Links führte ein Weg zu der Brücke, an der sie zum erstenmal anzulegen versucht hatten. Michael bog ab, und der Wagen holperte den ungeteerten Weg entlang.

Isobel wurde blasser, je näher sie zum Fluß kamen. „Was hast du vor?“

„Ich will nach Grainger und seinem Boot Ausschau halten. Falls er hier ist, müssen wir's wissen.“

Aber kein Boot war an der Brücke vertäut. Michael lenkte den Mercedes wieder zurück zur Straße und fuhr in Richtung Woodsford. Nach ein paar hundert Metern kündigte ein Holzschild die Burg Woodsford an. Michael parkte den Wagen hinter einer Hecke.

Als sie das Burggelände betraten, kamen ihnen zwei Frauen entgegen. Von Grainger war nichts zu sehen. Etwas entspannter machten sie sich an die Besichtigung. Obwohl sie auch in die verstecktesten Winkel schauten, fanden sie keine Spuren von Grabungen, die darauf hätten schließen lassen, daß Grainger hier gesucht hatte.

Isobel setzte sich neben der äußeren Ringmauer ins Gras und zog ihr Foto des Gemäldes heraus, das sie zum Glück vor der Bootsfahrt in einem Lexikon auf dem Rücksitz des Mercedes gelassen hatte. Michaels Foto war mitsamt seinem Jackett im Fluß untergegangen.

„Der nächste Anhaltspunkt", sagte sie, „ist ein Skelett. Schau, die Gestalt, die den Bischofsstab aus Elfenbein trägt. Ein Skelett müßte eigentlich auf einen Friedhof hinweisen, meinst du nicht auch?"

„Vielleicht haben Skelette noch eine andere Bedeutung. Mir kommt es so vor, als ob wir etwas übersehen. Wie das Jesse-Fenster in Godwin Magna."

„Aber wir müssen ganz nah am Ziel sein", beharrte Isobel. „Warum sollte Grainger sich sonst auf White Mead herumgetrieben haben?"

„Vielleicht mußte er nur schnell mal einem natürlichen Bedürfnis nachkommen."

„Michael! Das glaubst du doch selbst nicht."

„Stimmt. Aber ich bin mir eben auch nicht sicher, ob diese Burgruine der richtige Ort ist. Sie ist zu alt. Womöglich war sie sogar schon im 16. Jahrhundert zerstört. Niemand hätte hier etwas vergraben können, das wäre viel zu riskant gewesen. Was vielleicht heißt, daß White Mead auch falsch ist. Wir nahmen an, daß es nach den Mandelblüten benannt war, doch wer weiß . . ."

„Aber genau dort haben wir Grainger gesehen."

„Es kann doch sein, daß er den gleichen Gedanken hatte und ihn dann ebenfalls verwarf. Vergiß nicht, daß er uns den Fluß heraufkommen sah. Das brachte ihn eventuell auf die Idee, daß wir die richtige Lösung gefunden hätten. Er drehte völlig durch, weil er glaubte, daß wir ihn überholt hätten. Das würde seine plötzliche Brutalität erklären."

„Aber diese Nora in der Gärtnerei schien ihrer Sache so sicher zu sein, daß es sich um Mandelblüten handelt."

„Ja, schon. Wahrscheinlich ziehen wir einfach den falschen Schluß daraus. Da wir gestern einen harten Tag hatten, sollten wir uns heute nicht überanstrengen. Ich weiß nicht, wie's dir geht, aber ich habe keine Lust, noch einmal im The Yeoman zu übernachten. Da gab's gestern zu viele neugierige Blicke."

Sie kehrten zum Auto zurück. „Wir sind ganz in der Nähe von Burning Cliff, wo ich ein tolles Hotel mit Meerblick kenne", sagte Michael und fuhr los.

Er rief von einer Telefonzelle in Woodsford das Hotel an und erfuhr, daß ein Zimmer frei war. Sie quartierten sich in Burning Cliff ein und diskutierten den ganzen Abend lang alle möglichen Ideen durch, kamen aber zu keinem Ergebnis.

Nach dem Essen setzten sie sich für eine Weile in ihrem Zimmer ans Fenster, lauschten den Wellen und beobachteten den Schiffsverkehr weit draußen auf dem Ärmelkanal. Als Isobel in das Badezimmer gegangen war, holte Michael die Landkarte und machte sich Notizen.

„Was machst du da?" fragte sie, als sie in einem weißen Spitzennachthemd aus dem Bad kam.

„Ich fertige eine Liste sämtlicher Orte auf der Landkarte an, die im 16. Jahrhundert Grabstätten hätten sein können und vom Fluß her zu sehen sind. Dadurch entdecken wir möglicherweise, in welcher Hinsicht es eine Verbindung zu Skeletten und Mandelblüten geben könnte."

„Möchtest du nicht lieber ins Bett kommen?"

Lächelnd faltete Michael die Landkarte zusammen und begann sich auszuziehen.

ALS ISOBEL am nächsten Morgen aufwachte, saß Michael bereits im Bademantel auf dem Balkon. Er lächelte sie liebevoll an. „Die Liste ist übrigens fast fertig. Bestell das Frühstück aufs Zimmer, Isobel. Bis es uns gebracht wird, habe ich alles komplett aufgeschrieben." Er küßte sie und schob sie dann sacht ins Zimmer zurück.

Als das Frühstück auf dem Tisch stand, sagte er: „Ich habe sechs Namen an einer Flußstrecke von einundzwanzig Kilometern."

„Gut, laß hören."

„Einige sind aussichtsreichere Kandidaten als andere, aber ich zähle sie dir alle auf." Er biß ein großes Stück von seinem Toast ab. „Fossil Farm. Ich dachte mir, daß ‚fossil' etwas mit verknöchert zu tun hat, folglich auch mit Skelett. Nicht gerade überzeugend. Weiter habe ich vier Kirchen, und zwar in Moreton, Pallington,

Stokeford und Woodsford, die wohl alle einen Friedhof in der Nähe haben und direkt am Fluß liegen. Und nun kommt der Spitzenkandidat – Black Hill: Es ist der Ort eines uralten Grabhügels; eine Grabkammer, die es garantiert schon im 16. Jahrhundert gab."

Isobel schüttelte den Kopf. „Michael, du läßt dich mal wieder von deiner eigenen Schlauheit mitreißen. Worin besteht denn Black Hills Beziehung zu Monksilver?"

Michael kaute seinen Toast. Sie hatte recht. Sein Schweigen verriet ihr, daß sie einen Treffer gelandet hatte.

„Michael, ich ziehe Woodsford Castle immer noch in Betracht. Grainger hat es vielleicht gestern nur nicht geschafft, dorthin zu fahren. Oder er wartet erst einmal ab. Schließlich versuchte er, uns – mich – zu ermorden, und fürchtet nun womöglich, daß wir die Polizei eingeschaltet haben." Sie schenkte Kaffee nach. „Ich finde, wir sollten heute vormittag nach Woodsford zurückkehren und uns noch einmal umsehen."

Michael ließ sich umstimmen, und so fuhren sie erneut zur Burg. Diesmal machten sie sich gründlich auf die Suche nach Grabsteinen oder einer Grabkammer, entdeckten aber nichts. Selbst Isobel begann nun daran zu zweifeln, daß Woodsford Castle der richtige Ort sei. Nach einer Stunde gaben sie auf und besuchten im nahe gelegenen Woodsford die Dorfkirche, wo sie eine kleine Broschüre über die Burg vorfanden. Doch auch diese half ihnen keinen Schritt weiter.

„Auf einem Burggelände wurden ja auch selten Leute begraben", meinte Michael. „Die Toten wurden auf dem Friedhof hier bei der Dorfkirche beerdigt."

Eine Frau jätete Unkraut auf dem Friedhof, der zwischen den Gräbern mit alten Steinen gepflastert war. Nach beendeter Arbeit richtete sie sich auf und kam zu ihnen herüber. Sie trug einen Korb mit Äpfeln bei sich und bot ihnen zwei an.

„Ist es nicht ungewöhnlich, daß Apfelbäume auf einem Friedhof wachsen?" erkundigte sich Michael.

„Sehr sogar", stimmte die Frau lächelnd zu. „Aber dies ist die Kirche der heiligen Dorothea. Ihre Symbole sind Rosen und Äpfel, und deshalb wurden hier auf dem Friedhof immer Rosenbüsche und Apfelbäume angepflanzt."

„Äpfel und Rosen . . . es gibt in der christlichen Überlieferung so viele schöne und poetische Dinge", sagte Isobel versonnen, und sie gingen zum Mercedes zurück. „Ein Jammer, daß so viele Menschen ungläubig sind."

„Was hat neulich diese Nora über Mandelbäume gesagt?"

„Sie sind weit verbreitet in den Ländern am Mittelmeer, in England dagegen wachsen sie kaum."

Am Mercedes angekommen, nahm sich Michael sofort ein Lexikon vom Rücksitz und blätterte darin. „Unbrauchbar!" Er holte das nächste Buch und versuchte erneut sein Glück. Ohne Erfolg. Er nahm das dritte Buch zur Hand.

„Ja natürlich!" rief er und schlug mit der flachen Hand auf die offenen Buchseiten. „Mandelbäume gibt's in England selten – das hätten wir gleich als Hinweis verstehen müssen. Der Maler des Bildes wollte uns nicht dazu anhalten, echte Mandelbäume zu suchen. Wir vergessen immer wieder, daß wir's mit einem religiösen Menschen zu tun haben. Für ihn waren Mandelblüten ein Symbol, so wie Rosen und Äpfel Dorotheas Symbole sind. Hier, lies mal."

Isobel las laut vor: „Mandeln: Hinweis auf das 4. Buch Mose, Kapitel 17, Vers 23. Von allen Stämmen Israels grünte nur Aarons Stab und trug Mandeln. In Erfüllung dieser Prophezeiung wurde das Haus Levi das erste, das königliche Haus. Die weißen Blüten des Mandelbaumes wurden zum Symbol der Reinheit der Jungfrau Maria."

Isobel sah ihn fragend an. „Die Jungfrau?"

„Spielend einfach, nicht wahr?" meinte Michael. Er küßte Isobel auf die Wange. „Irgendwo an diesem Fluß steht dicht am Ufer eine mittelalterliche Kirche, die der Jungfrau Maria geweiht ist."

„Ja, natürlich", seufzte Isobel aufatmend.

Michael schlug das Buch zu. „Da dies St. Dorothea ist, bleiben drei andere zur Auswahl, die ich heute früh schon erwähnte. Moreton, Pallington oder Stokeford." Er setzte sich hinter das Steuer. „Laß uns erst nach Moreton fahren, weil's am nächsten liegt. Dann überqueren wir den Fluß nach Pallington, und von dort gibt's eine direkte Verbindungsstraße nach Stokeford, das ebenfalls auf der nördlichen Flußseite liegt."

Als Michael Moreton erreicht hatte und vor der Kirche vorfuhr, entdeckten sie gleichzeitig ein großes Schild: ST. NICHOLAS, MORETON. Ohne anzuhalten, fuhren sie weiter.

Die Kirche von Pallington war von der Straße aus zu sehen, aber diesmal half ihnen kein Schild weiter. Michael stieg aus und rannte zur Kirche hinüber. Innen hing ein weißes Banner aus Seide von der Kanzel, und dort stand in goldenen Buchstaben geschrieben: *St. Mary the Virgin, Pallington.*

Endlich! Er hastete zum Wagen zurück. „Wir haben's. Dies ist die Kirche der Jungfrau Maria."

Isobels Augen leuchteten auf. „Irgendeine Spur von Grainger?"

„Nein, aber ich denke, wir sollten den Wagen verstecken, bevor wir die Kirche inspizieren."

Sie fuhren die Strecke zurück, auf der sie gekommen waren, bis zu einem schmalen, von Bäumen gesäumten Feldweg, der gut zweihundert Meter von der Kirche entfernt verlief. Michael lenkte den Wagen hinein und fand nach fünfzig Metern ein offenes Gatter zu einer Wiese, so daß er gleich wenden konnte. Vor dem Aussteigen schauten sie sich noch einmal den letzten Hinweis auf dem Foto an. Sie beschäftigten sich nur mit der achten Figur, denn die siebente und die neunte schauten in die falsche Richtung.

„Ganz schön grausig, findest du nicht?" meinte Isobel. „Ich nehme an, daß ein Skelett auf den Tod hinweist. Also müssen wir nach einem Grab außerhalb der Kirche oder aber nach einer Gruft im Innern suchen."

„Aber welches von beiden?"

„Was hält das Skelett außer dem Krummstab noch in der Hand? Einen Glasbehälter, stimmt's?"

„Ja. Ich schaue rasch mal unter ‚Glas' nach." Nach einer Pause verkündete Michael: „Volltreffer! ‚Phiole, ein kleines Glasfläschchen, ist das Attribut von Bischof Januarius.' Das muß stimmen, weil ein Krummstab das Kennzeichen der Bischöfe ist."

„Januarius – ein ulkiger Name."

„Ja, aber auch ein Hinweis. Wir müssen jemand finden, der im Januar starb."

Isobel betrachtete die Gestalt auf dem Foto. „Ein Pfeil steckt in seiner Hand."

„Ich schaue schon nach." Eine weitere Pause folgte. „‚Der Pfeil ist nicht nur eine Waffe, sondern auch der Überbringer von Krankheit, meistens der Pest . . .' Und weiter unten steht noch: ‚Der Pfeil ist außerdem das Attribut mehrerer Heiliger. Ein Pfeil, der in der Hand steckt, weist auf St. Giles hin.'"

„Aha. Dann suchen wir also . . . einen Giles, der im Januar

starb.“ Isobel nahm Michael lächelnd das Buch ab, warf es auf den Rücksitz und gab ihm einen Kuß. „Sehr clever. Gehen wir.“

Sie gingen auf den Feldern hinter den Hecken entlang, so daß sie von der Kirche aus nicht zu sehen waren. Es war ja immerhin möglich, daß Grainger inzwischen angekommen war. Als sie die Kirche fast erreicht hatten, sagte Michael: „Er taucht sicher bald auf. Deshalb sollte einer von uns Wache stehen, während der andere sich in der Kirche und auf dem Friedhof umsieht.“

„Laß mich bitte suchen, Michael. Wenn ich hier nach Grainger Ausschau halten soll, drehe ich durch.“

Michael verbarg sich daraufhin hinter einigen Büschen gegenüber der Kirche, während Isobel sich daranmachte, systematisch die Gräber auf dem Friedhof zu inspizieren. Im Lauf der Jahrhunderte waren die Schriftzüge auf den bemoosten Grabsteinen teilweise so verwittert, daß man sie kaum noch entziffern konnte.

„Ein Auto!“ rief Michael warnend.

Isobel rannte hinter die Kirche. Ihr Herz klopfte bis in den Hals. Einen Augenblick später brauste das Auto vorbei. „Luft ist rein!“ rief Michael.

Isobel brauchte ungefähr vierzig Minuten, bis sie ziemlich sicher sein konnte, daß auf diesem Friedhof kein Giles begraben lag. Sie ging zum Kirchenportal und winkte Michael herbei.

Er kam zu ihr. „Also kein Glück.“

„Nein. Es muß wohl im Inneren sein.“

„Gut, ich warte hier und störe dich nur, falls ein Auto anhält.“

In der Kirche war es relativ hell, aber kalt, da die normannischen Mauern sehr dick waren und nur kleine Fenster besaßen. Am Ende des Kirchenschiffs befand sich ein großes, halbkreisförmiges Tympanon, mit einer in Stein gehauenen Kreuzigung, vielen menschlichen Gestalten sowie Vögeln und Fischen. Isobel versuchte sich auszumalen, wie dieses Gebäude vor vielen Jahrhunderten ausgesehen haben mochte, vollgepfercht mit gottesfürchtigen Leuten. Diese Kirche war noch vor den Kreuzzügen errichtet worden. Gott wurde in dieser Kirche nicht glorifiziert, es gab hier keine prächtige, hoch aufragende Architektur, um die Gemüter zu beeindrucken. Abgesehen von dem gemeißelten Giebelfeld war dies eine strenge, nüchterne Kirche, zu einer Zeit erbaut, als die Gläubigen noch nicht von Gottes Macht überzeugt werden mußten.

Es gab Gedenktafeln aus Stein, Gips oder Messing, die teils in die

Wände eingelassen waren, aber auch den Großteil des Bodens bedeckten. Isobel fand rasch heraus, daß die Daten auf den Gips- und Messingplatten zeitlich nicht weit genug zurückreichten. Die Steintafeln befanden sich hauptsächlich auf dem Boden, waren abgewetzt und wie poliert, so daß sie nur mühsam zu entziffern waren.

Isobel beschloß, sich systematisch vom Eingang des Kirchenschiffs bis zum Altar vorzuarbeiten.

Sie war noch nicht weit gekommen, als Michael sie plötzlich vom Eingang her warnte: „Jemand hält an." Er kam in die Kirche gerannt. Isobel flüsterte: „Verstecken wir uns hinter dem Vorhang bei der Orgel."

Die kleine moderne Orgel stand an der Nordwand des Querschiffs und war halb von einem roten Brokatvorhang verdeckt. Beide hasteten dorthin und zwängten sich eng nebeneinander zwischen Orgel und Mauer.

Schritte näherten sich. Sie konnten von ihrem Versteck aus nicht sehen, wer hereingekommen war, hörten aber, wie der Betreffende umherging, ab und zu stehenblieb und dann weiterschritt. War es Grainger, der die Grabplatten studierte? Der im Sonnenlicht aufglänzende Bootshaken schien wieder drohend auf Isobel gerichtet zu sein. Sie zitterte unwillkürlich. Michael strich ihr über die Wange und gab ihr einen Kuß auf die Stirn.

Über eine Viertelstunde lang hallten die Schritte durch das Kirchenschiff. Dann wurde das Kirchenportal geöffnet. Doch gerade als Isobel und Michael aufatmen wollten, kamen die Schritte wieder näher, zogen sich kurz darauf ein zweites Mal zurück. Versuchte Grainger, sie aus ihrem Versteck zu scheuchen?

Fast eine halbe Stunde war verstrichen, als die Schritte sich endlich knirschend auf dem Kiesweg entfernten. Sie hörten, wie eine Autotür zugeknallt wurde und der Motor ansprang. Erleichtert atmeten sie auf, hielten sich aber doch noch einige Minuten länger verborgen.

Schließlich standen sie auf und streckten ihre schmerzenden Glieder. „War das nun Grainger?" fragte Michael.

Isobel war schon in das Kirchenschiff hinausgetreten. „Nein. Komm her, dann siehst du's auch."

Er ging zu ihr und schaute zum rückwärtigen Teil der Kirche, wo der halbkreisförmige Bogen mit den Steinmetzarbeiten dominierte. Jemand hatte frische Blumensträuße gebracht.

Isobel führte Michael hinter die Orgel, wo in der Ecke eine abgewetzte Steintafel in den Boden eingelassen war, die ihr aufgefallen war, als sie in ihrem Versteck kauerten. Die Platte war in der Mitte etwas eingesunken, und eine Ecke war zersprungen, doch die Schrift war deutlich lesbar. GILES GEORGE BEECHEY: 15. APRIL 1473 – 3. JANUAR 1531. Darunter befand sich eine Art Zeichensymbol, nämlich drei tief eingekerbte, senkrechte Linien.

„Ich weiß nicht, ob ich glücklich oder enttäuscht sein soll. Falls der Schatz da unten liegt, kriegen wir ihn nie im Leben hoch."

„Da liegt er aber nicht", widersprach Michael sofort. „Erinnere dich an den Mann ganz zu Anfang, der mit dem Eisenstab. Die fünf Stufen zur Wahrheit. Der im Januar gestorbene Giles war sozusagen erst die vierte Stufe. Wie du dich sicher erinnerst, müssen wir bei der letzten Figur zwei Hinweise finden. Ein weiterer Schritt ist also noch zu gehen, und der muß etwas mit diesen Linien auf der Grabplatte zu tun haben."

„Was mögen sie wohl bedeuten?"

„Sie sehen wie die römischen Ziffern einer Drei aus. Diese Zahl muß eine symbolische Bedeutung haben."

„Die Dreifaltigkeit!"

„Richtig. Aber es gibt noch mehr: die drei Parzen, die drei Grazien . . ."

Beide gingen instinktiv in Richtung Portal. Am Ende des Längsschiffs blieben sie stehen und schauten zum Tympanon hinauf.

„Was stellen all diese kleinen Figuren dar, die das Giebelfeld umrahmen?" erkundigte sich Isobel.

„Die sogenannten Monatsarbeiten."

„Und das bedeutet . . .?"

„Du fängst mit dem Januar links unten an. In Stein gemeißelte Männer, die Bäume fällen, Feuerholz für den Winter sammeln. Daneben siehst du das Sternzeichen für den Januar, den Wassermann. Im Mittelalter herrschte viel Aberglaube, selbst in Kirchen. Jedenfalls geht's dann so weiter bis zum Dezember rechts unten."

Michael und Isobel verließen die Kirche und waren erst ein paar Schritte in Richtung Mercedes gegangen, als ein Wagen vorfuhr. Sie blieben abrupt stehen.

Ein großer schlanker Mann stieg aus. Als er sich umwandte, erkannten sie zu ihrer Erleichterung an seiner Kleidung, daß es der Pfarrer war. Er ging ihnen lächelnd entgegen und sagte: „Guten Morgen. Ich hoffe, unsere Kirche hat Ihnen gefallen."

„O ja", erwiderte Isobel, die sich als erste von ihrem Schrecken erholte. „Und die schönen frischen Blumen!"

„Ach, dann war Mrs. Summers also schon da, und ich habe sie wieder verpaßt. Du liebe Güte, jetzt wird sie ärgerlich sein."

Sie verabschiedeten sich und gingen rasch zu dem Feldweg zurück, wo sie den Mercedes geparkt hatten. Jeder von ihnen holte sich ein Lexikon vom Rücksitz, und dann war eine Zeitlang nur das Rascheln umgeblätterter Seiten zu hören.

„Die Dreifaltigkeit ist zwar das Nächstliegende", meinte Michael nach einer Weile und las dann weiter vor: „Die drei Grazien . . . waren Venus oder Aphrodite, der Göttin der Liebe und Fruchtbarkeit, als Dienerinnen zugeordnet . . ."

Isobel zog die Augenbrauen hoch. „Die drei Parzen geben wohl auch nicht mehr her. ‚Sie sind alt und häßlich, ihre Namen lauten Klotho, Lachesis und Atropos. Dargestellt werden sie beim Spinnen des Lebensfadens, und Atropos ist im Begriff, ihn mit ihrer großen Schere durchzuschneiden.' . . . Merkwürdig, der nächste Hinweis ist mir völlig neu. Da heißt es: ‚Die drei Marien am Ostergrab. Die drei Marien begaben sich nach der Kreuzigung Christi zu seiner Grabkammer, um den Leichnam zu salben. Dabei entdeckten sie, daß die schwere Platte, die den Eingang verschloß, beiseite gerückt und der Leichnam verschwunden war . . . Auf bildlichen Darstellungen ist es häufig keine Grabkammer, sondern ein schlichter Steinsarkophag, auf dem eine Gestalt sitzt: entweder ein Jüngling – Markus – oder mit Schwingen – Matthäus. Trägt er ein Zepter, dann handelt es sich um Gabriel.'" Isobel runzelte die Stirn. „Vielleicht sollten wir danach Ausschau halten, also nach einem Sarkophag, auf dem einer dieser drei Namen geschrieben steht."

Michael nickte und klappte sein Buch zu. „Das ist bisher der beste Vorschlag. Gehen wir. Hoffentlich ist der Pfarrer schon wieder verschwunden."

Wie sich herausstellte, war der Pfarrer nicht nur verschwunden, sondern hatte leider auch die Kirche abgeschlossen.

Isobel studierte einen Anschlag bei der Pforte. Neben den Gottesdienstzeiten hieß es dort: „Die Kirche ist an Werktagen von 10 Uhr bis 14 Uhr geöffnet."

Michael schaute auf seine Armbanduhr. „Erst 14.30 Uhr, und der Tag ist für uns schon gelaufen. Laß uns lieber nach Burning Cliff zurückfahren, eine Kleinigkeit essen und Bücher wälzen."

Sie gingen zum Wagen zurück, wo Michael Isobel die Tür aufhielt. Sie wollte gerade einsteigen, als sie hörten, wie ein Motorrad herangedröhnt kam und dann anhielt. Alarmiert hasteten sie zurück zur Straße und lugten durch die Hecke.

Ein rotes Motorrad war direkt vor dem Friedhofstor geparkt. Sie mußten nicht lange warten. Beide zuckten unwillkürlich zurück, als die verhaßte Gestalt auftauchte, die diesmal einen Helm trug.

Grainger drehte sein Motorrad um und fuhr in der Richtung davon, aus der er gekommen war.

„Sollen wir hinterher?" fragte Isobel rasch.

„Wir können ihn unmöglich einholen. Bis wir mit dem Mercedes aus dem Feldweg raus sind, ist er schon über alle Berge. Er weiß, daß für ihn die Lösung im Inneren der Kirche liegt. Wahrscheinlich ist er vorher weggefahren, um über die drei Marien oder sonst etwas nachzulesen, wie wir's auch getan haben. Und jetzt, als er zurückkam, war die Kirche verschlossen." Michael seufzte. „Wir hatten ein Mordsglück, daß wir ihm nicht begegnet sind."

„Ach was! An Land bin ich nicht so hilflos wie im Wasser, Michael", erwiderte Isobel kämpferisch. „Angst macht mir viel eher, daß er bereits zu wissen scheint, wonach er suchen muß. Er ist uns wieder voraus."

„Richtig. Deshalb müssen wir jetzt das Ganze um so genauer durchdenken. Möglicherweise sind wir nur noch einen Schritt von einem sagenhaften Schatz entfernt, der hier in der Nähe irgendwo versteckt ist. Grainger ebenfalls. Es hat den Anschein, als sei er uns einen halben Schritt voraus. Und er weiß wohl auch, daß wir ihm auf den Fersen sind, obwohl wir die Hinweise nicht so gut und rasch enträtseln wie er." Michael küßte ihre Finger. „Und zu guter Letzt wissen wir, daß Grainger äußerst rücksichtslos vorgeht. Was folgern wir aus alledem?"

Isobel schaute ihn nur stumm an.

„Erstens: Grainger wird nicht abwarten, bis die Kirche morgen offen ist, sondern er wird einbrechen. Ich schätze, daß er's nicht bei Tageslicht, sondern erst heute nacht tun wird."

„Und was folgerst du noch?"

„Wir wissen, daß er brutal ist. Wenn es sich irgendwie vermeiden läßt, sollten wir ihm nicht in die Quere kommen, stimmt's? Es gibt nur eine Möglichkeit, ihn bei dem Wettlauf zu schlagen und ihm gleichzeitig auszuweichen – wir müssen als erste in die Kirche gelangen."

„Du schlägst doch nicht etwa vor, daß wir auch einbrechen sollen, oder?"

„Unter normalen Umständen würde ich nicht im Traum daran denken. Aber wir müssen Grainger zuvorkommen. Oder wir versuchen, den Pfarrer zu überreden, für uns die Kirche zu öffnen, obwohl mir im Moment keine plausible Erklärung einfällt, die wir ihm dafür liefern könnten. Und deshalb meine dritte Schlußfolgerung: Wir müssen eine alte Freundin von mir, Veronica Sheldon, ins Spiel bringen."

Isobel blieb stumm.

„Veronica gehört zum Mitarbeiterteam der Abteilung Mittelalter im Victoria-and-Albert-Museum. Uns würde es Stunden, wenn nicht gar Tage kosten herauszufinden, wofür die drei senkrechten Linien stehen. Für Veronica dürfte es ein Kinderspiel sein. Sie kann uns vermutlich innerhalb von wenigen Minuten helfen. Nur wenn wir wissen, wonach wir suchen sollen, können wir Grainger ein Schnippchen schlagen."

Isobel überlegte. „Du hast völlig recht", sagte sie schließlich. „So machen wir's."

Sie hasteten zum Mercedes zurück und holperten dann in halsbrecherischem Tempo den Feldweg entlang zur Straße. „Ich fahre in Richtung Burning Cliff", erklärte Michael. „Von der ersten Telefonzelle aus rufe ich Veronica an. Dann kann sie in aller Ruhe ihre Bücher zu Rate ziehen, und wir schlafen ein paar Stündchen, um später fit zu sein. So gegen halb zehn wird es dunkel. Hoffentlich plant Grainger, erst relativ spät einzubrechen, wenn möglichst wenige Leute unterwegs sind. Also nach Mitternacht . . . Das heißt, daß wir gegen zehn Uhr losschlagen müssen. Ziemlich riskant, aber es läßt sich nicht ändern."

In Woodsford fand Michael eine Telefonzelle und rief von dort wie geplant Veronica in London an.

Diese war angenehm überrascht, seine Stimme zu hören. Er schilderte ihr kurz das Problem. Nachdem er versprochen hatte, ihr später alles ausführlicher zu erklären, sagte er: „Ich brauche alle Bedeutungen und Assoziationen, die in der Kunst mit der Zahl Drei einhergehen. Es handelt sich hier um die römische Ziffer Drei. Wir . . . ich habe natürlich an Dreifaltigkeit gedacht, an die drei Grazien, die drei Parzen und die drei Marien. Im Moment bin ich am Ende meiner Weisheit. Es muß noch andere Bedeutungen geben, und die brauche ich eben dringend."

„Ist das mal wieder einer deiner Coups, Michael?"

„Es könnte einer werden, wenn du mir hilfst. Auf der Überholspur gibt's einen Rivalen."

„Ganz und gar der alte Michael Whiting. Laß mich mal nachdenken . . . auf Anhieb fallen mir die drei theologischen Tugenden ein, Glaube, Hoffnung und Liebe, dann die drei Verleugnungen Petri, die drei Gesichter der Klugheit, die drei Lebensalter, die drei Aspekte der Zeit, die drei Zeitalter der Erde – das goldene, silberne und eiserne. Kannst du damit etwas anfangen?"

„Das weiß ich noch nicht", erwiderte Michael. „Erzähl mir noch ein bißchen mehr über die Zeitalter der Erde. Besonders Silber interessiert mich."

„Das schaffe ich nicht so aus dem Stegreif. Ich müßte erst in die Bibliothek gehen."

„Genau darum möchte ich dich bitten, Veronica", sagte Michael eindringlich.

Am anderen Ende der Leitung blieb es still.

„Veronica, bitte!"

Veronica stieß hörbar die Luft aus. „Also schön. Wenn du wirklich meinst, daß es so wichtig ist. Kannst du mich in eineinhalb Stunden wieder anrufen? Dann müßte ich eigentlich von der Bibliothek zurück sein."

„Sicher. Du bist ein Engel, Veronica."

Michael setzte sich wieder hinter das Steuer und fuhr in zügigem Tempo nach Burning Cliff. Kurz vor vier waren sie in ihrem Zimmer und ließen sich aufs Bett fallen.

Um die aufreibende Zeit des Wartens zu verkürzen, beschloß Michael nach einer Weile, ein Bad zu nehmen. Er schaffte es, damit fast eine Stunde totzuschlagen, während Isobel dösend auf dem Bett lag.

Michael zog sich einen Bademantel an, ging auf den Balkon hinaus und schaute aufs Meer. Falls es heute nacht schiefging und sie dann doch mit Grainger zusammentrafen . . . ein kalter Schauer überlief ihn bei diesem Gedanken.

Wie tapfer Isobel war! Er drehte sich um und konnte durch die Balkontür ihr ruhiges, entspanntes Gesicht auf dem Kopfkissen sehen.

Ihm fiel eine Frau auf, die mit einem großen Badetuch vom Strand zum Hotel heraufkam und ebenso rote Haare hatte wie die Dame auf dem Porträt, das Julius restauriert hatte. Das erinnerte ihn daran, daß er über jene drei Familien nachforschen mußte, in deren Wappen Smaragde abgebildet waren. Dann war da ja auch noch die Schachfigur, der Turm, den die Dame in der Hand hielt. Was mochte das wohl bedeuten?

Endlich war es Zeit, Veronica anzurufen. Er weckte Isobel und wählte die Telefonnummer des Museums, wo man ihn auch rasch mit Veronica verband.

„Hast du was zum Schreiben da?“ fragte Veronica ohne Begrüßung.

„In Ordnung. Schieß los.“ Er bedeutete Isobel mit einer Handbewegung, ihm Papier und Bleistift zu geben.

„Was möchtest du zuerst wissen? Alle Bedeutungen, die die Zahl Drei haben kann, oder die drei Zeitalter der Welt?“

„Gib mir zuerst die Bedeutungen durch. Dann können wir uns vielleicht mit einigen näher befassen.“

„Gut. Ich lese es dir langsam vor, damit du mitschreiben kannst.“

„Ja, in Ordnung . . . diktier einfach drauflos.“

„In keiner bestimmten Reihenfolge übrigens . . . die drei gewaltsamen Tode – Hinrichtung, Mord, Selbstmord –, die drei Zonen der Kirche, die drei Engel, die Abraham willkommen heißen. Drei Glocken sind das Symbol für Musik, drei Nägel symbolisieren die Leidensgeschichte, ein Dreizack gehört zu Neptun . . . kommst du mit?“

„Dreimal ja.“

„Christus hatte eine Vision von drei Pfeilen; drei Kreuze stehen für Golgatha; ein Turm mit drei Fenstern ist ein Symbol der Reinheit, drei Kinder in einer Tonne symbolisieren den heiligen Nikolaus von Myra. Das wär's so in etwa, Michael.“

Er schrieb in fliegender Hast. „Wunderbar . . . Hier sind meine drei Fragen: Kannst du mir noch etwas mehr über das silberne Zeitalter, die drei Zonen der Kirche und den Turm mit den drei Fenstern verraten?“

„Bleib dran, während ich nachsehe.“

Michael schob Isobel die Liste hinüber und legte sich ein neues Blatt bereit.

„Bist du soweit?“ meldete Veronica sich zurück. „Im goldenen Zeitalter lebte der Mensch in einem Zustand der Unschuld . . . Im silbernen Zeitalter war der ewige Frühling vorüber, der Mensch lernte den Unterschied zwischen Recht und Unrecht. In der Kunst wird in diesem Zusammenhang Justitia mit einem Schwert und einer Waage dargestellt . . . Eisen wurde entdeckt ‚zum Schaden des Menschen‘.“ Veronica blätterte hörbar weiter. „Drei Zonen . . . Ah, hier habe ich's: ‚Im Mittelalter wurden die Kirchen in drei Zonen unterteilt. Vereinfacht gesagt, waren diese der Himmel, das Heilige Land und die irdische Welt. In der Kirchenkuppel wurde der Himmel mit Christus, der Jungfrau Maria und den Aposteln dargestellt. Die zweite Zone befand sich im oberen Teil des Gewölbes und seiner Bogen, wo die Geschehnisse im Heiligen Land gemäß dem Evangelium abgebildet wurden. In der dritten, der untersten Zone, werden Heilige, Märtyrer und bedeutende Kleriker gezeigt.' Zufrieden?"

„Ja, bitte weiter."

„‚Es gibt mehrere Legenden von einer Tochter, die ihr Vater in einen Turm einsperrt, um ihre Freier abzuwehren. Deshalb wurden Türme mit der Zeit zum Symbol der Keuschheit und damit auch Attribut der Barbara, deren Turm häufig drei Fenster aufweist.'"

„Noch einige Einzelheiten über Barbara, bitte."

Wieder mußte Veronica in ihrem Buch blättern. „‚Barbaras Vater schloß sie im Turm ein, um Bewerber zu entmutigen. Der Turm hatte zwei Fenster, doch Barbara überredete die Diener, ein drittes Fenster einzubauen, da somit die Dreifaltigkeit symbolisiert wurde, die ihre Seele beglückte.'" Veronica meinte seufzend: „Hoffentlich genügt dir das nun, Michael."

„Aber natürlich, Veronica", antwortete Michael. „Du hast mich gerettet. Das begießen wir demnächst, ja? Vielen, vielen Dank! Bis bald."

Er legte den Hörer auf und erläuterte Isobel dann alles. Beide waren skeptisch, ob eine der Informationen ihnen weiterhelfen würde.

„Ich habe nicht darauf geachtet", sagte Michael grübelnd. „Vielleicht hat der Kirchturm drei Fenster. Vielleicht liegt aber auch eine Barbara in der Kirche begraben."

Isobel schüttelte den Kopf. „Es kann keine Gruft sein. Darauf hatten wir uns doch geeinigt."

„Wahrscheinlich hast du recht."

„Was nun?"

Michael schaute auf die Armbanduhr. „Die drei Marien wiesen uns auf einen Sarkophag hin, was falsch sein muß. Das silberne Zeitalter deutet auf Waage, das heißt Gerechtigkeit. Die drei Zonen der Kirche und die ganze Geschichte von Barbara lenkt unseren Blick wiederum hoch hinauf zur Spitze der Kirche. So gegen halb zehn wird's dunkel . . ."

„Müssen wir's wirklich tun, Michael? Ich meine, in die Kirche einbrechen?"

„Mir behagt das genausowenig wie dir. Aber es gibt keine andere Möglichkeit. Immerhin hast du dich schon in Graingers Büro eingeschlichen. Ist das hier denn so viel schlimmer? Auf jeden Fall sollten wir jetzt ein wenig schlafen."

13. KAPITEL

MICHAEL wachte gegen halb neun wieder auf, weckte Isobel mit einem Kuß und bestellte telefonisch einige belegte Brote aufs Zimmer.

Isobel zog sich Hosen und eine braune Flanellbluse an. Für alle Fälle nahm sie auch noch einen warmen Pullover mit. Michael wählte braune Cordhosen und einen blauen Blazer, da dies seine dunkelste Kleidung war. Für einen unbeteiligten Beobachter sahen sie beim Verlassen des Hotels so aus, als wollten sie zu einem nahe gelegenen Gasthaus gehen, um dort eine Kleinigkeit zu essen.

In Pallington verbargen sie den Mercedes wieder auf dem Feldweg. Es war noch nicht ganz dunkel, und Michael schaltete die Scheinwerfer aus, während sie warteten.

„Wie lange bleiben wir hier im Auto?" fragte Isobel.

„Mindestens so lange, bis es stockfinster ist. Ich möchte auch beobachten, wie stark befahren die Straße jetzt am späten Abend ist. Das gibt uns einen Anhaltspunkt, ob wir uns sicher fühlen können. Außerdem könnte es ja auch sein, daß ich mich in Grainger täusche und er doch versucht, schon bald in die Kirche einzubrechen."

„Wie kommen wir eigentlich in die Kirche rein?"

„Bei mir wurde in London einmal eingebrochen, weil ich mir angewöhnt hatte, den Hausschlüssel für meine Putzfrau zu verstecken. Einbrecher kennen alle gängigen Verstecke, und ich bekam hinterher Tips von der Polizei, wo man seinen Schlüssel auf gar keinen Fall hinlegen darf. Ich wette, daß der Pfarrer keine Ahnung von diesen Dingen hat und den Schlüssel irgendwo versteckt hat, wo ich ihn finde."

Michael stellte das Radio für die 22-Uhr-Nachrichten an. Es war die übliche Mischung von Schreckensmeldungen. Isobel verkrampfte sich unwillkürlich, als Beirut erwähnt wurde.

Die Nachrichten gingen fast nahtlos über in eine musikalische Unterhaltungssendung. „Schalt nicht aus", bat Isobel, rückte ein Stückchen näher und legte den Kopf an Michaels Schulter. Dann ergriff sie seine Hand. „Ich glaube kaum, daß ich mich je an Zigarrenrauch gewöhnen werde, Michael Whiting, aber ich habe dich trotzdem sehr liebgewonnen."

Michael küßte sie aufs Haar.

Sie wandte sich zu ihm. Im schwachen Lichtschein des Autoradios konnte er gerade noch ihre Gesichtszüge erkennen. Er gab ihr einen langen Kuß auf den Mund.

Die verbindliche Stimme eines Ansagers kündigte eine Astrologin als Gast der Sendung an, die Horoskope erstellte. Sie begann gleich mit dem Ansager, der im Zeichen des Löwen geboren war.

„Ein Löwe kann nicht überredet oder gar gezwungen werden", sagte die Stimme der Astrologin. „,. . . aber Löwegeborene sollten sich nach den Entwicklungen der letzten paar Monate neu orientieren . . . Waage . . . irgendwann in diesem Monat fühlen Sie sich vielleicht betrogen und hadern mit Partnern oder Freunden . . . Aber etwas wird schon bald das Gleichgewicht wiederherstellen, wie es einem Waagegeborenen angemessen ist . . ."

Plötzlich hielt Michael im Küssen inne. „Gleichgewicht!"

Isobel öffnete die Augen und beschwerte sich. „Spielverderber!" Aber der Zauber war gebrochen. „Was ist los?"

„Sei nicht böse, Isobel. Aber die Zahl Drei steht für die drei Zeitalter der Welt. Erinnerst du dich? Wir suchen nach Silber, und im silbernen Zeitalter lernte der Mensch, wie Veronica mir erzählte, Recht von Unrecht zu unterscheiden. Folglich war das Symbol des silbernen Zeitalters Justitia mit Schwert und Waage. Das Sternzeichen Waage . . ."

„Ich verstehe nicht . . ."

„Moment, gleich kommt's. Im hinteren Teil der Kirche befindet sich doch dieses Tympanon, dieses Giebelfeld mit den gemeißelten Monaten Januar . . . Februar . . ."

„Michael!"

„September . . . Waage, Isobel. Das Sternzeichen mit der Waage! Das muß es sein. Hinzu kommt noch, daß es sich in der dritten Zone der Kirche befindet. Gerade eben erst ist es mir eingefallen. Es muß einfach stimmen. Komm, laß uns gleich gehen. Da wir jetzt den letzten Anhaltspunkt kennen, haben wir die große

Chance, in die Kirche hinein- und auch wieder hinauszugelangen, bevor Grainger auftaucht. Komm jetzt!" Er schaltete das Radio aus, holte vom Rücksitz Schraubenzieher sowie Schraubenschlüssel und eine Taschenlampe. „Fertig?" fragte er.

Vorsichtig tasteten sie sich in der Dunkelheit den Weg entlang bis zur Straße vor. Es war inzwischen halb elf. In der Ferne tauchten die Scheinwerfer eines Autos auf, das kurz darauf vorüberrauschte. Sie betraten den Friedhof und hatten gerade noch Zeit, um sich hinter einige Grabsteine zu kauern, bevor schon wieder Scheinwerfer die Dunkelheit durchdrangen.

„Zu dumm, daß gerade hier eine Straßenbiegung ist", meinte Michael, als sie sich aufrichteten. „Das bedeutet nämlich, daß jedes vorbeifahrende Auto das Kircheninnere für einen Moment erhellt." Er ging in Richtung Kirchenportal weiter.

„Nun kommt ein riskanter Moment", sagte er, als sie davorstanden. „Um den Schlüssel zu finden, muß ich die Taschenlampe anknipsen. Bleib hier und halte Wache. Falls du etwas siehst oder hörst, pfeifst du bitte oder machst ein anderes Geräusch."

Isobel hörte, wie er sich auf der Suche nach dem Schlüssel immer weiter von ihr fortbewegte. Minuten später drangen plötzlich Stimmen an ihr Ohr. „Michael!" rief sie halblaut, doch er hatte die Taschenlampe schon ausgeknipst. Geschickt tastete sie sich an der Wand entlang zum hinteren Ende der Kirche und spähte von dort auf die dunkle Straße.

Einen Moment später blinkten hinter den Bäumen auf der Straße zwei kleine Lichtpunkte auf. Zwei Fahrradfahrer – den Stimmen nach alte Männer –, die nach einem Abend in der Kneipe heimfuhren. Die beiden Lichtpunkte entfernten sich in der Nacht.

Isobel ging zurück und bezog wieder ihren Wachposten. Gerade als ihr Herzschlag sich beruhigt hatte, kam Michael auf sie zu und hielt triumphierend etwas in die Höhe. „In der Regenrinne auf dem untersten Fenstergiebel lag der Schlüssel. Laut Londoner Polizei stehen Regenrinnen auf Platz sieben der Beliebtheitsskala von Verstecken."

Es herrschte totale Stille, nur unterbrochen vom Schrei eines Vogels auf dem Fluß. Als Michael das Türschloß ertastet hatte und den Schlüssel umdrehte, ertönte ein lautes, knarrendes Geräusch. Michael stieß die schwere Tür auf, und sie schlüpften hinein.

Im Inneren war es stockdunkel. Michael ging zum Längsschiff

voran, wandte sich nach links und blieb dann vor der Westmauer stehen. Er schaltete die Taschenlampe ein und leuchtete zu den Figuren am Außenrand des Tympanons hinauf.

Isobel legte den Kopf in den Nacken.

„Da, die erste Figur hackt Äste. Die zweite trägt einen Eimer ..."

„Ein Auto!"

Michael knipste die Lampe aus und erstarrte förmlich. Das Auto kam auf die Kirche zu, die Scheinwerfer überfluteten den Raum mit silbrigem Licht, das die Wände hinaufhuschte, dann weiter über die Decke glitt und jäh verschwand, als der Fahrer die Kurve genommen hatte und das Tempo beschleunigte. Auch das Tympanon wurde kurz beleuchtet, und der Scheinwerferstrahl verwandelte das gewaltige halbkreisförmige Giebelfeld mit seinen Steinfiguren in ein Mysterienspiel aus Schatten, die um die Kreuzigungsszene im Zentrum zu tanzen schienen.

Michael wartete ab, bis seine Augen sich wieder dem Dunkel angepaßt hatten, bevor er die Taschenlampe anknipste. „Im September sind drei Viertel des Jahres schon vorüber, also müssen wir rechts unterhalb der Mitte suchen." Er ließ den Lichtstrahl aufblitzen. „Aha, da wird Korn gedroschen, und daneben ... schau, da ist sie ja, die Waage."

„Michael, was hast du vor?"

„Ist doch klar. Wir müssen da irgendwie rauf." Er suchte mit Hilfe des Lichtkegels die Kirche ab. „Dort drüben! Der Tisch mit den Gesangbüchern ist für uns ideal. Wir tragen ihn hierher."

Gemeinsam schichteten sie die Gesangbücher auf den Boden. Der Tisch war schwer, doch es glückte schließlich, ihn unter das Tympanon zu manövrieren. Michael stieg hinauf, konnte aber immer noch nicht den Rand des Giebelbogens erreichen.

„Ein Stuhl", sagte er halblaut. „Rasch, hol mir einen Stuhl aus dem Chor."

Auf Zehenspitzen gehend, schaffte Isobel den gewünschten Stuhl herbei und reichte ihn Michael, der ihn auf den Tisch hob. Dann kletterte er hinauf und befand sich nun mit dem Gesicht auf gleicher Höhe mit den Füßen des gekreuzigten Heilands. In einer Hand hielt er die Taschenlampe, mit der anderen griff er hinauf.

Mit großer Anstrengung konnte er die Waage berühren. Er zog daran.

„Klappt's?" flüsterte Isobel von unten herauf.

„Nein, es klemmt irgendwie. Steig doch bitte auch auf den Tisch, und leuchte mir mit der Taschenlampe. Dann kann ich beide Hände zu Hilfe nehmen."

Michael wartete, bis Isobel hinaufgeklettert war, dann ergriff er die Waage mit beiden Händen und begann zu ziehen. Die Steinplastik rührte sich keinen Millimeter.

„Sie ist wie festgebacken", stöhnte er.

„Probier's noch mal."

Er zog und zerrte, versuchte sie zu drehen. Die Steinfigur des Gekreuzigten hing vor ihm, während er sich abmühte, schwitzend und schnaufend. „Es hat keinen Sinn", sagte er entmutigt und stieg vom Stuhl. „Dabei war ich so sicher, recht zu haben."

„Haben wir uns etwa mit Giles Beechey geirrt?" überlegte Isobel laut. „Leuchte mal, er liegt dort drüben."

Michael richtete die Taschenlampe auf die Grabplatte. „Nein, Isobel, da ist kein Irrtum möglich. Und das Symbol für . . ."

„Michael, was tust du denn?"

Michael war vom Tisch gestiegen und auf die Knie gefallen. Er hatte den Schraubenzieher aus der Hosentasche gezogen und begann nun, auf der Grabplatte herumzuschaben.

„Michael, das ist schlimmer als Einbruch, das ist . . ."

„Paß auf!" Er kratzte an der Ziffer herum, den drei vertikalen Linien. Staub, Schmutzpartikel und Steinkrümel bildeten schnell ein Häufchen. Ungefähr eine Minute machte er emsig weiter.

„Schau, das ist nicht nur eine Drei. Es sind drei – was weiß ich was. Da, die Linien sind am einen Ende etwas breiter und am anderen fast punktförmig. Das ist keine römische Ziffer Drei . . . das sind drei Nägel, die Instrumente der Leidensgeschichte, genau das hat Veronica auch erwähnt."

„Mag sein, daß die gute Veronica das sagte, aber ich sehe nicht, wieso –"

„Du hast ja auch nicht auf dem Stuhl da oben gestanden und dein Gesicht gegen das Kruzifix gepreßt, während du krampfhaft versuchtest, die Waage zu bewegen. Ich aber! Und ich kann dir verraten, daß an diesem Kruzifix etwas sehr merkwürdig ist. Zumindest ist mir das inzwischen klargeworden. Christus hängt am Kreuz, doch kein einziger Nagel durchbohrt seinen Körper. Es gibt keinerlei Wundmale."

Isobel starrte ihn an.

„Die Nägel sind der Anhaltspunkt."

Sie sagte immer noch nichts.

„Ich glaube, wir müssen einen Nagel oder diesen Schraubenzieher in die Steinfigur schlagen, und zwar dort, wo die Nägel eigentlich stecken müßten."

Isobel seufzte, blieb aber weiter stumm.

Michael beleuchtete erneut die Grabplatte. „Schau, ich habe recht. Es sind Nägel mit flachen Köpfen und scharfen Spitzen." Rasch erhob er sich und eilte zurück zum Tisch. Isobel lief hinter ihm her.

Er kletterte auf den Tisch und wollte gerade auf den Stuhl steigen, als Isobel seine Beine umklammerte. „Das kannst du nicht tun, Michael. Es ist grausig; das Fürchterlichste, was ich mir vorstellen kann. Es ist schlimmer als ein Sakrileg."

„Unter normalen Umständen hast du recht. Aber hier haben wir es eben mit einer verqueren Geschichte zu tun, die sich ein Mensch des Mittelalters ausgedacht hat. Alles paßt genau. Niemand käme per Zufall darauf, das zu tun, was wir . . . was ich jetzt gleich tun werde, und deshalb ist es das ideale Versteck. Du mußt das Geheimnis schon kennen, um diesen letzten Schritt zu wagen. Und deshalb ist es auch kein Sakrileg."

Isobel schüttelte heftig den Kopf. „Mir ist ganz und gar nicht wohl dabei."

„Bombardier mich nicht mit Einwänden, sondern halt lieber die Taschenlampe."

Nach kurzem Zögern stieg Isobel auf den Tisch und richtete den Lichtstrahl auf die Steinfigur des Gekreuzigten.

Michael balancierte auf dem Stuhl und zielte mit der Spitze des Schraubenziehers auf die Innenfläche der rechten Hand Christi. Dann zog er den Schraubenschlüssel aus der Jackettasche und schlug mit ihm auf den Griff des Schraubenziehers. Das laute Geräusch kehrte als vielfaches Echo von den Wänden zurück. Die Figur bewegte sich nicht. Er versuchte es ein zweites Mal.

„Was für ein Lärm!" sagte Isobel entsetzt.

Michael schwieg beharrlich und versuchte es nun mit der linken Hand der Figur. Wieder ein lautes Echo des Schlags, und wieder rührte sich nichts. Nun setzte er den Schraubenzieher dort an, wo die Füße gekreuzt waren. Isobel wollte etwas sagen, doch Michael herrschte sie an: „Einmal noch. Nur einmal!"

Er holte aus und schlug mit dem Schraubenschlüssel fest zu. Diesmal klang das Geräusch gedämpfter, die untere Hälfte der Figur schwang nach innen, und die obere drehte sich auf einer verborgenen Achse in der Wand nach außen, wodurch eine ovale Öffnung im Zentrum des Giebelfelds entstand.

„Ich brauche Licht! Schnell!"

Sie reichte ihm die Taschenlampe hinauf, und er leuchtete in den Hohlraum hinein. „Ein Kästchen! Übernimm du die Lampe."

Michael griff mit beiden Händen in die Öffnung, die nicht sehr geräumig war. Immerhin konnte er das Kästchen darin umfassen, das sich anfühlte, als sei es aus Metall, möglicherweise mit Leder bezogen, das getrocknet und aufgeplatzt war.

Vorsichtig hob er es heraus. Es war etwa dreißig mal zwanzig Zentimeter groß und nicht schwer. Michael reichte es Isobel hinunter. Danach richtete er sich wieder auf und tastete den Hohlraum ein zweites Mal ab. Doch das Versteck war nun leer.

Michael stieg auf den Boden hinunter und hielt das Kästchen fest, während Isobel eine lederne Schutzhülle entfernte, die durch völliges Austrocknen jegliche Geschmeidigkeit verloren hatte. Ein Deckel wurde sichtbar, der sich jedoch als fest verschlossen erwies. Nur mühsam konnte Michael ihn mit dem Schraubenzieher ein Stückchen hochbiegen. Ein Knacken und blechernes Scheppern – das Metall begann auszubeulen.

„Vorsicht!" flüsterte Isobel. „Wir sind doch keine Vandalen."

Daraufhin schob Michael den Schraubenzieher unter eine metallene Lasche über dem Schloß. Er drehte ihn, und der Deckel sprang mit einem Ruck auf.

Sie trauten ihren Augen kaum, und Isobel stöhnte unwillkürlich auf. „Das ist doch wohl ein Witz."

„Jedenfalls ist es kein Silber", versetzte Michael trocken.

Isobel hielt die Taschenlampe, während Michael nacheinander drei zerbrechlich wirkende Gebilde herausnahm, die ungefähr so groß wie Eier waren.

„Sie sehen wie kleine Tierschädel aus", sagte Isobel. „Und was ist da noch drin?"

Michael zog etwas hervor. „Ein Armband oder eine Kette?"

„Unmöglich, dafür ist es viel zu klein. Außerdem könnte man's gar nicht tragen, weil es eher einer Scheibe gleicht." Der Gegenstand bestand aus einer Reihe von Metallringen, die ineinander verschlungen und so miteinander verbunden waren, daß sie eine flache, runde Platte bildeten. „Drei Schädel, neun Ringe", sagte Isobel, die rasch nachgezählt hatte. „Also insgesamt zwölf, Michael. Mir gefällt das ganz und gar nicht. Offensichtlich war alles so geplant, daß es hier endet, und wir sind auf diesen . . . Schabernack reingefallen."

„Es ist kein Schabernack. Die Erklärung ist sicher wieder ganz simpel. Vielleicht Saturns Ringe? Wir sind einer ‚Lügenlandschaft' gefolgt, vergiß das nicht. Der Maler hat hinsichtlich der Zahl der Anhaltspunkte gemogelt, und das hier ist wohl noch eine zusätzliche Sicherheitsmaßnahme." Er legte die kleinen Schädel in die Kassette zurück. „Veronica wird hoffentlich wissen, was davon zu halten ist."

Er wollte Isobel die Ringe abnehmen, die sie jedoch aus Versehen einen Moment zu früh losließ. Lautes Klirren auf dem Steinboden signalisierte, wohin sie gefallen waren.

„Das ist ja kilometerweit zu hören", zischte Michael irritiert und ging ein paar Schritte, um die Ringe wieder aufzuheben. „Leuchte mal bitte hier herüber."

„Nicht mehr nötig", sagte plötzlich jemand mit beißendem Spott, und ein greller Lichtkegel erfaßte Michael, der auf dem Steinboden kniete.

Ihm wurde kalt. Er hatte Grainger nie sprechen hören, zweifelte aber keine Sekunde daran, daß er es war. Isobel stieß einen halb unterdrückten Schrei aus. Grainger hielt eine Schrotflinte im Arm, hinter ihm an der Wand lehnte ein Bootshaken.

Grainger lachte selbstgefällig. „Welch ein Glück für mich, daß Sie vor mir hier waren. Für mich allein wär's etwas problematisch gewesen, den Tisch zu verrücken. Deshalb hatte ich auch die ganze Nacht eingeplant. Als ich gestern das Kruzifix etwas genauer in Augenschein nehmen wollte, war die verdammte Kirche geschlossen. Aber Sie haben die Schwerarbeit für mich erledigt. Mein Kompliment an Sie beide, daß Sie so lange mit mir Schritt gehalten haben." Er schwenkte die Flinte. „Doch das hier läßt mich das Spiel gewinnen." Er trat noch einen Schritt näher. „Sie machen jetzt folgendes: Zuerst schieben Sie den Teil des Tympanons, der offensteht, an seine alte Stelle. Dann tragen Sie beide gemeinsam den Tisch zurück und stapeln darauf die Gesangbücher. Außerdem bringen Sie den Stuhl in den Chorraum zurück und wischen den

Schmutz beiseite, der von dem Kästchen heruntergefallen ist, damit wir keine Spuren hinterlassen."

Michael zitterte vor Angst und Zorn. Innerlich gab er sich Ohrfeigen dafür, so dumm gewesen zu sein, das Portal unverschlossen und unbewacht gelassen zu haben. Grimmig befolgte er Graingers Anweisungen, der alles beobachtete. Er nahm Michael die Taschenlampe weg und steckte sie in seine Jackentasche.

„Sie, Miß Sadler, werden das Kästchen tragen. Als erster gehen Sie, Mr. Whiting, Miß Sadler folgt direkt hinter Ihnen. Ich bilde mit Schrotflinte und Bootshaken das Schlußlicht. Sie sollten sich immer vergegenwärtigen, Mr. Whiting, daß ich Miß Sadler mit meinem Bootshaken schnell und lautlos erledigen kann. Die Flinte nehme ich notfalls auch zu Hilfe, und zwar gegen Sie. Ist das klar?"

Michael nickte.

„Gut. Treten Sie jetzt bitte aus dem Portal, und folgen Sie dann dem Weg quer über den Friedhof."

Das war es also! Michael hatte sich schon gewundert, warum sie Graingers Auto oder Motorrad nicht gehört hatten. Er war mit dem Boot den Fluß heraufgefahren! Michael erinnerte sich plötzlich an den Schrei eines Wasservogels. Sicher war er von Grainger aufgeschreckt worden.

Als sie in die Nacht hinaustraten, sagte Grainger: „Mr. Whiting, ich sehe, daß ein Schlüssel in der Kirchentür steckt. Schließen Sie ab, und legen Sie den Schlüssel dorthin zurück, wo Sie ihn hergeholt haben."

Michael gehorchte, sah nun aber eine winzige Chance zu signalisieren, daß etwas nicht in Ordnung war. Grainger wußte vermutlich nicht, wo der Schlüssel normalerweise verborgen war. Auf jeden Fall mußte er einen Versuch wagen. Er ging zielstrebig auf die Stelle zu, wo er den Schlüssel gefunden hatte, schob ihn aber auf ein Fensterbrett. Wenn der Pfarrer kam und den Schlüssel nicht an seinem gewohnten Platz entdeckte, sondern ganz woanders, dann kam ihm das hoffentlich höchst verdächtig vor, und er würde sich die Kirche etwas genauer ansehen. Möglicherweise folgerte er dann sogar richtig, daß eingebrochen worden war.

Ein grasbewachsener Weg führte von der Kirche über den Friedhof zu einigen Büschen, hinter denen Graingers Barkasse vor Anker lag.

„Halt", flüsterte Grainger. „Ich will natürlich nicht, daß Sie das

Kästchen in den Fluß werfen, Miß Sadler. Also lassen Sie das gute Stück bitte hier. Mr. Whiting, Sie gehen an Bord und stellen sich in den Bug."

Michael befolgte die Anordnung. Er wußte, welch panische Angst Isobel vor dem Bootshaken hatte, und das hemmte ihn. Grainger hielt die bösartige Waffe drohend gegen Isobels Rücken gerichtet, während er an Bord ging. Mit Hilfe der doppelläufigen Flinte drückte er auf einen Knopf, der Motor erwachte stotternd zum Leben.

Isobel sollte die Leinen losmachen. Grainger klemmte sich den Bootshaken unter den Arm, der auch die Flinte hielt. Auf diese Weise konnte er mit der anderen Hand steuern. Die Strömung ausnutzend, war die Barkasse rasch in der Flußmitte.

Grainger schaltete den Motor auf Leerlauf und befahl Isobel: „Schauen Sie nach vorne, und falten Sie die Hände im Nacken. Ich stelle das Gewehr neben das Ruder. Dann binde ich Ihre Hände zusammen. Bei der geringsten unvorsichtigen Bewegung schieße ich."

Er fesselte geschickt Isobels Handgelenke, dann nahm er eine Rolle mit breitem, extra festem Klebeband, wickelte ein längeres Stück ab, biß es mit den Zähnen durch und klebte das Band über die Knoten.

„Das müßte es Ihnen eigentlich unmöglich machen, die Fessel zu lösen", sagte er. „Ich habe die Flinte wieder in der Hand, Miß Sadler. Setzen Sie sich bitte neben die Kabine." Diesmal fesselte er ihre Füße, und wieder wurden die Knoten überklebt. Schließlich riß er noch einen kleinen Streifen Klebeband ab und klebte es ihr über den Mund, so daß ihre Lippen aufeinandergepreßt wurden. Er öffnete die Kabinentür und stieß sie hinein. Isobel stürzte der Länge nach hin. Krachend flog die Tür zu.

„Nun wiederholen wir die Prozedur, Mr. Whiting. Kommen Sie nach hinten."

Michael hatte mit wachsendem Zorn mit angesehen, wie Isobel behandelt wurde. Aber was sollte er tun? Die beiden Läufe der Flinte waren mitleidslos auf ihn gerichtet. Also ging er zum Heck der Barkasse, wo er entdeckte, daß ein kleines Boot im Schlepptau mitgeführt wurde.

„Drehen Sie sich um! Hände in den Nacken."

Michael beschloß, daß dies der geeignete Moment war. Wenn

Grainger seine Hände zu fesseln versuchte und die Flinte nicht einsatzbereit war, mußte er es wagen. Als er seine Hände hinter dem Kopf hielt, spreizte er die Finger weit, um Graingers Handgelenke mit einem Griff fassen zu können.

Er begriff zu spät, daß Grainger viel zu gerissen war, um sich eine solche Blöße zu geben. Der Flintenkolben knallte auf seinen Schädel, und er verlor das Bewußtsein.

14. KAPITEL

IN MICHAELS Kopf wogte eine heißglühende Flut, und er konnte sich kaum bewegen. Erst nach einer kleinen Unendlichkeit begriff er, daß seine Handgelenke hinter dem Rücken zusammengebunden, die Füße gefesselt und seine Lippen mit Klebeband versiegelt waren.

Er lag in der Kabine von Graingers Barkasse, die Kleidung vollgesogen mit schmutzigem, öligem Wasser, das knöchelhoch am Boden schwappte. Seine Stirn juckte, da dort etwas Klebriges langsam schorfig wurde – vermutlich Blut aus einer Kopfwunde. Das Plätschern des Wassers gegen das Boot verriet ihm zweierlei: Er befand sich unterhalb der Wasserlinie, und sie machten ganz schön Fahrt.

Das Geräusch einer Bewegung und halb ersticktes Schluchzen dicht neben ihm erschreckten ihn, bis er sich erinnerte, daß Isobel ja seine mißliche Lage teilte. Michael hatte keine Ahnung, wie lange er bewußtlos gewesen war und wo sie sich befanden. Auch jetzt war er nicht ganz bei sich, sondern trieb willenlos zwischen Schlaf und Wachen. Wie sah Graingers Plan aus? Die Barkasse war flußabwärts vertäut gewesen, das wußte er noch. Wollte Grainger etwa zur Küste? Aber was dann?

Er rief sich die Bootsfahrt ins Gedächtnis, die er mit Isobel auf demselben Fluß unternommen hatte. Mit Aufenthalten waren sie ungefähr fünf Stunden unterwegs gewesen, bis sie nach Wareham gelangt waren. Mit Graingers Barkasse schafften sie dies vielleicht in dreieinhalb Stunden. Wenn er sich nicht irrte, dann ging der Fluß Frome bei Wareham in einen langen Kanal über, der dann schließlich ins Meer mündete. Das kostete wahrscheinlich eine weitere Stunde oder auch zwei. Bis dahin müßte es eigentlich hell sein.

Ganz allmählich erholte er sich etwas und begann, seine Aufmerksamkeit den Stricken zuzuwenden, die ihn fesselten. Es war wirklich äußerst clever von Grainger, die Knoten zu überkleben.

Es vergingen sicher zwanzig Minuten, bis Michael den Anfang des Klebestreifens an seiner Fußfessel mit den Fingern aufgespürt hatte. Die nächsten fünf Minuten plagte er sich damit ab, seinen Fingernagel unter die Schnittkante zu schieben. Auf so beengtem Raum war es für ihn äußerst schwierig und sogar schmerzhaft, diese Prozedur durchzuführen. Wülste aus Fiberglas stützten wie Rippen den Bootskörper und drückten heftig gegen seinen Körper, wenn er sich bewegte, so daß er immer wieder eine Pause einlegen mußte.

Ganz allmählich jedoch – es dauerte wohl eine Dreiviertelstunde – löste er genug vom Klebeband, um mit zwei Fingern daran zerren zu können. Er wickelte es langsam ab. Nun kam der Knoten dran. Eine zweite Lage Klebeband! Jetzt fing alles wieder von vorne an.

Während er sich weiterhin quälte, dämmerte allmählich der Morgen herauf, und es wurde heller. Michael konnte Isobels Gesichtszüge erkennen. Wie angstvoll ihre Augen über dem zugepflasterten Mund blickten! Er fand die Situation besonders trostlos, weil sie nicht miteinander reden konnten. So schien jeder von ihnen ganz allein mit seiner Furcht und Hilflosigkeit zu sein.

Immerhin hatte Michael inzwischen auch das Ende des zweiten Klebestreifens gefunden und bohrte seinen Fingernagel darunter. Auf dem Fluß war es empfindlich kalt, und seine Finger waren klamm, so daß es ihn eine halbe Stunde kostete, bis er darangehen konnte, am gelockerten Bandende ziehen zu können.

Gerade da fiel sein Blick durch ein Bullauge, und er erkannte, daß sie in Wareham waren. Draußen war es inzwischen richtig hell geworden, und er schätzte, daß es halb sechs Uhr früh sein mochte. Was hatte Grainger nun bloß vor? Wollte er auf das offene Meer hinaus, wo niemand ihnen mehr helfen konnte?

Michael verdoppelte seine Anstrengungen, den Klebestreifen abzuziehen, und nach einer Viertelstunde war er so weit, daß er das Strickende durch eine der Schlingen des dicken Knotens schieben konnte.

Plötzlich fiel ihm auf, daß die Barkasse ihre Fahrt verlangsamt hatte und schließlich zum Stillstand kam. Grainger ging auf Deck hin und her, er vertäute offenbar die Barkasse. Das Motorengeräusch erstarb.

Einen Augenblick später flutete helles Tageslicht in die Kabine, als die Tür aufgestoßen wurde. Mit der Schrotflinte unter dem Arm, schaute Grainger die Gefesselten feixend an und nickte zufrieden. Michael betete still, daß sein Widersacher nicht auf die Idee käme, den Strick an seinen Füßen zu überprüfen, auf den zum Glück Graingers Schatten fiel.

Da Grainger die beiden in scheinbar unveränderter Lage vorfand, argwöhnte er nichts, sondern verschwand gleich wieder. Dann hörte man ihn von Bord gehen.

Michael zählte bis hundertzwanzig, um sicher zu sein, daß Grainger wirklich weg war, bevor er wieder an seiner Fußfessel zu hantieren begann. Der Strick war sehr fest geschnürt. Michael brauchte fast eine Stunde, um ihn zu lösen. Dann massierte er seine Fußgelenke, richtete sich auf und taumelte zum Bullauge. Die Barkasse lag an einem Ponton, an dem schon mehrere andere Boote festgemacht hatten. Sie befanden sich etwa achthundert Meter vom Ufer entfernt. Selbst wenn sie schreien könnten, wäre es sinnlos, denn niemand würde sie auf eine solche Distanz hören. War Grainger mit dem Beiboot an Land gerudert? Kam er zurück? Wieviel Zeit blieb ihnen wohl?

Michael verschwendete keinen weiteren Gedanken daran, sondern machte sich an die Arbeit. Er beugte sich zu Isobel hinunter und brachte sein Gesicht ganz dicht an ihre Hände, um ihr zu signalisieren, daß sie den Klebestreifen von seinem Gesicht reißen sollte. Doch Isobels Hände glitten tiefer, bis sie seine Jackentasche erreicht hatten, und er drehte sich etwas, damit sie hineingreifen konnte. Er hörte Schlüssel klirren. Sie zog ihre Hände zurück, und er nickte, als er sah, was sie herausgeholt hatte: Streichhölzer. Welch gute Idee! Vielleicht ließen sich die Stricke ganz einfach durchsengen.

Isobel wälzte sich auf die Seite, von wo aus sie Michaels Handgelenke nicht nur erreichen, sondern auch sehen konnte.

Sie zündete das erste Streichholz an. Unter dem Klebeband begann auch der Strick zu glimmen, doch dann verlöschte das Streichholz. Michael schätzte, daß Grainger nun schon mindestens eineinhalb Stunden fort war. Kam er überhaupt noch einmal wieder?

Beim zweiten Streichholz rauchte der Strick schon viel stärker. Zwei weitere Streichhölzer ließen sich nicht anzünden. Das nächste endlich flammte auf, und plötzlich ließ der Druck auf Michaels Handgelenke etwas nach. Zwei Strickenden fielen zu Boden. Er versuchte, die Handflächen auseinanderzustemmen, und zerrte in der Hoffnung, wenigstens eine Hand von der Schlinge befreien zu können. Doch der Strick schnitt nur immer tiefer ins Fleisch.

Enttäuscht ließ er sich wieder zu Boden sinken. Er tunkte die Hände in das kalte und ekelhaft ölige Wasser zwischen den Kunststoffverstrebungen, bis der Strick tatsächlich über den schleimigen Wasserfilm auf seiner Haut rutschte und seine Hand frei war.

Im selben Moment hörte er Schritte am Ende des Pontons. War es Grainger? Michael stand auf und durchsuchte fieberhaft die Kabine nach einer Waffe, entdeckte jedoch nur ein Ruder, einige Kissen und eine Boje aus Plastik. Das Ruder kam noch am ehesten in Frage.

Die Schritte näherten sich, und die Barkasse schwankte für einen Moment. Also war es tatsächlich Grainger, und er war wieder an Bord gekommen. Michael umklammerte das Ruder, bereit, Grainger niederzuschlagen.

Da flog die Kabinentür auf, und grelles Licht überflutete alles. Grainger stand mit schußbereiter Flinte im Eingang. Alles war so schnell gegangen, daß Michael keine Chance blieb, mit dem Ruder zuzuschlagen.

„Dachte ich's mir doch, daß ich durchs Bullauge eine Bewegung gesehen hatte", meinte Grainger grinsend. „Mr. Whiting, runter auf den Boden!"

Wütend gehorchte Michael und lag gleich darauf in der kalten, öligen Wasserlache.

Grainger inspizierte Isobels Fesseln. Als er dort alles zu seiner Zufriedenheit vorfand, wandte er sich Michael zu. „Mit dem Gesicht nach unten, bitte. – Aha, mit Hilfe von Streichhölzern haben Sie's geschafft", fügte er nach einem Moment hinzu. „Und da sind sogar noch einige übrig. Die stecke ich am besten gleich ein."

Grainger band zuerst Michaels Handgelenke und dann die Füße wieder zusammen. „Ich sehe schon, daß ich meine Pfadfinderknoten noch etwas verbessern muß. Aber drei Lagen Klebeband werden ja wohl hoffentlich ausreichen. Und um sicher sein zu können, daß Sie die Schnittstelle nicht finden, werde ich die äußerste Lage in sich

selbst verknoten." Michael war klar, daß es damit praktisch unmöglich war, den braunen, glatten Klebestreifen zu entfernen.

Grainger erhob sich und verließ die Kabine. Der Motor wurde angelassen, und die Barkasse gewann rasch an Fahrt. Auf dem Kanal war es windiger als auf dem Fluß. Auch der Wellengang war entsprechend stärker.

Eine halbe Stunde lang fuhr die Barkasse gegen den Wind. Dann wurde das Fahrttempo langsamer. Schließlich kam das Boot zum Stillstand. Grainger ließ den Anker über die Reling rasseln. Einen Augenblick später waren nur noch der Wind und das Plätschern der Wellen gegen die Außenwand zu hören. Die Tür ging auf.

„Whiting? Ich werde Ihnen jetzt das Klebeband vom Mund ablösen, da ich einige Antworten haben möchte. Zuvor aber noch zwei Dinge. Erstens, der Bootshaken zielt auf Miß Sadlers Schenkel. Zweitens, wir ankern in der Mitte der Flußmündung. Es hat also wirklich keinen Sinn, laut zu werden. Sollten Sie aber doch auf die Idee kommen, werden Ihre Hilferufe garantiert von Miß Sadlers Schmerzensschreien übertönt. Ist das klar?"

Michael knurrte.

Grainger riß mit einem Ruck das Klebeband von Michaels Gesicht, der vor Schmerz zusammenzuckte.

Michael atmete in tiefen Zügen Luft ein. Es war das erste Mal, daß er Gelegenheit hatte, Grainger aus der Nähe zu betrachten. Als erstes fielen ihm die intelligenten, geradezu teuflisch intelligenten Augen auf. Noch etwas anderes lag in diesen Augen, und Michael erkannte es als Eitelkeit.

„Nun stelle ich Ihnen einige Fragen", begann Grainger. „Haben Sie mit der Polizei Kontakt aufgenommen?"

Michael überlegte blitzschnell. Wenn er vorgab, die Polizei sei Grainger auf den Fersen, würde dieser vielleicht in Panik geraten. Andererseits, falls die Polizei eingeweiht war, warum hatte sie Grainger nicht schon in der Kirche von Pallington festgenommen? Er entschloß sich, die Wahrheit zu sagen. „Nein. Wir haben es zwar erwogen, uns dann aber dagegen entschieden."

„Aha. Und wie sind Sie überhaupt auf mich gekommen?"

„Helen Sparrow erzählte, daß sie beim Säubern des Bildes auf so etwas wie ein Wappen gestoßen war. Wir folgerten, daß Sie im College of Arms nachforschen würden, und mit Hilfe eines kleinen Tricks konnte ich dort Einblick in das Besuchsregister nehmen. Ihr Name war aufgelistet. Sie haben Bücher veröffentlicht, und wir entdeckten eines Ihrer Werke, Dr. Grainger, mit einem Foto von Ihnen. Das führte uns zum Royal Institute of History, wo ein kleiner Einbruch uns zu der Telefonnummer des Hotels Peverell Place verhalf."

„Ah! Ein kleiner Einbruch also. Na ja, ich darf mich wohl nicht beklagen. Ich gratuliere Ihnen. Nun noch eine letzte Frage: Mit wem haben Sie über mich geredet?“

Diesmal entschied sich Michael zu lügen. „Nun, da ist erstens mein Partner, Gregory Wood. Er weiß alles über Sie. Außerdem erkundigten wir uns beim Pfarrer von Pallington, ob ein gewisser Dr. Grainger vor kurzem seine Kirche besucht hat.“

Grainger spielte mit der Klebebandrolle und lächelte. Aber sein Blick blieb kalt. „Ich glaube Ihnen kein Wort, Whiting. Ich rief vorgestern in Ihrer Galerie an und sprach mit Wood. Ich fragte, ob Sie eine Nachricht für mich hinterlassen hätten. Wood verneinte und erkundigte sich noch, um welche Angelegenheit es sich handle. Sie lügen, nicht wahr? Stimmt's, Miß Sadler?“

Michael hörte Isobel vor Schmerz wimmern. „Also gut, ich habe gelogen“, sagte er schnell. „Nur Helen Sparrow ist über die ganze Sache im Bilde.“

Michael wurde bewußt, daß Grainger zu der Sorte Mensch gehörte, die jeden verachtet, der intellektuell nicht ebenbürtig ist. Es mußte Grainger tief getroffen haben, in der Gelehrtenwelt von Oxford öffentlich gedemütigt worden zu sein. Dadurch erklärte sich sein maßloser Ehrgeiz und seine hemmungslose Gewalttätigkeit.

Michael kam auf eine Idee. „Sie haben sich gestern nacht sicher sehr geärgert, als Sie feststellen mußten, daß wir Sie übertrumpft hatten.“

„Ich wurde nicht übertrumpft! Sie sind schließlich der Gefesselte.“

„Ich bin ein Spieler, Dr. Grainger, und ich wette, daß Sie alles dafür gegeben hätten, wenn Sie gestern auf das Kästchen gestoßen wären und nicht wir. Sie hatten zwei Wochen Vorsprung, doch wir kamen trotzdem vor Ihnen ans Ziel.“

„Sie hatten das Gemälde.“

„Nur kurze Zeit, denn dann haben Sie's ja gestohlen. Sie waren uns zwei Wochen voraus und haben doch verloren. Wie Sie auch in Oxford verloren haben.“

„Seien Sie still, Whiting, seien Sie still!“ Grainger atmete tief durch, bis er sich wieder beruhigt hatte. „Sie haben recht, Whiting, verdammt noch mal! Nichts hätte mir größere Genugtuung bereitet, als das Geheimfach selbst zu entdecken. Andererseits . . . hörte ich Ihrer Unterhaltung mit Miß Sadler zu, bevor ich Sie . . .

unterbrach. Offensichtlich haben Sie keine Ahnung, was Sie da gefunden haben, stimmt's? Sie wissen nicht, was die Tierschädel und die Ringe zu bedeuten haben." Grainger schaute gespannt von Michael zu Isobel. „Sie tappen heute noch genauso im dunkeln wie gestern in der Kirche." Er grinste. „Aber ich weiß Bescheid. Auf unserer Fahrt flußabwärts hierher habe ich den letzten Zug in unserem kleinen Spiel ausgetüftelt. Auch mir war die Bedeutung der Tierschädel und der Ringe nicht sogleich klar. Aber jetzt kann ich all diese Zeichen und Symbole so mühelos lesen, wie ich die Todesanzeigen von Ihnen beiden lesen werde."

Michaels Poren schienen sich bei diesen Worten vor Entsetzen zusammenzuziehen. Doch er wußte, daß er weiterreden mußte. „Wir haben Sie eingeholt und sogar überholt. Sie sind nicht so gut, wie Sie meinen."

Grainger kniff die Augen zusammen, doch ein zweites Mal gelang es ihm, seinen Zorn zu bezwingen. „Sie hatten Glück. Außerdem verlor ich einen Tag, weil ich diese Barkasse auftreiben mußte. Aber Intelligenz ermöglicht es, sich jeder Situation anzupassen. In der vergangenen Nacht mußte ich mich mit dem Gedanken befassen, daß ihr zwei Schlaumeier meinen Coup ruinieren könntet. Ich bin stolz darauf, eine Lösung gefunden zu haben, die wunderbar logisch und todsicher ist. Doch Sie beide werden dann nicht mehr leben, um es würdigen zu können."

Grainger trat einen Schritt vor und klebte erneut ein Stück Band auf Michaels Mund. „Sparen Sie sich die Mühe, an Ihren Fesseln rumzufummeln. Von nun an werde ich regelmäßig reinkommen und alles überprüfen."

Die Kajütentür fiel ins Schloß, der Motor erwachte zum Leben. Kurz danach ratterte die Ankerkette hoch. Je mehr sich die Barkasse dem offenen Meer näherte, desto stärker wurde der Wellengang.

Der Wind ließ nicht nach, und schier endlose Stunden lang pflügte die Barkasse durch die Wellen. Irgendwann fing Isobel an zu würgen und sich zu winden, weil sie offenbar seekrank war. Da ihr Mund zugepflastert war, konnte dies lebensgefährlich für sie werden. Michael trommelte mit den Füßen gegen die Bootswand, um Graingers Aufmerksamkeit zu erregen. Die Tür wurde geöffnet und gleich darauf wieder geschlossen. Grainger schien es völlig egal zu sein, ob seine Gefangene erstickte.

Wenig später wurde die Tür jedoch erneut aufgestoßen, und Grainger kam herein, in der einen Hand die Schrotflinte, in der anderen einen Eimer. Er stellte ihn neben Isobel und riß ihr das Klebeband vom Gesicht. Seine Bewegungen waren so grob, daß sie vor Schmerz aufschrie. „So, hier können Sie reinspucken."

Danach war nur noch zu hören, wie Isobel sich übergab.

Grainger lehnte die Flinte neben die Tür und wickelte ein weiteres Stück Klebeband ab. Er wollte es eben auf Isobels Mund pressen, als diese unvermittelt zu Michael hin sagte: „Jetzt weiß ich, wie es war, auf jenem Sofa zu schlafen."

„Ruhe! Machen Sie den Mund zu!" Grainger wand zweimal das Klebeband um Isobels Gesicht, erstickte auf diese Weise ihr Schluchzen und verschwand mit der Flinte unterm Arm.

Isobel jammerte noch ein Weilchen vor sich hin, schien dann aber einzuschlummern, da ihre Atemzüge gleichmäßig wurden.

Michael überlegte hin und her, ob Isobel ihm mit dem schnell hervorgestoßenen Satz etwas hatte mitteilen wollen. War es etwa ein Code? Nein, sie hatte ihm damit wohl nur zeigen wollen, daß mit ihr noch zu rechnen war. Grainger hatte sie zwar vorläufig in seiner Gewalt, aber sie gab nicht auf.

Schließlich fiel Michael in einen unruhigen Schlaf.

15. KAPITEL

ALS MICHAEL hochschreckte, fiel ihm als erstes auf, daß sich das Licht verändert hatte, das von außen hereindrang. Anscheinend war es schon Abend geworden. Die See war nun ruhiger.

Trotz seiner verzweifelten Lage bezog Michael Trost aus der Tatsache, daß er erfrischt war, während Grainger die vergangene Nacht durchwacht und den ganzen Tag über die Barkasse bei ziemlich starkem Wind gesteuert hatte.

Die Türklinke wurde heruntergedrückt, und Grainger kam herein. „Zwanzig nach neun", sagte er. „Vor über einer Stunde sind wir am Leuchtturm von Portland vorbeigeschippert. Weit und breit keine Menschenseele, also kann's losgehen."

Er begann, den Klebestreifen von Isobels Gesicht zu reißen, und war dabei wie üblich so grob, daß sie aufwimmerte. Dann hantierte er mit der Schere an Michaels Gesicht herum.

„So, jetzt können Sie beide reden oder sich die Seele aus dem Leib schreien, soviel Sie wollen. Das Land ist schon außer Sicht."

Isobel und Michael blieben stumm.

„Sehr vernünftig. Nun werde ich Sie in meinen Plan einweihen. Ich habe nämlich eine äußerst elegante Lösung entwickelt, alle Ungereimtheiten beseitigt und alle Schwierigkeiten bewältigt . . . eine wahre Freude für den Verstand. Leider kann ich mich ja nicht damit brüsten, oder?" Er lächelte zynisch. „Aber wenigstens Ihnen kann ich's erzählen." Er schaute auf seine Armbanduhr. „Da ich Sie in Kürze ertränken werde, schadet es ja nichts, wenn Sie alles wissen. Ehrlich gesagt, macht's mir sogar Spaß, Sie ins Vertrauen zu ziehen, denn dann gibt's wenigstens jemand, der meine Raffinesse bewundern muß. Sie sind eine Art Sicherheitsventil für mich. Ich werde nie mehr in Versuchung geraten, mich bei einem anderen zu verplappern." Sein unangenehmes Lächeln erstarb. „Es wird gleich dunkel. Wir sind den ganzen Tag nach Westen gefahren und befinden uns jetzt acht Kilometer vor der Küste bei Weymouth. An dieser Stelle ist das Meer hundertzwanzig Meter tief. Gerade eben habe ich das Kästchen mit den Totenschädeln und Ringen in dem Boot verstaut, das am Heck angebunden ist. Außerdem die zwei Angelruten, die ich heute vormittag in Wareham gekauft habe, mein Radio, eine Thermoskanne mit Kaffee und sieben Fische, die ich heute fing. Wenn ich nach ungefähr zwei Stunden mit dem Beiboot in Weymouth ankomme, werde ich wie ein ganz normaler eifriger Angler wirken, der den ganzen Tag draußen war. Keinem wird ein altes Kästchen auffallen."

Michael wollte ihn unterbrechen, doch Grainger erhob die Stimme und redete hastig weiter.

„Vorher kommt aber noch das, worauf ich am meisten stolz bin. Sobald es stockdunkel ist, werde ich Sie nacheinander an Deck bitten. Dort werde ich Ihnen die Klebebänder und die Fesseln abnehmen . . . und Ihre gesamte Kleidung. Die Kajüte ist für solche Prozeduren leider zu klein. Hinterher werde ich Sie wieder dort einsperren."

„Warum –"

„Dann werde ich die Barkasse versenken. Sie wird innerhalb von knapp zehn Minuten sinken. Inzwischen ziehe ich mich ins Beiboot zurück, und wenn von der Barkasse nichts mehr zu sehen ist, fahre ich zur Küste."

„Die Barkasse wird vermutlich noch vor uns vermißt werden." Michael konnte einfach nicht mehr ruhig bleiben.

„Stimmt. Aber sie kann nicht mit mir und übrigens auch nicht mit Ihnen in Verbindung gebracht werden. Ich habe sie nämlich gestohlen." Er grinste. „Die kleinste meiner Sünden, wie Sie schon bald merken werden."

Michael starrte Grainger haßerfüllt an.

Grainger strich mit den Fingerspitzen über die Falten an seinen Mundwinkeln. „Falls man Ihre Leichen wider Erwarten finden sollte, wird es so aussehen, als hätten Sie die Barkasse geklaut. Wenn dann die Leichen identifiziert sind, wird man sich erinnern, daß Sie ja schon einmal einen ‚Unfall' mit einem Boot hatten. Man wird annehmen, daß Ihr Leichtsinn Sie diesmal eben teuer zu stehen gekommen ist. Falls Sie jedoch nicht entdeckt werden, was ich fast annehme, dann wird man glauben, Sie hätten sich mit dem Boot davongemacht –"

Michael unterbrach ihn. „Wenn man unsere Leichen und meinen Mercedes kilometerweit voneinander entfernt findet, dann wird das bestimmt Verdacht erregen."

„Keineswegs. Wenn Sie vorhatten, ein Boot zu stehlen, werden Sie ja wohl kaum Ihr Auto in der Nähe parken, oder? Lassen Sie mich jetzt weiter meinen Plan erläutern. Ich habe mein Motorrad in einer Seitenstraße von Wareham abgestellt. Von Wareham fahre ich zur Bahnstation in Moreton. Moreton liegt etwa drei Kilometer von Pallington entfernt, was ich gut zu Fuß schaffe, und niemand wird mich sehen, weil ich mich an den Hecken entlangschleichen werde. Dort werde ich also Ihren Mercedes entdecken, der in der Nähe der Kirche steht. Wo sind die Autoschlüssel?"

Michael gab keine Antwort.

„Na los! Oder soll ich Miß Sadler weh tun?" Schon berührte er mit dem Bootshaken ihren Schenkel.

„Hier in meinem Jackett", sagte Michael leise. Er fühlte sich von Grainger völlig gedemütigt.

Grainger fand die Schlüssel und bemerkte auch die Zigarre, die immer noch in Michaels Brusttasche steckte. Lachend zog er sie hervor und verstaute sie in seiner eigenen Jacke. Dann stellte er sich wieder neben die Tür. „Natürlich durchsuche ich Ihren Mercedes nach eventuell belastenden Papieren und vernichte sie, bevor ich mit ihm zum Flughafen von Bournemouth fahre. Ich stelle den

Mercedes dort ab, wo Langzeitparken möglich ist, und nehme einen Bus nach Weymouth. In Weymouth besteige ich die Fähre nach Jersey. Das dortige Bankensystem ist ideal für meine Pläne. Wie Sie ja vielleicht wissen, ist Jersey geradezu übersät mit Schließfachzentren, die rund um die Uhr geöffnet sind und viel mehr Anonymität bieten als die üblichen Banken. In einem solchen Depot werde ich das Kästchen aus der Kirche verwahren. Es folgt ein Abstecher von Jersey nach Paris, wo ich morgen abend anzukommen gedenke. Am nächsten Tag reise ich weiter nach Amsterdam. Selbstverständlich schicke ich von unterwegs Ansichtskarten an Freunde und Kollegen, die natürlich vordatiert sind. Diese Karten werden Tage später ankommen, und die Leute werden sich nachher nicht mehr erinnern, wann das war, noch weniger, wann die Karten abgesandt wurden. Falls diese Freunde und Bekannten Monate später als Zeugen aussagen müßten, würden sie jedoch bestätigen, daß ich zur fraglichen Zeit in Paris und Holland war."

Michael überlegte fieberhaft, um eine Verzögerungstaktik zu finden. „Was ist mit Helen Sparrow? Helen kann Sie mit uns in Verbindung bringen."

Grainger lächelte verächtlich. „Ach wirklich? Bei ihr habe ich die ganze Zeit meinen Helm getragen, und zu dem Zeitpunkt glaubten selbst Sie noch, daß ich Molyneux heiße."

Michael stöhnte. Grainger hatte recht . . . nein, er hatte nicht recht! Garantiert würde Helen Anzeige erstatten, falls sie von Isobel und Michael nichts mehr hörte. Sie würde die üble Sache mit Molyneux berichten. Immerhin wüßte die Polizei dann, daß der „Unfall" mit der Barkasse keiner war.

All diese Gedanken rasten durch Michaels Kopf, doch er sagte nichts. Grainger wurde von seiner Eitelkeit beherrscht, und kein noch so schlagkräftiges Argument konnte ihn dazu bewegen, seinen Plan zu ändern. Michael mußte auf die kleinste Chance lauern und sie dann sofort ergreifen.

Das Klebeband und auch die Stricke um Isobels Fußknöchel wurden durchtrennt. Dann zerrte Grainger Isobel an Deck. Er band ihre Handgelenke am Schandeckel fest. „Nun Sie, Mr. Whiting. Ich werde auch Ihre Fußfesseln lösen, aber treten Sie nicht nach mir. Mein Gewehr ist immer griffbereit. Notfalls schlage ich's Ihnen noch mal über den Kopf."

Michael beobachtete stumm, wie Grainger an ihm herumhantierte. Schließlich konnte er die Beine wieder frei bewegen.

„Aufstehen und zu mir kommen!"

Als Michael in die sternenklare Nacht hinaustrat, packte Grainger seine Arme von hinten und stieß ihn unsanft zum Heck der Barkasse hinüber. Michael versuchte, ihn mit voller Wucht gegen die Schienbeine zu treten, wurde von Grainger aber sofort zu Fall gebracht. Er stürzte über Isobels Beine und schlug sich an einer scharfen Kante den Kopf an. Der Schmerz war so stechend, daß ihm Tränen in die Augen schossen. Bevor er sich von dem Schreck erholen konnte, hatte Grainger bereits einen Strick um seine Handgelenke gebunden und riß ihn nun daran hoch, um ihn ebenfalls an den Schandeckel zu fesseln.

Als Michael wieder einigermaßen sicher auf den Füßen stand, schaute er sich um. Grainger hatte recht – es war nichts in Sicht, kein Land, kein Schiff, kein Segel oder Licht. Gar nichts.

Grainger, der sich Michaels Zigarre in den Mund gesteckt hatte, wandte sich an Isobel. „Und nun, Miß Sadler, binde ich Sie los. Während ich das tue, habe ich in einer Hand das Gewehr, und auch der Bootshaken ist nicht weit."

Michael mußte einfach etwas unternehmen. „Helen Sparrow hat vielleicht nie Ihr Gesicht gesehen, Grainger. Aber sie sah und reinigte das Gemälde. Selbst wenn Sie also den Silberschatz finden, können Sie ihn niemals verkaufen oder einen Bericht darüber schreiben, wie Sie auf seine Spur gekommen sind. Ihrem akademischen Ansehen wird es also nichts nützen."

Wieder zeigte Grainger ein zynisches Lächeln. „Oh, da irren Sie sich aber, Whiting, und Sie unterschätzen mich auch schon wieder. Für den ersten Teil meines Plans konzentriere ich mich nämlich auf das Handreliquiar und die Landkarte des Wahren Kreuzes. Beide sind mit Edelsteinen besetzt. Die Hand mit wundervollen Rubinen, die Landkarte mit Smaragden. Angenommen, heute nacht geht alles glatt, dann werde ich natürlich eine angemessene Zeitspanne verstreichen lassen, ehe ich das Kästchen aus dem Safe auf Jersey hole. Im Gegensatz zu Ihnen bin ich mir ja schon darüber im klaren, wo ich den versteckten Silberschatz finde. Heimlich werde ich ihn an mich bringen, um die Rubine und Smaragde abzulösen. In den folgenden Wochen werde ich die Edelsteine veräußern. Die Smaragde müssen eine Million Pfund wert sein, die

Rubine fast ebensoviel. Ich verdiene auch so schon genug Geld, um davon bequem leben zu können, ohne unerwünschte Aufmerksamkeit auf mich zu lenken."

„Nur ein Banause zerstört diesen einzigartigen Silberschatz!" Isobel legte ihre ganze Verachtung in diese Worte.

„Verurteilen Sie mich nicht vorschnell, Miß Sadler." Er trat näher zu ihr. „Nun, meine Liebe, wollen wir anfangen."

Michael sah zu, wie Grainger sie vom Schandeckel losband und das Klebeband um ihre Handgelenke durchtrennte. „Ziehen Sie Bluse und Hose aus." Um seiner Anweisung Nachdruck zu verleihen, rammte Grainger den Bootshaken vor ihren Füßen in die Deckplanken.

Isobel öffnete die Knöpfe ihrer Bluse und zog sie aus.

„In den Eimer! Jetzt kommt Ihr BH und alles übrige dran." Grainger drohte Isobel erneut mit dem Bootshaken, falls sie ihm nicht augenblicklich gehorchte, also zog sie den BH aus und schlüpfte danach aus Hose und Slip. Dann richtete sie sich auf. Jeder Quadratzentimeter ihres Körpers war den beiden Männern zur Schau gestellt. In ihrem Blick lagen Scham und Trotz.

Grainger blies lächelnd Zigarrenrauch in ihre Richtung. „In die Kajüte, bitte."

Als sie sich in Bewegung setzte, zielte die Spitze des Bootshakens auf sie, keine zwanzig Zentimeter von ihrer Haut entfernt. Grainger schlug die Tür hinter Isobel zu, verriegelte sie und wandte sich an Michael. „Nach etwa einem Jahr werde ich spätnachts in die Kirche von Pallington zurückkehren, diesmal aber nichts herausholen, sondern etwas zurückbringen. Das ist der schönste Teil meines Plans. Ich werde übrigens auch das Silber in sein ursprüngliches Versteck zurücklegen, und schließlich folgt ein letzter, genialer Schachzug. Ich wende mich an die Direktoren des Britischen Museums und des Victoria-and-Albert-Museums, an den Pfarrer von Pallington und an einen Redakteur von einer der besseren Sonntagszeitungen. Ihnen allen eröffne ich, daß ich den Monksilver-Schatz aufgespürt hätte, und fordere sie auf, mich zur Kirche zu begleiten. Einem solchen Angebot können sie natürlich nicht widerstehen. Wir werden den Hohlraum im Tympanon entdecken. Die Totenschädel und Ringe werden uns zum Silberschatz führen. Eine Sensation!"

„Was ist mit den fehlenden Edelsteinen?"

„Alle werden von dem Fund viel zu überwältigt sein, um an meiner Deutung zu zweifeln, daß die Juwelen schon zu jener Zeit herausgebrochen waren, als man das Silber versteckte. Ich werde nicht nur reich, sondern auch berühmt. Doch das ist noch nicht alles. Ich erkläre schon im voraus, daß ich meinen eventuellen Anteil an dem Schatz dem Victoria-and-Albert-Museum oder dem Britischen Museum stiften werde. Danach werde ich ein Buch über das ganze Abenteuer schreiben, in dem ich enthülle, daß ich durch Dokumente, die ich bei Sotheby's ersteigert habe, auf die richtige Spur kam und später zufällig in einem Schweizer Auktionskatalog auf ein Gemälde stieß, das ‚Lügenlandschaft' betitelt war."

„Dann geht Helen Sparrow sofort zur Polizei . . ."

„Hören Sie mich bis zum Schluß an, Whiting. Ich werde das Bild bis dahin längst durch einen Treuhänder zu einer Auktion in die Schweiz geschickt haben. Das Gemälde wird im Katalog abgedruckt sein und vielleicht verkauft werden. Oder ich kaufe es wieder zurück. Das spielt keine Rolle, da sich meine Geschichte nicht auf das Bild selbst, sondern auf das Foto im Auktionskatalog stützt."

„Helen wird aber den Diebstahl des Bildes anzeigen."

„Nehmen wir einmal an, daß sie's tut. Na schön, es wurde also aus ihrem Atelier gestohlen und taucht nun irgendwo in Europa auf. Miß Sparrow wird sagen, daß Sie ihr den Auftrag gaben, eine ganz bestimmte Stelle zu reinigen, für die Sie sich interessierten. Der Teil des Bildes, den Sie mit so viel Aufwand reinigen ließen, der Teil, um dessentwillen ich das Bild mit so viel Aufwand stahl, ist zur Lösung des Rätsels überhaupt nicht nötig. Deshalb bestand für mich überhaupt kein zwingender Grund, zu Helen Sparrows Atelier zu fahren. Das Rätsel kann nämlich durchaus mit Hilfe eines Fotos des Gemäldes gelöst werden. Ich werde überzeugend darlegen, daß ich das Originalbild gar nicht benötigte. Die Polizei wird zu dem Schluß kommen, daß meine Entdeckung und der Diebstahl nichts miteinander zu tun haben."

„Das ist lächerlich, Grainger. Helen schaltet die Polizei garantiert sofort ein, wenn wir plötzlich verschwunden sind. Sie wird alles über das Gemälde und den Silberschatz berichten."

„Bedenken Sie, Whiting, daß schließlich zwei oder drei Jahre zwischen einem Diebstahl in Aldeby, der als zu unwichtig empfunden wurde, um ihn der Polizei zu melden, und einer kleinen Auktion in der Schweiz liegen."

Michaels Gedanken überstürzten sich. Es war nicht zu fassen, wie eitel Grainger war! Als reines Gedankenspiel mochte Graingers Plan ja brillant klingen, aber in der Realität würde er nicht klappen. Weder Helen noch die Polizei – und auf die kam es hauptsächlich an – würden Grainger glauben. Doch das war im Moment nicht wichtig. Wichtig war, daß Grainger seine Argumentation für schlüssig hielt.

Er stand jetzt hinter Michael und begann, die Schnüre um dessen Handgelenke zu lockern. Michael war klar, daß er etwas unternehmen mußte, solange er die Hände frei hatte. Das war die einzige Chance, die sich ihm bieten würde. Grainger war das natürlich ebenso klar, und er wartete vermutlich nur darauf, daß Michael irgend etwas versuchte.

„Miß Sadlers Verwalter wird das Gemälde erkennen. Vielleicht erinnert er sich sogar an Ihren Besuch."

„Quatsch! Er hat mich nicht gesehen. Niemand wird mir lästige Fragen stellen, Whiting. Es gibt auch kein Motiv, warum ich bei Helen Sparrow hätte einbrechen sollen. Darin liegt ja die Eleganz meines Plans. Mein Ansehen wird ungeheuer steigen. Ich glaube sogar, daß man mir nach der Schenkung an den Staat einen Adelstitel verleihen wird."

Michael schüttelte den Strick von seinen Handgelenken und betastete die wunden Hautstellen.

Grainger warf einen Blick auf seine Armbanduhr. „Fast zehn Uhr. Wir sind etwas spät dran. Kommen Sie jetzt hierher, um sich auszuziehen."

Vorsichtig tauschten die beiden Männer ihre Plätze, so daß Michael nun mit dem Rücken zur verriegelten Kajütentür, Grainger dagegen wieder an der Pinne stand. Grainger bückte sich und drehte an etwas neben dem Motor – es war der Hahn, mit dem man Wasser ins Boot laufen lassen konnte. Unmittelbar darauf gab es ein gurgelndes Geräusch. Michael knöpfte langsam sein Hemd auf und überlegte dabei fieberhaft. Was sollte er bloß tun? Sie hatten nur noch wenige Minuten zu leben.

Im Boot stand das Wasser bereits einige Zentimeter hoch. Isobel hämmerte gegen die Kajütentür, während Michael sich nach vorne beugte und sich seiner Unterhose entledigte. Vermutlich würde Grainger ihn anweisen, alles mit in die Kajüte zu nehmen, damit es so aussah, als hätte die gestohlene Barkasse Isobel und Michael als Liebesnest gedient. Das Wasser reichte Michael inzwischen bis zu den Knöcheln.

Endlich sah er eine winzige Chance. Er richtete sich langsam auf und ließ dabei Grainger nicht aus den Augen, der seinen Blick kalt erwiderte. Völlig unvermutet schnellte Michael plötzlich sein rechtes Bein vor, so daß Grainger ein Schwall Wasser ins Gesicht spritzte. Er zuckte instinktiv zurück. Gleichzeitig warf Michael sich heftig nach einer Seite und brachte dadurch das Boot zum Schlingern. Grainger taumelte und ging in die Knie. Michael ergriff den Riegel der Kajütentür und riß sie auf. Da Grainger sich von seinem ersten Schrecken bereits erholt hatte, attackierte Michael ihn erneut mit einem Wasserschwall und warf sich dann schräg gegen das Heck, so daß die Barkasse nun nach der anderen Seite kippte. Gut fünfzehn Zentimeter hoch war nun schon das Wasser des Ärmelkanals ins Boot gedrungen.

Michael war mit Wucht gegen die Reling im Heck geprallt und hatte sich dabei die Schulter geprellt. Er kniete schmerzgekrümmt im Wasser, als Grainger nach der Flinte griff. Da bemerkte Michael plötzlich, daß der Bootshaken zwischen ihnen lag – mit der Spitze in seine Richtung. Als Grainger mit der Flinte auf ihn zielte, konnte Michael sich nur mit einem erneuten Wasserschwall wehren. Diesmal zuckte Grainger nicht zurück, schloß aber für einen Sekundenbruchteil die Augen. Dies genügte Michael, um den Bootshaken zu ergreifen, der aber schwerer war als erwartet. Schon richtete Grainger wieder die Waffe auf ihn.

Michael hob den Bootshaken, und dieser schnellte ruckartig hoch, als er aus dem Wasser freikam. Grainger wehrte den Schlag ab, doch der Aufprall war so heftig, daß er erneut die Balance verlor. Blitzschnell sprang Michael auf, und bevor Grainger ein drittes Mal auf ihn anlegen konnte, hatte er schon die Flinte ergriffen. Eisern umklammerte er die zwei Läufe der Flinte, und es kam zu einem wilden Gerangel. Grainger feuerte einen der beiden Läufe ab. Der Krach war ohrenbetäubend, doch das Gewehr war zum Glück aufs Meer gerichtet. Michael fiel auf die Knie und riß seinen Gegner mit sich. Er zerrte an der Flinte. Eine letzte verzweifelte Anstrengung – und die Flinte verschwand im Wasser.

Grainger erfaßte die veränderte Situation sehr schnell. Er griff nach dem Bootshaken.

„Michael!“

Michael fuhr herum und konnte gerade noch rechtzeitig eine klatschnasse Hose auffangen, die Isobel ihm zuwarf.

„Spring!“ schrie er ihr zu. „Rette dich!“ Dann wirbelte er wieder zu Grainger herum.

Grainger stach nun mit dem Bootshaken auf ihn ein, und Michael versuchte verzweifelt, die Attacke mit der Hose abzuwehren. Der zweite Angriff erfolgte noch heftiger, und diesmal traf die Spitze Michaels Arm. Michael brüllte auf vor Schmerz.

Grainger warf sich auf ihn und gewann schnell die Oberhand, da Michael nur noch mit einer Hand kämpfen konnte. Grainger zwang Michael immer tiefer ins Wasser, dann nahm er mit einer raschen Bewegung die Zigarre aus dem Mund und preßte das brennende Ende auf Michaels verletzten Arm. Glühende Asche mengte sich mit Blut. Michaels Schreie hallten über das Meer. Unsägliche Pein erfüllte jede Pore seines Körpers. Als er sich zusammenkrümmte, verlagerte Grainger sein Gewicht und drückte ihm den Kopf unter Wasser. Michael spuckte, hustete und würgte.

Mühsam blinzelnd kam er hoch – seine Augen tränten vom Salzwasser –, und es schien Michael plötzlich, als ob sich Graingers Gesicht verdunkelte. Was war das? Etwas Braunes. Ein brauner Streifen. Zwei Streifen, dann drei. Isobel hatte das Klebeband gefunden! Sie hatte sich hinter Grainger geschlichen und wand nun das Band blitzschnell um Graingers Augen, Nase und Mund, so daß ihm die Luft abgeschnürt wurde.

Grainger versuchte mit beiden Händen, sich das Band vom Gesicht zu reißen, doch Isobel wickelte unbeirrt weiter und fesselte ihm sogar seine Hände an den Kopf. Das hielt zwar nur kurze Zeit, doch inzwischen hatte sie den Klebestreifen auch noch zweimal um seinen Körper geschlungen.

Michael kam mühsam hoch. Die Barkasse war inzwischen so vollgelaufen, daß sie bald sinken würde. Die Schmerzen in seinem Arm waren kaum auszuhalten.

Grainger war immer noch im klebrigen Gewirr der Bänder gefangen, das sich nun schon um seine Beine schlang.

„Dein Arm!“ rief Isobel Michael zu. „Halt etwas auf die Wunde. Und spring! Binde das kleine Boot hinten los. Ich komme allein klar.“

Es war erschreckend, wieviel Blut er verlor. Michael angelte sich sein Hemd, das in der Nähe schwamm, und preßte es auf die

Wunde. Dann sprang er über Bord. Er mußte das Boot losbinden, bevor es mit der Barkasse in die Tiefe sank.

Mit einigen Schwimmstößen gelangte er zum Boot und schaffte es, die Leine zu lösen. Dann klammerte er sich an der Bordkante fest. Da sein Arm immer noch höllisch weh tat, war er nicht in der Lage, sich ohne Hilfe ins Boot zu hieven. Halb benommen vor Qual, beobachtete er, wie Isobel noch zwei Lagen Klebeband um Graingers Beine schlang. Zwar hatte dieser inzwischen sein Gesicht befreit, aber seine Arme und Beine waren immer noch gefesselt. Isobel machte rasch drei Schritte rückwärts, wobei sie noch mehr Band abwickelte, und klebte es schließlich um den Schandeckel, der nur mehr einen halben Meter übers Wasser ragte. Anschließend wandte sie sich wieder Grainger zu und fuchtelte mit etwas vor dessen Nase herum.

„Ich könnte Sie befreien, Grainger!" rief Isobel. Offenbar hatte sie die Schere gefunden, mit der Grainger zuvor die Fesseln Isobels und Michaels durchtrennt hatte. „Was bedeuten die kleinen Totenschädel und die Ringe? Wo ist der Silberschatz? Reden Sie, Grainger!"

„Sie können mich nicht ertrinken lassen!" brüllte Grainger. „Schneiden Sie das Band durch!"

„Isobel!" schrie Michael. „Laß ihn! Wir haben das Kästchen. Spring über Bord!"

Isobel schien ihn nicht zu hören. „Zweimal haben Sie mich fast umgebracht, Grainger. Der Silberschatz! Wo ist er? Raus mit der Sprache, dann helfe ich Ihnen."

Grainger antwortete nicht, sondern verdoppelte nur seine Anstrengungen, das Gewirr aus Klebeband loszuwerden. Dadurch geriet die Barkasse in heftiges Schlingern.

Die Schmerzen in Michaels Arm waren durch das Salzwasser noch unerträglicher geworden. Er konnte gerade noch genug Kraft aufbringen, um zu rufen: „Isobel! Die Barkasse sinkt. Spring endlich!"

Isobel schien erst durch Michaels Zuruf zu bemerken, wie wenig Zeit ihr noch blieb. Sie wandte sich ab und schwang ein Bein über Bord.

„Nein!" kreischte Grainger. „Nein! Das Klebeband . . ."

Isobel hielt mitten in der Bewegung inne und drehte sich zu ihm um.

Es war ein stummer, gnadenloser Kampf – Wille gegen Wille. Dann krängte die Barkasse erneut, und Grainger schrie: „Hölle! Die Hölle ist der gesuchte Ort."

„Die Hölle ist kein Ort!" rief Isobel. „Sie reden immer noch in Rätseln. Die Hölle gibt es nicht."

„Doch, es gibt sie! Schneiden Sie die Bänder durch. Die Hölle –"

„Isobel! Isobel!" Michael sah voller Entsetzen, daß die Barkasse Schlagseite bekam. Als sich das Heck aufbäumte, wurden Grainger und Isobel emporgerissen. Diese Bewegung ließ ihr gerade noch genug Zeit, um sich mit einem Sprung ins Wasser zu retten. Die Rolle mit Klebeband nahm sie mit sich.

Michael, der weiter hilflos am Beiboot hing, starrte zu Grainger hinüber, der sich verzweifelt in seinen klebrigen Fesseln wand und in höchster Not schrie. Dann schlugen die Wellen des Meeres über der Barkasse zusammen, und Graingers Schreie verstummten für immer.

DREI Stunden später erreichten sie den Hafen von Portland. Das überraschende Auftauchen zweier nackter Erwachsener, die in den frühen Morgenstunden in den Hafen des Flottenstützpunktes einliefen, löste Großalarm aus. Der Vorteil davon war, daß Michael sofort in den Genuß der ausgezeichneten medizinischen Versorgung kam, die vom Castletown-Marinehospital rund um die Uhr geboten wurde.

Die übereinstimmende Ansicht der Mediziner lautete, daß wohl dennoch jede Hilfe zu spät gekommen wäre, hätte die Frau in seiner Begleitung nicht zuvor die Geistesgegenwart besessen, ihm mit Klebeband einen improvisierten Druckverband am Arm anzulegen.

EPILOG

ISOBEL bahnte sich einen Weg durch die Menschenmenge, die die Treppe von Sotheby's hinunterströmte und ins Freie drängte.

Es war fast ein Jahr nach den dramatischen Ereignissen auf Graingers Barkasse, und heute hatte bei Sotheby's die Versteigerung von Kunstwerken aus dem Mittelalter und der Renaissance auf dem Programm gestanden. Michael, Helen Sparrow, Veronica

Sheldon und Anthony Weaver, der Pfarrer von Pallington, warteten bereits auf der gegenüberliegenden Seite der Bond Street. Isobel gesellte sich zu ihnen.

Michael stand mit gesenktem Kopf da und schrieb etwas auf die Rückseite eines Katalogs. Er rechnete den Gesamterlös aus.

„Einer der Reporter, die über die Auktion berichten werden, behauptet, daß zwei Millionen Pfund für ein Reliquiar ein neuer Versteigerungsrekord sei", sagte Isobel.

„Und 850 000 Pfund für eine Elfenbeinarbeit scheinen ebenfalls ein Spitzenergebnis zu sein", erklärte Weaver. Um den Bischofsstab aus Elfenbein wie um alle anderen Stücke hatte ein hitziges Bietgefecht getobt. Das Weihrauchfaß war an das Metropolitan Museum in New York gegangen, die Adlervase nach Berlin, die Kerzenleuchter an einen privaten Sammler in Tokio.

„Kunstsammeln ist das Hobby der Reichen." Der Pfarrer seufzte. „Ich wünschte, sie hätten ebensoviel Interesse für Gott."

„Wie reich sind wir denn nun, Michael?" fragte Isobel. „Du hast doch behauptet, du seist gut im Rechnen."

„Moment noch. Gleich bin ich soweit."

„Wie sehen Ihre Pläne aus?" erkundigte sich der Pfarrer bei Isobel. „Nun, nachdem der ganze Wirbel vorüber ist."

So viel war seit Graingers Tod geschehen. In einer gerichtlichen Untersuchung war die ganze Geschichte ans Licht gekommen, und prompt hatten die Zeitungen detailliert berichtet. Das Gericht hatte Isobel und Michael von einer möglichen Mitschuld an Graingers Tod freigesprochen. Der Silberschatz war zum Fund erklärt worden, und das Britische Museum sowie das Victoria-and-Albert-Museum hatten Anspruch auf die Landkarte des Wahren Kreuzes beziehungsweise auf das mit Edelsteinen verzierte Evangeliar erhoben. Es war jedoch inzwischen allgemeingültiger Brauch, wenn nicht sogar gesetzliche Regelung, daß die Museen den Entdeckern eines Schatzes, in diesem Fall also Isobel und Michael, den Marktpreis für den Fund boten. Die übrigen Objekte durften Isobel und Michael ohne Einschränkung veräußern.

Wegen ihrer Rolle in dem ganzen Geschehen sollte Helen Sparrow einen Anteil des Erlöses bekommen. Außerdem hatten Isobel und Michael beschlossen, der Pfarrei von Pallington das Altarkreuz zu schenken, um den Einbruch in die dortige Kirche zu sühnen.

Pfarrer Weaver war nur aus reinem Interesse an der Sache zur Auktion gekommen.

Veronica Sheldon war schließlich dabei, da sie es gewesen war, die das letzte Rätsel gelöst hatte. Sie war nicht erstaunt gewesen, als sie von Graingers letztem Eingeständnis erfuhr, daß das Kästchen aus der Kirche von Pallington „auf die Hölle“ als Fundort hinwies.

„Dies sind drei Hundeschädel“, sagte Veronica sofort, als sie den Inhalt des Kästchens examinierte. „Zerberus, der Wächter des Eingangs zum Hades, ist ein dreiköpfiger Hund. Und hier haben wir neun konzentrische Ringe. Früher glaubten die Menschen, daß Himmel und Hölle jeweils aus neun konzentrischen Zonen bestehen, mit Gott ganz oben im Himmel und Satan in der neunten, untersten Zone der Hölle.“

Danach hatte Veronica zuerst auch nicht mehr weitergewußt. Erst als Isobel und Michael ihr ein drittes Mal besonders detailliert ihr Abenteuer schilderten, horchte sie plötzlich auf. „Erzählt mir bitte mehr vom Kloster Quarr Abbey.“

Also erzählten sie ihr alles, was sie wußten.

Veronica interessierte sich für die Hinweistafel, die in Quarr Abbey gestanden hatte. „Wie lautete der Text?“

Michael wiederholte, woran er sich erinnerte. „Das Kloster wurde aufgelöst, nachdem eine Frau aus der Gegend von einem Mönch ein Kind bekommen, es getötet, dann Selbstmord begangen hatte und heimlich auf dem Klostergelände begraben worden war. Da die Frau eine Selbstmörderin war, hätte sie nicht auf geweihtem Boden beerdigt werden dürfen. Diese Tat entweihte das Klostergelübde. Die Abtei schenkte die entweihten Ländereien dem benachbarten Dorf, dessen Bewohner jedoch zu abergläubisch waren, um etwas damit anzufangen. Mit der Zeit wurden dort auch andere Tote begraben, die sich das Leben genommen hatten, worauf das Gelände den Beinamen ‚Wald der Selbstmörder‘ erhielt. Das Silber ist doch nicht etwa dort vergraben, oder?“

„Nein, wohl nicht –“, sagte Veronica. „Hör mal, hast du eine gute Landkarte jener Gegend?“

„Klar. Ich hole sie rasch aus dem Auto.“

Veronica brütete eine Weile über der Karte, bevor sie zögernd meinte: „Falls ich recht habe, ist das ein reichlich makabrer Scherz. Der Wald der Selbstmörder hat mich stutzig gemacht. Der und die drei Schädel. Beide symbolisieren Zonen der Hölle. In der ersten

Zone geleitete Fährmann Charon die Seelen über den Styx, und Zerberus bewachte den Eingang. Tiefer unten in der zweiten Zone, im Wald der Selbstmörder, lebten Harpyien und Ungeheuer. Dann fiel mir auf, daß es sich um neun Silberobjekte handelte und daß einige der Orte, an denen ihr vorbeikamt, ebenfalls Parallelen zur Hölle aufwiesen . . ."

„Zum Beispiel?"

„Blood River – Blutfluß. Eine weitere Zone der Hölle war ein Fluß mit siedendheißem Blut . . ."

„Aber der Blood River wirkt wegen der rötlichen Erde so rot . . ."

„Ich weiß, doch du mußt das eben symbolisch sehen. Dann kamt ihr nach Helstone, Höllenstein. In der dritten Höllenzone müssen Geizhälse und Verschwender in alle Ewigkeit große Steine herumrollen – Höllensteine. Oder nehmen wir euer ‚Valley of the Stones', Tal der Steine. Die siebte Zone der Hölle war die Wüste oder Wildnis der Gotteslästerer, und ein Tal der Steine ist eigentlich nichts anderes als eine Wildnis. Ihr kamt am Woodsford Castle vorbei, das wie die Vorhölle, eine weitere Zone, ummauert ist. Zudem ist Woodsford Castle noch mit Zinnen versehen, wie du sagtest, was wiederum der vierten Zone entspricht. Und in der Nähe von Abbotsbury habt ihr einige Höhlen erforscht – die achte Zone."

„Sie meinen also . . .", hatte Isobel angesetzt und ihre Augenbrauen so schräg hochgezogen wie nie zuvor.

„Auf eurer Fahrt nach Pallington seid ihr gewissermaßen immer tiefer in die Höllenzonen hinabgestiegen. Natürlich nur symbolisch. Aber ein Mensch des 16. Jahrhunderts, der imstande war, das Bild zu entschlüsseln, hätte die Anspielungen bestimmt verstanden. Garantiert steckt dahinter derselbe scharfe Verstand, der euch auferlegte, die Kreuzigung quasi nachzuvollziehen, um zu dem geheimen Hohlraum in der Kirche von Pallington vorzudringen. Nur wer seiner Sache hundertprozentig sicher ist und glaubt, rechtmäßig zu handeln, wagt einen solchen Schritt."

„Es ist unheimlich", flüsterte Isobel.

„Wohin führt das alles, Veronica?" fragte Michael gespannt.

„Bisher habt ihr nach meiner Rechnung acht Höllenzonen hinter euch gebracht. Damit bleibt also nur noch die neunte, unterste Zone, wo sich Satan selbst aufhält. Das wirkungsvollste

Abschreckungsmittel jener Zeit, der Teufel, bewacht den Silberschatz."

„Und das heißt?"

„Der neunte Ring, die unterste Zone, ist der Brunnen."

„Der Brunnen? Aber es gibt keinen in Pallington, während es in ganz Dorset sicher Hunderte gibt."

„Doch nicht irgendeinen Brunnen, Michael." Veronica lächelte und genoß ihre Überlegenheit sichtlich. „Schau dir die Landkarte an. Ihr wart nicht nur in Dorset, sondern auch, sozusagen, in der Hölle . . . Was ist das auffälligste Merkmal der Hölle?"

Isobel antwortete als erste. „Sie ist heiß."

„Richtig. Nun schaut euch die Dörfer in der Umgebung von Pallington an."

Isobel und Michael beugten sich über die Landkarte. „East Burton . . . Overmoigne – merkwürdiger Name! –, Warmwell, warmer Brunnen. Ah, ich verstehe . . ."

„Richtig. Ein heißer oder zumindest warmer Brunnen. Für einen frommen Christen des 16. Jahrhunderts der schrecklichste Ort, den er sich vorstellen konnte."

Der Brunnen auf dem Dorfanger in Warmwell war schon Jahre zuvor zugedeckt worden, um zu verhindern, daß Kinder hineinstürzten. Doch Veronicas Ansehen als Kuratorin des Victoria-and-Albert-Museums hatte ausgereicht, um ihn öffnen zu lassen.

Nach einigem Umhersuchen hatte Tom, Isobels Verwalter, die richtige Idee. Er hatte sich in den Brunnen hinabgelassen, um die Ziegelsteine des Brunnenschachts abzuklopfen, und war dabei prompt auf eine Stelle gestoßen, die hohl klang. Sie hatten an dem bröckeligen Mörtel zwischen den Steinen herumgebohrt, und nach ungefähr eineinhalb Stunden war es soweit, daß sie eine Öffnung und dahinter drei rostzerfressene Metallkästen freilegen konnten.

Also hatte Grainger tatsächlich recht gehabt und sie in gewisser Weise besiegt, da er den Hinweis auf die Hölle richtig erkannt hatte.

Geirrt hatte er sich allerdings, was die Edelsteine betraf, denn sämtliche Rubine und Smaragde fehlten. Jemand hatte sie schon vor langer Zeit herausgebrochen.

„Isobel, hören Sie? Ich hatte gefragt, wie Ihre Pläne aussehen?"

Isobel kam mit einem Ruck in die Gegenwart zurück und schaute rasch zu Michael hinüber.

Sein Arm hatte operiert werden müssen. Körperlich schien er sich gut erholt zu haben, doch psychisch war er noch etwas angeschlagen. Nachdem Grainger so brutal gewesen war, eine Zigarre in der Wunde auszudrücken, empfand Michael nun den gleichen Horror vor Tabak wie Isobel vor Bootshaken. Dies kam Isobel natürlich zugute . . .

Lächelnd wandte sich Isobel Pfarrer Weaver zu. „Nun, ein Großteil des Geldes ist schon für den Erwerb von angrenzenden Äckern und Feldern für meine Farm draufgegangen, so daß ich mit etwas Glück in Zukunft Gewinn erwirtschaften kann. Außerdem möchte ich zusätzlich Leute einstellen, damit ich einen Teil der Woche in London verbringen kann. Dort will ich nämlich eine Fotogalerie eröffnen. Und wir fahren nach Texas, weil Michael ein Gemälde ans Museum von Dallas verkauft hat und es persönlich überbringen möchte."

„Habe ich darüber nicht schon in der Zeitung gelesen? Das wiederaufgetauchte Porträt von Sarah Kinloss?"

Isobel nickte. Ihre Abenteuer waren mit dem Fund im Brunnen von Warmwell nicht zu Ende gewesen. Als Michaels Wunde verheilt war und er wieder seine Arbeit in der Galerie aufgenommen hatte, fand er heraus, daß die Juwelen auf dem von Julius Samuels gereinigten Gemälde zu nichts führten. Aber etwas anderes führte ihn auf die richtige Spur. Die Dame hielt nicht etwa eine Schachfigur, sondern einen kleinen Leuchtturm in der Hand.

Als Michael sich daraufhin mit Leuchttürmen näher befaßte, stellte er fest, daß die Familie Kinloss aus Strathspey einen der ältesten Leuchttürme Englands errichtet hatte. Eine gewisse Sarah Kinloss war zu Beginn des 19. Jahrhunderts eine Geliebte des Prince of Wales gewesen. In der National Portrait Gallery entdeckte Michael dann ein anderes Bild von ihr, und danach bestand kein Zweifel mehr, um wen es sich hier handelte. Ihre Lebensgeschichte erklärte auch, wieso das Porträt übermalt worden war. Nach ihrem Tod wollte niemand mehr an ihre Liebesaffäre erinnert werden. Die Familie Kinloss war Ende des 19. Jahrhunderts in die USA ausgewandert, und ihr Stammsitz hier in England war aufgelöst worden. Das Museum in Dallas bekundete Interesse und war bereit, das Porträt für 350 000 Dollar zu erwerben.

„Und die ‚Lügenlandschaft'? Was geschieht damit?" fragte Anthony Weaver. Man hatte das Bild in Graingers Haus entdeckt.

„Michael sagt, falls Sie uns in Ihrer Kirche trauen, würden wir Ihnen das Gemälde gerne schenken – vorausgesetzt, Sie möchten es überhaupt haben. Aber da das ganze Monksilver-Abenteuer zur Kirche St. Mary's in Pallington führte, scheint dort der richtige Platz für das Bild zu sein."

Der Pfarrer strahlte. „Ich bin mit beidem einverstanden."

„Hört mal alle her!" rief Michael. „Ich bin soweit! Die Gesamtsumme der Objekte, die heute versteigert wurden, plus die Summe, die wir vom Britischen Museum und vom Victoria-and-Albert-Museum bekamen, beträgt 17 450 000 Pfund. Durch fünf geteilt, da auch mein Partner Greg seinen Anteil bekommt, bedeutet das 3 490 000 Pfund für jeden."

„Großer Gott!" flüsterte Weaver. Helen und Veronica starrten Michael ungläubig an.

„Moment noch", bat Michael und schloß die Augen. „Wenn ich wirklich so gut im Rechnen bin, wie ich behaupte, dann kann ich mir von meinem Gewinn ungefähr 350 000 Havannas kaufen." Er zwinkerte Isobel zu. „Oder aber, da ich nicht mehr rauche, 230 000 Literflaschen Whisky. Meinst du, ich könnte mich damit ordentlich betrinken?"

Isobel lächelte. „Darauf würde ich nicht wetten!"

Foto: Jerry Bauer

Peter Watson

„Als Junge wollte ich Cartoon-Zeichner werden", erinnert sich der Engländer Peter Watson mit einem leichten Anflug von Wehmut. „So kam schon damals meine Liebe zur Kunst zum Vorschein." Zu Peter Watsons Leidwesen konnten sich seine Eltern keineswegs für diesen Berufswunsch erwärmen und hielten ihn statt dessen dazu an, Medizin zu studieren. Watson spezialisierte sich auf den Bereich Psychiatrie und schrieb Arbeiten über die Deutung von Kinderträumen sowie über Erkenntnisse der Zwillingsforschung. Dabei entdeckte er, wieviel Freude ihm das Schreiben bereitete, und wechselte deshalb zum Journalistenhandwerk über.

„1977 dann, als mein Arbeitgeber, die *Sunday Times,* in Schwierigkeiten geriet, beschloß ich, mich stärker meinem Interesse für die Arbeit von ‚Kunstdetektiven' zu widmen. Also reiste ich nach Florenz, wo ich mit Rodolfo Siviero, dem führenden Mann auf diesem Gebiet, zusammentraf. Siviero hat viele Gemälde aufgespürt, die von den Nazis im Krieg aus Italien geraubt worden waren." Angeregt durch Sivieros Hinweise und seine Unterlagen über ungelöste Fälle, versuchte Watson einer Bande von Kunstdieben auf die Spur zu kommen, die Bilder zum Verkauf nach New York schmuggelte. Er schlüpfte in die Rolle eines wohlhabenden Kunsthändlers und kam so in Kontakt mit dem Kurier der Bande, einem Priester, der der Vertretung des Vatikans bei den UN angehörte. „Es ging bei den Schiebereien um viel Geld", erinnert sich der Autor. „Nachdem die Sache aufgeflogen war, mußte ich mich eine Weile versteckt halten."

Über sein Abenteuer als Kunstdetektiv schrieb Watson sein erstes Buch, das dann von der BBC verfilmt wurde. Seither gilt seine Leidenschaft unverändert den geheimnisvollen Seiten der Kunst. „Allein in Italien werden noch immer 283 Gemälde vermißt, die im Zweiten Weltkrieg verschwunden sind", berichtet er. Jede Menge Stoff also für den Autor der *Lügenlandschaft,* um seine Leser mit weiteren Geschichten von der Jagd nach Kunstschätzen in Atem zu halten.

Frei wie ein Drachen im Wind

EINE KURZFASSUNG DES BUCHES VON

ELIZABETH WEBSTER

INS DEUTSCHE ÜBERTRAGEN VON GISELA GEISLER

Als die junge, unerfahrene Ellie an einem lauen Sommerabend einen Spaziergang macht, hört sie plötzlich wunderschöne Klaviermusik. In einem der Häuser am Fluß spielt jemand Chopin, und Ellie fühlt sich von der herrlichen Melodie magisch angezogen. Ohne zu überlegen, geht sie in die Richtung, aus der die Musik kommt, und beginnt mit der ihr eigenen Anmut zu tanzen. Dieser Tanz wird ihr Leben verändern, aber das ahnt sie noch nicht . . .

Erstes Kapitel

WIEDER einmal war Ellie dabei, über die Mauer zu entwischen.

Sic saß rittlings auf dem glatten Buchenast, der zur Straße hin zeigte, und schaute nach unten. Es war gar nicht schwierig, sich auf die Mauerkrone hinunterzuhangeln. Die lag zum Glück nicht allzu tief unter ihr. Sie mußte sich nur vor den gefährlich aussehenden Eisenspitzen zwischen den Backsteinen hüten. Die Mauer selbst war leider sehr hoch, und die Straße schien von Ellies Hochsitz unendlich weit unter ihr zu liegen. Sie müßte einen mächtigen Sprung riskieren, aber es würde schon gehen. Inzwischen war sie ja wieder so gelenkig und kräftig wie früher.

Vor dem anderen Haus war die Mauer nicht so hoch gewesen. Auch dort hatte ein Baum gestanden mit niedrigen Ästen, so daß Ellie mühelos hatte hinaufklettern können. Und außerdem war sie damals noch ein halbes Kind, das, ohne lange zu überlegen, auf Bäume und Mauern kletterte und ebenso bedenkenlos wieder hinuntersprang.

Solange sie noch in diesem anderen Haus gelebt hatte, hatte sie ziemlich oft über die Mauer Reißaus genommen, ohne daß sie es bemerkt hätten. Die Hauptsache war, daß Ellie sich zum Essen wieder eingefunden hatte. Natürlich schimpften sie dann mit ihr und behaupteten, aus ihr werde nie etwas Gescheites werden. Aber in dem ganzen Lärm und Trubel, die im Hause herrschten, waren solche Vorfälle immer bald in Vergessenheit geraten.

Hier, in dem neuen Haus, war alles anders. Die Vorschriften waren streng und die Leute auch. Immer wieder mußte Ellie sich anhören, daß sie jetzt erwachsen sei und sich wie eine vernünftige junge Frau zu benehmen habe. Doch die Verlockungen der verheißungsvollen grünen Welt da draußen waren stärker. Ellie mußte einfach aus diesem Backsteingemäuer ausbrechen, und vielleicht fand sich draußen sogar jemand, mit dem sie reden konnte.

Vielleicht . . . dachte sie, während sie sich auf die Mauerkrone hinunterließ. Ellie fand, daß es draußen ganz anders war als im Haus, wo ihr alles grau, dumpf und trostlos erschien.

Als ihre Füße zwischen den schartigen Ziegelsteinen und den Eisenspitzen Halt gefunden hatten, schaute sie vorsichtig über die Schulter. Niemand war auf dem Gelände zu sehen, nur Ben, der junge Gärtner, und der war Ellies Freund. Er war immer fröhlich und brachte sie zum Lachen. Trotzdem war es ihr lieb, daß er ihr jetzt gerade den Rücken zukehrte. Das würde ihm wahrscheinlich Ärger ersparen.

Vorsichtig begann sie, sich von der Mauerkrone hinunterzulassen, aber mit den Händen klammerte sie sich noch so lange an die obere Steinkante, bis sie ganz sicher war, daß ihr Rock und ihr Unterrock nicht an einer der Eisenspitzen festhingen. Das war auch so eine der Plagen in dem neuen Haus. Sie mußte Kleider tragen! Jeans waren nicht erlaubt. Es hieß immer, Ellie solle anständig aussehen.

Sie ließ los. Es war ein tiefer Fall, und beim Aufprall aufs Pflaster strauchelte sie. Aber sie kam blitzschnell wieder auf die Füße, und im nächsten Augenblick lief sie schon hüpfend an der Mauer entlang. Geschafft! Ich bin draußen! dachte sie übermütig.

Am Ende der Mauer begann eine Häuserzeile, hinter der sanft abfallende Gärten bis zu einem pappelgesäumten Flüßchen hinunterreichten. Ellie war unten am Wasser stehengeblieben, um der Strömung zuzuschauen, als sie plötzlich die Musik hörte. In einem der Häuser mit den hohen Terrassentüren spielte jemand Klavier. Ohne nachzudenken, begann Ellie über den gepflegten Rasen auf die Musik zuzugehen. Es war ein Stück von Chopin, aber das wußte Ellie nicht. Sie spürte nur, daß die Musik ihr direkt in die Füße ging. Wie die Töne dahinperlten, wie schön die Melodie war! Ellie war betört und konnte nicht widerstehen. Sie legte den Kopf in den Nacken – und tanzte.

Der Klavierspieler mußte sich offensichtlich nicht sehr auf die Tasten konzentrieren, denn während er spielte, schaute er hinaus in den sonnenbeschienenen Garten vor der offenen Terrassentür. Seine dunklen Augen wirkten kummervoll, doch in den Kummer mischte sich Überraschung, als die tanzende Ellie vor ihm auftauchte.

Seit Ellie in dem neuen Haus lebte, hatte man ihr das Haar kürzer geschnitten, aber es war noch so lang, daß es jetzt wie eine schimmernde honiggoldene Mähne um ihren Kopf flatterte. Ellie war eine Frau von seltsam verhangener Schönheit, deren Anblick den Betrachter fast schmerzte, aber das war ihr nicht bewußt. Sie war ein wenig zu dünn, und das blaue Kleid warf zu viele Falten um ihre schlanke Gestalt. Doch sie bewegte sich mit natürlicher Anmut und schien so voller Freude über die Musik, daß der Klavierspieler unwillkürlich ins Stocken geriet.

„O bitte, nicht aufhören!" rief Ellie, als sie sein Zögern bemerkte. „Es ist so wunderschön!" Und wieder wirbelte sie im Kreis herum.

Der Mann am Klavier fügte sich. Er spielte weiter, während ein grimmiges Lächeln um seine Mundwinkel zuckte. Doch dann hörte er abrupt auf zu spielen und sah Ellie an, die atemlos und noch immer freudestrahlend an der Terrassentür lehnte.

„Vielen Dank für Ihr Klavierspiel", sagte sie höflich.

„Von wegen Klavierspiel", schnaubte der Mann verächtlich.

Ellie blickte ihn aufmerksam an. Sie glaubte einen tiefsitzenden Schmerz herauszuhören und suchte nach tröstlichen Worten.

„Für mich hat es sich wundervoll angehört."

„Weil Sie keine Ahnung von Musik haben", erklärte der Mann höhnisch. Als er sich auf dem Klavierhocker zu ihr drehte, bemerkte Ellie, daß sein linkes Bein in einem seltsamen Winkel abstand. Er griff mit der rechten Hand nach dem Stock, der neben ihm auf dem Fußboden lag, und versuchte aufzustehen.

Ellie machte instinktiv einen Schritt auf ihn zu, um ihn zu stützen.

„Fassen Sie mich nicht an!" fauchte er. „Ich hasse diese ewige Hilfsbereitschaft!" Er stand eine ganze Weile schwankend da, bis er endlich das Gleichgewicht gefunden hatte. Dann schleppte er sich mühsam zu einem Sessel im Hintergrund des Zimmers.

Ellie rührte sich nicht. Die ganze Freude, die die Musik in ihr ausgelöst hatte, war mit einem Schlag erloschen.

„Sie brauchen nicht da rumzustehen und mich zu bemitleiden."

„Bemitleiden?" wiederholte Ellie ehrlich verwundert. „Wo Sie doch so wunderbar spielen können . . ."

„So wunderbar! Machen Sie sich nicht lächerlich", knurrte der Mann. „Sehen Sie doch das hier!"

Er streckte ihr wütend die Hände entgegen. Seine rechte Hand sah vollkommen normal aus. Aber die linke war klauenartig gekrümmt, und er schien die Finger nur mit großer Mühe bewegen zu können. Und trotzdem hat er gespielt! dachte Ellie. Und so schnell! Wie hat er das bloß fertiggebracht?

„Früher, da konnte ich richtig spielen." Seine Stimme war tonlos, und er ließ die Hände auf die Knie sinken.

Ellie starrte ihn an. „Sie meinen . . . richtig . . . in Konzerten?"

Er blickte sie leicht amüsiert an. „O ja."

„Überall . . . überall auf der Welt?"

Er nickte.

„Sie sind also berühmt?"

Sein Lächeln erlosch. „Ich fing gerade an, berühmt zu werden."

„Was ist denn passiert?"

Er schaute Ellie verbittert an. „Ich hatte einen Schlaganfall."

„Aber . . . aber Sie sind doch noch jung!" protestierte Ellie. „Schlaganfälle bekommen bloß alte Leute." Damit hatte sie Erfahrung, seit sie in dem neuen Haus war.

„Tatsächlich?" Er lachte bitter. „Mir ist es jedenfalls passiert."

„Aber wieso denn?"

Er gab keine Antwort. Warum sollte er auch diesem unschuldigen jungen Ding seine ganze Leidensgeschichte erzählen?

„Entschuldigung", sagte Ellie, die selbst in seinem Schweigen tiefe Verzweiflung spürte, „ich hätte nicht danach fragen sollen."

Wider Erwarten lächelte er. „Macht nichts. Und es tut mir leid, daß ich Ihnen den Spaß am Tanzen verdorben habe. Wie heißen Sie denn?"

„Ellie."

„Und wie kommen Sie in meinen Garten?"

„Ich habe Sie spielen gehört. Ich wollte bloß zuhören, und . . . und da bin ich einfach der Musik nachgegangen."

„Ach so", meinte er. „Wo wohnen Sie denn?"

„Da . . . da drüben." Sie machte eine vage Handbewegung in die Richtung der Pappeln am Wasser. „Ich verstehe bloß nicht, warum Sie so zornig sind", fügte sie dann ohne Scheu hinzu.

Er schaute Ellie verblüfft an. „Nein? Wirklich nicht?"

„Nein", sagte sie. „Ich kenne so viele Leute, bei denen etwas nicht in Ordnung ist, und sie können alle nicht das tun, was sie gern tun möchten."

Was sie sagte, klang ganz sachlich und vernünftig, doch ein Hauch von Wehmut schien in ihrer Stimme mitzuschwingen.

„Gehören Sie auch zu diesen Leuten, Ellie?"

„Ja", antwortete sie, doch dann blitzten ihre Augen spitzbübisch. „Aber heute nicht!"

Ihre Fröhlichkeit war ansteckend, und er lächelte sie an. „Heute ist also ein besonderer Tag?"

„Natürlich!" Über so eine törichte Frage konnte sie nur vorwurfsvoll den Kopf schütteln. „Aber wenn Sie jetzt schon wieder so gut spielen können, brauchen Sie doch nur weiter zu üben . . ." Sie deutete auf das Zimmer, den Flügel, die Noten und die Bücherregale. „Die ganze Musik ist doch noch da. Sie ist hier eingeschlossen und wartet darauf, daß Sie sie wieder herauslassen. Habe ich nicht recht?" In solchen Sachen kannte Ellie sich aus, und ihre Stimme klang sehnsüchtig.

Ihre Hartnäckigkeit machte ihn sprachlos. Er starrte sie eine Weile an. „Ellie . . .?" begann er dann zögernd. Aber ehe er weitersprechen konnte, ging die Tür auf, und eine Frau trat mit einer Kanne ins Zimmer.

„Dein Tee, Ralf", sagte sie. Sie war groß, ein bißchen vierschrötig fast, und hatte einen beinahe ebenso verbitterten Zug um den Mund wie der Mann. Aber sie war nicht so schrecklich blaß, und in ihrem dunklen Haar gab es auch nicht diese auffallende weiße Strähne über der Stirn. Sie blickte weniger grimmig als müde und etwas resigniert drein.

Ralf merkte, daß Ellie erschrocken war. „Dies ist meine Schwester Francis", sagte er deshalb freundlich. „Ellie hat mir beim Klavierspielen zugehört, und sie hat zu Chopin getanzt."

„Ach so", meinte Francis nur. „Soll ich noch eine Tasse bringen?"

„Nein, vielen Dank, ich muß jetzt gehen", erklärte Ellie hastig und trat schon den Rückzug an.

„So warten Sie doch!" Ralf streckte eine Hand aus, als wollte er ein Traumbild einfangen.

Ellie drehte sich im Fortgehen noch einmal um. „Ja . . .?"

„W-werden Sie" – er stotterte plötzlich –, „werden Sie wiederkommen?"

„Nur, wenn Sie mir versprechen, dann auch zu spielen", antwortete Ellie mit strenger Miene.

Er mußte über ihre Ernsthaftigkeit ein bißchen lachen. „Wenn Sie darauf bestehen . . ."

„Abgemacht. Ich komme wieder." Im nächsten Augenblick lief sie schon über den Rasen und verschwand über das untere Grenzmäuerchen.

Ralf und Francis schauten ihr hinterher, und beide fanden, daß der Garten auf einmal so leer war.

SOBALD Ellie wieder vor der Mauer stand, mußte sie sich mit der Frage befassen, wie sie sie von der Straßenseite her überwinden sollte. Die Mauer vor dem anderen Haus hatte bei der Rückkehr keine Schwierigkeiten bereitet. Dort stand auch draußen ein Baum, und auf der Innenseite gab es einen Kohlenschuppen, dessen Dach Ellie einfach immer hinuntergeschlittert war. Hier aber war alles viel komplizierter. Der einzige Hoffnungsschimmer war eine einsame Straßenlaterne.

Ellie vergewisserte sich mit einem raschen Blick in die Runde, daß man sie nicht beobachtete. Dann begann sie, den Laternenmast zu erklimmen, und mußte dabei an die vielen Turnübungen denken, die sie früher an Seilen und Kletterstangen hatte machen müssen. Jetzt dauerte es viel länger als in den Kinderjahren, ehe sie oben angekommen war. Doch schließlich konnte sie in den Garten hinunterschauen, und da sah sie ihren Freund Ben, der gerade ins Haus gehen wollte. „Ben!" rief sie leise. „Ben . . .!"

Der Gärtner drehte sich zur Mauer um und bekam ganz große Augen vor Überraschung, als er Ellie dort oben am Laternenmast sah.

„Ich weiß nicht, wie ich wieder reinkommen soll!" rief Ellie verzweifelt. „Kannst du eine Leiter besorgen?"

„Bleib da . . . da oben", stotterte Ben erschrocken. „Ich werd's versuchen."

Nach einer Weile hörte Ellie Kratzgeräusche, und Bens blonder Schopf und sein sonnenverbranntes Gesicht tauchten über der Mauer auf. Er kletterte gewandt auf die Krone und streckte Ellie seine kräftige braune Hand entgegen. „Spring! Ich halte dich fest."

Ellie gab sich einen Ruck und landete neben Ben auf der Mauer zwischen den Eisenspitzen, die hier nicht ganz so dicht angebracht waren.

„Und jetzt nichts wie runter", murmelte er. Er half ihr hinüber auf die oberste Leitersprosse, und dann begann sie flink wie ein Wiesel den Abstieg. Ben folgte ihr. Doch unten nahte schon das Unheil in Gestalt von Miß Ironside, die von allen Pflegerinnen die unangenehmste war.

„Ellie Foster, kannst du mir erklären, was hier vorgeht?" ertönte da auch schon ihre scharfe Stimme.

„Ich hab ihr bloß ein Vogelnest gezeigt, Schwester", erklärte Ben wie aus der Pistole geschossen.

„Ihr könnt mich nicht für dumm verkaufen!" schnaubte Schwester Mary. „Ellie wollte über die Mauer klettern."

„Ich bin bloß von der Mauer hinuntergeklettert", sagte Ellie wahrheitsgemäß.

„Ja, als du mich gesehen hast!" fauchte die Schwester. „Du kommst mit. Dies ist ein Fall für die Oberin."

Die Oberin seufzte ein bißchen, als sie Ellies verschlossenes, rebellisches Gesicht und die unerbittliche Miene der Pflegerin sah. „Setz dich, Ellie!" forderte sie sie freundlich auf. „Was ist denn vorgefallen?"

Die Schwester übernahm das Reden. „. . . wollte über die Mauer entwischen . . . Männergeschichten sind dann wohl das nächste . . ."

„Ja, ist gut, Mary", sagte die Oberin kühl und wandte sich an Ellie. Ihr Blick war liebevoll, und Ellie glaubte sogar ein kleines Zwinkern wahrzunehmen. „Nun, Ellie?"

„Ich . . . ich wollte einfach raus", erwiderte Ellie.

„Schwester Mary hat also recht gehabt. Du wolltest über die Mauer entwischen?"

„Nein", antwortete Ellie, „ich bin über die Mauer zurückgekommen."

„Zurück? Woher denn?"

„Ach, eigentlich von nirgendwoher." Ellie hatte noch sehr deutlich das Bild von Ralf, dem Haus und dem grünen Rasen vor Augen.

„Aber du mußt doch irgendwo gewesen sein?"

„Ich bin nur ein Stück die Straße hinuntergegangen und habe mir ein paar Häuser angesehen. Sie haben wunderschöne Gärten und grünen Rasen." Ellies Stimme wurde undeutlich, träumerisch.

„Du weißt doch, daß du nicht allein ausgehen sollst, und vor allem sollst du nicht über die Mauer klettern und uns verheimlichen, wohin du gehst."

„Und warum nicht?" fragte Ellie trotzig. Plötzlich fühlte sie sich sehr erwachsen und kampflustig. Sagten sie ihr nicht ständig, daß sie jetzt erwachsen sei und sich wie eine vernünftige Erwachsene benehmen solle? Vernünftige Erwachsene durften gehen, wohin sie wollten – warum durfte sie das nicht? Es wurde höchste Zeit, daß sie ihr das erklärten. Sie hatte diese Halbwahrheiten satt, diese ausweichenden Antworten und diese merkwürdigen Blicke, wenn sie bestimmte Fragen stellte.

Die freundliche Oberin sah sie jetzt traurig und mitleidig an. „Ellie", begann sie, „ehe du zu uns kamst, warst du ein Kind, und es gab eine Menge Leute, die auf dich aufpaßten. Jetzt bist du kein Kind mehr. In unserem Haus erwartet man, daß du auf dich selbst aufpaßt – bis zu einem gewissen Grad. Wir haben nicht genug Personal, um jeden einzelnen ständig zu betreuen."

„Natürlich kann ich auf mich selbst aufpassen", erklärte Ellie.

Die Oberin lächelte. „Das weiß ich, Ellie. Du bist ein intelligentes Mädchen. Du hast bei den letzten Tests sehr gut abgeschnitten, und ich weiß, daß du viel liest. Aber es ist wichtig, daß du begreifst, wie gefährlich die Welt da draußen ist. Unsere Vorschriften hier sind zu deinem Schutz da."

Mit ihren klaren blauen Augen blickte Ellie die Oberin aufmerksam an. „Ich will aber nicht beschützt werden. Ich will selber herausfinden, wie es draußen ist."

Wieder seufzte die Oberin. „Ja, das verstehe ich, Ellie. Aber wir haben uns auch an Vorschriften zu halten – genau wie du. Wir haben versprochen, uns um dich zu kümmern und dich vor Schaden zu bewahren. Vielleicht kommt einmal der Tag, an dem du allein mit deinem Leben fertig wirst."

„Das kann ich doch jetzt schon!" rief Ellie.

„Wir haben in diesen Dingen viel Erfahrung, Ellie", erklärte die Oberin ganz ruhig. „Du mußt dich schon auf unser Urteil verlassen."

Als Ellie die Oberin ansah, wußte sie, daß es hoffnungslos war. Niemand hier verstand, wie sehr sie sich nach Freiheit sehnte. Sie war doch jung und kräftig und freute sich ihres Lebens! Sie gehörte nicht zu diesen grauen Leuten mit den leeren Gesichtern, die sicher und beschützt hinter der hohen Mauer lebten! Alle waren sie schrecklich alt und hatten viel zuviel Angst vor der Welt da draußen – ausgenommen natürlich Ben.

„Ben hat keine Schuld", sagte sie plötzlich. „Er hat mir wirklich nur beim Hinunterklettern von der Mauer geholfen."

Die Oberin lächelte. „Ich verstehe schon, Ellie . . ."

„Er wird doch nicht seinen Job verlieren oder bestraft werden?"

„Nein, natürlich nicht."

„Ben ist immer nett zu mir. Er ist mein Freund", fuhr Ellie entschlossen fort. „Außerdem ist er der einzige hier, der noch jung ist."

Ellie hätte kaum etwas zu Herzen Gehenderes sagen können; selbst Schwester Mary zeigte eine menschliche Regung. Sie strich sich mit der Hand durch das graue Haar, blickte Ellie an und lächelte kläglich. „Ich verstehe dich, Ellie", meinte sie. „Wir müssen dir alle schrecklich alt und müde vorkommen. Und glaub mir, manchmal fühlen wir uns auch so!"

Ellie musterte die Schwester erstaunt, und der trotzige Ausdruck in ihren blauen Augen verschwand. „Entschuldigen Sie, Schwester Mary", sagte sie. „Das habe ich mir noch nie klargemacht."

RALF hatte einen schlechten Tag. Seine Hände und Füße gehorchten ihm nicht, und er hatte Kopfschmerzen. Er versuchte, seine linke Hand dazu zu zwingen, Tonleitern zu spielen, aber es klappte einfach nicht.

Er hatte Ellie nicht vergessen. Insgeheim hoffte er, daß sie wiederkäme – warum, wußte er nicht genau. Vielleicht weil sie so jung war, so voller Hoffnung und Energie? Oder auch, weil sie ihm so offen die Meinung gesagt hatte? Das wagte zur Zeit niemand, und ihre Ehrlichkeit hatte ihn irgendwie getröstet.

Wahrscheinlich gab es kein Wiedersehen mit dem jungen Mädchen, aber schließlich hatte er versprochen, ihr beim nächsten Besuch vorzuspielen, und deshalb wollte er vorsichtshalber üben. Wieder versuchte er eine Tonleiter, doch er verhaspelte sich, und die Finger seiner linken Hand erstarrten zu einer steifen, widerspenstigen Kralle.

„Verdammt!" schrie er wütend und riß die Arme hoch. Dabei

erwischte er mit der rechten Hand seinen Stock, der am Flügel lehnte. Der Stock schlitterte quer durch das Zimmer. Ohne seinen Stock saß er hilflos auf dem Klavierhocker fest.

„Nein!" sagte er laut. „Ich sitze nicht fest! Ich sitze nicht fest!" Mit zusammengebissenen Zähnen zog er sich am Flügel hoch, bis er auf den Füßen stand. Dann setzte er behutsam den rechten Fuß vor den linken, zog den linken nach, machte schwankend den zweiten Schritt und auch noch den dritten, aber dann war es um sein Gleichgewicht geschehen – er stürzte zu Boden.

Doch ehe er über seine Unbeholfenheit fluchen konnte, wurde er unter den Achseln gepackt und wieder auf die Füße gestellt.

„Sagen Sie bloß nicht wieder, daß Sie es nicht ausstehen können, wenn man Ihnen hilft!" Ellie lächelte ihn an. „Diesmal mußte es sein."

Zu seiner eigenen Verwunderung erwiderte er Ellies Lächeln. Da er immer noch schwankte, führte sie ihn, ohne lange zu fragen, zu einem Sessel. „Was Sie brauchen, ist eine Übungsstange wie beim Ballett", sagte sie sachlich.

Er glaubte sich verhört zu haben. „Ich und Ballett, das soll wohl ein Witz sein . . ."

Doch Ellie ließ sich nicht beirren. „Eine Übungsstange und auch einen Handlauf bis hinaus in den Garten. Dann brauchen Sie nicht immer hier im Zimmer herumzuhocken."

„Ich hocke nicht hier herum! Aber lassen wir das Thema. Erzählen Sie mir lieber, warum Sie so lange fortgeblieben sind. Sie hatten doch versprochen, bald wiederzukommen."

„Und jetzt bin ich hier, nicht wahr?"

„Aber Sie haben sich mehr als eine Woche Zeit gelassen. Ich dachte schon, Sie hätten mich vergessen." Doch woher sollte sie wissen, wie lange ihm diese Tage einer Woche vorkamen?

„Ich würde Sie niemals vergessen", versicherte Ellie ernst, „und auch nicht, wie Sie gespielt haben. Nie . . . Aber es ist so . . . so schwierig für mich herzukommen. Ich weiß nie, ob ich wegkomme." Sie hielt inne. „Jedenfalls verspreche ich, daß ich immer herkomme, wenn ich es einrichten kann", fügte sie dann hinzu.

Ralf hatte währenddessen auf seine Hände niedergeschaut. „Die Finger wollen heute nicht gehorchen, Ellie", sagte er mit erstickter Stimme.

„Aber jetzt, wo ich hier bin, müssen sie einfach gehorchen! Ich kann nicht so oft kommen. Das habe ich Ihnen doch gerade erklärt."

Ralf seufzte. „Ellie, Sie verstehen nicht . . ."

„Doch, ich verstehe alles. Nach einem Schlaganfall muß man sehr hart an sich arbeiten. Ich weiß das, denn . . . ich kenne Leute, die . . ." Wieder stockte sie. „Waren Ihre Finger damals, als es passierte, in noch schlimmerem Zustand?" fragte sie dann.

Überrascht hob er die Brauen. Noch nie hatte jemand gewagt, ihm solche Fragen zu stellen. „Anfangs war mein linker Arm vollkommen gelähmt. Das linke Bein auch. Und sprechen konnte ich auch nicht mehr. Merkt man das noch?"

„Nein", antwortete Ellie.

„Und die eine Gesichtshälfte war ebenfalls gelähmt. Sieht man es?"

Ellie musterte Ralf. Er hatte einen wohlgeformten Kopf, einen festen Mund, eine gerade Nase, braune, vor Schmerz umschattete Augen und dunkles, leicht gelocktes Haar, das über der Stirn von einer weißen Strähne durchzogen war.

„Nein, man sieht nichts", antwortete Ellie ehrlich. „Vielleicht sind Sie ein bißchen überanstrengt, aber ich finde, Sie sehen wunderbar aus. Besonders, wenn Sie Klavier spielen."

Erschrocken merkte Ralf, daß seine Augen feucht wurden. „Finden Sie wirklich?" fragte er schließlich.

„Ja. Sie sind mein Schwarm Nummer eins!" Ellie grinste. „Aber ich glaube, die meisten Leute sehen wunderbar aus, wenn sie das tun, was ihnen am Herzen liegt." Sie blickte Ralf verschmitzt an. „Wenn Sie also ein wunderbarer Mann sein wollen, müssen Sie jetzt spielen!" meinte sie.

Ralf griff wortlos nach seinem Stock und schleppte sich zum Flügel. „Aber aus Chopin wird heute nichts, Ellie."

„Die Musik, die mir neulich so direkt in die Füße ging?"

Jetzt war es an Ralf zu lächeln. „In der Tat."

„Stimmt", meinte Ellie, „dafür ist heute wirklich nicht der richtige Tag. Spielen Sie irgendwas Einfaches."

Merkwürdig, dachte er, sie scheint meine Stimmungen zu erkennen, bevor ich selbst weiß, wie ich mich fühle.

Er spielte das Präludium es-Moll von Bach. Das Stück war traurig und langsam und majestätisch. Ellie saß reglos da und sah, wie sich Würde und Trauer dieser Musik in den Gesichtszügen des Pianisten widerspiegelten.

Als das Stück zu Ende war, ließ Ralf die Hände auf den Tasten ruhen. Ellie fühlte sich magisch angezogen, trat an den Flügel und legte ihre Hände über seine. „Das kommt alles wieder", meinte sie tröstend, „warten Sie es nur ab. Es geht doch schon wieder so gut." Er spürte die Wärme und die Kraft ihrer jungen Hände.

In diesem stillen Augenblick voller Vertrauen kam plötzlich Francis herein und schaute die beiden mißbilligend an. Doch sie ließen sich davon nicht irritieren. Ralf ließ seine Hände, wo sie waren, und warf seiner Schwester einen freundlichen Blick zu. „Ellie meint, das wird schon wieder . . .", sagte er zu ihr.

„Natürlich wird es wieder", entgegnete Francis gereizt. „Willst du deinen Tee hier im Musikzimmer trinken? Max ist übrigens am Telefon."

„Du sollst ihm doch sagen, daß ich ihn nicht sehen will."

„Er läßt sich nicht mehr einfach so abwimmeln."

„Wer ist denn Max?" fragte Ellie und trat vom Flügel zurück.

„Mein Konzertagent. Er weiß doch, daß ich jetzt nicht spielen kann. Weshalb sollte er mich dann besuchen?"

„Kann ein Agent nicht auch ein Freund sein?" fragte Ellie gespielt unschuldig.

„Schon möglich", sagte Ralf widerstrebend.

„Und Max ist so einer?"

„Ich nehme es an." Ralf fühlte sich in die Enge getrieben.

„Na also!"

Ralf rebellierte. „Sie tyrannisieren mich, Ellie!"

„Vielleicht will er nur schauen, wie es Ihnen geht."

„Also meinetwegen", knurrte Ralf. „Francis, sag Max, er kann morgen vorbeikommen."

Francis ging zum Telefon zurück, das in der Diele stand, und Ellie begleitete sie hinaus. „Soll ich mich schon mal um den Tee kümmern? Ich würde mich gern ein bißchen nützlich machen", sagte sie.

„Wer würde das nicht gerne", antwortete Francis bitter und griff zum Telefonhörer.

Als Francis in die Küche kam, hatte Ellie schon Wasser aufgesetzt und war gerade dabei, Kekse aus einer Tüte auf einen Teller zu leeren.

Francis schaute ihr nachdenklich zu. „Ich glaube, Ihre Anwesenheit tut Ralf gut“, meinte sie schließlich.

Ellie stellte Tassen auf ein Tablett. „Daß er manchmal so mutlos ist, muß man verstehen“, murmelte sie, ohne von ihrer Beschäftigung aufzuschauen.

„Manchmal!“ Francis lachte heiser. „Er war immer mutlos, bis Sie aufgetaucht sind.“

„Ob er wohl ab und zu an die frische Luft ginge, wenn wir für ihn einen Handlauf installierten?“ fuhr Ellie fast schüchtern fort. „Ihr Garten ist so wunderschön sonnig, und beobachten kann ihn da auch niemand, falls es das ist, wovor er Angst hat.“ Und ein bißchen atemlos fügte sie rasch hinzu: „Ich habe nämlich zusammen mit den Jungen Werkunterricht gehabt in der . . . in der Schule.“

Einen Augenblick lang herrschte gespannte Stille. „Niemand sollte das Gefühl haben, eingesperrt zu sein“, murmelte Ellie dann.

„Nein, niemand!“ wiederholte Francis mit Nachdruck. Ihre Stimme klang wieder bitter.

Diesmal blieb Ellie zum Tee da. Doch als die Schatten draußen auf dem Rasen länger wurden, wußte sie, daß es höchste Zeit war, sich zu verabschieden. Sie blickte Francis und Ralf an und wirkte auf einmal verlegen. „Ich kenne nicht mal Ihren Familiennamen“, sagte sie.

Ralf lachte. „Mallory. Ralf und Francis Mallory.“

„Ich frage ja bloß, weil . . .“ Ellie zögerte. „Ich frage bloß, weil ich Sie benachrichtigen möchte, wenn ich nicht kommen kann.“ Sie nahm ganz unbefangen Ralf Mallorys steife linke Hand. „Aber ich komme bestimmt irgendwann wieder, und Sie . . . Sie üben in der Zwischenzeit weiter mit dieser Hand. Versprochen?“

„Versprochen.“ Ralf lächelte über Ellies Eifer.

„Dann ist ja alles in Ordnung.“ Sie strahlte ihn an. „Vielen Dank für den Tee“, meinte sie dann, zu Francis gewandt, und verschwand.

DIESMAL wußte sie, wie sie unbemerkt zurück in den Garten gelangen konnte. Auf der Suche nach einem einfacheren Fluchtweg war sie in letzter Zeit oft im Garten umhergestreift. Dabei hatte sie in einem der Geräteschuppen an der Rückseite ein paar lose Bretter bemerkt, zwischen denen sie sich mit einiger Mühe hindurchzwängen konnte. Die Schuppen waren in einer langen Reihe aneinandergebaut und bildeten für die Hausbewohner eine Barriere zwischen dem parkartigen Garten und einem jenseits liegenden Hof.

Ellie wußte, daß es für die Lieferanten einen schmalen Durchgang in der Mauer gab, so daß sie ihre Waren über den Hof direkt in die Küche bringen konnten. Bei ihrem ersten Ausflug in die Freiheit hatte sie von der Straße aus dieses Schlupfloch in der Mauer genau untersucht und seine Nutzlosigkeit erkannt. Wie sollte sie denn vom Hof aus wieder in den Garten gelangen? Sie konnte ja nicht wie die Lieferanten einfach durch die Küche marschieren, denn dann hätten sie gleich gewußt, daß sie wieder einmal draußen gewesen war.

Doch jetzt war sie aller Sorgen enthoben. Sie schlüpfte durch den Mauerdurchbruch und pirschte sich im Schutz der Bäume und Sträucher über den Hof zu dem Schuppen mit den losen Brettern. Blitzschnell zwängte sie sich durch den Spalt in der Schuppenwand, und im nächsten Augenblick stand sie atemlos, aber in Sicherheit, in dem dunklen Schuppen, in dem es nach feuchter Erde roch.

Zweites Kapitel

MAX WAR ein ausgezeichneter Konzertagent, aber seine Schwäche war, daß er ein zu weiches Herz hatte.

Jahrelang hatte er beobachtet, wie sich Ralf Mallory weiterentwickelte, und hatte ihm jede erdenkliche Unterstützung angedeihen lassen. Später hatte er dann für Ralf Konzerte in allen für einen jungen Künstler wichtigen Städten arrangiert. Aber vielleicht hatte er ein bißchen zuviel von dem jungen Mann verlangt. Diese Frage machte Max seit Monaten schwer zu schaffen, und er plagte sich mit Schuldgefühlen. Ja, wahrscheinlich war er verantwortlich für Ralf Mallorys Zusammenbruch. Oder wäre das alles sowieso passiert? Ralf war zwar ein hervorragender Pianist, aber er war auch sehr nervös und hatte nicht viel Selbstvertrauen. Beim geringsten Fehler empfand er sich schon als

Versager, und unmittelbar vor den Auftritten hatte er immer furchtbares Lampenfieber gehabt.

Doch ob er schuldig war oder nicht – Max fühlte sich für seinen Schützling verantwortlich, und außerdem hatte er Ralf sehr gern. Und so war sein Wunsch, den Patienten zu besuchen und ihm nach Kräften zu helfen, doppelt begründet.

Francis empfing ihn und führte ihn gleich ins Musikzimmer. Max blieb in der Tür stehen und ließ den Raum auf sich wirken. In einer Ecke stand der große Steinway-Flügel, an den Wänden waren hohe Regale voll mit Büchern, und, neben dem Flügel in Ralfs Reichweite, befand sich ein niedrigeres Regal mit den Noten. Immerhin hatte der Kranke ein schönes Zuhause, auch wenn er es jetzt im Moment als eine Art Gefängnis empfand.

Max hatte Ralf seit jenen schrecklichen Tagen in Paris, als er ihn tagtäglich im Krankenhaus besucht hatte, nicht mehr wiedergesehen. Ihm fiel sofort auf, wie sehr die Krankheit den jungen Mann verändert hatte. Er hatte dunkle Ringe unter den Augen und einen verbitterten Zug um den Mund, und doch wirkte er reifer als früher.

„Ich finde, daß du besser aussiehst“, sagte Max ohne jede Einleitung.

Ralf lächelte zu Max' Überraschung. „Setz dich, Max! Erzähl mir den ganzen Tratsch und Klatsch der Branche. Ich lechze nach Neuigkeiten aus der Musikwelt.“

Die Unterhaltung drehte sich vorwiegend um Konzertereignisse und alte Freunde. Nachdem sie über eine Stunde geplaudert hatten, faßte sich Max endlich ein Herz. „Ich wollte dir einen Vorschlag machen, Ralf“, sagte er zögernd.

„Nur zu, Max. Hauptsache, er hilft mir, meinen Trübsinn loszuwerden.“

Max schüttelte vorwurfsvoll den Kopf. „Ich dachte, das hättest du hinter dir.“

Ralf stutzte, und dann wurde ihm klar, daß er wirklich nicht mehr so deprimiert war. Er hatte wieder Mitgefühl mit anderen Menschen; mit Max, der so rührend war in seiner Hilfsbereitschaft; mit Francis und allen anderen, die ihm auf jede erdenkliche Weise halfen. Nur bei Ellie war es anders, sie brauchte kein Mitgefühl, denn er selbst schien ihr auch kein bißchen leid zu tun.

„Worum geht es denn, Max? Rede schon! Ich bin wirklich nicht mehr so überempfindlich."

„Ich habe lange über dich nachgedacht, Ralf. Du warst noch so jung, als du zum erstenmal ein Konzert gegeben hast, und wenn es damals überhaupt etwas an dir zu kritisieren gab, dann war es deine mangelnde Lebenserfahrung und dein fehlendes Hintergrundwissen. Du hattest ja gar keine Zeit, dich zusätzlich mit Lektüre und anderen Dingen zu befassen, weil du dauernd die Stücke für das nächste Konzert üben mußtest."

„Ich merke schon, worauf das hinausläuft", sagte Ralf, und es klang bitter.

„Und was paßt dir daran nicht?"

Ralf streckte die Hände aus und bewegte mühsam seine steifen, widerspenstigen Finger. „Sieh dir das an, Max! Es ist doch alles sinnlos. Ich werde sowieso nie wieder spielen können."

„Das steht noch gar nicht fest. Und es kann nichts schaden, wenn du dich in der Zwischenzeit weiter mit Musik beschäftigst, bis ins Herz der Dinge vordringst."

Bei diesen Worten mußte Ralf plötzlich an Ellie denken, und sein Gesicht sah dabei empfindsamer und jünger aus – wie das Gesicht eines Mannes, der verliebt ist. „Ellie hat so was Ähnliches gesagt", meinte er.

„Wer ist Ellie?"

„Ach, bloß . . . bloß ein junges Mädchen, das mir zugehört und im Garten getanzt hat, als ich Chopin gespielt habe." Ralf schaute Max etwas verlegen an. „Ellie hat erreicht, daß ich mich schäme."

„Warum denn?"

„Wegen meiner Arroganz. Als ich eben sagte, daß ich niemals mehr spielen kann, da sprach aus mir der alte Ralf Mallory, der hochmütige Perfektionist. Ich wollte immer der Erste sein, aber das muß ich ja gar nicht, nicht wahr, Max? Ich will lernen, bescheidenere Ansprüche an mich selbst zu stellen. Es gibt sicher Menschen, denen ich mit meiner Musik trotzdem noch eine Freude machen könnte."

Max nickte. „Und wenn du eines Tages feststellst, daß du doch wieder so gut spielst wie früher, ist das auch kein Grund zur Traurigkeit."

Ralf lachte. „Max, du bist unverbesserlich."

Max beugte sich vor. „Du wirst also meinen Rat befolgen?" fragte er ernst. „Lies alles, was dir in die Finger gerät. Höre Schallplatten, soviel du kannst. Gestatte dir, über das nachzudenken, was hinter den Noten steht. Und gib keinesfalls die Musik auf, denn sie ist ein sehr wichtiger Teil deines Lebens."

„Ja", antwortete Ralf gedehnt, „ja, ich will's versuchen."

Max atmete erleichtert auf. „Ich schicke dir alles, was du brauchst."

Ralf streckte seine gesunde Hand aus und packte Max am Arm. „Ich danke dir für deine Mühe", sagte er, „aber erwarte nicht zuviel von mir."

Max grinste. „Ich habe immer Wunder von dir erwartet, mein Lieber, aber für den Neuanfang genügt mir ein kleines!"

BEI IHREM nächsten Besuch erschien Ellie zusammen mit Ben, und sie brachten einen Armvoll sauber geschliffener und polierter Holzstangen und einen Werkzeugkoffer mit. Ralf saß gerade am Flügel. Seine Augen strahlten vor Freude, als er sie sah, und als Willkommensgruß spielte er einen kurzen, übermütigen Tanz von Mozart.

„Weiterspielen!" rief Ellie ihm zu. „Ich muß kurz etwas mit Francis besprechen."

Er spielte schmunzelnd weiter, während Ellie in die Küche ging. Doch Francis war ein Bild des Jammers. Sie saß am Küchentisch, den Kopf in die Hände gestützt. Vor ihr lag ein Stapel bunter Broschüren.

„Was fehlt Ihnen denn?" fragte Ellie erschrocken.

Francis schaute auf. Ihr Gesicht war sehr blaß. „Nichts. Ich bin bloß müde."

Ellie musterte die Broschüren. Es waren Reiseprospekte, und sie begriff sofort, warum Francis so unglücklich war.

„Irgendein Dummkopf hat mir das hier mit der Post geschickt", sagte Francis und deutete angewidert auf die Prospekte.

„Aber hätten Sie nicht mal Lust . . .", begann Ellie vorsichtig.

„Lust?" Francis blitzte Ellie wütend an. „Wissen Sie, was Sie da reden? Wissen Sie, wie alt ich bin, Ellie? Ich bin sechsunddreißig; Ralf ist neunundzwanzig. Als unser Vater starb, studierte Ralf Musik. Unsere Mutter war damals schon krank. Ich habe sie zehn Jahre lang, bis zu ihrem Tod, gepflegt und mußte deswegen meinen Beruf aufgeben. Die Beziehung zu meinem Freund zerbrach, weil wir nicht heiraten konnten – meine Mutter brauchte mich, und er arbeitete in einer anderen Stadt. Und als Mutter dann gestorben war und ich auf ein bißchen mehr Freiheit hoffte, wurde Ralf krank, und alles begann von vorn."

Deprimiert blickte sie aus dem Fenster. „Aber Sie dürfen nicht glauben, daß ich ein Egoist bin", fuhr sie fort. „Ich liebe meinen Bruder und würde alles für ihn tun. Ich werde nur nicht jünger, und mein Leben verrinnt – Tag um Tag, einer so zermürbend wie der andere. Für Ralf ist das genauso schrecklich wie für mich."

Ellie schwieg einen Augenblick. „Deswegen bin ich ja hier!" sagte sie dann aufmunternd. „Ich habe übrigens ein paar Stangen mitgebracht. Wir können für Ralf einen Handlauf bauen. Sie haben doch nichts dagegen?"

„Natürlich nicht", antwortete Francis. „Aber wie sollen wir das bewerkstelligen?"

„Kommen Sie mit! Ich zeige Ihnen alles", entgegnete Ellie. „Die eine Stange ist echtes altes Mahagoni. Die ist für das Zimmer. Ben hat mir auch Halterungen und einen Bohrer mitgegeben und mir erklärt, wie man es machen muß."

Francis folgte ihr staunend ins Musikzimmer.

„Was habt ihr denn vor?" fragte Ralf verwundert.

„Kümmern Sie sich nicht um uns", erwiderte Ellie fröhlich. „Ich werde mir Mühe geben, nicht die ganze Wand zu ruinieren", meinte sie dann zu Francis. Doch Francis konnte das nicht erschüttern. „Die kann hinterher frisch gestrichen werden", sagte sie gelassen.

Es dauerte ziemlich lange, bis die Träger fest in der Wand saßen und die Mahagonistange angeschraubt war.

Als Ralf fragte, ob er sie mal ausprobieren könne, stützten Ellie und Francis sich mit ihrem vollen Gewicht auf die Stange, um sicher zu sein, daß sie hielt. Sie gab keinen Millimeter nach. „Jetzt bist du an der Reihe", sagte Francis zu ihrem Bruder, und während er sich mit einiger Mühe, aber doch zielstrebig an der Wand entlangbewegte, markierte Ellie schon draußen vor der Terrassentür die Stellen, wo sie Löcher für die Pfosten des Handlaufs im Freien graben mußte.

„Setzen Sie sich lieber noch einen Augenblick hin, bis ich hier draußen fertig bin!" rief Ellie, als Ralf sich der Gartentür näherte. „Ich werde sonst ganz nervös."

Ralf mußte über ihre Entschlossenheit lachen, aber er gehorchte und schaute zu, wie sie die Löcher grub und mit einem Holzhammer die Pfosten in die Erde trieb. Zu guter Letzt befestigte sie noch den Handlauf an den Pfosten. „Und jetzt geht's los!" rief sie. „Die Sonne scheint, und der Rasen ist zum Gehen herrlich weich . . ."

„Auch zum Hinfallen?" entgegnete Ralf lachend, aber er stand auf und streckte die gesunde Hand nach dem Geländer aus.

„Warten Sie!" rief Ellie und lief ins Musikzimmer, um seinen Stock zu holen. „Nehmen Sie den in die linke Hand. Können Sie ihn festhalten?"

„Ich versuche es", sagte Ralf. Mit seiner kranken Hand umklammerte er unbeholfen den Stock, zögerte und biß dann entschlossen die Zähne zusammen.

Francis hatte unterdessen einen der Gartensessel als Ziel ans Ende des Geländers gerückt. Ralf hielt sich mit der rechten Hand fest, machte den ersten Schritt und wartete, bis er das Gleichgewicht gefunden hatte. Dann wagte er den zweiten Schritt und noch einen und wieder einen, bis er endlich mitten auf dem sonnigen Rasen stand.

„Geschafft!" Ellie klatschte begeistert in die Hände. „Ist es nicht wunderschön hier draußen? Setzen Sie sich, ich bringe Francis und Ihnen den Tee."

Aber Ralf blieb stehen. Mit Tränen in den Augen blickte er in den grünen Garten und brachte kein Wort heraus.

ALS ELLIE ihn schon über eine Woche nicht mehr besucht hatte, wurde Ralf langsam unruhig. Gewiß, er konnte nicht verlangen, daß ihm das junge Mädchen allzuviel Zeit opferte – aus welchem Grund sollte sie das auch tun? –, aber er hätte doch gern gewußt, wo sie steckte. Wo lebte sie überhaupt? Warum sprach sie mit keiner Silbe von sich selbst? Irgend etwas an ihr war so anders, so seltsam, aber was? War es ihre entwaffnende Ehrlichkeit? Ihre direkte Art, Probleme anzugehen? Und warum wirkte sie so robust und dabei doch so kindlich? Ralf war irritiert, aber er fühlte sich auch zu ihr hingezogen, und vor allem war er traurig, daß sie sich nicht mehr blicken ließ. Ob sie in Schwierigkeiten steckte? Wie dem auch sei – sie fehlte ihm.

Francis wußte, was ihn beschäftigte, und sie wunderte sich fast über sich selbst, aber es ging ihr ähnlich – auch sie vermißte Ellie.

Es war ein regnerischer Nachmittag, und Ralf fragte sich wieder einmal, wo Ellie wohl steckte. Er hatte vormittags Klavier gespielt und unermüdlich mit seiner widerspenstigen linken Hand geübt. Danach war er an Ellies „Ballettstange" fleißig auf und ab gegangen. Aber jetzt war er müde und niedergeschlagen. Wozu sich so plagen? Er würde ja doch nie mehr wie früher spielen, über den Rasen laufen oder über den Strand zum Meer hinunterrennen können. Er war auf Lebenszeit in dieses behagliche Vorstadthaus verbannt! Niemand wußte, wie verzweifelt er war, wenn er sich ein Leben ohne Konzertsäle, ohne Beweglichkeit, ohne Freiheit vorstellte. Niemand außer Ellie . . .

Während Ralf seinen trüben Gedanken nachhing, klopfte es, und ein etwa zwanzigjähriger junger Mann mit blondem Wuschelkopf trat ein. Er trug verwaschene Jeans, und in seinen Händen hielt er einen Brief.

„Äh . . .", begann der junge Mann, „entschuldigen Sie, sind Sie zufällig Ralf Mallory?"

„Zufällig ja."

„Ich bin Ben. Wenn ich bloß nichts Falsches mache", meinte der junge Mann. „Ich will nicht, daß sie Ärger kriegt."

„Wer?" fragte Ralf, aber er dachte sich bereits sein Teil.

„Na, Ellie natürlich. Ich weiß nicht, ob ich für sie den Briefträger machen darf. Sie verraten uns doch nicht, oder . . .?"

Ralf musterte ihn. Der junge Mann blickte etwas ängstlich drein und schien ehrlich besorgt zu sein um Ellie.

„Ich verrate nichts", versicherte er und nahm den Brief. „Bleiben Sie noch. Bloß eine Minute . . .", meinte er, als Ben sich schon zum Gehen umwandte. Er öffnete den Umschlag und las Ellies Botschaft:

> Lieber Ralf,
> ich kann jetzt nicht kommen, aber ich denke an Sie. Wie klappt das Gehen am Handlauf? Und spielen Sie auf dem Klavier bloß einfache Sachen oder auch Musik zum Tanzen? Oder beides? Verlieren Sie nicht den Mut. Ich komme bald wieder. Ellie

Ralf schaute Ben an. „Es wäre gut, wenn Sie mir erklärten, was das alles zu bedeuten hat", sagte er mit fester Stimme.

Und so begann Ben zu erzählen. Er erzählte von dem „neuen" Haus, in dem Ellie seit einiger Zeit lebte, und von Miß Ironside, von der Mauer und der Leiter und dem Schuppen mit den losen Brettern. Ellie sei doch so jung und klage niemals, während die anderen alle ziemlich alt seien. Ellie habe bloß ihn, wenn sie mal mit jemandem reden wolle, aber er verstehe leider nur was von Pflanzen und Werkzeugen.

Ralf lächelte. „Von Ihnen hat Ellie also gelernt, wie man solche Handläufe baut? Ben, Sie sind großartig." Dann wurde er wieder ernst und stellte die Frage, die ihn am meisten beschäftigte: „Wo steht dieses ‚neue' Haus, und was ist es? Ein Krankenhaus? Ein Pflegeheim?"

Ben kratzte sich am Kopf. „Das ist dieses große Haus hinter der langen Mauer . . . ganz hinten, am Ende der Landstraße. Sie haben vielleicht schon davon gehört, Greville-Haus heißt es. Es ist schwer zu beschreiben, was es eigentlich ist. Die meisten Bewohner sind ziemlich alt und, wie soll ich sagen, wirr im Kopf. Aber Ellie ist ganz in Ordnung. Bloß, daß sie immer raus will, aber das wundert mich nicht."

„Ich verstehe . . .", sagte Ralf. Er dachte einen Augenblick nach. „Hören Sie zu, Ben. Ich werde Ellie keinen Antwortbrief schicken, damit sie keinen Ärger kriegt. Aber grüßen Sie sie bitte sehr herzlich von mir, und erzählen Sie ihr, daß ich fleißig übe, und zwar alles. Können Sie das ausrichten?"

„Ja", sagte Ben lächelnd. „Sie üben alles. Das wird Ellie freuen."

„Und noch etwas, Ben. Wir werden Ellie bestimmt eines Tages aus dem Greville-Haus herausholen, aber zuerst muß ich mehr darüber wissen. Sagen Sie ihr also noch nichts davon, ich möchte nicht, daß sie sich falsche Hoffnungen macht."

„Nein, ich sage nichts", versicherte Ben.

„Kennen Sie ihren Namen, Ben? Ihren Familiennamen, meine ich . . ."

„Foster. Sie heißt Ellie Foster." Ben verabschiedete sich, und Ralf erzählte seiner Schwester, was er erfahren hatte.

„Klingt einleuchtend", meinte Francis. Sie war fast ebenso schockiert wie Ralf. „Es erklärt, warum sie immer so unverhofft auftaucht und wieder verschwindet; ihre, wie soll ich sagen, Unberührtheit . . ."

„. . . ihre Unschuld", murmelte Ralf. „Und trotzdem könnte ich darauf schwören, daß Ellie ‚ganz in Ordnung' ist, wie Ben sagte."

„Das wissen wir nicht", meinte Francis vorsichtig, „und wir haben nur eine Möglichkeit, uns Klarheit zu verschaffen. Ich muß mit den Leuten vom Greville-Haus sprechen."

„*Wir* müssen mit ihnen sprechen", erwiderte Ralf mit fester Stimme.

Francis sah ihn überrascht an. Seit dem Schlaganfall hatte er noch keinen Fuß vors Haus gesetzt, weil er nicht wollte, daß ihn jemand in seinem jetzigen Zustand sah.

„Ist es dein Ernst?" fragte sie.

„Ja, mein voller Ernst. Könntest du bitte dort anrufen und dir einen Termin geben lassen? Wir fahren mit deinem Auto hin, und dort komme ich schon mit dem Stock zurecht. Ich bin fest entschlossen, Francis."

RALF konnte sich selber nicht erklären, wie er es geschafft hatte, die Stufen zum Greville-Haus hinaufzusteigen und den endlos langen Korridor zum Sprechzimmer der Oberin zu bewältigen. Aber er hatte sein Ziel erreicht! Er erzählte der Oberin von seiner Krankheit, wie gut ihm Ellies Besuche getan hatten und daß er und seine Schwester das junge Mädchen sehr mochten. Dann bat er um nähere Auskünfte über Ellie.

Die Oberin war eine sehr verständnisvolle, gelassene Frau mit viel Herzenswärme. Sie blickte die beiden Besucher freundlich an. „Zunächst möchte ich Ihnen eine Frage stellen", erwiderte sie.

Ralf nickte.

„Was ist der Zweck Ihres Besuches?"

„Ellie ist uns irgendwie sehr ans Herz gewachsen", antwortete Ralf vorsichtig, „und wir möchten . . . wir möchten ihr gern helfen."

„Ach so." Die Oberin schien erleichtert. „Bitte verstehen Sie mich nicht falsch. Ellie ist eine . . . Patientin oder, besser gesagt, eine Bewohnerin dieses Hauses, und ich bin nicht befugt, mit Fremden über sie zu sprechen, es sei denn, ich habe den

Eindruck, es geschieht zu ihrem Besten. Und nach allem, was Sie vorbringen, könnte es sein . . .“

„Ja“, stimmte Francis ihr zu. „Es könnte sein!“

Die Oberin nahm einen dicken Aktenordner zur Hand. „Dies ist Ellies Krankengeschichte. Ich werde sie so knapp wie möglich wiedergeben. Ellies Eltern waren gutsituierte Leute. Ihr Vater, ein energischer, ehrgeiziger Geschäftsmann, hatte auch sportliche Ambitionen. Da er selbst für Hochleistungssport nicht genug Zeit hatte, verlagerte er seinen Ehrgeiz auf die kleine Tochter. Ellie war eine gute Turnerin und hatte auch eine tänzerische Begabung. Sie hätte Karriere machen können, aber der Vater stellte viel zu früh zu hohe Anforderungen an das Kind. Er träumte wohl schon von Medaillen und olympischen Ehren für seine Tochter. Ellie wurde hart angefaßt: jeden Abend Training in der Turnhalle, am Wochenende Ballettschule. Dazu kam die Schule, und so blieb es nicht aus, daß das Mädchen überfordert war. Aber der Vater gab nicht nach. Abends begleitete er sie selbst zum Training und trieb sie zu immer höheren Leistungen an. Zeigte sie einmal Angst, verhöhnte er sie als ‚Feigling‘. Das Resultat war, daß Ellie eines Abends vom Stufenbarren stürzte. Sie verletzte sich das Rückgrat am niedrigeren Holm und schlug mit dem Kopf auf dem Boden auf. Ein Wunder, daß sie überlebte."

„Wie alt war sie damals?“ fragte Ralf tonlos.

„Neun, Mr. Mallory. Vier Jahre lang hatte sie versucht, die Erwartungen des Vaters zu erfüllen. Anfangs lag sie im Koma. Dann kam sie langsam zu sich, aber sie hatte eine schwere Gehirnerschütterung und Lähmungen davongetragen. Sie wußte weder, wo sie sich befand, noch was ihr zugestoßen war. Im Krankenhaus gab man sich die allergrößte Mühe mit ihr. Die Krankengymnastin behandelte sie täglich, und unter größten Anstrengungen lernte sie wieder laufen und ihre Arme und Hände gebrauchen.“

„Kein Wunder, daß sie so genau weiß, was für mich gut ist“, murmelte Ralf.

„Da haben Sie recht.“ Die Oberin nickte. „Ellie hat das auch alles durchgemacht. Auch sie mußte alles von Grund auf neu lernen: das Sprechen, das Essen, das Lesen und Schreiben. Im Krankenhaus konnte sie aber natürlich nicht ewig bleiben, und so wurde sie in ein Kinderheim verlegt, dem ein Rehabilitationszentrum angeschlossen war. Ihre geistige Gesundung machte gute Fortschritte, und sie besuchte den regulären Schulunterricht."

„Demnach hat sie keine . . . keine bleibenden Schäden davongetragen?" fragte Francis vorsichtig.

Die Oberin seufzte. „Das läßt sich noch nicht mit Bestimmtheit feststellen, doch es sieht nicht danach aus. Es gibt so viele Arten von Schädigungen. Bei einer Gehirnerschütterung ist nun mal das Gehirn betroffen. Die Ärzte wissen aber, daß die Aufgaben zerstörter Gehirnzellen von anderen Gehirnzellen übernommen werden können. Ellie war ja noch jung, und sie hat bei allen therapeutischen Maßnahmen willig und mit großer Hingabe mitgemacht – es sei denn, sie fühlte sich überfordert. Dann reagierte sie mit heftigem Zittern."

„Aber die Eltern . . .?" fragte Francis. „Haben sie dem Kind überhaupt nicht geholfen?"

Die Oberin wirkte auf einmal zornig. „Die Mutter hat das Mädchen gelegentlich besucht. Aber der Vater blieb von dem Tage an weg, als einem gedankenlosen jungen Arzt das Wort ‚Gehirnschaden' herausgerutscht war."

„Das ist ja ungeheuerlich!" fauchte Ralf.

„Aber es ist leider gar nicht so selten. Eltern wenden sich oft von einem Kind ab, das auf irgendeine Weise behindert ist, besonders wenn sie sich selbst dafür verantwortlich fühlen. Eine Art Schuldgefühl, nehme ich an. Sie verdrängen einfach die ganze Sache."

„Aber Ellie ist doch mehr oder weniger gesund geworden", sagte Francis. „Warum konnte sie dann nicht in ihr Elternhaus zurück?"

„Eine berechtigte Frage", entgegnete die Oberin trocken. „Über die Kinder in Ellies Heim wurden regelmäßig ärztliche Gutachten angefertigt, und nach ein paar Jahren bescheinigte man ihr, daß sie wieder an einem normalen Familienleben teilnehmen könne. Es wurde sogar empfohlen, weil es ihrer weiteren Gesundung zuträglich sein würde. Aber damals waren die Eltern schon geschieden. Der Vater hatte eine junge Frau und ein Baby und auch eine neue Stellung, die seine ganze Kraft erforderte. Er weigerte sich rundweg, ein ‚schwachsinniges Kind', wie er Ellie nannte, bei sich aufzunehmen."

„Aber sie ist doch nicht ‚schwachsinnig'!" protestierte Ralf.

„Natürlich nicht. Leider ist die Bezeichnung ‚Gehirnschädigung' ein Reizwort, verstehen Sie? Manche Leute haben den Betroffenen gegenüber extreme Vorurteile. In Wirklichkeit haben sie wohl Angst." Die Oberin schaute Ralf eindringlich an. „Sind Ihnen nicht auch schon Leute dieser Art begegnet?"

Ralf nickte. „Ja, selbst unter denen, die ich für meine Freunde hielt."

Francis seufzte. „Bisher haben Sie nur von Ellies Vater gesprochen. Und die Mutter?"

„Ist weggezogen, ohne eine Adresse zu hinterlassen. Die Behörden haben sie zwar aufgespürt, aber da lebte sie schon mit einem anderen Mann zusammen, und sie meinte, Ellie sei im Heim besser aufgehoben als bei ihr. Als die Behörden die Lebensumstände dieser Frau unter die Lupe nahmen, mußten sie ihr leider zustimmen. Damit war Ellies Schicksal besiegelt: Sie blieb endgültig im Heim."

„Das ist ja unmenschlich", rief Ralf erregt, „unmenschlich!"

Die Oberin lächelte gequält. „Sie glauben nicht, wie raffiniert Angehörige sein können, wenn sie sich ihrer Verantwortung entziehen wollen."

„Also hat Ellie nie ein normales Familienleben kennengelernt? Jedenfalls nicht seit dem Unfall?"

„Nein", lautete die knappe Antwort der Oberin.

„Und wie ging Ellies Geschichte weiter?" Francis dachte daran, daß sie sich ihren eigenen Familienpflichten nie verweigert hatte – noch nicht.

„Ellie blieb bis zu ihrem siebzehnten Geburtstag im Kinderheim. Es gab dort regulären Unterricht, und ihre Schulbildung ist nicht schlecht, wenn auch ein bißchen eingeschränkt. Auf dem Stundenplan standen auch Kochen, Hauswirtschaften und Werken. Ellie hat auf eigenen Wunsch auch gemeinsam mit den Jungen Judo gelernt. Ab und zu machte man mit den Kindern zwar Ausflüge, aber überwiegend war es doch ein Leben hinter Mauern; fast wie im Kloster. Ich glaube nicht einmal, daß Ellie unglücklich war und viel entbehrte. Aber sie hatte keine eigene Familie, und sie hatte keine Freiheit." Die Oberin seufzte hörbar. „Damit sind wir bei ihren gegenwärtigen Problemen angekommen. Eines Tages befand der Direktor des Kinderheims, daß Ellie zu alt sei und verlegt werden müsse. Die Frage war nur, wohin. Sie war noch nicht genügend vorbereitet auf das Leben draußen. Sie hatte ja keine Erfahrung mit einem normalen Arbeitsplatz, nicht einmal mit einer normalen Wohnung. Sie war weder den Menschenmassen in der Stadt noch dem Autoverkehr gewachsen. Sie wäre allen nur erdenklichen Gefahren ausgesetzt gewesen, und so brachte man sie zunächst in einem Heim für verhaltensgestörte Jugendliche und straffällig gewordene junge Frauen unter. Das war natürlich vollkommen ungeeignet für sie. Ellie war todunglücklich, hatte aber doch den Mut, mit dem Direktor des dortigen Heims darüber zu sprechen. Und da der keinen anderen Ausweg sah, wurde sie zu uns geschickt."

„Zu ihrem Glück", sagte Ralf lächelnd.

„Ich weiß es nicht", meinte die Oberin etwas traurig. „Unser Heim betreut überwiegend Personen vorgerückten Alters. Für ein junges Ding wie Ellie ist diese Umgebung eigentlich ungeeignet. Es gibt zwar Werkgruppen und ein bißchen Beschäftigungstherapie, aber keine Kurse, die Ellie auf das Leben draußen vorbereiten könnten."

„Und was hielten Sie in Ellies Fall für wünschenswert?" fragte Ralf vorsichtig.

„Zunächst einmal müßte man draußen Freunde für sie finden, die sie gelegentlich besuchen kann." Die Oberin lächelte. „Aber dieses Problem hat Ellie wohl schon selbst gelöst."

„Und dann?"

„Der nächste Schritt wäre ein geschützter Arbeitsplatz, anfangs vielleicht nur für ein paar Stunden täglich, und dann ein Platz in einer Wohngemeinschaft oder etwas Ähnlichem. Sie wird sicher ein ganz normales Leben führen können, wenn diese Bedingungen erfüllt sind, aber das dürfte schwer sein."

Francis wartete gar nicht erst auf ein Stichwort ihres Bruders. „Ellie ist ein wahrer Segen für Ralf", erklärte sie. „Er läßt sich sogar von ihr herumkommandieren."

Ralf lachte. „Ich könnte in der Tat ein bißchen Hilfe gebrauchen. Wie wäre es, wenn wir Ellie einen kleinen Job anbieten; nur für den Anfang natürlich?"

Die Oberin nickte. „Ich hatte gehofft, daß Sie das vorschlagen würden. Aber fürs erste wollen wir es doch bei ein paar Besuchen belassen. Wenn das gut läuft, könnte Ellie dann stundenweise bei

Ihnen arbeiten. Natürlich müßte sie abends ins Heim zurückkehren."

„Aber später darf sie doch bei uns wohnen?" fragte Francis. „Wir haben ein hübsches Gästezimmer."

„Nun ja . . .", sagte die Oberin zögernd, und Francis fuhr eifrig fort: „Könnten wir sie nicht heute im Auto mitnehmen? Nur zum Tee . . ."

„Warum nicht", entgegnete die Oberin. „Ich will nur vorher hören, wie sie selber darüber denkt. Sie können ja schon zum Wagen vorgehen." Sie verabschiedete Ralf und Francis und gab einer Pflegerin den Auftrag, Ellie zu suchen.

Kurz darauf kam Ellie schon aus dem Garten angelaufen. „Ja, bitte . . .?"

„Mein liebes Kind", sagte die Oberin lächelnd, „die Mallorys sind hier und möchten dich zum Tee mit zu sich nach Hause nehmen."

Ellie umarmte die Oberin und brach in Tränen aus. „Ich bin so froh, daß Sie jetzt Bescheid wissen. Das heimliche Weglaufen war immer schrecklich für mich!"

Dieses freimütige Geständnis überraschte die Oberin nicht sehr. Ellie war ja immer die Aufrichtigkeit in Person gewesen. Sie erzählte ihrem Schützling von dem Angebot der Mallorys, und Ellie rannte sofort über den langen Korridor hinaus zum Parkplatz, gerade rechtzeitig, um Ralf beim Einsteigen zu helfen – Ralf ließ es widerspruchslos geschehen. Ellie stieg ein, und Francis gab Gas. Fort ging es, hinaus aus dem Tor, hinaus auf die sonnige Landstraße. „Ich bin draußen", sagte Ellie andächtig, „mit Erlaubnis. Ich bin frei!"

DIESER Besuch Ellies im Hause der Mallorys war anders als alle, die ihm vorangegangen waren, denn Ellie hatte nun keine Schuldgefühle mehr gegenüber dem Heim. Sie brauchte auch nicht voll Unbehagen auf die Uhr zu schauen und an den Rückweg durch den Schuppen zu denken. Vor ihr lag ein langer, sonniger Nachmittag – und, mehr noch, eine ganze Zukunft.

Doch plötzlich wirkte Ralf sehr müde, wenn er es auch nicht zugegeben hätte. Ellie war klar, daß sie zu einer List greifen mußte, damit er sich ausruhte.

„Ihre Stereoanlage ist sicher Ihr Heiligtum, oder?“ fragte sie.

„Nein, warum?“ Er lächelte müde.

Sie musterte das Regal mit den Schallplatten. „Was soll ich denn auflegen?“ fragte sie.

„Was hätten Sie denn gern, Ellie?“

„Irgendwas, wobei man träumen kann“, murmelte sie.

„Hm.“ Ralf dachte nach. „Wie wäre es mit der ‚Lerche‘? Schauen Sie unter Vaughan Williams nach.“

Ellie fand die Platte, und gleich darauf erfüllte ein reiner, süßer Geigenton das Zimmer. Es klang wirklich wie eine Lerche, die jubilierend hinauf in den blauen Himmel flog, und Ellies Herz stieg mit der Lerche höher und immer noch höher und sang: „Ich bin frei! Frei!“

Noch ehe die letzten Töne verklungen waren, war Ralf eingeschlafen. Ellie schlich auf Zehenspitzen in die Küche, um Francis bei der Zubereitung des Abendessens zu helfen.

Francis, die gerade Käse rieb, schaute auf. „Ob Sie bei uns glücklich werden, Ellie?“

„Ob ich hier glücklich werde?“ fragte Ellie. „Ich bin es doch schon!“

AM NÄCHSTEN Morgen erzählte Ellie ihrem Freund Ben im Garten begeistert von ihren Erlebnissen. „Und eines Tages gehe ich für immer von hier weg“, schloß sie ihren Bericht.

„Toll“, sagte Ben, der sich ehrlich für Ellie freute, aber ein wenig wehmütig dreinsah. Ellie entging dieser Blick nicht. „Aber du besuchst mich doch, ja?“ sagte sie daher rasch.

Ben lächelte. „Klar. Vielleicht kann ich ja mal was für deinen Ralf tun.“

„Er ist nicht mein Ralf, Ben!“ Ellie lachte, doch Ben hatte nicht vergessen, wie besorgt sich Ellie neulich nach dem Musiker erkundigt hatte. So dachte er sich jetzt sein Teil, aber laut sagte er bloß: „Jedenfalls komme ich, wenn es irgendwas für ihn zu bauen oder im Garten zu tun gibt.“

Ellie zwinkerte ihm fröhlich zu. „Ich möchte dich am liebsten umarmen, Ben, aber das geht nicht wegen Schwester Mary. Die würde wie der Teufel auf uns losgehen.“ Sie begnügte sich also damit, ihm einen freundschaftlichen Klaps auf den Arm zu geben, und ging lachend die Auffahrt hinunter.

Unten am Zaun stand die kleine Mrs. Banks, eine Heimbewohnerin, und rang die Hände in stummer Verzweiflung. Sie starrte voll vergeblicher Hoffnung durch das schmiedeeiserne Gitter hinaus auf die Straße. Ellie tat sie in der Seele leid, denn sie wußte, daß der Ehemann, auf den die kleine Mrs. Banks hier Tag für Tag wartete, damit er sie nach Hause hole, seit fünfzehn Jahren tot war.

Die alte Frau wandte sich besorgt an Ellie. „Er kommt doch heute bestimmt, nicht wahr?“ fragte sie.

Ellie nickte bloß. Vor Mitleid konnte sie kein Wort herausbringen. Sie selbst durfte dieses Haus nun bald verlassen, aber die liebe alte Mrs. Banks mußte für immer hierbleiben.

„Ich habe mir gedacht, daß ich hier auf ihn warte“, sagte die alte Frau mit zitternder Stimme. „Dann sehe ich ihn schon von weitem. Er kommt doch bestimmt, nicht wahr?“

Ellie legte einen Arm um die zerbrechlichen Schultern der alten Frau und führte sie vom Tor weg. „Eines Tages sind Sie wieder beisammen“, versicherte sie ihr, „und das wird ganz wunderbar für Sie beide sein.“ Leise und beruhigend sprach sie auf die arme verwirrte Frau ein und brachte sie in den Aufenthaltsraum. Dann holte sie ihr eine Tasse Kaffee. „Die Köchin schickt Ihnen zwei von Ihren Lieblingskeksen, die mit dem Hagelzucker“, sagte sie.

Mrs. Banks blickte auf einmal ein bißchen klarer. „Du bist ein liebes Mädchen, Ellie“, sagte sie und streckte ihre zittrige Hand nach der Kaffeetasse aus.

ALS ELLIE das nächste Mal bei den Mallorys erschien, packte Francis gerade einen Picknickkorb und verkündete entschlossen, daß man nachmittags einen Ausflug machen werde. Ellie bemerkte gleich, daß Francis angespannt war, und ahnte, daß Ralf Einwände gegen den Plan gemacht hatte, aber sie schwieg.

Ralf saß im Musikzimmer, und man sah ihm an, daß er sich nicht wohl fühlte in seiner Haut.

„Was ist denn los?“ fragte Ellie sofort. „Freuen Sie sich nicht auf den Ausflug?“

„Nicht besonders“, gab er zu.

„Ist dies einer Ihrer schwarzen Tage?“ fragte Ellie leise.

Ralf seufzte. Er war egoistisch; das wußte er. Aber er wäre

draußen doch nur eine Last für Francis und Ellie, und er haßte es, bei seinen mühseligen Gehversuchen von Fremden beobachtet zu werden. Er starrte auf seine Hände, die zusammengeballt auf den Knien lagen.

„Ellie", fragte er plötzlich, „was haben Sie getan, wenn Ihnen so elend zumute war?"

Ellies Miene verdüsterte sich einen Augenblick lang bei der Erinnerung an diese schweren, längst vergangenen Zeiten, doch dann lächelte sie. „Dafür hatten wir eine spezielle Schwester", antwortete sie. „Wir haben sie Schwester Sauseschritt getauft, weil sie immer so schnell lief. Bei ihr mußten wir dann immer brüllen: ‚Wir können alles besser als Sie!', und dann antwortete sie: ‚Könnt ihr nicht!', und wir brüllten wieder: ‚Können wir doch!'"

Während Ellie die Szene beschrieb, wirbelte sie mit munteren Tanzschritten im Kreis herum. Trotz seiner schlechten Stimmung mußte Ralf lächeln, als er ihr zusah.

„Und dann gab es natürlich noch Doktor Mac", fuhr Ellie fort. „Der sagte immer: ‚Versucht jeden Tages etwas Neues – einen Schritt, ein Wackeln mit dem Finger oder dem Zeh, irgend etwas, das ihr bisher noch nicht fertiggebracht habt. Nichts Großartiges. Jede Kleinigkeit ist wichtig.' Und außerdem sagte er: ‚Nutzt jeden Tag, als gäbe es nur diesen einzigen; als wäre er was Besonderes, etwas, das man nicht vergeuden darf.'"

Ellie sah aus dem Fenster und zeigte auf den blauen Himmel. „Sehen Sie doch! Dieser Tag ist auch viel zu schön, um vergeudet zu werden. Bitte, kommen Sie mit! Ich möchte auch, daß Sie mir alles zeigen und mir genau erklären, wo wir sind."

Ralf schaute sie verblüfft an. „Was soll das heißen, wo wir sind? Wissen Sie das nicht?"

„Ich weiß schon, daß ich hier in Richmond bin. Ich hole nämlich manchmal die Post ab. Aber wenn man hinter hohen Mauern lebt, hat man keine Ahnung, wie alles in Wirklichkeit aussieht."

Ralf dachte an sein eigenes Leben; daran, wie er bis vor kurzem pausenlos von einem Land ins andere gereist war. Was für ein Glück habe ich doch gehabt! dachte er. Es ist unrecht von mir, hier verdrießlich herumzuhocken, während Ellie sich danach sehnt, hinauszukommen und endlich die Welt kennenzulernen.

„Fahren wir also“, meinte er und stand mühsam auf. „Worauf warten wir noch?“

Sie fuhren in den Richmond Park und suchten sich zum Picknick ein stilles, sanft abfallendes Plätzchen unter einer großen, ausladenden Ulme. Ralf konnte sich auf dem schrägen Hang leichter im Gras niederlassen als auf einer ebenen Fläche, aber er fragte sich, wie er später wieder auf die Füße kommen sollte.

„Ich werde Sie schon hochhieven“, versprach Ellie, die seine Gedanken gelesen hatte und entschlossen war, sich diesen Tag durch nichts verderben zu lassen. Sie maß Ralf mit einem strengen Blick. „Außerdem machen Sie uns etwas vor“, erklärte sie.

„Wieso denn?“

„Ich habe doch mitbekommen, wie Sie die Treppe vom Greville-Haus heraufgekommen und den ganzen schrecklichen Korridor hinuntergedonnert sind – wie ein Reiter, hoch zu Roß! Und jetzt jammern Sie wegen diesem kleinen Hügel! Ich glaube Ihnen kein Wort mehr.“

Francis, die den Picknickkorb auspackte, schaute auf und lachte. „Ralf, du bist jetzt k. o., gib's zu.“

„Hm“, brummte er nur, aber dann mußte er auch lachen.

Ellie ließ den Blick über die Landschaft wandern. „Sehen Sie doch, Ralf, ein Drachen!“ rief sie.

Ralf bemerkte Ellies sehnsüchtigen Gesichtsausdruck. „Möchten Sie auch mal einen Drachen steigen lassen?“

Ellie wurde plötzlich ernst. „Als ich noch gelähmt im Krankenhaus lag, haben sie mein Bett so gestellt, daß ich aus dem Fenster sehen konnte. Draußen gab es einen kleinen Park mit einem Hügel, auf dem manchmal Kinder mit ihren Drachen spielten. Und wenn ich sie so den Hügel rauf- und runterrennen sah, dachte ich immer: Wenn ich das doch auch tun könnte! Und einmal sagte Doktor Mac zu mir: ‚Ellie, eines Tages rennst du auch wieder auf dem Hügel herum und hältst eine Drachenschnur in den Händen. Darauf gebe ich dir mein Ehrenwort!‘“

Francis und Ralf schwiegen bewegt. „Morgen kaufen wir dem Mädchen einen Drachen“, knurrte Ralf schließlich, aber Ellie hatte eine bessere Idee. „Damit warten wir, bis wir ihn zusammen steigen lassen können“, sagte sie rasch.

„Ach, Ellie“, seufzte Ralf, halb amüsiert, halb verzweifelt, „Sie sind eine unverbesserliche Optimistin!“

Drittes Kapitel

FÜR ELLIE begann nun eine wunderbare Zeit. Jeden Tag machte sie neue Erfahrungen, und es eröffnete sich ihr eine hoffnungsvolle Zukunft. Und auch für Ralf und Francis, die sahen, wie Ellie aufblühte, war es eine Zeit unerwarteten Glücks. Beide hatten sich kaum noch vorstellen können, daß sie wieder einmal Spaß am Leben haben könnten.

Binnen kurzem wurde ihnen Ellies Gesellschaft unverzichtbar, und sie nahm an allen ihren Aktivitäten selbstverständlich teil. Sie fuhren zusammen an die Themse und schauten zu, wie der breite, träge Fluß dem Meer zuströmte. Sie machten zu dritt einen Ausflug nach Epping Forest, einem herrlichen Wald, in dem sich die Blätterdächer riesiger Bäume wie Kuppeln über ihnen wölbten. Und sie besuchten den Frant Park, wo Heidekraut und Farne federnde Polster unter ihren Füßen bildeten.

Bei jedem dieser Ausflüge erforschte Ellie ihre Umgebung genauestens. Sie rannte hierhin und dorthin, vergaß aber nie, daß Ralf ihr nicht folgen konnte. Und so kehrte sie immer wieder mit kleinen Fundstücken zum Rastplatz zurück und beschrieb ihm, was sie gerade beobachtet oder entdeckt hatte. Mal war es eine hübsche Raupe, die sie ihm mitbrachte, mal nur ein schlichter Tannenzapfen.

Einmal kaufte sie an einem Kiosk für Francis eine Brosche in Gestalt einer Seemöwe.

„Aber wieso denn . . .?" stammelte Francis und errötete vor Freude. Schon lange hatte sie von niemandem mehr ein Geschenk bekommen.

„Oh, weil . . . weil Seemöwen so herrlich frei herumfliegen können", sagte Ellie.

Francis traten Tränen in die Augen. Sie steckte die Brosche an und trug sie wie einen Talisman.

Eines Tages lud Francis Ellie zu einem Einkaufsbummel ein. Ellie betrachtete die vielen bunten Kleidungsstücke und schüttelte den Kopf. „Nein danke, davon möchte ich nichts."

„Warum denn nicht, Ellie?" fragte Francis verblüfft. „Manches würde Ihnen bestimmt sehr gut stehen."

„Schon möglich", entgegnete Ellie, „aber mir genügt das, was ich habe. Ich könnte höchstens ein Paar neue Jeans gebrauchen – für die Arbeit."

Francis lachte. „Und das ist alles: für die Arbeit . . .?"

„Ja. Schließlich soll ich doch für Sie arbeiten. Ein bißchen wenigstens. Wann darf ich denn endlich damit anfangen?"

Francis war wie vor den Kopf geschlagen. „Aber Ellie! Wir dachten, daß Sie erst einmal ein bißchen Vergnügen brauchen und die Umgebung kennenlernen sollten. Außerdem sind Sie auch so schon ein wahrer Segen für Ralf – und für mich auch. Glauben Sie mir."

Ellie nickte, ließ sich aber von ihrer Idee nicht abbringen. „Es gibt doch genug Arbeiten bei Ihnen im Haus, die ich übernehmen könnte, zum Beispiel das Waschen und Bügeln oder das Kochen." Sie hielt inne und fuhr dann unsicher fort: „Und dann . . . wäre da auch noch Ralf."

„Was ist mit Ralf?"

„Er . . . er müßte regelmäßiger üben. Dabei könnte ich ihm helfen. Ich habe das alles ja selber durchgemacht. Außerdem braucht er Massagen für die Finger und das Bein. Die könnte ich auch übernehmen. Ich habe im Krankenhaus beigebracht bekommen, wie man das macht. Es wäre gut für ihn. Es lockert die verkrampften Muskeln." Als sie Francis' Gesichtsausdruck sah, lachte sie herzhaft. „Ach, das macht mir nichts aus! Wenn man so im Krankenhaus gelegen hat wie ich, ist einem am menschlichen Körper nichts mehr fremd. Abgesehen davon haben wir im Krankenhaus auch viel ferngesehen. Über die ganzen heißen Bettszenen im Spätprogramm haben wir uns immer köstlich amüsiert."

Francis war schockiert. „So etwas haben Sie sich angesehen?"

„Na klar! All diese zappelnden Arme und Beine . . ."

Francis prustete los. „Aber so ist es nicht immer, Ellie . . ."

„Nein?" fragte Ellie mit gerunzelter Stirn.

„Ich denke an richtige Liebe, Ellie. Eines Tages werden Sie das auch verstehen."

„O ja, Liebe!" sagte Ellie und lächelte versonnen. „Die Liebe verzaubert alles, nicht wahr? Das sagen die Leute immer, aber ich glaube es erst, wenn ich es erlebe."

Nun lächelte auch Francis. „Sie werden es eines Tages erleben, Ellie."

EINIGE Zeit nach dem Einkaufsbummel hatte Francis eine Bitte. „Könnten Sie heute nachmittag bei Ralf bleiben, Ellie?“

„Natürlich kann ich das!“ rief Ellie fröhlich. „Ich kann doch auch das Mittagessen machen, dann haben Sie mehr Zeit für sich. Wollen Sie etwas Schönes unternehmen?“

Einen Augenblick lang wirkte Francis unsicher. „Ich . . . ja, ich will alte Freunde besuchen.“

„Was werden Sie denn anziehen?“

Francis überlegte. Diese Frage hatte sie sich noch gar nicht gestellt.

„Kommen Sie schon! Sie haben bestimmt etwas ganz Tolles in Ihrem Kleiderschrank vergraben.“ Ellie war bereits auf dem Weg nach oben, und Francis blieb nichts anderes übrig, als ihr zu folgen. „Das hier“, sagte Ellie und zog ein weiches Wollkleid in einem schönen Rotton aus dem Schrank. Sie hielt Francis das Kleid an, und zufrieden mit ihrer Wahl nickte sie. „Schauen Sie mal in den Spiegel! Damit sehen Sie richtig jung und frisch aus.“

Francis starrte ihr eigenes Spiegelbild an. Es stimmte: Dieser reine, kräftige Farbton stand ihr gut. Sie ließ sich von Ellie überreden, das Kleid sofort anzuziehen und es Ralf vorzuführen.

Ralf sah die beiden Frauen die Treppe herunterkommen. „Was ist denn mit dir passiert, Francis? Du siehst ja so hübsch aus!“ rief er erstaunt, und Francis errötete und stand verlegen wie ein kleines Schulmädchen da.

„Hübsch? Hinreißend sieht sie aus!“ Ellie war empört.

„Absolut hinreißend“, versicherte Ralf eilig. „Ich frage mich schon, ob es ungefährlich ist, Francis so auf die Straße zu lassen.“

„Ungefährlich?“ rief Ellie übermütig aus. „Wer will denn immer bloß ungefährlich leben?“

Ellie hat recht, dachte Francis, als sie schon im Auto saß. Wer will immer bloß ungefährlich leben! Ich habe schon viel zu lange nichts riskiert – wegen Mutter; wegen Ralf; vielleicht auch, weil ich von Natur aus übervorsichtig bin.

Sie gestand sich ein, daß sie dem geplanten Besuch bei ihrer alten Freundin Sally ängstlich entgegensah. Sie hatte Sally und Jim und die Kinder so lange nicht gesehen – und Viktor auch nicht. Sally mit ihrem hellblonden Haar, die so gerne lachte, und ihren Bruder Viktor, der Francis noch nähergestanden hatte als die Schwester. Aber inzwischen waren acht Jahre vergangen – acht Jahre, seit Francis Viktor einen Korb gegeben hatte.

Francis parkte das Auto vor dem Gartentor. Während sie den altvertrauten schmalen Weg zur Haustür ging, wurde sie von Erinnerungen überwältigt. Von hier aus hatte sie mit Viktor den Sonnenuntergang beobachtet . . . Hier waren sie stehengeblieben und hatten dort hinten, zwischen den Pappeln, den Fluß im Mondlicht schimmern sehen. Am liebsten würde sie jetzt noch kehrtmachen und davonlaufen! Sie atmete tief durch und drückte mit zitterndem Finger auf den Klingelknopf.

Ehe sie zum zweiten Mal Luft holen konnte, ging die Tür auf, und Sally stand mit wehenden Haaren vor ihr. Gewiß, auch sie war älter geworden, aber ihr Lächeln war so herzlich wie eh und je.

„Francis!" rief sie und warf der Freundin die Arme um den Hals. „Tritt ein! Meine Güte, wie elegant du aussiehst!" Sie schob Francis ein Stück von sich weg, um sie besser begutachten zu können. „Und jünger als beim letzten Mal", fügte sie hinzu. „Aber es war ja damals auch eine schwere Zeit für dich." Francis folgte Sally in das langgestreckte gemütliche Wohnzimmer, das im englischen Landhausstil eingerichtet war. „Und jetzt mußt du mir erzählen, wie es dir geht – und Ralf natürlich auch."

Und Francis begann zu erzählen: von Ralfs Krankheit und davon, daß seine Genesung endlich kleine Fortschritte machte, seit Ellie bei ihnen aufgetaucht war; von der eigentümlichen Ausstrahlung dieses Mädchens, die für Ralf Herausforderung und Hoffnung zugleich war. Francis gestand, daß sie selbst und auch Ralf jetzt anders mit ihrer schwierigen Situation umgingen, seit Ellie ihnen den Blick geöffnet hatte für die schönen Dinge des Lebens. Es war deutlich, daß sie für sich selbst noch Hoffnungen für die Zukunft hegte.

„Und du?" fragte Francis endlich. Ihr langer Monolog war ihr plötzlich peinlich. „Wie ist es dir ergangen?"

„Du weißt doch, was es heißt, eine Familie zu haben." Sally lachte und fuhr sich mit der Hand durch den dichten Haarschopf. „Die Arbeit hört nie auf, obwohl die Kinder schon alle zur Schule gehen – sogar Rickie, unser Jüngster. Der war bei unserer letzten Begegnung noch nicht einmal geboren. Er ist in der Vorschule, eine richtige kleine Nervensäge."

Francis lachte. „Was macht Jim?"

„Der arbeitet zuviel – wie immer."

„Und Viktor? Was treibt er?" Diese Frage hatte längst im Raum gestanden, aber Francis und Sally hatten sich etwas gescheut, sie anzusprechen.

Es entstand eine kleine Pause. Sally musterte Francis aufmerksam, voller Anteilnahme. „Viktor ist . . . in Saudi-Arabien." Als sie Francis' ungläubige Miene sah, fügte sie rasch hinzu: „Na ja, als Ingenieur. Dieser Job hatte sich damals gerade geboten. Er ist schon ziemlich lange dort unten, fast sieben Jahre."

„Ach so." Francis holte tief Luft. Sie mußte sich erst mit der Vorstellung vertraut machen, daß Viktor jetzt unter südlicher Sonne lebte. „Und ist er . . . ist er verheiratet?"

„O nein. Nachdem du ihm einen Korb gegeben hattest, hat er sich versetzen lassen." Sally seufzte. „Ein treuer Typ, unser Viktor", meinte sie und verschwand in der Küche, um Tee zu machen. Francis blieb allein mit ihren Gedanken.

Liebe, Ehe, Familie – all das habe ich weggeworfen, dachte Francis verbittert. Und jetzt, wo ich einen Hoffnungsschimmer sehe, bin ich zu stolz, um Viktor hinterherzulaufen und zu sagen: „Hier bin ich. Ich habe es mir anders überlegt." Immerhin besteht ja die Möglichkeit, daß es sich Viktor inzwischen anders überlegt hat. Bei diesem Gedanken fröstelte sie.

Aus der Küche drang das Klappern von Geschirr, und dann fiel eine Tür krachend ins Schloß. Die Kinder waren aus der Schule gekommen.

„Komm herüber, Francis!" rief Sally. „Wir trinken den Tee in der Küche . . . zusammen mit den Kindern. Hier ist es gemütlicher."

Francis betrat die fröhliche, bunte Küche und blieb einen Augenblick stehen, um das Bild auf sich wirken zu lassen. Die Kinder saßen um den Tisch herum und machten sich über die Marmeladenbrote her.

Jamie, der Älteste, schien nach dem Vater zu geraten. Er war ein großer, breitschultriger, freundlicher Junge mit dunkelblondem Haar und stillen braunen Augen. Janine mit ihren adretten goldblonden Zöpfen und den großen blauen Augen ähnelte mehr der Mutter, während der kleine Rickie seinem Onkel Viktor glich – so sehr, daß Francis den Jungen ungläubig anstarrte. Er hatte das gleiche weizenblonde Haar, das gleiche selbstbewußte Lächeln und, ebenfalls schon erkennbar, Viktors Robustheit.

Alle drei begrüßten Francis mit lautem Hallo. Sie sahen so gesund und munter, so heiter und sorglos aus, daß es ihr einen Stich gab. Wenn ich Viktor geheiratet hätte, säßen an meinem Tisch heute vielleicht auch solche Kinder, dachte sie. Am liebsten hätte sie alle drei an sich gedrückt, als seien es ihre eigenen – die eigenen, die sie nie haben würde. Doch im nächsten Augenblick schämte sie sich schon ihres Selbstmitleids. Sie setzte sich und gab sich große Mühe, mit Sallys Kindern Freundschaft zu schließen.

Als Ellie am nächsten Morgen bei den Mallorys erschien, saß Ralf am Flügel und übte. Mit finsterer Miene zwang er sich, schwierige Läufe zu spielen, und sein Gesicht hellte sich erst ein bißchen auf, als Ellie ins Zimmer trat. Er ließ die Hände auf den Tasten ruhen.

„Nicht aufhören“, bat Ellie, doch dann sah sie Ralfs überanstrengtes Gesicht. „Vielleicht haben Sie für heute schon genug getan“, meinte sie.

„Nein“, erwiderte er gereizt, „noch längst nicht.“

„Es bringt nichts, wenn Sie zu lange üben. Davon werden die Hände bloß steif. Aber wenn Sie unbedingt weitermachen wollen, dann könnten Sie doch vielleicht was Sanfteres spielen . . .?“

Ralf lachte. „Wenn Sie dazu tanzen, spiele ich jetzt etwas Hübsches, Frivoles.“ Und so spielte er Debussy, und Ellie begann zu tanzen. Sie schwebte und drehte sich wie ein Blatt im Wind, wie ein sprudelnder Bach, wie Wolken, die über einen weiten Himmel jagten. Sie tanzte wie ein Wirbelwind hinaus aus der Tür in den Garten.

Ralf, der Ellie beobachtete, während er spielte, verschlug es den Atem. Unglaublich, diese natürliche Schönheit ihrer Bewegungen, diese Einfühlungsgabe, mit der sie den Geist der Musik erfaßte und tänzerisch ausdrückte! Auf einmal glitten seine Finger fast mühelos über die Tasten. Es schien, als ob sie ihm gehorchten, solange Ellie tanzte.

Schließlich trat sie wieder an den Flügel, um sich auszuruhen. Ihre Augen leuchteten vor unbändiger Freude am Tanzen und vor Liebe zu Ralf – aber das ahnte sie nicht.

„O Ralf“, sagte sie, „Sie sind ein phantastischer Pianist.“

Er wußte nur zu gut, daß er die Erwartungen, die man an einen phantastischen Pianisten stellte, nicht mehr erfüllte. Aber er lächelte. „Komisch, wenn Sie dazu tanzen, spiele ich viel besser als sonst", meinte er.

„Ja, weil Sie dann nicht über das Spielen nachdenken", entgegnete Ellie. „Es sind nicht bloß Ihre Finger, die Ihnen Schwierigkeiten machen."

Ralf starrte Ellie verwundert an. „Was denn sonst noch?"

Sie zögerte. Dann begann sie, ihm von ihren Erfahrungen als Turnerin zu erzählen. „Es gab immer Übungen, die ich nicht gleich schaffte und vor denen ich Angst hatte. Wenn ich mich dazu zwang, klappte es zwar meistens, aber ich verletzte mich oft dabei. Wenn ich aber vergaß, daß es eine besonders schwere Übung war, ging ich sie ganz locker und mit Vergnügen an, und manchmal war alles schon vorbei, ehe ich es merkte. Ich durfte mich bloß nicht bewußt anstrengen. Dann war ich gleich verkrampft. Und Sie spielen auch viel besser, wenn Sie nicht verkrampft sind." Sie trat neben ihn und umschloß seine gekrümmten Finger, die noch immer auf den Tasten lagen, mit beiden Händen.

„Sie brauchen ein bißchen Massage", sagte sie sachlich. „Es wird nicht weh tun." Und sie begann, seine verkrampften Muskeln zu kneten und zu lockern. Ralf schloß die Augen und saß einfach da – er fühlte sich wunderbar entspannt.

IN DER darauffolgenden Zeit konnte Ellie zeitweise die Schatten vertreiben, die Ralfs Leben verdüsterten, aber an manchen Tagen fand sie überhaupt keinen Zugang zu ihm. Außerdem blieb ihr an seiner Krankheit vieles unverständlich. Sie spürte immer wieder, daß er sich mit schweren Selbstvorwürfen und Schuldgefühlen plagte, aber er gab keine Erklärungen ab.

Eines Tages versuchte Ellie, Francis auszuhorchen, doch auch sie wollte nichts Näheres sagen. „Ralf hatte sich damals überanstrengt. Mehr ist darüber nicht zu berichten. Das Leben eines Konzertpianisten ist eine unglaubliche Schinderei."

Ellie pflichtete ihr bei, aber sie wußte, daß das nicht alles war. Irgend etwas anderes mußte Ralf damals gequält haben – und es quälte ihn heute noch. Aber fürs erste ließ sie es dabei bewenden. Sie brühte Tee auf und trug das Tablett ins Musikzimmer.

Ralf hatte den ganzen Vormittag gespielt; aber jetzt war es still.

Ellie stieß die Tür auf und ließ entsetzt das Tablett fallen. Mit einem Satz war sie bei Ralf, der zwischen dem Klavierschemel und einem Bein des Flügels auf dem Boden lag. Sein Rücken war unnatürlich gekrümmt, und mit der linken Hand hielt er seine Kehle eisern umklammert. Er war dabei, sich selbst zu erwürgen! Seine Augen waren glasig, das Gesicht dunkel angelaufen, und mit der rechten Hand versuchte er vergebens, sich aus dem Würgegriff seiner linken Hand zu befreien.

Ellie kniete sich neben ihn und begann, an seinen starren Fingern zu zerren, aber es steckte eine unheimliche Kraft in ihnen. Sie schrie verzweifelt um Hilfe.

Francis kam herbeigerannt und zog mit Leibeskräften an Ralfs linkem Arm, während Ellie ihre eigene Hand unter seine starren Finger schob. Endlich gelang es den Frauen, den Widerstand zu brechen, und Ralf begann, wieder normal zu atmen. Sein Blick wurde klarer, und er erkannte Ellie, die sich über ihn beugte, während Francis verstört hinter ihr stand. „Ruhig durchatmen", sagte Ellie zu ihm, strich ihm das Haar aus den Augen und richtete seinen Kragen. „Es ist nichts weiter. Sie sind bloß gestürzt." Sie warf Francis einen verschwörerischen Blick zu.

Sie betteten Ralf behutsam auf die Couch. Ellie beobachtete mit Erleichterung, daß sein Gesicht wieder eine normale Farbe annahm. Weder er noch seine Schwester schienen die Absicht zu haben, irgendeine Erklärung abzugeben, und sie selbst hütete sich, Fragen zu stellen.

Bei ihrem nächsten Besuch war Max da, und sie beschloß, ihn zu ihrem Verbündeten zu machen. Vielleicht erfuhr sie von ihm, was sie wissen wollte. Doch Max reagierte genauso ausweichend wie Francis. Ellie verlor die Geduld. „So verstehen Sie mich doch!" rief sie erregt. „Ralf braucht Hilfe! Irgend etwas tief drinnen bei ihm stimmt nicht. Ich habe fast das Gefühl, er will sich kaputtmachen. Und solange das so bleibt, kann er nicht gesund werden."

Max runzelte die Stirn und schwieg. Die Situation war schwierig für ihn. Einerseits wollte er Ralf gegenüber loyal sein, andererseits sah er ein, daß Ellie recht hatte.

„Hat Ihnen Ralf erzählt, was neulich passiert ist?" fragte sie.

„Nein."

Ellie beschrieb den Vorfall. „Und hätte ich nicht in diesem Augenblick das Zimmer betreten – wer weiß, was geschehen wäre. Es ist, als ob er nicht eine, sondern zwei Personen ist, und die eine der beiden will nichts als sterben. Aber ich kann ihm nicht helfen, wenn ich nicht weiß, was daran schuld ist. Bitte, Max . . ."

„Ich darf nicht reden, Ellie", erwiderte er. „Es wäre unfair gegenüber Ralf."

„Und es ist nicht unfair, ihn an seiner Verzweiflung sterben zu lassen?" schrie Ellie aufgebracht. Wie eine blonde, blauäugige Rachegöttin stand sie vor ihm.

Max gab sich geschlagen. „Also gut", sagte er langsam. Es war so schwer, einem jungen Mädchen, das nichts von der Welt da draußen wußte, Ralf Mallorys Probleme zu erklären. „Ralf hatte schon in sehr jungen Jahren Erfolg", begann er, „und ich trieb ihn noch kräftig an. Viel zu kräftig. Ralf machte alles, was ich von ihm verlangte. Er lernte die Werke, die er spielen sollte; er trat in den Städten auf, in die ich ihn schickte; er suchte auf Empfängen Kontakt zu den Leuten, die ich ihm empfohlen hatte. Ich begriff damals nicht, daß er ständig furchtbare Angst hatte."

„Unmöglich!" rief Ellie verblüfft.

„Doch, Ellie. Er litt unter schrecklichem Lampenfieber. Vor jedem Auftritt zitterte er so sehr, daß er glaubte, er werde keine Note spielen können. Aber das erfuhren wir erst viel später. Ich hetzte ihn ahnungslos von Erfolg zu Erfolg, während er mit seinen Ängsten kämpfte. Und so hat es eben angefangen."

„Was hat so angefangen?"

„Nun ja . . . zuerst war es nur ein Gläschen, um die Nerven etwas zu beruhigen. Dann wurden es zwei, drei und immer mehr, und zuletzt brauchte er eine halbe Flasche. Ich rede von Whisky. Er haßte ihn. Er haßte den Whisky für das, was er seinem Körper antat, aber er war ihm unentbehrlich. Anfangs war sein Klavierspiel durch die Trinkerei auch noch nicht beeinträchtigt."

Max schien nur noch mit sich selbst zu reden. Seine Stimme wurde immer leiser, während er weitererzählte.

„Ich sah nichts, merkte nichts. Einige Kritiker schrieben, daß Ralf so hart und ekstatisch spiele, als sei er besessen. Und er war wirklich ein Besessener. Er konnte nicht aufhören. Sein Musikfanatismus trieb ihn weiter; ich trieb ihn weiter, und um nicht auf der Strecke zu bleiben, brauchte er den Alkohol."

„Und was ist schließlich passiert?" fragte Ellie.

„Eines Abends trat er in Paris auf, und sein Gedächtnis versagte. Es war schrecklich. Er vertuschte seine Schwäche und brachte das Programm irgendwie zu Ende. Aber in jener Nacht trank er in seinem Hotelzimmer, bis er die Besinnung verlor. Am Morgen fanden wir ihn. Er lag zusammengekrümmt auf dem Boden und war bewußtlos. Niemand war bei ihm gewesen, als ihn in der Nacht der Schlag getroffen hatte."

Max mochte nicht mehr weiterreden. Die Erinnerung an Ralf, wie er mit weißem Gesicht und verrenkten Gliedern dagelegen hatte, war ihm immer noch unerträglich.

Ellie berührte ihn sachte am Arm. „Wir müssen jetzt die Gespenster vertreiben!" sagte sie entschlossen.

Max war überrascht, wie gelassen sie alles aufgenommen hatte. Er hatte gedacht, daß er vielleicht das schöne Bild zerstört hatte, das sie sich von Ralf gemacht hatte. Doch da hatte er Ellie falsch eingeschätzt.

„Armer Max, Sie leiden sicher sehr unter Ihren Selbstvorwürfen", meinte sie mitleidig. „Ist Ralf damals, als er noch schwer krank war, auch von einem Psychiater behandelt worden?" wollte sie dann wissen.

Max war verblüfft. „Warum denn? Ich glaube nicht."

„Weil ich auch zu einem Psychiater geschickt wurde. Man macht das meistens bei Patienten mit Hirnschäden. Meiner hat mir jedenfalls sehr geholfen. Hinterher hatte ich keine Schuldgefühle mehr."

„Schuldgefühle?"

Ellie lächelte. „Ich habe meinen Vater richtig gehaßt", erklärte sie geradeheraus. „Aber das war mir nicht klar. Die Ärzte im Krankenhaus sind darauf gekommen. Ich habe wohl im Schlaf eine Menge geredet. Mir ging's wie Ralf, Max; ich hatte Angst, vor allem vor dem Stufenbarren. Jedesmal, wenn ich da hinaufmußte, stand mein Vater daneben und befahl: ‚Nun mach schon, Ellie! Los jetzt! Du kannst es.' Und ich konnte es, weil er es sagte. Aber ich habe es gehaßt – und ich habe meinen Vater gehaßt."

„Wollen Sie damit sagen, Ralf hätte mich auch gehaßt?“ fragte Max mit kläglicher Miene.

„Sicher“, entgegnete Ellie ohne Umschweife, „manchmal wenigstens. Aber im Grunde hat er Sie sehr gern. Jetzt, da er endlich zugestimmt hat, freut er sich sogar auf Ihren Besuch.“ Sie schwieg einen Moment. „Ich wollte damit eigentlich nur sagen, daß ihm vielleicht ein Psychiater helfen könnte – falls er immer noch Schuldgefühle hat“, fügte sie hinzu.

Max war noch immer unschlüssig. „Ich fürchte, die Vorstellung zum Psychiater zu gehen, wäre ihm sehr unangenehm. Außerdem glaube ich, daß Sie ihm besser helfen können als irgendein Fachmann.“

„Meinen Sie wirklich? Ich versuche es natürlich, Max – jetzt, wo ich die ganze Geschichte kenne. Helfen Sie mir dabei?“

„Selbstverständlich, aber glauben Sie mir, Sie haben jetzt schon viel mehr Einfluß auf ihn als Francis oder ich.“

Ellie lachte ungläubig. „Ich habe Einfluß auf Ralf? Das soll wohl ein Witz sein. Das würde er gar nicht zulassen!“ Sie wandte sich zur Tür. „Kommen Sie, wir gehen zu ihm. Ich glaube, er hat gerade aufgehört zu spielen.“

Als sie merkte, wie verunsichert Max war, drückte sie ihm den Arm. „Keine Angst!“ sagte sie aufmunternd. „Es ist gut, daß Sie mir alles erzählt haben. Wir machen ihn wieder gesund – Sie und ich. Abgemacht?“

„Abgemacht!“ Max zwinkerte Ellie zu und folgte ihr ins Musikzimmer.

VORERST sprach Ellie mit Ralf nicht darüber, was Max ihr erzählt hatte. Er wirkte zur Zeit so glücklich und sorglos, daß sie ihn jetzt nicht wieder beunruhigen wollte. Daher fragte sie Francis, ob sie nicht einmal mit Ralf einen Ausflug ans Meer machen könnten. „Aber es muß ein ruhiger, kleiner Ort sein, wo er ohne große Schwierigkeiten ins Wasser kommt.“

Francis nickte. „Ja, da wäre ein Wochentag besser als das Wochenende – wegen des Andrangs. Ich habe da eine Idee . . .“

Und so fuhren sie an einem sonnigen Morgen an die Südküste und stellten das Auto oberhalb einer kleinen sandigen Bucht bei den Dünen ab.

Für Ralf war es nicht leicht, mit seinem Stock in dem rieselnden

Sand Halt zu finden, aber Ellie ermutigte ihn bei jedem Schritt. „Weiter, Ralf! Bloß noch ein paar Schritte, und wir sind auf dem feuchten Sand. Der ist viel fester. Oh, sehen Sie doch, ein Seestern!"

Ralf lächelte über Ellies Begeisterung, ließ sich aber davon anstecken. Er gab sich große Mühe, mit ihr Schritt zu halten, und ehe er sich's versah, stand er direkt am Wasser und schaute dem Spiel der Wellen zu.

„Wollen wir nicht schwimmen gehen?" fragte Ellie. „Francis, Sie haben doch sicher einen Badeanzug eingepackt . . .?"

Francis lachte. „Ja, aber so leicht kriegt man mich nicht ins Wasser."

„Und Sie, Ralf?"

„Hab die Badehose schon unter meine Hose gezogen, aber . . ."

„Kein Aber!" schrie Ellie, die sich schon bis auf den Badeanzug ausgezogen hatte und ausgelassen einen Zeh ins Wasser tauchte. „Es macht Ihnen bestimmt großen Spaß, und es ist ganz ungefährlich. Sie gehen nicht unter, Ralf, ich halte Sie fest." Ungestüm schüttelte sie ihr Haar. „Bitte . . .!"

Ralf schaute auf die blaue, sonnenbeschienene Wasserfläche hinaus. Sie lockte ihn mit ihrer Kühle und Freiheit. Vielleicht konnte er sich im Wasser leichter bewegen und eine Weile seine schweren, unbeholfenen Glieder vergessen.

Ohne lange zu überlegen, zog er sich aus und humpelte hinein. Ellie stützte ihn behutsam und geleitete ihn ins tiefere Wasser.

„So", sagte sie, ohne vorerst ihren festen Griff zu lockern, „ist das nicht ein schönes Gefühl?"

„Es ist herrlich!" Ralf streckte sich in Rückenlage aus und ließ sich von der sanften Dünung schaukeln. Auf einmal war sein Körper ganz leicht. Er spürte keine Schwäche und hatte keine Schmerzen mehr. Fast war es, als wäre er wieder gesund; ein kräftiger junger Mann, dessen Gliedmaßen seinem Willen gehorchten.

Dann hörten sie hinter sich lautes Geplätscher. Atemlos kam Francis auf sie zugeschwommen. „Ich hätte nicht gedacht, daß ich mich überwinden würde!" prustete sie lachend. Sie konnte nicht besonders gut schwimmen – das sah Ellie sofort –, aber sie war mit viel Spaß dabei.

Nach einer Weile befürchtete Ellie, daß es für Ralf zu kühl

werden und er Krämpfe bekommen könnte, und sie begann, ihn behutsam zum Strand hin zu schieben. Zu seiner eigenen Verblüffung drehte er sich plötzlich mühelos in die Bauchlage und fing an wie in alten Tagen zu kraulen. Sein linker Arm war ein bißchen langsam, und das linke Bein war auch ziemlich schwach, aber was machte das schon! Er schwamm! Dieses Gefühl war unbeschreiblich schön, und er wünschte, er könnte ewig im Wasser bleiben. Doch er spürte recht schnell, wie sehr es ihn anstrengte, und ließ sich von Ellie zum Strand bugsieren. Eine Weile blieb er im Sand liegen und ließ sich von den kleinen auslaufenden Wellen überspülen. „Es ist wunderbar", murmelte er immer wieder, „wunderbar . . ."

Ellie lächelte ihm zu und schwamm dann noch einmal hinaus. Er beobachtete ihre ruhigen, gleichmäßigen Kraulbewegungen und fand, daß sie eine sehr gute Schwimmerin war. Wie lange es wohl gedauert hatte, bis sie diese Fertigkeit wiedererlangt hatte? Wieviel schmerzhafte Krankengymnastik hatte sie wohl absolviert, wie viele Rückschläge hinnehmen müssen, ehe ihr Körper ihr wieder gehorcht hatte?

Und er? Worüber jammerte er denn? Er konnte doch jetzt schon wieder schwimmen! Der heutige Tag hatte es gezeigt. Wieder einmal hatte ihm Ellie behutsam, aber deutlich den Weg gewiesen.

Als ob er Ellie gerufen hätte, machte sie in diesem Moment kehrt und kam eilig zurückgeschwommen. „Höchste Zeit, daß Sie aus dem Wasser kommen", meinte sie zu ihm und zog ihn auf den warmen, festen Sand. „Ob wir hier Feuer machen dürfen? Treibholz gibt es genug."

Francis, die ungewohnt frisch und heiter war, suchte im Picknickkorb nach Streichhölzern, während Ellie losrannte, um Holz aufzutreiben. Nur wenig später hatten sie ein knisterndes Feuerchen zustande gebracht. Ralf lag entspannt davor und röstete Brotscheiben an einem langen Stock.

Er hatte für heute Frieden geschlossen mit sich und der Welt. Wieder ein Tag, an dem sich die Schatten verzogen hatten.

DAS NÄCHSTE Ausflugsziel schlug Ralf selber vor. „Irgendein Fleck, der hochgelegen und menschenleer ist. Ich möchte so gern mal zuschauen, wie Ellie auf einem Hügel herumrennt."

Ellie lachte. „Ja, aber nicht vergessen: den Drachen lassen wir gemeinsam steigen!"

Ralf seufzte leise. „Ich habe es nicht vergessen."

Und so fuhren sie nach Berkshire, durchquerten das herrliche White-Horse-Tal und stellten das Auto an einem Aussichtspunkt ab. Unendlich schien sich das Wellenmeer der grünen Täler und baumlosen Hügelkuppen fortzusetzen, bis es sich schließlich in graublauem Dunst verlor. Ralf, der ausgestiegen war, konnte sich kaum satt sehen. Jetzt erst merkte er, wie sehr ihm der Anblick so weiter, offener Landschaften gefehlt hatte und wie schwer es war, nicht einfach loslaufen zu können – weg von den Menschen, weg von persönlichen Problemen, weg von allem.

Da berührte Ellie ihn leicht am Arm. „Irgendwo singt eine Lerche . . . wie in Ihrem Vaughan Williams!" meinte sie.

„Ja, fast genauso", sagte Ralf, und sie gesellten sich zu Francis, die zu den gegenüberliegenden Kreidefelsen hinüberblickte. „Da wollte ich schon immer einmal hin", meinte sie.

„Warum gehst du nicht?" fragte Ralf und ließ sich im Gras nieder.

Francis' Augen leuchteten auf. Sie war früher so gerne gewandert! „Wenn du wirklich nichts dagegen hast . . .", meinte sie und war schon unterwegs. Ellie streckte sich neben Ralf im Gras aus und schaute in den Himmel.

„Sie hätten Francis begleiten sollen", sagte Ralf.

„Nein, ich bleibe lieber hier und höre den Lerchen zu."

Unter der heißen Sonne begann das Gras süß zu duften. Ellie fühlte den Pulsschlag der Erde und hörte das Geraschel der vielen winzigen Lebewesen, die zwischen den grünen Halmen geschäftig hin und her eilten. Die jubilierenden Lerchen flogen immer höher himmelwärts, so als wollten sie nach dem unendlichen Blau greifen.

Ellie zog ihn sanft am Ellenbogen, bis er ausgestreckt neben ihr auf dem sonnenwarmen Boden lag. „Spüren Sie es auch?" murmelte sie. „Spüren Sie das Leben? . . . Wie es atmet? . . . Wie es klopft, als wäre es ein großes, starkes Herz?"

„Ja", sagte er, „ich spür's."

Sie lagen ganz still im Sonnenschein und hingen ihren Gedanken nach.

Vielleicht, dachte Ellie, vielleicht kann Ralf ein wenig von dieser Kraft in sich aufnehmen. Ich kann es. Ich fühle, wie sie durch meinen Körper strömt.

Das Leben strotzt vor Kraft, dachte Ralf. Es ist voller Frohsinn – wie Ellie. Ich fühle, wie es meinen Körper mit neuer Energie füllt. Er lag da und genoß das Gefühl von Frieden und Wohlbehagen.

Die Lerchen hoch über ihnen sangen immer noch aus voller Kehle.

In den nächsten Wochen folgten noch einige von diesen unbeschwerten Ausflügen. Dann ließ die Oberin eines Morgens Ellie zu sich ins Büro kommen, um ihr einen richtigen Arbeitsvertrag mit den Mallorys zu unterbreiten.

„Nicht wahr, Ellie, du bist gern bei ihnen?" fragte sie.

„O ja. Sie sind sehr nett zu mir."

„Wir schlagen dir folgendes vor: Während des ersten Monats kannst du tagsüber bei ihnen arbeiten, aber zum Schlafen kommst du zurück ins Heim. Wenn es dir danach immer noch bei ihnen gefällt, kannst du auch dort wohnen. Miß Mallory bietet dir ein Zimmerchen an."

„Ein eigenes Zimmer?" rief Ellie begeistert. „Phantastisch!"

Die Oberin wartete, bis Ellie sich wieder beruhigt hatte. „Mich interessiert, was du von Ralf Mallory hältst", fuhr sie dann fort.

Ellie wußte genau, was hinter dieser Frage steckte, und so war ihr auch klar, wie sie am besten darauf antwortete. „Ich . . . ich glaube, es dauert noch sehr lange, bis er wieder gesund ist. Er braucht Hilfe."

Die Oberin nickte. „Ist das alles?"

„Nein . . . Natürlich muß man ihn antreiben, damit er seine Gehübungen macht und seine Hand trainiert. Er braucht auch Massagen. Aber da ist noch etwas anderes."

„Das habe ich mir schon gedacht", meinte die Oberin freundlich.

„Er ist ein sehr kluger Mann", fuhr Ellie fort, „aber er zerbricht sich immerzu den Kopf über Sachen, die er nicht ändern kann. Er gibt sich selber die Schuld an seiner Krankheit, und das macht es ihm so schwer, wieder gesund zu werden."

Die Oberin stellte erleichtert fest, daß Ellie völlig ungezwungen und sachlich über Ralf Mallory sprach. Es schienen keine tieferen Gefühle mitzuspielen, wenn sie von ihm redete. Doch die Oberin sah hier ein Problem. Ralf Mallory war ein sehr attraktiver Mann, und Ellie war ein hübsches, gänzlich unerfahrenes junges Mädchen. Konnte sie es verantworten, dieser ganzen Vereinbarung zuzustimmen?

„Ich schaffe es zwar, ihn ein bißchen aufzumuntern", fuhr Ellie unbefangen fort, „aber das genügt nicht. Ich würde am liebsten mit Doktor Mac sprechen, mit dem Arzt, der mich damals im Krankenhaus behandelt hat. Ich weiß nur nicht, wo ich ihn finden kann. Der war wunderbar zu mir und verstand so viel von Hoffnung."

„Von Hoffnung?" fragte die Oberin.

„Ja. Der Doktor wußte, daß man als Kranker nicht einfach so Tag für Tag weiterleben kann, wenn man keine Fortschritte macht oder denkt, man hätte keine gemacht. Man muß fest an die Heilung glauben, und Ralf glaubt eben nicht daran. Noch nicht. Vielleicht könnte ihn Dr. Mac dazu bringen."

„Ich verstehe, was du meinst, Ellie", sagte die Oberin nachdenklich. „Ich werde mich nach deinem Doktor erkundigen. Inzwischen trittst du deine Stellung an, morgen schon. Und sieh zu, daß es ein Erfolg wird."

„Das wird's!" versicherte Ellie mit Nachdruck und rannte auch schon voller Freude aus dem Büro. „Das wird's bestimmt!"

Sie suchte nach Ben, denn sie konnte es kaum abwarten, ihm alles zu erzählen. Außerdem hatte sie ein schlechtes Gewissen, weil sie in letzter Zeit so glücklich und beschäftigt gewesen war, daß sie ihn vernachlässigt hatte.

Ben war gerade dabei, die Rasenkanten zu schneiden. „Ben, ich habe dir so viel zu erzählen!" rief Ellie schon von weitem.

Er richtete sich auf und lächelte. „Was ist denn passiert?"

Strahlend erzählte Ellie ihm alles. „Jetzt können wir uns nicht mehr so oft sehen", schloß sie, „jedenfalls nicht hier. Aber du besuchst uns doch mal? Du hast es versprochen!"

Ben grinste. „Mach ich."

„Stell dir vor, Ben: Ich kriege richtigen Lohn, und einmal die Woche habe ich einen freien Tag! Ich darf allein ausgehen!"

Er runzelte die Stirn. „Meinst du, du packst das? Die Stadt ist so groß, und es gibt Unmengen von Menschen und Autos. Das ist ein Krach . . . Und dann erst die U-Bahnen . . ."

„Weißt du was", sagte Ellie, „kannst du nicht mitkommen? Bloß das erste Mal. Dann zeigst du mir, wie man sich verhält."

Ben war zu schüchtern gewesen, es selbst vorzuschlagen. Jetzt strahlte er über das ganze Gesicht. „Ja, gern . . ."

„Nächstes Wochenende also", sagte Ellie. „Samstag nachmittag."

„Ich komme garantiert."

FRANCIS hatte sich darauf gefreut, Ellie den ganzen Tag über im Haus zu haben, doch auf einmal merkte sie, daß ihr diese Vorstellung doch nicht behagte. Sie erschrak über ihre eigenen Gedanken. Wie? Ellie sollte lieber nicht kommen? Warum denn nicht? Das gäbe ihr selbst doch mehr Freiheit! Außerdem konnte die Kleine wirklich gut mit Ralf umgehen, und sie war freundlich und zuverlässig.

Während Francis darauf wartete, daß das Teewasser kochte, tauchte vor ihr plötzlich ein Bild aus vergangenen Tagen auf. Der kleine Ralf, der verheult und schmutzig mit blutigen Knien nach einer Rauferei in der Schule nach Hause gekommen war. „Jetzt kann mir nichts mehr passieren! Bei dir bin ich in Sicherheit!" hatte er gestammelt und sich in ihre Arme geworfen.

Und so war es auch jetzt. Bei ihr war er in Sicherheit. Das ist es also, dachte sie erschrocken. Ich will Ralf behalten, für immer. Doch nun kommt Ellie mit ihrem Mut und der festen Absicht, Ralf wieder gesund zu machen. Ellie ist eine Bedrohung! Sie wird dafür sorgen, daß Ralf eines Tages das Haus wieder verlassen kann.

Aber das ist doch lächerlich, sagte sich Francis und war wütend auf sich selbst. Natürlich ist es auch mein größter Wunsch, daß Ralf wieder gesund wird. Ich möchte ja selber eines Tages fortgehen und mein eigenes Leben führen können. Ralf ist schließlich nicht mein Kind!

Mit gerunzelter Stirn brachte sie den Tee ins Musikzimmer. Ralf lächelte versonnen und starrte hinaus in den Garten. Im Geiste sah er wieder Ellie tanzen wie damals, als er sie zum erstenmal beobachtet hatte. Als er seine Schwester bemerkte, lächelte er sie dankbar an. „Liebe, geduldige Francis, was täte ich bloß ohne dich", sagte er.

Konnte er Gedanken lesen? Francis fühlte sich einerseits etwas schuldig, andererseits aber spürte sie auch, wie sehr sie ihren Bruder liebte. Vor Verwirrung reagierte sie noch schroffer als sonst. „Du könntest ganz gut allein fertig werden", sagte sie. „Dir geht es doch jeden Tag besser."

Ralf widersprach nicht. Er lächelte noch immer.

MAX WAR tief beunruhigt, seitdem ihm Ellie von Ralf Mallorys schrecklichem Anfall im Musikzimmer erzählt hatte, und daher hatte er sich bei dem bekannten Psychiater Sir Lucas Grove einen Termin geben lassen und trug ihm jetzt den Fall vor.

„Erst als die Schwester hinzukam, gelang es den beiden Frauen gemeinsam, den Würgegriff der gelähmten Hand zu lockern", sagte er. „Glauben Sie, daß sich so etwas wiederholen könnte?"

Sir Lucas preßte die Fingerspitzen seiner beiden Hände gegeneinander und seufzte. „Frustration hat immer schlimme Folgen. Ich vermute, daß Ihr Freund seelisch sehr leidet. Er stand am Beginn einer großen Karriere, und auf einmal konnte er nicht mehr spielen – wegen der unbeholfenen linken Hand. Es wäre gut möglich, daß er diese Hand regelrecht haßt, weil sie ihm den Dienst verweigert. Es gäbe aber auch eine völlig andere Erklärung."

„Und die wäre?" fragte Max ratlos.

„Ein Teil seiner Persönlichkeit protestiert vielleicht dagegen, daß er ständig überfordert wurde . . ., daß er gezwungen wurde zu spielen, obwohl er es nicht wirklich wollte. Diese innere Protesthaltung verursachte dann plötzlich den körperlichen Zusammenbruch. Das Zeichen dieser Rebellion ist die gelähmte Hand. Wenn das zutrifft, ist Ralf Mallory eine gespaltene Persönlichkeit. Ein Teil von ihm möchte die Karriere des erfolgreichen Pianisten wiederaufnehmen; der andere ist krank und erschöpft und hat nur einen Wunsch: Man möge ihn in Ruhe lassen."

„Und sollen wir ihn in Ruhe lassen?" fragte Max.

Sir Lucas schüttelte den Kopf. „Nach allem, was Sie von ihm erzählt haben, würde ihn das tiefunglücklich machen. Er sollte so weit ermutigt werden, daß er seine Gehfähigkeit wiedererlangt."

„Und was ist mit seiner Musik?" fragte Max. „Ich weiß, daß ich ihn überfordert habe. Auf gewisse Weise bin ich selbst an seinem Zusammenbruch schuld."

„Nein", erwiderte Sir Lucas mit freundlicher Bestimmtheit.

„Wäre Ralf Mallory damals eine stärkere Persönlichkeit gewesen, hätte es diesen Zusammenbruch nicht gegeben. Die Schwächen liegen immer in uns selbst. Wir können nur lernen, mit ihnen umzugehen."

„Ich hätte es merken müssen . . ."

„Sie sollten aufhören, sich mit Schuldgefühlen zu quälen", sagte Sir Lucas energisch. „Und dasselbe gilt für Ralf Mallory."

„Sie glauben also auch, daß er sich Selbstvorwürfe macht?"

„Ja. Immerhin hat er seine eigene Karriere zerstört. Und er hat auch Sie enttäuscht. Er hat sich durch seine Haltlosigkeit aus der Welt der Musik, die er so liebte, hinauskatapultiert. Natürlich macht er sich schwere Vorwürfe, und deswegen hat er jetzt so selbstzerstörerische Tendenzen."

Max schauderte. „Er wollte sich also umbringen?"

„Möglicherweise. Vielleicht war es auch nur ein unbewußter Wunsch."

„Das wäre furchtbar . . ."

„. . . aber nicht ungewöhnlich bei Schlaganfallpatienten."

„Und er könnte es wieder versuchen?"

„Ja, es sei denn, er hätte das Gefühl, es lohne sich für ihn weiterzuleben."

„Aber wie sollen wir ihm denn bloß helfen?" fragte Max hilflos. „Ich wage ja schon nicht mehr, ihn auf die Musik zurückzulenken."

„Warum nicht? Ein Musiker bleibt immer ein Musiker. Ob er jemals wieder technisch so brillant wird, wie er einmal war, ist zwar fraglich, und er sollte daran erst denken, wenn alles andere wieder in Ordnung ist. Doch vielleicht kann dieses junge Mädchen, von dem Sie mir erzählt haben, mehr bei ihm bewirken als unsereins. Sie scheint mir die Art von Mensch zu sein, die instinktiv weiß, was gut für einen Patienten ist."

Ich hoffe es, dachte Max. Ich hoffe es von ganzem Herzen.

Viertes Kapitel

DER AUSFLUG mit Ben machte Ellie riesigen Spaß. Zuerst gingen sie zur U-Bahn-Station, wo Ben sie aufforderte, sich allein, ohne seine Hilfe, die Fahrkarte zu kaufen. Dann fuhren sie mit der

Rolltreppe nach unten, stiegen in den Zug und ratterten in ausgelassener Stimmung nach Wimbledon. Dort war ein Volksfest in vollem Gang, und Ellie und Ben probierten alles aus – das Karussell, die Schiffschaukel, die Autoscooter. Ben kaufte für Ellie Zuckerwatte und gewann für sie beim Ringewerfen einen Goldfisch im Glas. Sie protestierte erst, als er ihr auch noch einen Drachen kaufen wollte, war insgeheim aber selig.

Am Rande der großen Wiese fand gleichzeitig ein Popkonzert mit verschiedenen Bands statt. Scharen junger Leute lagerten im Gras vor der Bühne. Ein paar von ihnen tanzten verträumt im heißen Sonnenschein zur Musik.

„Oh, Musik, Ben!" rief Ellie begeistert. „Laß uns ein bißchen zuhören." Sie stellte sich direkt vor die Bühne, auf der gerade eine Gruppe mit einem Gitarristen, einem Bassisten, einem Schlagzeuger und einer jungen Sängerin auftrat. Die Sängerin bewegte sich zur Musik, während sie sang, und im Nu ging der Rhythmus Ellie ins Blut; sie begann auch zu tanzen. Ben stand einfach da und schaute ihr zu.

Dann war die Nummer plötzlich zu Ende, und es gab stürmischen Applaus – teils für die Gruppe, teils für Ellie. Einer der Musiker, ein rothaariger junger Mann, kam auf sie zu und musterte sie prüfend. „Also . . . bewegen kannst du dich", sagte er. „Willst du bei uns mitmachen?"

Ben rückte vorsichtshalber ein bißchen näher an Ellie heran, aber die lachte bloß. „Nein danke", antwortete sie, „ich bin nur zufällig hier. Aber eure Nummer hat mir sehr gefallen."

„Danke für die Blumen", sagte der junge Mann und trollte sich.

„Und wir müssen jetzt auch gehen", erklärte Ellie, aber Ben zeigte auf die Bühne. „Magst du etwa so was?" fragte er mit hochgezogenen Augenbrauen.

Ellie lachte. „Nein, Ben, eigentlich war es mir zu laut. Ralf Mallorys Musik ist ganz anders. Die bringt dich zum Weinen oder zum Lachen. Da möchtest du davonfliegen wie ein Vogel oder eine Wolke oder so was Ähnliches."

Sie mußte um zehn Uhr im Greville-Haus sein. Doch auf dem Heimweg blieb sie plötzlich stehen. „Warte, Ben", meinte sie. „Wir machen noch einen kurzen Besuch bei Ralf. Der hat heute bestimmt wieder Trübsal geblasen."

Ben zögerte, als sie am Gartentor standen. Doch Ellie nahm ihn fest bei der Hand und führte ihn um das Haus herum ins Musikzimmer.

„Ich habe den ganzen Nachmittag an euch gedacht!“ rief Ralf sofort, als er die beiden sah. „War es schön?“

„Und wie!“ schwärmte Ellie. „Wir sind Karussell und Autoscooter gefahren, und Ben hat wie eine Glucke auf mich aufgepaßt.“ Ben grinste verlegen. Er fühlte sich mächtig geehrt. „Sehen Sie mal, Ralf“, fuhr Ellie fort. „Ben hat für mich einen Goldfisch gewonnen. Möchten Sie ihn haben?“

Ralf lachte und betrachtete das Fischchen, das in dem Glas unermüdlich seine Kreise zog.

„Sie sollten öfter schwimmen gehen“, erklärte Ellie und behielt sowohl Ralf als auch den Goldfisch im Auge. „Es würde Ihren Muskeln guttun.“

Mit welcher Geschicklichkeit dieses Mädchen meiner Krankheit alle Peinlichkeit und Heimlichkeit nimmt! dachte Ralf. „Schwimmen? Das wäre keine schlechte Idee“, meinte er daher nachdenklich. „Neulich, an der See, hat es mir großen Spaß gemacht. Und bis wir etwas arrangiert haben, lasse ich mir von dem Fischchen zeigen, wie man's macht.“

„Hier“, sagte Ellie. „Der Budenbesitzer hat mir auch ein bißchen Fischfutter mitgegeben. Streuen Sie ein paar Krümel ins Glas.“ Sie schaute Ralf unsicher an. „Er stört Sie doch nicht, oder?“

„Der Kleine scheint in seiner Welt ganz glücklich zu sein. In so einem Goldfischglas kann einem nichts passieren. Habe ich recht?“ erwiderte Ralf.

Ben räusperte sich. Ihm war ein bißchen unbehaglich zumute. „Ich könnte ja einen kleinen Teich in Ihrem Garten anlegen“, schlug er vor. „Dann hätte er mehr Platz.“

Ralf sah Ben aufmerksam an. Der Junge ist kein Dummkopf, dachte er. Er hat sehr gut begriffen, worüber wir eigentlich reden. „Das wäre großartig“, meinte er rasch. „Francis wollte schon immer einen Seerosenteich anlegen lassen. Wir haben nur nie Zeit dazu gehabt.“

„Aber er muß am unteren Gartenende sein“, warf Ellie ein. „Dann ist Ralf gezwungen, ein ganzes Stück zu laufen, wenn er seinen Fisch sehen will.“

Sie mußten alle drei lachen. „Also abgemacht", sagte Ralf. „Mein Goldfisch ist bestimmt begeistert."

Die beiden jungen Leute gingen in den Garten, um einen geeigneten Platz für den Teich auszusuchen, aber Ellie kehrte nach wenigen Schritten um und kam zu Ralf zurück. Ohne jede Verlegenheit ergriff sie seine linke Hand und betastete prüfend die Muskeln. „Sie haben heute zu lange geübt, nicht wahr? Ihre Finger sind ganz verkrampft." Behutsam massierte sie seine schmerzenden Finger. „Was Sie da über Goldfischgläser gesagt haben . . .", meinte sie währenddessen. „Seien Sie doch nicht so traurig!"

„Ich bin nicht traurig. Im Moment jedenfalls nicht."

„Es bleibt bestimmt nicht so."

„Nein, natürlich nicht." Er blickte Ellie lange in die Augen.

„Sie müssen an sich glauben", sagte sie und faßte seine Hand noch fester.

„Ja." Er seufzte. „Tue ich ja, Ellie . . . Immer, wenn Sie bei mir sind, dann glaube ich an mich."

DER AUSFLUG an den Fluß, den sie schon lange geplant hatten, ließ sich gut an, obwohl Ralf zunächst eigensinnig darauf bestand, allein das Rudern zu übernehmen. Als Ellie Francis' zweifelnde Miene sah, setzte sie sich kurzerhand neben ihn und übernahm das linke Ruder.

Das Boot glitt gemächlich hinaus auf die glitzernde Wasserfläche, und alle drei freuten sich an der hübschen Landschaft; an den kleinen Strudeln, die sich um die eintauchenden Ruderblätter bildeten; an den Schattenmustern, die die Bäume am Ufer aufs Wasser warfen; an den geschäftig im Schilf umherpaddelnden Bläßhühnern und Moorhühnern und an der Farbenpracht der Blumen, die an den Böschungen blühten. Alles war in Licht getaucht, und die wohltuende Stille wurde nur von einem dumpfen Rauschen unterbrochen, das von einem Wehr oder einer Schleuse herrühren mochte.

Sie näherten sich einer kleinen, schattigen Bucht. „Wir könnten doch dort am Ufer unser Picknick machen", schlug Francis vor.

„Ich sitze so bequem hier auf der Ruderbank", erwiderte Ralf. „Soll ich mich aus dem Boot quälen, bloß um ein Butterbrot zu essen? Du kannst ja aussteigen, Francis – und mich wie eine Ente füttern!“

Ellie musterte ihn liebevoll. Er hatte die Augen geschlossen und wirkte ganz entspannt, mit sich und der Welt in Einklang. Die eine Hand ließ er lässig über den Bootsrand ins Wasser hängen, und um seine Mundwinkel spielte ein Lächeln.

Doch Francis war nicht gut aufgelegt an diesem Tag. „Ich habe keine Lust, ewig auf deine Launen einzugehen“, sagte sie gereizt, während Ellie an Land ruderte und dann ausstieg. „Und Sie, Ellie“, fügte sie hinzu, als sie auch ausstieg, „Sie brauchen ihm nicht ständig am Hals zu hängen. Gehen Sie ruhig ein bißchen spazieren.“

Ellie wurde blaß. Noch nie hatte Francis so etwas Boshaftes zu ihr gesagt. Niedergeschlagen und verwirrt begann sie den Treidelpfad entlangzugehen. Ihr war nicht entgangen, wie entsetzt Ralf seine Schwester angestarrt hatte, aber sie wollte nicht der Anlaß zu einem Streit zwischen den beiden sein. Lieber sich eine Weile zurückziehen und abwarten, bis die Wogen sich geglättet haben, dachte sie bei sich. Was war bloß mit Francis los? „Sie brauchen ihm nicht ständig am Hals zu hängen“, hatte sie gesagt. Tue ich das? Sie haben mich doch in ihr Haus geholt, damit ich Ralf helfe! Was soll ich nur tun?

Sie hatte sich schnell vom Picknickplatz entfernt und war dem Wehr ein gutes Stück näher gekommen. Da hörte sie plötzlich laute Rufe. Es war Francis, die, wie von Sinnen, nach Ellie schrie.

Ellie rannte hinunter zum Wehr und erfaßte die Situation mit einem einzigen Blick. Das Boot befand sich in der Flußmitte, und Ralf saß darin und ruderte, so schnell er konnte, auf das Wehr zu. Zum Glück war er noch recht weit davon entfernt.

„Komm zurück!“ schrie Francis. „Bitte, Ralf, dreh um! Ich habe es doch nicht so gemeint. Du gerätst ins Wehr! Komm doch zurück!“

Ellie zog ihr Kleid aus und sprang ins Wasser. Mit raschen Kraulschlägen hielt sie auf die Flußmitte zu. Vielleicht konnte sie das Boot beim Bug packen und es noch wenden, ehe es in den Sog des Wehrs geriet.

Francis’ Angstschreie hörte sie kaum noch, denn das Rauschen des Wehrs wurde immer lauter. Schließlich war sie am Boot angekommen.

DANGER
WELL CLEAR

Ralf bemerkte Ellie nicht, denn er hatte ihr den Rücken zugekehrt und ruderte immer noch wie besessen. Einmal sah sie flüchtig sein Gesicht – es war eine starre, düstere Maske. Er schien zur Selbstzerstörung entschlossen zu sein. Sein Wille und jeder seiner unbeholfenen Ruderschläge brachten ihn dem tödlichen Wehr näher. Ellie blieb nicht mehr viel Zeit. Anhalten konnte sie das Boot nicht; die Strömung war viel zu stark. Gelang es ihr aber, sich an den Bug zu klammern, konnte sie es wahrscheinlich durch kräftige Beinstöße vom Wehr abdrängen und in die seitliche stillere Fahrrinne lenken, die zur Schleuse führte. Noch waren sie weit genug vom Wehr entfernt.

Auf keinen Fall lasse ich mich jetzt auf eine Diskussion mit Ralf ein, dachte sie. Sie holte tief Luft, tauchte unter dem Boot weg und kam auf der Gegenseite wieder an die Oberfläche. Eine schreckliche Sekunde lang meinte sie schon, das Boot verfehlt zu haben, aber mit ausgestrecktem Arm bekam sie es noch zu fassen. Mit den Beinen stemmte sie sich gegen den Sog des gurgelnden Wassers, und mit den Armen drückte sie den Bootskörper mit aller Kraft aus der Fahrtrichtung.

Ich bin nicht stark genug, dachte sie verzweifelt. Ich schaffe es nicht. O Ralf, du willst sterben, und ich kann dich nicht aufhalten!

Doch sie hielt ihn auf. Ihr Gesicht brannte vor Anstrengung, und ihre Arme schmerzten, als würden sie aus den Schultergelenken gedreht, aber langsam, unendlich langsam, gelang es ihr, den Bug des Bootes in ruhigeres Wasser zu schieben.

Jetzt endlich merkte Ralf, daß etwas das Boot festhielt. Er warf einen Blick über die Schulter und sah einen Augenblick lang furchtbar zornig aus. Doch im nächsten Moment meldete sich bei ihm die Vernunft zurück – und mit der Vernunft auch die Angst um Ellie. Er wollte sich über Bord lehnen und Ellie mit der gesunden rechten Hand packen, doch er fiel der Länge nach ins Boot. Es begann wild zu schaukeln, das Ruder rutschte ihm aus der Hand und trieb auf das Wehr zu. Ellie gab dem Boot mit letzter Kraft noch einen Stoß, und es landete im Schilf bei der Schleuse. Keuchend vor Erschöpfung und Erleichterung machte sie die Leine an einem Weidenast fest. Dann kletterte sie ins Boot, um Ralf wieder aufzuhelfen, und in diesem Augenblick verlor sie die Fassung. In einer wilden Aufwallung drückte sie ihn an sich. „O Ralf . . . Ralf, was bist du für ein Idiot!“ stammelte sie. „Du darfst doch jetzt nicht sterben! Das darfst du nicht!“

Ralf wischte Ellie das nasse Haar aus den Augen. „Nein, das darf ich wohl nicht . . . oder?“ sagte er tonlos. „Verzeih, Ellie, ich bin verrückt gewesen, und meinetwegen wärst du beinahe ertrunken.“

„O nein, Ralf, so leicht ertrinke ich nicht!“ protestierte sie. „Da muß es schon schlimmer kommen!“ Sie kniete sich hin und half Ralf auf seinen sicheren Platz auf der mittleren Ruderbank. Klatschnaß, wie sie war, sah sie einer Nixe so ähnlich, daß Ralf lächeln mußte.

„Heute bist du weiß Gott deinem sicheren Goldfischglas entwischt“, murmelte sie.

Ralf begann zu lachen. Er konnte gar nicht wieder aufhören und streckte die Arme nach Ellie aus, und er lachte auch noch, als ihr nasser Kopf an seiner Schulter lag. „O Ellie!“ stammelte er. „Ellie, du bist einmalig.“

Francis rannte inzwischen atemlos am Ufer entlang. Was hatte ihre plötzliche Eifersucht nur angerichtet! Ein einziges törichtes, gefühlloses Wort, und schon war der Sturm im Gange, der jetzt vielleicht das Leben des Bruders gekostet hatte, und Ellies dazu.

Kurz vor der Schleuse sah sie Ralf und Ellie, beide zerzaust und arg mitgenommen, aber sie lachten, als sie Francis sahen.

„Ralf! Ellie!“ rief Francis. „Ist euch auch nichts passiert?“

„Natürlich nicht“, gab Ralf zurück. „Ellie hat uns gerettet – uns alle!“

ELLIE war der Meinung, daß es langsam Zeit sei, offen mit Ralf zu sprechen. Am nächsten Abend saß er am Flügel, ohne zu spielen, und sie trat hinter ihn und breitete ihre Hände über seine Finger, die auf den Tasten lagen. „Ralf, was ist los?“ fragte sie.

Er saß ganz still. „Nichts, wobei du mir helfen könntest, Ellie.“

„Ich möchte es aber versuchen“, antwortete sie und rührte sich nicht.

Ralf schüttelte den Kopf. „Ich verstehe es doch selbst nicht. Wie könntest du es dann verstehen?“

„Ich weiß nur, daß du gegen dich selbst einen Krieg führst. Du müßtest dir von jemandem helfen lassen, der . . . der sich auf solche Sachen versteht.“

Ralf senkte den Kopf und starrte auf Ellies junge, kräftige Hände, die über seine kranken Finger gebreitet waren.

„Du bist auch bloß ein Mensch", fuhr Ellie fort. „Du mußt vor dir selber zugeben, daß du auch Fehler machst und Schwächen hast."

Ralf holte tief Luft. „Fehler? Schwächen?"

Ellie versuchte, so deutlich wie möglich zu werden. „Niemand ist perfekt, Ralf. Du hattest Angst vor deinen Konzerten, und ich hatte Angst vor dem Stufenbarren. Du hast der Angst auf deine Art ein Ende gemacht, ich auf meine. Ich bin vom Reck gefallen; du hast dich betrunken. Wo ist da der Unterschied?"

Ralf stieß einen seltsam gurgelnden Laut aus.

„Zum Glück hast du nicht auch noch Max gehaßt", fügte Ellie hinzu. „Aber ich – ich habe meinen Vater gehaßt."

„Ellie . . .!"

„Doch. Und noch was: Du sollst nicht gesund werden, bloß um wieder für andere Leute Konzerte geben zu können. Du mußt für dich selbst gesund werden; du brauchst nur zu deinem eigenen Vergnügen zu spielen. Du schuldest niemand etwas – weder Max noch Francis, noch sonst jemand, und es gibt auch keinen Grund, Schuldgefühle zu haben."

„Tatsächlich?" Ellies Attacke hatte ihn aus der Fassung gebracht.

Ihre Stimme wurde auf einmal leise und sanft. „Du weißt doch, die Musik ist immer noch da, und nur du kannst sie freilassen. Aber nicht für irgendwelche fremden Leute. Nur für dich selbst. Das ist jetzt das wichtigste. Du wirst wieder spielen, weil du die Musik liebst, und du wirst leben, weil du das Leben liebst."

Doch Ralf blieb stumm.

„So gib es doch zu!" sagte Ellie flehentlich. „Selbst jetzt gibt es für dich noch Augenblicke, in denen es sich zu leben lohnt!"

Er drehte sich mit einer heftigen Bewegung zu ihr um. „Natürlich gibt es die!"

„Ja, dann . . ." Ellie strahlte ihn an, „dann ist ja alles gut! Dann führst du ja gar keinen Krieg gegen dich!" Sie legte ihm die Hände auf die Schultern und schüttelte ihn ein wenig. „Vorbei, Ralf! Ein für allemal. Und das verspreche ich dir: Ich bringe dir die Liebe zum Leben bei, auch wenn es mich umbringt."

„Damit wäre mir allerdings weniger geholfen!“ sagte er lachend, und Ellie seufzte erleichtert. Sie hatte viel riskiert und wahrscheinlich auch zuviel gesagt. Aber sie war endlich zu ihm durchgedrungen. „Und jetzt gehen wir in den Garten. Mal sehen, wie Ben mit seinem Seerosenteich vorangekommen ist . . .“

ALS MAX das nächste Mal aus London zu Besuch kam, erwartete ihn eine Überraschung. Er hatte sich auf eine lange, ernsthafte Unterhaltung und auch auf Meinungsverschiedenheiten eingestellt. Statt dessen empfing Ralf ihn in heiterer Stimmung. „Du brauchst dich nicht anzustrengen, Max. Das hat Ellie schon für dich erledigt.“

„Was hat sie erledigt?“

„Sie hat mir den Kopf zurechtgesetzt.“

„Wie schön!“ Max lächelte. „Ich wollte dir heute vorschlagen . . .“

„. . . einen Psychiater aufzusuchen? Auch daran hatte Ellie schon gedacht.“ Ohne auf Max’ Verlegenheit einzugehen, redete Ralf einfach weiter. „Und dabei ist sie noch ein halbes Kind! Was muß sie alles durchgemacht haben, um schon so erfahren zu sein!“

„. . . und um so offen über solche Dinge reden zu können.“

Ralf lächelte. „In der Tat. Ich glaube, ihr langer Krankenhausaufenthalt hat etwas damit zu tun. Man hat sie dort offenbar ermutigt, über alles, was sie quälte, zu sprechen.“

Max nickte. „Und sie hat dich überzeugt, daß es für dich auch heilsam wäre?“

„Ja, aber ich konnte mir das Reden sparen. Sie kannte meine Geschichte schon – von dir.“

„Ich . . . ich wollte nicht indiskret sein, Ralf, aber . . .“, stotterte Max verlegen.

„Ellie hat mir erzählt, daß sie meine Geschichte aus dir fast herausprügeln mußte.“

„Wenn jetzt sowieso alles heraus ist, brauchst du wohl keinen Psychiater mehr?“

„Nein, ich glaube nicht . . .“

Max hatte den Eindruck, Ralf habe noch etwas auf dem Herzen. „Francis . . .?“ fragte er vorsichtig.

Ralf seufzte. „Ich bin ratlos. Ich dachte, sie sei glücklich über

Ellies Anwesenheit im Haus. Sie hat doch jetzt viel mehr Bewegungsfreiheit."

„Aber . . .?" Max schaute Ralf fragend an.

„Ich verstehe sie nicht mehr. Sie ist manchmal richtig bissig und sagt unverzeihliche Dinge. Sicher sind die letzten Jahre eine schreckliche Belastung für sie gewesen, und trotzdem . . . Ich wüßte gern, was in sie gefahren ist."

Max zog die Augenbrauen hoch. „Kannst du es dir nicht denken?"

Ralf sah ihn an. „Was denn?"

„. . . daß sie eifersüchtig ist."

„Das wäre absurd!"

„So? Du mußt die Lage aus ihrer Sicht betrachten. Du bist ihr begabter jüngerer Bruder, den sie von klein auf betreut hat, für den sie sich aufgeopfert hat. Durch deine Krankheit hat sie sogar eine neue Lebensaufgabe bekommen . . ."

„Aber ich dachte, daß sie sich nach mehr Freiheit sehnt."

„Das tut sie vermutlich auch. Und trotzdem ist es schwer für sie zuzusehen, wie eine andere Person ihre Rolle übernimmt."

„Ellie übernimmt doch nicht Francis' Rolle."

Max wollte widersprechen, beherrschte sich aber.

„Ellie wird schon längst aus unserem Nest ausgeflogen sein, wenn ich noch immer hier herumsitze und mich mühsam ins Leben zurückkämpfe." Ralf sprach schon fast wieder mit der gewohnten Bitterkeit.

„Du magst recht haben", antwortete Max, „aber für Francis wäre es nicht von Nachteil, sich mit dem Gedanken vertraut zu machen, daß auch du eines Tages wieder ausgeflogen sein könntest. Sie ist verhältnismäßig jung und hat ihr Leben noch vor sich. Höchste Zeit, daß sie einmal darüber nachdenkt."

„Ob du vielleicht mal mit ihr reden könntest?" fragte Ralf zögernd.

„Auch das tue ich für dich!" erklärte Max tapfer, und beide begannen zu lachen.

In diesem Augenblick steckte Ellie den Kopf ins Zimmer. „Soll ich den Tee hierher bringen oder in den Garten?"

„In den Gar . . ." In dem Moment kam Francis ins Zimmer hereingestürmt, riß Ellie das Tablett aus den Händen und knallte es vor Ralf auf den Tisch. „Das übernehme ich, Ellie!" sagte sie scharf. „Ich habe dir schon mehrmals gesagt, daß Ralf dich nicht jede Sekunde des Tages braucht."

Ellie verschwand wortlos in den Garten, und Ralf starrte seine Schwester verärgert an. „Also wirklich, Francis! War das denn nötig?"

„Nein, das war es nicht!" schrie sie. „Es war unfair und gehässig!" Sie rannte aus dem Zimmer und warf hinter sich die Tür zu.

„Geh ihr nach, Max", sagte Ralf müde. „Ich glaube, jemand muß mal ernsthaft mit ihr reden."

Max fand Francis weinend in der Küche. Er legte ihr tröstend den Arm um die Schultern. „Was ist denn los, Francis?"

„Ich weiß es selber nicht", schluchzte sie. „Ich weiß nicht, was über mich gekommen ist."

„Ich dachte, du wärst froh, daß Ellie bei euch ist."

„Bin ich auch."

„Und trotzdem . . .?"

„Es . . . es regt mich einfach auf, wenn sie mir alles aus der Hand nimmt."

Max lachte. „Du bist schon so lange der Boß in diesem Haushalt, daß du keine Veränderung erträgst."

Sie schniefte wie ein kleines Mädchen. „Ich bin abscheulich, das weiß ich. Und sie ist ein so nettes Mädchen."

„Nimmt sie dir zuviel aus der Hand?"

„Nein! Sie fragt immer erst. Auch vorhin hatte sie gefragt, ob sie euch das Teetablett bringen soll. Ich habe mich furchtbar schlecht benommen."

„Hör zu, Francis", begann Max. „Du mußt jetzt endlich anfangen, an dich selbst zu denken. Es ist großartig, wie du das alles hier bewältigst. Aber Ralf wird es eines Tages bessergehen. Dann verläßt er dieses Haus und lebt wieder sein eigenes Leben. Und du bleibst allein hier zurück, wenn du nicht bald anfängst, dir selbst etwas aufzubauen."

„Das weiß ich doch alles." Francis schluchzte.

Max klopfte ihr sanft die Hand. „Betrachte Ellie einfach als eine Art Rettungsleine", meinte er. „Sie kümmert sich um Ralf, während du losziehen kannst, um dir die Welt da draußen anzuschauen. Nutze diese Chance, Francis, damit du nicht eines Tages allein hier sitzt."

Francis hob den Kopf und lächelte ihn tapfer an. Max beschloß spontan, noch eine weitere gute Tat zu vollbringen. „Weißt du was, Francis, wir machen jetzt gleich Nägel mit Köpfen. Wir beide gehen jetzt schön essen, und Ellie paßt auf Ralf auf."

Francis zögerte, aber dann stimmte sie doch zu. „Einverstanden, Max. Vielen Dank", sagte sie schüchtern.

„Also abgemacht", entgegnete Max. „Und jetzt gehst du hinauf und ziehst dir etwas Hübsches an." Während Francis sich umzog, schlenderte er in den Garten, wo Ellie mit verbissener Miene an Bens Teichgrube arbeitete. „Alles in Ordnung, Ellie?" fragte er.

„Ach, Max, ich weiß, was mit Francis los ist, aber es ist doch so wichtig für sie, daß ich hier bin . . . und für Ralf auch."

„Genau das habe ich ihr gerade erklärt", antwortete Max. „Und um meine Argumente zu unterstreichen, werde ich sie jetzt gleich zum Essen ausführen."

Ellie lachte. „Max, Sie haben wirklich eine Medaille verdient!"

Max mußte ebenfalls lachen. „Vielen Dank, Ellie!" Doch dann wurde er wieder ernst. „Bleiben Sie bei Ralf, egal, was Francis sagt. Sie sind so wichtig für seine Genesung."

Ellie nickte. „Da Sie gerade von seiner Genesung sprechen – ich glaube, daß er jetzt keinen Psychiater mehr braucht. Aber ich würde ihn gern mal zu meinem Doktor Mac bringen. Der könnte ihm sagen, was gut für ihn ist – Schwimmen, Gymnastik und solche Sachen. Was meinen Sie dazu?"

„Das ist eine gute Idee", antwortete Max. „Sagen Sie mir die Adresse des Arztes, und ich kümmere mich um einen Termin."

DR. MAC erklärte Max, daß er sich über einen Besuch von Ralf Mallory und Ellie Foster sehr freuen würde. Max machte einen Termin aus, und Francis fuhr die beiden ins Krankenhaus.

Die erste Person, die ihnen über den Weg lief, war Schwester Sauseschritt, die inzwischen würdige Oberschwester geworden war. Sie umarmte Ellie. „Hier ist alles beim alten", meinte sie. „Nur daß ich jetzt Oberschwester Sauseschritt bin. Ellie, du bist unsere Vorzeigepatientin. Komm, ich will mit dir ein bißchen angeben . . ."

Ralf hinkte mühsam an seinem Stock hinter den beiden Frauen her. Der Saal war in der Mitte zwar mit rutschfesten Platten ausgelegt, aber er kam Ralf unendlich lang vor. Über den Betten der kleinen Patienten waren Streckapparaturen in Form von Flaschenzügen und Gewichten angebracht. Hier und da zeichnete sich auch unter der Bettdecke ein Stützgestell ab. Am Ende des Saals beugte sich ein Arzt im weißen Kittel über einen kleinen Jungen, dessen Bein in einem Gewirr aus Drähten und Metallschienen hoch über seinem Kopf hing.

Als der Arzt die drei Erwachsenen bemerkte, blickte er auf. Ellie lief mit einem Freudenschrei auf ihn zu und umarmte ihn. „Doktor Mac! Erkennen Sie mich noch?"

„Ellie! Immer noch so ungestüm wie früher! Dabei habe ich doch noch gar nicht das Stichwort gegeben!"

„Tun Sie's gleich! Bitte! Ralf soll es sehen!"

Der Arzt breitete mit dramatischer Geste die Arme aus. „Umarmt mich denn heute niemand?" rief er mit dröhnender Stimme.

„Doch! Ich! . . . Ich!" rief es aus allen Betten, und von überall her hörte man plötzlich schlurfende Schritte und das klopfende Geräusch von Krücken.

Wie der Rattenfänger von Hameln, dachte Ralf, als er die Kinder Dr. Mac zustreben sah – der Junge mit dem Gipsverband, das kleine Mädchen mit Metallschienen an beiden Beinen, das Kind, das einen Gehapparat vor sich herschob, das hüftlahme junge Mädchen, das gefährlich schwankend einen Fuß vor den anderen setzte, und die beiden Jungen in Rollstühlen, die eine kleine Wettfahrt im Mittelgang veranstalteten.

Die Kleine mit den Metallschienen war als erste am Ziel und warf sich in die Arme des Arztes. Die anderen sahen ihr neidlos zu. Dann fischte Dr. Mac aus seinen Taschen Bonbons für die ganze Schar. Über die Köpfe der Kinder weg warf er Ralf, der immer noch ein ganzes Stück entfernt war, einen Blick zu. Seine Augen schienen zu sagen: „Sehen Sie es? Diese Kinder glauben daran, daß sie es schaffen, und sie schaffen es wirklich."

„Willkommen, Mr. Mallory. Ich freue mich, daß Sie die Anstrengung nicht gescheut haben. Wir wissen alle, daß der lange Weg durch diesen Saal ein Kraftakt ist", sagte er, als Ralf endlich vor ihm stand.

Ralf schluckte. „Ich . . . ich komme mir fast fehl am Platz vor", stammelte er. Ihm war aufgefallen, daß es in dem Saal fast nur fröhliche Gesichter gab. Die Kinder waren zwar blaß und schmal und in manchen Fällen von Schmerzen gezeichnet, aber sie lachten. Von Selbstmitleid keine Spur.

„Gehen wir in mein Büro!" schlug Dr. Mac vor, und Ralf folgte ihm, während Ellie und Francis bei den Kindern blieben.

Das Gespräch mit dem Arzt verlief für Ralf angenehmer als erwartet. Der Arzt hörte sich geduldig den Bericht des Patienten an; er beobachtete ihn beim Gehen; er prüfte die steifen Finger und tastete mit seinen erfahrenen Händen die verkrampften Muskeln und Sehnen ab. „Ellie hat recht, wenn sie überzeugt ist, daß Sie gesund werden, Mr. Mallory. Sie müssen nur mehr Selbstvertrauen entwickeln", meinte er schließlich.

„Das ist alles?" fragte Ralf mit tonloser Stimme.

Dr. Mac lachte. „Ich weiß, wie Ihnen zumute ist, mein Freund. Aber fest steht, daß Sie schon recht gute Fortschritte gemacht haben. Die linke Hand gehorcht Ihnen doch wieder ganz gut. Mag sein, daß Sie als Pianist besonders hohe Anforderungen an die Beweglichkeit Ihrer Finger stellen, aber glauben Sie mir, sie sind schon bemerkenswert beweglich."

„Tatsächlich?" fragte Ralf ungläubig.

„Ihre Hand ist ein nützliches Werkzeug, das hart arbeiten muß. Sie sollten sie gut behandeln." Dr. Mac beugte sich vor und faßte nochmals nach Ralf Mallorys linker Hand. „Ein bißchen Massage würde Ihren Fingern allerdings guttun. Ellie könnte das übernehmen."

„Das hat sie bereits."

„Sehr gut. Und dann müßten Sie natürlich etwas für das Bein tun. Schwimmen wäre nützlich."

„Auch das hat Ellie schon vorgeschlagen."

Dr. Mac lachte vergnügt. „Kluges Köpfchen, unsere Ellie! Könnte sie mit Ihnen zum Schwimmen herkommen?"

Ralf zögerte. „Ja . . . meine Schwester würde uns wohl herfahren."

„Also abgemacht. Und ein paar Stunden Gymnastik könnten auch nicht schaden." Dr. Mac grinste. „Sie werden nicht mehr wissen, wo Ihnen der Kopf steht, wenn wir erst richtig mit Ihnen loslegen. Meinen Sie, Sie stehen das alles durch?"

„Ja", sagte Ralf nur.

Dr. Mac klopfte ihm begütigend auf den Arm. „Sie haben es

ja an unseren Kindern gesehen. Es ist alles eine Frage des Selbstvertrauens – und der Willenskraft. Willenskraft haben Sie, das habe ich gemerkt. Und Selbstvertrauen?" Er schaute Ralf eindringlich an. „Das kann ich Ihnen nicht einfach so geben. Ich kann Ihnen nur versprechen, daß Ihnen die unwahrscheinlichsten Dinge gelingen, wenn Sie es wirklich wollen. Wir erleben hier jeden Tag Wunder."

Ralf suchte vergeblich nach Worten. Er nickte bloß.

„Unsere Ellie hat immer an Wunder geglaubt", meinte Dr. Mac abschließend, „und tatsächlich ist es ein Wunder, daß sie heute wieder gehen kann. Mit ihr zusammen schaffen Sie es."

FÜR RALF begannen nun anstrengende Wochen. Jeden Morgen brachte Francis den Bruder und Ellie zum Schwimmen, und zwei Stunden später holte sie die beiden wieder ab. Und Ralf machte mit jedem Tag kleine Fortschritte. Seine linke Hand kräftigte sich, und seine Übungsstunden am Klavier wurden länger und weniger nervenaufreibend.

„Ich habe es doch gewußt", sagte Ellie und wirbelte einmal im Kreis herum, um ihren Worten mehr Nachdruck zu verleihen. „Es ist nichts verloren!"

Fünftes Kapitel

WEGEN der Schwimmstunden am frühen Morgen bezog Ellie schon eher als geplant das Zimmer im Haus der Mallorys. Sie war nun eine richtige Ganztagskraft, und an ihrem ersten regulären freien Tag beschloß sie, allein einkaufen zu gehen. Francis hatte bald Geburtstag, und dafür wollte sie ein kleines Geschenk besorgen.

Sie machte sich zu dem nahe gelegenen Einkaufszentrum auf, in dem sie schon früher einmal mit Francis gewesen war. Es herrschte großer Betrieb. Überall gab es Angebote in Hülle und Fülle – Geschäfte, die von Schuhen, Mänteln, Kleidern und Pullovern überquollen, Foto- und Radiogeschäfte, Billigläden, Supermärkte. Die Leute drängelten; nervöse Mütter zerrten heulende Kinder durch das Getümmel; Musik plärrte aus offenen Türen.

Anfangs fand Ellie dieses Treiben ganz lustig, obwohl es ihr ein bißchen zu laut war, doch schließlich blieb sie am dunklen Eingang eines etwas zwielichtigen Etablissements stehen. Drinnen blitzten bunte Lichter, und sie konnte das Rattern und Klicken von Computerspielen hören. Zwei Mädchen in engen Lederröcken, mit hohen Absätzen und auffälligen Frisuren, drängten sich an ihr vorbei und verschwanden im dämmrigen Innern der Halle. Auf einmal trat ein dunkelhaariger, schlanker Mann mit ölig glänzendem Haar und breitem Zahnpastalächeln an Ellie heran. Er hatte im Eingang gestanden und sie schon eine Weile beobachtet.

„Komm doch rein!“ forderte er sie auf. Sein Lächeln wurde noch breiter, flößte Ellie aber alles andere als Vertrauen ein.

„Nein danke.“

„Komm, mach schon“, sagte er und faßte sie am Arm.

Doch er hatte nicht mit Ellies Judokenntnissen gerechnet. Blitzschnell zog sie ihre freie Hand hoch und schlug mit der Handkante zu. „Laß mich los!“ zischte sie.

Der Mann jaulte auf und ließ ihren Arm fahren. „Was soll der Blödsinn? Ich wollte doch bloß nett sein.“

„Ich brauche keine netten Freunde“, entgegnete Ellie.

Der Mann musterte sie von Kopf bis Fuß mit einer Art unverschämter Bewunderung. „Da bin ich mir nicht so sicher. Bei deinem Aussehen wäre ein netter Freund vielleicht ganz nützlich.“

Ellie lief es kalt über den Rücken, und sie blieb wie erstarrt stehen.

Die beiden Mädchen, die sich in einer dunklen Ecke herumgedrückt hatten, drehten sich um und schauten zum Eingang. Die Situation wurde zum Alptraum für Ellie. Die blitzenden Lämpchen an den „einarmigen Banditen“ warfen ihr Licht auf gierige Männergesichter, die wie weiße Masken aufleuchteten, während die Musik noch lauter zu werden schien.

„He, Charlie“, rief eines der beiden Mädchen und kam langsam herübergeschlendert, „versuch mit der Kleinen bloß nicht deine Komm-doch-rein-Masche!“

„Warum denn nicht?“ gab Charlie zurück. „Die wäre doch mal was anderes in dem Laden hier. Und einen Beschützer braucht sie sowieso.“ Er wollte sich wieder zu Ellie umwenden, aber die war verschwunden.

Ellie war kein Dummkopf. Den tieferen Sinn dieser Szene hatte sie durchaus begriffen. Immerhin hatte sie schon Mädchen tuscheln hören, wie man „ein bißchen anschaffen" konnte – auf der Straße, in Spielhallen. Aber daß hier ein Mann herumstand und sie so mir nichts, dir nichts in diese Sache hineinziehen wollte, erschreckte sie zutiefst. Sie bekam eine Gänsehaut und lief, so schnell sie konnte, durch die hell beleuchteten Passagen des Einkaufszentrums. Hier gefällt es mir nicht, überhaupt nicht, dachte sie. Diese Menschenmassen sind gräßlich, und der Lärm ist auch abscheulich. Ich gehe lieber woanders einkaufen. Plötzlich hatte sie Sehnsucht nach dem stillen Musikzimmer im Haus der Mallorys und nach der Sicherheit des Gartens.

Nach einer Weile wurde sie etwas ruhiger. Ich bin bloß an nichts gewöhnt, dachte sie. Ich gerate zu schnell in Panik. Dieser Einkaufsbummel ist ja mein erster Versuch ... Doch da sah sie in der Schaufensterscheibe, vor der sie stand, das Spiegelbild des Mannes, den die Mädchen Charlie genannt hatten.

Kopflos vor Angst stürzte sie in das nächstbeste Geschäft, einen Billigladen, in dem sich die Waren zu beiden Seiten des Mittelgangs auf Regalen bis zur Decke stapelten. Ellie warf noch einen gehetzten Blick über die Schulter, lief um eine Gruppe von Kunden herum und rettete sich hinter einen hohen Aufbau aus Koffern und Reisetaschen.

Sie wollte gerade erleichtert aufatmen, als im Hintergrund des Ladens ein kleines Getümmel entstand. Drei Jugendliche, zwei Jungen und ein Mädchen, kamen auf Ellies Versteck zugerannt. Eine grimmig aussehende Frau war ihnen auf den Fersen. Sie war offensichtlich eine Ladendetektivin. Die drei Flüchtenden rannten geradewegs in Ellie hinein und warfen sie um. Einer der Jungen rammte zu allem Überfluß noch die Koffer, die kunstvoll gestapelt waren, so daß sie über Ellie zusammenstürzten. In dem Durcheinander tauchten die drei Jugendlichen in der Käufermenge unter und verschwanden draußen im Menschenstrom. Zurück blieben Ellie und eine Tragetasche, die zu ihren Füßen lag. Sie hob sie auf. „Eure Tasche! Ihr habt eure Tasche verloren!" rief sie, doch im nächsten Augenblick wurde sie am Oberarm gepackt. „Komm mit!" schnauzte die grimmige Frau sie an.

Ellie versuchte sich loszumachen. „Nein!" protestierte sie. „Ich war das nicht! Das waren die drei ..."

„Ihr vier, meinst du wohl“, sagte die Detektivin kalt und packte Ellies Oberarm noch fester. „Du solltest also die Beute rausschleppen! Pech für dich.“

„Das ist nicht meine Tasche“, erklärte Ellie bestürzt. „Ich habe bloß hier gestanden. Die drei haben mich umgerannt ... bestimmt ...“

„Ja, bestimmt!“ höhnte die Frau. „Das kannst du dem Geschäftsführer erzählen. Los jetzt! Komm ...!“

„Nein!“ protestierte Ellie wieder. Sie war jetzt ängstlich und wütend zugleich. „Sie haben kein Recht, mich zu beschuldigen. Ich habe nichts getan.“

Inzwischen waren andere Kunden aufmerksam geworden und drehten sich nach Ellie um. Diese Leute mußten doch wissen, wie alles passiert war! Ellie wandte sich verzweifelt an die Umstehenden. „Haben Sie es nicht gesehen? Die zwei Jungen und das Mädchen haben mich umgerannt ...“ Doch alle schwiegen.

„Kommst du jetzt freiwillig mit?“ Die Stimme der Detektivin klang drohend. „Ich rufe sonst die Polizei!“

Ellie schaute die Frau an. Ihre hellblauen Augen waren genauso eisig wie ihre Stimme, und ihre Lippen waren zusammengepreßt. Ellie verließ der Mut. Diese Frau ist wie Miß Ironside, dachte sie. Solchen Leuten kann man nichts erklären, weil sie einen nicht verstehen wollen.

Ellie folgte der Frau ins Büro des Geschäftsführers. Dort sah sie sich wieder stechenden Blicken ausgesetzt. „Ist das Ihre Tasche? Haben Sie die Sachen bezahlt?“ fragte der Mann mit harter Stimme.

Tränen der Wut und der Angst traten Ellie in die Augen, aber sie versuchte, ruhig und bestimmt zu sprechen. „Die Tasche gehört mir nicht. Ich habe der Dame da schon erklärt, daß ich umgerissen wurde – von den beiden Jungen und dem Mädchen, die weggerannt sind. Ich kenne sie gar nicht und habe nichts mit ihnen zu tun.“

Sie sah dem Geschäftsführer an, daß er ihr nicht glaubte. Zu oft schon hatte er das alles erlebt, zu oft schon hatte er sich unsinnige Erklärungen anhören müssen. Warum sollte er also Ellie glauben?

„Ich sage die Wahrheit“, beteuerte sie und versuchte tapfer, das Zittern ihrer Stimme zu unterdrücken. Der Mann breitete den

Inhalt der Tasche auf seinem Schreibtisch aus: ein Transistorradio, ein ganzes Make-up-Set, ein Paar billige Ohrringe, die noch an ihrem Pappkärtchen steckten. „Die sind doch für durchstochene Ohrläppchen, nicht wahr? Meine sind nicht durchstochen. Was soll ich also mit diesem billigen Zeug?"

Der Geschäftsführer sah sie verblüfft an. Er wurde ein klein wenig unsicher. „Und das Radio?" fragte er.

„Wir haben zu Hause eine wertvolle Stereoanlage", schnaubte Ellie.

„Zu Hause?" wiederholte der Mann und begann mit den Formalitäten. „Ihr Name?"

„Ellie Foster."

„Adresse?"

Ellie schwieg. Als er „zu Hause" gesagt hatte, hatte sie gleich an das Heim der Mallorys gedacht; an Ralf, der in seinem Sessel saß und auf ihre Rückkehr wartete, und Francis, die sicher schon unruhig auf die Uhr schaute, weil Ellie so lange ausblieb. Nein, sie würde Ralf und Francis nicht in diese schreckliche Sache hineinziehen! Dann kam ihr der rettende Gedanke. Die Oberin vom Greville-Haus war doch an schwierige Situationen gewöhnt. Sie würde ihr auch jetzt bestimmt helfen. Ralf wüßte vielleicht gar nicht, was er machen sollte.

„Adresse!" schnauzte der Geschäftsführer sie an. Jetzt war er sich seiner Sache sicher. Dies hier war eine Diebin, die ihre wahre Identität natürlich nicht preisgeben wollte.

„Greville-Haus", antwortete Ellie mit fester Stimme.

Der Mann sah sie aufmerksam an. „Greville-Haus?"

„Ja. In der Shelley Road . . ."

Er blickte jetzt viel freundlicher drein. Selbst sein Tonfall war plötzlich weniger scharf. „Sie sind eine Pa . . .? Sie wohnen dort?"

„Ja."

Der Mann warf der Detektivin einen merkwürdigen Blick zu und schüttelte unmerklich den Kopf. „Also gut, Miß Foster", sagte er beinahe freundlich, „ich glaube, die Sache geht in Ordnung. Ich rufe gleich im Greville-Haus an. Dann holt Sie sicher jemand ab."

Ellie kannte diesen Tonfall. Diese Art von Blicken auch. Und sie haßte sie. Der Mann glaubte ihr natürlich noch immer nicht, aber für ihn war sie eine geistig Behinderte, mit der er nachsichtig sein wollte. Sie kam ja aus einem Heim!

Als sie zu den Mallorys gezogen war, hatte sie geglaubt, von diesem Makel endlich befreit zu sein und daß die Leute sie behandeln würden wie jeden anderen Menschen auch. Aber so einfach war das nicht. Sie brauchte das Greville-Haus nur zu erwähnen, schon waren diese mitleidigen Blicke, diese nachsichtige Freundlichkeit wieder da. Und das halte ich nicht mehr aus! dachte sie. Lieber lasse ich mich als Diebin einsperren. Das wäre immerhin ein Beweis, daß man mich für normal hält.

Sie saß wie betäubt vor dem telefonierenden Geschäftsführer, und sie erwiderte auch sein Lächeln nicht, als er ihr mitteilte: „Es geht alles in Ordnung, Miß Foster. Die Oberin kommt selber her und holt Sie ab."

Es dauerte nicht lange, bis die Oberin erschien. Sie warf Ellie einen prüfenden Blick zu. „Komm, Ellie, wir gehen", sagte sie dann in ihrer energischen Art.

Aber Ellie kam der Aufforderung nur zögernd nach. „Ich möchte noch etwas sagen . . .", erklärte sie dann mit leiser, aber nachdrücklicher Stimme.

„Nicht nötig!" Der Geschäftsführer machte eine abwehrende Geste, die freundlich gemeint war.

„Doch, es ist nötig!" erwiderte Ellie. Sie stand jetzt kerzengerade da. „Ich habe nichts Unrechtes getan. Alles ist so passiert, wie ich es erzählt habe. Aber Sie haben mich trotzdem für eine Diebin gehalten und wollten die Polizei rufen. Und auf einmal, bloß weil ich aus dem Greville-Haus bin . . ."

„Schluß jetzt, Ellie!" sagte die Oberin scharf. „Der Herr hier ist sehr entgegenkommend gewesen. Wir sollten nach Hause fahren."

Doch Ellie war jetzt richtig in Fahrt. „Es ist unfair!" schrie sie. „Ich will nicht, daß Sie nachsichtig und entgegenkommend sind. Ich will, daß Sie mir glauben und mich wie einen normalen Menschen behandeln!"

„Schon gut, Miß Foster", meinte der Geschäftsführer begütigend.

„Nichts ist gut!" schrie Ellie verzweifelt. „Wann fangen die Leute endlich an, mich als ganz normalen Menschen zu behandeln."

Der Mann blickte betreten auf seinen Schreibtisch. Die Oberin legte eine Hand beruhigend auf Ellies Arm. „Darüber reden wir später, Ellie. Und falls es dich tröstet – ich glaube dir. Und jetzt komm endlich!"

Sie verließen den Laden mit festem Schritt und gingen zu dem kleinen Austin Mini, der draußen vor dem Einkaufszentrum geparkt war.

„Hör auf, über diese Sache nachzudenken, Ellie", sagte die Oberin, als sie im Wagen saßen, „Hauptsache, ich konnte dich dort rausholen."

Doch Ellie verlor plötzlich die Fassung und begann zu weinen. „Es tut mir so leid, daß ich Ihnen solchen Ärger gemacht habe", schluchzte sie.

„Schon gut", meinte die Oberin. „Ich nehme dich jetzt mit ins Greville-Haus, und da trinken wir erst mal eine Tasse guten, starken Tee."

Wenig später saß Ellie im Büro des Heims und hielt die versprochene Tasse Tee in den Händen. Sie reagierte jetzt auf die Erlebnisse der letzten Stunden mit Zittern und Übelkeit, aber sie schaffte es, der Oberin haarklein zu berichten, was passiert war – auch von dem Mann, der sie belästigt hatte.

„Verstehst du jetzt unsere Bedenken, dich allein in diese Welt hinauszulassen?" fragte die Oberin, als Ellie schwieg.

Ellie seufzte. „Ja, aber ich muß irgendwie lernen, draußen zu leben. Ich kann mich nicht mein ganzes Leben lang beschützen lassen."

„Du bist doch schon dabei zu lernen", sagte die Oberin lächelnd. „Viel zu schnell sogar. Ich wünschte, der Anfang wäre für dich weniger häßlich gewesen. Es ist übrigens ein uralter Trick von Dieben, gestohlenes Gut Unschuldigen unterzuschieben, wenn ihnen selbst der Boden zu heiß wird. Der Geschäftsführer hätte das wissen müssen."

Ellie war derselben Meinung. Was sie aber viel mehr bedrückte, war, wie der Mann umgeschwenkt hatte, als sie gesagt hatte, sie komme aus dem Greville-Haus. „Wann endlich . . .", begann sie, und die Oberin hatte schon verstanden.

„Bald, Ellie. Mit jedem Tag, den du draußen lebst, wird es besser, und ehe du dich versiehst, lebst du so frei und nach deinen eigenen Vorstellungen wie jeder andere Mensch."

„Es muß schön sein, nicht mehr als beinahe Schwachsinnige behandelt zu werden", sagte Ellie sehnsüchtig.

„Ellie!"

„Aber es ist doch so! Sowie ich das Greville-Haus erwähnt hatte, hat mich der Mann angesehen, als wäre ich eine Verrückte. Und das bin ich nicht . . . oder?"

„Natürlich nicht", sagte die Oberin ohne jedes Zögern. „Du bist eine vernünftige junge Frau und geistig so normal wie ich – obwohl das nicht viel heißen muß! Besonders nicht nach einem Abenteuer wie dem von vorhin!" Sie zwinkerte Ellie zu, und Ellie ließ sich von ihrer Fröhlichkeit anstecken und lachte.

„Und Sie werden ihnen nichts davon erzählen?" fragte sie besorgt.

„Wem? Den Mallorys? Nein, Ellie. Du hast ja nichts Unrechtes getan, und es ist dir auch nichts passiert." Insgeheim wußte die Oberin aber nur zu gut, daß Ellie etwas passiert war. Sie hatte etwas von ihrem Selbstvertrauen, von ihrer kindlichen Naivität eingebüßt. Aber sie würde noch mehr Schocks und Enttäuschungen erleiden. Ein schmerzlicher Gedanke. „Vielleicht erzählst du es ihnen später selbst einmal. Im Verheimlichen bist du ohnehin nicht besonders gut, habe ich recht?"

„Bisher gab es auch nichts zu verheimlichen."

„Kein Grund zur Verzweiflung, Ellie. Genau besehen ist die Welt gar nicht so schlecht."

„Ja", hauchte Ellie und brachte ein schwaches Lächeln zustande, aber dann lief sie schnell aus dem Zimmer. Sie hatte Angst, schon wieder in Tränen auszubrechen.

„HALLO, Ellie, da bist du ja. War's schön?" sagte Francis nur, als Ellie gegen Abend nach Hause kam.

Ellie wäre um ein Haar in hysterisches Lachen ausgebrochen, aber sie schaffte es, in unverfänglichem Tonfall „O ja, vielen Dank" herauszubringen.

„Du solltest Ralf noch gute Nacht sagen!" rief Francis ihr hinterher, als sie schon in ihr Zimmer gehen wollte. „Er hat nach dir gefragt. Nimm doch bitte gleich den Tee für ihn mit ins Musikzimmer; sei so lieb, Kindchen."

Ich bin nicht lieb und auch kein Kindchen, dachte Ellie. Ich bin eine ganz normale, vernünftige junge Frau. Die Oberin hat es gesagt! Und ich habe es satt, immer auf diese behutsame Art behandelt zu werden. Außerdem mag ich jetzt nicht zu Ralf reingehen. Der merkt sofort, daß etwas passiert ist. Ihm entgeht nichts.

„Ja, gern", sagte sie trotzdem, nahm das Tablett und trug es ins Musikzimmer.

Ralf saß mit einem Buch in der Hand im Sessel, aber er las nicht. Er blickte zur Tür, und seine Augen leuchteten auf, als Ellie auf der Schwelle erschien.

„Da ist ja endlich meine kleine Ellie", sagte er neckend und streckte ihr die Hand entgegen. „Du hast mir heute gefehlt."

Ellie setzte das Tablett behutsam neben ihm ab und ergriff seine Hand. „Habe ich dir wirklich gefehlt? Entschuldige, daß ich so lange fortgeblieben bin. Oh, ich glaube, du hast zuviel geübt. Deine Hand ist ja ganz verspannt." Sie wandte sich ein wenig ab, damit Ralf ihr Gesicht nicht sehen konnte. Dann setzte sie sich neben seinem Sessel auf den Fußboden.

Ralf musterte sie aufmerksam. „Was gibt es, Ellie? Ist was passiert?"

Sie hob den Kopf, brachte aber kein Wort heraus.

Ralf sah sofort, wie verstört sie war. Er beugte sich über sie und legte ihr die Hand leicht auf das Haar. „Ellie, nichts könnte so schlimm sein, daß du es nicht . . ."

„O Ralf!" brach es aus Ellie heraus. „O Ralf!"

„Willst du nicht darüber reden?" fragte er. „Man muß mich nicht immer schonen!" Seine Stimme klang bitter.

Kein anderer Satz hätte Ellie so leicht entwaffnen können. Sie wußte nur zu gut, wie einem Menschen zumute war, der ständig gegen die Wirklichkeit abgeschirmt wurde. Sie atmete entschlossen durch. „Ich glaube, Francis sollte auch Bescheid wissen", sagte sie mit rührender Würde.

„Wie du meinst. Hol sie, und erzähl uns, was dich so verschreckt hat."

Und so begann Ellie, über ihre Erlebnisse zu reden. Sie ließ nichts aus.

„Armes Kind! Was du durchstehen mußtest!" Francis war ehrlich empört.

„Ich bin kein Kind", entgegnete Ellie, „nicht mehr. Ich sollte endlich fähig sein, mit meinen Angelegenheiten selber fertig zu werden, bloß . . . bloß die Leute da in dem Geschäft wollten mir einfach nicht glauben. Aber ihr glaubt mir doch, nicht wahr?"

„Mach dich nicht lächerlich", sagte Francis. „Natürlich glauben wir dir. Der ganze Vorfall ist absurd."

„Und ihr schickt mich nicht ins Greville-Haus zurück?"

„Ellie! Wie kommst du nur auf solche Gedanken!" Francis fuhr ihr ein wenig ungeschickt mit der Hand über die Wange. „Vergiß die üble Geschichte. Sie ist vorbei, und du bist wieder bei uns zu Hause, wo dir niemand etwas tun kann." Doch als sie merkte, wie gerührt Ellie über ihre ungewohnte Herzlichkeit war, lief sie schnell aus dem Zimmer.

„Es geht nicht um das, was mir diese Leute angetan haben", sagte Ellie zu Ralf. „Schlimmer ist die Art, in der sie mich angeschaut haben. Ich hasse es, nachsichtig behandelt zu werden."

„Da sitzen wir beide im selben Boot", brummte Ralf.

Ellie verstummte. Plötzlich schämte sie sich, über ihr eigenes Mißgeschick so hemmungslos zu jammern, während Ralf noch immer hilflos in seinem Sessel saß und es ertragen mußte, von allen bemitleidet zu werden. „Entschuldige, Ralf", sagte sie, „deine Lage ist ja noch viel schlimmer."

„Das stimmt nicht ganz", entgegnete er. „In meinem Fall zeigen die Leute offen ihr Mitleid und ihre Nachsicht. Aber bei dir sind sie viel weniger offen und direkt."

Einen Augenblick lang dachte Ellie nach. „Ist es überhaupt möglich, mich wie einen normalen Menschen zu behandeln?"

„Aber selbstverständlich!" Sein Blick verriet deutlich, wieviel ihm daran lag, Ellie ihr Selbstvertrauen zurückzugeben. „Niemand braucht Nachsicht mit dir zu üben. Das ist vorbei." Er strich ihr das Haar aus den Augen. „Dir fehlen nur noch Erfahrungen mit den Schattenseiten des Lebens, und die scheinst du ziemlich schnell zu sammeln. Viel zu schnell."

Ellie lächelte wieder – ganz, wie es Ralf beabsichtigt hatte. „Ralf", sagte sie, „du hast es wieder einmal verstanden, für mich die Dinge ins richtige Licht zu rücken."

„Du tust doch für mich dasselbe", antwortete er und schaute Ellie liebevoll an.

NIEMAND hatte Ben von Ellies schlechten Erfahrungen im Einkaufszentrum erzählt, aber an ihrem nächsten freien Tag stand er im Garten und verkündete entschlossen, daß er sie begleiten werde. „Bist du schon mal auf einer Eisbahn gewesen?" fragte er.

„Ja, aber es ist furchtbar lange her. Vielleicht kann ich gar nicht mehr Schlittschuh laufen."

„Das werden wir ja dann feststellen."

Sie liehen sich beide Schlittschuhe und wagten sich dann auf die Eisbahn, die von Menschen wimmelte. Solange Ellie noch um ihr Gleichgewicht kämpfen mußte, hielt sie sich an Ben fest. Trotzdem fiel sie ein paarmal hin und riß auch noch Ben mit sich, so daß beide zappelnd und lachend auf dem Eis lagen. Aber es dauerte nicht lange, bis sie sich mit ein paar mutigen, weit ausgreifenden Schritten von Ben frei machte und leicht wie eine Feder davonglitt.

Nachdem sie erschöpft, aber vergnügt in einem Café einen Tee getrunken hatten, setzten sie sich in den Bus, um nach Hause zu fahren. Der Bus hatte erst die halbe Strecke zurückgelegt, als eine Horde lauter und betrunkener Fußballfans zustieg. Ben rückte ein bißchen näher an Ellie heran und legte einen Arm schützend auf die Rücklehne der Sitzbank.

Drei der Burschen zwängten sich auf die beiden Plätze hinter ihnen. „Hallo, Süße", säuselte einer von ihnen, lehnte sich vornüber und grinste anzüglich. „Willst du 'n Schluck?" Ellie drehte den Kopf so weit wie möglich weg und antwortete nicht. „Ob du 'n Schluck willst, hab ich gefragt!" lallte er jetzt schon etwas lauter.

Ellie schüttelte den Kopf. „Nein danke", antwortete sie höflich.

Ben stand auf und faßte Ellie bei der Hand. „Komm, wir steigen aus!" sagte er kurz entschlossen. Der Fahrer hielt an, und Ellie und Ben sprangen die Stufen hinunter. Dann schlenderten sie auf der dämmerigen Straße hinter dem verschwindenden Bus her. Zu ihrem Mißvergnügen sahen sie, daß er bald nochmals hielt, um weitere Fahrgäste abzusetzen, darunter vier der betrunkenen Burschen, die ihnen nun prompt entgegengeschwankt kamen. Ben wurde wütend, aber er war entschlossen, Ellie aus der Sache herauszuhalten.

„Lauf los!" raunte er ihr zu, als die vier nur noch wenige Meter entfernt waren.

„Ich soll weglaufen?" fragte Ellie verständnislos. „Glaubst du, ich hätte vor denen da Angst?"

Die vier grinsenden Kerle bauten sich vor ihnen auf. „Hier geht's lang!" sagte einer der Burschen und grapschte schon nach Ellies Arm.

Ellie schlug zu wie der Blitz, und der Trunkenbold ging zu Boden. Vor Verblüffung zögerte Ben einen kurzen Augenblick, doch dann warf er sich mit ganzer Kraft auf die anderen Kerle, und es gab ein wildes Handgemenge. Er sah Ellie, wie sie mit fliegenden Haaren hin und her schoß und Hiebe verteilte. Und auf einmal stand er allein mit ihr da, während sich die Rowdies auf der Erde krümmten.

„So!" meinte Ellie. „Und jetzt sollten wir wirklich losrennen."

Sie rannten ohne Unterbrechung, bis sie das Haus der Mallorys erreicht hatten. Ellie nahm den widerstrebenden Ben mit ins Haus und berichtete Ralf und Francis sofort von ihrem Abenteuer. „Wenn ich ehrlich sein soll: Mir hat's richtig Spaß gemacht!" erklärte sie zum Schluß.

„Ellie!" rief Ben schockiert, während Ralf sich fragte, wieviel an ihrer Ausgelassenheit echt und wieviel vorgetäuscht war. „Es tut mir leid, daß der Tag so für euch geendet hat", sagte er mitfühlend.

„Mir aber nicht!" rief Ellie. „Ich bin froh darüber. Was diesmal passiert ist, ist mir passiert und nicht der Patientin aus dem Greville-Haus. Die Kerle haben mich behandelt, wie sie jedes andere Mädchen behandelt hätten. Nicht sehr gut – zugegeben –, aber trotzdem . . ." Sie grinste. „Niemand hat auf mich Rücksicht genommen!"

„Geht es dir wirklich gut?" fragte Ben.

„Ja, natürlich! Das Ganze war doch eine Wucht!"

Ben schaute Ellie schmunzelnd an. „'ne Wucht!" wiederholte er. „Das ist der richtige Ausdruck!"

EIN PAAR Tage darauf hörte Ellie vom Garten aus, daß im Musikzimmer wieder einmal ein Wortgefecht zwischen den Geschwistern im Gange war. Francis schien aufgebracht zu sein, weil sich Ralf gegen etwas wehrte.

„Es wäre auch für Ellie gut, einmal ein richtiges kleines Familienfest zu erleben . . ."

„Sie kann dich doch begleiten. Ich sehe nicht ein, warum ich mitkommen soll", protestierte Ralf eigensinnig.

„Du bist ausdrücklich mit eingeladen. Außerdem ließe Ellie dich keinesfalls allein zu Hause. Das weißt du genau."

„Ich muß nicht pausenlos bemuttert werden. Ich komme ganz gut mal ohne euch aus."

Francis konnte kaum noch an sich halten. „Ich hatte gehofft, du würdest einmal deine Scheu vor anderen Leuten überwinden, und wenn es nur wegen Ellie wäre."

„Jetzt wirst du unfair!" knurrte Ralf.

An diesem Punkt der Debatte fand Ellie, es sei an der Zeit, sich einzumischen. „Wieso soll Ralf meinetwegen etwas tun?" fragte sie und trat mit unschuldiger Miene ins Zimmer.

„Ach, mein Bruder ist mal wieder dickköpfig!" fauchte Francis. „Wir sind alle drei zu einer Geburtstagsfeier bei meiner Freundin Sally eingeladen, und er will nicht mitkommen."

Ellie drehte sich zu Ralf um. „Haben diese Leute dich früher gekannt, als du . . . als du Pianist warst?"

„Nein, das sind Francis' Freunde. Mag sein, daß ich ihnen schon mal begegnet bin."

„Um so besser", erklärte Ellie, „dann hast du nichts zu verlieren. Die Leute erwarten von dir keine großartige Vorstellung."

„Stimmt."

Ellie grinste fröhlich. „Also brauchst du auch keine Nachsicht zu fürchten."

Ralf wollte widersprechen, schloß aber gleich wieder den Mund, als er sah, wie kampfbereit Ellies Augen funkelten. „Na meinetwegen . . .", murmelte er.

„Wir sorgen schon dafür, daß du dich gut unterhältst", munterte Ellie ihn auf.

TROTZ aller Befürchtungen, die Ralf gehegt hatte, wurde der Besuch bei Sally und ihrer Familie ein voller Erfolg. Wieder hatte Ellie Francis in der Kleiderfrage beratend zur Seite gestanden und aus den Tiefen des Kleiderschranks ein aprikosenfarbenes Kleid zutage gefördert.

Francis war diesmal mit der Wahl gleich einverstanden gewesen, hatte dann aber den Spieß umgekehrt und verlangt, daß auch Ellie sich feinmachte. Sie gingen gemeinsam einkaufen und kamen mit einem schwingenden lindgrünen Baumwollrock zurück, der der schlanken Ellie sehr gut stand. Dazu hatten sie eine weich fallende weiße Bluse erstanden, obwohl Ellie der „Rüschenkram" nicht so gefiel.

Wieder fand Ralf, daß Francis deutlich jünger aussah in ihrem hübschen Kleid, und Ellie, die vor Erwartungsfreude ganz zappelig war, kam ihm in diesen zarten, frühlingshaften Farben wie ein tanzendes Blatt vor. „Ich bin richtig stolz, daß mich zwei so atemberaubende Schönheiten begleiten", scherzte er, und Francis dachte daran, daß ohne Ellie dieser Ausflug nie zustande gekommen wäre. Sie sah Ellie an, und ihre Blicke trafen sich. Ellie verstand. Sie wußte, daß eine weitere Hürde genommen, ein neuer kleiner Sieg über Ralfs überempfindliches Selbstwertgefühl errungen war. Dieser Besuch bei Sally bedeutete für ihn immerhin, sich dem Mitleid Fremder auszusetzen, und sie wußte nur zu gut, wie verhaßt ihm diese Vorstellung war. Hoffentlich war Sally eine vernünftige Frau und machte nicht zuviel Aufhebens um Ralf.

Ellies Sorgen erwiesen sich als überflüssig. Die Gäste wurden sofort in das fröhliche Durcheinander der Familienfeier einbezogen. Sally umarmte Francis, und die drei Kinder tanzten um den Besuch herum. Im nächsten Augenblick wurde Ralf schon auf die Terrasse hinauskomplimentiert.

„Es ist eine Grillparty", erklärte Sally. „Die hat sich Jamie, unser Geburtstagskind, gewünscht." Und Jamie rückte für Ralf einen stabilen Gartensessel mit hoher Lehne zurecht.

„Setzen Sie sich lieber auf den hier. Alle anderen sind ziemlich wacklig", meinte er. Alle lachten und rannten mit Gabeln und Fleischspießen und Würstchenpaketen geschäftig hin und her und hatten gar keine Zeit, darauf zu achten, wie mühsam sich Ralf in dem Sessel niederließ.

„Jim wird auch gleich dasein", verkündete Sally. „Zur Feier des Tages macht er heute früher Feierabend. Aber wir fangen trotzdem schon an. Kann jemand mit dem Holzkohlengrill umgehen?" Sie hielt einen langen Spieß mit einem draufgesteckten Steak auffordernd in die Höhe.

„Ach, bitte, darf ich es probieren?" rief Ellie, die von der Fröhlichkeit der Gastgeber schon angesteckt war.

Die blonde Janine kam mit einer Soßenflasche aus der Küche. „Man muß das Steak damit begießen, ehe man es auf dem Grill brutzeln läßt. Aber man muß aufpassen, daß einem das Fett nicht in die Augen spritzt", erklärte sie fachkundig.

„In die Augen spritzen! In die Augen spritzen!“ johlte der kleine Rickie und fuchtelte mit einem leeren Spieß herum.

Ellie fing den Kleinen mit der einen Hand ein, während sie mit der anderen geschickt ein dickes Würstchen auf die Spießspitze steckte. „So“, sagte sie, „das hältst du jetzt über die Glut, aber komm dem Grill nicht zu nahe. Sonst verbrennst du dich!“

Rickie blieb tatsächlich in respektvollem Abstand vor dem Grill stehen und widmete sich mit großer Hingabe dem Grillen seines Würstchens.

„Ich traue meinen Augen nicht!“ flüsterte Sally Francis zu. „Rickie gehorcht jemandem!“

Francis lachte. „Irgendwie schafft es Ellie, daß ihr jeder gehorcht. Sogar Ralf.“

Ellie schien in ihrem Element zu sein. Sie alberte mit Jamie und Janine herum; sie behielt Rickie im Auge; sie kümmerte sich um das Fleisch auf dem Grill. Janine hatte ihr eine lange, gestreifte Schürze über den neuen grünen Rock gebunden und eine weiße Kochmütze gegeben. Ein paar Haarsträhnen, die unter dem Mützenrand vorquollen, leuchteten golden im Widerschein des Feuers – genau wie die Gesichter all derjenigen, die um den Grill herumstanden.

Ralf, der dieses hübsche Bild gedankenverloren betrachtete, dachte auf einmal: Wie glücklich Ellie aussieht! Und wie gut sie mit Kindern umgehen kann! In so einer warmherzigen, unkomplizierten Familie hätte sie aufwachsen sollen . . .

Sally hatte einige Rosmarinzweige auf die Glut geworfen, und ein bläuliches Rauchfähnchen trug den aromatischen Duft bis in die Kronen der alten Apfelbäume. Ein paar aufstiebende Funken sahen unter dem grünen Blätterdach wie Glühwürmchen aus.

Inzwischen war auch Jim eingetroffen. Er stellte sich hinter Sally und Francis, die vor dem Grill saßen, und schaute lächelnd auf sie hinunter. „Ihr scheint alle sehr beschäftigt zu sein . . .“

„Daddy! Daddy ist da!“ schrien die Kinder im Chor. Sally ging in die Küche, um für Jim noch ein Steak zu holen, und auch Francis stand auf und lehnte sich an die Hauswand. Ihr Blick ruhte voll schmerzlicher Sehnsucht auf den Kindern. Ralf bemerkte es und seufzte, aber da stand Jim neben ihm und legte ihm die Hand auf den Arm. „Freut mich, daß Sie mitgekommen sind, Ralf“, sagte er.

„Ich bin selber froh darüber. Es macht mir großen Spaß“, entgegnete Ralf, und zu seiner Verwunderung stellte er fest, daß er die Wahrheit sagte.

Ellie, die sah, daß dem kleinen Rickie schon fast die Augen zufielen, legte die Bratspieße aus der Hand und nahm den Jungen auf den Arm. Sie stand noch einen Augenblick vor dem Feuer mit dem schlaftrunkenen Kind im Arm, dessen zerzauster Blondschopf an ihrer Schulter ruhte – ein Bild, dachte Ralf, das ich nie vergessen werde.

Doch Rickie überraschte die Erwachsenen. Plötzlich war er wieder munter und dachte nicht mehr ans Schlafen. „Jetzt will ich bei Ralf auf dem Schoß sitzen“, erklärte er. Also trug Ellie den Kleinen zu Ralf hinüber und setzte ihm den Jungen vorsichtig auf die Knie. Rickie schaute ihn an. „Ich mag dich, weil du so still bist“, meinte er dann.

Das war eine erstaunliche Bemerkung aus dem Mund des lebhaften Jungen, und alle begannen zu lachen. Aber Rickie war kein bißchen verlegen. Er rollte sich auf Ralfs Schoß zusammen, lehnte den Kopf gegen Ralfs Oberarm, und schon waren ihm die Augen zugefallen.

Ellie hatte beobachtet, wie die quirlige kleine Gestalt ruhig wurde, und sie hatte im Feuerschein Ralfs Gesicht gesehen, als er sich über das Kind beugte – ein Bild, das ihr unvergeßlich bleiben würde. Doch im nächsten Moment dachte sie schon an das Gewicht des Jungen und daran, daß Ralf so leicht Krämpfe in den Beinen bekam. Sie trat auf ihn zu, um ihm das Kind abzunehmen, aber Francis war schneller. „Das mache ich. Ich kenne mich im Haus besser aus als du“, sagte sie und nahm den Kleinen auf den Arm.

„Wohin soll ich Rickie bringen?“ fragte sie Sally, die nun endlich Zeit hatte, selber etwas zu essen.

„Leg ihn unten aufs Sofa. Ich trage ihn später selbst nach oben.“

Francis verließ die geräuschvolle Runde am Feuer und trat mit dem Kind in das stille, dämmrige Haus. Sie legte Rickie aufs Sofa und ließ ihren Blick kurz auf ihm ruhen. Wie sehr er Viktor ähnelt, dachte sie wieder und versuchte sofort, diesen schmerzlichen Gedanken zu verdrängen. Sie wandte sich brüsk ab und wollte schon das Zimmer verlassen, da bemerkte sie ein Foto von

Viktor in einem Silberrahmen auf Sallys Schreibtisch. Sie stand nachdenklich davor, als Ellie auftauchte. „Hier sind Sie! Wir haben Sie schon vermißt!"

„Ja, ich komme", antwortete Francis und kehrte dem verräterischen Foto hastig den Rücken, aber Ellie hatte es bereits gesehen. Sie ließ den Blick nachdenklich zwischen dem Bild und Francis hin- und herwandern. „Wer ist das?" fragte sie.

„Sallys Bruder . . . Viktor."

„Kennen Sie ihn?"

„Ja. Das heißt, ich kannte ihn früher mal. Vor Jahren." Das sollte beiläufig klingen, aber Francis' Stimme klang doch ein wenig bitter. Ellie sagte nichts dazu, sondern blickte hinaus zu Ralf, dessen Profil sich vor dem Feuerschein am Grill abzeichnete.

„Für den kleinen Rickie ist es leichter . . .", bemerkte sie.

„Was denn?" fragte Francis verwundert.

„Der sagt einfach, was er gern tun möchte – ehe es zu spät ist." Sie ging in den Garten, ohne sich noch einmal nach Francis umzuschauen.

Während der Heimfahrt waren sie alle müde, aber glücklich. „Nun, Ralf, hat es sich gelohnt?" fragte Francis.

„Ja, natürlich, das weißt du genau", erwiderte er lächelnd. „So wohl habe ich mich seit langem nicht mehr gefühlt."

„Es sind aber auch besonders nette Leute", meinte Ellie, die hinter ihm saß.

„Ganz meine Meinung", bestätigte Ralf. „Vor allem Rickie, dieser kleine Kobold."

Sie schwiegen. Jeder hing seinen Gedanken nach und dachte an den vergangenen Abend. Schließlich brach Ellie das Schweigen. „Diesen Geruch von Holzkohlenrauch und Rosmarin – den vergesse ich mein ganzes Leben lang nicht", sagte sie.

Ich auch nicht, dachte Ralf, und Ellies Gesicht vor dem rotglühenden Feuer schon gar nicht.

Nur Francis hütete sich, ihre Gedanken in Worte zu fassen.

WENIGE Tage nach der Party kam für Ellie ein Telefonanruf aus dem Greville-Haus. „Der alten Mrs. Banks geht es sehr schlecht", sagte die Oberin. „Sie hat nach dir gefragt, Ellie. Ob dir die Mallorys ein paar Stunden freigeben?"

„Bestimmt", antwortete Ellie. „Ich komme sofort." Und sie ging zu Francis, die sie gleich losschickte.

Man hatte Mrs. Banks hochgebettet, damit sie leichter atmen konnte. Sie sah sehr dünn und hinfällig aus, aber sie erkannte Ellie sofort und lächelte.

„Du bist ein liebes Mädchen", meinte sie und streckte Ellie die Hand entgegen.

Ellie setzte sich neben das hohe weiße Krankenhausbett und nahm Mrs. Banks' zerbrechliche Hand in ihre eigene.

„Montags war immer so viel zu tun . . .", flüsterte die alte Frau. Es klang müde. „Die Wäsche und dann die Kälber, die für den Markt fertiggemacht werden mußten . . . Viehmarkt war immer dienstags, und mir hat es jedesmal das Herz gebrochen . . . die niedlichen kleinen Dinger . . . alle samtbraun . . . Aber abends, wenn Frank dann wieder zu Hause war, sind wir über die Felder spazierengegangen, und er hat immer gesagt: ‚Nimm's nicht so schwer, Bessie. Das Leben ist nun mal so . . . Komm und sieh dir die Gänseblümchen an . . .'"

Die alte Frau lachte leise, und auf ihrem Gesicht lag der Widerschein glücklicher Erinnerungen. „. . . nicht so schwernehmen, das Leben ist nun mal so . . .", wiederholte sie, und dann schwieg sie lange. Und plötzlich vertiefte sich der glückliche Ausdruck auf ihrem Gesicht, und sie streckte die freie Hand nach jemandem aus, den nur sie allein sah. „Frank . . .?" flüsterte sie. „Ich wußte ja, daß du bald kommst." Sie ließ sich in die Kissen zurücksinken, schloß lächelnd die Augen und rührte sich nicht mehr.

Ellie verließ auf Zehenspitzen das Zimmer und ging in das Büro der Oberin. „Es tut mir leid . . .", sagte sie, „Mrs. Banks ist tot." Aber im Grunde tat ihr Bessie Banks gar nicht leid. Warum auch? Die kleine alte Frau war doch endlich von ihrem Frank heimgeholt worden.

ALS ELLIE an diesem Abend nach Hause kam, ging sie gleich in ihr Zimmer hinauf und legte sich aufs Bett. Nicht, daß der Tod der alten Frau sie allzu traurig gemacht hätte, denn er schien eher eine Erlösung und etwas ganz Natürliches zu sein, aber sie war erschüttert darüber, wie zerbrechlich ein Menschenleben doch war. Jeder kämpfte einen so langen, schweren Kampf, um zu überleben und um etwas zu tun, das den so schnell entfliehenden Tagen einen Sinn gab, und am Ende all dieser Mühen war der Mensch doch nichts als ein kleines, müdes Häufchen Elend. Ralf zum Beispiel kämpfte tagaus, tagein darum, wieder gesund zu werden. Und nach einem vielleicht lebenslangen Kampf würde er enden wie Bessie Banks, auch nur ein Häufchen Knochen, vergessen, von niemandem betrauert. Nein, dachte Ellie, das stimmt nicht, Ralf wird nicht vergessen sein, solange ich lebe! Sie war nicht überrascht über diesen Gedanken, denn sie wußte, daß sie Ralf liebte – so selbstverständlich, wie sie den blauen Sommerhimmel liebte.

Es klopfte, und Francis öffnete die Tür. „Ellie? Dir fehlt doch nichts?"

„Nein, natürlich nicht", entgegnete Ellie sofort. „Ich wollte gerade hinuntergehen."

„Der Tee ist fertig, und Ralf hat schon nach dir gefragt." Ellie stand vom Bett auf, und in diesem Augenblick sah Francis auf der Kommode ein geöffnetes Buch liegen. Sie musterte es neugierig und runzelte dann die Stirn. „Du liest ein Buch über Beethoven?" fragte sie spitz. „Wozu denn . . .?"

„Ich habe mir gedacht, ich sollte ein bißchen mehr über die Musik wissen, die Ralf immer spielt."

„Verstehe", sagte Francis giftig, „die kleine, unermüdliche Gehilfin ist immer im Einsatz."

Ellie blieb in der Tür stehen. „Sollte ich das nicht?"

Francis bemerkte Ellies herausfordernden Ton sehr wohl, zog es aber vor, nicht darauf einzugehen. Sie wandte sich um. „Hat Ralf dir das Buch geliehen?" fragte sie über die Schulter.

„Nein", antwortete Ellie. „Ich habe es mir selbst aus dem Regal genommen. Ralf hat doch sicher nichts dagegen, oder?"

„O nein, ganz bestimmt nicht. Du darfst dir nehmen, was du willst. In Ralfs Augen kannst du gar nichts Falsches tun."

Ellie schwieg fassungslos. So ein Theater um ein Buch zu machen!

„Kommst du nun?" fragte Francis ungeduldig. Man sah ihr deutlich an, wie empört sie war.

„Nein", antwortete Ellie sehr ruhig, „seien Sie mir nicht böse; ich bin doch zu müde."

Francis ging nach unten, und bald darauf hörte sie, daß Ralf im Musikzimmer eine Frage stellte und daß Francis ihm ärgerlich und mit erhobener Stimme antwortete. Als das Hin und Her der Stimmen gar nicht aufhören wollte, beschloß sie, doch lieber hinunterzugehen, um dem Streit ein Ende zu machen.

Im Treppenhaus fing sie ein paar Wortfetzen auf und blieb erschrocken stehen. „. . . vollkommen vernarrt in das Mädchen!" schrie Francis. „Wahrscheinlich könnte sie das ganze Familiensilber stehlen, und du würdest kein Wort darüber verlieren!"

„Francis, weißt du überhaupt noch, worum es geht?" brüllte Ralf. „Sie hat nur ein Buch aus dem Regal genommen!"

„Es wäre besser, du wüßtest, worum es geht", entgegnete Francis scharf. „Aber das willst du gar nicht. Für dich ist sie die Unschuld in Person."

„Wenigstens macht sie nie solch ein Geschrei!" fauchte Ralf, und Francis stürmte aus dem Zimmer.

Ellie stand noch einen Augenblick lang unschlüssig auf der Treppe. Dann marschierte sie mit dem Buch in der Hand in die Küche, um Francis zur Rede zu stellen. Diesmal lagen ihr wirklich scharfe Worte auf der Zunge, aber sie wußte noch sehr genau, was Max zu ihr gesagt hatte. „Bleiben Sie bei Ralf, egal, was Francis sagt! Sie sind für seine Genesung so wichtig . . ."

Sie streckte Francis das Buch hin. „Entschuldigen Sie, daß ich es weggenommen habe, ohne vorher zu fragen", sagte sie höflich. „Möchten Sie es selbst zurückstellen? Dann brauche ich Ralf nicht mehr zu stören." Ihre Stimme war ruhig und ohne Vorwurf, aber ihre kerzengerade Haltung drückte doch aus, wie empört sie über Francis' Anschuldigungen war. „Bitte verstehen Sie mich", fügte sie hinzu. „In den Heimen, in denen ich gelebt habe, gab es nur wenige Bücher, und die waren für alle da."

Es war, als fiele Francis' Wut in sich zusammen wie ein Ballon, den man mit einer Nadel angestochen hat. Sie wußte nur zu gut, wie ungerecht es gewesen war, eine solche Szene zu machen.

„Ellie . . .", begann sie, „ich hätte . . . ich hätte nicht . . ."

Aber Ellie wollte nicht mehr darüber sprechen. Sie legte das Buch auf den Tisch und umarmte Francis. „Sie sind sicher müde", sagte sie großzügig. „Soll ich noch eine Kanne Tee machen? Der hier ist bestimmt schon kalt."

Francis nickte und suchte hektisch nach einem Taschentuch.

Sie setzte sich an den Küchentisch und fragte sich, was, um alles in der Welt, mit ihr los war.

Ellie hatte inzwischen das Buch auf das Tablett gelegt und eine Tasse daneben gestellt.

„Nein, Ellie, zwei Tassen", sagte Francis. „Ralf hat nach dir gefragt."

Als Ellie den Tee ins Musikzimmer brachte, saß Ralf in seinem Sessel und hatte den Kopf in die Hände gestützt. Er wirkte erschöpft und mutlos. Obwohl Ellie der Gedanke weh tat, fragte sie sich, ob es nicht besser wäre, die Mallorys zu verlassen. Dann hätte wenigstens Ralf wieder seinen Frieden. „Bleiben Sie bei Ralf, egal, was Francis sagt . . ." Wieder dachte sie an Max' beschwörende Worte. Aber so ging es nicht weiter! All diese Streitereien, diese Bitterkeit – das schadete Ralf doch nur. Was sollte sie bloß tun?

„Hier ist dein Tee, Ralf", sagte sie, und er hob den Kopf. Er sah so verzweifelt aus, daß Ellie erschrak. „Sieh mich doch nicht so an!" rief sie, setzte das Tablett ab und griff mit beiden Händen nach seiner geballten linken Faust. Ganz sanft begann sie, seine verkrampften Finger zu massieren. „Es ist doch alles wieder in Ordnung. Francis war bloß überreizt", sagte sie beruhigend. „Sie braucht mal Urlaub. Das ist alles."

Ralf schloß die Augen einen Moment und genoß es, wie geschickt Ellie seine schmerzenden Finger behandelte. Ihr Griff war so fest, so sicher – und so tröstlich. Aber im nächsten Augenblick schlug er die Augen wieder auf und blickte Ellie fragend an. Doch er wagte nicht, das auszusprechen, was ihn bewegte. „Liebe kleine Ellie . . .", flüsterte er schließlich, aber dann schaute er beiseite und unterbrach den Blickkontakt zwischen ihnen. Sein Blick fiel auf das Buch über Beethoven. „Ist das der Stein des Anstoßes?" fragte er in nüchternem Tonfall.

Ellie lächelte verlegen.

„Du wolltest etwas über Beethoven lesen? Mir zuliebe?"

„Ich habe mir gedacht . . . Es war, weil . . . weil ich überhaupt nichts über deine Musik weiß."

Wieder starrte Ralf Ellie an, und sie hielt dem Blick stand. Wie zuvor dauerte das nur ein paar Sekunden, dann löste sich die Spannung zwischen ihnen auf. Ralf bemerkte, wie blaß und müde Ellie war. „Du gehörst ins Bett", sagte er, „aber vorher möchte ich noch hören, wie es deiner alten Freundin im Greville-Haus geht."

Ellie lächelte traurig. „Mrs. Banks ist heute nachmittag gestorben."

„Arme Ellie! Und wir empfangen dich zu Hause mit einem törichten Familienkrach. Was mußt du nur von uns denken!"

Ellie lachte. „Ich denke, daß ihr beide auch bloß Menschen seid!"

„Und du hast mit deinem Kummer ganz allein dort oben in deinem Zimmer gesessen . . ."

„Ich wollte dich mit meiner Traurigkeit nicht anstecken."

„Erzähl mir, wie es war."

Und so erzählte ihm Ellie von dem letzten Lächeln der Sterbenden. Sie sprach auch von den Gedanken, die ihr durch den Kopf gegangen waren, als sie später in ihrem Zimmer auf dem Bett gelegen hatte. Nur den Gedanken über Ralf änderte sie jetzt ein bißchen ab. „Ich habe gedacht, hoffentlich ist Ralf eines Tages nicht auch so allein", schloß sie.

„Das will ich hoffen", murmelte er und warf Ellie einen zärtlichen Blick zu. Aber er wollte ihr nicht zeigen, wie gerührt er war, und wandte sich ab.

„Verzeihung", sagte Ellie. „Ich habe ja gewußt, daß es dich traurig machen wird."

„Nein, Ellie", antwortete er, „nicht traurig . . ., dankbar!"

Sie schaute ihn prüfend an, stand auf und legte ihm die Hände auf die Schultern. „Wirst du jetzt schlafen können?"

„Bestimmt."

Ihr Gesicht strahlte vor Liebe, aber das wußte sie nicht. „Gute Nacht, Ralf . . .", sagte sie.

Er schaute zu ihr auf und lächelte sie kaum weniger liebevoll an. „Gute Nacht, liebe kleine Ellie."

AM NÄCHSTEN Morgen brachte Francis Ralf und Ellie zur täglichen Therapiestunde ins Schwimmbad. Ralf gab sich Mühe, die vorgeschriebenen Bahnen in möglichst gleichmäßigem Kraulstil zu schwimmen und den Beinschlag so kräftig wie möglich auszuführen. Ellie schwamm hinter ihm, hielt aber immer Abstand, um ihn durch ihre eigenen Bewegungen nicht zu behindern.

Als Ralf wieder einmal am tiefen Beckenende angekommen

war, wendete er, erschien aber nicht wieder an der Wasseroberfläche. Ellie tauchte sofort, war mit wenigen Schwimmzügen am Beckenende und sah, daß sein Kopf unter Wasser war und er mit der linken Hand eine der unteren Sprossen einer Eisenleiter umklammerte, die an der inneren Beckenwand angebracht war.

Sie tauchte auf und schrie um Hilfe. Im nächsten Augenblick war sie schon wieder unter Wasser und versuchte, Ralfs Finger von der Leitersprosse zu lösen. Der Krach mit Francis gestern abend – nur der ist schuld daran, dachte sie wütend.

John Cartwright, der Bademeister, sprang mit einem zufällig anwesenden Schwimmlehrer sofort ins Becken. Mit Hilfe der beiden kräftigen Männer gelang es Ellie, Ralf von der Leiter wegzuzerren und an die Wasseroberfläche zu bringen. Sie legten ihn auf die nassen Fliesen am Beckenrand und begannen sofort mit den Rettungsmaßnahmen. Plötzlich hustete Ralf und erbrach einen ganzen Wasserschwall.

„Möchte wissen, was in den gefahren ist", keuchte John Cartwright mit einem verständnislosen Blick auf die triefende Gestalt zu seinen Füßen.

„Es war eine . . . eine Art Krampf", erklärte Ellie hastig, und im stillen dachte sie: Das stimmt sogar halbwegs. „Jetzt werde ich allein mit ihm fertig. Er wird gleich wieder in Ordnung sein", erklärte sie, als sie sah, daß Ralfs Augenlider zu zucken begannen.

„Sie sollten ihn noch eine Weile hier liegen lassen", entgegnete John Cartwright. „Er scheint einen leichten Schock zu haben."

Ellie betrachtete Ralf, wie er so kraftlos vor ihr auf den Fliesen lag. Am liebsten hätte sie geweint, aber dann kniete sie sich rasch neben ihn, legte impulsiv die Arme um ihn und drückte ihn fest an sich, so daß sein Kopf an ihrer Schulter lag. Sie mußte unbedingt wissen, was ihn zu dieser neuen Verzweiflungstat getrieben hatte. „Ist es . . . ist es wegen des Streits mit Francis? Der war doch nicht so wichtig, Ralf."

„Ich weiß es selber nicht", murmelte er.

„Dabei hast du doch schon so gute Fortschritte gemacht. Bitte, Ralf, verdirb nicht jetzt noch alles. Du weißt doch, was Doktor Mac immer sagt: Du mußt ganz fest daran glauben, daß du wieder gesund wirst. Das kann dir niemand abnehmen."

Ralf schüttelte erschöpft den Kopf. „O doch! Du hast es mir

ja schon abgenommen. Du glaubst wenigstens an meine Zukunft."

„Na schön", sagte Ellie und setzte eine strenge Miene auf. „Wenn das so ist, darf ich wohl auch fragen, was das da unten zu bedeuten hatte."

Ralf lachte zaghaft. „Das? Ach, das gehört in die Rubrik ‚Die aufregendste Episode der Woche'."

Ellie lachte etwas gezwungen. „Und jetzt auf!" sagte sie energisch und schüttelte ihn liebevoll an den Schultern. „Wenn du noch länger in dieser Pfütze liegenbleibst, holst du dir eine Grippe. Und da ich gerade beim Ermahnen bin" – ihr Gesicht wurde wieder ernst –, „tu so etwas nie wieder, Ralf! Nie wieder! Es könnte ja sein, daß ich beim nächsten Mal nicht da bin."

„. . . daß du nicht da bist? Ellie, wie kannst du so etwas sagen!" Ralf schaute sie entsetzt an.

„Ralf, du mußt selbst für dich kämpfen. Du darfst dich nicht auf mich verlassen – auf mich oder sonst jemanden."

Er seufzte. „Ja, Ellie, ich weiß . . ."

„Das sollte dein Glaubensbekenntnis werden, Ralf. Du mußt es dir jeden Tag aufsagen: ‚Ich glaube an meine Gesundung.' Probier's mal!"

Er sagte Ellies Spruch auf wie ein gehorsamer Schüler, aber seine Miene war nach wie vor düster. Er ließ sich jedoch überreden, sich rasch anzukleiden und in einem der Liegestühle am Beckenrand noch ein Weilchen auszuruhen. Ellie ging, um sich anzuziehen.

Als sie zu ihm zurückkam, sah sie, daß Francis in der Schwimmhalle war und soeben von John Cartwright über den Zwischenfall unterrichtet wurde. Francis schien entsetzt, denn sie schaute mit zusammengepreßten Lippen zu Ralf und Ellie herüber. Ihr Blick sprach Bände.

„Francis rüstet sich wohl zum nächsten Gefecht", murmelte Ralf. Er ließ sich auf die Liege zurückfallen und schloß die Augen.

„Glaube ich nicht", antwortete Ellie. „Der Bademeister scheint sie zu beruhigen."

„Gott sei Dank." Ralf hatte die Augen wieder geöffnet und schaute Ellie erleichtert an. „Dich hätte ich ja bitten können, die

Sache zu verschweigen, aber es ist wohl die Pflicht des Bademeisters, es ihr zu erzählen."

Ellie nickte. „Dasselbe habe ich auch eben gedacht. Aber Francis wird jetzt bestimmt so tun, als sei nichts gewesen." Sie drückte Ralf verschwörerisch die Hand.

Ralf zog eine Grimasse und stand mühsam auf. Bis Ellie ihm den Stock in die Hand gedrückt hatte, schwankte er, doch dann fand er sein Gleichgewicht. Gemeinsam gingen sie auf Francis zu.

Erst am späten Abend, als Ellie in der Küche hantierte, rüstete sich Francis zum Angriff. „Was hat sich heute beim Schwimmen wirklich abgespielt?" fragte sie barsch.

Ellie zögerte. „Hat Mr. Cartwright nicht schon alles erzählt?"

Francis wurde wütend. „Er hat mir weismachen wollen, Ralf sei bloß an einer Leitersprosse hängengeblieben. Aber das war wohl nur eine Ausrede. Ich will die Wahrheit wissen."

Ellie setzte gerade zum Sprechen an, als Ralf plötzlich hinter ihr auftauchte. „Die Wahrheit ist, daß ich beinahe ertrunken wäre", sagte er scharf. „Aber Ellie ist noch rechtzeitig zur Stelle gewesen."

„John Cartwright und der Schwimmlehrer auch", fügte Ellie hastig hinzu.

„Ja", fuhr Ralf ruhig fort, „und mit vereinten Kräften haben sie es geschafft, meine Hand von der untersten Leitersprosse am tiefen Beckenende loszumachen."

Francis sog hörbar die Luft ein. „O Ralf, warum nur . . .?"

„Warum?" entgegnete er grimmig. „Ausgerechnet du stellst diese Frage?"

Ellie spürte, wie zornig er war, und legte ihm rasch die Hand auf den Arm. „Nicht, Ralf! Das ist nicht gut für dich!"

„Ja, das stimmt wirklich!" Ralfs Blick wurde merklich sanfter. „Und für dich auch nicht, Ellie, aber . . ." Er stockte, denn ihm war klar, wieviel Ellie seinetwegen schon erduldet hatte. Andererseits war eine klärende Aussprache mit Francis jetzt unumgänglich. Sonst war es endgültig um den Frieden im Haus geschehen. „Geh einen Augenblick ins Wohnzimmer, Ellie!" bat er. „Ich möchte allein mit Francis reden." Ellie gehorchte wortlos, und Ralf wandte sich erneut an seine Schwester.

„Weißt du, was das Mädchen gestern durchgemacht hatte, als du es so attackiert hast?" fragte er zornig.

Francis schüttelte den Kopf. Die Wut des Bruders machte sie sprachlos.

„Sie hatte gerade den Tod einer alten Frau, einer guten Freundin, miterlebt, und du empfängst sie mit einem Riesenkrach, weil sie ein Buch aus meinem Zimmer genommen hat. Ein Buch! Damit wir uns richtig verstehen: Ellie darf sich grundsätzlich an unserem Bücherschrank bedienen, ohne vorher die Erlaubnis einzuholen."

Francis schwieg weiter.

„Ich möchte dich auch daran erinnern, daß ich Ellie mein Leben verdanke – schon mehr als einmal", fuhr er unbeirrt fort. „Ich brauche sie. Und du brauchst sie auch. Daß sie uns braucht, bezweifle ich allmählich. Ich fürchte, sie wird uns verlassen, wenn du dich nicht änderst. Legst du es darauf an?"

„Nein . . . nein, natürlich nicht", stammelte Francis.

Ralf starrte seine Schwester durchdringend an. „Francis, was ist in dich gefahren? Sie tut ihr Bestes für dich – und für mich. Nimmt sie dir zuviel aus der Hand?"

„Nein", antwortete Francis hilflos, „nein, das nicht . . ."

„Was ist es also dann?"

„Begreifst du es nicht?" Francis' Stimme klang jetzt verzweifelt. „Sie fängt an, zuviel . . . zuviel für dich zu empfinden, Ralf. Und ich habe Angst, daß du eines Tages auch zuviel für sie empfindest."

„Was ist denn daran so schlimm?" Ralfs Stimme klang immer noch zornig. „Ich brauche jemanden, für den ich viel empfinden kann."

„Und wohin soll das führen, Ralf? Es wäre unfair gegenüber Ellie. In ihrem Alter ist es nur natürlich, sich zu verlieben, aber nicht in einen . . ."

„. . . einen elenden Krüppel, der soviel älter ist als sie?"

„Das habe ich nicht gesagt."

„Nein, gesagt hast du es nicht. Glaubst du etwa, ich hätte mir das nicht auch schon hundertmal überlegt?"

Francis starrte Ralf entsetzt an. „Hundertmal? Dann . . . dann bist du also in sie verliebt?"

„Ja, natürlich. Sie ist liebevoll, aufmerksam, und sie sieht hinreißend aus, besonders wenn sie tanzt. Ihr habe ich es zu verdanken, daß ich manchmal wieder lachen kann und an meine Zukunft glaube. Könnte ich mir mehr wünschen?"

„Aber heiraten kannst du sie ja doch nicht", warf Francis verzweifelt ein, „ein Mädchen fast ohne Bildung, ohne Familie, das wegen einer Art geistiger Behinderung in Heimen aufgewachsen ist."

Ellie, die des Wartens überdrüssig geworden war, wollte gerade wieder in die Küche gehen. Sie fing Francis' letzten Satz auf und blieb wie erstarrt in der Nähe der Tür stehen. Ihr ganzes zukünftiges Leben hing jetzt von Ralfs Antwort ab!

„Nein, natürlich denke ich nicht an eine Heirat", polterte er, noch zorniger als zuvor, „aber . . ."

Ellie hörte nicht mehr, wie er fortfuhr: „. . . doch nicht aus den lächerlichen Gründen, die du anführst, Francis, sondern einzig und allein um ihretwillen. Und das werde ich mein ganzes Leben lang bedauern."

Ellie hatte schon längst die Flucht angetreten. Ihre Welt war zusammengebrochen. Sie hastete durch den Garten, kletterte über das untere Grenzmäuerchen und rannte die Straße hinunter.

Sechstes Kapitel

RALF hatte, während er Francis antwortete, draußen im Garten eine flüchtige Bewegung wahrgenommen. Jetzt begriff er, daß es nur Ellie gewesen sein konnte, die dort davonrannte. Sie mußte Francis' Worte gehört haben – und seine Entgegnung dazu! „O Gott!" stöhnte er. „Was haben wir angerichtet! Lauf ihr nach, Francis! Schnell! Und bitte sie zurückzukommen."

Francis rannte sofort in den Garten. Keine Spur von Ellie. Besorgt trat sie in die Küche, in der Ralf auf sie wartete.

„Und?" fragte er tonlos.

„Sie ist fort, Ralf."

Er setzte sich langsam auf einen Küchenstuhl und ließ den Kopf hängen.

„Vielleicht läuft sie bloß ein bißchen draußen herum, um sich zu beruhigen." Francis versuchte sich selbst Mut zu machen.

„Bilde dir nichts ein", entgegnete Ralf schroff. „Ellie ist fort. Sie hat gehört, was du über sie gesagt hast – lauter grausame, herzlose und vollkommen unzutreffende Sachen. Und sie hat meine Antwort gehört, die ihr ebenso grausam vorgekommen sein muß."

Francis fröstelte. „Es ist doch möglich, daß sie zum Greville-Haus gelaufen ist."

„Bestimmt nicht. Aber wir müssen die Heimleitung auf jeden Fall benachrichtigen." Ralf starrte vor sich hin. Im Geiste sah er Ellie draußen, in der Dunkelheit, auf der Flucht aus dem einzigen Zuhause, das sie kannte. Sie ist so verletzlich! dachte er. Wie soll sie bei ihrer mangelnden Erfahrung allein fertig werden? „Hol das Auto aus der Garage", sagte er. „Wir suchen die Umgebung ab. Weit kann sie noch nicht gekommen sein." Sein Gesicht war bleich geworden – aus Angst um Ellie und vor Kummer über einen Verlust, den Francis gar nicht ermessen konnte.

Stundenlang fuhren sie durch dunkle Straßen und Gassen, doch von Ellie fanden sie keine Spur. Ralf war einem Zusammenbruch nahe. Die aufregenden Ereignisse dieses Tages forderten ihren Tribut, und Francis bestand darauf, nach Hause zurückzukehren.

„Aber du hältst vorher noch an der Polizeiwache!" befahl Ralf.

„Vielleicht ist Ellie schon längst zu Hause!"

„Bestimmt nicht. Ich kenne sie. Sie hat ebensoviel Stolz wie wir. Warum sollte sie zu uns zurückkommen?"

Die Angst und die Hoffnungslosigkeit, die aus seinen Worten klangen, führten Francis deutlich vor Augen, daß sie ihrem Bruder etwas Furchtbares angetan hatte – ihrem Bruder, den sie doch über alles liebte! Sie hatte nur sein Bestes gewollt – das glaubte sie wenigstens –, doch statt dessen hatte sie ihm unendlich viel Kummer bereitet.

ELLIE hatte keine Ahnung, wohin sie sich wenden sollte. Hier und da schimmerte hinter geschlossenen Gardinen noch schwaches Lampenlicht, aber nirgendwo gab es eine Tür, die sich für die späte Passantin geöffnet hätte. Und so lief sie immer weiter von dem Haus fort, in dem man sie so tief verletzt hatte.

Schließlich versagten ihre Kräfte. Ihr Atem kam stoßweise, und in der Brust verspürte sie einen stechenden Schmerz. Sie befand sich auf einer grasbewachsenen Verkehrsinsel, um die trotz der vorgerückten Stunde noch zahlreiche Autos kreisten. Drüben, an den Häuserfronten, waren noch etliche Schaufenster beleuchtet, und über einer pinkfarbenen, hell angestrahlten Tür blitzten Schriftzüge auf: *Disco . . . Disco . . . Ziggy und seine Band.* Selbst aus der großen Entfernung und trotz der geschlossenen Tür konnte Ellie den ohrenbetäubenden Lärm des Schlagzeugs hören.

Sie blieb noch ein Weilchen stehen, um Atem zu schöpfen. Ihre Hand zitterte, als sie ihre Tränen abwischen wollte. Ihr wurde plötzlich klar, daß sie ohne Geld, ohne Kleidung und ohne Ausweispapiere dastand. Aber zurückgehen? Ausgeschlossen! Nicht, seit sie gehört hatte, was Francis von ihr dachte – und was Ralf dazu gesagt hatte. Sie war jetzt auf sich gestellt und mußte irgendwie allein fertig werden.

Sie machte sich selber Mut. Ich schaffe es, dachte sie. Bloß keine Panik! Es wird sich schon etwas ergeben, irgendein Job. Ich bin schließlich nicht vollkommen hilflos. Doch wo sollte sie heute nacht schlafen? Und was war von den finsteren Gestalten zu halten, die sich dort drüben an den Häuserecken herumdrückten?

Sie überquerte die Straße, und ein Mann rief hinter ihr her: „He, Kleine, kommst du mit?"

Wieder begann Ellie zu rennen, doch der Mann folgte ihr. Sie drückte sich in einen dunklen Torweg und merkte, daß sie unmittelbar neben der Disco stand. Auf einmal kamen ihr die grellen Neonlichter geradezu anheimelnd vor. Mehrere Stufen führten in das Tiefgeschoß hinunter, aus dem laute Popmusik zu hören war. Ellie zögerte einen Moment und lief dann entschlossen die dunkle Treppe hinunter. Die Schritte ihres Verfolgers verhallten oben auf dem Bürgersteig.

Es war inzwischen bereits halb drei Uhr morgens. Die Disco machte bald zu, und es kostete keinen Eintritt mehr. Die Musikergruppe auf dem Podium setzte gerade zur letzten Nummer an. Es waren vier junge Leute, ein Schlagzeuger, ein Gitarrist, ein Bassist und eine Sängerin. Der Gitarrist spielte zwischendurch auch mal Keyboard. Die Verstärker waren voll aufgedreht, und der Krach war ohrenbetäubend.

Ellie legte die Hände über die Ohren, steuerte den nächstbesten Tisch an und sank auf einem Stuhl zusammen. In ihrem Kopf jagte ein Gedanke den anderen. Was sollte sie jetzt tun? Wohin sollte sie gehen? Wovon sollte sie leben? Und vor allem: Wie würde Ralf ohne sie auskommen? Ob er sich wegen ihrer Flucht sehr aufregte? Oder waren nun für ihn und Francis alle Probleme gelöst? Ob er auch weiter seine Übungen machte?

Nicht auszudenken, wenn er in den Zustand zurückfiele, in dem sie ihn bei ihrer ersten Begegnung angetroffen hatte!

Bei ihrer ersten Begegnung . . . Ellies Herz krampfte sich zusammen, als sie sich an jenen zauberhaften Nachmittag erinnerte, an dem sie in dem stillen Garten die Klaviermusik gehört hatte – eine so sanfte, verführerische Musik, daß sie unwillkürlich zu tanzen begonnen hatte.

Nein, nicht diese plärrende, lärmende, alptraumhafte Musik hier, obwohl . . . ja, vielleicht konnte man dazu tanzen, und vielleicht würde sie beim Tanzen Ralf vergessen, ihn und den betörenden Klang seines Klaviers.

Sie stand auf und begann, sich wie eine Träumende hin und her zu wiegen. Sie gab sich dem Rhythmus der Musik hin, ließ sich quer durch den Raum treiben, drehte sich um die eigene Achse – und verging dabei fast vor Schmerz über das, was sie hatte hören müssen.

Doch auf einmal spürte sie messerscharfe Stiche in der Brust. Sie schrie auf und sank auf dem Fußboden zusammen. Nur vage nahm sie noch wahr, daß die Musik abbrach und sich jemand über sie beugte.

„He!" hörte sie jemanden sagen. „Hast du was?"

„Nein, nein", hauchte Ellie. „Es geht gleich wieder . . ."

„Du hast zu verrückt getanzt. Genau wie damals beim Popkonzert." Der junge Mann legte einen Arm um Ellie und half ihr auf die Füße. „Ich heiße Ziggy. Kennst du mich noch?"

Langsam wurde ihr Blick wieder klarer, und trotz des Dämmerlichts erkannte sie den schlaksigen rothaarigen Burschen, der sie auf der Festwiese in Wimbledon angesprochen hatte. Er schien besorgt um sie zu sein.

„Ja, ich erinnere mich . . ." Der Schmerz in ihrer Brust wurde auf einmal so stechend, daß sie nichts mehr sehen, nichts mehr denken konnte. „Ralf . . .", flüsterte sie. Dann wurde es dunkel um sie, und sie spürte nichts mehr.

ALS ELLIE wieder zu sich kam, lag sie in einem fahrenden VW-Bus, der mit Musikinstrumenten und Kabeln vollgestopft war. Die ausgeleierte Federung des Autos quietschte bei jeder Unebenheit der Straße. Ellie hätte am liebsten geschrien, denn ihr Kopf tat schrecklich weh, und das Geschüttel war furchtbar. Aber die Stiche in der Brust waren zu einem dumpfen, nicht sonderlich beängstigenden Schmerz abgeflaut.

Im Laderaum war es dunkel, doch durch die Ritzen sah Ellie, daß es draußen langsam hell wurde. Vorn zeichneten sich vor dem grauen Himmel drei Köpfe ab. Drei? überlegte sie benommen. Zu Ziggys Gruppe hatten doch vier Leute gehört. Sie wandte den Kopf und sah neben sich das Mädchen liegen. Sie schlief tief und fest.

„Wohin fahren wir denn?" fragte sie.

Der Kopf des Fahrers drehte sich ein wenig zu ihr um. „In unsere Bude – frühstücken."

„Und wo ist das?" fragte sie, aber es interessierte sie eigentlich gar nicht. Das Leben ging weiter für sie, und es genügte ihr, hier in diesem ratternden VW-Bus zu liegen, sich irgendwohin fahren zu lassen und an nichts zu denken.

„Kingston", sagte Ziggy fröhlich. „Wir sind gleich da."

Das Auto hielt mit einem Ruck vor einer Zeile schäbiger viktorianischer Reihenhäuser, mitten in einem Gewerbegebiet. Es war offensichtlich nur eine Frage der Zeit, wann sie abgerissen wurden. „Alles aussteigen!" rief Ziggy. „Molly, hilf mal der Kleinen!"

Das Mädchen riß verschlafen die Augen auf. Ihr Gesicht war vom violetten und silbernen Make-up verschmiert. Sie lächelte Ellie freundlich an. „Na, bist du wieder bei dir?" fragte sie. „Du hast uns einen schönen Schrecken eingejagt. Wodrauf bist du denn?"

„Wodrauf ich bin?" Ellie war verwirrt. Das Mädchen starrte sie einen Augenblick lang an und lachte dann los.

„Ach, vergiß es!" meinte sie nur.

Jetzt, als das Auto stand, merkte Ellie, daß der Schmerz in der Brust keineswegs verschwunden war und daß sie ein komisches weiches Gefühl in den Beinen hatte. Als sie auf dem Pflaster stand, gaben ihre Knie nach, und Molly konnte Ellie gerade noch auffangen.

„Hier, trag mal meine Gitarre", sagte Ziggy zu Molly. „Ich übernehme die Kleine. Allein schafft die unsere Treppe nie."

Halb trug, halb schob er Ellie die vielen Stufen bis zum obersten Stockwerk hinauf. Er hielt sie immer noch fest im Arm, als sie an der Wohnung angekommen waren und er die Tür aufschloß. Sie traten ein.

Die Jalousien und Gardinen waren geschlossen, so daß es in den Räumen fast dunkel war, aber Ziggy führte Ellie zielsicher zum einzigen Sofa der Wohnung und setzte sie behutsam darauf ab. Die anderen ließen ihre Ausrüstung einfach auf den Fußboden fallen.

„Kaffee?" fragte Molly und verschwand in der Küche, ohne eine Antwort abzuwarten, während einer der Musiker das altmodische Schiebefenster und die Jalousie öffnete. Milde Sommerluft strömte ins Zimmer.

„Hier muß immer alles dicht sein, wenn wir proben", erklärte Ziggy, der gesehen hatte, wie erleichtert Ellie auf die frische Luft reagierte. „Weil es sonst zu laut ist, verstehst du?"

Ellie nickte müde.

Dann erschien Molly mit fünf Kaffeebechern und einem Teller voller Marmeladebrote. Ziggy brachte Ellie einen der Becher und setzte sich neben sie. „Hör zu, Mädel, wir müssen mal miteinander reden", begann er. „Bist du irgendwo zu Hause?"

Ellie schüttelte den Kopf. Bin ich ja wirklich nicht, dachte sie traurig. Ich gehöre nirgendwohin. Jetzt nicht mehr.

„Und da ist niemand, der sich . . ., na ja, der sich deinetwegen Sorgen macht?"

Ziggy hatte einschlägige Erfahrungen mit weiblichen Fans und Hilfskräften, die die Gruppe auf Tourneen begleiteten und sich meistens auch ganz friedlich trollten, wenn er ihnen einen Wink mit dem Zaunpfahl gab. In manchen Fällen mußten er und seine Kollegen allerdings regelrecht Reißaus nehmen, besonders Paul, der gutaussehende Bassist, und selbst Dave, der freundliche dicke Schlagzeuger, wurde gelegentlich belagert. Deshalb war Ziggy auch nicht sonderlich überrascht gewesen, Ellie wiederzusehen. In dieser Londoner Vorstadtgegend gab es nicht viele Discos, und er war mit seiner Band fast in allen bekannt.

Doch irgend etwas an diesem Mädchen war anders als sonst. Er hatte es schon gespürt, als er sie damals in Wimbledon tanzen gesehen hatte. Und sie hatte ihn damals ziemlich barsch abgefertigt, als er sich ein bißchen an sie heranmachte. Das war, bevor ihr großer blonder Freund aufgetaucht war.

„Und was ist mit deinem Freund?" fragte er plötzlich.

Ellie sah ihn verständnislos an.

„Du weißt schon – der große, braungebrannte Tarzan . . ."

„Ach, der!“ Ellie mußte lachen. Ja, Ben war sicher um sie besorgt, wenn er von ihrer Flucht erfuhr. Aber ich darf ihn nicht in meine Angelegenheiten hineinziehen, dachte sie nun. „Der war wirklich bloß ein Freund – sonst nichts“, sagte sie deshalb rasch.

Ziggy schaute Ellie prüfend an. „Entschuldige, Kleines, aber du mußt mir reinen Wein einschenken. Du mußt das mal von meiner Warte aus sehen: Auf einmal kippst du um, hast keine Handtasche, keinen Ausweis, nichts! Wir haben uns gefragt, was wir mit dir anfangen sollen. Maurice – das ist der Disco-Manager – wollte keinen Ärger und wir auch nicht. Der hätte eigentlich einen Bullen holen und dich abliefern müssen. Hat er aber nicht gemacht – deinetwegen.“ Während er sprach, beobachtete er Ellie aufmerksam, aber wider Erwarten verriet ihr aschfahles Gesicht nicht die geringste Spur einer plötzlichen Wachsamkeit. Also war sie offensichtlich nicht mit dem Gesetz in Konflikt geraten.

„Na gut“, sagte er endlich. „Kein Job?“

„Nein.“

„Knete?“

Ellie seufzte bei dem Gedanken, daß sie nicht einmal ihre Ersparnisse mitgenommen hatte. „Keine.“

„Bude?“

„Keine.“

Ziggy lachte. „Also bist du ganz unten angekommen. Was kannst du denn?“

Wieder seufzte Ellie, diesmal noch trauriger. „Ich kann . . . ich kann kochen und im Haushalt helfen; ich hatte einen Job . . . ich war eine Art Gesellschafterin.“ Hier hielt sie inne, weil ihr die Tränen kamen.

„Und du kannst tanzen“, fuhr Ziggy fort, der ihre Tränen geflissentlich übersah. „He, Leute“, rief er seinen Kollegen über die Schulter zu, „was haltet ihr davon?“

Dave, der gemütliche, fröhliche Schlagzeuger, lachte. „Meinetwegen, aber diese Totentanznummer darf sie nicht mehr abziehen.“

Paul fuhr sich mit den Fingern durch sein strubbeliges blondes Haar. Er war groß und ein sehr guter Tänzer, was man schon daran sehen konnte, wie er sich auf der Bühne bewegte, wenn er

Musik machte. „Bewegen kann sie sich jedenfalls“, murmelte er sachverständig.

Molly, das Mädchen mit der trägen Stimme, dem blonden Haar und den verschlafenen braunen Augen, musterte Ellie eher gleichgültig. „Kann sie singen? Ein bißchen Unterstützung für mich wäre nicht schlecht“, stellte sie fest.

Ziggy sah Ellie fragend an.

„Also, richtig singen wie sie? Nein, das kann ich nicht“, antwortete sie. „Aber so ein bißchen im Hintergrund trällern, das ginge vielleicht.“

Und so war es beschlossene Sache. Molly, die weniger verschlafen war, als sie aussah, nahm Ziggy beiseite. „Ich glaube, die ist ganz schön fertig. Könnte Ranji sie nicht mal ansehen?“ flüsterte sie.

„Warum nicht?“ Ziggy wandte sich den anderen zu. „Jetzt mal zur Tagesordnung: Auftritt heute abend um halb zehn in Shepherd's Bush. Eine halbe Stunde für den Aufbau, zwanzig Minuten für die Anfahrt. Abfahrt also halb neun, okay?“

„Okay“, sagten die anderen.

„Und jetzt wird erst mal gepennt. Proben für die neue Nummer nach dem Mittagessen.“ Ziggy polterte die Treppe hinunter und kam gleich darauf mit einem jungen Inder wieder, der offenbar kein bißchen überrascht war, daß er sich um fünf Uhr morgens in Ziggys Behausung um ein fremdes Mädchen kümmern sollte.

„Das ist Dr. Ranji“, stellte Ziggy vor und bemerkte, wie Ellie vor dem fremden Mann, der sie intensiv musterte, zurückzuckte. „Er ist ein guter Arzt – wenn er auch nicht so aussieht“, fügte er hinzu.

Ranji lachte, und Ellie war sich einigermaßen sicher, daß sie ihm trauen konnte. Sie erzählte ihm, was passiert war.

„Gegen die Stiche kann ich etwas tun“, sagte er mit einer sanften, wohlklingenden Stimme, die auf Ellie sofort beruhigend wirkte. „Aber erst möchte ich doch die Ursache feststellen.“

Er untersuchte Ellie sorgfältig und stellte ihr behutsam Fragen über frühere Krankheiten. Daß dieses junge Mädchen völlig verstört und verängstigt und ihr Schmerz nicht nur körperlicher Natur war, hatte er rasch erkannt.

„Nichts Ernstes“, hörte Ellie ihn murmeln. „Dein Herz ist ein bißchen überanstrengt – von der Rennerei. Ruh dich richtig aus. Das wird genügen. Aber ich gebe dir jetzt etwas, damit du gut schlafen kannst. Nachher komme ich noch mal rauf und sehe nach dir. Ich wohne im Erdgeschoß."

Ranji gab Ellie eine Spritze. „Schlaf jetzt!" sagte er. „Wenn du ausgeruht bist, sieht die Welt wieder anders aus."

Ellie schloß gehorsam die Augen.

FRANCIS bat Max telefonisch, sofort nach Richmond zu kommen, weil Ralf Hilfe brauchte. Sie empfing Max händeringend und gab sich an Ellies Flucht die Schuld. Ralf sah aus, als sei er um Jahre gealtert.

„O Max, was sollen wir bloß tun?" jammerte Francis. „Wo kann sie stecken? Sie hat nichts mitgenommen – weder Geld noch Kleidung. Ihr kann inzwischen sonstwas passiert sein!"

Max nickte. „Natürlich, Francis, du hast recht. Aber vergiß nicht, daß Ellie ein sehr vernünftiges Mädchen ist."

„Bloß vom Leben versteht sie nicht das geringste", entgegnete Francis und war den Tränen nahe. „Sie tappt in jede Falle."

„Ist die Polizei benachrichtigt?"

„O ja. Wir waren noch gestern abend dort."

„Und . . .?"

Francis warf Ralf einen unsicheren Blick zu. „Sie haben gesagt, daß ein junges Mädchen wegläuft, ist etwas ganz Alltägliches. Sie haben auch versprochen, Ellie zu suchen, aber uns nur wenig Hoffnung gemacht."

„Und die Leute im Heim?"

Wieder schaute Francis zu Ralf hinüber, der verzweifelt vor sich hin gestarrt hatte. Jetzt riß er sich zusammen. „Natürlich mußten wir ihnen mitteilen, was passiert ist" – er maß Francis mit einem eisigen Blick –, „warum Ellie davongelaufen ist. Sie meinen, Ellie sei sehr selbständig, stolz und selbstbewußt. Sie werde bestimmt nicht in ein Haus zurückkehren, in dem sie unerwünscht ist. Sie wird wahrscheinlich versuchen, sich auf irgendeine Art allein durchzuschlagen."

Max seufzte. „Und im Greville-Haus hat man auch keine Vorstellung, wohin sie gegangen sein könnte?"

„Nicht die geringste."

„Und dieser Gärtner, Ben? Weiß der auch nichts?"

„Nein." Ralf schüttelte den Kopf. „Ben ist genauso besorgt wie wir." Im Geiste sah er wieder den erschrockenen Ausdruck in Bens freundlichen blauen Augen, und er erinnerte sich genau an die anklagenden Worte des jungen Mannes. „Sie wäre doch nie freiwillig fortgegangen", hatte er gesagt. „Dazu war sie viel zu gern bei Ihnen. Was haben Sie ihr denn getan?"

Ja, was habe ich ihr angetan? dachte Ralf. Ich habe sie zurückgestoßen – ohne es zu wollen! Als ich zu Francis sagte, ich könnte nie an eine Heirat denken, wollte ich doch nur damit klarstellen, daß ich zu alt für Ellie bin und obendrein ein Krüppel, ein egoistischer verbitterter Mann. Max unterbrach Ralfs stumme Selbstvorwürfe mit einer weiteren Frage. „Könnten wir nicht mal mit ihm sprechen?"

„Mit wem?"

„Mit dem jungen Mann, diesem Ben."

„Der arbeitet dort draußen", antwortete Francis und zeigte auf den Garten. „Er will den Teich noch fertigmachen, weil die Idee dazu von Ellie stammt. Vielleicht hofft er, daß sie deswegen zurückkommt."

Max wandte sich zur Gartentür. „Ich unterhalte mich mal mit ihm."

Ben schüttelte auf die erste Frage von Max traurig den Kopf. „Keine Ahnung, wo sie stecken könnte. Das schlimmste ist, daß sie niemanden kannte, verstehen Sie? Sie fing ja gerade erst an, sich draußen umzusehen."

„Ellie muß doch wissen, daß Sie sich ihretwegen Sorgen machen", fuhr Max fort. „Vielleicht schickt sie Ihnen eine Nachricht. Ellie hat Sie doch sehr gern, soviel ich weiß."

Ben schüttelte energisch den Kopf. „Nein, so war das nicht. Ellie hat immer bloß an Mr. Mallory gedacht. Die Leute müssen was Schlimmes zu ihr gesagt haben. Sonst hätte sie ihren Ralf nie verlassen. Die Frau war ja manchmal gemein zu ihr, aber das hat ihr nicht viel ausgemacht. Sie ist dann immer in den Garten rausgekommen und hat hier am Teich gegraben." Über Bens Gesicht huschte ein schwaches Lächeln, als er auf die Lehmhaufen rings um die Teichgrube schaute. „Einmal bin ich abends noch hergekommen, und da hat sie wie ein Bulldozer hier herumgefuhrwerkt." Er strich sich durchs Haar. „Also, Miß Mallory kann nicht allein schuld gewesen sein. Mr. Mallory muß was gesagt haben . . . Dabei dachte ich immer, er . . . er hätte Ellie mächtig gern."

„Das hat er auch", antwortete Max. „Aber Ralf ist viel älter als Ellie und körperlich sehr angeschlagen. Vielleicht denkt er, er wäre für sie nicht gut genug."

„Wie?" Ben blickte ihn verständnislos an.

„Sie ist noch so jung, Ben, und so hübsch."

„Stimmt." Wieder lächelte Ben. „Besonders, wenn sie tanzt . . ."

Max stutzte. „Wann haben Sie Ellie zum letztenmal tanzen sehen? Hier?"

„Nein. In Wimbledon, beim Popkonzert."

„Reden Sie weiter", drängte Max. „Erzählen Sie mir alles darüber."

Und Ben begann, in seiner bedächtigen Art zu erzählen. „Sie hat die Musik von weitem gehört und ist hingerannt, weil sie auch zusehen wollte. Auf der Bühne spielte eine Band. Ellie fing an zu tanzen. Nicht auf der Bühne! Einfach so, neben den Zuhörern."

Max nickte atemlos. „Hat sie dort mit jemandem geredet?"

„Ja." Ben runzelte die Stirn und grinste bei der Erinnerung. „Einer von den Musikern wollte sich an Ellie ranmachen, aber den hat sie schon selber abblitzen lassen, ehe ich dazwischenfahren konnte. Dann wollte sie wohl doch noch ein bißchen nett sein, und deswegen hat sie zu dem Typ gesagt, daß seine Musik gut sei."

„Und der Typ? Was hat er geantwortet?"

„Er hat Ellie gefragt, ob sie nicht bei ihm mitmachen wollte. Bei seiner Band, nehme ich an."

„Wissen Sie noch, wie sich die Gruppe genannt hat?"

Ben begriff plötzlich, worauf Max hinauswollte. „Nein", antwortete er, „aber das könnte ich bestimmt herauskriegen."

Max seufzte. „Jedenfalls müssen wir Ellie finden, und Sie, Ben, werden Sie uns dabei helfen?"

„O ja, natürlich. Ich tue alles, was Sie wollen."

MAX TELEFONIERTE herum, brachte aber nichts in Erfahrung über das Popfestival. Als er das nächste Mal die Mallorys besuchte, fragte er Francis, ob er ungestört mit Ralf reden könne.

„Natürlich, Max", antwortete Francis kläglich. Sie schwieg

einen Moment. „Ich habe Ralf übrigens gesagt, daß ich weggehen werde, damit er hier in Frieden mit Ellie leben kann, falls sie zurückkommt. Was meinst du? Soll ich lieber gleich gehen?"

Max war empört. „Rede keinen Unsinn, Francis! Ralf braucht dich! Er steckt mitten in einer Krise!"

„Aber er haßt mich doch. Jedesmal, wenn er mich sieht, denkt er daran, was ich angerichtet habe."

„Francis, Ralf haßt dich nicht. Er macht sich bloß große Sorgen um Ellie – wie wir alle. Deine einzige Aufgabe ist jetzt, dafür zu sorgen, daß er nicht die Nerven verliert. Er muß weiter an sich arbeiten, damit er gesund wird."

„Ich will es versuchen", antwortete Francis zögernd.

Als Max das Musikzimmer betrat, saß Ralf am Flügel und klimperte sinnlos auf den Tasten herum. „Bist du mit dem Auto hier?" fragte er ihn als erstes.

„Ja, natürlich . . ."

„Gut. Dann bring mich weg aus diesem Haus."

Max führte Ralf zu seinem Wagen. Sie fuhren eine Weile schweigend durch die schönen, von Bäumen gesäumten Wohngegenden Richmonds. Sobald sie sich den belebten Einkaufsstraßen näherten, begann sich Ralf wieder mit quälenden Gedanken herumzuschlagen. War Ellie in Sicherheit? Wie würde sie zu Geld kommen? Ob sie Arbeit und eine Bleibe fand? Oder war sie irgendwelchen skrupellosen Kerlen in die Hände gefallen? Die Welt war so voller Gefahren . . .

Max wendete den Wagen und fuhr in die Richtung vom Richmond Park.

„Nicht in den Park!" protestierte Ralf. „Den Drachen hat sie nun auch nicht mehr bekommen", murmelte er.

Ellie hatte Max von dem Versprechen erzählt, aber das hielt Max nicht ab, weiter in den Park hineinzufahren. Plötzlich sahen sie Damwild, das unter hohen Bäumen graste. Max parkte und stellte den Motor ab. „Ehe ich dir weiter bei der Suche nach Ellie helfe, mußt du mir eine Frage beantworten. Was genau willst du?" fragte er.

Ralf sah ihn erstaunt an. „Sie finden!"

„Ja, natürlich." Max schüttelte ungeduldig den Kopf. „Und dann?"

Ralf begriff, was Max mit dieser Frage bezweckte. „Ich . . . ich weiß es nicht – obwohl ich unaufhörlich darüber nachdenke."

„Selbst wenn ich sie finde, kommt sie nicht zurück, Ralf, es sei denn, du bittest sie darum."

„Aber das geht doch nicht."

„Wieso nicht?"

„Wieso nicht!" fauchte Ralf. „Sieh mich doch an! Bin ich der Mann, der ein Mädchen bitten könnte, zu ihm zurückzukommen – von Ellie ganz zu schweigen . . .?"

„Warum gerade Ellie nicht?"

„Weil sie so jung ist, so unerfahren. Sie hat überhaupt noch keine Chance gehabt, sich auszuleben. Sie wird schon jemanden kennenlernen, der zu ihr paßt, jemanden, der so jung und gesund und . . . und unverdorben ist wie sie selbst."

„Ellie hängt aber mit allen Fasern ihres Herzens an dir. Nur deswegen war sie so tief verletzt und ist weggelaufen. Begreife das doch! Außerdem finde ich, daß ihr beide durchaus zueinander paßt."

„Ist das dein Ernst?"

„Vollkommen. Aber laß mich weiterreden. Du und Ellie und dieser Drachen – das ist doch eine Abmachung zwischen euch, und ich möchte, daß du sie einhältst. Du mußt weitermachen mit deinen Schwimm- und Gymnastikstunden, mit den Klavierübungen, einfach mit allem."

„Aber –"

„Wenn ich Ellie wiederfinde – und ich werde sie finden –, möchte ich ihr sagen können: ‚Ralf wartet auf dich, und sobald er weiß, wo du bist, kommt er angerannt!'"

Ralf hatte Max' Argumenten nicht viel entgegenzusetzen. „Meinst du, sie würde dir überhaupt zuhören?" fragte er zweifelnd.

„Bestimmt. Aber bis dahin mußt du hart trainieren. Und dann wird es sich zeigen, wer von euch beiden schneller rennt!"

Wider Willen mußte Ralf lachen, und Max klopfte ihm freundschaftlich auf den Arm. „So gefällst du mir viel besser. Steig aus! Wir setzen uns in die Sonne und planen unseren Feldzug."

ELLIE erwachte, als im Nebenzimmer ohrenbetäubende Musik einsetzte. Unbarmherzige Rhythmen drangen durch die Zimmerwand. *Dum . . . dum . . . dum*, hämmerten die Instrumente, und *Ralf ist weg . . . Ralf ist weg,* hämmerte es in ihrem Kopf.

Sie verscheuchte diesen Gedanken und stand auf. Die Herzschmerzen waren weg, aber ihre Beine fühlten sich immer noch recht wacklig an.

Sie bemerkte, daß sie zwar noch ihre Jeans anhatte, daß ihr aber jemand vorsorglich einen dicken Pullover über ihr T-Shirt gezogen hatte.

Die Tür ging auf, und Ziggy kam ins Zimmer. Er sah, daß Ellie wach war. „Na, geht's wieder, Kleine?" fragte er.

„Ja", antwortete Ellie. „Aber ich bin keine Kleine! Wann fange ich mit der Arbeit an?"

Ziggy warf sich lachend auf den nächstbesten Stuhl. „Heute noch nicht. Der Onkel Doktor hat's verboten." Er musterte Ellie genauer. „Wie alt bist du überhaupt?"

„Fast neunzehn."

„Wirklich?" Wieder lachte er. „Na, um so besser. Mit kleinen Schulmädchen lassen wir uns nämlich nicht ein."

„Kannst du mir erklären, wie meine Arbeit bei euch aussehen soll?"

„Ooh . . ." Ziggy schmunzelte. „Bloß tanzen, Kleine, und ein bißchen . . . ein bißchen im Hintergrund trällern, wie du es selber genannt hast."

„Sonst nichts?"

„Nein, es sei denn, du willst es . . ."

„Nein danke."

„Habe ich mir gedacht." Er sah ihr tief in die Augen. „Bist hoffnungslos in einen Kerl verknallt, habe ich recht?"

„Und wenn . . .! Es geht dich nichts an."

Ziggy brach nun in lautes Gelächter aus. „Zumindest hast du getanzt wie 'ne Liebeskranke!" Dann wurde er wieder ernst. „Sieh mal, Kleine" – er hielt inne –, „ich weiß ja nicht mal, wie du heißt!"

„Ellie."

„Sieh mal, Ellie, in unserem Job sind wir entweder unterwegs oder in irgendwelchen Schuppen zum Üben oder, bestenfalls, in einem Aufnahmestudio. Und bei unseren Live-Shows passiert es schon mal, daß das Publikum ausflippt. Manchmal schmeißen sie mit Flaschen oder so. Manchmal gibt es eine Prügelei. Oder sie haben es auf unsere Mädchen abgesehen, und dann wird es etwas brenzlig für die. Molly hat es gelernt, sich in solchen Fällen rechtzeitig zu verdrücken. Verstehst du, was ich sagen will?"

„Ja", erklärte Ellie, ohne eine Miene zu verziehen. „Ich kann Judo."

„Allen Ernstes?" Ziggy mußte schon wieder lachen. „Da bin ich ja beruhigt. Jedenfalls habe ich dir nun reinen Wein eingeschenkt. Möchtest du bei uns bleiben?"

„Ja", sagte Ellie knapp. „Wann fange ich an?"

„Du bist wohl nicht zu halten. Morgen meinetwegen."

„Heute! Ich kann nicht hier so rumhängen."

„Wenn's das ist!" Ziggy dachte einen Moment nach. „Okay, du kannst für uns kochen. Geh erst ein bißchen einkaufen. Spaghetti und so was. Und wenn wir heute abend auftreten, kommst du mit und hörst es dir an. So kriegst du alles am besten mit. Aber getanzt wird nicht. Du weißt doch – der Onkel Doktor hat's verboten!"

Siebentes Kapitel

FÜR ELLIE begann jetzt eine hektische Zeit. Die Gruppe trat fast jeden Abend auf, und sie kamen erst in den frühen Morgenstunden ins Bett. Nachmittags wurde geprobt, und danach standen sie wieder irgendwo auf der Bühne – meist bis lange nach Mitternacht. Ellie tanzte bei nahezu jeder Nummer, ausgenommen bei düsterer Bluesmusik, die Molly mit ihrer rauchigen Stimme sang.

Wegen Ellies Aufmachung beim Tanzen kam es zwischen Ziggy und Molly zu einer Auseinandersetzung. Molly war losgezogen und hatte für Ellie einen gelben, seidig schimmernden, enganliegenden Anzug besorgt. Als Ellie ihn anprobierte, schüttelte Ziggy den Kopf. „Nein", erklärte er entschieden, „so was Aalglattes paßt nicht zu ihr."

„Ich find's schön", protestierte Molly.

„Zum Anbeißen schön!" bestätigte Paul, der Ellie ungeniert begutachtete.

„Genau das ist es!" sagte Ziggy. „Ich will nicht, daß sie jemand anbeißt." Ellie sollte ihre natürliche Art auch auf der Bühne bewahren. Gerade die gab ihrem Tanz den besonderen Reiz.

„Und was stellst du dir dann vor?" fragte Molly schnippisch.

„Was Fließendes . . . Waberndes, wie . . . wie eine Flamme."

Molly zuckte die Achseln. „Meinetwegen. Aber das kostet 'ne Stange Geld."

„Ich könnte es ja selber nähen", bot Ellie an, und ein paar Tage später präsentierte sie sich in einem kurzen, schlicht geschnittenen Chiffonkleid mit enger Taille und sehr weitem, in Zipfeln endendem Rock, der bei jeder Drehung eine ganze Farbskala von blassem Rosa über weiches Gelb bis zu feurigem Orange und dunklem Violett entfaltete.

„Gefällt es euch?" fragte sie und wirbelte um die eigene Achse. Ihr flatterndes Haar harmonierte perfekt mit den feurigen Farben des Chiffons und erhöhte noch den reizvollen Gesamteindruck.

„Jetzt sieht sie erst recht zum Anbeißen aus", murmelte Paul, und selbst Molly fand es „nicht schlecht".

„Die reinste Magie", flüsterte Ziggy hingerissen.

„Aber keine Schwarze Magie." Der dicke Dave blinzelte Ellie zu. „Eher ein Feuerzauber!" Er hatte erkannt, daß sie von einem inneren Feuer verzehrt wurde, daß sie ihren tiefen Kummer in hektischer Betriebsamkeit erstickte und nur deswegen so rastlos war, um nicht denken zu müssen. Aber er sprach darüber weder mit Ellie noch den anderen, obwohl Ziggy sich wohl auch sein Teil dachte. Immerhin verhielt er sich für seine Verhältnisse sehr ritterlich, und er beschützte Ellie, wann immer sie in Bedrängnis geriet.

ELLIE hatte an jenem ersten Tag aus beinahe nichts Spaghetti Bolognese gezaubert, die höchstes Lob ernteten und sie sofort zur Chefköchin der Gruppe beförderten. Die Aufgabe machte ihr Spaß, denn nach einer Nacht mit stundenlanger wilder Tanzerei konnte sie sich beim Kochen entspannen. Alle Mitglieder der Gruppe pflegten nach den Auftritten ausgepumpt nach Hause zu kommen und fast schon im Stehen einzuschlafen. Doch Ellie war gegen Mittag bereits wieder auf den Beinen. Wenn die anderen sich endlich mühsam in den Wachzustand zurückgekämpft hatten, stand schon eine Mahlzeit auf dem Küchentisch, die von allen gemeinsam eingenommen wurde. Nach dem Essen begannen gleich die Proben, und dann ging es schon wieder fort zum nächsten Auftritt.

Nach einiger Zeit stellte Ellie betrübt fest, daß sie zwar die Mauern des Pflegeheims hinter sich gelassen hatte, aber nun schon wieder in einer Art Käfig eingesperrt war. Sie litt ständig unter Müdigkeit, arbeitete um so hektischer und konnte doch nicht verhindern, daß ihre Gedanken um Ralf kreisten. Hoffentlich war ihm nicht schon wieder etwas zugestoßen! Ob er auch alle Übungen absolvierte? Und ob sie ihm fehlte – ebensosehr, wie er ihr fehlte? Nein, natürlich nicht! Er hatte ja Francis zu verstehen gegeben, daß sie ihm nichts bedeutete. Er hatte gesagt . . .

Ellie magerte immer mehr ab und hatte dunkle Ringe unter den Augen. Und dann war da noch ständig dieser Schmerz in der Brust. Sie aß zwar genug, und sie schlief auch fest, aber sie konnte nicht verhindern, daß ihre Gedanken dauernd um Ralf kreisten.

Es DAUERTE lange, bis Ellie endlich Gelegenheit hatte, einmal etwas allein zu unternehmen. An ihrem ersten auftrittsfreien Abend fuhr sie mit der U-Bahn bis zur Waterloo-Station und ging dann in die Royal Festival Hall. Auf dem Programm stand ein Beethovenkonzert. Ein berühmtes Orchester war angekündigt, und im zweiten Teil ein noch berühmterer Pianist. Es sollte unter anderem das Es-Dur-Klavierkonzert gespielt werden.

Ellie hatte ein bißchen von dem Geld mitgenommen, das ihr aus der gemeinsamen Kasse der Band zustand. Damit marschierte sie tapfer an die Kasse und kaufte eine Eintrittskarte. Heute abend würde sie sich gestatten, an Ralf zu denken und an die Art von Musik, die er spielte. Und sie würde einen berühmten Pianisten hören und ihn mit Ralf vergleichen können.

Das Konzert kam für Ellie einer Offenbarung gleich – sogar schon, ehe die Musik begann. Allein dieser hohe, luftige Konzertsaal, die bequemen Sitze, die glitzernden Instrumente! Und dann erst Beethovens gewaltige, leidenschaftliche Musik, die sie hinaufzog in schwindelnde Höhen, hinabstürzte in bodenlose Tiefen. Am Ende des Stücks saß sie wie betäubt da.

Sie hatte sich kaum wieder gefangen, als ein schlanker schwarzhaariger Mann die Bühne betrat und am Flügel Platz nahm. Das Klavierkonzert begann.

Ellie konnte über den Pianisten und sein Spiel kein Urteil

abgeben, nicht sagen, was gut oder schlecht war. Außer Ralf hatte sie noch niemanden diese Art Musik spielen hören. Sie hörte einfach zu und beobachtete gebannt die Finger des Pianisten, die blitzschnell über die Tasten glitten – und weinte innerlich um Ralf. Es ist wahr, dachte sie, der dort oben spielt besser als Ralf, jedenfalls schneller und brillanter. Aber bei ihm singt das Instrument nicht, und er streichelt die Töne nicht, so daß sie seidenweich werden wie bei Ralf. Er läßt die Melodie nicht dahinschmelzen und fast sterben, um sie dann um so kräftiger wieder einsetzen zu lassen. Er spielt zwar gut, aber mein Herz berührt er nicht mit seiner Musik.

Nach dem Ende des Konzerts verließ sie tief bewegt die Festhalle und ließ sich von der Menschenmenge treiben, die die Uferstraße hinunterströmte. Schließlich blieb sie stehen und starrte auf die Lichter, die sich in der Themse spiegelten.

Ralf! dachte sie traurig. Ralf, sitzt du jetzt auch am Klavier und spielst dir ganz leise etwas vor? Gehorchen dir die Finger? Bist du glücklich in deinem Musikzimmer oder auch so einsam wie ich? Sie sah, wie das Wasser kleine Wirbel und Strudel bildete und wie sich die Spiegelbilder der Straßenlaternen darin immer aufs neue brachen. Stromabwärts tutete ein kleiner Schlepper, und das hohle Geräusch machte sie noch trauriger.

Sie wollte sich gerade umdrehen und ihren Weg zur U-Bahn-Station fortsetzen, als plötzlich jemand von hinten auf sie zutrat, ihren Arm packte und verdrehte, während er ihr gleichzeitig eine Faust in den Rücken stieß.

Ellie taumelte und wäre beinahe gestürzt, aber ihre Tasche hielt sie eisern fest. „Loslassen!" schrie sie aus vollem Hals. „Hilfe!" Sie drehte sich mit einem Ruck um und schlug blitzschnell mit der freien Hand auf den Angreifer ein. Der hochgewachsene, magere Bursche erschrak offensichtlich. Er hatte geglaubt, leichte Beute machen zu können, und jetzt konnte sein Opfer Judo! Im nächsten Augenblick hörte Ellie schon, wie jemand eilig näher kam. Fluchend ließ der Bursche Ellies Arm los und tauchte in der Dunkelheit unter.

„Ist Ihnen auch nichts passiert?" hörte sie jemanden besorgt fragen. Ellie blickte auf und sah vor sich einen Mann, der seinen Schirm wie ein Florett in die Richtung schwenkte, in der der Straßenräuber verschwunden war. „Hat er Sie beraubt?"

„Nein“, sagte Ellie, ein bißchen atemlos, „das ist ihm nicht geglückt.“

Der Fremde schien immer noch um sie besorgt zu sein. „Wohin müssen Sie denn gehen?“ fragte er.

„Zur U-Bahn. Waterloo-Station.“

„Das ist auch meine Richtung. Darf ich Sie begleiten? Es ist sicherer für Sie.“

„Ja, vielen Dank.“ Ellie war erleichtert, warf aber vorsichtshalber dem Fremden noch einen prüfenden Blick zu, ehe sie sich an seiner Seite auf den Weg machte.

„Waren Sie im Konzert?“ fragte er.

„Ja. Sie auch? Wie hat Ihnen der Pianist gefallen?“

Der Fremde lächelte. „Na ja – der Mann ist schließlich berühmt. Wie fanden Sie ihn denn?“

Ellie runzelte die Stirn. „Ich verstehe davon zu wenig, um es beurteilen zu können. Aber es klang alles ein bißchen . . .“

„. . . seelenlos?“

Sie lächelte. „Ich habe nicht gewagt, es auszusprechen. Früher habe ich mal jemanden gekannt, der spielte Beethoven . . .“

„. . . mit Seele?“

„Ja.“ Ellies Stimme klang jetzt traurig. „Mit Seele.“

Ihrem Begleiter war dieser schmerzliche Tonfall wahrscheinlich nicht entgangen, denn er schwieg, bis sie die U-Bahn-Station erreichten. Im hellen Licht des Bahnhofs warf er noch einmal einen besorgten Blick auf Ellie. „Können Sie allein nach Hause fahren? Wissen Sie, welchen Zug Sie nehmen müssen?“

„O ja. Vielen Dank. Sie sind sehr freundlich gewesen.“

„Und noch etwas“, sagte der Mann. „Sie sollten so spätabends nicht allein unterwegs sein. Sorgen Sie dafür, daß ein Begleiter mitkommt.“

„Ich werde es mir zu Herzen nehmen“, versicherte Ellie lächelnd.

AN IHREM zweiten freien Tag fuhr Ellie wieder in die Innenstadt, doch diesmal galt ihre Fahrt keinem Konzertbesuch. Der indische Arzt hatte sie an einen Psychiater überwiesen, dessen Praxis im eleganten Stadtteil Mayfair lag. Er nahm eigentlich nur Privatpatienten, aber bei Ellie wollte er eine Ausnahme machen, denn er hielt sehr viel von Dr. Ranji. „Einen besseren gibt es in ganz England nicht", hatte Ranji gesagt und ihr einen Termin besorgt.

Ellie war ziemlich nervös, als sie das Sprechzimmer betrat. Die großen, hohen Fenster des sonnigen Raumes wurden von schweren grauen Samtvorhängen gerahmt. Hinter einem antiken Schreibtisch saß ein grauhaariger Mann, der den Blick prüfend, aber freundlich auf sie richtete.

Sir Lucas Grove wiederum sah sich einem schlanken jungen Mädchen gegenüber, dessen tiefblaue Augen fast zu groß für ihr schmales Gesicht schienen. Sie hatte einen tiefsitzenden geheimen Kummer, das erkannte er sofort, denn ihre Lippen, die für Lachen und Zärtlichkeit geschaffen waren, waren fest zusammengepreßt.

„Sie brauchen nicht so ängstlich dreinzuschauen", sagte Sir Lucas und reichte Ellie über den Schreibtisch hinweg die Hand. „Setzen Sie sich, und fangen Sie einfach an zu erzählen."

Ellie hatte die entgegengestreckte Hand automatisch ergriffen und lächelte schüchtern. „Ich . . . ich hätte vielleicht nicht einfach so herkommen dürfen", stammelte sie, „aber Dr. Ranji meinte . . ."

„Das geht schon in Ordnung", sagte Sir Lucas. „Dr. Ranji hat mir Ihre Situation beschrieben."

„Es wäre sicher besser gewesen, ich hätte erst meine früheren Ärzte gebeten, Ihnen zu schreiben, aber" – Ellie suchte nach den passenden Worten –, „aber ich wollte, daß Sie mich ohne . . ."

„. . . ohne eine vorgefaßte Meinung beurteilen?"

Sie nickte. „Und ich will momentan auch keine Verbindung mehr mit den Leuten vom Krankenhaus haben. Das ist für mich sehr wichtig." Sie warf Sir Lucas einen besorgten Blick zu. „Mein Besuch hier bleibt doch vertraulich? Und alles, was ich sage, auch?"

Er lächelte. „Selbstverständlich."

Sie trug Sir Lucas ihre ganze Leidensgeschichte vor. Sie beschrieb den Unfall und die langwierige Genesung, wobei sie sich an die erste Phase von Dr. Macs Behandlung nur sehr vage erinnerte. Sie erzählte, unter welchen Anstrengungen sie sich Schritt für Schritt zur Normalität zurückgekämpft hatte, wieviel Krankengymnastik, Sprechübungen und Schwimmstunden sie hatte absolvieren müssen.

Sir Lucas stellte anfangs keine Zwischenfragen, sondern ließ Ellie einfach reden. Als sie endlich beim Greville-Haus und der Oberin angekommen war, brach sie ihren Bericht unvermittelt ab. „Und dann hatte ich vorübergehend eine Anstellung, aber mit der klappte es nicht“, sagte sie bloß noch.

„Verstehe.“ Die Stimme des Psychiaters klang freundlich, aber unverbindlich. „Und was machen Sie jetzt?“

„Ich arbeite als Tänzerin – bei einer Band. Tanzen ist das einzige, was ich wirklich kann.“

„Und jetzt sagen Sie mir noch, aus welchem Grund Sie hergekommen sind.“

Ellie rang verlegen die Hände und schaute Sir Lucas eindringlich an. „Ich möchte wissen, ob . . .“

„Ja?“

„. . . ob Sie glauben, daß ich wieder gesund bin . . . ich meine, normal?“

Lucas Grove musterte Ellie teilnahmsvoll. Das also war das Problem dieser jungen Person! In irgendeinem Zusammenhang mußten sehr grausame, ungerechtfertigte Worte über sie gefallen sein; irgend jemand hatte ihr Selbstvertrauen tief erschüttert.

„Miß Foster“, begann er ruhig, „ich bezweifle, daß es so etwas wie Normalität gibt. Ich könnte sie jedenfalls nicht exakt beschreiben. Jeder Mensch unterscheidet sich von allen anderen Menschen. Aber nachdem ich mich mit Ihnen unterhalten habe und Ihre Krankengeschichte kenne, möchte ich doch sagen, daß Sie wieder vollkommen gesund sind.“ Er lächelte Ellie aufmunternd an. „Wieso haben Sie daran gezweifelt?“

Ellie wurde blaß. „Ich habe . . . das heißt, da hat jemand gesagt, ich wäre ‚geistig behindert‘ gewesen. Ich sollte es natürlich nicht hören, aber ich habe es gehört, und es hat mir angst gemacht.“ Sie warf Sir Lucas einen kläglichen Blick zu. „Bloß weil man vom Stufenbarren heruntergefallen ist und eine schwere Gehirnerschütterung hatte, ist man doch nicht geistig behindert, oder? Ich habe mich sehr angestrengt, um wieder so zu werden, wie ich früher war, und ich bin es doch geworden – oder nicht? Mit dieser Ungewißheit kann ich nicht mehr leben.“

Sir Lucas erwiderte ihren flehentlichen Blick mit einer sachlichen Frage. „Ich wüßte gern, wie ich das verstehen soll“, sagte er. „Fühlen Sie sich denn selbst unsicher, oder meinen Sie nicht eher die Unsicherheit der anderen Leute, die mit Ihnen umgehen?"

„Ich hatte eigentlich geglaubt, ich wäre meiner selbst sicher . . ."

„. . . bis irgend jemand etwas sagte, was in Ihnen Zweifel erzeugte?"

„Ja."

Der Psychiater lehnte sich ein wenig über den Schreibtisch. „Sie haben Ihre Frage schon selbst beantwortet, Miß Foster", sagte er lächelnd. „Selbstverständlich sind Sie vollkommen ‚in Ordnung', wie man sagt. Die anderen sind es, bei denen etwas nicht ‚in Ordnung' ist. Auf Menschen mit Ihrem Schicksal reagieren die Leute häufig mit Vorurteilen – sei es aus Scheu, sei es aus Dummheit. Glauben Sie einfach an sich selbst, Miß Foster, und führen Sie Ihr Leben so, wie Sie es für richtig halten, egal, was andere darüber sagen. Aber ein bißchen Mitleid mit diesen anderen dürfen Sie ruhig haben."

„Mitleid?"

„Ja. Schließlich sind diese Leute ein bißchen beschränkt in ihrer Verständnisfähigkeit, und im Gegensatz zu Ihnen sind sie auch nicht als Sieger aus einem großen persönlichen Unglück hervorgegangen. Sie, Miß Foster, sind eine Überlebende, und Sie können es sich leisten, nachsichtig zu sein gegenüber schwächeren Menschen."

„Ich? Ich soll Nachsicht üben?"

Sir Lucas merkte, daß er fürs erste genug Denkanstöße gegeben hatte, die junge Patientin sah schon ein bißchen beruhigter aus. Es war ihm jedoch nicht gelungen, dem anderen, tiefsitzenden Kummer, der sie offensichtlich quälte, auf die Spur zu kommen. Darüber konnte er nur stille Vermutungen anstellen, denn er wollte nicht direkt fragen. Die Patientin mußte selber davon anfangen.

Ellie war aber schon aufgestanden und reichte ihm die Hand. „Sie sind wunderbar zu mir gewesen", sagte sie. „Ich bin richtig froh, daß ich mich hergewagt habe."

„Das freut mich für Sie!" Lucas Grove erwiderte Ellies Händedruck. „Vom ärztlichen Standpunkt aus gesehen, bräuchten Sie nicht wiederzukommen. Aber wenn Sie natürlich den Wunsch haben . . . Ich bin ein guter Zuhörer."

„Das habe ich gemerkt." Ellie lächelte ihn an. Als sie die Praxis verließ, hatte sie das Gefühl, ein ganzes Stück größer geworden zu sein, so sehr hatte Sir Lucas ihr Selbstbewußtsein gefestigt.

Lucas Grove blieb noch eine Weile in Gedanken versunken am Schreibtisch sitzen. Ellie . . ., dachte er, Ellie Foster . . . und Ralf Mallory . . . und Ralf Mallorys besorgter Freund Max, der um fachkundigen Rat gebeten und eine junge Ellie erwähnt hatte. Ja, nach allem, was die Patientin erzählt hatte, mußte es sich um ein und dasselbe Mädchen handeln. Bei den Mallorys schienen Worte gefallen zu sein, die Ellie aus dem Haus getrieben hatten.

Er seufzte und griff schon nach dem Telefon, um Max zu verständigen, doch dann erinnerte er sich daran, daß er Ellie Vertraulichkeit zugesichert hatte, und er wollte sein Versprechen nicht brechen. Andererseits bestand da offensichtlich ein Mißverständnis, das für Ellie ebenso schreckliche Folgen hatte wie für Ralf Mallory. Sollte er also schweigen, wenn es doch in seiner Macht stand, das junge Mädchen von seinem Kummer zu erlösen? Er entschloß sich zu warten.

Achtes Kapitel

BISLANG war für Ellie das Leben mit Ziggys Band komplikationslos verlaufen. Paul und Molly schienen ein Paar zu sein – mehr oder weniger jedenfalls. Dave hatte eine muntere Freundin namens Sally, und Ziggy wurde von immer neuen Anbeterinnen verfolgt, aber er hatte nie Zeit, sich lange mit ihnen abzugeben, weil er ständig dabei war, neue Songs zu schreiben. Die Gruppe war für Ellie also ein sicherer Hafen. Niemand wollte mehr von ihr, als sie zu geben bereit war. Fragen wurden ihr nicht gestellt.

Doch irgendwann begann Paul, für Ellie Interesse zu zeigen, und das machte ihr Sorgen. Sie wollte um nichts in der Welt Ärger bekommen. Und so beschloß sie, offen und ehrlich, wie es ihre Art war, mit Molly über dieses Problem zu reden.

Die Gelegenheit bot sich, als Ziggy eines Tages mit Paul und Dave eine neue Nummer probte. Molly, die nicht gebraucht wurde, ließ sich auf einen Küchenstuhl fallen, um Kaffee zu trinken, während Ellie Butterbrote machte.

„Wir müssen mal über Paul reden", sagte Ellie ohne jede Einleitung zu Molly und hörte mit dem Brotschneiden auf.

Molly warf ihr über den Rand des Kaffeebechers einen scharfen Blick zu. „So, du hast also gemerkt, daß dir unser Paul schöne Augen macht?"

„Das ist nicht zu übersehen", murmelte Ellie. „Und wie soll ich mich jetzt verhalten?"

Molly maß Ellie mit einem kühlen Blick. „Das hängt von dir ab. Was willst du denn von ihm?"

„Nichts", antwortete Ellie kurz und bündig.

„Das ist ein klares Wort!" Molly begann zu kichern. „Außerdem kannst du ja Judo. Gib uns doch mal eine kleine Vorstellung – mit Paul als Partner!"

„Und du hättest nichts dagegen?"

„Ob ich etwas dagegen hätte? Es wäre mir ein ausgesprochenes Vergnügen!"

Sie fingen beide an, hemmungslos zu lachen, und plötzlich sprang Molly auf und schlang einen Arm um Ellies Schultern. „Du bist ein toller Kumpel!" sagte sie. Sie lachten noch immer, als die anderen zum Kaffee in die Küche kamen.

„Worüber amüsiert ihr euch denn?" fragte Ziggy. Ihm gefiel es, wie Ellies Gesicht beim Lachen aufleuchtete.

„Ellie will uns mal ihre Judokünste zeigen, und Paul soll ihr Partner sein", verkündete Molly.

Ziggy und Dave starrten Paul entgeistert an, und alle lachten, sogar Paul. Aber der war nun gewarnt, und Ellie fand, daß Molly ihr auf sehr raffinierte Weise zu Hilfe gekommen war.

Ziggy kippte seinen Kaffee hastig hinunter und schaute auf die Armbanduhr. „Unser Song ist fertig, Leute", sagte er, „und du wirst auch dabei gebraucht, Ellie. Wir probieren mal was ganz Neues aus."

Alle gingen ins Studio hinüber, und Ziggy drückte Molly ein Blatt Papier mit dem Entwurf seines neuen Liedes in die Hand. Dann begann er mit Paul und Dave zu spielen, und Molly sang dazu. Es war ein schlichter Text und handelte vom Kummer einer verlassenen Frau, von ihren Erinnerungen an eine Zeit, als die Welt für sie noch schön war, und davon, daß ihr jetzt die Tage und Nächte unerträglich lang wurden und das Leben trostlos war.

Ellie stand reglos da. Zu diesem Lied konnte sie nicht tanzen! Ausgeschlossen! Es ging ihr zu nahe und tat ihr zu weh. Wieso hatte Ziggy gewußt, was in ihr vorging? Oder beschrieb sein Lied nur ein Gefühl, das viele Menschen kannten und das deshalb von den meisten verstanden wurde?

Zögernd, voller Traurigkeit begann sie zu tanzen. Ach, Ralf, dachte sie, diesmal tanze ich für dich, obwohl du nie davon erfahren wirst. Dieses eine Mal lege ich meine tiefsten Gefühle für dich in meinen Tanz.

Sie bewegte sich wie in Trance. Sie wußte nicht, daß sie mit jeder Bewegung auf vollkommene Art Kummer und Verlassenheit ausdrückte. Sie ahnte auch nicht, daß ihre Freunde ungewohnte Rührung verspürten, als sie ihre mageren Arme suchend nach dem Verschwundenen ausstreckte und sie mit hoffnungsloser Gebärde wieder sinken ließ. Sie endete zusammengesunken, das Gesicht in den Händen verborgen, und wartete darauf, daß Molly die letzten Liedzeilen noch einmal aufnahm.

Aber Molly sang nicht mehr. „Wir brauchen keinen Refrain", sagte sie zu Ziggy. „So, wie es ist, ist es perfekt."

„Ja", meinte Ziggy, „perfekt . . .!"

Er tippte Ellie auf die Schulter, die noch immer wie erstarrt in ihrer Schlußpose verharrte. Sie hob den Kopf, und er sah erschrocken, daß ihr Gesicht tränenüberströmt war. „Entschuldige, Ellie, ich habe ja nicht gewußt, daß dich das Lied umhauen würde."

Ellie lächelte gequält und richtete sich langsam auf. „Macht nichts, Ziggy. Es gibt eben mehrere Arten von Judo!"

Die anderen seufzten erleichtert über Ellies Scherz.

„Es ist ein sehr schönes Lied", fügte Ellie, die schon gefürchtet hatte, Ziggy könnte beleidigt sein, voll ehrlicher Anerkennung hinzu, „und ich will versuchen, auf der Bühne dazu zu tanzen. Aber ich kann für nichts garantieren . . ."

Ziggy tätschelte Ellie ermutigend die Schulter. „Du packst es, Ellie! Du packst es schon!"

EINES Tages erschien Ben mit einer langen Liste bei Max. „Ich habe doch noch den Veranstalter des Popkonzerts in Wimbledon aufgetrieben", erklärte er. „Der Mann meinte, alle, die auf der Liste hier stehen, waren dabei, aber er wußte natürlich nicht, welche Gruppe Ellie und ich damals gehört haben. Die hier haben alle richtige Agenten. Es gab aber auch noch einige kleine Bands, die nur in den Discos von Wimbledon und Umgebung spielen. Wir müßten also alle Klubs, alle Discos abklappern."

„Ein zeitraubendes Unternehmen." Max runzelte die Stirn.

„Tut mir leid, daß ich nichts Genaueres in Erfahrung bringen konnte."

„Sie haben ja mit der Liste schon einiges erreicht", beruhigte Max ihn. „Die meisten Musiker kann ich bestimmt telefonisch erreichen. Zu den übrigen muß ich eben hinfahren." Ben sah ihn voller Hoffnung an. „Erwarten Sie nicht zuviel, Ben. Vielleicht kommt ja gar nichts dabei heraus."

„Ich weiß", seufzte Ben. „Aber versuchen müssen wir es."

Und Max versuchte es. Er rief jeden auf Bens Liste an, aber niemand wußte etwas über eine Ellie. Dann stattete er allen möglichen Klubs und Discos in und um Wimbledon einen Besuch ab, aber nirgendwo war Ellie aufgetaucht.

Eines Abends ging er wieder einmal durch die Straßen, um Nachforschungen anzustellen, als er einen grell aufflackernden Schriftzug bemerkte: *Disco . . . Disco,* las er, und *Ziggy und seine Band*. Einen Versuch ist es wert! dachte er, stieg über eine dunkle Treppe ins Kellergeschoß hinunter und riß die Tür auf. Die Lichtorgel überschüttete ihn mit grellem Farbenspiel, und vom Podium her kamen dröhnende Rhythmen. Eine Gestalt trat an ihn heran und verlangte Eintrittsgeld. Er bezahlte und ließ sich im dunklen Hintergrund des Raumes an einem Tischchen nieder. Die Gruppe da oben ist gar nicht so übel, dachte er.

Plötzlich wurde das Licht gedämpft, die Musik ging in einen anderen Rhythmus über, und eine Sängerin griff zum Mikrofon. „Wohin bist du gegangen?" begann sie zu singen, und mit ihrer kräftigen jungen Stimme drückte sie den melancholischen Text des Liedes so überzeugend aus, daß sich Max unwillkürlich gespannt aufrichtete. Als die Sängerin beim Refrain angekommen war, wurde die Begleitmusik sanfter und eindringlicher, die Gitarre übernahm die sehnsüchtige Melodie, und ein zweites Mädchen trat auf – ein Mädchen in einem flammenfarbenen Chiffonkleid – und begann zu tanzen.

Max wußte im selben Moment, daß er am Ende seiner Suche angekommen war. Diese wild flatternden goldblonden Haarsträhnen, diese anmutige Kopfhaltung und die schlanke, fast noch kindliche Gestalt, all das war unverkennbar Ellie, und doch nicht die Ellie, die er gekannt hatte. Diese junge Frau hier war noch schlanker, und sie tanzte mit einer Leidenschaft, einer Intensität, die erschreckend war. Jede Bewegung ihres Körpers drückte Verlassenheit aus, so als suche sie sehnsüchtig nach jemandem, der nicht da war, und jedesmal, wenn der Bühnenscheinwerfer ihr Gesicht streifte, sah Max, wie bleich es war.

Er begriff, daß er hier Zeuge einer ungewöhnlichen, mitreißenden Darbietung war, aber er wußte auch, daß das Mädchen auf dem Podium der Verzweiflung nahe war und ihr Tanz im Grunde nicht für die Augen eines Publikums bestimmt war. Sie tanzte nur für Ralf.

Ralf! Natürlich, ich muß Ralf hierherbringen! dachte Max. Wenn ihn überhaupt etwas davon überzeugen kann, daß sie ihn braucht, dann ist es dieser Tanz.

Ellie tanzte wirklich nur für Ralf. Nach der ersten Probe, die sie seelisch sehr aus dem Gleichgewicht gebracht hatte, war sie zu dem Entschluß gelangt, daß sie ihre Pflicht tun würde und tanzen wollte. Sie half sich damit, daß sie sich vorstellte, Ralf säße im Publikum. Nur so konnte sie diese Qual durchstehen. Sie wußte zwar, daß er nicht da war und auch nie kommen würde, aber nur so konnte sie mit ihren Gefühlen umgehen – indem sie sie dem anonymen dunklen Raum mitteilte.

Wie immer endete sie in zusammengesunkener Körperhaltung, mit gesenktem Kopf und ausgestreckten Armen, aber plötzlich wurden die Herzstiche wieder so heftig, daß sie sich kaum noch aufrichten konnte. Die Lampen wurden abgeblendet, und Molly half ihr im Schutz der Dunkelheit auf die Füße und führte sie vom Podium. „Die wollen eine Zugabe!“ flüsterte sie Ellie ins Ohr, doch die stöhnte nur. „Ich kann nicht mehr . . .“, konnte sie noch sagen, bevor sie bewußtlos auf den Boden sank.

In der Garderobe brachten ihre Freunde sie mit Hilfe von Brandy und Kaffee wieder zu sich. Als Ellie die besorgten Gesichter der anderen erkannte, richtete sie sich mit einem Ruck auf. „Mir geht es wieder gut“, sagte sie leise, aber resolut. „War bloß so schrecklich heiß da draußen. Tut mir leid, daß ich euch Scherereien gemacht habe.“

„Einer von uns muß Ellie nach Hause bringen“, sagte Dave mit Nachdruck, und während sie noch darüber diskutierten, wer am ehesten entbehrlich war, erschien der Geschäftsführer in der Tür. „Besuch für dich!“ rief er Ziggy zu.

Max trat ein und sah Ellie – und Ellie erkannte Max. Sie wurde noch eine Spur blasser und fiel wieder in Ohnmacht.

Die ganze Gruppe machte wie ein Mann Front gegen Max. Der Fremde hatte Ellie erschreckt! Ziggy blickte ihn kampflustig an. „Wer sind Sie denn?“ fragte er scharf.

„Sind Sie etwa derjenige, welcher . . .?“ fragte Dave drohend.

„Nein, der bin ich nicht“ , entgegnete Max. „Ich versuche bloß, ein paar Dinge in Ordnung zu bringen. Hören Sie mich bitte an!“

Die Gruppe musterte ihn mißtrauisch. Doch dann hörte man plötzlich Ellies Stimme – ein bißchen fremd, aber sehr bestimmt. „Max ist in Ordnung“, sagte sie. „Ralf geht es hoffentlich gut . . .?“ fügte sie atemlos hinzu.

Max nickte beruhigend.

Für lange Erklärungen war keine Zeit, denn die Gruppe mußte gleich wieder auftreten. Und so bat man Max, Ellie nach Hause zu fahren. Molly half ihr in einem Nebenraum beim Umkleiden, und Ziggy legte Max währenddessen ihr Wohlergehen ans Herz. „Passen Sie gut auf unsere Ellie auf! Die ist was Besonderes!“ erklärte er.

Max seufzte. Als ob ich das nicht wüßte! dachte er. Er zog eine Visitenkarte aus der Tasche und gab sie Ziggy. „Damit Sie mir trauen . . . Ich bin übrigens Konzertagent; überwiegend Klassik, ich mache aber auch andere Sachen. Vielleicht kann ich mal etwas für Sie tun.“ Er stockte. „Eines muß ich Ihnen sagen“, fuhr er dann fort. „Wenn mir das gelingt, was ich vorhabe, dann geht Ellie Ihrer Gruppe wahrscheinlich verloren. Steht sie unter Vertrag?“

Ziggy schüttelte den Kopf. „Nein, noch nicht. Ich habe von Anfang an gewußt, daß sie nicht ganz in unsere Szene hereinpaßt, aber“ – er blickte Max anklagend an – „solange sie bei uns mitgemacht hat, hat ihr wenigstens keiner weh getan.“

Max war unbehaglich zumute, und er begann, ein wenig sinnlos draufloszureden. „Wir finden schon eine Lösung, die für alle die beste ist . . . Wir müssen abwarten . . .“

„Sie wollen uns Ellie doch nicht etwa gleich wegnehmen – ich meine heute abend schon?“ fragte Paul erschrocken.

Max schüttelte den Kopf. „Nein. Ich bezweifle auch, daß sie mitkäme."

„Aber sagen Sie doch Ranji, dem Arzt in unserem Haus, daß er Ellie noch mal gründlich untersuchen soll."

In diesem Augenblick erschien der Geschäftsführer wieder in der Tür. „He, Ziggy, wird's bald? Ihr seid dran!"

Ellie kam umgekleidet in die Garderobe zurück. Sie war sehr bleich und wirkte erschöpft. Die anderen starrten sie an, sie aber legte Ziggy spontan die Arme um den Hals. „Ihr seid so nett zu mir gewesen . . .", murmelte sie. „Ich lasse euch nicht im Stich." Dann verließ sie mit Max die Disco, ohne sich noch einmal umzuschauen.

Die Autofahrt zu Ziggys Wohnung verlief schweigsam. Max wußte, daß ihm ein schwieriges Gespräch bevorstand, und er wollte nichts durch ein unbedachtes Wort verderben.

Als sie die Treppe zur Wohnung erklommen hatten, merkte er, daß Ellie wieder mühsam nach Luft rang. Er nahm ihren Arm, führte sie in die Wohnung und bettete sie rasch aufs Sofa. „Was ist denn los, Ellie? Sind Sie krank?" fragte er beunruhigt.

„Stiche", keuchte sie, „Herzstiche. Die habe ich öfter, aber sie gehen auch wieder weg."

Max rannte sofort die Treppe hinunter und holte den Arzt. Wieder einmal horchte Dr. Ranji Ellies Herzschlag ab, wieder gab er ihr eine Spritze und kontrollierte ihren flatternden Puls, der sich erst allmählich beruhigte.

„Sie wird bald einschlafen und sich erholen", sagte er zu Max. „Wundern Sie sich nicht, wenn sie jetzt etwas benommen wirkt. Leider hat unsere kleine Ellie Probleme, die ein Arzt nicht kurieren kann." Er schaute Max prüfend an. „Vielleicht können Sie es?"

Max schüttelte den Kopf. „Heilen kann ich den Kummer nicht, aber ich will versuchen, die Ursache dafür zu beseitigen."

„Bitte, tun Sie es", sagte Dr. Ranji und verstaute die Instrumente in seiner Tasche. „Wir wären Ihnen alle sehr dankbar." Dann ging er fort und überließ es Max, sich als Seelendoktor zu versuchen.

„Erzählen Sie mir von Ralf", flüsterte Ellie. „Geht es ihm auch wirklich gut?"

„Nein, es geht ihm überhaupt nicht gut – weil *Sie* ihm fehlen!"

Ellie seufzte ungläubig.

„Ralf ist völlig verloren ohne Sie", fuhr Max fort. „Sie bedeuten ihm so viel. Sie sind für ihn der Mittelpunkt seines Lebens geworden."

„Das ist nicht wahr! Ich weiß, daß es nicht wahr ist!" murmelte Ellie. „Ich habe doch gehört, wie er sagte . . ."

„Ich weiß, was Sie gehört haben, Ellie. Ralf hat es mir selbst erzählt. Aber Sie kennen nicht das Ende des Satzes. Tatsächlich hat er gesagt: ‚Natürlich denke ich nicht an eine Heirat, doch nicht aus den lächerlichen Gründen, die du anführst, Francis, sondern einzig und allein um ihretwillen. Und das werde ich mein ganzes Leben lang bedauern.'"

Ellie seufzte wieder, aber sie schien zu durcheinander zu sein, um den Sinn dieser Worte zu begreifen. „Was hat er damit gemeint?" fragte sie kläglich.

„Daß er nicht gut genug für Sie ist, Ellie."

„Wie . . .?" Sie blickte ihn vollkommen ratlos an und versuchte sich aufzurichten.

„Versetzen Sie sich doch in seine Lage, Ellie. Ralf ist fast dreißig Jahre alt. Er ist der Meinung, daß er viel zu alt für Sie sei, außerdem sei er ein Krüppel!"

„Ralf ist kein Krüppel!" Einen Augenblick lang war sie so kampflustig wie früher.

Max lächelte in sich hinein. „Ich erzähle Ihnen nur, was Ralf selbst von sich hält und warum er Ihnen seine wahren Gefühle um keinen Preis zeigen will."

Ellie starrte Max an. Sagte er die Wahrheit? Kannte er überhaupt die Wahrheit? Nur Ralf konnte ihr erzählen, was er damals gesagt hatte, und den konnte sie nicht fragen. Sie schloß die Augen. „Ich möchte Ihnen so gern glauben, Max", sagte sie müde, „aber ich weiß nicht, ob ich es darf. Sie sind so nett zu mir, viel zu nett . . ." Wieder holte sie mühsam Luft. „Francis hat recht gehabt – ich passe nicht zu Ralf. Er wird wieder berühmt werden. Er braucht jemanden aus . . . aus seinen Kreisen."

Max protestierte. „Unsinn, Ellie! Er braucht Sie!"

„Ich bin jetzt unabhängig", murmelte sie schlaftrunken. „Ich verdiene nicht viel, aber es reicht zum Leben. Ziggy zahlt mir richtigen Lohn. Und er und die Jungen und Molly sind sehr nett zu mir."

„Das habe ich gesehen."

„Ich bin der Gruppe so viel schuldig, Max, und sie sind der Meinung, daß ihre Nummern durch mein Tanzen noch ein bißchen gewinnen."

„Viel mehr als das", erwiderte Max überzeugt. „Ich habe selten etwas so Schönes wie Ihren Tanz heute abend gesehen."

„Ehrlich?" Ellie schien schon weit fort zu sein. „Ich habe ja auch für Ralf getanzt. Aber das dürfen Sie ihm nicht verraten." Ein Anflug ihrer früheren Heiterkeit huschte über ihr Gesicht. „Sagen Sie ihm . . . sagen Sie ihm, ich wünsche ihm viel Glück. Aber ich käme nicht zurück."

Max merkte, daß Ellie schon fast schlief. Er hatte eingesehen, daß nur Ralf selbst etwas bei ihr ausrichten konnte, aber etwas Wichtiges wollte er ihr noch sagen. „Erinnern Sie sich? Um Ralf kennenzulernen, mußten Sie über eine Mauer klettern."

„Ja . . .?"

„Stolz ist auch eine Mauer, Ellie."

„Wie . . .?"

„Schlafen Sie jetzt, und denken Sie darüber nach, wenn es Ihnen wieder bessergeht. Aber vergessen Sie niemals, daß Ralf Sie braucht, Ellie."

Er verließ das Zimmer auf Zehenspitzen.

RALF ließ sich noch immer jeden Morgen ins Schwimmbad fahren und absolvierte gewissenhaft alle vorgeschriebenen Übungen. Zu Hause saß er stundenlang am Flügel und übte verbissen, bis ihm die Finger den Dienst verweigerten. Und er machte unermüdlich seine Gehübungen.

Sein linkes Bein hatte sich schon so sehr gebessert, daß er auf den Stock verzichten konnte, und in die linke Hand kehrte allmählich die Kraft zurück. Nur beim Klavierspielen war sie noch zu langsam. Eines Tages wagte er den nächsten Schritt in die Unabhängigkeit. Während Francis Einkäufe machte, nahm er sich ein Taxi in die Stadt und erwarb ein Auto mit automatischer Gangschaltung. Bald, so hoffte er, würde er wieder vollkommen selbständig sein. Und wenn Ellie bis dahin immer noch nicht wieder aufgetaucht war, würde er einfach losziehen und sie finden.

In diesem Augenblick sah er Max über den Rasen auf sich

zukommen. Sein Herz klopfte voller Hoffnung, denn der Freund schien gute Neuigkeiten zu bringen. „Hast du sie gefunden?“

Max zögerte. „Ich . . . ich weiß zumindest, wo sie ist. Kannst du mitkommen? Ich bringe dich zu ihr.“

„Und ob ich kann!“ rief Ralf freudig aus, aber irgend etwas an Max’ Verhalten machte ihn stutzig.

„Es wird nicht ganz leicht werden“, begann Max und legte warnend die Hand auf Ralfs Arm. „Ich habe getan, was in meinen Kräften stand. Jetzt bist du an der Reihe.“

Ohne weitere Erklärungen fuhr er am Abend mit Ralf zu der Disco, in der Ziggys Band auftreten sollte. Francis, die Polizei, die Oberin vom Greville-Haus und den netten jungen Ben hatte er schon unterrichtet, daß Ellie in Sicherheit war. Nur Ralf hatte er noch nichts Genaues gesagt. Er verschwieg auch, daß er an diesem Vormittag in Ziggys Wohnung noch einen zweiten Versuch gemacht hatte, Ellie zur Vernunft zu bringen. Sie hatte wieder gesund und munter gewirkt und sich entschieden geweigert, Ralf zu empfangen – und sie hatte ebenso entschieden darauf bestanden, an diesem Abend wieder zu tanzen. Max war mit sich uneins gewesen, ob er Ellies ganze Geschichte Ralf anvertrauen sollte, da er doch derjenige war, auf den es jetzt ankam. Andererseits war nicht auszuschließen, daß Ralf dann gleich wieder behauptete, Ellie käme ohne ihn viel besser durchs Leben. Und so setzte Max nun alles auf eine Karte: Ralf sollte Ellie völlig unvorbereitet bei ihrer ganz besonderen Tanznummer sehen!

Das Auto hielt unter der grellen Lichtreklame. „Komm mit!“ sagte Max ohne weitere Erklärungen.

Sie stiegen in das Kellergeschoß hinunter, und Max zahlte an der Tür das Eintrittsgeld. Laute Musik schlug ihnen entgegen.

„Ob deine Ohren das ertragen?“ brüllte Max und grinste.

„Gerade noch so . . .“, schrie Ralf. „Was soll ich hier?“

„Wart’s ab. Du wirst es schon sehen.“

Die Bühnenbeleuchtung wurde gedämpfter und die Musik leiser. Molly trat oben auf dem Podium in das blaßgoldene Scheinwerferlicht und trug Ziggys neuesten Song vor. Sie endete mit dem Refrain, und Ellie tanzte wie eine züngelnde Flamme schwerelos in den goldenen Lichtkreis. Ralf zog hörbar die Luft ein. Reglos, mit angehaltenem Atem schaute er zu, wie sich Ellie dort oben im Scheinwerferlicht die Seele aus dem Leib tanzte – und nicht wußte, daß er da unten im Publikum saß.

Max spürte sofort, daß Ellie anders als bei seinem ersten Besuch in dieser Disco tanzte, aber wahrscheinlich glich kein Tanz dem anderen. Diesmal wirkte er ruhiger, trauriger und, so fand Max, ergreifender. Ralf hatte noch nie etwas so berührt wie dieser Anblick.

Die Musik verstummte, die Lichter wurden noch mehr abgedunkelt, und Ellie, die goldene Flamme, schien in der Finsternis zu verlöschen. Dann brandete Beifall auf.

Ralf atmete schwer. „Max, bring mich raus . . .", sagte er mit fremd klingender Stimme.

„Aber . . ." protestierte Max.

„Bring mich raus!" wiederholte Ralf so gebieterisch, daß Max aufstand und mit ihm über die steile Treppe in die stille Nachtluft hinaufstieg.

„Willst du denn nicht mit ihr sprechen?" fragte Max.

„Noch nicht." Ralf wandte sich ab, aber Max hatte gesehen, daß er Tränen in den Augen hatte, daher ließ er ihn widerspruchslos ins Auto einsteigen. Sie schwiegen lange. „Du hättest mich nicht unvorbereitet mitnehmen dürfen", sagte Ralf schließlich.

„Du hast recht, und es tut mir leid", entgegnete Max, aber es tat ihm nicht leid. Dieser Schock war nötig gewesen. Vielleicht sah Ralf nun ein, wie sehr Ellie ihn liebte. „Hast du endlich begriffen . . .?" fügte er leise hinzu.

Ralf nickte. „Natürlich, aber jetzt kann ich sie erst recht nicht bedrängen. Dieser Tanz – das war, als hätte sie ihre Seele offenbart. Du weißt doch, wie stolz sie ist. Soll ich vielleicht vor sie hintreten und sagen: ‚Jetzt weiß ich, daß du mich liebst! Hurra!'"

„Warum nicht?" fragte Max verständnislos.

„Sie würde sich schämen. Sie hätte das Gefühl, ihre geheimsten Empfindungen verraten zu haben."

„Was wirst du also tun?"

„Keine Ahnung", antwortete Ralf langsam, aber es klang nicht hoffnungslos. „Ellie ist tief verletzt. Wenn ich nicht sehr behutsam vorgehe, wittert sie sofort wieder diese besondere Art von Mitleid und Güte, die sie als Patientin kennen- und hassen gelernt hat." Er seufzte. „Fahr mich nach Hause, Max. Was in deiner Macht stand, hast du getan, und ich werde dir ewig dafür dankbar sein. Es ist jetzt an mir, aus diesen Einzelteilen wieder ein sinnvolles Ganzes zu machen."

Max hatte sich das alles viel unkomplizierter vorgestellt, aber Ralf ließ sich nicht umstimmen.

„Nach Hause, Max", wiederholte er. „Gott sei Dank wissen wir jetzt, wo Ellie ist und daß sie in Sicherheit ist. Laß uns morgen wiederkommen. Ich brauche Zeit zum Nachdenken."

TROTZ der späten Stunde war Francis noch nicht zu Bett gegangen, als Max und ihr Bruder zu Hause ankamen. Ralf war todmüde. „Du solltest längst schlafen, Francis", sagte er dennoch freundlich.

„Ich wollte unbedingt noch heute abend mit dir sprechen", entgegnete sie. Sie zögerte und blickte Max an. „Nun wird doch alles wieder gut . . .?"

„Ich hoffe es", antwortete Max unsicher.

Francis hatte etwas sehr Wichtiges auf dem Herzen und war entschlossen, es auf der Stelle mitzuteilen. Sie gab Ralf drei Dinge: einen Brief, einen Schlüsselbund und ein Schreiben, das wie ein amtliches Dokument aussah. „Das alles ist für dich", sagte sie.

Ralf starrte seine Schwester verständnislos an.

„Ich wollte nur abwarten, bis wir wissen, daß Ellie in Sicherheit ist", fuhr Francis fort. „Jetzt kann ich mit gutem Gewissen abreisen."

„Abreisen?" wiederholte Ralf. „Wohin, um alles in der Welt . . ."

Sie lächelte ein bißchen wehmütig. „Ich gehe auf Reisen. Ich hätte es schon längst tun sollen, aber mir hat der Mut dazu gefehlt. Und den habe ich jetzt! Hier ist eine Vollmacht für dich. Du kannst über das Haus und alles übrige verfügen. Und dieser Brief ist für Ellie." Etwas unsicher berührte Francis den Arm ihres Bruders. „Ralf, ich glaube, all diese schlimmen Sachen sind nur passiert, weil ich übertrieben besorgt um dich war. Ich sehe ein, daß ich falsch gehandelt habe – und daß Ellie ein Segen für dich war. Dabei hatte ich sie doch auch sehr liebgewonnen. Ich wünschte, sie könnte mir das eines Tages glauben."

„Langsam, Francis. Eins nach dem andern. Wohin fährst du? Und für wie lange?"

„Zuerst sehe ich mich in Europa um", entgegnete Francis mit fester Stimme. „Dann reise ich vielleicht nach Indien oder sogar nach China –"

„. . . oder Saudi-Arabien?" unterbrach Ralf sie und grinste.

„Schon möglich." Francis war rot angelaufen und sprach hastig weiter. „Ich werde ungefähr ein Jahr fort sein. In einem Jahr kann sehr viel passieren." Sie lächelte und sah fast wieder so selbstsicher aus wie früher. „Sogar für dich und Ellie sollte diese Zeit ausreichen, um herauszufinden, was ihr wirklich wollt."

Jetzt lachte Ralf laut heraus. Er schloß Francis in die Arme. „Ich gönne dir die Freiheit von Herzen. Und komm nach Hause, sobald du reisemüde bist. Wir freuen uns auf dich."

Wir, dachte er, *wir* – Ellie und ich. Eine freudige Gewißheit erfüllte ihn. Ja, es wird wahr werden, dachte er. Es muß wahr werden.

Er drückte sie mit brüderlicher Herzlichkeit an sich, und Francis, die gedacht hatte, daß sie seine Zuneigung für immer verloren hatte, machte sich rasch los und lief aus dem Zimmer, damit er ihre Tränen nicht sah. „Du hast für meine Familie unendlich viel getan", sagte Ralf zu Max. „Geh und schlaf dich aus."

„Du solltest auch schlafen gehen", erwiderte Max. „Immerhin willst du morgen Ellie überreden . . ."

„Nicht überreden, Max. Sie soll aus freien Stücken zurückkommen. Und deswegen muß ich mir überzeugende Argumente einfallen lassen."

Etwas besorgt blickte Max Ralf an. Hoffentlich findet er morgen für Ellie die richtigen Worte, dachte er.

Doch als sie beide am nächsten Morgen in Ziggys Wohnung ankamen, erwarteten sie schlechte Nachrichten. „Ellie ist nicht zu Hause. Sie ist im Krankenhaus", berichtete Ziggy ihnen mit besorgter Miene.

„Wie bitte?" fragte Ralf entsetzt. „In welchem?"

„Bei ihrem Doktor Mac. Sie hat selbst nach ihm verlangt, und er hat sie gleich im Auto mitgenommen."

„Was ist denn passiert? Geht es ihr so schlecht?" fragten Ralf und Max wie aus einem Mund.

Ziggy seufzte. „Überanstrengung. Nichts Ernstes, hat der Doktor gesagt. Aber er will ein paar Untersuchungen machen und dafür sorgen, daß sie sich ausruht.“ Ziggys Blick wanderte unsicher zwischen Max und Ralf hin und her. „Ich hab keine Schuld. Ich hab sie nicht angetrieben. Das hat sie selber getan. Sie konnte gar nicht mehr aufhören!“

Ralf nickte Ziggy freundlich zu. „Ich allein bin schuld an allem. Ich fahre jetzt gleich mit Max ins Krankenhaus. Max soll mit ihr reden. Ich selbst warte lieber. Glauben Sie mir, Ziggy, es wird alles wieder gut. Ich will für Ellie nur das Beste.“

Ziggy sah traurig aus. Ja, für Ralf Mallory und Ellie würde wohl alles gut enden. Aber für die Gruppe sah es anders aus. Ellie würde eine spürbare Lücke hinterlassen . . .

„Sie machen sich zu viele Sorgen“, sagte Ralf, der seine Gedanken erriet. „Ich glaube nicht, daß Ellie Sie und Ihre Band ganz verlassen wird, egal, was geschieht.“

WIE VERABREDET, sollte Max im Krankenhaus allein zu Ellie hinaufgehen und Ralf mit keinem Wort erwähnen, es sei denn, Ellie fragte nach ihm. Doch als Max zum Fahrstuhl ging, kostete es Ralf große Überwindung, nicht einfach hinterherzulaufen, in Dr. Macs Abteilung hinaufzufahren, in den großen Krankensaal zu rennen und Ellie in die Arme zu schließen. Und sie mit nach Hause zu nehmen! Nach Hause! dachte er. Wenn ich ganz vorsichtig bin . . ., wenn ich sie überzeugen kann . . ., dann, ja, dann kommt Ellie nach Hause.

Auf einmal sah er, daß Max mit besorgter Miene auf ihn zukam.

„Ja . . .?“ fragte er.

„Ich habe nicht mit Ellie sprechen können. Sie ist noch unten in der Röntgenabteilung. Aber Schwester Sauseschritt hat mir versichert, daß sie nach ein paar Tagen strikter Ruhe wiederhergestellt ist. Ich soll heute nachmittag wiederkommen. Ellie hat übrigens gesagt, sie sollen dich nicht zu ihr lassen.“

Merkwürdigerweise schien sich Ralf darüber nicht besonders aufzuregen. „Du weißt ja, daß Ellie ungeheuer stolz und unabhängig ist“, meinte er nur. „Dann kommen wir eben heute nachmittag zurück“, fuhr er beinahe heiter fort. „Weißt du, wo ihr Bett steht?“

Max starrte Ralf an. Was hatte das nun wieder zu bedeuten? „Ja“, antwortete er, „in dem kleinen Zimmer neben Saal neun, das mit einer Glaswand abgetrennt ist. Damit sie mehr Ruhe hat, meint Schwester Sauseschritt."

Ralf wußte, von welchem Zimmer die Rede war. Er war damals daran vorbeigekommen, als er sich durch den endlos langen Saal gequält hatte. Er kannte das Zimmer, und er wußte auch, an welcher Seite das Fenster lag.

„Gehen wir", sagte er. „Ich habe noch allerlei zu besorgen. Und am Nachmittag sind wir wieder hier."

Max folgte ihm kopfschüttelnd hinaus auf den Parkplatz. Er war verwirrt über diese plötzliche Heiterkeit.

ALS SIE nachmittags zurückkamen, ließ Ralf den Freund wieder allein zur Station neun hinauffahren. Sobald Max verschwunden war, ging er zum Auto zurück, holte ein Päckchen heraus, das er vor Max versteckt hatte, und begab sich damit in den kleinen Park an der Rückseite des Krankenhauses.

Ellie saß, von Kissen gestützt, in einem Sessel am Fenster des kleinen Zimmers. Max sah, daß sie angekleidet war und sich offenbar frei bewegen durfte, aber sie wirkte sehr zerbrechlich, und sie hatte schwarze Schatten unter den Augen.

Sie lächelte, als Max in der Tür auftauchte, und streckte ihm die Hand entgegen. „Mir geht es schon wieder gut", sagte sie, als sie seine besorgte Miene sah. „Der Doktor ist bloß sehr vorsichtig. Das ist alles."

Max beugte sich über sie und gab ihr einen Kuß. „Sie haben uns allen einen mächtigen Schrecken eingejagt, Ellie. Jetzt müssen Sie wirklich brav sein und sich ausruhen."

„Ja", sagte sie seufzend, „ich bin ja schon brav. Übrigens wollte Dr. Mac noch mit Ihnen sprechen. Lassen Sie ruhig die Tür auf."

Max ging in den großen Saal zurück und wurde von dem Arzt mit einem festen Händedruck begrüßt. „Nun . . .?" fragte Dr. Mac sofort. „Wie steht es? Werden wir mit vereinten Kräften unsere dickköpfigen jungen Leute zusammenbringen?"

Max lachte. „Ich hoffe es. Noch steht es allerdings unentschieden." Dann wurde er wieder ernst. „Und wie geht es Ellie wirklich? Sie hat hoffentlich nichts Besorgniserregendes?"

„Nichts, was wahre Liebe und ein bißchen gute Pflege nicht heilen könnten. Sie ist überanstrengt. Ruhe ist in solchem Fall immer noch die beste Medizin."

Während Dr. Mac sprach, blickte er zu Ellie hinüber, die in ihrem Zimmerchen so matt im Sessel saß. Plötzlich stieß er einen Ruf des Erstaunens aus und rannte zu ihr hinüber. Sie war aus dem Sessel aufgestanden, und ihr Gesicht hatte sich vor Freude verklärt. Sie streckte die Arme zum Fenster hin, als wollte sie etwas einfangen, doch im nächsten Augenblick machte sie schon kehrt, stürmte durch den großen Saal und hastete die Treppe hinunter. Die beiden Männer schauten einander verblüfft an. Sie traten ans Fenster, um nachzusehen, was es dort unten wohl Aufregendes gäbe.

Und da sahen sie ihn: Ralf Mallory, der in dem kleinen Park auf und ab rannte – tatsächlich rannte – und dabei einen Drachen steigen ließ. Und während das kleine bunte Ding hoch am Himmel wilde Kapriolen vollführte, kam eine zweite Gestalt angelaufen. Der Mann und das junge Mädchen trafen sich und fielen einander um den Hals. Und dann liefen sie gemeinsam, Hand in Hand, weiter, befreit von allen Lasten und überglücklich. Der bunte Drachen über ihren Köpfen stieg höher und höher in den klaren blauen Himmel.

Foto: Roger Barrett

Elizabeth Webster

Elizabeth Webster ist den Lesern der Auswahlbücher durch mehrere erfolgreiche Romane bereits bestens bekannt. Auch mit *Frei wie ein Drachen im Wind* erweist sie sich wieder als eine Autorin voller Wärme und Menschenliebe. Die Idee zu diesem Roman hatte sie, wie sie uns erzählte, als sie in ihrer Heimatstadt Painswick in der englischen Grafschaft Gloucestershire ein Mädchen aus dem „Paradise House" kennenlernte, einer ähnlichen Institution wie dem Greville-Haus in ihrer Geschichte. Elizabeth Webster fand vor allem die direkte, unschuldige Art des Mädchens sehr bemerkenswert, die dann auch die Gestaltung der Ellie maßgeblich beeinflußte.

Auch mit einem anderen wichtigen Aspekt des Romans hat Elizabeth Webster eigene Erfahrungen gemacht. Die Autorin erinnert sich noch gut an einen Lehrer ihrer Kinder, der recht jung war, als er einen Schlaganfall hatte. Der Mann hatte unter Streß gestanden und zuviel getrunken – genauso wie der Pianist Ralf. Um das Problem korrekt darzustellen, besuchte Elizabeth Webster Rehabilitationskliniken in London und Bristol und sah sich dort alles genau an. Dabei galt ihr besonderes Interesse den therapeutischen Maßnahmen im Schwimmbad, denn die Szene, die dort spielen sollte, hatte sie schon im Kopf.

Übrigens hat die Musik, die für Ralf und Ellie eine so wichtige Rolle spielt, auch für Elizabeth Webster eine ganz besondere Bedeutung. Nicht nur, daß sie jahrelang Kritiken für verschiedene Musikmagazine schrieb – in ihrem Roman wollte sie zeigen, daß Musik den Menschen Hoffnung und Zuversicht zu geben vermag. Sie selbst hat das erfahren, als ihr Mann starb, mit dem sie noch vor ein paar Jahren goldene Hochzeit feierte. Musik war in manch schwerer Stunde ein großer Trost für sie.

Denkt sie an einen neuen Roman? Sie nickt schmunzelnd, aber mehr will sie uns nicht verraten . . .

DER SCHWARZE TOD
Originalausgabe: „Pestilence"
erschienen bei Simon & Schuster, London

AUF DER FÄHRTE DER SILBERWÖLFIN
Originalausgabe: „In the Shadow of a Rainbow"
erschienen bei W. W. Norton & Company Inc., New York 1974

LÜGENLANDSCHAFT
Originalausgabe: „Landscape of Lies"

erschienen bei Hutchinson, London

FREI WIE EIN DRACHEN IM WIND
Originalausgabe: „To Fly a Kite"
erschienen bei St. Martin's Press, New York

Illustrationen
„Der Schwarze Tod": Jack McCarthy
„Auf der Fährte der Silberwölfin": Adam Hook
„Lügenlandschaft": Michael Frith; Titelbild: Frederick Todd
„Frei wie ein Drachen im Wind": Brian Sanders

Die ungekürzte Ausgabe von „Lügenlandschaft"
ist im Buchhandel erhältlich.
Die ungekürzte Ausgabe von „Der Schwarze Tod"
wird demnächst im Buchhandel erhältlich sein.